Hondelatte raconte...

48 histoires vraies de crimes glaçants

CHRISTOPHE HONDELATTE

Hondelatte raconte...

48 histoires vraies de crimes glaçants

J'AI LU

Cet ouvrage regroupe deux titres parus séparément :
Le cannibale de Rotenburg et autres faits divers glaçants (© Éditions Jean-Claude Lattès, 2017) et *Histoires criminelles. L'empoisonneuse de Corrèze et autres récits glaçants* (© Éditions Jean-Claude Lattès, 2019)

Sommaire

Le cannibale de Rotenburg

Cette histoire commence en novembre 2002. Un étudiant autrichien se balade sur Internet, sans but précis. Et, de lien en lien, il finit par atterrir sur des forums de discussion homosexuels pour le moins bizarres. Ils se nomment « Gourmet », « Café cannibale » ou encore « Gay cannibale ». L'étudiant est intrigué. Dans la rubrique « contact », il tombe sur une petite annonce des plus étonnantes : « Cherche jeune homme bien bâti, entre dix-huit et trente ans, prêt pour l'abattage. » C'est signé : « Le maître boucher. » Curieux, l'étudiant décide de jouer le jeu, histoire de s'amuser un peu. Il répond donc à l'annonce, juste pour voir jusqu'où ça pourrait aller. L'homme qui a posté la petite annonce dit s'appeler Franky, aussi l'étudiant prend-il le pseudonyme de Stevo. Et, très vite, il comprend que « Franky » ne plaisante pas. Il se présente comme un cannibale et affirme avoir déjà mangé de la chair humaine. Il dit d'ailleurs qu'elle est « d'une finesse incomparable ». L'étudiant découvre rapidement qu'il a posté d'autres annonces, très explicites : « Je cherche un garçon de dix-huit à vingt cinq ans. Si tu es normalement constitué, je t'abattrai comme un animal et je mangerai ta chair bandante. »

Au fil de leurs conversations, les messages de « Franky » deviennent de plus en plus effrayants, délirants même. « Tu n'imagines pas le nombre de gens qui sont prêts à se laisser dévorer. » Ou encore : « J'ai besoin de viande, de chair, mon congélateur est presque vide. » Il lui envoie aussi des clichés, tous plus sanguinolents les uns que les autres. Et, un jour, il lui réclame une photo. « Je voudrais savoir si tu es appétissant ! » L'étudiant n'a plus du tout envie de jouer. Ce « Franky » lui fait peur, il a l'air beaucoup trop sérieux. Alors il contacte la police autrichienne, pour lui signaler qu'un cannibale recherche sa future proie sur Internet. Rapidement, on découvre que les mails de « Franky » viennent d'Allemagne, le dossier est alors transféré aux autorités allemandes.

La piste les mène rapidement à Wustefeld, un petit hameau de sept maisons situé à 5 kilomètres de Rotenburg, dans la région de la Hesse, dans le centre de l'Allemagne. Le 10 décembre 2002, à 8 h 45 du matin, sept policiers accompagnés de chiens se présentent à l'adresse supposée de « Franky » avec un mandat, dans le cadre d'une enquête pour « incitation à la violence ». Le droit allemand ne dit rien sur le cannibalisme. Ils arrivent devant un manoir à colombages immense, d'au moins 1 000 mètres carrés. On dirait un château hanté, un château comme on en trouve dans les films d'horreur. Les policiers sonnent à la grille. Ils sont accueillis par un chien, un rottweiler, suivi par son maître, le propriétaire du manoir, un certain Armin Meiwes. L'homme les accueille poliment :

« Bonjour, messieurs.

— Bonjour, monsieur, nous avons un mandat de perquisition dans le cadre d'une enquête pour incitation à la violence.

— Je vous en prie… »

L'homme n'a pas l'air nerveux, ni surpris. Il fait entrer les policiers et la visite commence.

Le manoir est lugubre. Il est entouré d'un immense parc laissé à l'abandon, mangé par de hautes herbes.

Le jardin n'a visiblement pas été tondu depuis des lustres. Devant l'entrée, il y a une vieille Mercedes rouillée et deux épaves de Trabant. À l'intérieur, c'est pire. Dans certaines pièces, les fenêtres sont obstruées par des planches de contreplaqué. Les meubles sont lourds, massifs, sombres, dans le plus pur style allemand de la fin du XIXe siècle. À l'étage, les policiers tombent sur une chambre de femme, qui a l'air occupée. Des vêtements traînent sur le lit et, sur la coiffeuse, ils remarquent une brosse à cheveux.

« Il y a une femme qui vit avec vous ?

— C'était la chambre de ma mère, elle est morte il y a deux ans. »

Les policiers continuent leur inspection et arrivent devant la chambre de Meiwes. La porte arbore une petite plaque « chambre d'enfant ». Meiwes explique que c'est sa mère qui l'avait accrochée, quarante-deux ans auparavant. Il ne l'a jamais enlevée. Puis ils passent au grenier. C'est un endroit étonnant : une immense salle de jeux, avec un grand train électrique. Et, trônant au beau milieu de la pièce, un crâne de bœuf. Les policiers commencent à comprendre qu'ils sont tombés dans le repaire d'un homme pas très net. Mais ils n'ont encore rien vu. Le pire se trouve au deuxième étage, dans l'ancien fumoir, là où l'on faisait autrefois sécher et fumer les viandes et les poissons. C'est une pièce de six mètres sur quatre et elle est équipée comme une boucherie ! Avec un crochet au plafond, un étal de découpe, un billot, un hachoir à viande, une chambre froide et une impressionnante collection de couteaux. Un policier ne peut se retenir de demander à Meiwes :

« Vous avez mangé quelqu'un ?

— Peut-être... »

Ce n'est pas tout. Les policiers tombent sur un arsenal informatique. Remarquez, ce n'est pas si étonnant : Meiwes serait informaticien. Mais tout de même... 221 disques durs, 3 ordinateurs, 95 CD,

1 700 disquettes, 307 vidéos, 616 fichiers d'images et des cassettes VHS...

Le clou de la visite, c'est le congélateur. À l'intérieur, les policiers trouvent au moins 10 kilos de viande, soigneusement découpée et rangée. Ils emballent tout et l'envoient au laboratoire. À 10 heures, ils font venir une pelleteuse. L'idée est de creuser dans le jardin. Si Meiwes est véritablement un cannibale, il a bien dû se débarrasser de ce qu'il n'a pas pu manger. On découvre rapidement une caisse, qui contient des ossements. Là encore, direction le laboratoire. En début d'après-midi, comprenant qu'il se trouve dans une position pour le moins inconfortable, Armin Meiwes contacte son avocat :

« Accepteriez-vous de me défendre pour un délit grave ?

— Pourquoi, vous avez un cadavre dans votre congélateur ? » répond-il en riant.

Il ne croit pas si bien dire. Les deux hommes se voient le jour même. Et Armin Meiwes lui dit toute la vérité. « J'ai tué un homme ! Et puis je l'ai mangé. Ça s'est passé le 10 mars de l'année dernière. » Son avocat lui conseille de se rendre. À 14 heures, Armin Meiwes est arrêté. La presse a été alertée, les premiers journalistes arrivent sur place et un hélicoptère de la télévision tournoie au-dessus du manoir. À 15 heures, les radios et chaînes d'information en continu annoncent à toute l'Allemagne qu'un homme soupçonné de cannibalisme a été arrêté et conduit dans les locaux de la *Kriminal Polizei* à Kassel. Avant de quitter le manoir, Armin Meiwes a lâché une dernière information : « J'ai tout filmé. Les cassettes sont cachées dans la maison, vous ne les avez pas trouvées ? » Non, ils n'ont rien trouvé. En même temps, vu la taille du manoir, ils ont dû louper pas mal de choses... Meiwes les conduit à sa cachette et leur tend trois cassettes VHS, de trois heures chacune. Il va maintenant falloir les visionner...

Voilà donc Armin Meiwes dans les locaux de la *Kripo*, la police criminelle de Kassel. Il n'a pas vraiment l'air d'un ogre. Blond, la mâchoire carrée, les yeux bleus... Étonnamment, il est très calme, poli, courtois. Et d'emblée, il assume. « Oui, je suis un cannibale, nous sommes environ huit cents dans toute l'Allemagne et nous sommes tous passés à l'action. »

Les policiers ont eu le temps de retracer ses messages et sont entrés en contact avec un certain Ludwig, l'un de ceux avec qui il correspondait beaucoup ces derniers temps. Ce Ludwig leur a envoyé le dernier message de « Franky » : « Si tu viens chez moi, tu n'en repartiras pas. » Quand on le lui met sous le nez, il admet :

« Oui, oui, j'ai bien écrit ce message et des quantités d'autres.

— Et vous vous faisiez toujours appeler Franky ?

— Je me présentais comme Franky, Anthropophagus ou *Der Metzgermeister*, le maître boucher. »

En attendant, c'est confirmé. Le laboratoire a appelé : la viande retrouvée dans le congélateur de Meiwes et les restes enterrés dans le jardin sont bien d'origine humaine.

« Quel est le nom de l'homme que vous avez tué ?

— Je ne sais pas. Je ne connaissais que son pseudo sur Internet, il se faisait appeler Cator99. Il a répondu à mon annonce.

— Qu'est-ce qui s'est passé ? C'est un jeu qui a mal tourné ?

— Ça n'avait rien d'un jeu ! Il est venu pour se faire abattre et dévorer et c'est ce qui s'est passé ! Il était d'accord, il voulait mourir. Regardez les vidéos, j'ai tout filmé ! »

Il va donc falloir visionner ces fichues cassettes enregistrées, selon Meiwes, dans la nuit du 9 au

10 mars 2001. Âmes sensibles s'abstenir. Pendant plus de neuf heures, c'est un enchaînement de scènes aussi macabres que surréalistes. On y voit d'abord Armin Meiwes et celui qu'on ne connaît que sous le pseudo de Cator99 discuter tranquillement de ce qui va se passer. Puis Meiwes lui fait visiter son « abattoir », au deuxième étage. L'autre ne cache pas son admiration : « Je suis très impressionné, très fier d'être le premier que tu vas abattre. » Les deux hommes ont des relations sexuelles. Puis arrive l'heure du dîner. C'est là que l'horreur commence. Meiwes administre à Cator99 un puissant antidouleur puis lui tranche le pénis ! L'autre pousse un cri épouvantable. Ensemble, ils mettent ensuite le pénis à cuire et s'installent à table. Leur discussion est hallucinante.

« Je pensais que ce serait meilleur.

— C'est un corps caverneux, c'est difficile à cuire. Et puis, il est trop frais. »

Une fois le repas terminé, Meiwes conduit son invité, toujours consentant, dans l'abattoir. Et là, ça va assez vite. Il le suspend au crochet, la tête en bas, puis l'égorge. L'autre se vide de son sang. Ensuite, pendant près de quatre heures, on voit Meiwes découper soigneusement le corps. Il dissèque, il tranche, il émince. Il a le geste sûr, un vrai professionnel ! Il range ensuite la viande au congélateur. Fin de la séquence vidéo.

Devant leur écran, les policiers sont estomaqués, stupéfaits. Il leur faut un peu de temps avant d'avoir le courage de retourner voir Meiwes et d'entendre, de sa bouche, la suite de l'histoire. « J'ai obtenu environ trente kilos de viande. J'ai attendu deux mois pour commencer à la déguster. J'ai commencé par le dos... »

C'est ignoble. Inhumain. Mais on ne sait toujours pas qui est Cator99, le dévoré. Est-il d'ailleurs la seule victime de Meiwes ? « C'est la seule, je n'ai abattu qu'un seul homme. J'ai mis du temps à trouver une personne consentante. » Pour identifier la victime, la police diffuse dans les médias une image extraite de la vidéo, un gros plan sur son visage. Le retour est immédiat. Plusieurs personnes contactent la police dont un homme, qui dit avoir reconnu son petit ami, disparu depuis plus d'un an. Bernd Jürgen Brandes. Il était ingénieur chez Siemens, à Berlin. Et, chose étrange, avant de disparaître, il a vendu sa voiture et donné tout ce qu'il avait.

La police criminelle parvient à reconstituer les faits. Le 5 février 2001, Bernd Jürgen Brandes *alias* Cator99 répond à l'annonce postée par « Franky » sur le forum « Gay-cannibale ». « Je cherche un garçon de dix-huit à vingt-cinq ans. Si tu es normalement constitué, je t'abattrai comme un animal et je mangerai ta chair bandante. » Réponse de Cator99 : « J'ai trente-six ans, je mesure 1,75 mètre et je pèse 72 kilos. J'espère que tu es très sérieux parce que je veux vraiment le faire ! »

Ensuite, à la lecture d'autres messages, on comprend que Meiwes a plusieurs fois été déçu. Que d'autres lui ont déjà dit oui, avant de se débiner au dernier moment. Il parle d'un Matteo et d'un Jürgen qui, eux aussi, disaient vouloir être dévorés avant de prendre leurs jambes à leur cou le moment venu. Certains sont même venus chez lui, pour voir son abattoir. Ils ont accepté que Meiwes dessine sur eux des lignes de découpe et, même, qu'il les suspende au crochet par les pieds, grâce à son système de poulies. Mais tous ont reculé devant la mort. Et Meiwes ne les a pas forcés, comme les conversations vont le révéler. Il voulait une proie docile et consentante. Il raconte tout cela à Cator99. Il n'a pas envie qu'on se fiche de lui. Mais dans les messages, l'autre est très clair : « Je m'offre pour être mangé vivant, par toi. Celui qui veut *vraiment* le faire a besoin d'une *vraie* victime. » S'ensuit une longue correspondance. Un jour, Bernd Jürgen Brandes dit qu'il a du mal à dormir.

« Je ne sais pas à quoi m'attendre. As-tu déjà abattu un homme ?

— Malheureusement, seulement dans mes rêves, mais dans mes pensées, je le fais chaque nuit.

— Alors, je suis le premier ? Tu as mangé de la chair humaine avant ?

— Non, ça ne se trouve pas au supermarché, malheureusement.

— Comment sais-tu si tu vas aimer, si le sang ne te rendra pas malade ?

— Je me prépare avec mes rêves. Une fois, j'étais tellement excité que j'ai attrapé une aiguille et tiré mon propre sang afin de le boire.

— Et ton sang, ça t'a plu ?

— C'était assez savoureux ! »

Le 8 mars 2001, dernière conversation sur Internet, avant la rencontre :

« J'espère que tu as déjà pensé à ce qui doit être fait avec mes restes. Réaliser notre rêve ne doit pas devenir un cauchemar pour toi. Personne ne saura où j'ai disparu.

— Après t'avoir abattu, je te découperai habilement. À part tes genoux et quelques ordures charnues (peau, cartilage, tendons), il ne restera pas grand-chose de toi.

— O.K., je vois que tu as pensé à tout. Bien ! On dirait que je suis le premier.

— Et tu ne seras pas le dernier, j'espère. J'ai déjà envisagé d'attraper un jeune dans la rue, mais je préfère tuer seulement ceux qui veulent être tués.

— Ça aussi, ça ne doit pas être mal... Mais oui, vu que ce n'est pas tout à fait légal, il vaut mieux tuer quelqu'un de consentant.

— Exactement. Si c'était légal, je le ferais ! »

Le lendemain, Bernd Jürgen Brandes se lève et part comme s'il allait au travail. Il se rend à la gare et achète en espèces un aller simple pour Kassel, avant de monter dans le train et de disparaître pour toujours.

Inévitablement, à un moment de l'enquête, on se tourne vers les psychiatres. Ce cas est tellement fou qu'on veut comprendre ou, du moins, essayer de comprendre. Pourquoi et comment Armin Meiwes est-il devenu cannibale ? Les experts qui l'examinent repèrent un premier traumatisme dans sa vie, à l'âge de huit ans, quand son père et ses deux frères aînés quittent la maison pour s'installer à Berlin. Armin se retrouve seul avec sa mère, Waltraud. Une femme autoritaire et possessive. Ils vivent tous les deux dans le sinistre manoir de Wustefeld. « C'est là que j'ai créé un ami imaginaire, mon petit frère. Je l'appelais Franky. » Son futur pseudonyme... Dans cette vie de solitude et d'isolement, le jeune Armin n'a qu'une seule distraction : la ferme d'à côté. Et tout particulièrement au moment de l'année où le voisin tue le cochon. Il n'en loupe pas une miette. Il est là tous les jours, de la mise à mort jusqu'à la confection de boîtes de conserve. Sans oublier, bien entendu, la découpe. Meiwes raconte aux psychiatres que, plus tard, il achètera des manuels de boucherie et s'exercera sur des carcasses de viande.

En 1990, il s'engage pour douze ans dans la *Bundeswehr*, l'armée de terre. On imagine que c'est l'occasion pour lui de couper le cordon avec sa mère. Eh bien pas du tout ! Il est affecté à un régiment de ravitaillement à Rotenburg et, tous les soirs, il rentre dormir dans sa chambre d'enfant. Pourtant, il a trente ans. Sa vie affective ? Pour sa maman, aucune femme n'était digne de lui. Elle ne s'est pas rendu compte que son fils était homosexuel. Et lui s'en est caché. Ce n'est qu'à la mort de sa mère, en 1999, qu'il a commencé à s'intéresser de plus près au cannibalisme et au sadomasochisme, sur Internet. Pour tout dire, les psychiatres sont assez désarçonnés par le personnage et notamment par cette particularité qui en fait un cas unique : Meiwes est intéressé uniquement par les victimes consentantes. Parce que des cannibales, il y en a eu d'autres ! Issei Sagawa par exemple, le Japonais qui a dévoré une jeune étudiante à Paris. Ou le Russe Andreï Chikatlo, qui aurait dévoré cinquante-deux prostituées et enfants. Mais aucune des victimes n'était consentante. L'un des psychiatres qui s'est penché sur le cas de Meiwes a écrit : « Cette affaire est la plus étrange que j'aie eu à traiter. Armin Meiwes est un cannibale conscient, un être content et sûr de lui. On peut partir du principe qu'il s'agit d'un acte prévu, préparé et réalisé avec conviction. » Pas de folie, donc, Armin Meiwes sera bien jugé pour le meurtre de Bernd Jürgen Brandes.

En attendant son procès, il est mis à l'isolement dans une prison de haute sécurité à Kassel. Les rares détenus qui le côtoient disent qu'il est « très gentil » et « toujours prêt à rendre service ». Il n'a absolument pas le profil d'un monstre. Mais tandis que la date du jugement approche, un gros problème vient à se poser : s'agit-il réellement d'un meurtre ? Au fond, la victime était consentante. Mieux, elle était même volontaire, tous les échanges sur Internet en attestent ! Cator99 voulait être dévoré. L'avocat de Meiwes a trouvé la bonne formule : c'est un meurtre « par consentement mutuel », un « homicide sur demande ». Selon lui, son client n'est pas un tueur.

À quelques jours du procès, rebondissement : Armin Meiwes donne une interview à la presse. C'est un petit hebdomadaire local qui décroche le scoop. La première interview de celui qu'on appelle désormais le cannibale de Rotenburg, publiée moins de deux semaines avant l'ouverture de son procès. Tous les grands journaux allemands avaient tenté d'obtenir cet entretien, y compris *Bild* et ses douze millions de lecteurs. Mais Meiwes a choisi une feuille paroissiale locale et un révérend pour l'interviewer. Il dit qu'il s'est « rapproché de la religion ». Il s'exprime en ces termes à propos de son crime :

« C'est un péché, j'ai demandé pardon à Dieu. Mais ce n'est pas un meurtre, on ne peut en commettre un que contre la volonté de la victime.

— Éprouvez-vous du remords ?

— J'ai commis une euthanasie, je regrette d'avoir tué. Mais Bernd est devenu à travers la nourriture une partie de moi, un souvenir. Il m'a utilisé comme un outil pour son passage vers la mort. Je vais écrire mes mémoires, ajoute-t-il à la fin. Je ne veux pas que quelqu'un s'inspire de moi. Je ne le referai jamais. »

C'est habile, cette interview, si peu de temps avant le procès. Très habile.

Le 4 décembre 2003, Armin Meiwes comparaît devant la cour d'assises de Kassel. Évidemment, tout le monde attend son entrée dans le box. L'entrée du monstre. Quand il arrive, les photographes le mitraillent. En réalité, c'est un quadragénaire ordinaire qui apparaît. Il a presque l'air fade, avec sa cravate à petits carreaux. Il n'y a dans ses yeux aucune lueur maléfique. Son avocat le dit d'emblée : « Mon client n'est pas un monstre ! » Le président décide que les débats auront lieu à huis clos. Pas de public, seulement la presse. Et, dès le début, il est très clair : « L'issue de ce procès est très ouverte et peut conduire dans n'importe quelle direction. » Rappelons-le, le Code pénal allemand ne dit strictement rien sur le cannibalisme. Meiwes est donc jugé pour « homicide involontaire ». On peut résumer le procès à cet échange entre le procureur et l'avocat du cannibale :

« Armin Meiwes a profité de la faiblesse psychologique de Bernd Jürgen Brandes.

— Faux ! C'est un meurtre sur demande, Brandes était consentant ! Armin Meiwes n'a été qu'un instrument ! »

Tout l'enjeu réside dans la peine dont il va écoper. Il peut prendre aussi bien quinze ans que cinq ! On fait défiler trente-six témoins à la barre. D'abord, ses voisins, ses connaissances, ses anciens camarades de l'armée. Et tous tiennent le même discours : « Armin est un chic type, toujours là quand on a besoin d'aide. » Puis on fait venir cinq garçons qui ont été en contact avec lui sur Internet. Un cuisinier de trente-quatre ans notamment. « Je me suis vite senti mal à l'aise. Pour moi, c'était un jeu de rôles, une pièce de théâtre. Pas pour lui. » Un autre raconte : « Je l'ai rencontré, il m'a trouvé trop gros ! » Et un troisième explique qu'il s'est retrouvé pendu au crochet de boucher. « Il avait enduit mon corps d'huile et avait dessiné sur moi les marques de la découpe. J'ai eu froid, je lui ai demandé d'arrêter, il m'a décroché et voilà. Pour moi, ce n'était qu'un fantasme. »

On projette ensuite des extraits de la fameuse vidéo. Certains jurés se sentent mal. Ce qui est effrayant, c'est qu'à aucun moment la victime n'hésite. Ce type voulait mourir ! La victime, on en parle assez peu pendant ce procès. On découvre que Bernd Jürgen Brandes se sentait coupable de la mort de sa mère, survenue dans un accident de voiture alors qu'il était présent. Il a écumé les petites annonces à la recherche d'une femme. Il s'est fait escroquer par une Nigériane, qui n'est jamais arrivée à l'aéroport où il l'attendait. Et, surtout, il a longtemps refoulé son homosexualité. Mais, pour ses collègues de travail et ses rares amis, c'était un homme solide, sur lequel on pouvait compter. Un homme normal. « Quand il se lançait dans quelque chose, il le faisait à fond ! »

Dans sa plaidoirie, l'avocat de Meiwes s'attache au consentement de la victime. « Plusieurs fois, il aurait pu tuer des hommes en son pouvoir, il ne l'a jamais fait ! Il a attendu un partenaire consentant, pas une victime ! »

Le 30 janvier 2004, le tribunal rend son verdict : Armin Meiwes est condamné à huit ans et six mois de prison. Verdict évidemment incompréhensible, pour tous ceux qui n'ont pas suivi le procès, et ils sont nombreux ! Le parquet fait appel de cette décision. Son second procès se tient le 12 janvier 2006, à Francfort. Cette fois-ci, il est jugé pour « assassinat à caractère sexuel ». Il donne une nouvelle interview à un journaliste qui, cette fois-ci, n'est pas un révérend. Celui-ci veut du sensationnel, et il va en avoir pour son argent ! « Je n'étais pas excité pendant le meurtre. Ni pendant que je découpais le corps. J'étais concentré, je voulais faire du bon travail. Mais je me suis souvent masturbé en regardant la vidéo de cette soirée. Cela faisait quarante ans que j'attendais ce moment ! »

Le verdict de ce second procès est bien différent du premier : cette fois-ci, il est condamné à la réclusion criminelle à perpétuité. Mais l'histoire n'est pas tout à fait terminée... En 2007, Armin Meiwes donne une interview au journaliste Gunther Stampf, chose qui serait absolument impossible en France. Une interview filmée, tellement crue que la plupart des plateformes de diffusion sur Internet refuseront de la mettre en ligne. « La première bouchée fut très étrange. J'attendais cela depuis plus de quarante ans. La viande avait un goût de porc, mais de façon plus prononcée. » L'interview se termine par cette phrase pleine de sagesse : « Mon histoire doit servir à comprendre que, si l'on ne parle pas de ce que l'on ressent, de ce que l'on a au fond de soi, on finit par passer à l'acte. »

Aujourd'hui, Armin Meiwes serait devenu végétarien.

Les amants diaboliques de Vendôme

Melesse est un petit village de Bretagne situé à une douzaine de kilomètres de Rennes. C'est là que vit la famille Labbé. Le père Labbé, tout le monde le connaît, car c'est le facteur. Il a quatre enfants dont une fille, Denise, la cadette, celle qui nous intéresse ici.

Quand il a fini sa tournée, M. Labbé ne crache pas sur un petit verre, il l'a bien mérité, et puis c'est l'usage dans le pays :

« Vous prendrez bien un petit gorgeon ?

— C'est pas de refus. »

Un verre par-ci, un verre par-là, parfois même deux ou trois… M. Labbé a la boisson facile. Un jour d'août 1940, alors que la guerre fait rage, il ne rentre pas de sa tournée. Après des heures de recherches, on retrouve son corps dans le canal d'Ille-et-Rance. Noyé.

Denise, à quatorze ans, se retrouve orpheline de père. Sa mère n'a plus les moyens de l'élever seule : Denise doit travailler. Elle est placée comme bonne à tout faire chez le boucher de Melesse, où elle s'occupe entre autres des enfants. Ça tombe bien, elle aime bien les enfants.

Denise grandit et devient une jolie jeune femme. Les garçons du village commencent à lui tourner autour, et il faut avouer qu'elle n'est pas très farouche. La femme du boucher n'aime pas trop ces manières. Elle ne donne pas le bon exemple aux enfants… Et puis sa réputation risquerait d'entacher celle de la boucherie. Elle demande à son mari de renvoyer Denise, et celui-ci s'exécute. La jeune femme ne se laisse pas abattre. La guerre n'est pas finie, et elle retrouve rapidement du travail dans une usine.

La vie n'est pas facile pour Denise, mais elle est courageuse et pleine de ressources. Comme elle a dû arrêter l'école, elle se cultive par elle-même, en s'inscrivant à des cours du soir et en passant tout son temps libre à la bibliothèque. À dix-huit ans, elle passe le concours du Service national des statistiques – qui deviendra plus tard l'Insee. Elle est reçue et son nouveau statut de fonctionnaire la met définitivement à l'abri. Elle décroche rapidement un poste de secrétaire à Rennes, où elle part s'installer le cœur plein d'espoir. Là-bas, elle va enfin pouvoir vivre comme elle l'entend, loin des remarques et des regards inquisiteurs de la femme du boucher.

Denise est curieuse. À Rennes, il y a beaucoup d'étudiants. Elle fait la connaissance de plusieurs, passe ses soirées avec eux. C'est de son âge. En 1951, une rencontre va marquer un tournant dans sa vie. Il est jeune, il est interne à l'hôpital de Lorient, et il lui plaît. Ils se fréquentent quelque temps avant que Denise ne tombe enceinte. Dans ces années, la pilule n'existe pas, et l'avortement pratiqué clandestinement est trop dangereux : elle décide de garder l'enfant. Son amoureux quant à lui doit partir en Indochine. C'est donc seule qu'en 1952 elle accouche d'une petite Catherine. Son interne ne tarde pas à revenir de son épopée indochinoise, mais il a changé. Et surtout, il boit beaucoup, beaucoup trop même… Il ne veut pas entendre parler de sa fille, refuse de la reconnaître, et encore moins d'épouser la mère. Fin de la belle histoire. Denise, abandonnée et le cœur brisé, se retrouve donc « fille-mère ». Et à cette époque, les « filles-mères » ne sont pas bien vues. Mais Denise ne baisse pas les bras, il n'y a pas de place pour le découragement dans sa vie.

Les choses se compliquent quand Denise est mutée à Paris. De nos jours, elle aurait emmené Catherine avec elle, elle se serait débrouillée. Mais Denise se dit que sa fille sera mieux à la campagne. Elle la confie donc aux bons soins d'une nourrice, Mme Laurent, à Villelouvette, dans la région parisienne. Et toutes les semaines, elle lui rend visite.

À cette époque, il n'y a rien à redire sur ses qualités de mère : elle est aimante et attentionnée, et se prive pour payer la nourrice et les billets de train. Pour l'heure, Denise Labbé est irréprochable. La nourrice en témoignera plus tard : « Denise aimait vraiment son enfant. Le dimanche elle sautait le déjeuner pour venir voir sa fille. C'était une vraie maman, jusqu'au jour où l'autre lui a tourné la tête. »

L'autre. L'autre, c'est celui qu'elle attend, celui dont elle rêve toutes les nuits. Celui qui ne la laissera pas tomber comme le lâche interne, celui qui sera son mari, et un père pour sa fille. Obnubilée par l'idée de cet amant parfait, Denise le cherche où qu'elle aille. Et quand on cherche, on trouve, c'est bien connu.

Le 1er mai 1954, il y a foule au café du Glacier, place de la Mairie à Rennes. Les gens profitent du beau temps et de la musique. L'orchestre enchaîne les tangos et les mambos. On est venu guincher. Denise a rendez-vous avec un beau marin, rencontré par hasard quelques jours plus tôt. Elle s'est faite belle. Mais quand elle entre dans le café, elle déchante. Le beau marin tient une autre jeune fille dans ses bras. Ce ne sera donc pas lui. Denise se sent idiote. Elle est sur le point de partir, quand elle croise le regard d'un jeune homme qui lui sourit. Il est grand, mince, il a un visage félin et des yeux verts. Qu'y a-t-il de plus beau que des yeux verts ? Et puis, il porte si bien l'uniforme des officiers de Saint-Cyr... Lorsqu'il l'invite à danser, Denise n'hésite pas une seconde.

Il s'appelle Jacques Algarron, il a vingt-quatre ans. Il est sous-officier, tout juste sorti de l'école de Saint-Cyr Coëtquidan. Il est aussi très cultivé, il parle de ses lectures à une Denise fascinée. Gide, Gabriele d'Annunzio, Nietzsche, Sade... Ça aurait pu faire « tilt » ça, le marquis de Sade. Mais Denise ne se méfie pas. Jacques parle tellement bien... D'ailleurs, elle remarque qu'il plaît aux femmes. En dansant dans ses bras, elle croise de nombreux regards envieux. Comme elle a de la chance ! Oublié, le marin qui lui a posé un lapin. Denise danse tout l'après-midi dans les bras de Jacques. Et, entre deux danses, ils parlent. D'eux, de leurs vies. Jacques a lui aussi une petite fille qu'il élève seul. Denise est conquise, elle n'a jamais rencontré un homme comme lui. Ils se donnent rendez-vous le samedi suivant. Ils iront danser de nouveau. Les jours suivants, Denise ne cesse de penser à lui. Elle est déjà amoureuse. Deux semaines après leur rencontre, ils passent leur première nuit ensemble, dans une petite chambre d'hôtel.

Jacques parle si bien de l'amour... Il dit : « C'est le plus pur des liens. » Ou encore : « L'amour se fonde sur une abnégation totale. » Il précise : « Je suis un disciple de Nietzsche, je veux vivre comme un surhomme, au-delà du bien et du mal, au-delà des convenances, au-delà de la morale étroite. » Denise aurait dû se méfier de cette dernière phrase. Mais, aveuglée par sa passion, elle ne se méfie pas, bien au contraire. « L'amour, assène-t-il encore, se nourrit de souffrances et de sacrifices. » Il annonce la couleur, mais elle ne voit rien venir.

Arrêtons-nous un instant sur le beau Jacques, qui fait tant tourner la tête de Denise. Il a eu une enfance qui peut expliquer qu'il soit quelque peu... particulier. Il n'a jamais connu son père, et a été élevé par un commandant d'infanterie âgé de soixante-dix ans, que sa mère a épousé. Le commandant Algarron lui a laissé son nom.

À la mort du commandant, la mère de Jacques fait tout son possible pour lui offrir une bonne éducation. Il passe par l'école Saint-François-Xavier, puis entre à Louis-Le-Grand, à Paris, avant d'en être injustement exclu à la Libération, car son demi-frère André était un collaborateur zélé, ancien directeur de Radio Patrie. Il sera condamné à mort en 1946. Qu'importe, Jacques obtient quand même son baccalauréat, et intègre Saint-Cyr, la plus prestigieuse des écoles militaires. C'est un élève studieux, mais il multiplie les aventures sentimentales. À l'époque, il fanfaronne : « Les assauts d'alcôve préparent aux futurs combats. » D'une de ses amourettes naît la petite Marie-Régine. Jacques la reconnaît, mais la laisse à sa mère, et se contente de lui rendre visite régulièrement. Et c'est dans ce contexte qu'il rencontre Denise.

Le jeune couple est inséparable et éperdument amoureux. Pendant sept mois, c'est la passion. Jacques a trouvé en Denise son idéal féminin. Mais il a une conception bien à lui de l'amour. Par amour, il faut accepter des humiliations, physiques et morales. On le qualifierait aujourd'hui de sadique, adepte du sadomasochisme. Et ce qui est formidable, trouve-t-il, c'est que Denise obéit. Elle est comme envoûtée, et n'arrive pas à croire qu'elle mérite ses attentions. Pour lui plaire, elle se plie à tous ses caprices, à tous ses désirs. Jour après jour, elle lui prouve son dévouement en se laissant aller à ses délires pervers. Bientôt, il encourage Denise à séduire des inconnus dans la rue et à les ramener chez elle, pendant que lui se délecte en espionnant leurs ébats. Ensuite, il lui reproche ses infidélités. Il exige des excuses. Il souffre, dit-il, et comme il souffre, il la punit. Et comme il la punit, il s'excuse. Mais il se justifie aussi : par ces punitions, il veut s'assurer que Denise éprouve suffisamment de sentiments pour lui. Il la met constamment à l'épreuve.

Parmi les jeux pervers qui l'amusent, il y a maintenant ces petites tortures qu'il lui fait dans le dos, avec un couteau. Un couteau qu'elle lui a elle-même offert. « C'est un jeu délicieux et excitant », dit-il. Denise, quant à elle, semble apprécier. Mais, chaque jour, il pousse le bouchon plus loin. Un jour, il menace Denise de la quitter pour une autre. Craignant de le perdre, elle se soumet davantage, et cède toujours un peu plus. Jusqu'à cette déclaration : « L'amour parfait réclame le sacrifice suprême. » Le sacrifice suprême ? Qu'entend-il par là ? Que doit-elle encore faire pour lui plaire ? Que doit-elle sacrifier ? Ou plutôt, *qui* doit-elle sacrifier ?

Un soir d'août 1954, alors qu'ils dînent près de Notre-Dame à Paris, Jacques lance entre deux plats : « Si je vous demande de tuer votre fille, le ferez-vous ? » Denise est décontenancée par cette question. Mais l'emprise que Jacques a sur elle est désormais tellement étendu qu'elle n'est plus en mesure de dire non.

Le 22 septembre 1954, Denise séjourne avec Catherine chez sa sœur Augustine, à Rennes. Le matin même, elle a reçu une lettre de Jacques. Une lettre de rupture. Sa manière à lui, cruelle, de lui mettre la pression. Denise est perdue, partagée entre culpabilité et soumission complète. Elle a du mal à cacher sa nervosité. Le soir, sur le balcon, elle est prise d'un élan et saisit Catherine par la taille. Elle la maintient au-dessus du vide. L'appartement est au deuxième étage, la chute serait certainement mortelle pour la petite. Elle va la lâcher. Puis se ravise. Bouleversée, elle appelle immédiatement « son » Jacques. Elle lui raconte, elle lui dit qu'elle n'a pas pu, elle le supplie de ne pas la quitter. Lui répond froidement : « D'accord. Voyons-nous samedi prochain. » Avant d'ajouter : « Tu auras d'autres occasions de me prouver ton amour. »

Un mois plus tard, à Villelouvette, Denise se promène avec Catherine le long d'une rivière. Arrivée sur une passerelle, elle s'empare de Catherine et la jette dans l'eau. Elle a moins hésité cette fois-ci. Par chance, un jardinier entend les cris de la petite, et parvient à la repêcher.

Trois semaines plus tard, toujours à Villelouvette, elle emmène Catherine se promener et l'abandonne en pleine nature. On finit par retrouver la petite, grelottante, dans quelques centimètres d'eau, au bord de la rivière Orge. C'est la troisième fois en quelques semaines qu'elle échappe à la mort. Malgré cet enchaînement d'« accidents », personne ne se doute de rien... Sauf peut-être Catherine elle-même. La petite n'a que deux ans, mais que perçoit-elle ? Comprend-elle que sa mère cherche à la tuer ?

Quelques semaines plus tard, Jacques doit partir à Chalon-sur-Saône rejoindre son régiment. Au moment de quitter Denise, il lui lance : « J'espère qu'à mon retour tout sera en ordre.

— Oui tout sera en ordre, c'est promis, tout sera en ordre. » Denise décide d'aller passer quelques jours chez sa sœur, à Vendôme, avec Catherine.

L'après-midi du 8 novembre 1954, Denise est seule avec sa fille. Elle l'appelle doucement : « Viens, viens laver ta poupée dans la lessiveuse... » Tout en la guidant vers la cuisine. À cette époque, il n'y a pas encore de machine à laver le linge. La lessiveuse, c'est un grand baquet que l'on remplit d'eau et que l'on fait ensuite chauffer sur un trépied à gaz. Elle est là, au milieu de la cuisine, posée à même le sol. Denise attrape Catherine par les chevilles, la renverse et lui enfonce la tête dans l'eau. La petite se débat, longtemps. Sa mère ne la lâche pas. Elle tient ses frêles chevilles d'une main ferme. Elle est en train de mettre les choses en ordre. L'enfant ne bouge plus. Lentement, Denise remonte le petit corps dégoulinant.

Elle le regarde, figée, tétanisée. Elle vient de noyer Catherine. Noyée... Comme son père.

Denise n'a pas le temps de réaliser son geste qu'on sonne à la porte. C'est sa sœur qui rentre. Maintenant, il va falloir expliquer. Entre deux sanglots, elle lui dit que Catherine est tombée accidentellement dans la lessiveuse. Les deux femmes allongent le corps de l'enfant sur la table de la cuisine. Elles appellent les pompiers et un médecin, mais il est trop tard. Catherine aurait eu deux ans. Le lendemain, Denise envoie un télégramme à Jacques Algarron. « Catherine décédée. À bientôt, j'espère. »

Trois jours plus tard, le 11 novembre, les amants se retrouvent à Paris. Jacques accueille Denise assez froidement. « Je suis très déçu, car ça ne me fait rien. Ce n'est pas suffisant pour que nous ayons une intimité totale. » Denise tombe des nues. Elle a tué sa fille, elle l'a fait pour lui, à sa demande... et ça ne lui fait rien ! Il ne ressent rien ! Le piège s'est refermé sur elle. Trois jours plus tard, Jacques annonce à Denise qu'il la quitte. Il a beau être exalté et vivre selon des principes peu recommandables, il garde tout de même un certain sens commun. Denise est devenue encombrante. Une mère meurtrière. Si jamais ça s'apprend, c'est trop dangereux pour lui. Même s'il n'a, en pratique, tué personne, même s'il a les mains propres. Il préfère ne prendre aucun risque et se séparer de son « boulet ». D'autant qu'à l'annonce de la mort de Catherine les langues commencent à se délier. Bizarre, cet enchaînement d'accidents... Étranges, les conditions de cette noyade... Chacun commence à élaborer sa propre théorie, et tous les regards se tournent vers la même personne.

Le 23 novembre, les gendarmes de Vendôme convoquent Denise pour l'interroger. Devant eux, elle maintient que c'était un accident. Un malheureux accident. Elle joue les mères éplorées. Et, à sa sortie de la gendarmerie, elle s'empresse de prévenir son amant. Voyant ses prophéties se réaliser, et plus rapidement que prévu, Jacques brûle les lettres de Denise. Vite, se débarrasser de toutes les preuves. Toutes sauf une. Une lettre, dans laquelle Denise a écrit : « Ce ne sera pas facile avec Catherine... Sa grand-mère est toujours avec elle. »

Jacques se croit tiré d'affaire, mais les gendarmes ne sont pas convaincus par les explications maladroites de Denise. Le 6 décembre 1954, la voilà convoquée devant le juge d'instruction Baer. À la barre, épuisée par des semaines de mensonges, de culpabilité et de pression, elle craque et avoue le meurtre. Mais, dans un sursaut de bon sens, elle refuse de tomber seule, et assène : « J'ai été envoûtée par mon amant, Jacques Algarron. C'est lui qui m'a obligée à tuer Catherine. Il disait que ce serait une preuve d'amour suprême. »

Le juge est sceptique. Il pense avoir affaire à une folle. Mais par acquit de conscience, il fait tout de même perquisitionner la chambre de Jacques Algarron. Sait-on jamais. Et bien lui en a pris, car c'est au cours de cette perquisition qu'est retrouvée la fameuse lettre de Denise. Jacques est pris à son propre piège. Le juge le fait arrêter et l'inculpe pour complicité de meurtre par abus d'autorité. Jacques et Denise deviennent célèbres malgré eux. La presse les surnomme désormais « Les amants diaboliques de Vendôme ». Mais il n'est plus question d'amour dans cette histoire.

Plusieurs fois, le juge les confronte, face à face, dans son bureau. Denise tente de se défendre et d'expliquer l'influence malsaine que son amant a eue sur elle. « Si je suis un démon, dit-elle au juge, il est le diable, et il mérite d'être à mes côtés dans le châtiment. » Dans les faits, il n'y a aucun doute : c'est Denise l'auteur du crime. Mais, pour son avocat, elle a été subjuguée, manipulée par Jacques, qui a peu à peu réussi à effacer sa volonté pour lui faire commettre le pire. Jacques, de son côté, se défend violemment de telles accusations, et plaide son innocence. Il traite Denise de folle, d'obsédée sexuelle, et répète combien il regrette d'avoir eu une liaison avec elle. On ne sait plus qui croire dans cette affaire. Le procès approche, et tout l'enjeu est de mesurer la responsabilité exacte de l'un et de l'autre.

En 1956, deux ans après les faits, les deux anciens amants comparaissent devant la cour d'assises à Blois. Les jurés sont sept cultivateurs du Loir-et-Cher. L'affaire des « amants diaboliques » fascine le public, et une foule immense se presse devant le palais de justice de la ville. Dans la salle, les vedettes de l'époque ont fait le déplacement, ils sont là comme au théâtre. On aperçoit entre autres les comédiennes Nicole Courel et Élina Labourdette, ainsi que la chanteuse Picolette.

Pour défendre les deux accusés, deux géants du barreau se font face. Du côté de Denise, c'est Maurice Garçon, membre de l'Académie française. Il est passionné par les affaires de sorcellerie et a écrit de nombreux livres sur le sujet. Personne n'en parle pendant le procès mais tout le monde y pense. Du côté de Jacques, c'est René Floriot, ancien avocat du Dr Petiot – tristement célèbre pour son cabinet macabre découvert peu de temps après la fin de la Seconde Guerre mondiale –, de collaborateurs et de criminels de guerre.

Tandis qu'on lit l'acte d'accusation, un orage terrible se déclare. Il faut fermer toutes les fenêtres. Puis ce sont les lumières qui rendent l'âme. Et voilà toute la salle plongée dans la pénombre pendant de longues minutes. Les visages sont éclairés de temps à autre par un éclair. Le décor est planté. Le procès s'annonce inoubliable.

Jacques Algarron est élégant, très sûr de lui, convaincu qu'il est de son innocence. Il joue de son charme, comme s'il était heureux de se produire devant son public et ne se départit pas d'un sourire ironique. Quant à Denise, elle a moins fière allure. L'hebdomadaire *Détective* décrit « une loque tremblante et résignée ». Les yeux et le nez rougis, elle est vêtue de noir des pieds à la tête et triture nerveusement un mouchoir blanc. Elle bafouille. Elle hésite. Elle regarde le sol quand on lui parle. Elle peine à convaincre. Elle explique qu'elle était « sous emprise », comme droguée. Elle pensait que son amant allait lui ouvrir les portes d'un « autre monde ». Elle reçoit le soutien de Mme Laurent, la nourrice, qui aimait tant la petite Catherine. « Au début, je haïssais Denise pour ce qu'elle avait fait. Mais maintenant, je la comprends et je la plains. » Le procureur Gay, lui, garde les idées claires et ne se laisse pas attendrir si facilement. « Un enfant est mort. Denise Labbé était sa mère. J'exigerai contre elle la sanction la plus grave. » Il demande la peine de mort.

L'avocat de Denise, Maurice Garçon, fait alors une brillante plaidoirie. Il décrit la vie laborieuse de sa cliente, les difficultés qu'elle a rencontrées dans sa jeunesse, les sacrifices qu'elle a dû faire pour sa fille. Il insiste sur son manque d'éducation, la fait passer pour inculte, intellectuellement limitée et facilement influençable. Pour appuyer ses propos, il lit une des lettres de Jacques. Fumeuse, incompréhensible, pleine de concepts tordus et malsains. Maurice Garçon se rassoit, laissant l'assemblée songeuse.

L'avocat de Jacques plaide à son tour : « Quand Jacques a rencontré Denise Labbé, il n'a pas imaginé un instant qu'elle prendrait au sérieux des propos en l'air, des plaisanteries ! Il n'a jamais été question d'amour entre eux, encore moins de mariage. Jacques n'a tué personne ! Que peut-on lui reprocher ? D'aimer la philosophie ? Il ne s'agit que d'un jeu qui a mal tourné. Jacques n'a jamais eu un geste, une parole laissant entendre qu'il voulait la mort de la petite fille. Ce qu'il lui disait, ce qu'il lui écrivait, c'étaient des idées, des concepts. Denise a tout compris de travers. Elle a pris tout ça au premier degré. Algarron n'a pas tué. Le condamner, c'est criminaliser l'inspiration. Pourquoi ne pas poursuivre les écrivains qui ont inspiré Algarron ? Poursuivre, par exemple, Gabriele d'Annunzio, qui a écrit *L'Innocente ?* L'histoire d'un couple qui tue un enfant. C'était l'un de ses livres de chevet. »

À l'issue des plaidoiries, le président Lecoq adresse aux accusés la traditionnelle question : « Avez-vous quelque chose à ajouter ? » Denise se lève et lance dans un murmure : « Monsieur le président, je vous demande pardon. » Jacques Algarron, avec assurance mais la voix légèrement précipitée, parle à son tour : « Je sais avoir fait du mal à Mlle Labbé. J'en revendique la responsabilité morale. Mais jamais je ne lui ai demandé de tuer son enfant. »

Le procès est maintenant terminé. L'avocat général et les avocats de la défense ont plaidé. Le jury se retire. Denise, plus nerveuse que jamais, roule anxieusement son mouchoir entre ses doigts. Jacques, quant à lui, ne laisse rien paraître. Le jury revient et le verdict tombe : Denise échappe à la peine de mort. Elle manque de s'évanouir à cette annonce. Les jurés lui ont accordé des circonstances atténuantes. L'argument de la manipulation a marché. Elle est donc condamnée aux travaux forcés à perpétuité. Quant à Jacques, le jury le déclare coupable d'avoir inspiré Denise, et le condamne à vingt ans de travaux forcés. La justice est passée, et elle a été juste. Les deux condamnés sont emmenés.

Au lendemain du verdict, l'affaire fait encore la une des journaux, et les éditorialistes de l'époque alimentent un débat qui n'est pas près de s'éteindre. Dans *Paris-Presse*, le journaliste Louis Pauwels, déjà très réactionnaire et défenseur, par pure conviction, de l'homme face à la femme, écrit : « C'est la justice humaine. Elle repose sur une idée pure et des moyens douteux. L'affaire Algarron ne pouvait être jugée que sur des interprétations psychologiques. » Dans *Le Figaro littéraire*, c'est l'écrivain André Breton qui commente le verdict : « Étant donné la constitution du jury de Blois, on ne pouvait s'attendre à un jury moins dur et plus nuancé. Il est dérisoire de demander à des êtres terre à terre comme ceux qui le composaient de sanctionner un crime dont les mobiles dépassent de toute évidence leur compréhension. »

Denise Labbé a été libérée au milieu des années 1970. Condamnée aux travaux forcés à perpétuité, elle aura finalement fait un peu moins de vingt-cinq ans de prison.

Le fou de Bergerac

1er décembre 1978, Bergerac. Jean-Pierre sort du lycée. Il est 18 h 30 et il fait déjà nuit. C'est un adolescent de dix-sept ans, sans soucis, heureux d'avoir terminé sa journée de cours. Le voilà qui arrive chez lui. Il ouvre la porte. Un homme lui saute dessus. Il est grand. Il porte un bas sur la tête, un bas de femme. Et il est armé.

C'est une blague ! C'est ce que croit Jean-Pierre dans les premières secondes. Un copain du lycée lui joue un tour, un très mauvais tour. Puis très vite il comprend. L'homme le tient en joue avec une vraie arme, sa vie est *vraiment* en danger. Il n'a pas le temps de réfléchir plus longtemps, car l'homme l'entraîne dans une chambre et l'attache avec du sparadrap.

« Tu es seul dans la maison ?

— Oui.

— Et tes parents, à quelle heure ils rentrent ?

— Bientôt... »

Ensuite, le silence. L'homme ne dit rien, Jean-Pierre est terrorisé. Plus un mot, aucune explication jusqu'au retour de sa mère. Elle franchit le seuil, sans se douter de rien, puis voit l'homme masqué, son fils prisonnier. Elle l'entend qui lui crie : « Maman, Maman, ce n'est pas une plaisanterie ! Fais ce qu'il te dit ! » Elle n'a pas le choix de toute façon. L'homme l'a déjà attrapée puis ligotée comme Jean-Pierre. Mère et fils paniquent. L'homme est toujours muet. Soudain, le bruit d'une clé dans la serrure. C'est le père qui rentre, stupéfait lui aussi, puis ceinturé et immobilisé avec du sparadrap. Les voilà tous les trois ligotés et bâillonnés. Le fils, la mère et le père, tous contraints d'écouter l'homme qui soudain se met à parler. À beaucoup parler...

Il a un accent espagnol. Dans son laïus, il est question de « guerre », de « révolution », de « fuite en Espagne ». Il veut une voiture. Apparemment, il attend ou doit rejoindre quelqu'un. Mais pour le moment, il a faim et il a soif. Il a besoin de reprendre des forces. Tout de suite. Jean-Pierre et ses parents l'entendent ouvrir le réfrigérateur, farfouiller dans les compartiments, remuer des bouteilles. Ils l'entendent râler surtout : « Qu'est-ce que c'est que cette maison où il n'y a rien à boire ni à manger ! »

Imaginez. Mettez-vous à la place de cette famille. Un type déboule chez vous avec un bas sur la tête et une arme à la main. Il vous saucissonne, vous tient un discours incohérent, puis il vous engueule parce que le frigo est vide. Et puis ? Et puis, c'est tout ! Six heures vont s'écouler ainsi. Six heures durant lesquelles ils sont là, tous les trois, paralysés par la peur, à se demander ce qui va leur arriver. Six heures qui se terminent aussi abruptement qu'elles ont commencé. Le bruit de la porte d'entrée qui s'ouvre puis se ferme arrive jusqu'à leurs oreilles. Clac ! Que se passe-t-il alors ? Rien, toujours rien. Le silence de nouveau. Au bout d'un moment, Jean-Pierre parvient à se détacher. Il sort, fait le tour de la maison. Personne. L'homme est parti. Après les avoir pris en otage pendant six heures, il est juste parti. Et il est parti à pied. Plus incroyable encore, il a seulement volé un briquet et une montre. C'est presque plus effrayant que s'il avait mis la maison à sac. Qu'est-il venu chercher ? Que voulait-il ? Pourquoi cette mise en scène ? Les questions se bousculent dans la tête de chacun des membres de la famille et dans celle des policiers qui ont été prévenus par les otages dès qu'ils ont réussi à se libérer.

L'accent espagnol est bien sûr un indice capital et la police commence par explorer la piste de l'organisation terroriste basque espagnole ETA. Les combattants d'ETA, c'est connu, se réfugient en France, et en particulier dans le Sud-Ouest, lorsqu'ils veulent échapper à des poursuites ou se cacher. Mais la piste basque ne mène nulle part. La police fait aussi le tour des Espagnols qui habitent dans le coin. Chou blanc de nouveau. Pas le moindre élément permettant de poursuivre l'enquête. L'affaire est « classée sans suite ».

Et puis, deux ans plus tard, à la fin de 1980, deux autres familles de Bergerac sont à leur tour séquestrées. Les victimes dressent le même portrait-robot du preneur d'otages. Un homme grand, maigre et masqué, qui parle avec un accent espagnol. Un homme, aussi, qui dégage une odeur... de sous-bois. Une odeur de sous-bois ! Que voulez-vous que les policiers fassent de ce genre de détail ? Et surtout, quel fil pourraient-ils bien tirer ? Dans quelle direction partir pour débuter l'enquête ? D'habitude, quand on prend des gens en otage, on a un but. Le vol, la demande de rançon, le viol, le meurtre. Mais là, aucune revendication, ni cambriolage en règle, pas de violence non plus, hormis évidemment le traumatisme infligé en ligotant ses prisonniers et en les laissant dans l'ignorance totale de ce qui va leur arriver.

Ce type s'introduit chez les gens, il les neutralise. Et après, il ne fait rien. Il attend, c'est tout. Il ne vole pas, ou alors des objets sans valeur. Il réclame des clés de voiture mais, chaque fois, il s'en va à pied !

Ce type est dingue. Un doux dingue, peut-être, mais dans la tranquille cité de Bergerac, ces séquestrations en série, et sans queue ni tête, commencent à inquiéter les habitants. Même si la police communique peu sur le sujet, pour ne pas affoler la « population ». Mais la population est au courant, elle bavarde, elle s'interroge. À raison, car en octobre 1982, celui que l'on va désormais appeler « le fou de Bergerac » frappe de nouveau. Mais cette fois, sa « folie » monte d'un cran. Et quel cran !

Il est 7 heures du matin quand la victime, une mère de famille, est réveillée par un bruit. Son mari vient de partir et sa fille de douze ans dort encore. La femme se redresse et se retrouve nez à nez avec un homme très grand, masqué. Il lui colle un couteau sous la gorge. Il la viole. Puis il la ligote dans la chambre de sa fille et lui dit : « Compte jusqu'à deux cents. Et à deux cents, ta fille pourra te détacher. » Avant de tourner les talons, il lui ordonne de ne rien dire à personne de ce qui vient de se passer : « Sinon je m'en prends à la petite. » Puis il disparaît.

Une fois le danger éloigné, la fillette se précipite sur sa mère et lui lance : « Le jour où on arrêtera le type qui t'a fait ça, j'aurai quelque chose à te dire. » Qu'essaie-t-elle de lui faire comprendre ? Il faudra attendre un an pour que la gamine, lors d'une réunion de famille, avoue ce qu'elle a eu trop peur de raconter jusque-là. Elle connaît l'homme ! Il est « déjà venu » dans leur maison, plusieurs mois avant qu'il ne s'en prenne à sa mère.

C'était un samedi matin. La fillette dormait encore, ses parents étaient partis travailler. C'est alors qu'il avait surgi devant son lit. Il l'avait emmenée dans les bois, il l'avait violée. Après l'avoir violée, il l'avait ramenée dans sa chambre. Et là, avant de s'enfuir, il l'avait menacée : « Si tu parles, je tuerai tes parents. » Alors, la petite fille n'avait rien dit.

À ce stade, en 1982, le « fou de Bergerac » a donc agi cinq fois.

Trois fois, sans raison apparente. Il s'est contenté de menus larcins. Deux fois, il a violé. Hélas, ce n'est qu'un début.

En octobre 1982, le fou entre de nouveau dans une maison de Bergerac. Mais le père parvient à le mettre en fuite. Il ne fait plus parler de lui pendant plusieurs mois, jusqu'au 26 août 1983. Il a fait chaud ce jour-là. Et la famille Bodhuin profite de cette belle soirée d'été pour dîner sur la terrasse. Il y a là Alix Bodhuin, son époux et son frère. À 21 heures, les enfants sont déjà couchés. Tout d'un coup, les trois adultes voient un homme masqué fondre sur eux. Il est vêtu d'un poncho. Il porte un masque de vieillard. Et une carabine. Immédiatement, il braque le mari d'Alix : « Plus un geste, la maison est cernée. » Encore une fois, il ligote tout le monde et enferme ses victimes dans une chambre. Encore une fois, il demande les clés de la voiture.

Encore une fois, il raconte une histoire confuse, incompréhensible. Il arrive d'Espagne, doit y repartir...

Alix ne pense qu'à une chose : ses enfants. Alors, elle entretient la conversation. Son seul but est qu'il ne s'arrête pas de parler. Ne lui laisser « aucun temps mort », le relancer avec des questions, s'intéresser à ce qu'il dit. « Il jouissait de nous avoir à sa botte », expliquera plus tard Alix Bodhuin aux enquêteurs. Mais, pour le moment, elle s'efforce de l'occuper, de faire diversion. À 22 heures, ses beaux-parents et l'un de ses beaux-frères arrivent. Ils sont venus dîner avec le reste de la famille. « Ne faites rien, leur crie Alix. Il y a quelqu'un qui va nous tuer si vous faites quoi que ce soit. » La belle-mère se met pourtant à hurler. Quant au beau-père, un amiral vétéran, il avise la carabine que brandit l'homme masqué. En ancien militaire, il remarque aussitôt que l'arme ne peut tirer qu'un seul coup. Alors, il se jette sur le preneur d'otages, il attrape le fusil. Il se bat, au corps-à-corps. Le coup part, la balle traverse son bras tandis que le kidnappeur, à moitié démasqué, prend la fuite. Le fils de l'amiral en profite pour se détacher, il le course mais ne parvient pas à le rattraper. Il perd sa trace dans la forêt.

Dès que la police est alertée, elle pense immédiatement à une récidive du fou de Bergerac. Même mode opératoire, mêmes incohérences de comportement. Mais, cette fois, l'homme a laissé quelques indices derrière lui ainsi que de précieuses informations qui pourraient permettre de mieux le cerner. On sait maintenant que son arme est chargée. Le fou peut tirer, blesser, tuer peut-être. Cette arme, il l'a abandonnée en s'enfuyant. Une carabine .22 Long Rifle. Malheureusement, il n'a laissé aucune empreinte, il portait des gants. De plus, l'arme n'est enregistrée nulle part.

L'amiral Bodhuin a entrevu le visage de l'agresseur derrière son masque. Il peut donner des renseignements précieux sur sa physionomie. Il dit entre autres que l'homme a des cheveux châtains, tirant vers le brun, bouclés. Il a de « grandes pattes » et « le type du pays ». Le type périgourdin. Suite à cette description, les gendarmes diffusent dès le lendemain un portrait-robot. Et, dans la foulée, reçoivent une dizaine d'appels et de témoignages. Plusieurs personnes sont interpellées. Parmi elles, un certain Jean-François Schneider. Sa ressemblance avec le portrait-robot est frappante. Même taille, mêmes cheveux... Les gendarmes l'interpellent immédiatement. Il est interrogé pendant plusieurs heures. Un détail en particulier semble corroborer les soupçons qui pèsent sur lui : Schneider a une rougeur sur la joue. Certainement la trace du coup de poing de l'amiral Bodhuin, pensent les gendarmes. Un médecin est dépêché sur place pour l'ausculter. Mais, là encore, c'est un échec. Ce ne sont que des boutons, rien de plus. Jean-François Schneider est relâché.

Quatre mois plus tard, en décembre 1983, l'homme à la cagoule frappe de nouveau. Marie-Ange et son mari dorment paisiblement, lorsqu'ils sont réveillés en sursaut par une voix : « Nous sommes deux, nous nous sommes échappés de la centrale d'Eysse. Nous voulons de l'argent, des papiers, et les clés de la voiture », menace un homme dissimulé. Il lance des cordes à Marie-Ange et lui ordonne de ligoter son mari. Marie-Ange, tétanisée, s'exécute. Il lui réclame ensuite un papier et un stylo, et lui dicte : « Vive les vacances ! Vive la liberté ! Vive les voyages ! » On nage en plein délire. Marie-Ange obéit. Pendant tout ce temps, l'individu, qui est visiblement seul, se tient derrière elle, et elle ne distingue jamais son visage. Il lui réclame ensuite de nouveau de l'argent et les clés de la voiture. Marie-Ange le conduit alors vers la voiture, où son mari garde une sacoche remplie d'argent, quand elle aperçoit la fenêtre de la salle de bains s'éclairer. Son mari s'est sans doute libéré. Prise de panique, elle se précipite vers la maison pour le retrouver. Ils se barricadent dans leur chambre, en bloquant la porte avec une armoire. Puis, plus rien. Ils attendent. Une demi-heure plus tard, ils se risquent à sortir. L'homme a disparu. Le couple s'en tire à bon compte. Mais le fou de Bergerac court toujours. Et il va bientôt faire reparler de lui.

Un mois après cet épisode, l'agresseur passe de nouveau à l'action. Et cette fois-ci, il va tuer. Le 24 janvier 1984, à Lembras, pas très loin de Bergerac. C'est un village de près de mille habitants, où l'on produit du vin, le Pécharmant. À 18 h 30, Gaëlle, dix-huit ans, termine les cours. Elle se dirige vers le lotissement où elle habite avec sa mère, son frère et sa sœur. Dans le garage, un homme l'attend, masqué comme toujours. Lorsque Gaëlle ouvre la porte, il lui saute dessus. Le scénario est toujours le même : il entraîne la jeune fille dans sa chambre et la ligote. Et, comme toujours, il s'intéresse au reste de la famille : qui va rentrer ? À quelle heure ? Gaëlle est tétanisée. Elle attend autant qu'elle redoute l'arrivée de sa mère, qui est allée chercher sa petite sœur à l'école. À 18 h 45, les voilà. Gaëlle n'a pas le temps de les alerter que l'homme a déjà fondu sur elles. Il met la main sur la carte bleue de la mère, et lui vole du liquide. Pas grand-chose, la mère n'avait que 300 francs sur elle. Il réclame les clés de la voiture. La petite pleure, la mère est parcourue de tremblements. Il oblige la fillette à attacher sa mère, puis il les bâillonne toutes les deux et enferme la plus jeune dans les toilettes. Marc, le frère de Gaëlle, rentre à son tour à la maison. À peine a-t-il franchi le pas de la porte que l'homme l'a déjà neutralisé, ligoté, et enfermé dans un placard. La famille est au complet. Comme tous les autres, prisonniers, immobilisés, assaillis par l'angoisse. Rien ne se passe. L'homme ne bouge pas. Et puis le téléphone se met à sonner. Gaëlle est priée de répondre. Elle doit dire que « sa mère est partie chez des amis ». Mais, à l'autre bout du fil, Jacques Royère, un proche de la famille, comprend que quelque chose ne va pas. Quelque chose dans la voix de Gaëlle lui a mis la puce à l'oreille… Alors il décide de venir voir par lui-même ce qui se passe.

Arrivé au portail, il se retrouve nez à nez avec l'homme masqué. Personne ne sait exactement ce qui se passe après. Les otages entendent un bruit de course-poursuite, puis plus rien. Une demi-heure plus tard, les sirènes de police résonnent. Marc parvient à se libérer et court au-devant des policiers pour leur expliquer la situation. Pour la famille, c'est une délivrance. L'homme a disparu. Tout semble être rentré dans l'ordre. Sauf que les policiers ne sont pas là par hasard. Ils ont été appelés car on vient de retrouver le corps de Jacques Royère. Il a été tué de sept coups de couteau. Près de son cadavre, les policiers ont trouvé un bonnet. Mais il a plu, le sol est détrempé, et les chiens n'arrivent pas à renifler une piste. La famille décrit à son tour l'agresseur. Rien de bien nouveau, on parle toujours d'un homme grand, maigre, qui dégage une curieuse odeur de sous-bois... En revanche, Gaëlle, la fille aînée, raconte avoir remarqué qu'il a un léger handicap à la main. Dans l'immédiat, ça ne fait pas avancer l'enquête... Mais c'est quand même un indice de plus, toujours ça de pris !

Le lendemain, dans la presse, il est rebaptisé « le tueur de Bergerac ». Dans la ville, la psychose monte d'un cran. Le soir, les gens ne s'attardent pas, on frôle les murs. Les armuriers voient leurs chiffres d'affaires s'envoler. La radio locale doit même lancer des appels au calme, au cas où certains seraient tentés de tirer à travers leur porte au premier coup de sonnette. « Attention, derrière la porte, il y a peut-être votre voisin ou votre fils. » Avec la paranoïa, les risques d'accidents augmentent. On fait ensuite le rapprochement avec un roman de Simenon, *Le Fou de Bergerac*, un Maigret. Les théories les plus folles sont alors envisagées. Et si c'était un maniaque, un détraqué, qui s'inspirait directement du roman ? Mais non, l'histoire n'a pas grand-chose à voir avec les agressions... En revanche, le texte a récemment été adapté pour la télévision. Le tournage a eu lieu quelques années auparavant, dans la région. L'agresseur sévissait déjà à cette époque. Faute de mieux, les gendarmes prennent cette piste au sérieux. Parmi les personnes ayant participé au tournage, on s'attarde surtout sur un homme. Pierre Béthune, originaire des environs, le chauffeur de l'équipe. Un homme grand et maigre... Plusieurs personnes assurent avoir vu sa Peugeot noire à proximité du lieu du dernier crime. Il est interpellé et placé en garde à vue. Mais il est vite relâché. Oui, il était à Lembras ce soir-là. Mais il allait simplement dîner chez des amis. L'alibi est confirmé, et l'homme mis hors de cause. L'enquête piétine toujours. Depuis six ans, le fou de Bergerac sévit. Il a agressé neuf fois en tout, violé deux fois, et tué une fois. Les hypothèses les plus saugrenues sont désormais admises.

Un jour, les policiers entreprennent d'inscrire toutes les dates des agressions sur un grand calendrier en carton. Et là, surprise ! Ils s'aperçoivent qu'elles ont toutes eu lieu soit en période de pleine lune, soit en lune descendante, entre la pleine et la nouvelle lune. Le lendemain, ils en discutent autour d'un café lorsqu'un collègue des renseignements généraux leur dit : « Pleine lune... Mais j'ai peut-être quelque chose pour vous ! Ma femme fait du cheval, et dans son centre équestre, il y a un homme qui a commis un meurtre il y a longtemps. Maintenant, il est parfaitement réinséré. Mais à l'époque, on l'appelait "l'assassin de la pleine lune". » C'est une piste, et des plus sérieuses cette fois-ci ! Les policiers fouillent dans leurs archives. Et ils trouvent des coupures de presse et des procès-verbaux, qui parlent effectivement de ce fameux assassin de la pleine lune. Un dénommé Francis Leroy.

Il habite une petite maison à Périgueux et travaille effectivement dans un centre équestre, qui appartient à ses parents. C'est à Bourdeilles, au nord de Périgueux. Et il a un lourd passé. En 1961, à Saintes, en Charente-Maritime, il a violé et tué une jeune femme prénommée Christiane. Il s'est introduit chez elle pendant la nuit. Et le lendemain, on l'a retrouvée nue et morte, étranglée. Sur son corps, on a relevé des traces de griffures et de morsures. Mais ce n'est pas tout. En 1962, quelques mois plus tard, toujours à Saintes, il s'est introduit dans le domicile d'une femme de cinquante-neuf ans et lui a volé un transistor, avant de disparaître. Enfin, un mois après, le 24 mars 1962, il est entré vers 4 heures du matin chez une mère de famille. Armé d'un couteau, il a voulu lui soutirer de l'argent. La femme avait désigné le tiroir de la commode. Il allait l'ouvrir lorsqu'elle s'était mise à hurler. De peur, il s'était enfui. Et dans sa fuite, il avait laissé des confettis sur le sol. Des confettis... La veille, c'était le bal de l'école d'agriculture. Les policiers ont fouillé l'école et, dans le casier d'un élève de deuxième année, ils ont retrouvé le transistor volé en février. Le casier appartenait à Francis Leroy. Arrêté, Leroy avait avoué, et avait été condamné à vingt ans de prison. Nous étions alors en 1964. Leroy est sorti de prison en 1973. Toutes ces agressions avaient eu lieu un soir de pleine lune. Et, petit détail qui va avoir son importance, il lui manque deux phalanges à l'auriculaire droit. La jeune Gaëlle, séquestrée au moment du meurtre de Jacques Royère, n'avait-elle pas signalé que l'agresseur semblait légèrement handicapé d'une main ? Tout semble concorder. Aurait-on enfin identifié le tueur de Bergerac ?

Les gendarmes décident d'enquêter discrètement avant d'agir. Pas question de se tromper encore une fois. Dans le voisinage, ils ne recueillent que des éloges. Francis Leroy mène une vie tout à fait normale. Il est impliqué dans un grand nombre d'associations. Il s'investit beaucoup pour le Périgord Vert, qui cherche à développer le tourisme en Périgord. En théorie, Leroy a le profil, la piste est sérieuse. Mais il y a un hic : il travaille à 50 kilomètres au nord de Périgueux, alors que les agressions ont eu lieu à 50 kilomètres au sud. Et puis, s'il est bien grand et maigre, il ne ressemble pas du tout au portrait-robot établi par les victimes. Les policiers ne veulent pas laisser tomber, ils le suivent et le prennent en photo. Lorsqu'on montre un de ces clichés à l'amiral Bodhuin, celui-ci répond : « Ça pourrait bien être lui. »

Les indices sont désormais nombreux, il est temps de l'interpeller. Le 30 janvier 1984, vers 21 heures, Francis Leroy rentre chez lui avec sa compagne. À peine sorti de sa voiture, les policiers se jettent sur lui pour l'immobiliser. Il n'oppose aucune résistance, il est très calme. Il se laisse fouiller. Dans sa sacoche, les policiers trouvent une carte bleue, au nom de Marie-Ange, l'avant-dernière victime. Plus vraiment de doute possible... Francis Leroy et sa compagne sont placés en garde à vue. Lui nie les faits. Mais sa moitié est plus bavarde. En fouillant leur maison, les gendarmes ont trouvé un calendrier. À la date du 24 janvier, celle du meurtre de Jacques Royère, elle a noté « Francis absent ». Pas vraiment en mesure de nier, elle confirme que ce soir-là, il n'est pas rentré. Pas d'alibi donc. L'étau se resserre. Pour en avoir le cœur net, les gendarmes conduisent Francis Leroy à la ferme de Bourdeilles, chez ses parents, où il a encore une chambre. Il est d'un calme olympien. Mais, en fouillant sa chambre, les gendarmes trouvent sous son lit un morceau de crosse de fusil. Le même fusil dont le canon avait été scié, et qu'il avait laissé derrière lui lors de l'agression des Bodhuin. À ce moment-là, le suspect s'effondre. Il déballe tout. Sa confession va durer toute la nuit. Il avoue les séquestrations, les deux viols, et raconte en détail le meurtre de Jacques Royère.

Ce jour-là, il a déjeuné avec ses parents. Il est parti au volant de sa Renault 6 verte. À Lembras, il a repéré une maison. Il a passé un moment à l'observer, assis sur un seau, que les enquêteurs avaient retrouvé à proximité du corps. Leroy avoue la séquestration. Il allait quitter les lieux lorsque Jacques Royère est arrivé. Quand il l'a vu, il est parti en courant. Mais Jacques l'a poursuivi et ils se sont battus. C'est à ce moment-là que Francis Leroy lui a assené les sept coups de couteau, avant de s'enfuir. Jacques était encore vivant à ce moment-là. Il l'a regardé et lui a dit : « Mais qu'est-ce que vous avez fait ? » Après ça, Francis Leroy a tourné sur les routes pendant des heures, avant de rentrer chez lui. « C'était une dispute, un accident... » Un accident ? Pour un seul coup de couteau, cette excuse aurait pu passer. Mais il en a donné sept !

Le lendemain, Francis Leroy est présenté au juge d'instruction. Devant le tribunal, des centaines de personnes sont venues le conspuer. On réclame sa tête, on le traite de monstre, de loup-garou. Les journalistes écrivent : « C'est le Moyen Âge. Il ne manque que l'échafaud. »

Devant le juge, Leroy peine à expliquer *pourquoi*. Pourquoi ces séquestrations répétées ? Pourquoi ces viols ? Pourquoi ce meurtre ? Sur le moment, il n'a pas vraiment d'explication. C'est un peu plus tard qu'il parlera d'envoûtement, de forces occultes. Et de son goût, depuis tout petit, pour l'ésotérisme et le paranormal. En attendant, une seule personne ne veut pas croire qu'il est coupable. Sa mère, qui le couve telle une louve depuis toujours. Peut-être qu'il faut creuser de ce côté-là pour le comprendre ?

Francis Leroy est né en 1940, en pleine guerre, la veille de Noël. Son père était prisonnier en Allemagne. Il a grandi avec sa mère à Laon, dans l'Aisne. Et c'est peu dire qu'elle le surprotégeait... Ils habitaient à 100 mètres de l'école. Quand le petit Francis avait une envie pressante, on le ramenait... chez sa maman ! Quand son père est finalement rentré de captivité, Francis avait cinq ans. Mais, après toutes ces années d'absence, la mère ne lui a jamais laissé occuper son rôle de père auprès de son fils. Les Leroy ont ensuite acheté une ferme près de Périgueux, où Francis allait à l'école. Quand, vers l'âge de quinze ans, il a commencé à sécher les cours, sa mère, au lieu de le gronder, lui signait tous les mots d'absence dont il avait besoin. Plus tard, il est allé au lycée agricole de Saintes. C'est à cette période qu'a eu lieu la première série d'agressions, le meurtre, puis la prison. Déjà, sa mère ne croyait pas à sa culpabilité. À sa sortie en 1973, Francis est retourné vivre chez ses parents à Bourdeilles, où il a commencé à organiser des randonnées à cheval. À trente-trois ans, il ne gagnait pas d'argent, n'avait pas de maison, et ne pouvait rien faire sans l'autorisation de sa mère. Quand il lui présentait des femmes, ça n'allait jamais. Celle-ci fumait, celle-là buvait, celle-ci encore parlait trop... Ce n'était jamais celle qu'il lui fallait. Et Francis, dont la situation financière précaire ne lui permettait pas de se rebeller, se laissait faire. C'est à ce moment-là que, étouffé et poussé à bout par cette mère castratrice, il s'est réfugié dans l'occultisme. Et voilà l'excuse qu'il avance pour expliquer ses agissements. Il a été « poussé par des forces occultes ». C'est une première ! Au tribunal, personne ne sait quoi penser. Est-il sincère ? Ou cherche-t-il à fuir ses responsabilités ? Est-il fou ou manipulateur ?

Ce qui est sûr, c'est qu'il baigne depuis sa plus tendre enfance dans une ambiance ésotérique. Il a été soigné par des guérisseurs. Il a toujours été attiré par le paranormal. Mais, pour les psychiatres, ce n'est qu'une manœuvre. Ils pensent que Francis Leroy est animé par un sentiment de toute-puissance, un désir d'emprise et de possession. Il jouit de son pouvoir, de sa domination sur les personnes qu'il séquestre. C'est pour cette raison qu'il attache ses victimes. Les psychiatres le qualifient de sadique, de narcissique, avec une certaine dimension perverse.

Mais qu'en est-il de la lune, qui a quand même permis de l'identifier ? Certains experts croient en son influence sur son comportement, et les avocats de Leroy défendent cette thèse. Le juge d'instruction lui-même semble y croire, et demande une expertise. C'est une première. À ma connaissance, ce cas représente la seule et unique fois qu'une éventuelle influence de la lune a été prise en compte dans une enquête et un procès criminels en France.

Francis Leroy se prête sans rechigner à toutes les analyses. Des médecins vont mesurer l'évolution de ses hormones, et notamment de la mélatonine et de l'ACTH, qui participent à la régulation du stress. On effectue des prises de sang à différents moments du cycle lunaire. Au moment de la pleine lune, Leroy révèle des taux d'hormones deux à quatre fois supérieurs à la normale. Cela pourrait vouloir dire qu'il est effectivement soumis à l'influence de la lune, qu'il se révèle beaucoup plus irritable et agressif en période de pleine lune ou de lune descendante. Mais cette expertise n'a aucune valeur scientifique réelle. En effet, on n'a pas mesuré ses taux d'hormones en dehors des périodes de pleine lune, ce qui ne donne aucun élément de comparaison. Par ailleurs, on n'a pas tenu compte du fait qu'au moment de l'expertise Leroy est en prison, une situation qui ne peut qu'ajouter à son stress. Et enfin, on n'a pas comparé ses dosages d'hormones avec ceux des autres prisonniers. Le juge d'instruction n'est pas convaincu. Il renvoie alors Francis Leroy devant la cour d'assises de Dordogne. Il y comparaît le 20 juin 1989, un jour de pleine lune...

Malgré le scepticisme du juge, l'hypothèse d'une influence de la lune sur le comportement de Francis Leroy n'est pas complètement écartée, et ses avocats vont en jouer. Ils appellent un biologiste spécialiste de la lune et du paranormal à témoigner, Rémy Chauvin. Celui-ci est, vous vous en doutez, très attendu. Peut-être va-t-il renverser le procès ? Mais pendant une suspension d'audience, avant même d'avoir donné sa déposition, il commet l'erreur de répondre en direct aux questions d'une radio régionale. « Oui, par le biais de dérèglements hormonaux, la lune peut avoir une influence sur le comportement de quelqu'un. » Le président du tribunal et l'avocat général sont furieux. Rémy Chauvin aurait dû garder la primauté de ses conclusions pour la cour. Ils acceptent qu'il dépose, mais l'expert est déstabilisé... Et quelque peu décrédibilisé ! Une autre de ses déclarations va le mettre un peu plus encore dans l'embarras. « Les oies se comportent différemment selon les périodes de lunaison. »

Éclat de rire général dans l'audience. Leroy n'est pas une oie !

La défense de Leroy a du mal à s'en remettre. Elle tente alors de plaider une forme de folie. Devant les victimes, Leroy bredouille quelques mots. Il apparaît surtout misérable et est toujours incapable d'expliquer ses agressions. L'avocat général, Gérard Albigé, fait un réquisitoire implacable. Il compare Francis Leroy à un chacal qui attend ses proies. « C'est un être qu'il faut neutraliser. Il faut l'arrêter. » Il balaie l'influence des astres : « Leroy est responsable de ses actes. » Finalement, il réclame la perpétuité, assortie d'une période de sûreté de trente ans. La peine maximale depuis l'abolition de la peine de mort. Il ne retient aucune circonstance atténuante. Ni la lune, ni la mère castratrice, ni la folie. Les jurés non plus. En moins de trois heures, ils condamnent Francis Leroy à la réclusion criminelle à perpétuité assortie d'une période de sûreté de vingt ans. À l'énoncé de ce verdict, Leroy ne montre aucune réaction. Il sortira finalement de prison en 2010, après vingt années passées derrière les barreaux. Il vit aujourd'hui loin de Bergerac.

Un tueur en série télégénique

En 1978, à la télévision américaine, les téléspectateurs assistent à une scène surréaliste. Dans un jeu à succès, l'équivalent de notre *Tournez manège !* national, qui là-bas s'appelle *The Dating Game* et répond au même principe. C'est un jeu de rencontres : sur le plateau, trois hommes célibataires soigneusement sélectionnés par la production doivent tenter de séduire une jeune femme, dissimulée derrière une cloison. Elle leur pose des questions sur leurs centres d'intérêt, leurs loisirs, leur métier, leur physique aussi... À la fin, la jeune femme doit en choisir un seul, avec lequel elle aura un *date*, un rendez-vous. Qui sait si cette rencontre ne marquera pas le début d'une grande histoire d'amour ?

En 1978 donc, Jim Lange, le présentateur de l'émission, dresse le portrait des trois prétendants. Nous sommes en pleine libération sexuelle et les blagues de l'époque sont un peu en dessous de la ceinture. « Notre premier célibataire est un photographe à succès et, comme vous pouvez le voir, il est... bien développé ! Merci d'accueillir Rodney Alcala ! »

Les spectateurs applaudissent et le visage du premier candidat apparaît dans la lumière. Il faut l'avouer : c'est un beau mec. La trentaine, les cheveux noirs ondulés et un sourire enjôleur. La scène est disponible sur Internet et elle vaut le détour. Le bellâtre s'appelle donc Rodney Alcala. Et de toute évidence, personne n'a pris la peine de vérifier qui il est vraiment. Autrement, il ne serait pas là. Car Rodney Alcala est l'un des plus grands tueurs en série des États-Unis. Attention, je ne suis pas en train de vous dire qu'il va devenir un tueur en série, non. Il l'est déjà. Cela fait dix ans qu'il sévit, il a même figuré sur la liste des dix criminels les plus recherchés par le FBI. Il a un casier judiciaire long comme le bras. C'est dingue ! D'autant qu'il y a un rendez-vous à la clé de cette émission. Un rendez-vous avec Cheryl Bradshaw, la candidate du jour, une très jolie blonde. Dès le début de l'émission, Rodney Alcala lui susurre derrière la cloison : « Nous allons passer un merveilleux moment ensemble, Cheryl. » Elle minaude et lui demande :

« Quel est votre moment préféré de la journée ?

— C'est la nuit. La nuit, c'est ce que je préfère. »

Cheryl rougit.

« Comment vous appelez-vous et à quoi ressemblez-vous ?

— On m'appelle la banane et je suis très, très beau ! Viens m'éplucher si tu veux ! »

Le public s'esclaffe, Cheryl aussi. Visiblement, la gouaille du candidat lui plaît. Bien sûr, à la fin, c'est lui qu'elle choisit. Ils se découvrent sous les applaudissements, ils sont beaux, c'est formidable ! Et il l'emmène sur-le-champ. Les voilà qui marchent vers sa voiture. Au début, elle sourit, encore grisée par l'émission. Mais ça ne dure pas longtemps. Bientôt, elle sent que quelque chose cloche chez ce garçon. Elle le trouvait charmant, maintenant il lui fait peur. Une intuition, une impression. Elle le laisse partir, sans elle. Elle ne le sait pas, mais elle est sauvée. Lui est furieux, mais il en trouvera d'autres ! Il en a toujours trouvé d'autres...

Le premier crime de Rodney Alcala remonte à 1968, dix ans tout juste avant son pied de nez en direct.

Ce jour-là, la police de Los Angeles reçoit un appel inquiet. Quelqu'un a vu un homme monter dans une chambre, dans un motel à Hollywood. Il était accompagné d'une petite fille qui avait l'air apeurée, dit-il. « Je suis sûrement idiot, sûrement paranoïaque, mais quelque chose ne tourne pas rond... S'il vous plaît, venez jeter un œil. » La police contacte son agent en patrouille dans le quartier, l'agent Camacho. Il n'est pas loin et se précipite au motel. Il tambourine à la porte : « Police ! Ouvrez immédiatement ! » À l'intérieur, il entend des bruits bizarres. Alors qu'il s'apprête à enfoncer la porte, elle s'entrouvre. Un homme apparaît dans l'entrebâillement. Un visage qu'il n'oubliera jamais, « le visage le plus diabolique que j'aie jamais vu », dira-t-il même. « Une seconde, monsieur l'agent, j'étais dans la douche, j'enfile un pantalon ! »

C'est une ruse, bien sûr. Mais l'agent Camacho n'a aucune idée de la perversité du personnage. Alors il attend un peu. Au bout de quelques minutes, comme rien ne bouge, il défonce la porte et est accueilli par une vision d'horreur. Sur le sol, une mare de sang, au milieu de laquelle gît le corps d'une petite fille de huit ans. On l'identifiera plus tard comme Tali Shapiro. Posée sur son cou, une longue barre de fer, que l'homme a utilisée pour la rouer de coups. Elle a été massacrée, littéralement massacrée. Lui s'est enfui par la fenêtre, il est déjà loin. Mais il a tout laissé derrière lui : ses appareils photo, des centaines de clichés de jeunes filles, ses papiers d'identité et une carte d'étudiant. Tout est au nom de Rodney Alcala. L'agent Camacho appelle du renfort et décide de revenir vers le corps. Allez savoir pourquoi, alors que tous les règlements de police prescrivent de ne pas s'approcher de la scène du crime et de ne rien toucher, il soulève lentement la barre de fer placée sur le cou de la petite Tali. Et, miracle, elle se met à tousser ! Elle est vivante ! Mais Rodney Alcala, lui, a disparu dans la nature.

Il s'est enfui dans un État voisin. Aux États-Unis, dans ces années-là, c'était le moyen le plus sûr d'échapper à la police. Si vous étiez recherché en Californie, il vous suffisait d'aller dans le Nevada où personne n'était au courant de ce que vous aviez fait. La cavale d'Alcala va durer trois ans. Et, croyez-le ou non, quand on le retrouve, il est devenu professeur d'art dans un camp d'été pour adolescents. Une fois de plus, personne n'a fait de vérifications. On ne se méfie pas de lui. Il faut dire qu'il est charmant, ce Rodney, il présente bien. Ce sont deux de ses élèves qui ont découvert complètement par hasard qu'il figure sur la liste des dix personnes les plus recherchées par le FBI. Il est dénoncé et enfin arrêté. On va pouvoir le juger pour l'agression de Tali Shapiro. Mais la famille de la petite fille a quitté le pays, traumatisée. Dans ces conditions, le procès n'est pas le même : personne ne peut les défendre convenablement. Finalement, Alcala s'en sort bien, très bien même : après trois ans d'emprisonnement, il est libre. Il paraît qu'il a « changé ». Bien entendu... Deux mois après sa sortie de prison, il est arrêté pour le viol d'une jeune fille de treize ans. Il retourne en prison pendant deux ans. Puis il ressort et il recommence. On sait aujourd'hui que, dans les années qui ont suivi sa sortie de prison, il a violé et tué plusieurs fois, jusqu'à son incroyable provocation dans le *Dating Game*.

Dans les mois qui suivent l'émission, Rodney Alcala va frapper de nouveau. Pendant l'été 1979, il se rend en Californie, dans le comté d'Orange, à Huntington Beach. Le 20 juin 1979, en fin d'après-midi, une famille du coin, les Samsoe, appelle la police. Ils sont sans nouvelles de leur fille de douze ans, Robin. Elle a quitté la maison à 11 heures pour aller jouer avec son amie Bridget sur la plage, puis elle devait aller à son cours de danse. Elle n'y est jamais arrivée. Les parents l'ont cherchée partout, la petite est introuvable. « C'est une petite fille très responsable, si elle n'est pas là c'est qu'il s'est produit quelque chose de terrible ! » Marianne Samsoe, la mère, a bien raison de s'inquiéter. Bridget, l'amie de Robin, a raconté des choses très inquiétantes aux policiers : « Un homme aux cheveux noirs est venu nous voir, sur la plage. Il voulait nous prendre en photo. Il disait que c'était pour un concours... » Elle a refusé mais Robin a accepté. Elle raconte qu'à ce moment-là un autre homme est intervenu. Il trouvait ça louche, ce type avec son appareil photo qui parlait à des enfants, alors il s'est approché. L'autre s'est enfui en courant, comme un voleur. Mais il a dû rester dans le coin, se disent les policiers. La petite Bridget les aide à constituer un portrait-robot de l'homme à l'appareil photo. Un homme aux cheveux noirs ondulés, tombant jusqu'aux épaules et aux larges pommettes, avec un grand sourire « charmant ». Le portrait craché de Rodney Alcala. Hélas, en 1979, la police de Huntington est absolument incapable de faire le lien entre Alcala et le portrait-robot : Internet n'existe pas encore et il n'a jamais sévi dans le coin. C'est sa règle : ne jamais frapper deux fois au même endroit. Quoi qu'il en soit, dans la soirée, le portrait-robot et la photo de la petite Robin sont diffusés à la télévision et, le lendemain, font la une des journaux.

Entre-temps, Alcala a fui et en a profité pour se refaire une beauté. Il est méconnaissable. Au début, il s'est fait lisser les cheveux, avant de tout raser. Sans sa tignasse, on ne le reconnaît pas. Il a dit à ses proches qu'il allait s'installer à Dallas ou à Mexico, selon les gens. En vérité, il a pris une chambre dans un motel à Seattle.

Du côté d'Huntington Beach, les choses avancent. Il n'y a pas Internet, mais il y a la télévision : la diffusion du portrait-robot a déclenché une série d'appels.

Quatre au total, qui ont tous reconnu formellement Rodney Alcala. Vous n'allez pas y croire, mais parmi ces appels, on retrouve le bon samaritain de 1968, l'homme qui, onze ans plus tôt, avait appelé la police parce qu'il avait vu Alcala rentrer dans un motel avec la petite Tali Shapiro ! La première chose qu'il dit à la police, c'est : « Je vous en supplie, cette fois-ci, ne le laissez pas sortir ! » Les policiers d'Huntington se font envoyer une photo de l'homme. La ressemblance avec le portrait-robot est stupéfiante. Imaginez donc la tête du détective quand, le soir même, il tombe sur l'émission *The Dating Game*… Rodney Alcala, l'homme qu'il recherche, passe à la télévision ! Il appelle immédiatement la chaîne et leur ordonne d'empêcher l'homme de quitter le studio. Mais il déchante rapidement. L'émission n'est qu'une rediffusion, l'originale avait été tournée l'année précédente. Ça fait bien longtemps qu'Alcala a quitté le studio. Le policier est un peu agacé. Il était persuadé qu'il allait le coincer. Allez savoir si ce n'est pas cet épisode qui lui a donné cette hargne – ce soir-là, le détective se fait une promesse : il ne lâchera jamais, jusqu'à ce qu'il le coince !

Il commence par éplucher son dossier, épais comme un bottin. C'est là qu'il découvre qu'Alcala, à ce moment précis de l'histoire, est en liberté conditionnelle après avoir enlevé et violé une mineure dans le Riverside, la banlieue de Los Angeles. Il y a eu un juge assez naïf pour le laisser sortir. Pour nourrir le dossier d'instruction, la police lance un appel à tous ceux qui étaient présents sur la plage d'Huntington le 20 juin, le jour de la disparition de Robin Samsoe. Sur place, elle montre une photo d'Alcala. La plupart des gens confirment : « Oui, c'est bien ce mec-là, il n'arrêtait pas d'accoster les filles pour les prendre en photo. »

Puis vient le moment que tout le monde redoutait. Le moment où l'on retrouve un petit corps ou du moins ce qu'il en reste. Méconnaissable, impossible à identifier. Il n'y a même plus de cheveux. C'est un meurtre immonde, un acte de sauvage. S'agit-il de Robin Samsoe ? Impossible, évidemment, de montrer le corps à sa mère, Marianne. On se contente d'une paire de chaussures, retrouvées sur le cadavre. Elle éclate en sanglots. Ce sont les chaussures de sa fille.

Le 24 juillet 1979, la police encercle la maison de la mère de Rodney Alcala, à Monterrey Park, dans le comté de Los Angeles. On a de bonnes raisons de croire qu'il s'y est réfugié après son escale à Seattle. Chez sa petite maman qui, depuis tant d'années, condamnation après condamnation, procès après procès, ferme les yeux et lui pardonne tout. Il est 7 heures du matin. En moins d'une minute, les policiers sont dans la maison et trouvent Rodney, nu comme un ver, dans son lit. Comme c'est la règle, ils lui présentent les charges retenues contre lui. Il ne moufte pas. Ni émotion ni effusion, rien du tout. À partir de ce moment-là, tout l'enjeu est de le garder en prison pour un bon bout de temps. Car même s'il est certain que c'est lui qui a tué Robin Samsoe, il n'y a pas beaucoup de preuves pour appuyer cette certitude. On l'a vu sur la plage, certes, mais on ne l'a pas vu enlever la petite fille. Les témoins disent qu'il a proposé à plusieurs filles de les prendre en photo, mais on n'a aucune preuve que son projet final ait été de les tuer. Les policiers ont fouillé la maison de sa mère de fond en comble, mais ils n'ont rien trouvé, ou pas grand-chose. Le revêtement intérieur du coffre de sa voiture est neuf. On pense évidemment qu'il l'a changé à cause des taches de sang. Mais lui dit que c'est à cause de l'odeur de cigarette qu'il ne supportait plus. Lui, bien sûr, assure qu'il n'a pas mis les pieds à Huntington Beach depuis des années, qu'il ne connaît pas cette petite fille. Sauf qu'en prison il va faire une grave erreur. Un jour que sa sœur lui rend visite, il ne se méfie pas, il n'envisage pas une seconde qu'on ait caché des micros partout dans le parloir. Et les surveillants entendent distinctement le message qu'il chuchote à sa sœur : « J'ai loué un grand casier, à Seattle. Faudrait pas que la police tombe dessus, ce serait embêtant, tu comprends, très embêtant. Alors tu y vas, et tu brûles tout ! »

Quand la sœur quitte la prison, les policiers la prennent en filature jusqu'à Seattle. Et, au moment où elle ouvre le casier, ils lui tombent dessus. Dans le casier, c'est une pêche miraculeuse, un trésor de guerre ! D'abord, ils trouvent un petit sac de toile rouge, qui contient des dizaines de boucles d'oreilles. Fétichiste donc, le jeune Rodney. Puis ce sont des dizaines et des dizaines de photos de femmes, de jeunes filles, habillées, déshabillées, la plupart dans des positions suggestives. S'agit-il de photos de ses victimes ? Aurait-il tué toutes ces filles ? Malheureusement, dans le lot, il n'y a pas de cliché de la petite Robin. En revanche, il y en a un pris à Huntington Beach. On reconnaît la plage. Dessus, il y a une petite fille. La police diffuse immédiatement la photo dans les journaux et retrouve rapidement la trace de la gamine. « Ce monsieur ? Il m'a dit qu'il prenait des photos pour un concours... J'ai trouvé ça cool ! » Elle ajoute que la photo date du 20 juin, le jour même de la disparition de Robin. Elle en est certaine, elle l'a noté dans son journal intime ! Et il y en aura d'autres... D'autres petites filles, qui viendront raconter la même scène. Il voulait les prendre en photo, il a tenté de les faire monter dans sa voiture. Elles ont refusé. Quant au petit sac rouge contenant les boucles d'oreilles, la mère de Robin en reconnaît une paire. Elle est sûre qu'elles appartenaient à sa fille.

Quand on présente les bijoux à Rodney Alcala, savez-vous ce qu'il trouve à répondre ? C'est son petit secret, figurez-vous. Il « adore porter des boucles d'oreilles » ! Il sait que ce n'est pas trop à la mode, mais c'est son petit péché mignon. Voilà donc tous les éléments dont dispose la police à la veille du procès d'Alcala.

Son dossier n'est pas vide, loin de là. Tout l'accuse. Mais il n'y a toujours aucune preuve formelle qu'il a tué la petite Robin. Aucune preuve irréfutable. Il y a donc un risque qu'il passe, une fois de plus, entre les mailles du filet. C'est pour cette raison qu'à la veille du procès Marianne Samsoe, la mère de Robin, achète un petit revolver qu'elle glisse dans son sac à main. C'est décidé, si la justice ne condamne pas Alcala, elle le tuera elle-même. Hors de question de le laisser repartir dans la nature. Dès qu'elle le pourra, pendant le procès, elle lui mettra une balle dans la tête !

Le procès de Rodney Alcala pour le meurtre de la petite Robin Samsoe s'ouvre en 1980. Marianne Samsoe est là, le petit revolver au fond de son sac. Pour la première fois, elle voit en chair et en os l'assassin de sa fille, avec ses longs cheveux noirs et ses yeux sombres. Elle tient nerveusement son sac, la main agrippée à la crosse de son revolver. Mais finalement, elle n'ose pas, elle laisse la justice faire. Rodney Alcala est condamné à mort. Mais il y a un vice de procédure : tous les jurés n'ont pas été informés de ses précédentes agressions sexuelles. La Cour suprême de Californie annule le verdict. Il faut tout recommencer de zéro. Et si je ne prends pas la peine de vous raconter le second procès, qui a lieu six ans plus tard en 1986, c'est parce que Rodney Alcala est une fois de plus condamné à mort et, une fois de plus, la sentence est annulée. L'attente du troisième procès va durer des années et je pèse mes mots : vingt-quatre ans ! Heureusement, pendant tout ce temps, il n'est pas question de le libérer.

Le procès se tient finalement en 2010, trente et un ans après les faits. Mais il y a une explication à cette attente : la police scientifique a fait des progrès considérables et depuis la découverte des photos dans le casier de Seattle, elle est convaincue que Robin Samsoe n'était qu'une victime parmi d'autres.

Quitte à le juger, autant le juger pour l'ensemble de ses crimes. À partir du milieu des années 1990, l'ADN devient une technique fiable. On y soumet les boucles d'oreilles retrouvées dans sa planque. Et bingo, on y retrouve l'ADN de quatre autres victimes. Jill Barcomb, dix-huit ans. Georgia Wixted, vingt-sept ans. Charlotte Lamb, trente et un ans et Jill Parenteau, vingt et un ans. Cinq meurtres.

C'est seulement à partir de ce moment-là que l'on envisage le fait qu'Alcala puisse être un tueur en série. Jusqu'ici, on le soupçonnait ; désormais, c'est certain. Le procureur réclame qu'il soit jugé pour les cinq meurtres au cours d'un seul procès. « Nous voulons que le jury voie son vrai visage, sans rien laisser de côté. » La demande est acceptée. Le procès est programmé, Alcala n'a aucune chance de s'en sortir cette fois-ci, l'ADN est la reine des preuves. Alors il va en profiter pour faire son numéro. Il ne veut pas d'avocat. Enfin, pas de « mauvais avocat », comme ceux qui rôdent autour de ce genre de dossier pour se faire de la publicité. Non, pour ce procès, il veut le meilleur, le seul en qui il ait vraiment confiance. Lui-même ! Il va se défendre tout seul. Cela fait trente ans qu'il rumine dans sa cellule. Il connaît chaque page de son dossier. Avant le procès, il a même publié un livre destiné aux membres du jury qui vont le juger. Dans *Vous, les jurés…*, il clame son innocence et va même jusqu'à suggérer d'autres suspects, qu'il considère plus crédibles que lui. Le narcissisme est l'une des principales caractéristiques des grands tueurs : jusqu'au bout, ils veulent être les héros de leur folie.

Le troisième procès débute donc en février 2010 dans un climat de tension insoutenable. Imaginez Marianne Samsoe. Trente ans qu'elle attend que justice se fasse ! Trente ans qu'elle espère voir enfin l'assassin de sa fille condamné ! Elle n'a plus confiance, elle le sait capable de tout. Elle sait qu'il est possible qu'il passe entre les mailles du filet. Il lui reste forcément un dernier tour dans son sac. Quand Rodney Alcala arrive dans le box, ce n'est plus le même homme. Fini, les cheveux longs et bouclés. Il a soixante-cinq ans, il en avait trente-six quand il a été arrêté. Il a désormais les cheveux gris, et est beaucoup moins flamboyant. Ça ne va pas l'empêcher de faire son cirque. Il va entreprendre de s'interroger lui-même, puisqu'il est son propre avocat. Et, pour ce faire, il va utiliser deux voix différentes. Alcala l'avocat parle avec une voix très grave, Alcala l'accusé lui répond d'une voix plus douce.

« Monsieur Alcala, pouvez-vous me dire si vous étiez à Huntington Beach le 20 juin 1979 ?

— Vous faites bien de me poser la question, je n'y étais absolument pas, je n'y suis jamais allé d'ailleurs. »

C'est surréaliste. Et ce n'est pas fini car, à ce petit jeu, en tant qu'« avocat », il interroge lui-même les familles des victimes ! Aussi pitoyable que ça puisse paraître, c'est la vérité. Et évidemment, il fait craquer tous les parents des victimes. Comment voulez-vous accepter que l'homme qui a tué votre fille vous pose des questions ? Marianne Samsoe sort de ses gonds. Et lui en conclut publiquement que c'est la preuve qu'elle a « quelque chose à se reprocher ». Il est monstrueux. Mais on lui a réservé une petite surprise, au monstre. Une femme est appelée à la barre. Elle a la cinquantaine, les cheveux noirs et l'air confiant et calme. Elle s'appelle Tali Shapiro. La petite fille qu'il avait laissée pour morte en 1968 dans le motel, quarante-deux ans plus tôt. Son témoignage contre lui est terrible. Et lui est totalement déstabilisé. Il va même jusqu'à s'excuser : « Je regrette sincèrement et vous présente toutes mes excuses pour mon comportement ignoble ce jour-là. »

Il a baissé la garde pour la première fois. Et c'est peut-être le signe qu'il a enfin compris. Pour la troisième fois, il est reconnu coupable de toutes les charges retenues contre lui et est condamné à mort. Cette fois, il n'y aura pas d'appel, pas de faute de procédure. C'est définitif. Mais il n'a toujours pas été exécuté, et pour une bonne raison. En mars 2010, la police a rendu publiques des centaines de photos retrouvées dans le casier de Seattle, dans le but d'identifier d'autres victimes potentielles. Une vingtaine de jeunes femmes se sont manifestées après s'être reconnues sur les clichés et au moins six familles ont cru reconnaître des proches disparues depuis des années. En janvier 2011, Alcala a comparu à New York pour les meurtres de l'hôtesse de l'air Cornelia Crilley et de l'aspirante chercheuse Ellen Hover, âgées toutes les deux de vingt-trois ans. Depuis, de vieilles histoires remontent à la surface. On le soupçonne d'au moins cinquante meurtres, mais leur nombre pourrait aller jusqu'à cent trente. Il ne sera pas exécuté tant que toutes ces affaires n'auront pas été jugées. Le dossier Alcala n'est donc pas près d'être refermé.

La chute d'Oscar Pistorius

L'histoire qui va suivre se déroule à Pretoria, la capitale de l'Afrique du Sud et, le moins que l'on puisse dire, c'est qu'elle a défrayé la chronique. À Pretoria, les riches habitent de grands complexes ultrasécurisés. Des lotissements cernés de clôtures électriques et de caméras de surveillance, où patrouillent vingt-quatre heures sur vingt-quatre des agents de sécurité armés jusqu'aux dents. Et, dans le genre, le complexe de Silver Woods est l'un des plus chics de la ville. Des maisons superbes, des piscines cristallines, du gazon vert et moelleux... C'est comme ça que l'on vit, en Afrique du Sud, quand on en a les moyens. C'est ici qu'habite Oscar Pistorius, le célèbre athlète médaillé, avec sa petite amie, le mannequin Reeva Steenkamp.

Nous sommes le 13 février 2013. Aux alentours de 18 heures, Reeva rentre chez elle au volant de son Austin Mini. La vitre de sa voiture est ouverte et elle plaisante avec les gardes. Elle est resplendissante et elle a l'air heureuse. Reeva a laissé tomber sa carrière de mannequin à trente ans, pour se lancer dans la télévision. Elle vient de tourner une émission de téléréalité dont la diffusion doit commencer dans une semaine. Elle est très impliquée dans la lutte contre les violences faites aux femmes. Un fléau, en Afrique du Sud... En 2010, une étude révélait qu'une femme y est violée toutes les cinq minutes, et tuée par son compagnon toutes les six heures. Toutes les *six heures*. Une petite fille sud-africaine a donc plus de risques d'être violée que d'apprendre à lire...

À 18 h 10, la BMW blanche d'Oscar Pistorius traverse le poste de contrôle à l'entrée du lotissement. C'est la veille de la Saint-Valentin, et le couple a prévu de passer la soirée en tête à tête. Dans la journée, Reeva a tweeté : « Quelle surprise avez-vous prévue pour votre amoureux demain ? » Ils sont jeunes, très amoureux, riches, célèbres... Bref, un couple idéal, et nul doute que cette première soirée de Saint-Valentin passée ensemble va être mémorable.

Un peu plus tard, vers 3 heures du matin, des coups de feu résonnent dans la maison de Pistorius. Les voisins alertent immédiatement la sécurité et la police. Quand l'inspecteur Hilton Botha pénètre dans la maison, il tombe tout de suite sur un corps. C'est celui de Reeva, qui gît au beau milieu de l'entrée. Elle est morte, avant même l'arrivée des secours. Elle porte une serviette sur la tête. Une longue trace de sang part de son corps vers l'escalier et remonte à l'étage, jusqu'à la salle de bains. C'est là qu'elle a été tuée. On l'a traînée dans l'entrée. Les secours fouillent la maison à la recherche d'Oscar Pistorius. On le retrouve finalement prostré dans un coin de son garage. Il est assis sur un banc de musculation, la tête entre les mains, se balançant d'avant en arrière, en répétant : « J'ai tué mon bébé, j'ai tué mon bébé... Mon Dieu, sortez-moi de là ! » Dehors, beaucoup de curieux alertés par le bruit commencent à se rassembler devant la maison. Des voisins, des amis, mais aussi des secouristes et des policiers. L'agent de Pistorius est là, lui aussi. Et c'est dans cette atmosphère quelque peu chaotique que les policiers mènent leurs premières observations. Reeva a reçu quatre balles de calibre 9 mm. Dans la hanche, dans l'épaule et dans la tête. Dans la salle de bains, la porte des toilettes a été fracassée. À l'intérieur, les policiers trouvent l'arme du crime, un pistolet 9 mm Parabellum. Il appartient à Pistorius. Les policiers l'embarquent, ainsi que trois téléphones portables et une batte de cricket, qui a sans doute servi à défoncer la porte des toilettes... On retrouve trois douilles dans la salle de bains. La quatrième est dans le couloir qui y mène. Pistorius, le visage défait, tente d'expliquer qu'il a confondu sa petite amie avec un cambrioleur. En pleine nuit, il a entendu du bruit à l'étage. Il s'est levé sans ses prothèses et a pris l'arme qu'il gardait toujours sous son lit. Il est entré dans la salle de bains, a entendu quelqu'un dans les toilettes et a tiré.

« Et Reeva, monsieur Pistorius ? Et Reeva ?!

— Reeva... J'étais certain qu'elle était dans le lit ! »

Les policiers sont sceptiques. Un cambrioleur ? Dans ce quartier-forteresse ? Un simple bruit dans les toilettes, qui justifierait des coups de feu ? À 10 heures du matin, Oscar Pistorius est placé en garde à vue. Dans la journée, il est mis en examen pour meurtre. En quelques heures, la nouvelle s'est répandue dans le monde entier. C'est la sidération. On refuse d'y croire. Pas Pistorius ! Pas lui !

Très professionnelle, la famille d'Oscar Pistorius prend sa communication en main dès le début de l'affaire. Arnold Pistorius, l'oncle d'Oscar, organise une conférence de presse deux jours après le drame. Il apparaît dans son jardin, au côté d'Aimee, la petite sœur d'Oscar, complètement effondrée. « Nous regrettons profondément les accusations de meurtre prémédité. Nous n'avons aucun doute : il n'y a aucune matière à ces allégations. » Deux jours plus tard, la famille engage une agence de communication. Il faut dire que ce sont près de trois cents journalistes qui campent désormais jour et nuit devant la maison d'Oscar. Pour la presse en général, et pour la presse à scandale en particulier, cette affaire est pain bénit. Elle va en faire un véritable feuilleton, nourri par de prétendues fuites policières. Un jour, on raconte que Reeva a eu « le crâne fracturé par la batte de cricket », le lendemain qu'un « premier coup de feu a été tiré dans la chambre, dans le lit », puis qu'on a retrouvé des stéroïdes chez Pistorius, ou encore que Reeva était enceinte...

Une folie médiatique contemporaine, à la hauteur du personnage. Car en 2013, Oscar Pistorius est une star ultime, un héros, ne l'oublions pas !

Né le 22 novembre 1986, à Johannesburg, le petit Oscar n'était déjà pas comme tout le monde. Il naît sans péronés, cet os parallèle au tibia qui relie le genou à la cheville. Ni à la jambe droite ni à la jambe gauche. C'est une infirmité très rare et les médecins sont formels : Oscar ne pourra jamais marcher. Il devra passer sa vie en fauteuil roulant. Mais ses parents, Henke et Sheila Pistorius, ne l'entendent pas de cette oreille. Ce n'est pas leur genre de baisser les bras. Ce sont des Afrikaners, des Blancs d'Afrique du Sud, plutôt aisés. Ils vont remuer ciel et terre, rencontrer les plus grands spécialistes. Un jour, le père d'Oscar refuse de payer les honoraires d'un médecin qui propose une amputation au-dessus du genou. « Les genoux de mon fils fonctionnent parfaitement, docteur. Au revoir, docteur. » Chez les Pistorius, on est très têtu. Finalement, alors qu'il n'est âgé que de onze mois, Oscar est amputé au-dessous du genou, c'est-à-dire qu'il conserve ses articulations. Et dès dix-sept mois, il apprend à marcher avec des prothèses. Il va donc marcher. Comme tous les enfants. Sheila, sa mère, ne veut pas que son fils soit différent. Le matin, elle ordonne au frère d'Oscar : « Carl, mets tes chaussures », puis se tourne naturellement vers Oscar : « Oscar, mets tes jambes. » Ses jambes, des prothèses de plus en plus perfectionnées, qui ne le quittent jamais...

Carl a dix-huit mois de plus qu'Oscar et, où qu'il aille, quoi qu'il fasse, Oscar le suit. Il veut tout faire comme lui, le vélo, le foot, le kart… Il fait même de la moto à pédales ! Bien sûr, ce n'est pas rose tous les jours. Parfois, à force de courir et de sauter, les moignons d'Oscar développent des ampoules, des fibromes, qui l'immobilisent pendant trois ou quatre mois. Mais dès qu'il est guéri, c'est reparti de plus belle ! Quand se pose la question de l'envoyer à l'école, il n'est pas question qu'il aille dans une école « pour handicapés ». Il ira dans une école « normale », comme son frère. Or une école « normale », en Afrique du Sud, ça veut dire beaucoup de sport. Cricket, rugby, foot, tennis… Oscar participe à tout. Et à la maison, s'il veut de l'argent de poche, il faut qu'il fasse un certain nombre d'abdominaux, de flexions, de pompes… Chez les Pistorius, pas de place pour les mous du genou, si vous me permettez le jeu de mots.

Quand Oscar a l'âge d'aller au lycée, ses parents l'inscrivent au Pretoria Boys High School, l'un des établissements les plus prestigieux d'Afrique du Sud, bâti sur un modèle britannique. 1 500 garçons. Beaucoup de testostérone. Ici encore, le sport est roi : six terrains de rugby, trois terrains de cricket, une piste d'athlétisme, un terrain de hockey, deux piscines, une dizaine de courts de tennis et six terrains de squash. Et même un polygone de tir, on est en Afrique du Sud après tout. Oscar est parfaitement intégré et participe à presque toutes les activités proposées. Il est même responsable de son dortoir. Au lycée, tout va pour le mieux. En revanche, les choses vont se dégrader du côté de sa famille. Son père fait faillite, suite à quoi ses parents divorcent. Oscar part vivre avec sa mère dans un nouveau quartier, moins chic. Ce n'est plus la même chose, il faut rentrer tôt de l'école, faire attention… Oscar a seize ans lorsque sa mère décède des suites d'une maladie. Sur son bras, il se fait tatouer la date de son décès : le 16 mars 2002. Il est désormais pensionnaire au lycée et, le week-end, rentre alternativement chez sa tante, son oncle ou son père. Il est pris en charge par le « clan » Pistorius. Quelques mois plus tard, il se brise le genou lors d'un match de rugby. Pour sa rééducation, le médecin lui conseille de courir. Qu'à cela ne tienne ! Il doit courir ? Alors il va courir ! Après trois semaines d'entraînement seulement, il gagne son premier 100 mètres. Parmi des valides. 11,72 secondes. Son père s'en assure : pour un handicapé, c'est un record… mondial ! Et c'est comme ça que, huit mois après avoir commencé l'athlétisme, Oscar Pistorius part représenter l'Afrique du Sud aux Jeux paralympiques d'Athènes, en 2004. À partir de là, il devient véritablement une star. Il décroche l'or sur 200 mètres et le bronze sur 100 mètres. Et il n'a même pas dix-huit ans ! Un sponsor lui offre une voiture, tous les jours on lui demande des interviews, il enchaîne les courses et les meetings… Il gagne tout le temps. Mais dans la catégorie paralympique.

Rapidement, ça ne lui suffit plus. Il veut se mesurer aux valides. Il est « normal », sa mère lui a mis ça dans la tête depuis tout petit. Alors il veut participer aux Jeux olympiques de Pékin, en 2008. La Fédération internationale d'athlétisme hésite et demande un rapport à un expert allemand. Ce sont ses prothèses en fibre de carbone qui posent problème. Serait-il possible qu'elles lui procurent un avantage par rapport aux valides ? Étonnante question : son handicap est-il un atout ? La réponse de l'expert est sans équivoque : oui, ses prothèses le favorisent par rapport aux autres. Oscar ne se laisse pas faire, ce n'est pas son genre. Il conteste le verdict de l'expert et saisit le tribunal arbitral du sport. Quelques semaines avant le début des JO, le tribunal lui donne raison. Il pourra donc concourir avec les valides ! Et tant pis pour tous ceux qui considèrent que ses prothèses, ses lames, lui offrent un avantage. Pourtant rien n'est encore gagné. Avant de pouvoir aller à Pékin, il doit participer aux qualifications… et il se loupe ! À 70 centièmes de seconde près... C'est un coup dur. Mais déjà, Oscar pense à Londres, où les JO se dérouleront quatre ans plus tard, en 2012.

Le 4 août 2012, à Londres, Pistorius s'aligne au départ du 400 mètres. C'est la première fois qu'un double amputé prend le départ d'une course de ce niveau-là. Et ça marche. Il accède à la demi-finale. Mais il n'ira pas plus loin : il arrive dernier. Adieu, les rêves de médailles ! Peu importe : la véritable star de ce tournoi, c'est lui ! Le vainqueur de la demi-finale lui demande son dossard et déclare : « C'est un grand monsieur, qui nous inspire tous ! C'est un exemple pour nous ! » Pistorius n'aura pas de médaille, mais la presse s'en fiche. L'histoire est si belle. Il est devenu un héros, un modèle pour les handicapés du monde entier. Il a triomphé de son handicap et des manœuvres misérables de la fédération. Et puis il a une belle gueule, il parle bien et travaille soigneusement sa communication. Depuis Athènes déjà, les sponsors lui courent après. Nike, British Telecom, Oakley, Clarins... Il devient même l'égérie du nouveau parfum Thierry Mugler. Bien évidemment, la célébrité appelle l'argent. Ses revenus se comptent maintenant en millions de dollars. En 2012, *Time Magazine* le classe parmi les cent personnalités les plus influentes du monde et écrit qu'il est la « définition même de l'inspiration au niveau mondial ». On le voit dans les journaux, en photo avec Nelson Mandela, l'autre icône sud-africaine. Désormais, Oscar est surnommé « The Blade Runner », le coureur aux lames, en référence au film de Ridley Scott. Et, cerise sur le gâteau, il s'affiche désormais au bras de Reeva, un mannequin. Amour, gloire, beauté et dollars. Un véritable conte de fées ! Si l'on veut bien croire aux contes de fées... Six mois plus tard, il tue Reeva Steenkamp de quatre balles.

Comme c'est souvent le cas dans les affaires criminelles, la « vraie vie » de l'accusé va être révélée au grand jour. Et on va apprendre pas mal de choses sur celle d'Oscar Pistorius, le héros national... Il était déjà de notoriété publique que c'était un fêtard, qu'il aimait les jolies filles et les belles voitures. Depuis son ascension, une longue liste de mannequins, toutes blondes, se sont succédé à son bras. Reeva, il l'a rencontrée trois mois seulement après les JO de Londres. C'est une fille de Port-Elizabeth, sur la côte, dans le Sud. Ils ont fait connaissance sur une course automobile. Le soir même, Oscar l'a invitée à l'accompagner à une remise de prix, les Sports Awards. Le soir même : si ce n'est pas un coup de foudre, ça ! Elle, petite robe chair moulante et décolleté plongeant. Lui, costume et cravate noirs. Ils font un carton auprès des photographes. On les décrit alors comme un couple très amoureux.

Reeva continue tout de même de voir son ex, demi de mêlée dans l'équipe des Springboks, l'équipe nationale de rugby d'Afrique du Sud. Elle dit qu'ils sont restés amis. Mais cela déplaît à Oscar : il est jaloux, possessif. Quand Reeva est avec son ex, il l'appelle sans cesse. Il n'est pas serein. Il semble pourtant que Reeva soit vraiment amoureuse de lui. Elle avoue à ses amis : « Je l'aime, et j'arrive à imaginer un futur avec lui... Mais il va trop vite ! » C'est vrai que la vitesse, Oscar aime ça, et pas seulement avec Reeva. En voiture, en hors-bord, il appuie sur l'accélérateur. Et Reeva a la trouille. Un jour, elle appelle même sa mère :

« Maman, il conduit comme un fou !

— Passe-le-moi !

— Bonjour, madame Steenkamp !

— Bonjour, Oscar ! Faites attention, si vous faites du mal à mon bébé, je vous aurai ! »

C'est vrai qu'il a déjà eu un accident de hors-bord... Mais bon, il est jeune et il aime les sensations fortes.

C'est un vrai Pistorius de ce point de vue, il a été élevé comme ça. Tombé tout petit dans la testostérone, comme Obélix dans la potion magique !

En dehors de ce goût prononcé pour la vitesse, lui arrive-t-il d'être violent ? Violent avec les femmes ? Au lendemain de son arrestation, c'est *la* question qui court sur toutes les lèvres.

On rapporte alors plusieurs anecdotes à son sujet. Un jour, il aurait menacé un footballeur de lui « casser les jambes » sous prétexte qu'il sortait avec une de ses ex. Une autre fois, en 2009, au cours d'une soirée très arrosée organisée chez lui, il se serait violemment disputé avec sa petite amie de l'époque, avant de la mettre à la porte. Quand une de ses copines était venue récupérer son sac, il lui aurait claqué la porte au nez... au sens propre ! Blessée, la jeune femme avait porté plainte, et l'inspecteur Botha, déjà lui, avait emmené Oscar au poste. Mais être un héros national a ses avantages et, une fois arrivé au poste, Oscar s'était contenté de signer des autographes et l'affaire avait été étouffée. Mais maintenant, plus de secrets, les langues se délient. Une autre de ses ex raconte qu'un jour, après l'avoir arrêté à près de 260 kilomètres-heure, un policier avait eu l'outrecuidance d'effleurer le revolver que Pistorius portait en permanence sur lui. De rage, il avait vidé son chargeur quelques mètres plus loin, à travers le toit ouvrant de sa voiture.

Car Oscar a une troisième passion dans la vie : les armes. Rien d'étonnant là-dedans, c'est un truc de son milieu, un truc d'Afrikaners. Un voisin explique : « Pour un Afrikaner, les armes sont les bijoux des hommes. » Et en guise de bijou, Pistorius porte jour et nuit un 9 mm Parabellum, l'arme qui a servi à tuer Reeva. Il se rend régulièrement au stand de tir pour se défouler et, un an avant le drame, il a déposé une demande de licence pour six nouvelles armes. Six ! Des carabines, des fusils, des revolvers...

Mais remettons les choses dans leur contexte. L'insécurité est un problème majeur en Afrique du Sud et Pistorius n'a rien d'un original : tous sont paranoïaques. Toutes les villas des quartiers riches comportent des *panic rooms*, ces pièces où se réfugier en cas d'attaque. Et toutes les pièces sont équipées de *panic buttons*, des alarmes qui déclenchent en quelques secondes l'intervention d'une société de sécurité privée. Les villas sont cernées par des clôtures électriques et des systèmes de surveillance vidéo de plus en plus sophistiqués. N'empêche que Pistorius est un peu plus parano que la normale. Un de ses amis raconte qu'un jour, alors qu'il dormait chez lui, il s'est levé en pleine nuit pour prendre un verre d'eau. Il avait à peine ouvert la porte du réfrigérateur qu'Oscar était apparu dans la cuisine, arme au poing. Autre anecdote inquiétante, un mois avant le drame, en janvier 2013. Pistorius passait la soirée avec des amis dans un restaurant de Johannesburg. En manipulant une arme sous la table, il avait tiré par accident. En pleine soirée, dans un restaurant bondé ! Par miracle, il n'y avait pas eu de blessés. Oscar connaissait bien le patron, l'affaire avait été étouffée. Personne n'ose ennuyer Oscar Pistorius avec ce genre de détails ! « Nous sommes tellement contents que vous dîniez chez nous, monsieur Pistorius. »

Mais ça, c'était avant...

Il comparaît pour la première fois devant le tribunal cinq jours après le drame, pour une audience préliminaire, le jour des obsèques de Reeva, à Port-Elizabeth. Le système judiciaire sud-africain, de culture anglo-saxonne, est totalement différent du nôtre. L'enjeu de cette première audience est de répondre à deux questions. La première est d'ordre pratique : Pistorius va-t-il aller en prison ou est-ce que, en échange d'une caution, on le laissera en liberté jusqu'à son procès ? Pour Oscar, l'enjeu n'est pas mince : entre une cellule de prison et le cadre douillet de sa villa à Pretoria, le choix est vite fait. La deuxième question que doit trancher le juge concerne la qualification du dossier : s'agit-il d'un homicide volontaire ou involontaire ?

C'est un juge seul qui va devoir décider. Il s'appelle Desmond Nair. Il trône sur l'estrade et arbore la perruque blanche d'usage, elle aussi héritée de la colonisation britannique. À sa droite, au pied de l'estrade, le procureur Gerrie Nel, un dur. En 2011, il a eu la peau de la police sud-africaine, pour corruption. À gauche du juge, le témoin de l'accusation : le directeur de l'enquête, Nelson Botha. Pistorius, on s'en doute bien, s'est offert les deux meilleurs avocats de Pretoria. Les plus chers aussi, mais peu importe, il a de l'argent. S'il a choisi ces deux-là en particulier, c'est parce qu'ils viennent de signer un joli coup. Ils ont obtenu la relaxe du chauffard qui avait écrasé la petite-fille de Nelson Mandela. Autant dire que ce ne sont pas des rigolos !

La salle d'audience est bondée. Au premier rang, la famille d'Oscar, et beaucoup de journalistes. On entend, à l'extérieur, les représentantes de la Ligue féminine de l'ANC, le parti de Mandela, qui s'époumonent : « Non aux meurtres de femmes et d'enfants ! » Pistorius entre et s'installe face au juge. Il est en larmes.

Le procureur, Gerrie Nel, prend la parole en premier. Il pense que Pistorius a tué Reeva de sang-froid, volontairement, après une dispute. Il ne croit pas un instant à cette histoire de cambrioleur. Le quartier est beaucoup trop sécurisé. Il n'y va pas par quatre chemins : pour lui, le meurtre était prémédité.

C'est maintenant au tour d'Oscar et de ses avocats de retracer les faits. Oscar dormait dans son lit, avec Reeva, et s'est réveillé en pleine nuit. Il s'est levé, mais n'a pas mis ses prothèses. C'est quelque chose qu'il fait souvent, depuis qu'il est tout petit : il marche en appui sur ses moignons. Bref, il est allé prendre l'air sur la terrasse. Et c'est là qu'il a entendu du bruit dans la salle de bains. Il s'est senti vulnérable, il a pensé à un cambrioleur. Il a pris son revolver, s'est dirigé vers la salle de bains. La porte des toilettes était fermée, il a tiré à travers. Quatre fois. Il répète : « J'étais certain que Reeva était restée dans le lit ! » Pour lui comme pour ses avocats, c'est clair, c'est un homicide involontaire, un terrible accident.

Alors, volontaire ou involontaire ? La question est cruciale. Si c'est involontaire, il risque huit ans de prison maximum. Si c'est volontaire, il en risque vingt-cinq. Avant de prendre sa décision, le juge se tourne vers l'inspecteur Botha. C'est un Afrikaner trapu, mâchoire carrée, bronzé. Une tête de pilier de rugby. Lui n'adhère pas à la thèse de l'accident et il explique au tribunal pourquoi. Tout d'abord, une heure avant le drame, une voisine assure les avoir entendus se disputer. « Ça ressemblait à une bagarre », a-t-elle dit. Ensuite, on a retrouvé dans la chambre de Pistorius des boîtes de testostérone, des seringues. Qu'il se dope, tout le monde s'en fiche, ce n'est pas le sujet. En revanche, c'est un produit qui rend agressif. Enfin, c'est le dernier argument de l'inspecteur Botha, et pas le moindre : l'angle de tir. On a tiré du haut vers le bas. Ce qui prouve qu'Oscar avait ses prothèses, qu'il ment quand il dit qu'il ne les avait pas mises. Cette déposition est terrible pour l'accusé. Ses avocats vont maintenant se charger de décrédibiliser l'inspecteur. Ils l'interrogent : « La voisine dont vous parlez habite à combien de mètres de la maison ? » La réponse de l'inspecteur Botha déclenche des rires dans la salle. « 600 mètres. » Les avocats de Pistorius ironisent :

« Elle a pu entendre une dispute à 600 mètres ? Elle a l'ouïe fine ! Et ces boîtes de testostérone dont vous nous avez parlé, avez-vous pu les faire analyser ?

— Non.

— Eh bien en demandant au premier pharmacien venu, vous auriez appris qu'il s'agit d'un remède à base d'herbes, ce n'est pas de la testostérone. Et concernant l'angle de tir, vous êtes un expert en balistique ?
— Non...
— Et vous avez fait faire une expertise ?
— Non. »
L'avocat est très bon. En quatre questions, il a ruiné l'argumentaire de l'inspecteur Botha. Le juge est un peu perdu, mais pas entièrement convaincu pour autant. Il retient l'homicide volontaire. Oscar Pistorius est malgré tout libéré sous caution. Il est assigné à résidence chez son oncle en attendant le procès. Il va pouvoir maintenant préparer sa défense. Il va y mettre le prix.

Le procès est un événement mondial. En Afrique du Sud, il est retransmis en direct sur une chaîne du câble spécialement créée pour l'occasion, The Oscar Trial Channel. Il s'ouvre le 3 mars 2014. Le juge est une femme : Thokozile Masipa. Elle est noire, elle a soixante-six ans. Elle est originaire de Soweto, et est l'aînée d'une famille de dix enfants. Elle a commencé dans la vie comme femme de ménage. Puis elle est devenue journaliste spécialisée dans les violences faites aux femmes. Aujourd'hui, elle est juge. Disons qu'*a priori* elle n'est pas favorable à Pistorius, qui va devoir l'appeler *my Lady*. Le procès promet d'être un sacré spectacle !

Pour l'occasion, des centaines de personnes ont été convoquées : témoins, experts en balistique, psychologues... L'accusation soutient que Pistorius aurait tué Reeva après une dispute, la défense maintient la théorie de l'accident. La déposition de Pistorius fait grand bruit : en larmes, il commence par s'excuser auprès de la famille de Reeva. « J'ai voulu la protéger. Chaque matin, je me réveille avec l'odeur du sang. » La présidente, agacée par cet aparté, lui demande de parler à la cour, car les jurés ont du mal à l'entendre. Le témoignage de Pistorius est ponctué de silences, de sanglots. Il explique qu'il est désormais sous somnifères et sous antidépresseurs. Mais la juge ne se laisse pas attendrir facilement. Elle fait diffuser une vidéo qui montre Pistorius, hilare, en train de tirer sur une pastèque. Le procureur lui demande alors si la pastèque représente une tête humaine.

« Je ne sais pas, répond Pistorius.

— Mais c'est ce que vous dites dans la suite de la vidéo, "C'est plus mou qu'un cerveau" ! Qui a des cerveaux, à part les êtres vivants ? Regardez, monsieur Pistorius, regardez bien ! C'est ce qui est arrivé à la tête de Reeva ! »

On remet la vidéo. Aux yeux de l'accusation, Pistorius est une brute, passionné par les armes, jaloux et possessif. Il a tué Reeva après une dispute. Meurtre avec préméditation.

La parole est maintenant à la défense. Elle s'appuie d'abord sur une expertise psychiatrique. Pistorius est un anxieux maladif et cette anxiété expliquerait sa réaction devant ce qu'il a cru être la présence d'un intrus. Puis un voisin médecin vient raconter comment il a vu Pistorius tout faire pour sauver Reeva, lui faire du bouche-à-bouche, jusqu'à ce que lui-même le force à arrêter. Les avocats cherchent ensuite à décrédibiliser l'enquête de la police. Ils racontent que, dans les premières heures qui ont suivi le drame, la scène de crime a été piétinée par des dizaines de personnes, amis, voisins, policiers sans tenues de protection. L'arme a été ramassée sans gants. Des objets ont même été volés. La porte des toilettes, cruciale pour l'analyse balistique, a traîné pendant trois semaines dans le bureau d'un policier, au lieu d'être conservée dans un lieu sécurisé !

Le procureur Gerrie Nel demande finalement quinze ans d'emprisonnement, pour meurtre avec préméditation. Le 12 septembre 2014, la juge rend son verdict. Cinq ans de prison ferme. La famille de Reeva accueille cette décision avec soulagement. Oscar Pistorius est aussitôt emmené à la prison de Kgosi Mampuru, une des pires du pays. Sept mille détenus entassés les uns sur les autres par manque de couchettes. Mais il va bénéficier d'un traitement de faveur : il dormira dans une aile « VIP » de la prison : cellule individuelle, salle de bains privée et n'aura aucun contact avec les autres détenus. Ses sorties et ses durées de visite seront toutefois les mêmes que celles des autres détenus et, dès l'extinction des feux, il devra remettre ses prothèses au gardien, car elles pourraient être utilisées comme des armes. En cas de comportement irréprochable, Pistorius pourrait néanmoins sortir au bout de dix mois d'emprisonnement, la loi sud-africaine le stipule. Et c'est ce qui va se passer : après seulement un an de prison, il est libéré le 19 octobre 2015 et assigné à résidence chez son oncle pour le reste de sa peine.

Le 3 novembre se tient son procès en appel. Le procureur, qui avait jugé sa peine trop légère, en avait fait la demande. Les faits sont requalifiés de meurtre par la Cour suprême et, le 6 juillet 2016, sa peine est légèrement aggravée : six ans au lieu de cinq. Quoi qu'il en soit, la carrière étincelante de Pistorius restera ternie à jamais par son meurtre : en 2015, le Comité paralympique international lui a formellement interdit de participer à des compétitions pendant au moins cinq ans.

Le dépeceur de Montréal

Préparez-vous maintenant à un voyage aux limites de la folie et de l'horreur. Pour les tueurs de cet acabit, le système judiciaire ne reconnaît pas l'excuse psychiatrique. On les qualifie de *borderline*. Des personnalités « à la limite », auxquelles il est finalement assez vain de vouloir appliquer une pensée rationnelle.

Voici donc l'histoire de Luka Rocco Magnotta, qui a abominablement assassiné son amant de l'époque à coups de pic à glace, a pratiqué des horreurs sur son corps, l'a dépecé, avant de disperser ses restes façon puzzle. Ce crime épouvantable a eu lieu en 2012.

Le mardi 29 mai 2012, à Montréal, c'est le printemps et il fait chaud, très chaud. Dans le quartier de la Côte-des-Neiges, dans le centre de la ville, un agent d'entretien est intrigué par une valise abandonnée au pied d'un immeuble. Une valise qui dégage une puanteur insoutenable. En s'approchant, il remarque que des asticots grouillants sortent de tous les interstices. Pas très rassuré, il va demander de l'aide à un voisin et, ensemble, ils décident d'ouvrir la valise. La vision qui leur est offerte est abominable. Car dans la valise, il y a un corps humain. Ou plutôt, un tronc humain. Sans bras, ni tête, ni jambes. Les deux hommes ont du mal à se retenir de vomir. Épouvantés, ils appellent la police.

Le même jour, à 200 kilomètres de là, à Ottawa, la capitale canadienne, un colis arrive au siège du Parti conservateur. Un colis taché de sang. En l'ouvrant, même vision d'horreur : le paquet contient un pied humain. Au même moment, au centre de tri de la Poste canadienne, également situé à Ottawa, un troisième paquet suspect est identifié, destiné au siège du Parti libéral. Cette fois-ci, c'est une main humaine qu'il contient. Trois paquets, trois morceaux de corps. Le lien n'est pas difficile à établir pour la police canadienne, qui considère d'emblée que les trois membres proviennent de la même victime. La tête est retrouvée un mois plus tard, le 1er juillet, dans un parc de Montréal.

Qui est-ce ? Qui est le mort ? Et pourquoi l'envoie-t-on en pièces détachées aux quatre coins du pays ? L'enquête de la police de Montréal commence à proximité de l'endroit où a été trouvée la valise qui contenait le tronc. Ça tombe bien, on leur signale rapidement, dans le quartier, au quatrième étage d'un immeuble du boulevard Décarie, un appartement qui dégage une odeur pestilentielle. Les policiers forcent la porte de l'appartement et tombent nez à nez avec un lit, un lit gorgé de sang. Ils ne mettent pas beaucoup de temps à former l'hypothèse que c'est probablement ici même, sur ce lit, que le corps a été découpé. Cherchant des renseignements sur l'occupant de ce théâtre macabre, ils apprennent que l'appartement est loué depuis plusieurs mois à un certain Rocco Magnotta. Mis à part le lit, l'appartement est vide et donne l'impression d'être inhabité.

Alors, voyons, Rocco Magnotta... En tapant le nom du locataire sur Internet, les policiers tombent sur une vidéo insoutenable. Intitulée *1 Lunatic, 1 Ice Pick*, elle a été mise en ligne le 25 mai sur un site qui ne cache rien de ses ambitions : BestGore.com. La vidéo n'est tout simplement pas regardable, même pour des policiers qui pourtant en ont vu d'autres. Mais là... ça... c'est effroyable ! Le porte-parole de la police avoue que ce sont les images les plus difficiles qu'il lui ait été donné de voir de toute sa carrière. Onze interminables minutes, avec en fond sonore *True Faith* du groupe New Order, qui accompagne l'ouverture du film *American Psycho*, ça ne s'invente pas. On y voit un homme nu, attaché à un lit, vivant. Puis le même homme, lardé de coups de pic à glace et découpé en morceaux. Un autre homme apparaît. Il s'approche du corps et en abuse. Il s'attable ensuite devant le fessier de la victime avec une fourchette et un couteau, et fait mine d'en faire son repas. Et je vous assure que je ne vous décris que la moitié de ce que j'ai vu sur cette vidéo. La moitié.

L'homme sur la vidéo, le dépeceur, c'est le locataire de l'appartement, Luka Rocco Magnotta. Quant à la victime, les policiers font rapidement le rapprochement avec la disparition d'un étudiant chinois, Jun Lin, qui leur a été signalée le 24 mai par ses proches. Jun Lin a trente-trois ans, il va à la fac de Concordia. On l'y surnomme « tonton », parce que c'est le plus âgé. On apprend aussi qu'il était homosexuel et qu'il se lâchait depuis son arrivée au Canada. Il fréquentait des bars et des sites de rencontres gays. En Chine, il devait probablement se cacher. On ne sait pas exactement comment il a rencontré Luka Rocco Magnotta. Sur un site de drague sans doute. Quoi qu'il en soit, ils avaient rendez-vous ce fameux 24 mai. Dans l'appartement de Magnotta. Il n'y a désormais plus aucun doute sur l'identité du « dépeceur de Montréal ». Mais Magnotta a déjà quitté le Canada, pour la France. Un mandat d'arrêt international est lancé.

On a pu par la suite reconstituer assez facilement le parcours de Luka Rocco Magnotta à partir du moment où il a quitté le Canada. Il embarque à bord d'un avion de la compagnie canadienne Air Transat.

Il est le dernier à monter dans l'avion. Il porte un jean kaki et un tee-shirt à l'effigie de Mickey Mouse. Il a les cheveux longs et sales, très sales. Son voisin de siège dira que, pendant toute la durée du vol, il a semblé se cacher : « Il était assez grand, mince, androgyne. Il ne sentait pas très bon et était assez agité durant le vol. À un moment, il a disparu et je me suis inquiété : j'ai tout de suite pensé à un attentat. Mais l'hôtesse m'a rassuré en me disant qu'il était allé s'installer au fond de l'avion parce qu'il ne se sentait pas bien. En me retournant, j'ai vu qu'il était en train de pleurer, toujours en se cachant. »

Il se cache, même si à ce moment-là, personne ne le cherche, car les restes humains ne seront trouvés que trois jours plus tard. Mais lui n'est sûr de rien et préfère faire profil bas en attendant. Et quand il débarque à Paris, c'est sous un faux nom qu'il prend une chambre au Novotel de la porte de Bagnolet. Kirk Tramell. Là non plus, ça ne s'invente pas. Car Catherine Tramell, c'est le nom de Sharon Stone dans *Basic Instinct*, où elle interprète la reine du pic à glace. Au cas où vous en doutiez encore, Magnotta est en plein délire.

Le lendemain de son arrivée à Paris, il passe la soirée chez un certain Jean-Christophe, qu'il a rencontré sur Internet. Ce Jean-Christophe dira que la soirée s'est déroulée « normalement », bien que son invité ait eu l'air « fébrile ». Imaginez sa tête quand, deux jours plus tard, il tombe sur le portrait de Magnotta en une de tous les journaux. Il prévient immédiatement la police et leur fournit un renseignement précieux : le numéro de téléphone français de Magnotta, qui est aussitôt mis sur écoutes. Mais celui-ci n'est pas idiot, il doit s'en douter, surtout maintenant qu'il est découvert. Il abandonne son portable dans le métro et quitte précipitamment Paris. Il évite le train, trop voyant, on risquerait de le reconnaître. C'est donc en car Euroline qu'il part, direction Berlin. Arrivé là-bas, il ne perd pas de temps. Il a déjà un rencard avec un mec rencontré sur Internet, Frank Rubert. Et pendant quatre jours, ils vont bien s'amuser, d'autant que Magnotta est arrivé en Europe avec 5 000 euros en liquide. Alors ça y va : dîners au restaurant, tournée des bars gays berlinois, prostitués roumains...

Le lundi 4 juin, Magnotta se rend dans un cybercafé dans le quartier de Neukölln. Pour quoi faire ? Pour aller voir sa fiche sur le site d'Interpol. Et vérifier que la photo est à son avantage. Je vous l'ai dit, on nage en plein délire. Magnotta est complètement narcissique et c'est son narcissisme qui va le perdre. Car le gérant du cybercafé l'a reconnu. Tout en le surveillant du coin de l'œil, il se glisse dans la rue et arrête la première voiture de police qui passe : « Dites, dans mon café, il y a un type qui ressemble au tueur canadien que vous cherchez. » Les policiers allemands entrent. L'homme que le gérant leur désigne est brun, comme le garçon de la vidéo. Mais il a les cheveux courts. Magnotta a pris ses précautions. Pourtant cela ne suffira pas. Quand les policiers lui demandent ses papiers, il comprend qu'il est perdu et leur lance, amer : « O.K. Vous m'avez eu. »

Après une semaine de cavale dans trois pays différents, il va maintenant devoir s'expliquer sur son crime. Il est conduit au commissariat principal de Berlin et présenté dès le lendemain à un juge allemand, qui l'inculpe de meurtre prémédité, d'outrage à un cadavre, de publication et d'envoi de matériel obscène. Entre nous, cette inculpation est tout à fait formelle, car Magnotta ne sera évidemment pas jugé en Allemagne. D'ailleurs, le Canada vient de réclamer son extradition « dans les plus brefs délais ». Magnotta ne s'y oppose pas. Il est transféré le jour même dans une prison du quartier de Moabit, à l'ouest de Berlin. Généralement, les processus d'extradition prennent un certain temps. Mais, dans ce cas, les choses se font assez rapidement. Le 18 juin, moins de deux semaines après son arrestation, Magnotta est extradé vers le Canada. Il quitte Berlin vers 11 heures et monte à bord d'un avion militaire où l'attendent la police de Montréal et la gendarmerie royale du Canada.

À 19 heures, l'avion se pose à l'aéroport de Montréal-Mirabel. Sur le tarmac, le dispositif policier venu l'accueillir est impressionnant. Vêtu d'un pantalon noir et d'un pull vert, Luka Rocco Magnotta quitte l'avion, menotté et encadré comme un terroriste. Un cortège de voitures et de motos l'attend. Il est emmené dans un endroit tenu secret, où a lieu son premier interrogatoire. Et, dès le lendemain, il comparaît devant un juge pour la première fois. Mais pas physiquement, il est trop dangereux. La comparution se fait par visioconférence, au grand dam des journalistes et des curieux qui l'attendaient devant le palais de justice. L'audience ne va pas durer plus de dix minutes, car Magnotta est muet comme une carpe. On lui demande tout de même, suivant le protocole anglo-saxon en vigueur au Canada, s'il plaide coupable ou non coupable. La question semble dérisoire. Il doit évidemment plaider coupable, l'inverse serait complètement dingue. Il a filmé son crime de bout en bout. On le voit du début à la fin sur la vidéo. Il l'a publiée lui-même sur Internet...

Eh bien non ! Il plaide non coupable.

Pourquoi ? Difficile à dire, il est complètement cinglé. Pour s'amuser sans doute. Pour provoquer. Son avenir est sombre, il le sait. Alors il ne laisse passer aucune occasion. Pour tenter de le comprendre, il suffit de regarder ses vidéos. Car il n'y en a pas qu'une seule. Il en a posté au moins trois autres, pendant sa cavale. Sur la première, on le voit en train de fumer sur un canapé, *La Isla Bonita* de Madonna en fond sonore. Il salue ses prétendus admirateurs. « Ça va ? Et bonjour à tous mes fans. » Sur la deuxième vidéo, il apparaît face caméra, sur *True Faith*, la même chanson qui illustrait les insupportables images du dépeçage. Sur la dernière, enfin, il regarde par la fenêtre, à travers les rideaux. Il a perdu de son assurance et semble traqué.

Si Magnotta avait plaidé coupable, il n'y aurait pas eu de procès. C'est comme ça que ça se passe au Canada, dans les affaires de meurtre au premier degré. Le juge aurait prononcé directement une peine de réclusion à perpétuité. En plaidant non coupable, Magnotta s'offre un procès en bonne et due forme. C'est peut-être la vraie raison de son choix, l'envie de faire le mariole pendant quelques jours, de jouer son personnage maléfique en public. L'envie de nourrir sa légende. Étonnamment, pour l'instant, ses avocats renoncent à exploiter la piste de la maladie mentale. Pourtant, il y avait très certainement quelque chose à chercher de ce côté-là. Mais non. Magnotta veut son procès, et il l'aura, à l'automne 2014, le temps de constituer le dossier de l'enquête, et d'en apprendre un peu plus sur lui.

Il ne s'est pas toujours appelé comme ça, Luka Rocco Magnotta. Son vrai nom, c'est Eric Clinton Newman. Il est né en 1982 à Peterborough, une ville du centre de l'Ontario, la province la plus peuplée du Canada, à l'ouest du Québec. Mis à part ce détail, son C.V. est le même que celui de tous les grands tueurs, sans exception. Une enfance fracassée. Un père absent et alcoolique. Il a un frère et une sœur, Melissa, qu'il adore. Notons qu'il se fait dessus jusqu'à l'âge de sept ans, qu'il porte des couches et que, pour cette raison, il ne va pas à l'école. On lui fait cours à la maison. C'est à l'adolescence que les choses se corsent. Il a treize ans lorsque ses parents divorcent. Sa mère se recase avec un type pas franchement recommandable. Alcoolique, lui aussi, et violent par-dessus le marché. Il frappe les enfants. Et leur dit : « Si vous le répétez, vous sortirez d'ici dans un cercueil. » Très perturbant, quand on a treize ans. Il en veut à sa mère. C'est une constante chez tous les grands psychopathes : la carence de la mère. La mère de Magnotta préfère sauver son couple plutôt que protéger son fils. Il n'y a rien de plus destructeur. Comment se construire quand on ne peut pas s'appuyer sur quelqu'un de fiable, de solide ? Un jour, il tente d'alerter les services sociaux. Mais sa mère et son beau-père parviennent à embrouiller les assistantes sociales, qui n'y voient que du feu. Retour à la case départ.

Comme on le fait souvent à cet âge-là, il tente de trouver de l'affection et de la protection chez un autre adulte. Un père de substitution. Il choisit un homme du quartier, qui ne va pas se montrer à la hauteur. L'homme le tripote. Magnotta demandait du secours, du réconfort, et lui le tripote ! C'en est trop. À quatorze ans, il commence à boire, beaucoup. Il se défonce tous les jours. Et, à la même époque, les premiers troubles mentaux apparaissent. On lui diagnostique d'abord une dissonance cognitive, puis des troubles bipolaires. Il fait un séjour en hôpital psychiatrique. La suite n'est qu'une lente, mais constante dégringolade. À dix-neuf ans, il trouve un petit boulot de danseur dans un bar gay de Montréal. Enfin, danseur… Disons plutôt strip-teaseur. Et même parfois plus, car il lui arrive de partir avec des clients après son show. Il se prostitue. Lui préfère parler d'*escorting*. Il dérobe parfois la carte bleue de ses clients. En 2004, il est condamné à neuf mois de prison avec sursis. Mais ça ne l'arrête pas. À sa sortie, il reprend ses activités de plus belle. Son business d'escort prend de l'ampleur. Il est inscrit sur plusieurs sites, sous plusieurs pseudos. Jimmy, Angel… Il a aussi plusieurs comptes Facebook, sous des noms différents. Et évidemment, toutes ces petites affaires commencent à lui rapporter beaucoup d'argent. Il est jeune, il se vend pour beaucoup. 200 dollars canadiens (130 euros) pour une passe ; 1 200 dollars (850 euros) pour un week-end. Il a entre quatre et cinq clients par jour.

Mais son souci, à cette époque-là, son grand souci, c'est son image. Il veut atteindre une forme de perfection physique. Alors, à vingt ans, il se fait refaire les paupières. Il se fait injecter de la toxine botulique autour de la bouche et se fait faire des implants capillaires. Maintenant, il est prêt à passer à l'étape suivante : devenir acteur porno – gay, bien entendu. Il part alors pour Los Angeles, le paradis des acteurs porno en devenir. Mais son séjour dans la ville des anges est un échec, même s'il compte aujourd'hui huit films à son actif.

C'est à l'âge de vingt-trois ans qu'il décide de changer officiellement de nom. Devant un tribunal, il abandonne Eric Clinton Newman et son enfance malheureuse pour devenir Luka Rocco Magnotta.

Mais comment le jeune homme, clairement perturbé depuis son enfance, va-t-il devenir le monstre tortionnaire qui a dépecé un homme ? En vérité, il a plongé dans la monstruosité très tôt, et Jun Lin n'était pas son premier fait d'armes. On a retrouvé des vidéos sur Internet. Toujours ce besoin de mise en scène. Sur l'une d'entre elles, on le voit mettre deux chatons dans un sac plastique puis, à l'aide d'un aspirateur, asphyxier les petites bêtes, en direct. Dans une autre vidéo, il donne un chaton à manger à un python. Son surnom sur Internet, à cette époque-là, c'est « l'aspirateur ». Cette affaire de chatons avait rapidement fait le tour du Web et avait ému des associations de défense des animaux. L'une d'elles, établie à New York, avait même offert une récompense de 5 000 dollars à qui lui livrerait le monstre. Mais lui n'a aucun remords. Au contraire, ça l'amuse. Un jour qu'il est en vacances en Angleterre, il va même livrer une interview au *Sun*, dans laquelle il assume pleinement. Quelques jours après cet entretien, le *Sun* recevra un mail anonyme, très probablement écrit de sa main, dans lequel il annonce qu'on entendra bientôt parler de lui et que, cette fois-ci, il ne se contentera pas de tuer des petits animaux.

« Vous voyez, écrit-il, tuer et fumer sont deux choses différentes. Vous pouvez parfaitement arrêter de fumer, mais une fois que vous avez tué, que vous avez goûté au sang versé, c'est impossible de s'arrêter. » Quelques semaines plus tard, il tuera et dépècera le jeune Chinois, Jun Lin.

Son procès est sur le point de commencer. Il doit durer de quatre à six semaines. Il en durera finalement douze. Luka Rocco Magnotta arrive au tribunal dans un fourgon blindé. Dans la grande tour de dix-sept étages qui abrite le palais de justice de Montréal, une salle a été spécialement aménagée pour l'occasion. Une salle de haute sécurité. Seuls quelques sièges ont été réservés au public. Les journalistes, beaucoup trop nombreux, vont suivre les audiences sur un écran, dans une salle à part. Ce qui frappe d'emblée chez Magnotta, c'est sa transformation physique. Disparu, le beau jeune homme androgyne qui avait fait la une de tous les journaux de la planète. Il est maintenant obèse et porte une moustache.

Douze jurés sont chargés de le juger : huit femmes et quatre hommes. Il n'a pas été facile de les trouver. Beaucoup de monde s'est désisté. Tous sont parfaitement bilingues, parlent français et anglais, car l'accusé ne parle pas un mot de français.

On lui demande de nouveau s'il plaide coupable ou non coupable. *Guilty or not guilty ?* Et, comme la première fois, il répond : « *Not guilty.* » Mais il nuance sa réponse. « Oui, c'est moi qui ai tué et dépecé mon amant d'un soir. Mais je ne suis pas coupable, en raison de troubles mentaux. » La salle est perplexe. On y est. Jusqu'ici, il n'avait pas plaidé la folie. Tout le premier jour du procès tournera autour de son état mental. Son avocat égrène la liste des psychiatres qui se sont penchés sur son cas. Il ajoute que son père était probablement schizophrène. Et que, deux mois avant le meurtre, il était allé voir un psy. Qu'il avait une personnalité *borderline*, avec une forte dimension paranoïaque.

Sont ensuite entendus les proches de la victime, Jun Lin, et notamment son ex-petit ami, qui a fait le voyage depuis la Chine. On retrace la cavale de Magnotta. Pour l'occasion, on a fait venir Jean-Christophe, le Parisien avec qui il a passé une nuit et qui l'a dénoncé à la police. On entend aussi le Berlinois Frank Rubert. À la fin du procès, la seule question qui se pose est de savoir si les jurés vont le reconnaître pénalement responsable ou pas.

Le 23 décembre 2014, après douze semaines d'audience et huit jours de délibération, le verdict tombe enfin. Luka Rocco Magnotta est reconnu coupable de l'assassinat de Jun Lin. Il est condamné à une peine de réclusion à perpétuité, assortie d'une peine incompressible de vingt-cinq ans. Dans le box, Magnotta est totalement impassible et garde la tête baissée. Les jurés ont suivi la thèse de l'accusation, pour qui Magnotta avait bien planifié le meurtre de Jun Lin, au moins six mois à l'avance, agissant de ce fait avec « préméditation, avant, pendant et après le meurtre ». Après l'annonce du verdict, le juge Guy Cournoyer cite l'ancien Premier ministre britannique Winston Churchill pour remercier les jurés qui délibéraient depuis huit jours : « Nous avons tous pu constater votre patience, votre sérieux et votre travail exemplaire au cours de ce procès très exigeant. »

Le père de la victime, venu exprès de Chine pour assister au procès, se montre très ému à l'énoncé du verdict : « Je suis venu au procès pour que justice soit faite et je repars satisfait que vous n'ayez pas laissé tomber mon fils. Je voulais savoir ce qui lui était arrivé cette nuit-là, mais je repars sans réponse véritable ni complète. »

Quelques jours après sa condamnation, Luka Rocco Magnotta fait appel. Il repartirait bien pour un tour, le fanfaron ! Puis il se ravise. Il a trente-deux ans. Et il a déjà pris pour au moins vingt-cinq ans de prison.

Depuis sa condamnation, on a quelques informations sur sa vie en détention. Il n'a reçu aucune visite de sa famille, qui ne veut plus en entendre parler. Mais un de ses anciens amis vient le voir de temps en temps. Au-delà des murs de la prison, le mythe du dépeceur de Montréal continue de vivre. Sa vidéo, *1 Lunatic, 1 Ice Pick*, a été supprimée par Facebook, mais elle est toujours visible sur certains sites. J'ai pu le vérifier de mes yeux effarés. Et, autour de cette vidéo, s'est constituée une petite communauté de fans, d'âmes perdues comme lui. Des pages Facebook qui l'idolâtrent ont été ouvertes. Il reçoit des dizaines de lettres en prison, dont de nombreuses lettres de femmes. Le phénomène n'est pas nouveau. En France, le tueur en série Guy Georges a lui aussi son fan club féminin. Allez comprendre ! Mais Magnotta, ce ne sont pas les femmes qui l'intéressent. Peu de temps après son arrivée en prison, il s'est inscrit sur un site de rencontres pour détenus. Il y a publié une annonce des plus surprenantes. Il cherche, dit-il, « le prince charmant. Quelqu'un de loyal, instruit, et suffisamment stable émotionnellement et financièrement, pour une relation au long cours ». Il a joint deux photos à l'annonce. Sur l'un des clichés, il pose chemise ouverte, le sourire ravageur et l'œil qui frise. Plus séducteur que jamais.

Il écrit aussi régulièrement à ses anciens amis, à l'extérieur. Plusieurs journaux canadiens ont publié des extraits de ces lettres. Il y raconte qu'il mène la belle vie en prison. Qu'il a droit à des smoothies, à des séances de bronzage à l'extérieur, à des soirées pizza, à de la musique... Tout cela est bien évidemment faux. Il se vante. Il fanfaronne. Son besoin de plaire a définitivement pris le dessus. La réalité, selon un gardien du centre pénitentiaire de Port-Cartier où il est détenu, c'est que Magnotta est un prisonnier « timide, réservé et renfermé », qui craint par-dessus tout les autres détenus et qui ne sort pratiquement jamais de sa cellule.

Il pourra formuler une demande de libération conditionnelle en 2037. Il aura alors cinquante-cinq ans.

Le crime du joaillier

Le 28 février 1929, à 9 heures du matin, un charretier conduit sa voiture sur la route qui relie Lagny à Melun, en bordure de la forêt d'Armainvilliers. Il remarque soudain un panache de fumée qui s'élève du fossé en bordure de la route. Intrigué, il arrête sa carriole et s'approche. Dans le fossé, une grande couverture achève de se consumer. Et, en dessous, il y a un homme, un homme en train de brûler ! Le charretier se précipite en travers de la route pour arrêter une voiture. Il tombe sur un véhicule de livraison de l'Union commerciale de Meaux. « Arrêtez, arrêtez ! Il y a un homme qui brûle, là ! » Par chance, les conducteurs ont un jerrican d'eau. Le feu est rapidement éteint, puis on dégage le corps de la couverture. L'homme a les deux mains tournées vers le ciel, comme s'il priait. Ils filent vers Tournan pour prévenir les gendarmes, qui passent le dossier à la première brigade mobile de Versailles du commissaire Paul Gabrielli. Les premières constatations indiquent que la victime est un homme d'environ trente ans. Il porte un costume marron bien coupé. Il a une plaie à la tête et n'a aucun papier sur lui. Peu de temps après, un homme se présente sur les lieux.

« Monsieur le commissaire, mon nom est Gaston Heuillard, je suis garçon boucher. J'allais au travail ce matin, à vélo, lorsque, à environ 300 mètres d'ici, j'ai vu une voiture qui s'arrêtait. Un type en est descendu, il a jeté des bidons d'essence dans le fossé. Puis il a fait demi-tour et est reparti.

— Signalement de l'homme ? Type de voiture, immatriculation ?

— Eh bien, je n'ai pas bien vu... Mais j'ai récupéré les bidons, ils étaient vides mais en bon état. Je les ai mis à l'abri. »

Ce n'est pas grand-chose, mais les bidons pourront toujours servir de pièce à conviction. En revanche, on ne sait toujours pas qui est le mort. Son cadavre est transporté à l'Institut médico-légal. On le déshabille et on cherche un indice, n'en serait-ce qu'un, pour l'identifier. Cet indice sera découvert grâce à une loupe. Sur les boutons de sa veste est inscrite, en minuscules lettres, une adresse. « Saint-Germain-des-Prés, 62, rue Bonaparte. » C'est l'adresse d'un tailleur. Cette piste laisse un espoir : le tailleur doit probablement se souvenir de la personne pour qui il a fait ce costume ! Lorsque les inspecteurs se rendent sur place, il leur apprend qu'il a fabriqué dix-sept costumes avec le même tissu, dont six à Paris. C'est donc sur ces six personnes qu'il faut se concentrer. Les policiers vont les contacter un à un. Un seul ne répond pas. Un certain Gaston Truphème, courtier en bijoux. S'il ne répond pas, c'est qu'il y a une bonne raison : il a disparu ! Sa patronne a signalé sa disparition le jour où le corps a été retrouvé dans le fossé.

L'affaire est alors confiée à la brigade criminelle du 36, quai des Orfèvres et, plus particulièrement, au commissaire-divisionnaire Marcel Guillaume qui va signer avec cette enquête l'une de ses plus belles affaires.

Quand on interroge les proches de Gaston Truphème, ses parents expliquent qu'ils n'ont aucune nouvelle de leur fils depuis plus de deux jours. Sa patronne, qui est aussi sa logeuse, dit la même chose. « Un homme rangé comme M. Truphème, ça ne découche pas ! » Ils vont maintenant devoir affronter une douloureuse réalité : l'identification du cadavre. On les emmène à l'hôpital. Le légiste, le Dr Charles Paul, soulève le drap qui recouvre le corps et dévoile le visage noirci et boursouflé du mort. « Mon Dieu, c'est lui ! C'est affreux ! Mon pauvre Gaston, échapper à tant de mois de guerre et le voir tué et brûlé ! Mon Dieu ! » s'écrie sa mère. La patronne, de son côté, reconnaît plusieurs objets retrouvés dans les poches du cadavre, notamment deux petits carnets de notes et un étui à cigarettes.

Reste à découvrir comment il a été tué, et pourquoi. Le Dr Charles Paul, qui a pratiqué l'autopsie, est une célébrité à l'époque. Sa tête de bon vivant moustachu apparaît régulièrement dans les journaux. Il a été de toutes les grandes affaires criminelles, dont la plus célèbre de toutes, l'affaire Landru. Dans cette France de la fin des années 1920, c'est le meilleur et de loin. Voilà ce qu'il écrit dans son rapport : « La mort a été provoquée par asphyxie ou suffocation. En raison des brûlures de la face et du cou, il a été impossible de retrouver des traces de strangulation. Des traces de coups subsistent néanmoins sur le thorax et le haut du crâne. »

Il est donc mort étranglé ou étouffé, après avoir été roué de coups. Mais qui était Gaston Truphème ? Il avait trente-cinq ans. D'après ce que l'on dit, c'était un homme rangé, un honnête courtier en bijoux. Ancien combattant, il avait survécu à quatre années dans les tranchées. Employé sans histoires, sans ennemis, il mangeait dans des restaurants populaires et s'habillait simplement. Sa seule fantaisie ? Il jouait du saxophone, du jazz, et se produisait parfois dans les caves de Saint-Germain-des-Prés. Pour l'instant, rien dans sa vie ne vient éclairer le crime. En revanche, une information révélée par sa patronne ouvre une piste, et pas des moindres. Le jour de son assassinat, il transportait sur lui l'équivalent de 600 000 francs de bijoux et de pierres précieuses. « Y a pas à chercher plus loin. Au moins 600 000, mais peut-être bien un million ! La valeur des bijoux et des pierres, vous savez, ça va, ça vient… » Ça, c'est un mobile sérieux !

Qui a bien pu le tuer ? La réponse se trouve peut-être dans l'emploi du temps de Gaston. Il a disparu le 27 février, son corps carbonisé a été retrouvé le 28. Que s'est-il passé entre ces deux moments ? Grâce au carnet de rendez-vous retrouvé dans sa poche, on apprend qu'il est passé à la bourse des diamantaires le 27 au matin. Puis, à 10 heures, il s'est rendu chez un client, Charles Mestorino, bijoutier-joailler en gros, 29, rue Saint-Augustin, dans le IIe arrondissement. Après quoi, il est allé voir un détaillant dans le quartier de la Bourse. À 11 heures, il a passé un coup de fil à sa patronne : « Ne m'attendez pas avant 13 heures, j'ai une affaire à régler. » Puis, plus rien. Son affaire à régler a dû mal tourner. Mais de quelle affaire s'agit-il ?

Les policiers se rendent chez le détaillant que Truphème a vu juste avant de disparaître. L'homme confirme que le courtier est venu chez lui et qu'il est reparti vers 11 h 30. « Il semblait contrarié, il disait qu'il devait repartir régler une affaire. » Le commissaire envoie alors l'un de ses meilleurs inspecteurs, l'inspecteur Mougel, chez l'autre rendez-vous de Gaston Truphème, Charles Mestorino. Mougel a le nez fin, son supérieur lui fait confiance. Quand il arrive, l'inspecteur tombe sur un homme effondré, qui se répand en lamentations. Il a appris la mort de son ami Gaston Truphème et porte même un brassard de deuil ! « Pauvre ami ! Quel malheur, messieurs ! » À côté de lui, sa femme est vêtue tout en noir et affecte une mine sinistre. « Vous dites que je suis l'un des derniers à l'avoir vu, monsieur l'inspecteur ? Mais c'est affreux ! Oh, ce pauvre Gaston, je le revois encore…

Il était là, juste là. Il était si discret, si gentil… » Et le voilà qui se met à pleurer comme une madeleine.

« Pourquoi est-il venu vous voir ?

— Il venait récupérer une traite de 30 000 francs que je lui devais.

— Et vous l'avez réglée ?

— Bien sûr. Tenez, la voilà. »

Il sort du tiroir de son bureau une traite portant la mention « acquittée », datée du 27 février. L'inspecteur prend congé et retourne au 36. Une drôle d'impression le taraude. L'impression que ce type n'est pas net. C'est difficile à expliquer. Il en fait trop. Trop de larmes, trop d'affectation… Ça sonne faux. Il fait part de ses réflexions au commissaire Guillaume. « Vous dites que j'ai le nez fin, patron ? Eh bien voyez-vous, ce type, je ne le sens pas. Il m'a fait un numéro de veuve éplorée. Tenez-vous bien, il s'était collé un brassard de deuil ! Et on aurait dit que sa femme venait de perdre son père… Incroyable, un vrai numéro de cirque ! En plus, il lui devait 30 000 francs ! »

La brigade criminelle décide de s'intéresser d'un peu plus près à Charles Mestorino. C'est un homme riche, qui a fait fortune après la Grande Guerre. Il a épousé une certaine Alice, une femme que l'on dit hautaine et follement dépensière. Ses bureaux occupent tout le sixième étage du 29, rue Saint-Augustin et il habite une belle villa, « L'Oasis », à La Varenne-Saint-Hilaire, en bord de Marne. Il passe sa vie dans les restaurants les plus chers et les cabarets les plus huppés. Il possède un cheval de course et une belle voiture couleur café au lait.

Le jour des obsèques de Gaston Truphème, le 5 mars 1928, il est évidemment présent. Il pleure bruyamment, se tord les mains et, à la sortie du cimetière, se met à hurler dans un sanglot : « Gaston ! Nous te vengerons ! » Dissimulés derrière une tombe, le commissaire Guillaume et l'inspecteur Mougel n'en perdent pas une miette. « Quel comédien celui-là... C'est du théâtre qu'il devrait faire ! »

En rentrant des obsèques, les deux enquêteurs prennent connaissance d'un nouveau témoignage. Gaston Heuillard, le jeune homme qui avait remarqué un homme jeter des bidons d'essence dans un fossé le matin du meurtre, s'est souvenu d'autres détails.

« La voiture avait la conduite à droite, comme les Anglais, et une roue de secours sur la malle arrière.

— Et la couleur, vous vous souvenez de la couleur de la voiture ?

— Je dirais marron clair... Café au lait. »

Tiens, tiens, café au lait... Comme la voiture de Charles Mestorino ! Ça mérite une petite visite. Le soir même des obsèques, l'inspecteur Mougel et son collègue Février retournent au 29, rue Saint-Augustin, pour coller un petit coup de pression au joaillier.

« Bonjour, monsieur Mestorino, pouvez-vous nous suivre au 36, quai des Orfèvres ? Nous avons quelques questions à vous poser.

— Ah bon ? C'est comme vous voudrez, messieurs, mais je ne vois pas en quoi mon témoignage pourrait vous être utile. »

Au 36, il est interrogé par le commissaire Guillaume en personne. L'autre se contente de répéter ce qu'il a déjà dit, en ajoutant juste une précision, ça lui est revenu : « Gaston m'a indiqué qu'il avait rendez-vous dans l'après-midi avec des gens. Il ne semblait pas très rassuré. Je pense que c'était un guet-apens, ils l'ont dévalisé et l'ont tué ! » Le commissaire, sentant qu'il n'en tirera rien de plus, décide de le laisser filer, fidèle à sa devise : « La patience est la meilleure arme d'un policier. »

Le lendemain, le commissaire convoque Mme Mestorino. La belle et froide Alice se présente au 36 en fourrure et laisse dans son sillage l'odeur entêtante d'un parfum ambré.

« Dites-moi, madame, est-ce que M. Truphème vous aurait fait des confidences sur sa vie privée ?

— Non, jamais.

— Pourtant, vous le considériez comme un ami ?

— Mon mari oui, mais moi… Nous n'étions pas du même monde. À la réflexion, je me souviens qu'il m'avait parlé d'une maîtresse, à Tournan. »

Tournan, le village de Seine-et-Marne proche du lieu où le corps a été retrouvé. La jolie dame ne serait-elle pas en train de les balader ? De les mettre sur une fausse piste pour qu'on évite de s'intéresser à son mari, par exemple ? Quoi qu'il en soit, elle signe son procès-verbal et s'en retourne à La Varenne, dans un nuage de parfum.

Le commissaire Guillaume décide de se plonger plus en avant dans la vie de ce drôle de couple. Et il découvre des choses bien troublantes. Avant tout, leur situation financière n'est pas aussi brillante qu'elle en a l'air. Le bijoutier est criblé de dettes et il peine à rembourser ses échéances. La brigade criminelle a fait le tour des prêteurs sur gages des agences du Crédit municipal. Charles Mestorino a mis en gage pour 100 000 francs de bijoux dans les mois qui ont précédé le meurtre. Puis, trois jours après la mort de Gaston Truphème, il est allé les reprendre ! Il a remboursé et a récupéré ses bijoux. Une « salvatrice rentrée d'argent ». C'est pas miraculeux, ça ?

Entre-temps, on a retrouvé le garagiste qui a vendu les trois bidons d'essence récupérés par Gaston Heuillard.

« Monsieur le commissaire, si vous le mettez devant moi, je suis sûr de le reconnaître !

— Et vous avez vu la voiture ?

— Pas très bien, il l'avait garée loin. Je dirais que c'était une berline, couleur café au lait. »

Le commissaire fait revenir Mestorino au 36 et, d'emblée, il prend la main.

« Monsieur Mestorino, avez-vous eu des problèmes d'argent ?

— Ce sont les affaires, ça va, ça vient...

— Nous avons constaté que votre situation s'est récemment améliorée.

— Oui, effectivement. J'ai emprunté.

— Dites-moi, où était votre voiture le jour du crime ?

— Ma voiture ? Chez mon garagiste, je la lui avais confiée la veille pour réviser les freins. »

Le commissaire se tourne vers son adjoint : « Faites appeler le garagiste de monsieur et vérifiez, je vous prie. » Au téléphone, le garagiste confirme : « Ah, j'en suis sûr ! M. Mestorino m'a bien apporté sa voiture le 26 au soir. Je m'en souviens bien, on était en train de dîner avec des amis. On mangeait des saucisses à l'étouffée avec des lentilles ! »

Le commissaire abat alors sa carte maîtresse. « Brigadier, amenez-nous les témoins, s'il vous plaît. » Entrent alors le garagiste de Brie-Comte-Robert, qui a vendu les trois bidons d'essence, et son commis. On leur présente Mestorino.

« Est-ce ce monsieur ?

— Eh bien... non ! Ce n'est pas le monsieur que j'ai vu ! »

Les policiers font grise mine. Charles Mestorino se lève alors et lance :

« Nous en avons fini, je peux rentrer chez moi ?

— Oui, oui...

— Adieu, messieurs, et tâchez d'être plus heureux la prochaine fois ! »

Il met son chapeau et tourne les talons.

Le commissaire Marcel Guillaume et le patron de la Brigade mobile Paul Gabrielli se retrouvent autour d'un petit salé pour faire le point sur l'enquête.

« On est d'accord tous les deux : c'est lui. Il nous enfume, mais c'est lui.

— Oui, on est d'accord. »

Ils sont d'autant plus d'accord que d'autres témoignages recueillis depuis s'accordent tous à parler, sur les lieux du crime, d'une voiture café au lait conduite par un homme d'environ trente-cinq ans, élégant, portant une fine moustache. Le portrait craché de Mestorino. Ensemble, ils décident de mettre la pression sur l'entourage du bijoutier. Ils convoquent alors la sœur d'Alice Mestorino, qui est aussi la secrétaire de Charles. Une rumeur dit en plus que Gaston Truphème avait un faible pour elle. Elle s'appelle Suzanne Charmaux, elle est ravissante. Mais quand elle arrive au 36, elle tremble comme une feuille. Sa sœur l'a accompagnée. Quand on l'interroge, elle balbutie, elle répond de travers et tourne sans cesse la tête vers Alice, comme pour vérifier qu'elle ne dit pas de bêtises. « Mon Dieu, mais ce n'est pas possible d'être aussi impressionnable, ma chérie ! Mais réponds donc au commissaire, Suzanne, c'est dans l'intérêt de l'affaire ! Il faut venger ce pauvre M. Truphème qui t'aimait tant. » Quelle comédienne !

« Laissez-nous seuls, madame, je vous en prie. Je désire interroger votre sœur sans votre présence.

— Oh, mais elle a si peur !

— Je n'ai jamais dévoré de jeunes femmes, madame. Je vous en prie, sortez ! »

Alice Mestorino sort, furibarde et sans doute un peu inquiète aussi.

« Mademoiselle, vous étiez là quand Gaston Truphème s'est présenté dans les bureaux de votre beau-frère ? » La jeune femme se tortille sur son siège mais ne répond pas. « Je précise ma question : avez-vous vu votre beau-frère remettre de l'argent à M. Truphème ? » Elle hausse les épaules et regarde le plafond. Le commissaire se lève alors et se plante devant elle, massif. D'une voix calme, il lui dit : « Vous êtes jeune, vous avez la vie devant vous. À votre âge, tous les espoirs sont permis. Même si vous avez vu faire le mal sans pouvoir l'empêcher. »

Il n'a pas fini sa phrase que Suzanne Charmaux tombe à genoux et se met à pleurer, en implorant le commissaire : « Ne me demandez rien ! Je vous en supplie, ne me demandez rien ! » Ça ressemble à un début d'aveu. Mais, comme elle est au bord de la crise de nerfs, le commissaire la laisse repartir. *La patience est la meilleure arme d'un policier.* Le commissaire enchaîne avec les sept employés de Charles Mestorino. Là encore, chou blanc sur toute la ligne. « Il ne s'est rien passé de spécial la journée du 27 février, le patron a eu une journée normale… » Tous ont l'air d'avoir appris une leçon qu'ils récitent comme de bons élèves.

Pourtant, l'enquête va révéler une bizarrerie. Charles Mestorino devait 30 000 francs à Gaston Truphème, en paiement d'un diamant de cinq carats. Or, en se penchant sur ses comptes, on se rend compte qu'il a revendu le diamant quatre jours après, à un tailleur de la rue Louis-Blanc, pour 10 000 francs. Il a donc perdu 20 000 francs. Ça ne tient pas debout ! Autre chose. Quand il est allé récupérer les bijoux qu'il avait « mis au clou », Mestorino prétend que c'est grâce à un prêt que des amis lui ont consenti le 26 février. Cette partie est vraie, il a fait un emprunt à deux confrères. Mais c'était le 5 mars ! Avec quel argent a-t-il donc pu payer, le 27 février, la traite de 30 000 francs qu'il devait à Gaston Truphème ? À moins qu'il ne l'ait jamais payée ?

Le commissaire Guillaume convoque de nouveau Mestorino. Débute alors l'un des interrogatoires les plus célèbres de l'histoire de la Police judiciaire, longtemps enseignée dans les écoles de police. Il va durer dix-sept heures.

L'idée est de mettre Mestorino en confiance. Le commissaire va donc commencer son interrogatoire par une ruse, une bonne vieille ruse de policier qui fait toujours son petit effet. Il entre dans le bureau où est assis Mestorino et fait semblant de tomber des nues : « Monsieur Mestorino ? Mais que faites-vous ici ? » Son adjoint, Georges Massu, intervient alors :

« Patron, on l'a convoqué par rapport à l'erreur de l'inspecteur Mougel.

— Ah oui, celui-là, il va m'entendre ! Vraiment, toutes nos excuses de vous avoir dérangé, monsieur Mestorino. Mais figurez-vous, c'est idiot, que l'inspecteur Mougel a oublié de vous demander l'heure exacte de votre rendez-vous avec la victime, le 27 février !

— C'était à 10 heures du matin.

— Ah, 10 heures du matin, merci. Eh bien on va mettre ça noir sur blanc. Vous signez, et c'est bon. Massu, vous vous occupez de cela, je vais voir le directeur pour une affaire urgente ! »

Georges Massu introduit dans sa machine à écrire trois feuilles de papier et deux carbones, lentement, sans se presser. Il cherche son tabac et rallume sa pipe, tranquillement.

« Alors, état-civil... Nom, prénom, date et lieu de naissance, profession, adresse, situation maritale... »

Charles Mestorino a déjà répondu à ces questions, bien sûr, au moins dix fois. Mais il se plie à l'exercice. Et, quand il a fini, l'inspecteur s'est emmêlé dans ses carbones, il manque des morceaux, il faut tout recommencer !

« Désolé, l'administration nous fournit un matériel un peu capricieux ! Donc, nous disions, nom, prénom, date et lieu de naissance, profession, adresse, situation maritale...

— Mais je viens de vous répondre !

— Ah oui, mais vous savez, sitôt tapé, sitôt oublié. Donc, nom, prénom, date et lieu de naissance, profession, adresse, situation maritale... »

Pendant tout leur échange, des collègues font irruption dans le bureau :

« Il est pas là le patron ?

— Chez le directeur. »

Maintenant, voilà que l'inspecteur Mougel vient relayer Georges Massu.

« Massu ! On t'appelle à l'état-major !

— O.K., tu reprends. Monsieur, je reviens. »

Mougel s'installe face au bijoutier.

« Bon, alors, où en étiez-vous... Nom, prénom, date et lieu de naissance, profession, adresse, situation maritale... Je vous écoute ? »

Ce cirque va durer trois heures. Quand le commissaire Guillaume revient dans le bureau à l'heure du déjeuner pour lire la déposition, Mestorino croit en avoir enfin fini.

« Hum hum... Eh bien tout cela m'a l'air parfait. Relisez et signez. »

Mestorino s'exécute puis se relève :

« Eh bien, au revoir, messieurs.

— Un instant, monsieur Mestorino. Vous avez payé la traite de M. Truphème le 27 février, or nous savons que vous étiez aux abois, vous avez même vendu des pierres à perte... Comment avez-vous fait pour le rembourser ?

— Je vous l'ai dit, j'ai emprunté de l'argent à ma mère et à des collègues, la veille de la visite de Gaston.

— Ah oui... Mais c'est idiot, on n'a pas vérifié. » Le commissaire prend un air ennuyé. « Écoutez, ce serait trop bête de vous faire revenir pour ça ! J'ai une idée, je vous emmène déjeuner et mes hommes vont aller vérifier. Notez le nom de vos prêteurs et leurs adresses. » Le commissaire prend son manteau et entraîne ensuite Mestorino dans les escaliers du 36. « Nous avons une excellente brasserie à deux pas d'ici, place Dauphine, Les Trois Marches. Bien entendu, c'est la PJ qui régale ! Vous verrez, vous ne serez pas déçu. » Le commissaire continue sur sa lancée. Il cherche à amadouer Mestorino. C'est pour ça qu'il l'a invité à déjeuner. Lorsque le commissaire Guillaume,

Georges Massu et Charles Mestorino rentrent au 36, on dirait trois vieux copains qui devisent.

« Cher monsieur Mestorino, puis-je vous offrir un cigare ? J'aime bien en prendre un après un bon déjeuner.

— Eh bien écoutez, volontiers. »

Le commissaire lui tend la boîte et tranche le bout de son cigare avec un coupe-cigare en forme de guillotine, de très bon goût. « Amusant, n'est-ce pas ? » L'autre est livide. Et il a bien raison de s'inquiéter. Car, pendant qu'ils déjeunaient, les inspecteurs se sont renseignés sur ce prêt que Mestorino est censé avoir contracté pour payer sa dette à Gaston Truphème. Ou, du moins, on fait mine de se renseigner, car le commissaire était déjà au courant de tout.

« J'ai un petit problème, monsieur Mestorino. Selon mes inspecteurs, vos amis vous ont bien prêté de l'argent, mais c'était le 5 mars, pas le 26 février. Et on revient toujours à la même question : comment avez-vous pu régler votre dette auprès de Gaston Truphème si vous n'en aviez pas les moyens ?

— C'est un malentendu, ils font erreur !

— Eh bien, on va les faire venir, on verra bien. »

Le commissaire laisse passer une heure, puis deux, et fait finalement entrer dans son bureau les deux hommes qui ont prêté de l'argent au joaillier.

« Nous vous confirmons que nous lui avons bien prêté de l'argent, mais c'était le 5 mars !

— Mais non, dit Mestorino, rappelez-vous... Vous vous trompez ! »

Les deux prêteurs maintiennent leur déclaration.

« Nous avons un problème, monsieur Mestorino, nous avons un gros problème... »

L'autre transpire abondamment et soudain, il s'écrie : « J'ai menti ! » Eh bien voilà, on y est ! Enfin, pas tout à fait. Mestorino ajoute : « J'ai menti parce que j'avais peur ! Mais je n'ai pas tué mon ami Gaston. » Assis derrière son bureau, le commissaire Guillaume joue ostensiblement avec sa guillotine miniature. À 20 heures, toute l'équipe part dîner et Charles Mestorino reste sous la surveillance d'un inspecteur, en tête à tête avec un jambon-beurre. À table, Guillaume et Massu organisent la suite des événements.

« Patron, je crois que je peux le faire craquer.

— Eh bien allez-y, Massu. Nous, on va prendre un dessert et peut-être bien des digestifs. »

Massu rentre seul au quai des Orfèvres.

« Écoutez, monsieur Mestorino, vous êtes un brave homme, je sais que vous êtes incapable de tuer. Vous avez juste profité de la mort de Truphème. Vous nous avez menti parce que vous n'avez pas payé la dette ? Ce n'est qu'une faiblesse, une banale escroquerie dictée par les circonstances. J'ai regardé le Code pénal, vous risquez six mois au maximum, avec un juge très sévère. On tiendra compte de vos aveux.

— Oui, j'ai menti. Je ne pouvais pas payer. Je lui ai dit de revenir le soir même. Et, quand il a disparu, j'en ai profité. Je sais que c'est mal...

— Mais non, c'est humain, monsieur Mestorino, juste humain... »

Quand le commissaire Guillaume rentre de son dîner, il trouve Mestorino et l'inspecteur Massu en train de discuter tranquillement.

« Ah, patron, monsieur Mestorino m'a tout dit !

— Il a avoué avoir tué Truphème ?

— Mais non, quelle idée patron ! Il a juste eu un moment de faiblesse, c'est un brave homme, il a juste profité de la situation. »

Le commissaire relit lentement la déposition, avant de se tourner vers le bijoutier : « Tout ça est bien beau mais... Comment l'avez-vous tué ? »

L'autre se décompose. Il pensait s'en sortir avec une simple escroquerie et voilà qu'on lui reparle de meurtre ! Mieux, l'inspecteur Massu introduit trois feuilles de papier et deux carbones dans sa machine, et l'interrogatoire reprend. Le commissaire tente alors un coup de bluff : « Massu, écrivez : "Moi, Charles Mestorino, reconnais être l'auteur du meurtre de Gaston Truphème le 27 février 1928..." » Mestorino perd son sang-froid. Il met sa tête entre ses mains et se met à sangloter et, cette fois-ci, ce n'est plus du cinéma. « Oui, c'est moi qui l'ai tué ! Pitié ! » Le stratagème du commissaire a fonctionné. À bout de nerfs, Mestorino se met à raconter d'une traite ce qui s'est passé :

« Il est repassé vers 12 h 30, je lui ai dit que je ne pouvais pas le payer. Il m'a traité de dégoûtant, j'ai vu rouge. Je lui ai mis un coup de triboulet, un instrument qui sert à mesurer les bagues. Il est tombé et a voulu crier, alors je lui ai enfoncé un chiffon dans la bouche. Il est mort.

— Et ensuite ?

— Je l'ai enroulé dans une couverture puis je l'ai caché dans un placard. Le lendemain, j'ai récupéré ma voiture au garage... et voilà. »

Des aveux complets, circonstanciés, il n'y a pas mieux. Le lendemain, la brigade criminelle perquisitionne le bureau et la villa de Mestorino. On retrouve le fameux triboulet, qui porte encore des traces de sang. Dans la foulée, Alice Mestorino et sa sœur Suzanne avouent qu'elles l'ont aidé à se débarrasser du corps. L'enquête est bouclée. « Un interrogatoire, c'est un duel », écrira le commissaire Marcel Guillaume dans ses mémoires.

Le 8 juin 1928, devant la cour d'assises de Paris, Charles Mestorino échappe à la guillotine. Il est condamné aux travaux forcés à perpétuité. Mais il ne supportera pas l'enfer du bagne de Cayenne, où il mourra trois ans plus tard, en 1931. Constitution trop faible.

Ce commissaire Guillaume, ce n'est pas n'importe qui ! C'est lui qui a inspiré à Simenon le personnage du commissaire Maigret. Les deux hommes sont restés amis jusqu'à la mort du commissaire, en 1964, à l'âge de quatre-vingt-onze ans. Et, toute sa vie, Mme Guillaume a grogné : « Simenon ? Il a tout piqué à mon mari ! »

L'étrange disparition d'Élodie Kulik

Dans la nuit du 10 au 11 janvier 2002, dans la Somme, la jeune Élodie rentre chez elle, après avoir passé la soirée avec son ami Hervé, à Saint-Quentin, la grande ville du coin. La route est calme, il n'y a pas beaucoup de circulation. Au volant de sa Peugeot 106, elle regarde distraitement le paysage, ce paysage qu'elle connaît par cœur, des champs de betteraves et de céréales à perte de vue. Mais il est tard, le thermomètre descend en dessous de zéro, la route est à moitié gelée et il y a du brouillard. Une nuit d'hiver en Picardie. Pour rentrer chez elle, à Péronne, elle emprunte la nationale 29, puis après une vingtaine de kilomètres, elle tourne à droite sur la départementale 44, au rond-point qui dessert l'usine Bonduelle. Élodie a hâte d'arriver.

Mais elle ne dépassera pas le rond-point. Ce qui s'est passé ce soir-là, personne ne le sait vraiment. Élodie a-t-elle fait une sortie de route ? S'est-elle endormie ? Est-ce que quelqu'un lui a fait une queue de poisson, volontairement ? Est-ce qu'elle a été poussée hors de la route ? On l'ignore, mais toujours est-il qu'à minuit vingt précisément, Élodie Kulik a appelé les pompiers. Et que l'opératrice du centre de secours d'Amiens, qui l'a eue au bout du fil, décrit une jeune femme « effrayée, terrifiée, qui hurlait... ». Elle ajoute avoir entendu des voix d'hommes, de plusieurs hommes, qui semblaient s'approcher. « Où êtes-vous ? Que se passe-t-il ? Qui êtes-vous ? » a demandé plusieurs fois l'opératrice alarmée. Mais elle n'a pas eu d'autre réponse que ces hurlements déchirants. Après vingt-six secondes, l'appel est coupé. L'opératrice a tenté de rappeler le numéro, sans succès.

Vers minuit cinquante, un homme aperçoit la voiture d'Élodie, abandonnée dans un champ. Il s'arrête. Il pense qu'il s'agit d'un accident, il veut aider. En s'approchant, il constate que le moteur de la Peugeot est arrêté et que le clignotant droit bat la mesure. La portière côté passager est ouverte. Le plafonnier est allumé, la radio fonctionne et les clés sont encore sur le contact. Mais il n'y a personne dans la voiture. Reste juste un sac. Un sac de femme.

Pendant ce temps, les gendarmes ont reçu plusieurs appels d'automobilistes qui ont, eux aussi, aperçu la voiture abandonnée. Ils ne se sont pas arrêtés mais, par acquit de conscience, ils voulaient quand même le signaler. Les gendarmes finissent par se rendre sur place. Ils trouvent la Peugeot 106 telle qu'on leur avait décrite au téléphone, en contrebas de la route, en très mauvais état. Ils concluent rapidement à un accident. Un accident étrange certes car, malgré le brouillard, la route est une ligne droite, ils ne voient pas bien comment la voiture aurait pu en sortir. Et puis, la conductrice a disparu. Mais un accident quand même. Ils ne sont pas encore au courant de l'appel aux pompiers.

Grâce à la plaque d'immatriculation, ils établissent que la voiture appartient à une certaine Élodie Kulik. Ils appellent chez elle, personne ne répond. Sur son portable, personne non plus. Le lendemain matin, ils prennent contact avec sa famille. Personne n'a eu de nouvelles. Les gendarmes sont alors avertis du coup de fil passé aux pompiers la veille et comprennent que cette histoire va les emmener beaucoup plus loin que prévu. Plutôt qu'à un accident, ils ont affaire au minimum à un enlèvement, et plus probablement à un meurtre.

On commence à réfléchir aux causes du drame. Est-ce qu'il pourrait avoir un lien avec le métier d'Élodie Kulik ? À vingt-quatre ans seulement, elle dirigeait une agence de la Banque de Picardie, à Péronne. Elle était même devenue, deux ans auparavant, la « plus jeune directrice d'une agence bancaire en France ». Forcément, tant de réussite, ça fait des jaloux. C'est une piste envisageable.

À l'annonce de sa disparition, les proches d'Élodie se regroupent chez Jacky et Rose-Marie Kulik, ses parents. Ils sont bouleversés, rongés par l'inquiétude. Eux aussi trouvent l'« accident » bizarre. Élodie conduit bien, en général. Elle ne boit jamais avant de prendre le volant et roule d'habitude plutôt lentement. Elle est du genre à dire : « Oh, ralentis un peu... Fais gaffe ! » Ce tonneau au beau milieu d'une ligne droite n'a aucun sens. Peut-être a-t-elle croisé un fou du volant ? Ces adeptes du rodéo automobile ne sont pas rares dans la région. Ils s'amusent à faire peur aux autres conducteurs. Dès le lendemain, la disparition d'Élodie fait la une du *Courrier picard*, le journal local. « La directrice de banque a disparu. » Tout le monde est atterré. Mais l'incertitude quant au sort d'Élodie ne va pas durer très longtemps.

Le 12 janvier, deux jours après la découverte de la voiture, un agriculteur se rend à « La Tombille », une décharge agricole où les paysans du coin viennent déposer leurs déchets. Elle est située à six kilomètres du lieu de l'accident, près d'un ancien terrain d'aviation datant de la guerre. Alors qu'il engage sa remorque sur un petit chemin terreux, l'homme aperçoit un corps. Un corps de femme, nue, allongée sur le dos, les genoux pliés, les jambes relevées. Un corps brûlé sur tout un côté. Mais pas assez pour qu'on ne le reconnaisse pas. L'agriculteur a lu *Le Courrier picard*, il comprend tout de suite qu'il s'agit d'Élodie Kulik.

« La décharge, il faut connaître pour la trouver. » C'est la première remarque que se font les gendarmes en arrivant sur place. Ils identifient Élodie. Ce sont eux qui appellent ses parents. Ils ont retrouvé Élodie. Le corps d'Élodie. Elle est morte. Elle a été assassinée.

L'enquête est ouverte. Les gendarmes se concentrent sur l'appel téléphonique reçu par les pompiers, cette nuit-là. Il a été enregistré. Ils l'écoutent, une fois, deux fois, dix fois, cent fois. Avec le sentiment glaçant et répété d'assister en direct à l'agression de la jeune femme. C'est très rare, ça. On distingue d'abord des cris, des hurlements. Et, à la fin de l'enregistrement, des voix d'hommes qui s'approchent. Le fichier est confié à des experts acousticiens, qui formulent rapidement leur verdict. L'enregistrement est sale. On peine à distinguer les voix et les mots, qui sont couverts par les hurlements d'Élodie et par la voix de l'opératrice. Les experts utilisent alors un outil de nettoyage, pour diminuer les bruits parasites. Mais personne n'est d'accord sur ce qu'on entend. On n'a aucun mal à distinguer la voix d'Élodie. C'est la suite de l'enregistrement qui pose problème. Certains entendent un homme qui dit quelque chose comme : « Il faut la finir. » Puis le mot « batterie ». Mais d'autres n'entendent pas du tout ça. Un des experts distingue le mot « vous », qui laisse supposer qu'il y avait au moins trois hommes. L'un d'entre eux semble plus âgé, et s'exprime avec l'accent de la région. C'est tout, mais ce n'est pas rien.

Si l'on résume, Élodie est encore dans sa voiture quand elle passe l'appel. Et en voyant ces hommes arriver, elle sait qu'ils ne sont pas là pour l'aider. Elle comprend. Les hommes sont au moins deux, probablement trois. Ils sont sans doute du coin.

À cause de l'accent picard et de l'endroit où le corps a été découvert. « Il faut connaître. » Le scénario du meurtre commence à se dessiner. L'accident d'Élodie a été provoqué par ces hommes, qui l'avaient peut-être remarquée au cours de la soirée à Saint-Quentin. Ils l'ont suivie. Ils l'ont agressée, puis ils l'ont mise dans leur voiture, jusqu'à la décharge. C'est là que l'on a retrouvé le corps, à moitié calciné. Ses mains notamment, son torse et la moitié de son visage. Mais ce n'est pas tout. À proximité du corps, de l'autre côté du petit chemin terreux, on a retrouvé un préservatif usagé et son emballage, une serviette-éponge blanche, tachée de sang et de peinture. Et un mégot de cigarette. Une mine d'or pour la police scientifique.

Le médecin légiste livre les résultats de l'autopsie, qui viennent préciser les circonstances exactes du meurtre. Dans les poumons, il n'y avait pas de suie. Élodie était déjà morte lorsqu'on a mis le feu à son corps. Le fait que le corps n'ait pas brûlé en entier suggère un départ précipité. On a dérangé les agresseurs, ou ils ont eu peur. Bref, ils n'ont pas attendu. Elle a été étranglée, mais pas avec une corde. On l'a étranglée à mains nues. Les traces autour de son cou sont caractéristiques. L'autopsie confirme aussi qu'Élodie a été violée. Au moins deux fois. Une fois avec le préservatif, l'autre fois sans. Le sperme contenu dans le préservatif et celui qu'on a retrouvé sur son corps sont identiques. Grâce à cela, on dispose de l'ADN du violeur, qui est sans doute aussi celui de l'un des tueurs. On retrouve également des traces d'ADN incomplètes sur la serviette-éponge. Cet ADN, on le passe « au fichier », le FNAEG, qui recense l'identité génétique de toutes les personnes condamnées ou soupçonnées en France. Mais c'est un échec. L'ADN ne correspond à aucune fiche. Pour l'instant, ce n'est pas la police scientifique qui va faire avancer l'enquête. Il va falloir travailler à l'ancienne. Chercher notamment *qui* pouvait en vouloir à Élodie.

Qui l'a pistée jusqu'à provoquer l'accident. C'est donc sur la vie d'Élodie que les autorités vont se pencher, pour trouver ce qui pourrait expliquer le drame.

La vie d'Élodie commence comme une revanche. Avant qu'elle ne vienne au monde, ses parents avaient deux autres enfants, Karine et Laurent. Mais ils sont morts tous les deux, dans un accident de voiture. Ils sont passés à travers le pare-brise. Avec Élodie, Jacky et Rose-Marie Kulik ont voulu repartir de l'avant. Pour la petite, ça n'a pas dû être facile à porter. Le devoir de vivre, à la place de son frère et de sa sœur disparus. C'est peut-être pour ça qu'elle était toujours la première à l'école. Ou qu'elle est devenue, à vingt-quatre ans, la plus jeune directrice d'une agence bancaire. C'était donc cela, le moteur de son ambition.

On se penche bien sûr sur sa vie amoureuse. Élodie avait eu quelques aventures, mais rien de sérieux. Elle prenait son temps, et n'avait pas l'intention de se laisser imposer quoi que ce soit. C'était une femme indépendante, qui envoyait balader les dragueurs un peu pressants. Sans agressivité, mais fermement.

Alors qu'a-t-elle fait exactement le 10 janvier, le jour de son assassinat ? Le matin, elle est partie à pied au travail. L'agence du Crédit de Picardie de Péronne se situe à quelques centaines de mètres de chez elle. À midi, elle a déjeuné avec deux collègues, à côté de la banque, à la brasserie La Picardière, où elle avait ses habitudes. On a signalé quelques remarques un peu machistes, qui seraient venues d'une tablée d'ouvriers du bâtiment. Puis elle a enchaîné les rendez-vous à l'agence jusqu'à 17 h 45, sans incident. Elle est ensuite partie directement rejoindre son ami Hervé à Saint-Quentin. Ils avaient rendez-vous dans un bar à tapas, Le Latino. Là, les gendarmes apprennent que les serveurs se sont gentiment disputés pour lui servir son Coca. « Non, laisse, la blonde c'est pour moi ! » C'est finalement le patron lui-même qui l'a servie.

Élodie et Hervé sont ensuite allés dîner dans un restaurant chinois, Le Pavillon de Shanghai. Ils ont parlé travail, collègues, famille. « Alors ton nouveau boulot ? » « Et tes parents, ça va ? » « Tu vas y arriver ! » Et ils ont terminé la soirée chez Hervé, autour d'un thé. Il était minuit lorsqu'elle a repris le volant, direction Péronne. Une soirée des plus banales, qui ne laissait pas augurer l'horrible meurtre. Pas grand-chose à en tirer.

Et les hommes, dans tout ça ? Est-ce qu'il y avait des hommes, dans son entourage ? Des collègues, des voisins, des clients... Des hommes qui s'intéressaient d'un peu trop près à elle, qui la harcelaient peut-être ? Qui la draguaient avec insistance ?

Son dernier petit ami est convoqué par les gendarmes. Interrogatoire, emploi du temps, alibi, et prélèvement ADN. Négatif. Idem avec le précédent, un coiffeur. La rupture s'était mal passée, « il avait du mal à tourner la page ». Comparaison ADN : négatif. Son ami Hervé, bien sûr, le dernier à l'avoir vue. ADN négatif.

On s'intéresse ensuite à ses clients à la banque. Est-ce qu'il y en avait qui étaient un peu pressants ? Un peu lourds ? Trop entreprenants ? Les collègues d'Élodie rapportent aux gendarmes une anecdote intéressante. Le soir de sa disparition, il y avait un homme qui l'attendait à sa sortie de l'agence. Un homme qu'elle avait rencontré au réveillon, et qui voulait la revoir. Un dragueur, insistant. Les gendarmes identifient cet homme et le convoquent. Il dit qu'elle l'a gentiment éconduit, qu'il n'a pas insisté. Comme les autres, il accepte un prélèvement ADN. On passe dans sa bouche un petit écouvillon, pour prélever sa salive. On le compare avec le prélèvement de la scène de crime. ADN négatif.

À la section de recherche d'Amiens, c'est maintenant une cellule consacrée qui conduit cette enquête.

Une cellule qui ne s'occupe que de cette affaire, à plein temps. Et quand je dis « à plein temps », dans la gendarmerie, il faut compter au minimum douze heures par jour… *Au minimum !* La cellule travaille en plus sous pression, celle des médias, et celle des parents d'Élodie, qui ne comprennent pas que l'enquête n'avance pas plus vite. Malgré tout, son père, Jacky, garde espoir : « Les gendarmes nous laissent bon espoir et, jusqu'à présent, je leur fais confiance. Ils ont encore beaucoup de travail devant eux, il faut les laisser faire. Mais le jour où je n'aurai plus confiance, je mènerai ma petite enquête, personnellement. »

Six mois après le meurtre d'Élodie, le 9 juillet précisément, l'affaire rebondit. On retrouve le corps d'une jeune femme de dix-neuf ans, Patricia Leclerc, à moins de trente kilomètres de l'endroit où est morte Élodie. Elle a été rouée de coups, violée et assassinée. Pour l'achever, son agresseur l'a écrasée avec une voiture. Un mois et demi plus tard, le 21 août, c'est le corps de Christelle Dubuisson, dix-huit ans, que l'on retrouve, tuée à coups de couteau et écrasée par une camionnette. Toujours dans la même région. Imaginez ! Trois jeunes femmes, trois profils similaires, trois viols qui se terminent en meurtre. On pense avoir affaire à un tueur en série. Sale été 2002… Oui, sale été.

Rose-Marie, la maman d'Élodie, est au bout du rouleau. L'enquête est trop éprouvante et la perte de son troisième enfant est un drame insurmontable pour une mère qui a déjà trop souffert. Anéantie, elle avale le 20 juillet 2002 un flacon entier de mort au rat. Elle ne meurt pas, mais tombe dans le coma. Un coma qui durera neuf ans. Et pendant ces neuf années, son mari, Jacky Kulik, lui rend visite, tous les jours. Et tous les jours, à voix basse, il lui raconte l'avancée de l'enquête. Elle ne l'entend sans doute pas. Mais peut-être perçoit-elle l'énergie de son mari, qui se bat sans relâche, qui n'abandonne pas. Car Jacky n'a qu'une hantise : que les gendarmes laissent tomber l'affaire, que l'enquête soit reléguée au second plan. Il n'aura pas de répit tant qu'il ne saura pas qui s'en est pris à sa fille.

Contre toute attente, la double enquête sur les meurtres du mois de juillet 2002 avance. Un homme est arrêté, un prédateur sexuel. Il s'appelle Jean-Paul Leconte, et vit dans la région. Il sera jugé pour les deux affaires, et condamné. Mais ce n'est pas lui qui a tué Élodie. Et pour cause, il a un alibi en béton, en béton armé même ! Le soir de la mort d'Élodie, il était en prison. La piste du tueur en série est écartée. Les deux assassinats du mois de juillet n'ont rien à voir avec celui d'Élodie. Retour à la case départ et à l'enquête classique de proximité.

Les gendarmes décident de brasser large, et de s'intéresser à tous ceux qui auraient pu croiser la route d'Élodie ce soir-là. Par exemple, les 14 000 téléphones portables qui ont « accroché » le relais téléphonique proche des lieux du drame. 14 000… Sacré boulot pour identifier, convoquer, vérifier… En pure perte. Ils en viennent à installer des barrages de nuit autour de l'usine Bonduelle, dans l'espoir de recueillir des témoignages. On commence à reparler des rodéos automobiles, qui semblent être un sport régional. Un témoin décrit même une scène datant de la veille du meurtre d'Élodie. Une jeune femme au volant aurait été perturbée par des automobilistes. On interpelle quelques fous du volant connus des autorités. Là encore, chou blanc, leur ADN ne correspond toujours pas. Les mois s'écoulent et l'ADN disculpe tous les suspects. Il y a de quoi s'arracher les cheveux ! D'ailleurs, cette enquête va battre tous les records de prélèvement d'ADN en France : entre 5 000 et 6 000, tout ça en vain. J'en profite au passage pour signaler qu'en France on a des défauts, mais on met le paquet sur les enquêtes criminelles : 200 euros en moyenne l'analyse, mutliplié par 5 000, soit près d'un million d'euros dépensés pour l'enquête. Mais rien, pas le moindre indice. En 2005, trois ans après la disparition de sa fille, Jacky Kulik, désespéré, annonce qu'il offre une « grosse prime » à qui fera avancer l'enquête. Comme au Far West. Lui et Rose-Marie doivent toucher 10 000 euros pour « préjudice moral », et ils ont décidé d'offrir cette somme à toute personne qui permettra l'arrestation du meurtrier. « Cet argent ne me rendra jamais ma fille, ni ma vie de famille, ni tout ce que j'avais avant. S'il peut servir à apporter la vérité, s'il peut confondre les meurtriers de ma fille, je pense qu'il sera bien utilisé. »

Mais pendant des mois, des années même, l'enquête va piétiner. Imaginez cette attente, pour des parents qui ont déjà perdu deux enfants : des années sans savoir *qui* a fait ça ! Attendre, avec pour seule consolation la certitude que les gendarmes ne lâchent pas le morceau. Jacky et Rose-Marie ont attendu dix ans. Dix ans avant qu'il ne se passe quelque chose de concret. Dix ans avant qu'on ne leur annonce : « Eh bien voilà, c'est lui ! » Et vous allez voir que ce n'était pas une si bonne nouvelle que ça en avait l'air...

Je vous ai dit que, depuis 2002, Rose-Marie Kulik était dans le coma. Son mari continue d'aller la voir tous les jours. C'est vain, c'est douloureux, mais c'est amoureux. Et ça s'arrête. Le 10 juillet 2011, Rose-Marie s'éteint, sans jamais avoir repris connaissance. Elle n'est plus là, le 8 janvier 2012, pour les dix ans de la disparition de sa fille, à qui on rend hommage avec une grande marche, suivie d'une messe du souvenir. Elle n'est pas là non plus quand, le 16 janvier 2012, le juge d'instruction appelle enfin Jacky Kulik pour lui annoncer *la* nouvelle qu'il attendait depuis tant d'années. L'agresseur d'Élodie a été formellement identifié.

Cette identification a été réalisée grâce à la perspicacité d'un capitaine, tout juste rentré d'un stage à Quantico, l'académie du FBI, en Virginie. Là-bas, il a découvert une nouvelle technique d'exploitation de l'ADN, utilisée notamment dans les enquêtes où, comme ici, on a une identité génétique qui ne donne rien lorsqu'on la passe au fichier. Cette nouvelle technique s'appelle la recherche en parentèles. Et c'est une idée de génie ! Au lieu de passer au fichier un ADN complet, c'est-à-dire un ADN nucléaire, cette carte d'identité qui caractérise chaque individu, on lui soumet un ADN partiel, qui porte le joli nom de « mitochondriale ». En gros, on part du principe que, si une personne n'existe pas dans le fichier, il y a des chances pour qu'un membre de sa famille y soit inscrit. Il suffit qu'un gène héréditaire corresponde. Cette technique multiplie fortement les chances de trouver une correspondance. C'est ce qui va se passer dans notre affaire. Le fichier contient une personne qui appartient à la famille du violeur et tueur d'Élodie. Bingo ! L'homme en question est en prison pour agression sexuelle sur mineur. Et il se trouve que cet homme a un fils, un dénommé Gregory Wiart. Lorsqu'on compare l'ADN de Wiart à celui du tueur, plus de doute possible : c'est bien lui. Les enquêteurs exultent. Mais leur joie est de courte durée. Car ce fameux Gregory Wiart... est mort ! Accident de la route, en 2003. Il a fallu exhumer son corps au cimetière pour comparer les ADN. Le choc est dur à encaisser pour Jacky Kulik, lui qui attendait ce moment depuis si longtemps... Cela dit, tout n'est pas perdu. Depuis le début de l'enquête, les gendarmes sont convaincus que le tueur n'a pas agi seul, qu'il avait des complices. On entreprend alors d'identifier ses amis de l'époque.

Gregory Wiart était plombier dans un petit village proche de Péronne, Montescourt-Lizerolles. Il avait repris l'activité de son père, depuis que celui-ci était en prison. Il avait vingt-trois ans quand il a agressé Élodie. La description qu'en font les habitants du village est édifiante : « Attention, il bossait bien.

Mais c'était un sacré loustic ! » « Il était roublard, il magouillait un peu. » Peut-être, mais son casier judiciaire était vierge, sinon on l'aurait retrouvé dans le fichier. Gregory fréquentait assidûment les deux bistrots du village. Et, selon ses habitants, « quand il avait bu, il n'était pas commode ». Son ex-compagne le sait bien. Il la battait. Gregory Wiart faisait aussi partie d'un club de 4 × 4, et il faisait de la moto. C'était un bon pilote. Sa mort a surpris tout le monde. Dans une ligne droite, en plein jour. Il était allé s'encastrer dans un camion transporteur qui arrivait dans l'autre sens. Il était mort sur le coup.

Et ses amis, alors ? Parce que ce sont eux qui nous intéressent. Il avait une bande de copains. Amateurs, comme lui, de bagnoles et de moto. Ils faisaient souvent des virées entre potes, à Saint-Quentin. Mais ce n'était pas lui, le leader de la bande. « C'était pas un meneur. » « Il traînait avec des types plus âgés. Des têtes brûlées. » En menant l'enquête, les gendarmes s'aperçoivent d'ailleurs qu'il y a eu beaucoup de morts dans l'entourage de Gregory Wiart et de sa bande. Trois morts en un an, en 2005. Julien, vingt ans, carbonisé dans une voiture de location. Éric, retrouvé mort dans un canal, sans eau dans les poumons, mais portant des traces de coups et le foie éclaté. Nelson, dix-sept ans, retrouvé lui aussi mort dans un canal, sans eau dans les poumons, mais portant des traces de coups. Ça vous donne une idée sur le genre de bande dont il s'agit… Les gendarmes n'ont aucune envie de rouvrir les dossiers de ces morts suspectes.

Le 16 janvier 2012, à 6 heures du matin, ils interpellent sept membres de ce petit groupe et les placent en garde à vue. Ce sont tous des hommes, âgés de vingt-huit à quarante-cinq ans, qui habitent la région. Les gendarmes sont bien conscients que, dix années après les faits, il ne va pas être facile de leur tirer les vers du nez. Comme pour provoquer un électrochoc, le directeur de l'enquête décide de leur faire écouter, chacun à leur tour, l'enregistrement de l'appel qu'Élodie avait passé aux pompiers, le soir de sa mort. Cet appel terrifiant, au moment même où elle se fait agresser. Sur les sept garçons, cinq au moins reconnaissent une voix. Cette fameuse voix qui avait déjà interpellé les experts de l'époque, celle d'un homme plus âgé, à l'accent picard. Ils sont unanimes. « C'est Willy. » Willy Bardon. Par chance, il est lui aussi en garde à vue à ce moment-là. On lui fait écouter la bande. Comprenant le piège, il s'empresse de démentir : « Non, non... Ça ressemble, mais c'est pas moi ! » Willy, c'était le grand copain de Gregory Wiart. Un costaud, au tempérament « un peu vif ». Originaire lui aussi de Montescourt-Lizerolles, il tenait un bistrot, le Will Bar, à Fieulaine, un village non loin de Saint-Quentin. Mais il n'a pas de casier judiciaire.

Willy Bardon est mis en examen pour enlèvement, séquestration, viol en réunion et meurtre. Il a été placé en détention préventive. Mais, à ce jour, il n'a pas encore été jugé. Il est sorti de prison en avril 2014, mais reste sous contrôle judiciaire, en portant un bracelet électronique. Celui-ci lui a été retiré au bout de deux ans, comme le stipule la loi. En avril 2016, le parquet a demandé son renvoi devant les assises, pour séquestration suivie de la mort de la victime. Son arrestation a été vivement contestée par son avocat, Me Stéphane Dacquo, qui considère qu'on ne reconnaît pas distinctement la voix de son client sur la bande-son, et que celui-ci a été « ciblé en raison de sa mauvaise réputation. »

Régulièrement, des habitants de la région se manifestent pour apporter des éléments nouveaux à l'enquête. Une femme a par exemple déclaré avoir été agressée dans les mêmes conditions qu'Élodie Kulik, deux mois après sa mort, et avoir réussi à s'enfuir. Un portrait-robot de son agresseur a été réalisé.

Des éléments troublants tournent également autour de l'ex-compagne de Gregory Wiart, celle qu'il battait.

Elle a assuré aux gendarmes qu'elle avait définitivement rompu avec lui, et qu'elle ne le voyait plus au moment du meurtre d'Élodie. Mais, en poussant plus loin l'analyse ADN du préservatif, on y a retrouvé en 2012 des traces de son propre ADN. Était-elle alors présente sur la scène du crime ? Ou alors, et c'est plus probable, a-t-elle eu une relation sexuelle avec Wiart avant le viol ? Auquel cas, elle aurait menti lorsqu'elle déclarait ne plus être en contact avec lui au moment des faits. À la suite de cette découverte, elle a été placée en garde à vue, mais celle-ci n'a rien révélé de particulier.

Enfin, sur la serviette-éponge retrouvée sur le lieu du crime, les experts ont retrouvé d'autres traces d'ADN, dégradées et incomplètes. Peut-être pourront-elles un jour être exploitées, grâce aux progrès de la science ?

Quant à Willy Bardon, les juges ont résolu, le 6 avril 2017, de le renvoyer devant la cour d'assises, suivant ainsi la décision du parquet. Au grand soulagement de Jacky Kulik qui a déclaré : « Enfin, enfin ! Cela fait quinze ans que j'attends ce procès. Je sais que cet homme fera appel comme il en a le droit mais voilà, aujourd'hui je suis soulagé, je sais qu'il y aura un procès devant une cour d'assises. »

Le massacre de Pantin

En 1869, sous le Second Empire, Pantin est encore une ville de campagne. Le 20 septembre 1869, à 5 heures du matin, le paysan Jean Langlois part dans les premières lueurs de l'aube, bêche à l'épaule, travailler dans son champ. Arrivé sur place, il remarque tout de suite une étrange traînée rouge qui scintille dans l'herbe. En se penchant, il se rend compte qu'il s'agit de sang, qui remonte jusqu'à un coin du champ, vers un monticule de terre. C'est étrange, ce monticule n'était pas là la veille. Il y donne un coup de bêche et aperçoit un mouchoir tout taché de rouge. Il continue de creuser et tombe sur un bras. Un bras d'enfant. Pris de panique, le paysan se met à creuser la terre de ses propres mains. Bientôt, il dégage le corps d'un petit garçon, qui ne doit pas avoir plus de six ans. Ni une, ni deux, Jean Langlois détale en direction de la ville pour prévenir la police, qui envoie directement sur place un commissaire et un médecin légiste. Dans leur sillage, on voit arriver aux abords du champ une bonne cinquantaine de Pantinois, alléchés par l'odeur du crime.

L'enfant porte trois plaies, au cou et dans le dos. Des coups de couteau. Mais l'horreur ne fait que commencer. Jean Langlois vient de déterrer un deuxième corps, celui d'un garçon d'environ quatorze ans qui présente, lui aussi, trois plaies derrière la tête. « J'en ai encore un ! » Langlois dégage alors une petite fille.

Elle n'a pas plus de deux ans et porte une petite robe bleue. Son visage est tailladé et son ventre porte deux plaies béantes. Triple meurtre ! « Bon sang, encore un autre ! » Non, quadruple meurtre. Une femme d'une quarantaine d'années. Probablement la mère des enfants. Elle aussi a été tuée à coups de couteau. Ce sont maintenant des dizaines et des dizaines de curieux qui rappliquent de tous les coins de Pantin. Forcément, ils mettent leurs gros sabots partout. Des femmes s'évanouissent à la vue des cadavres, des gens crient. Ce n'est plus une scène de crime, c'est un champ de foire ! Le commissaire décide alors de faire venir la troupe de militaires du fort d'Aubervilliers. Mais même eux se font déborder. Soudain, dans la cohue, on entend Langlois s'écrier : « Venez vite, là, il y en a un autre ! » C'est encore un garçon, d'environ huit ans. Il porte encore une casquette bleue à galon doré. Il a été poignardé au visage. Son œil pend de son orbite. « Encore un ! » Mon Dieu, ça ne s'arrêtera donc jamais ? Le sixième corps est celui d'un adolescent de quinze ou seize ans, tué à coups de couteau comme les autres. Six cadavres ! Tout entassés dans une fosse de trois mètres de long sur soixante centimètres de large et d'une profondeur d'environ quarante centimètres.

Le commissaire a fait venir son secrétaire et, à voix haute, il lui dicte ses premières observations. « La femme adulte est sans doute enceinte. Ses vêtements sont de bonne qualité : une robe de soie noire, des bagues aux doigts, des boucles d'oreilles de valeur... Les garçons portent des costumes de collégiens. Il s'agit certainement d'une famille bourgeoise. »

Il réquisitionne deux charrettes de maraîchers et fait conduire les six corps à la morgue de Paris, sur l'île de la Cité, derrière Notre-Dame. L'enquête est confiée à la Sûreté de la préfecture de police de Paris. Six morts, c'est un peu gros pour le commissaire de Pantin. C'est le patron de la Sûreté en personne qui prend les choses en main, un petit bonhomme aux allures de notaire, le commissaire Antoine-François Claude.

À la morgue, les six corps sont alignés dans la salle des purifications. Et, pour les voir, il y a foule. C'était comme ça à l'époque : quand il y avait un crime, on pouvait aller voir les cadavres à la morgue, comme si on allait au spectacle. Le soir même, le meurtre est relaté dans tous les journaux de Paris. Les corps sont déshabillés, photographiés et autopsiés. Les trois médecins légistes constatent : « On relève au total plus de cent blessures sur les six corps. Elles ont été infligées par un ou des instruments tranchants, aigus ou contondants tels qu'un couteau, une hache ou une pioche. Les décès remontent à vingt-quatre heures au maximum. » Celle que l'on suppose être la mère des enfants était enceinte de sept mois. Bien sûr, on cherche un indice qui pourrait les identifier. Et on en trouve un, sur les vêtements des petits garçons, qui portent tous la même étiquette : « THOMAS, Tailleur à Roubaix. » Deux inspecteurs en civil partent immédiatement en train vers le nord de la France. À l'époque, ce n'est pas la porte à côté, il va falloir être patient.

Pendant ce temps, le cirque continue, car des dizaines de personnes se sont mis en tête d'aller à Pantin, là où les corps ont été retrouvés. Les gens s'y rendent en train, depuis la gare du Nord, et ils sont tellement nombreux que la compagnie des chemins de fer a dû affréter des rames supplémentaires. Jean Langlois voit donc débarquer dans son champ des familles entières qui, tenez-vous bien, se mettent à ramasser des brins d'herbe tachés de sang, « en souvenir » !

L'enquête va avancer avant même le retour des inspecteurs partis pour Roubaix, grâce à un hôtelier de Pantin. Il se présente aux policiers de la Sûreté et leur raconte que, huit jours plus tôt, il a reçu un étrange client. « Il s'est inscrit sous le nom de Kinck, Jean Kinck. Il disait être mécanicien à Roubaix. Je l'ai trouvé bizarre parce qu'il portait des vêtements fantaisistes. Et puis, il a loué une chambre mais il n'y a jamais dormi ! Il passait juste récupérer son courrier. Le dimanche 19 septembre, une femme est passée, avec cinq enfants. Elle a demandé à le voir mais il n'était pas là. Elle a déposé des affaires et a retenu deux chambres. » Le 19 septembre, la veille de la découverte des six cadavres... On emmène sur-le-champ l'hôtelier à la morgue pour identifier les corps. Il les reconnaît sans hésiter, la femme et les enfants. Au même moment, on reçoit un télégramme de Roubaix. Les inspecteurs ont rencontré le tailleur qui a fabriqué les costumes des enfants. Il leur a donné un nom, le même que l'hôtelier : Kinck. Le commissaire Claude peut donc officiellement mettre un nom sur les six victimes. Ils s'appellent Kinck. D'après les premières informations qu'ils ont reçues, ils habitaient rue de l'Alouette à Roubaix. Le père est un Alsacien d'origine. Il possède un atelier de mécanique à Roubaix. C'était un bon bourgeois. Sa femme s'appelait Hortense et ils avaient six enfants. Ils attendaient le septième. Six enfants, dites-vous ? Il y a un problème ! À Pantin, on n'a retrouvé que cinq cadavres d'enfants, plus celui de la mère. Il en manque un ! L'aîné, Gustave, dix-huit ans. Et son père, bien sûr. Il manque le père, Jean !

Les premiers retours d'enquête indiquent que Jean Kinck s'était récemment mis en tête de déménager. Il voulait quitter Roubaix pour ouvrir une usine en Alsace, sa région natale. Alors, il était parti faire des repérages et avait demandé à son fils aîné de le rejoindre. Il avait ensuite écrit à sa femme pour lui demander de les retrouver, avec leurs cinq autres enfants, non pas en Alsace mais à Pantin, près de Paris. Ils étaient arrivés le 19 septembre et vous connaissez la suite… Un détail cependant. Ce n'est pas le père qui s'est enregistré à l'hôtel sous le nom de Jean Kinck. Le réceptionniste est formel : l'homme qui s'est présenté n'avait pas plus de vingt ans et était imberbe. Le père a cinquante ans et une barbe bien fournie. On imagine donc que c'est Gustave, le seul survivant des enfants Kinck, qui s'est fait passer pour son père. Il devient le suspect numéro un.

La presse se passionne pour cette affaire. Elle est en une de tous les journaux de l'époque. En 1869, c'est assez nouveau. Jusque-là, la presse rendait compte des procès, mais plus rarement des crimes en eux-mêmes ou des enquêtes. Moïse Polydore Millaud, le fondateur du *Petit Journal*, a décidé d'innover en couvrant l'affaire, au jour le jour, dans l'espoir d'augmenter son chiffre d'affaires. « Demandez *Le Petit Journal !* Un sou pour tout savoir du massacre de Pantin ! » Et ça marche. Du jour au lendemain, il double son tirage et vend près de 500 000 exemplaires tous les matins. Les autres journaux se mettent à l'imiter. C'est ainsi que la presse a commencé à raconter des faits divers. Et ça dure depuis cent cinquante ans.

Mais revenons à l'enquête. Le commissaire Claude pense que le père et le fils ont tué le reste de la famille avant de s'enfuir en Alsace ou en Allemagne. C'est à ce moment-là que les policiers identifient quelqu'un, dans l'entourage des Kinck. À Roubaix, tout le monde leur a parlé d'un garçon. Un gamin de vingt ans que le père « considérait comme son fils ». Un certain Jean-Baptiste Troppmann. Alsacien, comme lui, mécanicien, comme lui et vivant à Roubaix, comme lui. Surtout, on apprend de source sûre que ce Troppmann est parti avec Jean Kinck faire des repérages en Alsace. Depuis, il a disparu. Au minimum, c'est un témoin clé. Au minimum…

Un matin, un cocher de fiacre se présente à la Sûreté. « Je suis venu vous dire que… La famille qui a été massacrée... Je l'ai reconnue, grâce au journal. Le jour où ils sont morts, je les ai déposés au carrefour des Quatre-Chemins, à Pantin.

— Et ils étaient seuls ?

— Non, il y avait un jeune homme avec eux. »

On lui demande de décrire le jeune homme en question. Et il dresse, trait pour trait, le portrait de Jean-Baptiste Troppmann. Petit, brun, malingre. Peut-être que ce Troppmann est plus qu'un témoin clé, après tout. Le commissaire Claude décide de diffuser un bulletin de recherche de ce mystérieux jeune homme à toutes les brigades de police ainsi qu'aux gares et aux ports. C'est ainsi que l'affaire va rebondir au Havre, grâce à un gendarme nommé Ferrand, chargé de la sécurité du port. À l'heure du déjeuner, le gendarme entre dans un bistrot et, machinalement, balaie la salle du regard. Il repère tout de suite deux types louches, au regard fuyant. Son flair le pousse à les approcher. « Gendarmerie du port, vos papiers s'il vous plaît. » Le premier sort des papiers en règle. Mais le second, un jeune brun très maigre, prétend les avoir oubliés à l'hôtel.

« Suivez-moi à la gendarmerie.

— D'accord. Mais vous faites erreur ! »

Ils sortent et le gendarme, histoire de se renseigner un peu, le questionne.

« Dites-moi l'ami, vous arrivez de Paris ?

— Oui.

— Vous avez entendu parler de cet horrible massacre, à Pantin ? »

Quand le gendarme prononce le nom de Pantin, l'autre se met à courir vers le bassin du commerce et plonge dans l'eau. Les dockers qui sont là lui jettent une bouée mais il la refuse et se met à nager dans l'autre sens. Enfin, « nager », c'est un bien grand mot, car il nage comme un fer à souder, le gamin ! Un ouvrier travaillant sur un chantier le voyant en difficulté plonge à son tour et tente de se porter à son secours. Mais l'autre l'envoie balader. L'ouvrier parvient finalement à le maîtriser et le sort du bassin. Le jeune homme est épuisé et manque de s'étouffer après avoir bu la tasse. Les gendarmes le fouillent et trouvent une lettre dissimulée dans sa chemise. Une lettre signée Jean Kinck. Le gendarme Ferrand remarque alors que le jeune homme ressemble comme deux gouttes d'eau au bonhomme que les policiers parisiens cherchent dans toute la France. Cet homme, c'est Jean-Baptiste Troppmann. La Sûreté parisienne est immédiatement prévenue par télégramme : « Avons arrêté au Havre dénommé Troppmann. Attendons instructions. » Les instructions ne se font pas attendre : Troppmann doit être reconduit immédiatement à Paris. Le voyage en train est homérique ! Les curieux défilent devant son compartiment et, à chaque gare, les gens se pressent contre les vitres pour tenter de l'apercevoir. À Rouen, des gens montent même à bord pour le lyncher. « Livrez-le-nous ! Pas de procès pour l'assassin ! Tueur d'enfants ! Monstre ! » Arrivés à la gare Saint-Lazare, c'est pareil. Une foule déchaînée veut escorter son fiacre jusqu'à la prison. En voyant Troppmann terrorisé par la foule, épuisé, tremblant comme une feuille, le commissaire et le juge d'instruction, qui sont du voyage, ont une idée. « À la morgue, au galop ! » Ils vont lui mettre les cadavres sous le nez. Ils se disent que ça risque de lui faire un choc.

« Troppmann, reconnaissez-vous les personnes dont les corps sont exposés ici ?

— Oui, ce sont les Kinck. Il y a la mère, Hortense, et les enfants : Marie, Achille, Alfred, Henri et Émile. »

Il parle d'une voix monocorde et semble tout à fait impassible. Raté ! Aucune émotion devant les corps, rien. Ce type n'a pas de cœur. Mais il a quand même des choses à dire. Il explique qu'il a juste assisté aux meurtres. C'est le père Kinck et Gustave, son aîné, qui ont fait le coup. « J'ai aidé, c'est vrai. Je les ai poussés vers la fosse et je les ai tenus pendant que

Jean et Gustave frappaient. Mais c'est eux qui les ont tués ! » À l'extérieur de la morgue, la foule hurle : « À mort le massacreur ! »

Le premier face-à-face entre le jeune Jean-Baptiste Troppmann et le commissaire Claude a lieu le 25 septembre 1869.

« Nom, prénom, date et lieu de naissance ?

— Troppmann, Jean-Baptiste, né le 5 octobre 1849 à Brunstatt, dans le Haut-Rhin.

— Comment connaissez-vous la famille Kinck ?

— Je suis mécanicien à Roubaix et j'ai rencontré Jean Kinck en cherchant du travail. Comme on est du même coin, on a vite sympathisé. Son fils aîné a mon âge.

— Vous persistez à affirmer que Jean Kinck et son fils ont tué le reste de la famille ?

— Oui !

— Pourquoi ?

— La femme, Hortense, était infidèle. Jean en avait assez. Il voulait se venger. Gustave adore son père et puis il savait que l'argent serait tout à lui si les autres disparaissaient.

— Donc vous les avez aidés ?

— Oui, ils m'ont manipulé ! Je devais juste amener Hortense et les enfants au lieu de rendez-vous. Mais, quand la tuerie a commencé, je n'ai rien pu faire.

— On a trouvé sur vous des chèques signés par Kinck.

— Oui, c'était le prix de mon silence. »

On le renvoie dans sa cellule. Le commissaire n'arrive pas à cerner le jeune homme, il ne sait pas s'il ment ou pas. Mais cette incertitude ne va pas durer bien longtemps car, dès le lendemain, coup de théâtre ! À Pantin, comme tous les jours depuis le début de l'affaire, il y a foule dans le champ où on a retrouvé les corps. Une incroyable kermesse, avec des camelots qui vendent des « souvenirs » et d'autres qui proposent des textes et des chansons sur le massacre... Une troupe de théâtre tente même de rejouer la scène de la tuerie, avant de se faire chasser par la foule scandalisée. Parmi les curieux, il y a un boucher, qui travaille pas loin, aux halles de la Villette. Il est venu avec son chien. Dès qu'il arrive sur place, l'animal se fige devant un coin du champ, à environ trente mètres de la fosse où l'on a retrouvé la famille Kinck. « Allons, viens là ! » Le chien ne veut rien entendre, il est en arrêt, les oreilles en arrière. Le boucher s'approche et frappe le sol avec un bâton. Ça sonne creux ! « Je crois qu'il y a quelque chose là-dessous... Quelqu'un aurait-il une pioche ? » Le boucher se met à creuser et une main apparaît, puis un foulard rouge. Finalement, c'est le corps tout entier d'un jeune homme qui émerge. Il repose face contre terre, ses mains sont liées dans son dos et un couteau de cuisine est encore planté entre ses épaules. C'est Gustave Kinck ! Le fils aîné ! L'âge, ses vêtements : tout correspond ! Sur son tricot, on découvre la même étiquette que sur les vêtements de ses frères : « THOMAS, Tailleur à Roubaix. » Mais son corps est dans un état de décomposition avancé. Le médecin légiste dépêché sur place est formel : « Je dirais qu'il n'a pas été tué en même temps que les autres. La décomposition a commencé. Je dirais qu'il a été assassiné trois ou quatre jours auparavant. » Dans la foulée, on se met à retourner tout le champ du pauvre M. Langlois, à la recherche du corps du père. Mais on ne trouve rien. La dépouille de Gustave Kinck rejoint les six autres à la morgue et le commissaire Claude ordonne qu'on lui amène Troppmann immédiatement. Il ne lui dit rien, il se contente de relever le drap qui recouvre le corps, d'un coup. Troppmann détourne la tête : « Ah ! Le malheureux ! » Le juge le force à s'approcher du cadavre. L'odeur est épouvantable.

« Reconnaissez-vous cet homme ?

— Oui, c'est Gustave Kinck.

— C'est vous qui l'avez tué ?

— Non, non ! C'est sûrement son père qui l'a assassiné ! Il avait sans doute peur qu'il révèle le crime... Gustave a aidé au meurtre, puis son père l'a tué à son tour ! »

Le commissaire lui fait remarquer que, selon le légiste, Gustave Kinck a été assassiné bien avant les autres. Son histoire ne tient donc pas. Gustave n'a pas pu participer à l'assassinat de sa mère et de ses frères et sœur puisqu'il était déjà mort lui-même.

« Votre docteur est un âne ! Comme Jean a enterré ce corps plus loin des autres, eh bien... Il s'est décomposé plus vite ! »

Décidément, ce Jean-Baptiste Troppmann a réponse à tout. À vrai dire, il est très agaçant, une vraie tête à claques. L'idéal serait maintenant de trouver le cadavre du père, ça lui clouerait le bec au gamin, qu'on lui présente Jean Kinck sous un drap blanc à la morgue. Plus personne ne doute de sa mort et, en toute logique, son corps doit être quelque part en Alsace. Il y est allé avec Troppmann au mois d'août, il a dû être tué là-bas ! En attendant, le juge pense que son dossier est assez solide et décide de renvoyer Jean-Baptiste Troppmann devant les assises, sans attendre qu'on ait retrouvé le cadavre du père. Il risque la peine de mort.

Le 12 novembre, contre toute attente, il passe aux aveux. Le commissaire prétend l'avoir coincé, par ruse, en lui faisant croire qu'on avait retrouvé le corps de Jean Kinck et qu'il valait mieux qu'il parle. Troppmann avoue alors tout : il a bien tué le père. Comme on s'en doutait, ça s'est passé en Alsace.

« C'était le 25 août. J'ai attiré Jean Kinck dans les ruines d'un vieux château. Je lui avais fait croire que je connaissais un atelier clandestin de fausse monnaie. Vous savez, il faisait l'honnête mais, quand on parle d'argent facile… Bref, j'avais dans ma poche un flacon de cyanure. À un moment, j'ai vidé le contenu du flacon dans une bouteille de vin sans qu'il me voie, puis, arrivé en haut de la côte, je l'ai engagé à boire. Il l'a fait et est tombé d'un coup, foudroyé.

— Pourquoi ce crime ?

— Pour l'argent ! Je ne supportais plus de voir mes parents dans la misère. »

Dans la foulée, il reconnaît aussi le meurtre de Gustave Kinck, le 17 septembre.

« Quand on s'est trouvés dans un endroit isolé, au milieu des champs, je lui ai porté un coup dans le dos. Si je lui en ai porté d'autres, je ne m'en souviens pas… Je l'ai dépouillé et je l'ai mis dans une fosse. »

C'est stupéfiant. Il déroule ses aveux sans aucune émotion, sur un ton mécanique, monocorde. Et ce n'est pas terminé, bien sûr. Il lui reste à avouer les six autres meurtres, les plus terribles.

« La dame Kinck a débarqué dans la soirée du 19 septembre avec les enfants. Je lui ai dit que j'allais la conduire à son mari. On s'est engagés dans un champ. Là, je l'ai frappée avec mon couteau. Elle n'a pas crié, elle est tombée. J'ai ensuite frappé les deux enfants, ils n'ont pas poussé un cri. Puis j'ai pris les trois qui restaient… J'ai étranglé le premier avec un foulard, j'ai fait pareil avec les deux autres. Ensuite, je les ai frappés à coups de pioche et de pelle, pour les défigurer, puis je les ai tous enterrés. »

Tout ça pour de l'argent. Le mobile de cet épouvantable meurtre n'est rien d'autre que la cupidité. Il a tué le père pour lui faire les poches et les autres pour qu'ils ne le dénoncent pas. C'est atroce. Dès le lendemain, deux policiers se rendent en Alsace à la recherche du cadavre de Jean Kinck, qu'ils retrouvent effectivement dans les ruines du château dont Troppmann leur avait parlé. Le procès est sur le point de s'ouvrir. Il est promis à la guillotine, surtout maintenant qu'il a avoué. Mais quelques jours avant, il se rétracte ! « J'ai menti pour couvrir mes complices ! Nous étions quatre sur ce coup ! » Il se met alors à raconter une histoire à dormir debout. Mais la justice ne veut pas attendre, un seul coupable suffit et personne ne le croit.

Le procès de Jean-Baptiste Troppmann s'ouvre à Paris le 28 décembre 1869, trois mois après la découverte du massacre à Pantin. La salle d'assises du Palais de justice est flambant neuve et, pour assister au procès, des billets sont à vendre. On se les arrache à prix d'or. Comme toujours, les grands écrivains de l'époque sont aux premières loges. Flaubert, Dumas, Lautréamont, Rimbaud... Lorsque Troppmann fait son entrée, la presse est un peu déçue. Elle le trouve ordinaire et un peu pâlot. C'est vrai qu'il n'a pas l'air très sûr de lui. En revanche, ses mains fascinent l'audience. « Ses mains sont des battoirs énormes, avec des pouces anormalement développés. On dirait des serres de vautour ! » écrit *Le Petit Journal*. Troppmann est défendu par l'un des meilleurs avocats de l'époque, Me Charles Lachaud, surnommé le « Roi des assises ». L'accusation produit soixante témoins, la défense cinq seulement. Lachaud se lance dans une plaidoirie admirable, insistant sur l'humanité de Troppmann, son attachement à sa mère et son enfance misérable. Mais ça ne marche pas. Personne n'a envie de s'apitoyer sur un homme qui a tué huit personnes, dont six enfants et une femme enceinte, sans ciller. Sans aucune surprise, Jean-Baptiste Troppmann est donc condamné à mort. Le 19 janvier 1870, à 7 heures du matin, il est guillotiné devant près de 20 000 personnes. 20 000 ! La légende dit qu'au moment où le bourreau a actionné la lame, Troppmann lui a mordu le pouce. L'écrivain russe Ivan Tourgueniev, qui vivait à l'époque à Paris, a assisté à l'exécution, qu'il rapporte par le menu. Auparavant, il a été invité à un repas de gala organisé par le directeur de la prison de la Roquette !

Le soir de l'exécution, le directeur du *Petit Journal*, Moïse Polydore Millaud, donne une grande réception et lève une coupe de champagne devant ses cinq cents invités : « À la mémoire de l'assassin, bienfaiteur du journal ! »

Le coup de folie de la nourrice chinoise

L'histoire que je vais vous raconter maintenant nous entraîne dans l'intimité d'une famille chinoise du XIIe arrondissement de Paris, de nos jours. Ils habitent dans un immeuble moderne de la rue Taine, entre l'école publique et le marché Daumesnil. C'est l'un des coins les plus calmes de Paris. Il y a la mère, Hui Zhang, trente et un ans. Elle est nounou. Et son mari, Te Lu, qui travaille dans le marketing. Il aide des Chinois, comme lui, à développer leur activité en France. Mais ça ne marche pas très bien, il n'a qu'un seul client. Il y a enfin leur fils de trois ans, Yino. En Chine, c'étaient des intellectuels. C'est important de le souligner, on n'en parle jamais. Quand ils sont arrivés en France, comme la plupart des migrants, ils ont dû se rabattre sur d'autres professions. Hui Zhang avait étudié la littérature chinoise. Mais que voulez-vous faire de ça à Paris ? Alors elle a passé un diplôme d'esthéticienne et un autre de gestion. Mais même avec ça, elle n'a pas pu trouver de travail. C'est pour cette raison qu'elle est devenue nounou. Elle garde les enfants des autres, les enfants de mamans chinoises qui travaillent, elles.

Hui Zhang les garde parfois des semaines entières, du lundi au vendredi, nuits comprises. Son mari, Te Lu, n'aime pas ça. Pour lui, cette activité n'est pas à leur hauteur. « Faire la nourrice, ce n'est pas un vrai travail. » Et ces gamins qui pleurnichent jour et nuit, ça l'agace. Il ne se sent plus chez lui. Parmi ces gamins, il y a Lucas, un nourrisson de deux mois et demi. Sa mère, originaire de la même province que Hui Zhang, au nord-est de la Chine, vient de trouver un travail de serveuse dans un restaurant. Et ce petit Lucas, c'est un peu le chouchou de Hui Zhang. Elle le couve comme si c'était son deuxième fils, il dort avec elle dans sa chambre. Le jour, elle veille bien à ce qu'il soit à plat ventre et la nuit sur le dos. Parce que c'est dangereux, de laisser un bébé sans surveillance sur le ventre ! Il risquerait de s'étouffer ! Les consignes de la protection maternelle et infantile sont bien claires : il ne faut *jamais* laisser un bébé tout seul sur le ventre. Et ça, Hui Zhang le sait bien. Mais un jour, elle attrape un mauvais rhume et elle doit prendre un médicament. Un de ces cachets qui vous rendent tout flagada, sous prétexte de vous aider à dormir. Ça ne loupe pas : elle s'endort comme une souche.

Quand elle se réveille en sursaut, il est plus de minuit. L'heure du biberon est passée depuis longtemps. Dans l'appartement, il n'y a pas un bruit. Le bébé devrait pleurer, réveiller tout le monde. Mais elle n'entend rien. Prise d'un affreux pressentiment, elle se précipite vers le couffin. Le petit Lucas est à plat ventre, violacé, un filet de bave rougeâtre coule de ses lèvres. Hui Zhang sent le sol se dérober sous ses pieds. Elle comprend tout de suite qu'il est mort, cela ne fait aucun doute. Mais elle ne veut pas y croire. Elle essaie de le réveiller, elle l'emmène dans la salle de bains et l'asperge d'eau fraîche. C'est trop tard. Mort subite du nourrisson. Hui Zhang est en larmes, le corps parcouru de tremblements. Elle va voir son mari, qui est en train de surfer sur Internet dans le salon. Pourquoi ne l'a-t-il pas réveillée ? Elle lui montre le corps de l'enfant : « Lucas est mort, chéri ! Il s'est étouffé ! » Te Lu est tétanisé devant le petit corps inanimé : « C'est de ta faute ! Je t'avais dit que c'était une mauvaise idée de garder les enfants des autres ! Il faut que tu appelles la police ! »

Appeler la police ? Hui Zhang ne bouge pas d'un cil. Elle réfléchit très vite. À cet instant précis, la mort de Lucas n'est qu'un accident. S'ils appellent les secours maintenant, il y aura une autopsie, ils verront bien qu'il s'agit d'une mort subite et il n'y aura pas de suites. Mais la police, Hui Zhang en a peur. Elle en a peur parce que son job de nourrice, elle le fait au noir. Rien n'est déclaré. Alors cet accident peut lui coûter très cher. Sans compter que les parents de Lucas sont sans papiers. À eux aussi, cette histoire pourrait valoir des ennuis. Il ne manquerait plus qu'en plus d'avoir perdu leur bébé, ils soient expulsés ! Et puis, si la police les emmène, elle et Te Lu, que va devenir leur fils ? On le mettra dans un foyer ? Dans une famille d'accueil ? À l'orphelinat ? Toutes ces théories tournent dans la tête de Hui Zhang. Sa décision est prise.

« Non, on ne va pas appeler la police. On va appeler les parents, et négocier avec eux. On trouvera bien un arrangement… » Un arrangement… Une indemnisation. Je sais que ça peut paraître choquant mais, en Chine, beaucoup de conflits se règlent avec de l'argent. Pour Hui Zhang, ça se tente. Et si les parents de Lucas refusent, ils pourront toujours aller voir la police. C'est sur cette résolution que le couple va se coucher, après avoir remis le corps du nourrisson dans son berceau. Ils se rendorment sans encombre.

Le lendemain, avant de partir travailler, Te Lu lance à sa femme : « Si tu n'appelles pas la police, alors appelle les parents. Tout de suite. » Et il s'en va. Il la plante. Après tout, c'est son problème, qu'elle se débrouille ! Hui Zhang se retrouve seule. Son premier souci, c'est de mettre son fils à l'abri. Elle le confie à une amie et c'est seulement après qu'elle se résout à appeler Ying, la mère de Lucas. Mais au téléphone, elle n'arrive pas à lui annoncer la terrible nouvelle. Elle essaie, mais elle n'y arrive pas. Elle préfère retarder l'échéance. Alors elle lui demande : « Tu peux venir récupérer Lucas aujourd'hui ? Je suis enrhumée... » C'est entendu. Hui Zhang raccroche et s'assoit. Elle attend, comme hypnotisée. Elle réfléchit à ce qu'elle va dire aux parents de Lucas. Pourvu qu'ils ne la balancent pas à la police... Pourvu qu'ils la couvrent ! Elle passe des heures comme ça, assise, à imaginer tous les scénarios possibles. Le temps passe, les parents ne sont toujours pas là. Un bruit à la porte la fait sursauter, mais ce n'est que Te Lu qui rentre du travail. Le corps du petit Lucas est encore dans son berceau, dans la chambre. Depuis le milieu de la nuit précédente... Hui Zhang n'a pas osé s'en approcher. Elle fait comme s'il n'existait pas.

Les parents de Lucas arrivent finalement en fin d'après-midi. Ils n'imaginent pas ce qui les attend... Hui Zhang fait tout pour retarder le moment de l'annonce de la mort de leur enfant. Elle ne trouve pas les mots pour leur expliquer ce qui s'est passé. Te Lu, quant à lui, reste silencieusement dans son coin. Les parents s'impatientent, ils ont envie de rentrer chez eux, cette journée de travail les a fatigués. Alors Hui Zhang ne peut plus reculer. Elle leur présente le corps du bébé, couvert d'un linge blanc. Et se contente de dire : « Il s'est étouffé. » Ying, la maman, comprend tout de suite. Le père aussi. Leur bébé est mort. Sous la responsabilité de Hui Zhang. Qui, au lieu de les prévenir immédiatement, leur a menti. Qui n'a même pas pris la peine d'appeler les secours. Ils basculent dans une fureur totale. On peut les comprendre... Ying se jette sur Hui Zhang en hurlant : « Mais pourquoi tu ne l'as pas sauvé ? Pourquoi tu ne l'as pas sauvé ?! » Liangsi, le mari, sous le coup de la rage et de la douleur, se précipite dans la cuisine. Il attrape une feuille de boucher dans la cuisine, un de ces énormes couteaux bien tranchants dont on se sert pour émincer la viande... Il se jette sur Te Lu. En voyant son mari attaqué, Hui Zhang se dégage de l'emprise de Ying, et s'empare d'une hachette, un outil de jardinage, qui étrangement se trouvait dans le couloir, à portée de main...

Elle frappe d'abord Ying, qui s'écroule. Te Lu est en mauvaise posture, le mari a réussi à le blesser et il s'est évanoui sur le coup. Hui Zhang se précipite sur Liangsi et le frappe aussi, encore et encore. La lutte ne dure pas longtemps. Et voilà. En quelques minutes, tout a basculé vers l'horreur. Il y a maintenant deux corps d'adultes qui gisent sur le sol. Et celui du bébé, mort sous son linge blanc. Vont-ils appeler le SAMU ? La police ? Tenter de sauver les parents qui ne sont peut-être pas encore morts ? Non, bien sûr que non... Ils vont s'arranger. Rendez-vous compte : il leur aurait suffi, cette fameuse nuit, d'appeler les secours. Une autopsie aurait confirmé la mort subite et tout aurait été réglé. Les voilà maintenant avec trois cadavres sur les bras...

Hui Zhang est désemparée, mais elle ne perd pas son esprit rationnel. Te Lu est blessé, l'assaut du père de Lucas ne l'a pas laissé indemne. Il a les mains et les avant-bras lacérés, des coupures sur le visage et sur le torse. Il est couvert de sang, à demi inconscient. Hui Zhang l'aide à se hisser sur le canapé. Prostré, en état de choc, il vomit plusieurs fois. Elle, très calme, s'occupe de lui. Elle désinfecte et recoud ses plaies. Elle l'installe dans la chambre, sur le lit. Et maintenant, elle sait ce qu'elle a à faire, oh oui, elle le sait... Elle va faire disparaître les corps. Malgré sa petite taille et son poids plume, elle parvient à les traîner jusqu'à la salle de bains. Elle les entasse dans la baignoire. Et la voilà qui découpe, qui désosse, avec des ciseaux, des couteaux de cuisine, la fameuse hachette et une petite scie électrique qui marche tant bien que mal.

Elle fait comme elle peut, avec un seul souci en tête : que les deux corps ne soient plus identifiables. Depuis la chambre, Te Lu lui lance d'une voix pâteuse : « On est allés trop loin. Il faut appeler la police. » Mais elle ne l'écoute pas. Elle continue de démembrer les corps. Son mari dira plus tard qu'elle était « comme hantée, elle avait un regard vide, sans aucune expression. On aurait dit qu'elle était folle ».

Une fois sa pénible tâche terminée, Hui Zhang emballe les morceaux de corps dans des sacs plastiques. Elle a eu une idée : elle va les disperser dans le bois de Vincennes. Depuis le XIIe, ce n'est pas loin. Te Lu l'accompagne et les voilà partis à pied, suivant le trajet du bus 46. Lui tirant un Caddie rempli de sacs, elle utilisant la poussette de son propre fils. Te Lu dira encore : « Je marchais dans le noir, vers l'enfer. » Arrivés au bois de Vincennes, ils creusent des trous et ensevelissent les paquets un à un, tant bien que mal, jusqu'au petit matin. Mais il y a trop de paquets, ils n'ont pas réussi à tout emporter avec eux. Hui Zhang va alors les disperser dans les poubelles de son quartier, tout autour de la place Daumesnil. Elle est épuisée, éprouvée, et, malgré le peu d'énergie qu'il lui reste, elle nettoie l'appartement de fond en comble à son retour. Il faut absolument faire disparaître les traces de sang qui maculent le sol et les murs. La salle de bains, en particulier, a été le théâtre d'une boucherie.

Si l'on résume, le petit Lucas est décédé le 23 mai 2012. Ses parents sont tués le 24 et les morceaux de corps découpés sont enterrés le 27. Quatre jours de cauchemar. Le 28 mai, Te Lu prend un aller simple pour Shanghai. Le 30, Hui Zhang et le petit Yino s'enfuient à leur tour. En théorie, c'est la fin de l'histoire. En théorie seulement... Car à Paris, la famille de Ying Wang et Liangsi Xue, les parents assassinés, commence à s'inquiéter de ne plus avoir de leurs nouvelles. D'habitude, ils se parlaient tous les jours au téléphone et se retrouvaient tous les week-ends. Mais, du jour au lendemain, plus rien, plus de nouvelles. Le frère jumeau de Ying Wang raconte : « J'ai essayé de la contacter trois jours de suite, sans réussir à l'avoir. J'étais très inquiet, angoissé. Je suis allé voir la police au commissariat du XVe arrondissement. Les pompiers ont réussi à entrer chez elle mais ils n'ont rien constaté d'anormal. C'était comme si elle avait quitté son appartement précipitamment. Le chat avait tellement faim qu'il ne pouvait plus marcher. » Sur le répondeur, il trouve un message de la nounou. « Oui, bonjour, c'est Hui Zhang. Écoute je n'arrive pas à te joindre, mais il y a encore des couches et des vêtements de Lucas chez moi. Il faudrait venir les récupérer après mon retour de Chine. » Le mensonge est gros comme une maison. Le frère tente alors de joindre Hui Zhang, en Chine. Elle décroche.

« As-tu des nouvelles de ma sœur ? Elle a disparu depuis plusieurs jours, on n'a aucune nouvelle. Je suis mort d'inquiétude.

— Écoute, depuis que ta sœur est venue récupérer Lucas chez moi, je n'ai plus de nouvelles non plus. Elle est très gentille, comment ça se fait qu'elle ait disparu ? Je suis inquiète moi aussi, préviens-moi dès que tu en sais plus. À n'importe quelle heure du jour et de la nuit. »

Pour expliquer son voyage impromptu en Chine, elle dit que son beau-père a fait un AVC. Et, contre toute attente, cette excuse est sincère : son beau-père a réellement fait une attaque. Quelle aubaine pour eux !

Du côté du commissariat du XVe, on est maintenant au courant de la disparition, mais rien ne bouge. Après tout, ces gens-là ont peut-être choisi de s'évanouir dans la nature, c'est leur droit. Mais le 7 juin, on retrouve un morceau de jambe près du Parc floral, au bois de Vincennes. La brigade criminelle ouvre une première enquête. Le 15, c'est un buste qui est déterré. Ouverture d'une seconde enquête. Au 36, quai des Orfèvres, on commence à penser à la mafia chinoise, à une triade. Mais on a quand même une réserve : le dépeçage est trop « amateur ». Et quand la mafia s'occupe d'un cadavre, on ne le retrouve pas aussi facilement que ça. En tout cas, pour l'instant, personne ne fait le lien entre la disparition de la famille et les morceaux de corps retrouvés.

Mais en parallèle, une autre enquête est en cours. Menée par la communauté chinoise. Sur des forums fréquentés par les Chinois de Paris, on commence à faire le lien entre la disparition de la famille du petit Lucas et le départ précipité de la nounou en Chine. Ils savent que Hui Zhang est la dernière personne à avoir vu les trois disparus. Et qu'elle et sa famille ont quitté la France très peu de temps après cette dernière entrevue. On commence à proférer des menaces, contre le couple, mais surtout contre leur fils, le petit Yino. Et, joies de l'Internet, tout cela parvient jusqu'en Chine. Sur deux sites chinois, on trouve même des avis de recherche. Hui Zhang et Te Lu ne sont plus en sécurité dans leur pays. D'autant que les victimes et la nounou étaient originaires de la même région. Un jour ou l'autre, c'est sûr, on va finir par les retrouver et leur régler leur compte... L'étau se resserre. Et si la police chinoise venait à l'apprendre ? Que se passerait-il alors ? En Chine, on risque la peine de mort. Près de trois mille criminels ont été exécutés cette année-là. Hui Zhang et Te Lu décident de rentrer en France, non sans avoir confié leur fils à ses grands-parents.

Trois semaines après le drame, les voilà de retour chez eux, rue Taine, à Paris. Sur la porte de leur appartement, ils trouvent une convocation à la brigade de protection des mineurs. Le papier stipule qu'ils ont interdiction de rentrer chez eux avant de s'être présentés aux services de police. Ils sont démasqués. À ce moment-là, ils ont la bonne idée de consulter un avocat parisien qu'un ami de la famille leur a recommandé. À l'écoute de leur confession, Me Alexis Guedj est effaré. « Ils me racontent cette histoire. Je n'y crois pas. Je n'arrive pas à comprendre pourquoi ils ont agi comme ça. Ils me disent "Non, on n'appelle pas le Samu", "Non, on n'appelle pas la police." Elle me dit : "Oui, je veux mourir. Non, je ne veux pas vivre avec ça. Oui, je veux aller en prison." Ils sont restés six heures. » Six heures dans son cabinet. Il faut bien ça pour préparer leur défense. À l'issue de cet entretien, ils vont se livrer à la police. Enfin... Vous n'allez pas le croire, mais lorsqu'ils se présentent à la brigade de protection des mineurs, on leur répond : « Écoutez, on est vendredi, on ferme, revenez lundi. » Hallucinant. Évidemment, ils n'ont pas encore déballé leur histoire, mais enfin, quand même ! Ils rappellent leur avocat. « Maître, on est à Châtelet, qu'est-ce qu'on fait ? » L'avocat finit par rappeler un de ses amis, commandant à la brigade criminelle : « Je t'assure que tu devrais écouter ce qu'ils ont à dire... » Le commandant finit par les recevoir, dans les locaux du 36, quai des Orfèvres. La nounou raconte l'histoire, dans les moindres détails. Les policiers sont sidérés. Et Hui Zhang insiste sur un point : elle a tout fait toute seule. C'est elle qui a tué les parents, elle qui a démembré les corps, elle qui les a transportés au bois de Vincennes, elle qui les a enterrés. Son mari n'a rien fait. Rien !

Le procès du couple s'ouvre en janvier 2016, devant la cour d'assises de Paris. Et tout l'enjeu va être de savoir si Hui Zhang a véritablement agi seule ou si son mari Te Lu a été son complice. Pour l'instant, tous deux sont dans le box. Hui Zhang commence : « C'est à cause de moi, et c'est moi qui les ai tués. J'aurai des remords jusqu'à la fin de ma vie. » Te Lu parle à son tour : « Je n'ai jamais aidé ma femme, j'ai moi-même été aspiré dans un tourbillon de cauchemar et de violence. » Pour être sûr d'être traité à part dans ce dossier, il n'a pas pris le même avocat que sa femme. Il s'est tourné vers celui qui est considéré comme l'un des meilleurs avocats de France, Me Dupond-Moretti, surnommé « Acquitator », tant il collectionne les acquittements devant les assises. Te Lu a été bien inspiré de casser sa tirelire pour se l'offrir. Parce que, comme à son habitude, le ténor du barreau se bat pour lui, férocement ! Deux fois, il demande aux enquêteurs : « Qu'est-ce qui vous permet de dire qu'il a participé aux meurtres ? » Et deux fois, les enquêteurs sont bien obligés de répondre : « Rien. »

En vérité, il n'y a pas un seul élément dans le dossier qui prouve que Te Lu a participé aux meurtres. Pas un. Et l'avocat général l'a bien compris. Il ne s'acharnera pas sur le mari : « Quand je ne peux pas faire une démonstration, je ne vais pas utiliser le sentiment. Je pense que vous rendrez la décision que je vous demanderai de prendre : de l'acquitter. » Un avocat général qui demande un acquittement, ça arrive, bien sûr... Mais c'est rare.

Hui Zhang se retrouve donc seule pour porter toute la responsabilité du massacre. Elle assume. Mais une question reste en suspens. Pourquoi ? Pourquoi cet acharnement ? Pourquoi cette explosion de violence ? Son avocat, Me Guedj, celui qui lui avait conseillé de se dénoncer, révèle qu'elle est malade, dépressive, qu'elle voyait un psychiatre deux fois par semaine et que celui-ci lui prescrivait des antidépresseurs. Ensuite, on raconte son enfance en Chine. Sa mère, qui était très dure, autoritaire, violente parfois. Sa mère qui l'a placée dans une école militaire à l'âge de trois ans, jusqu'à ses six ans. Ce genre d'écoles, forcément, ça laisse des traces. Trois ans, c'est justement l'âge de son fils, Yino. Ça ouvre une piste pour qui veut tenter de comprendre : Hui Zhang n'aurait pas supporté l'idée que son enfant soit placé dans un orphelinat, après la mort de Lucas. Est-ce donc ça, son moteur ? Car chaque fois qu'on lui demande *pourquoi* elle n'a pas appelé la police, elle répond : « Que serait devenu Yino ? Je voulais mettre Yino à l'abri ! »

Dans sa plaidoirie finale, l'avocat général déclare à ce propos : « Elle n'a qu'un seul phare dans sa vie, dans cette nuit, c'est son gamin, c'est Yino. Et tout y passera, tout ! S'il faut tuer deux personnes, on tuera deux personnes. S'il faut découper, on découpera, s'il faut enterrer, on enterrera. C'est Yino, Yino, Yino ! S'il faut l'emmener en Chine, on le fera. Et après, il faut sauver sa peau. Pas pour elle, je ne crois pas, mais pour son fils, oui. »

La fin du procès approche et son avocat compte plaider la légitime défense. Selon Me Guedj, Hui Zhang a fait face à une agression sauvage de la part des parents de Lucas. « Si elle n'avait pas réagi, elle serait peut-être morte. » Alors elle prend « le premier objet qui lui passe sous la main pour se défendre. Elle se retourne et, dans le mouvement, elle tape ». Et ensuite, pour protéger son mari qui est déjà en sang et à moitié inconscient, elle frappe aussi le père. L'avocat dit qu'elle a eu cette pensée instinctive : « S'il tue mon mari, alors je meurs, il *me* tue, c'est sûr. »

Les délibérations durent sept heures. C'est beaucoup, sept heures. À 23 heures, le 10 janvier 2016, les six jurés parisiens et les trois magistrats de la cour d'assises prononcent l'acquittement pour Te Lu et vingt ans de réclusion criminelle pour Hui Zhang. Les jurés n'ont pas retenu la légitime défense. Pour eux, c'est un homicide volontaire, les coups ont été portés pour tuer. Hui Zhang n'a pas fait appel, l'avocat général non plus. Le verdict est définitif. Depuis qu'elle est en prison Hui Zhang fait preuve d'un comportement exemplaire. Son prochain défi sera d'expliquer les choses à son fils, qui posera forcément des questions, un jour. Elle vit avec l'espoir de le retrouver. En achevant sa plaidoirie, son avocat avait dit : « Vous pouvez la voir comme un monstre, mais je vous en conjure... Regardez-la comme elle est. » Jolie formule.

Les sœurs Papin

Nous sommes le 2 février 1933, au commissariat du Mans, dans la Sarthe. La journée a été calme, les bureaux vont bientôt fermer. Il pleut légèrement dehors, tout le monde attend que ça se calme un peu. Soudain, deux hommes font leur entrée, la mine défaite. Il y a M. Lancelin, un notable de la ville, et son gendre, M. Renard. Ils ont l'air inquiets, très inquiets même. La femme et la fille de M. Lancelin sont censées être chez elles, mais, lorsqu'ils sont arrivés, personne ne leur a ouvert. Pas même les domestiques. Ils ont tambouriné pendant longtemps, tenté de forcer la porte mais rien n'y a fait : tout a été verrouillé de l'intérieur. M. Lancelin habite tout près du commissariat, au 6, rue Bruyère. Les gendarmes acceptent d'aller voir par eux-mêmes ce qui se passe, ça ne coûte rien de jeter un œil.

Un brigadier et deux gardiens de la paix se rendent donc sur place, accompagnés par M. Lancelin et son gendre. Et effectivement, la porte d'entrée semble fermée de l'intérieur. Les deux gardiens escaladent alors le mur de la cour et vont vérifier la porte arrière de la maison. Fermée, elle aussi. Mais la porte est fragile et, après plusieurs coups d'épaule, elle cède. Lorsqu'ils pénètrent à l'intérieur, la demeure est plongée dans l'obscurité. Il n'y a pas un bruit. Ils font un tour du rez-de-chaussée, guidés par la lumière de leurs lampes torches. Il n'y a personne. M. Lancelin a pourtant assuré qu'à cette heure-ci sa femme, sa fille et leurs deux domestiques devaient être là. Prudemment, toujours dans le noir, ils montent à l'étage. Au milieu de l'escalier, le faisceau de leur lampe bute sur un petit objet rond. On dirait une bille. Ils se penchent pour la ramasser, et constatent avec horreur que ce n'est pas une bille. C'est un œil... Un œil humain ! Ils se précipitent sur le palier du premier étage et là... Vision d'horreur. Deux cadavres gisent sur le sol. Mme Lancelin et sa fille. Les deux hommes sont saisis de haut-le-cœur. C'est un carnage. Les deux femmes ont été lacérées de coups de couteau, et on ne distingue plus leurs visages, qui ont été réduits en bouillie.

À ce moment-là, ils se disent que les domestiques ont dû subir le même sort et que l'assassin est toujours sur place. Ils redescendent les escaliers quatre à quatre pour ouvrir au brigadier. M. Lancelin et son gendre sont tenus à l'écart, on ne peut évidemment pas les laisser voir ça ! Les trois hommes repartent donc explorer la maison à la recherche des deux bonnes, qui sont au service de la famille Lancelin depuis plusieurs années. Au premier étage, les chambres sont vides. Rien dans le grenier, ni dans la blanchisserie, excepté le fer laissé sur la table à repasser, à côté d'une chemise froissée, ce qui semble indiquer que le travail a été interrompu. Il ne reste plus qu'une pièce à fouiller. Les domestiques sont forcément là, peut-être avec le tueur ! Mais une fois encore, la porte a été verrouillée de l'intérieur.

« Police ! Ouvrez ! » Pas de réponse. Les policiers commencent à imaginer le pire. Derrière la porte, tout le monde doit être mort, massacré. Ils envoient chercher un serrurier, qui arrive quelques minutes plus tard, accompagné du commissaire Dupuis, du juge d'instruction, et du médecin légiste. En quelques secondes, le serrurier parvient à déverrouiller la porte. Tout le monde tombe des nues. Les deux bonnes sont là, vivantes, blotties l'une contre l'autre dans le même lit. À côté d'elles, il y a un tabouret, sur lequel reposent une bougie et… un marteau dégoulinant de sang.

« On vous attendait, dit l'une des bonnes.

— Mais qu'avez-vous fait à vos maîtresses ? demande le commissaire effaré.

— Elles ont voulu me frapper, nous nous sommes vengées. C'était nous ou elles et j'aime mieux avoir eu la peau des patronnes plutôt que de leur avoir laissé la nôtre. »

Le commissaire leur demande leur nom. Elles s'appellent Christine et Léa Papin. Elles sont sœurs. On les somme de se lever et de s'habiller. Elles s'exécutent. Le commissaire tente d'établir un contact avec la plus jeune, celle qui paraît la plus fragile, Léa. C'est peine perdue. Un seul regard vers Christine, et Léa se mure dans le silence. Elle lance effrontément au policier : « Je suis sourde et muette. » Les deux jeunes femmes sont emmenées au commissariat pour être interrogées.

Le lendemain, le crime de la rue Bruyère fait les gros titres des journaux du coin, *Le Journal de la Sarthe* et *Ouest Éclair*. Il faut dire que le premier rapport du médecin légiste indique que Mme Lancelin et sa fille ont subi un abominable calvaire. Lorsqu'il a été retrouvé, le corps de Geneviève Lancelin, la fille, reposait face contre le sol, bras droit tendu, la main couverte de sang, où des cheveux étaient englués. Les mollets ont été profondément tailladés et l'on a constaté des blessures béantes sur le fessier. La mère, Léonie, reposait sur le dos, jambes écartées. Seul son pied droit portait encore une chaussure. Les côtés droits de son crâne et de son visage étaient complètement écrabouillés, ses yeux ont été arrachés, ainsi que toutes ses dents. Le premier œil avait été retrouvé dans l'escalier, le second était sous le corps. Leurs jupes ont été relevées et leurs sous-vêtements baissés, exposant leurs parties intimes. Et, partout sur le sol, des fragments d'os et de dents.

On met rapidement la main sur les armes du crime : le fameux marteau retrouvé dans la chambre des bonnes, un couteau de cuisine à manche noir et lame triangulaire découvert contre le corps de Mme Lancelin, et un pot en étain massif, très lourd, maculé de sang. Au commissariat du Mans, on n'a jamais vu un crime aussi atroce. On a surtout du mal à oublier les yeux arrachés. C'est sans précédent, *sans précédent !* Mais que s'est-il passé dans la tête de ces deux bonnes ?

Le premier interrogatoire de Christine, l'aînée, a lieu le soir même. Elle raconte que ses maîtresses sont rentrées chez elles vers 17 h 30. En leur absence, Christine devait repasser le linge et Léa faire le ménage. Mais le fer à repasser, qui était défectueux, avait provoqué un court-circuit dans toute la maison, les privant d'électricité. Christine n'avait donc pas pu faire son repassage. « Quand Madame est rentrée, je lui ai rendu compte que le fer était cassé et que je n'avais pas pu repasser. » Elle raconte que sa patronne était alors entrée dans une colère noire et avait levé la main, comme pour la frapper. « Nous étions à ce moment-là, ma sœur, mes deux maîtresses et moi, sur le palier du premier étage. En voyant que Mlle Lancelin allait se jeter sur moi... Eh bien je lui ai sauté à la figure et je lui ai arraché les yeux avec mes mains. » Elle explique tout cela avec une froideur incroyable. « Pendant ce temps, ma sœur a sauté sur Madame et lui a également arraché les yeux. Et ensuite... eh bien je suis descendue à la cuisine chercher un couteau et un marteau. Et puis, ma sœur et moi, on leur a frappé la tête avec le marteau et aussi avec un pot en étain. » Elle explique qu'ensuite, elle est redescendue pour verrouiller la porte du vestibule.

Les deux jeunes femmes se sont nettoyées, ont enfilé des peignoirs et sont allées se coucher dans le lit, en prenant le soin d'emporter le marteau avec elles. Christine ajoute, glaciale : « Je n'ai aucun regret. Je n'ai pas prémédité le crime, je n'avais pas de haine envers elle. Mais je n'admets pas le geste qu'elle a eu à mon égard. » Le geste dont parle Christine, c'est ce moment où Mme Lancelin a levé la main comme pour la gifler. Elles les ont tuées, que dis-je, massacrées, pour un simple geste.

Dans une autre pièce, Léa, la plus jeune, est également interrogée. Elle reste de marbre. Quand on lui lit les déclarations de Christine, elle se contente de confirmer. « Tout ce que vous a dit ma sœur est exact, les crimes se sont passés exactement comme elle vous les a narrés. Mon rôle dans cette affaire est absolument celui qu'elle vous a indiqué. J'ai frappé autant qu'elle, comme elle, j'affirme que nous n'avions pas prémédité de tuer nos patronnes, l'idée nous en est venue instantanément, quand nous avons entendu que Mme Lancelin nous faisait des reproches. Pas plus que ma sœur je n'ai le moindre regret de l'acte criminel que nous avons commis. Comme ma sœur, j'aime mieux avoir eu la peau de mes patronnes plutôt que ce soit elles qui aient eu la nôtre. »

Toute cette histoire est une folie ! Tant de froideur, d'indifférence ! Le juge demande sur-le-champ une expertise psychiatrique des sœurs Papin.

Pendant ce temps-là, les corps des deux malheureuses victimes sont transportés à l'amphithéâtre des hospices, en vue des autopsies. Puis on les met dans des cercueils, qui sont exposés à la cathédrale, dans une chapelle ardente où une religieuse récite des prières. L'enterrement de Léonie et Geneviève Lancelin a lieu trois jours après le crime. Il y a là la foule des grands jours... Des milliers de personnes suivent les deux corbillards. Le premier, qui transporte le corps de la mère, est recouvert d'une toile noire, et tiré par des chevaux noirs. Le second transporte le cercueil blanc où repose Geneviève, et il est tiré par deux chevaux blancs. Dans la foule, on est partagé entre consternation et rancœur. Tout le monde s'accorde à dire que les sœurs Papin, ces horribles meurtrières, sont des folles, des folles à lier !

Seulement voilà, lorsque les psychiatres rendent leur rapport quelques jours après les avoir examinées, ils sont formels : elles sont parfaitement saines d'esprit. Un point seulement les a laissés un peu perplexes : ils ont trouvé deux caractères quasi identiques, des mentalités presque en tout point comparables. Ils ont néanmoins établi que Christine possède une intelligence supérieure à celle de Léa, dont le caractère semble « plus renfermé et moins expansif que son aînée ». Le rapport révèle aussi que Christine n'a pas d'autre attache que sa sœur et qu'elle est indifférente à tout... Sauf à l'argent qu'elle gagne. Les experts concluent qu'elles ont une relation particulière. Ils précisent : « Dans cette affection, on ne saurait déceler aucune explication équivoque ni aucun attachement d'ordre sexuel. Il semble certain que l'affection de Léa pour Christine est d'ordre filial, Christine représente pour Léa la sœur aînée, la remplaçante de la figure maternelle. » Et ils ajoutent : « Aucune des deux ne semble avoir agi sur la suggestion de l'autre, il faut simplement admettre qu'elles ont agi ensemble, avec le même acharnement, la même brutalité, uniquement en raison de la communion des sentiments et des idées qui sont les leurs. » Elles sont responsables de leurs actes. Et leur responsabilité est pleinement partagée. Elles ne seraient pas folles. Mais alors, pourquoi un tel acharnement ?

D'où viennent donc ces deux spécimens ? Y a-t-il dans leur histoire, et notamment dans leur enfance, quelque chose qui, à défaut d'excuser, viendrait expliquer ce déferlement soudain de violence ? Et ce détachement, cette manière d'assumer sans s'excuser, de raconter les choses sans ciller ? Cette épouvantable froideur ? Leurs parents, peut-être ?

Leur père, Gustave, était porté sur la boisson. Quant à leur mère, Clémence... On raconte qu'elle « tenait mieux sur le dos qu'une chèvre sur les cornes ». Autrement dit, elle n'était pas farouche. Quand Gustave a épousé Clémence, tout le monde était au courant. Elle était enceinte, mais on ne savait pas de qui. Et lui avait fait avec. Ainsi est née Émilia, leur premier enfant, en 1902. Le temps passe, et Gustave supporte de moins en moins les infidélités de sa femme. Alors il décide de l'éloigner de leur village. Il trouve du travail dans une scierie à Marigné, à 8 kilomètres de là. Il faut déménager. À cette nouvelle, Clémence entre dans une colère noire et lui fait du chantage au suicide. Elle préfère se tuer plutôt que d'aller vivre ailleurs ! C'est un coup à divorcer mais, pas de chance, elle est enceinte de son deuxième enfant, et avec deux gosses, qui voudrait d'elle ? Résignée, elle accepte finalement de s'installer à Marigné. C'est là qu'elle donne naissance à Christine, en 1905. La voilà donc avec deux enfants. Et ça la fatigue. Le couple décide de confier Christine à la sœur de Gustave, qui vit elle aussi à Marigné. Une femme seule, qui tient les hommes en horreur et qui a toujours rêvé de pouvoir s'occuper d'un enfant. Elle va prendre soin de sa nièce comme si c'était sa propre fille, jusqu'à ses cinq ans. Auprès d'elle, Christine vivra ce qui sera sans doute la période la plus heureuse de sa vie.

À l'automne 1910, les Papin s'installent au Mans et un an plus tard, le 15 septembre 1911, ils accueillent leur troisième fille, Léa. C'est le moment que choisit Clémence pour divorcer, laissant Gustave noyer son chagrin dans l'alcool. On apprendra plus tard que Clémence a quitté son mari après avoir découvert qu'il avait violé Emilia, âgée de dix ans. Mais une fois divorcée, ses enfants lui pèsent toujours. Alors elle confie Léa à son frère et place Emilia et Christine à l'orphelinat du Bon Pasteur, où elles vont recevoir une éducation religieuse stricte. Emilia rentrera plus tard dans les ordres. Quand le frère de Clémence meurt, Léa échoue elle aussi chez des religieuses, à Saint-Charles, au Mans. Christine envisage un moment d'entrer à son tour dans les ordres. Pour Clémence, qui ne s'occupe pas de ses filles mais qui a quand même une idée précise de ce qu'elles doivent faire et ne pas faire, c'est le coup de grâce. Elle a déjà eu du mal à supporter l'idée que les catholiques lui aient pris sa fille aînée, on ne va tout de même pas lui faire le même coup avec Christine ! Manquerait plus que ça ! Et voilà comment elle retire sa fille de l'orphelinat, pour la placer comme bonne. Pendant plusieurs années, Christine passe de maison en maison. Elle est polie, travailleuse, soignée. Elle mange les restes sans se plaindre, ne parle jamais sans qu'on lui ait adressé la parole. Elle reprise, récure, frotte, cuisine, fait briller les sols à l'huile de coude, sans jamais rien réclamer. Mais à ce moment de son histoire, elle doit sans doute se sentir seule.

Lorsqu'elle trouve une place chez les Lancelin, au printemps 1926, elle est âgée de vingt-deux ans. Au bout de quelques mois, elle fait venir sa sœur Léa. C'est la première fois qu'elles travaillent ensemble, qu'elles vivent ensemble, même. Christine prend son rôle de grande sœur très au sérieux, lui montre les bons gestes et la couvre de tendresse. Mme Lancelin est très exigeante sur la tenue de sa maison. Elle ne donne les ordres qu'à Christine, qui transmet ensuite à Léa. Les deux bonnes se lèvent à 7 heures tous les matins, font le marché, préparent le déjeuner puis le dîner. Mais on ne peut pas dire qu'elles sont maltraitées par les Lancelin. L'après-midi, elles ont droit à deux heures de temps libre, elles perçoivent des gages fixes de 150 francs par mois et, de temps en temps, leur patronne leur donne la pièce. Quand on invente les premières « assurances sociales », ancêtres de la Sécu, M. Lancelin fait le nécessaire. Pendant sept ans, elles restent au service de cette famille, jusqu'au meurtre. Elles sont décrites par leurs anciens employeurs et par M. Lancelin lui-même comme des servantes modèles. Certes, elles ne sont pas très sociables et passent tout leur temps libre dans leur chambre ou à la messe, mais de là à les imaginer en harpies sanguinaires...

Alors, quand on cherche le mobile du crime, il n'y a *a priori* rien à trouver dans d'éventuels mauvais traitements de la part des Lancelin. Quant à leur enfance sans amour, des experts diront que ce n'est pas une excuse. Les raisons qui les ont poussées à massacrer leurs maîtresses restent floues. Mais il y a une autre question : ont-elles réellement commis ce crime à deux, comme elles le prétendent ?

L'instruction dure vingt-cinq semaines, soit environ six mois. Et au fil des interrogatoires, il apparaît que l'influence de Christine a été cruciale dans le passage à l'acte. La suite va prouver qu'elle n'est pas aussi saine d'esprit qu'il y paraît. Après plusieurs crises de démence rapportées par ses codétenues et par les surveillantes de la prison, Christine Papin demande à être entendue par le juge d'instruction en juillet 1933. Ce jour-là, elle livre une nouvelle version des faits. « Je ne vous ai pas dit toute la vérité. Quand j'ai attaqué Mme Lancelin, elle ne m'avait pas provoquée. J'ai été prise d'une crise nerveuse et je me suis précipitée sur elle sans qu'elle s'y attende. Je l'ai d'abord frappée d'un coup de pichet sur la tête. Et quand Mlle Lancelin est arrivée, je l'ai frappée également, toujours avec le pichet en étain. Dans un geste de défense, elle m'a saisie aux cheveux. Je l'ai abattue et lui ai arraché un œil. Ma sœur Léa est arrivée à ce moment et, voyant que Mme Lancelin était sur le point de se relever, elle s'est jetée sur elle. Je lui ai dit de lui arracher les yeux puis je lui ai passé le pichet pour qu'elle lui fracasse la tête. Ensuite, je suis descendue chercher le couteau et le marteau. » Suite à ces révélations, Léa est interrogée à son tour. Elle confesse alors : « Ma sœur était très énervée par le détraquement du fer à repasser. Elle est entrée en fureur, je ne l'avais jamais vue dans cet état-là... »

L'acte d'accusation est alors modifié. Christine Papin est inculpée du meurtre des deux femmes. Léa n'est accusée que de celui de la mère.

Le procès s'ouvre le 28 septembre 1933, au tribunal du Mans. Deux cents policiers ont été mobilisés pour contenir la foule, qui est venue en masse. Le procès est très médiatisé, l'affaire fascine la France entière. Parmi eux, un journaliste de *Détective* et un autre de *L'Humanité*, qui vont avoir une place un peu à part dans le procès. Car ils ont pris fait et cause pour les deux sœurs ! Pour *L'Humanité*, c'est sociologique : les sœurs Papin sont les victimes d'un monde bourgeois, les « esclaves d'une société de nouveaux riches, deux pauvres malheureuses, des exploitées qui, à force de courber l'échine, ont fini par se révolter. Elles ne savaient pas comment faire, elles sont directement passées au crime ». Cette vision de l'affaire par un journal communiste n'a rien d'étonnant. En revanche, la position de *Détective* est plus surprenante. Le journal est tout jeune, et pas spécialement proche de l'idéologie communiste. Mais depuis le début, il soutient que c'est « un crime de la révolte, un crime de la misère, un crime de l'exploitation ». Il a d'ailleurs reçu le soutien de Simone de Beauvoir, fascinée par cette histoire.

L'audience commence à 13 h 30. Quand elles font leur entrée dans la salle, tous les regards se tournent vers elles. Christine et Léa... On pensait voir débarquer deux hystériques, et il n'en est rien. Christine a le regard baissé, elle porte un manteau beige clair, un chignon, et elle a les traits tirés. Léa, dans son manteau sombre, a l'air d'un petit animal apeuré. Pas vraiment l'idée que l'on se faisait de deux folles sanguinaires... Pendant toute la durée du procès, elles vont rester humbles, timides, elles ne répondront aux questions que par des phrases courtes, murmurées, presque inaudibles. Christine reconnaît d'emblée l'ensemble des faits qui lui sont reprochés, mais elle est incapable de fournir la moindre explication rationnelle pour justifier ses actes. Quand les experts psychiatres viennent déposer, ils confirment ce qu'ils ont déjà dit : les deux sœurs sont responsables, ils n'ont constaté aucun dérèglement psychologique, ni chez l'une ni chez l'autre. Pour contrer leur avis, la défense appelle à la barre le Dr Logre, qui est médecin de la préfecture de police. Son regard sur l'affaire est très différent de celui de ses confrères. Il note d'abord le contraste effrayant entre le mobile du crime, extrêmement faible, voire inexistant, et la férocité dont ont fait preuve les sœurs Papin. Pour lui, il ne fait aucun doute que la personnalité de Léa, la plus jeune, est totalement annihilée par celle de l'aînée, Christine. Il évoque le diagnostic possible d'hystéroépilepsie. Et il pense profondément que la coupable n'est ni Christine ni Léa, mais plutôt le duo qu'elles forment. Il conclut son témoignage en disant : « Je ne peux pas affirmer qu'elles sont folles. » Mais personne ne peut affirmer non plus qu'elles sont normales.

Me Chautemps, l'avocat de Léa, saute sur l'occasion. Il demande un supplément d'enquête sur l'état mental des accusées et un renvoi de l'affaire à une date ultérieure. Sa demande est rejetée. Les sœurs Papin vont bien être jugées, et ce jugement ne va durer qu'une journée !

L'avocat de la famille Lancelin se lève pour plaider. Il dit que les deux sœurs étaient bien traitées par leurs patrons. « Elles étaient nourries comme leurs maîtres ! Elles gagnaient plus de 150 francs par mois ! » Pour l'avocat, elles n'ont aucune excuse. Il se tourne vers les jurés : « Je vous demande de vous montrer inexorables de pitié, elles n'en méritent aucune ! Et puisque la haine qu'elles avaient de leurs patronnes leur a inspiré, dans les crimes qu'elles ont commis, des raffinements de torture et de cruauté qu'on ne rencontre que chez les peuples sauvages... Puisqu'elles se sont conduites en bêtes fauves, il faut les traiter en sauvages et en bêtes fauves. Il faut supprimer l'une, puisque la loi vous permet de la supprimer, et il faut mettre l'autre hors d'état de nuire à tout jamais ! » L'avocat des Lancelin vient de réclamer la guillotine pour Christine. Et la prison à vie pour Léa. La parole est maintenant à l'avocat général. Lui aussi se montre sans pitié, il les qualifie de « monstrueuses arracheuses d'yeux » et en appelle aux jurés : « Je vous adjure d'être impitoyables, je requiers le maximum de la peine, l'échafaud pour Christine, le bagne pour Léa ! » Ça a le mérite d'être clair.

Reste à entendre les avocats de la défense, Me Brière pour Christine, et Me Chautemps pour Léa. Leur objectif est simple : plaider l'irresponsabilité pour des raisons psychiatriques – et tant pis si les experts ont dit qu'elles étaient « normales ». Elles sont malades, leur place est à l'asile, pas en prison. Finalement, le président du tribunal se tourne vers les deux sœurs et leur demande si elles ont quelque chose à ajouter. Non, elles n'ont rien à ajouter.

La Cour se retire. Les délibérations vont durer quarante minutes seulement. Notez comme ce temps est court, pour un double meurtre ! Le président énonce alors le verdict. Christine est condamnée à la peine de mort. Il ordonne qu'elle soit conduite sur une des places publiques de la ville du Mans pour y avoir la tête tranchée. À cette annonce, elle tombe à genoux. Léa, quant à elle, est condamnée à dix ans de travaux forcés et à vingt ans d'interdiction de séjour pour meurtre avec collaboration. La Cour a donc validé l'idée que Léa était sous l'influence de sa sœur. La séance est levée à 1 h 15 du matin.

Le lendemain, le journaliste Maurice Coriem écrit dans *Police Magazine :* « Le jury a condamné, il n'a pas jugé. » Beaucoup critiquent la rapidité du procès, la précipitation à conclure du juge et des jurés. Maintenant, il faut se préparer à l'exécution de Christine qui, dans sa cellule, se laisse mourir de faim. Elle est très affaiblie, très amaigrie et refuse même de signer son recours en grâce. Mais son avocate, Me Germaine Brière, n'a pas dit son dernier mot. Elle se bat bec et ongles pour faire admettre l'irresponsabilité psychiatrique de sa cliente. Et ça marche ! Le 22 janvier 1934, le procureur de la République du Mans reçoit une lettre du président Albert Lebrun qui commue la peine de mort prononcée contre Christine Papin en travaux forcés à perpétuité. Deux jours plus tard, elle est transférée à la prison centrale de Rennes. Là, son état se dégrade, elle sombre dans une dépression profonde et refuse toujours de s'alimenter. Le 12 mai 1934, le Dr Poresse, le médecin de la prison, demande un examen psychiatrique d'urgence tant son état mental est devenu préoccupant. Et le 25 mai, elle est admise dans le service du Dr Guillerme à l'asile de Saint-Méen, à Rennes. Il constate un état mélancolique et un refus de s'alimenter. Christine reste prostrée, muette. Elle estime qu'elle n'a pas le droit de vivre, puisqu'elle a été condamnée à mort. Le Dr Poresse ajoute qu'elle s'est « engagée dans une évolution schizophrénique ». On la met en présence de Léa pour susciter une réaction, mais elle ne la reconnaît pas. Le 18 mai 1937, elle meurt des suites d'une attaque pulmonaire due à sa malnutrition.

De son côté, Léa s'est adaptée à la vie carcérale. Elle travaille dans un atelier de confection d'imperméables, où elle est considérée comme une très bonne ouvrière. Elle a repris contact avec sa mère,

Clémence, qui travaille au Mans comme cuisinière et femme de ménage. En 1943, Léa sort de prison. Elle est jeune, elle n'a que trente et un ans, elle peut désormais oublier son passé douloureux et s'inventer une nouvelle vie. Mais elle n'en fait rien. Elle part à Nantes, s'installer avec... sa mère. Elle travaillera plusieurs années comme femme de chambre, avant de s'éteindre en 2001, à l'âge de quatre-vingt-neuf ans, à Nantes. Elle ne s'est jamais mariée et n'a jamais eu d'enfants, peut-être à cause de cette promesse qu'elle et Christine s'étaient faite : elles ne laisseraient jamais personne les séparer.

Il est incroyable de constater à quel point l'histoire des sœurs Papin a fasciné et continue de fasciner. Leur cas unique reste une énigme que nombre d'intellectuels ont tenté de résoudre, comme le psychanalyste Jacques Lacan, qui a publié dans la revue *Le Minotaure* une étude intitulée « Motifs du crime paranoïaque : le crime des sœurs Papin ». Pour lui, le double meurtre est la conséquence d'un cas de « paranoïa et de folie à deux ». Depuis plus de quatre-vingts ans, cette affaire a inspiré de nombreux essais, romans, pièces de théâtre et films, comme autant de tentatives d'explication de ce terrible meurtre. Une explication qui nous échappera toujours en partie.

La veuve mythomane

Le 11 mars 1998 à Sougy, près d'Orléans, le major de l'armée de l'air Jean-Paul Zawadzki est retrouvé mort dans son lit. Trois mois plus tôt, il rentrait d'une mission au Gabon. Depuis son retour, il ne se sentait pas très bien, il était un peu patraque et se plaignait souvent d'être fatigué, de plus en plus fatigué. Il toussait beaucoup et son état ne semblait pas s'améliorer. Aujourd'hui, il est mort. Son entourage met ça sur le dos d'une maladie tropicale, une de ces saletés que l'on peut attraper à l'étranger. Pourtant, Jean-Paul était un costaud, une montagne de muscles même ! 1,90 mètre, baraqué et âgé de trente-neuf ans seulement... La force de l'âge ! Deux mois de maladie auront suffi à l'achever. Jean-Paul Zawadzki laisse derrière lui sa femme, Nicole, et leur petite fille Aurore, âgée de dix ans. Il y a aussi le médecin de famille, Michel Trouillard-Perrot, qui a tout fait pour requinquer Jean-Paul, sans succès. Ces fichus virus tropicaux... Parfois il n'y a rien à faire. C'est lui qui a constaté la mort de Jean-Paul. « Mort naturelle », a-t-il écrit dans son rapport. Que voulez-vous dire d'autre ? Même si ce n'est pas très naturel de mourir à trente-neuf ans...

Comme il était officier dans l'armée, Jean-Paul a eu droit à des funérailles en grande pompe, avec hommages militaires. Toute la base aérienne d'Orléans était au garde-à-vous. L'armée, comme pour beaucoup de militaires, c'était sa deuxième famille. Jean-Paul était mécanicien navigant sur un Transal, un avion de transport. Il a été inhumé au cimetière de Châteauneuf-sur-Cher. Collègues, amis, membres de la famille... Tout le monde était présent pour enterrer le major, l'ami, le fils qu'ils venaient de perdre. Sa femme et sa fille aussi. Mais, malgré la tristesse, beaucoup ne comprennent pas ce décès soudain.

Nicole Zawadzki se retrouve désormais seule avec sa petite fille. Elles vivent dans leur pavillon de Sougy, un tout petit village de près de huit cents habitants. Et dans les petits villages, c'est bien connu, entre voisins, on s'entraide, mais on s'espionne aussi un peu. Alors, quand un peu plus d'un mois après la mort de son mari, Nicole rentre chez elle au volant d'une Mercedes flambant neuve, on s'étonne et on commence à jaser gentiment sur le thème de la veuve joyeuse. « Eh bien, elle s'embête pas la Nicole, elle n'aura pas porté le deuil longtemps ! » Peu de temps après, ce sont de nouveaux meubles que la jeune femme se fait livrer. Autant vous dire que le défilé des camions transporteurs a beaucoup fait cancaner. On se doute bien qu'elle a touché de l'argent à la mort de son mari, des assurances-vie, c'est normal, quand quelqu'un meurt, tout le monde y a droit. C'est comme ça, il y a des conséquences financières à la perte d'un proche. Mais quand même, Nicole pourrait se montrer un peu plus discrète, son mari vient d'être enterré, question de décence... Les gens sont plutôt choqués. Une autre rumeur commence également à circuler, une rumeur qui dit que le bon docteur Trouillard-Perrot était peut-être un peu plus qu'un médecin de famille. Quand Jean-Paul était en mission, en Afrique ou ailleurs, on voyait souvent la voiture du docteur garée devant le domicile des Zawadzki, comme par hasard. Certains l'avaient même remarqué plusieurs fois portant un bouquet de fleurs, le coquin. On se dit que le pauvre

Jean-Paul avait des cornes à ne plus passer les portes. Et, en peu de temps, les liens se font. L'infidélité, la Mercedes, les meubles tout neufs, sur fond de mort étrange… Disons que ça ouvre des hypothèses.

Ces hypothèses finissent d'ailleurs par parvenir aux oreilles des amis de Jean-Paul, sur la base aérienne de Bricy où, pour dire les choses franchement, on se posait déjà quelques questions. Sur la base aérienne, il y a évidemment une équipe médicale. Si Jean-Paul avait effectivement été victime d'une maladie contractée pendant une mission en Afrique, il aurait dû être pris en charge par l'armée. On s'y connaît en maladies tropicales ! Mais non, il a préféré se faire soigner par son médecin de famille. Et puis, cette histoire de maladie rapportée du Gabon, c'est quand même bizarre. Jean-Paul est le seul à l'avoir contractée. Le commandant de la base aérienne, le colonel Gérard Pons, décide alors d'en parler discrètement à un de ses amis gendarmes. Sur les conseils de cet ami, il contacte ensuite la section de recherche de la gendarmerie d'Orléans, prétextant une certaine inquiétude quant à la maladie qu'aurait attrapée Jean-Paul. En effet, si elle s'avérait contagieuse, il devrait mettre en garde ses hommes. Il demande une autopsie du corps de Jean-Paul. Entre-temps, les enquêteurs ont remarqué les zones floues qui entourent le décès du major et le juge d'instruction ordonne l'exhumation du corps, confirmant ainsi la demande du colonel.

Pendant ce temps-là, Nicole, qui ne se doute de rien, cherche à se rapprocher des officiers de la base aérienne. Elle pleurniche, se lamente, dit qu'elle a besoin de travailler maintenant qu'elle est veuve, demande s'il n'y aurait pas un petit boulot pour elle. Elle est veuve d'un militaire presque mort en service : l'armée pourrait bien faire ça pour elle, non ? Elle demande même à son ami le Dr Trouillard-Perrot, toujours lui, d'appuyer sa candidature. Celui-ci s'exécute, appelle la base aérienne et demande à parler à un officier : « Mme Zawadzki est en train de se laisser mourir, elle ne mange plus. L'armée, c'est sa deuxième famille, vous ne pourriez pas l'aider ? » L'officier lui répond sèchement. Il est gonflé ce médecin ! Compte tenu de ce qui se murmure un peu partout... Du travail dans l'armée et puis quoi encore ?

Le matin du 2 juin 1998, un peu moins de trois mois après le décès de Jean-Paul, les gendarmes débarquent au cimetière de Châteauneuf-sur-Cher. Ils ont un mandat pour exhumer le corps du major Zawadzki en vue d'une autopsie. Le cimetière est bouclé. Mais voilà qu'une femme se présente à l'entrée, elle porte un gros bouquet de fleurs et insiste lourdement, elle veut aller se recueillir sur la tombe de son époux. « Désolé madame, une opération de gendarmerie est en cours, il va falloir revenir plus tard ! » Mais la femme insiste, gesticule, parlemente. Un des gradés est appelé à l'entrée.

« Mais qui êtes-vous, madame ?

— Je suis Nicole Zawadzki, la veuve du major. »

Comme par hasard, elle débarque au moment où les choses se compliquent pour elle. On est alors bien obligé de lui avouer ce qu'on lui avait soigneusement caché jusqu'à maintenant : on est en ce moment même en train de déterrer le corps de son mari. Le simple fait de lui avoir caché la vérité est un indicateur des soupçons qui pèsent sur elle, elle s'en rend bien compte. À cette nouvelle, elle se met à vomir. Discrètement, un gendarme appelle le juge pour lui signaler la présence de Mme Zawadzki sur place. Maintenant qu'elle est au courant, ça change tout ! Elle va certainement en parler à son amant, qui est aussi peut-être son complice. Le juge ne peut pas prendre ce risque. Tant pis s'il précipite les choses, il ordonne immédiatement aux gendarmes d'interpeller Nicole et de la placer en garde à vue, ainsi que le Dr Trouillard-Perrot. Le cercueil a été emmené à l'Institut médico-légal de Paris. Si tout va bien, le rapport d'autopsie reviendra d'ici 48 heures. Et une garde à vue dure 48 heures. Il va falloir la jouer finement, très finement...

En garde à vue, Nicole Zawadzki est entendue la première. Ça commence mal. « Michel Trouillard-Perrot, mon amant ? Non mais ça va pas ! Vous dites n'importe quoi ! » Elle est furieuse. En ce qui concerne la mort de son mari, elle ne comprend pas. Le matin même, dit-elle, il était en pleine forme. Elle lui avait préparé un copieux petit déjeuner qu'il avait dévoré avec appétit. Que voulez-vous répondre à ça ? Tant que les résultats de l'autopsie ne seront pas revenus, impossible de la contredire.

Michel Trouillard-Perrot est interrogé dans la salle d'à côté. Et lui en revanche comprend très rapidement qu'il est inutile de chercher à gagner du temps. Il est médecin, il se doute sûrement de ce que vont révéler les résultats de l'autopsie. Alors il se dégonfle comme un ballon de baudruche. Avant tout, oui, il est bien l'amant de Nicole Zawadzki. Et surtout, c'est avec elle qu'il a empoisonné Jean-Paul. Empoisonné. Ensemble, les deux amants ont mis en place un protocole complet, pour le tuer en un mois. Quand Jean-Paul est rentré du Gabon, il était un peu fatigué. Alors Michel lui a prescrit du magnésium, que Nicole a discrètement remplacé par de l'hypoglycémiant, un médicament que l'on administre normalement aux personnes diabétiques, pour faire baisser leur taux de sucre et qu'il faut manier avec d'infinies précautions... Il révèle que pour en finir, il lui a fait une injection de chlorure de potassium. Mais Jean-Paul, solide comme il était, avait résisté comme un diable. Il lui avait alors administré un cocktail de bêtabloquants, d'anti-arythmiques et de digitaline. Quand, le lendemain, Nicole lui a annoncé qu'avec tout ça Jean-Paul n'était toujours pas mort, Michel est venu lui-même finir le travail, en lui faisant une piqûre d'insuline. Ensuite, Nicole et lui sont allés déjeuner au restaurant. Ce jour-là, elle a fait garder la petite. Voilà, le docteur a vidé son sac. Il a parlé toute la nuit. Mais il lui reste encore à expliquer pourquoi, pourquoi avoir tué Jean-Paul alors qu'il était bien plus simple de divorcer. Sa réponse va tout changer...

Pourquoi le bon docteur Trouillard-Perrot, brave médecin de campagne, aimé de tous, pompier volontaire à ses heures perdues, est-il devenu un assassin, un homme qui a méthodiquement empoisonné et achevé le mari de sa maîtresse ? Il commence par raconter à quel point il était fou de Nicole. Il était son amant depuis huit ans. Il avait même quitté sa femme pour elle. S'il a tué Jean-Paul, explique-t-il, c'était pour la protéger, pour la sauver.

« La sauver ? La protéger ? Mais de quoi au juste ? demande le gendarme qui l'interroge

— Mais de son mari ! Son mari qui la battait, la violait et la faisait violer par d'autres, par ses amis militaires ! »

Le gendarme en reste bouche bée. Un major de l'armée qui organise des viols collectifs sur sa propre femme... C'est à peine croyable ! Ils ne le savaient pas ! Michel explique que Nicole lui racontait tout, tout ce qu'elle subissait, au fur et à mesure. Évidemment, il a pris peur. Mais ce qui l'a convaincu de passer à l'action, par-dessus tout, c'est Aurore, la fille de Nicole. Elle l'avait pris en affection. Elle le surnommait « Toutouille », elle l'aimait bien et lui aussi l'aimait bien. Alors forcément, quand il a appris que son père était violent, il s'est senti responsable d'elle. Elle lui envoyait des petits mots, des dessins, c'était touchant. « D'ailleurs, je les ai gardés, je pourrai vous les montrer. Elle m'appelait à l'aide... » Et il n'y avait pas que la petite Aurore. Il y avait aussi la tante Julie, une tante de Nicole. « Elle aussi m'appelait à l'aide, elle me disait qu'il fallait faire quelque chose. »

Voilà donc les explications du docteur. S'il a empoisonné Jean-Paul à petit feu, c'est parce que Nicole, sa fille et sa tante lui ont demandé d'intervenir. Quand, dans le bureau voisin, le gendarme qui interroge Nicole lui apprend que son amant a tout avoué, elle ne tombe pas dans le panneau. Si Michel a avoué le meurtre de son mari, c'est son problème. De toute façon, elle voulait le quitter. C'est sans doute pour ça qu'il a empoisonné Jean-Paul, par jalousie. Elle n'y est pour rien. Mais les gendarmes ont les relevés téléphoniques de Nicole sous les yeux. « Si vous étiez sur le point de le quitter, pourquoi est-ce que vous continuiez à l'appeler, quarante fois par nuit ? Quarante fois ! » Si c'est pas du harcèlement, ça !

Si Nicole vivait un calvaire, si Jean-Paul la battait, la violait et la prostituait auprès de ses collègues militaires, évidemment, ça change tout. Dans un procès d'assises, c'est une circonstance atténuante majeure, un crime passionnel. Avec un bon avocat, les deux tourtereaux peuvent s'en tirer avec une peine plus légère, voire avec un acquittement ! Cette affaire de maltraitance est donc sérieuse, il faut la vérifier aussi vite que possible. Les gendarmes font alors venir la petite Aurore. Elle est la seule en mesure de confirmer, ou pas, les dires du docteur. C'est délicat d'interroger une petite fille de dix ans sur ses parents. Mais les gendarmes savent faire, ils ont un bureau pour ça, avec des jouets. On lui demande si « papa faisait du mal à maman ». La réponse de la petite est sans appel : « Je n'ai jamais vu papa frapper maman. » Elle raconte une scène en particulier, un soir de dispute conjugale, où Nicole avait cassé toutes les assiettes et que, désemparé, Jean-Paul avait fondu en larmes. Elle ajoute cette phrase terrible : « Maman ? Maman mentait tout le temps… »

Ça, les gendarmes vont vite le comprendre au cours de l'enquête. Ils ont affaire à une grande mythomane, une papesse de la mythomanie, même ! Nicole travaille dans une maison de retraite, où elle est secrétaire. Ses collègues racontent qu'un jour elle leur a dit que Jean-Paul avait coupé la tête d'un âne, dans leur maison de vacances dans le Cher. La vérification ne prend pas beaucoup de temps : les Zawadzki n'ont jamais eu de résidence secondaire dans le Cher, jamais ! Une autre raconte qu'un matin Nicole était arrivée en expliquant qu'elle était atteinte d'un cancer du sein, qu'elle devait suivre des séances de radiothérapie. Ça non plus, ce n'est pas difficile à vérifier : Nicole n'a jamais eu le moindre cancer. Un autre jour, c'est sa mère qui souffre d'un cancer et qui en meurt ; puis son père qui se suicide ; puis son frère, inspecteur de police en Italie, qui est assassiné au cours d'une enquête sur la mafia. Ils sont tous vivants et en bonne santé, merci. Évidemment, Nicole prend à chaque fois des arrêts maladie, elle s'absente pour des funérailles... Menteuse ! Balivernes !

Pire, elle est manipulatrice comme pas deux. Au cabinet du Dr Trouillard-Perrot, les gendarmes retrouvent les fameux petits mots qu'Aurore adressait à « Toutouille » pour le supplier d'aider sa maman. Les petits mots qui ont remonté le docteur comme une pendule, au point de le transformer en assassin. On les soumet à un expert en graphologie, qui les compare aux cahiers de classe de la petite, mais aussi à l'écriture de Nicole. Son verdict est clair : c'est Nicole qui écrivait les mots, en falsifiant l'écriture de sa fille. C'est monstrueux ! La mère utilisait sa propre fille pour manipuler son amant et pour le pousser au crime ! Une manipulatrice de haut vol, vous dis-je. Et lui s'est laissé berner. Pourtant, il avoue n'avoir jamais constaté le moindre bleu ou la moindre trace de coup sur le corps de sa maîtresse. Elle mettait parfois des pansements, mais il ne lui a jamais demandé d'inspecter ses blessures. Il était aveuglé. Un jour, Nicole a même réussi à lui faire croire qu'elle s'était fait tirer dessus par un des amis de son mari. Tout comme le reste, il a gobé les appels de la fameuse tante Julie qui, vérification faite auprès des parents de Nicole, n'a jamais existé. Ces fameux appels qu'elle aurait passés à Michel pour le convaincre de sa souffrance, c'est Nicole elle-même qui les passait. Et lui, envoûté, ne l'a pas reconnue. Il raconte qu'un jour, elle a voulu lui présenter cette tante Julie mais qu'au dernier moment elle n'avait pas pu venir, et pour cause ! Il ira même jusqu'à la croire, lui le docteur en médecine, quand elle lui dira qu'elle est enceinte de lui. Il lui a signé un congé maternité. C'est dire jusqu'où l'influence de cette femme diabolique a pu aller.

Le procès de Nicole Zawadzki et de Michel Trouillard-Perrot s'ouvre le 20 juin 2001 devant la cour d'assises du Loiret. Il doit durer trois jours, ce n'est pas beaucoup trois jours pour démêler les responsabilités dans cette affaire. Sur le papier, l'assassin principal, c'est Michel. C'est lui qui a prescrit les médicaments, c'est lui aussi qui a pratiqué les deux injections. La piqûre de chlorure de potassium, qui aurait dû être létale, c'est le produit que l'on utilise aux États-Unis pour les condamnés à mort. Nicole a certes administré les médicaments mais, techniquement, elle est moins impliquée. Sauf si l'on retient qu'elle a manipulé son amant avec ses mensonges. Auquel cas, c'est elle le cerveau, l'acteur principal derrière cet assassinat. Tout l'enjeu de ce procès va être de soupeser les responsabilités de l'un et de l'autre. Pour Nicole, ça part mal. Elle reste accrochée à ses mensonges. Elle maintient l'existence de la tante Julie, tout comme elle maintient qu'elle avait quitté son amant au moment de la mort de Jean-Paul. Dans le dossier, on a retracé 373 appels de son téléphone vers celui du docteur pour le seul mois de mars, dont une dizaine dans les heures qui ont précédé le décès. Toutes les preuves sont contre elle, mais elle s'entête.

Évidemment, dans ce procès express, on attend beaucoup des experts psychiatres. Chez Nicole, ils détectent des traits manipulateurs, hystériques et pervers. Chez Michel en revanche, ils ne trouvent aucune déviance. Il a cédé au charme et à l'habileté de Nicole, au point d'être entièrement dominé par elle et de prendre la tangente criminelle.

Au bout de trois jours, le verdict tombe. Nicole Zawadzki est condamnée à vingt-cinq ans de réclusion criminelle et Michel Trouillard-Perrot à vingt ans. Elle est donc considérée comme l'assassin principal. L'avocat général fait appel. Pour lui, la peine de Nicole n'est pas assez lourde. Un second procès s'ouvre donc à Tours, où elle est condamnée à vingt-huit ans de réclusion. Michel Trouillard-Perrot, quant à lui, garde la même peine.

Le japonais cannibale

Cette affaire débute en juin 1981, dans le bois de Boulogne, juste à côté de Paris. Un endroit connu, entre autres, pour ne pas manquer de personnages pour le moins... exotiques. S'il vous arrive de fréquenter l'endroit en fin de journée, vous voyez de quoi je veux parler. Mais l'homme qui nous intéresse ici n'est ni prostitué ni travesti. En revanche, il a l'air vraiment bizarre. C'est un tout petit Japonais. Et quand je dis petit, je mesure mes mots : 1,52 mètre très exactement, pas un centimètre de plus. Il pousse un chariot à roulettes, sur lequel reposent deux énormes valises, qui menacent de tomber à tout moment. L'homme s'approche du lac. On dirait qu'il va y jeter les valises. Mais il n'y arrive pas. Intrigué, un couple s'approche de lui pour lui demander ce qui se passe.

« Bonjour, monsieur, tout va bien ?

— Oui, oui, murmure le Japonais, embarrassé.

— Elles sont à vous ces valises ?

— Oui, oui, enfin, non... »

Et le voilà qui soudain s'enfuit en courant, laissant derrière lui le chariot, les valises, et le couple médusé. En s'approchant, le couple remarque qu'un liquide bizarre s'écoule des malles. L'homme se risque à en ouvrir une, avant de faire un bond en arrière. C'est une véritable boucherie ! Ils appellent aussitôt la police. Le commissaire Ange Mancini, vedette du 36, quai des Orfèvres, est de la partie. Les valises contiennent un cadavre coupé en morceaux, qui ont été enveloppés dans des chiffons. Dans la première, il y a un buste de femme, un buste dont les seins ont été découpés. Et dans l'autre, on retrouve les bras, les jambes et la tête. Mais pas toute la tête : il manque les lèvres et le nez. C'est abominable ! Les policiers envoient immédiatement le contenu macabre des valises à l'institut médico-légal. L'affaire est maintenant entre les mains du légiste, à lui de reconstituer le puzzle. Et voici ce qu'il observe. La victime est une femme blanche, âgée de vingt-cinq à trente ans. Elle mesure 1,62 mètre. Et, sur son cadavre, il manque de la chair un peu partout. Notamment sur les fesses. Les os des jambes et de la colonne vertébrale ont été sciés. La victime a été tuée d'une balle de .22 Long Rifle dans la nuque, tirée à bout portant. L'un des pieds a été traversé par un objet pointu, un peu comme pour une crucifixion. Et il y a eu des relations sexuelles *post-mortem*. Le cadavre a été violé. Voilà tout ce que peut dire le légiste, sans pour autant donner l'identité de la victime.

Un appel à témoin est lancé dès le lendemain. La police fait paraître dans la presse la description de « l'homme aux valises ». Un Asiatique très petit, très maigre avec « le visage grêlé, comme par une varicelle mal soignée ». Rapidement, des témoins se manifestent. Parmi eux, un chauffeur de taxi, qui se souvient d'avoir pris en charge un « Chinois » rue Erlanger, dans le XVIe arrondissement de Paris. Avec deux valises qui pesaient un âne mort et un Caddie de supermarché. Pas facile d'oublier un tel client ! Il pensait devoir le conduire à l'aéroport, à cause des valises, mais non, il voulait aller au bois de Boulogne. Et le pire, c'est que l'homme a changé d'avis, il a finalement demandé à être ramené chez lui, avec ses deux valises. Drôle de course ! Parmi les autres témoins, il y a aussi une femme, à la même adresse, 10, rue Erlanger, qui dit qu'elle a entendu

« des bruits étranges en bas de chez elle, comme si on tirait un chariot »...

Les policiers se rendent donc rue Erlanger. La concierge du numéro 10 dit qu'il y a effectivement un monsieur asiatique qui vit dans l'immeuble. Un M. Sagawa, un jeune Japonais « très discret et très poli. Non, il n'a jamais posé aucun problème ». Je ne sais pas si vous avez remarqué, mais dans la plupart des affaires criminelles, on parle du coupable comme d'un monsieur très discret et très poli. Tu parles ! Les policiers attendent le retour de ce M. Sagawa, qui s'est absenté. Et le voilà qui arrive en taxi. Immédiatement, les policiers le ceinturent pour l'immobiliser, mais l'homme n'oppose aucune résistance. Comment le pourrait-il ? L'inspecteur Poinas est obligé de se plier en deux pour le menotter. Et ses mains sont si petites qu'elles passent à travers les menottes ! Il est très calme. Il demande aux policiers : « Comment m'avez-vous retrouvé ? Le taxi ? Ah oui, bien sûr... » Et il ajoute, sans que personne lui ait posé la moindre question : « Vous êtes là parce que j'ai tué mon amie Renée, n'est-ce pas ? » Possible !

Renseignements pris, le monsieur s'appelle Issei Sagawa, il a trente-deux ans. Il est étudiant à la Sorbonne, où il prépare un doctorat en littérature comparée. Et puisqu'on est devant chez lui, autant aller examiner les lieux tout de suite ! Issei Sagawa occupe un petit studio au premier étage de l'immeuble. En entrant, les policiers remarquent tout de suite des traces de sang nettoyées à la hâte sur le sol. En inspectant la pièce, ils remarquent une carabine .22 Long Rifle. Et en ouvrant le petit réfrigérateur, l'horreur absolue. Des dizaines d'assiettes en carton, recouvertes de sacs plastiques. Dans ces sacs, des morceaux de chair humaine. 7 kilos en tout. *7 kilos* ! Sur la table, une assiette entamée, où trône ce qui semble être les restes d'un sein, avec des petits pois et de la moutarde.

C'est épouvantable. Les policiers vont également saisir un appareil photo, qui révélera trente-neuf clichés du supplice de la victime, une cassette audio, sur laquelle sa voix est enregistrée et une shampouineuse, qui a manifestement servi au nettoyage de l'appartement. Surtout, ils trouvent les papiers d'identité de la victime, qu'on est enfin en mesure d'identifier. Une jeune Néerlandaise de vingt-cinq ans, Renée Hartevelt. Comme un clin d'œil macabre, un vieux numéro de *Charlie Hebdo* est retrouvé, daté de 1979. En couverture, un cuisinier en train de découper les fesses d'une jeune femme. Le titre ? « Le cul rôti aux herbes de Provence ».

Issei Sagawa est maintenant en garde à vue au 36, quai des Orfèvres. Il est vraiment très petit. J'insiste sur son gabarit, car il ne correspond vraiment pas à l'idée qu'on se fait d'un ogre. 1,52 mètre, 35 kilos. Avec une tête disproportionnée par rapport à son corps. C'est ce que doivent se dire l'inspecteur Poinas et le commissaire Foll, qui lui font maintenant face. Ils notent d'emblée que Sagawa est intelligent. Il parle parfaitement le français et n'oublions pas la thèse qu'il est en train de préparer. C'est également le fils d'un riche industriel japonais. Il est calme, poli, franc... Et il est parfaitement inutile de le secouer quand on l'interroge, au contraire, l'homme parle sans s'arrêter, comme s'il prenait du plaisir à raconter son crime. Il se permet d'ironiser : « C'est dommage... Si j'avais eu un congélateur, vous ne m'auriez jamais trouvé. »

Renée Hartevelt ? Il l'a connue à la Sorbonne où elle étudiait, comme lui, la littérature comparée. Sagawa a toujours fantasmé sur les Occidentales. Alors forcément, une jeune fille au visage candide, aux jambes longues et galbées, à la peau légèrement rose, il l'a trouvée attirante. Et ce qui a aidé, c'est qu'elle parlait avec lui. Parce que les autres, elles le tenaient à distance, elles le trouvaient un peu bizarre. Mais pas

Renée. C'est elle qui, un jour, l'a invité à dîner avec d'autres étudiants. Pas un dîner en tête à tête, un dîner entre copains. Dans un petit restaurant du Quartier latin, une de ces soirées où l'on discute à bâtons rompus de tout et de rien, autour de quelques bouteilles. Sagawa en parle comme de la plus belle soirée de sa vie. Renée, elle, a trouvé le petit Japonais amusant et gentil. On découvrira plus tard qu'elle a parlé de lui à ses parents, dans une lettre. « Il est vraiment amical et gentil. Et puis il a toutes ces coutumes étranges. » Il explique à quel point il était fasciné par la beauté de Renée, dont il est tombé fou amoureux. « J'ai senti le souffle du destin », explique-t-il. Et il ajoute qu'il l'a mangée… par amour. Il ne voulait pas la tuer. Mais, comme il l'a dit lui-même, « pour manger ses fesses, il n'y avait pas d'autre moyen ».

Ce fameux 11 juin 1981, il a réussi à l'attirer chez lui. Il a prétexté un devoir de littérature sur la poésie allemande, un professeur qui lui demandait un enregistrement. Il a dit qu'il le parlait très mal et Renée, qui parlait néerlandais, avait un bien meilleur accent que lui. Ce serait donc elle qui ferait l'enregistrement. La jeune femme a accepté. Au début, il a cherché à la séduire. Il s'est fait, comme il dit, « un peu pressant ». Et là, elle a éclaté de rire et l'a envoyé promener. Il s'est senti humilié. « Vous comprenez ça… Elle m'a humilié. Si elle avait cédé, je ne l'aurais pas tuée. » Alors, il a choisi un poème allemand qui parlait de la mort. Il lui a dit de s'asseoir à son bureau. Elle lui tournait le dos. Le magnétophone tournait. C'est à ce moment-là qu'il a pris la carabine et qu'il lui a tiré une balle dans la nuque. Toute la scène a été enregistrée, les policiers ont retrouvé la bande sonore sur une cassette. On entend Renée qui lit le poème, calmement. Et soudain, une détonation et le bruit d'un corps qui tombe sur le sol. Le commissaire Foll raconte qu'il en a encore des frissons. À ce moment-là, le calvaire de la jeune femme ne fait que commencer. Sagawa a voulu manger un morceau des fesses de sa victime. Alors il l'a déshabillée, l'a allongée sur le ventre, et a mordu dans sa chair. Mais ça n'a rien donné, elle était trop épaisse. Il est allé chercher un couteau dans la cuisine. Il précise aux enquêteurs qu'il n'y connaît rien en anatomie. En découpant dans la fesse, il s'attendait à tomber directement sur de la chair rouge. Mais non, « il y avait une grosse couche de graisse jaune comme du maïs qui n'en finissait pas. J'avais beau découper, rien ne venait, mon couteau n'était pas assez long. » C'est après qu'il lui a « fait l'amour », c'est lui qui le dit. Et il ajoute : « Elle avait ses règles, ça n'a pas duré longtemps, j'étais dégoûté par le sang. » Dégoûté par le sang... Mieux vaut entendre ça que d'être sourd !

Il raconte toutes ces horreurs avec un détachement incroyable. Les deux enquêteurs n'en reviennent pas. Mais Sagawa n'en a pas fini avec eux. Il raconte maintenant qu'il a gardé le corps de Renée dans sa baignoire pendant deux jours. Le temps de le dépecer, morceau par morceau. Et ce moment-là, les policiers peuvent très bien se le représenter : ils ont des photos. Ils ont fait développer la pellicule retrouvée chez le Japonais. Tout y est, étape par étape. Et lui n'est pas du tout gêné de commenter tout ça ! Ni de raconter ses fantasmes et notamment comment, depuis tout petit, il avait envie de manger de la chair humaine. Mais de quoi peuvent bien venir ces pulsions anthropophages ? On sent qu'il y a réfléchi, qu'il a sa propre explication. Ça viendrait selon lui de sa petite enfance. Quand il est né, il pesait 1 kilo seulement. Son père dit qu'il tenait dans la paume de la main. Les médecins avaient conseillé à sa mère d'avorter, mais elle avait refusé, ayant déjà perdu un enfant. La naissance a été compliquée. Le bébé ne respirait pas. Il a fallu lui faire un massage cardiaque et attendre près de vingt minutes avant qu'il pousse son premier cri. Notez au passage que ce manque d'oxygène a peut-être endommagé son cerveau d'une manière ou d'une autre. Il était donc rachitique et sa mère n'a eu qu'une seule obsession : le gaver. C'est comme ça qu'il explique son cannibalisme. Et son intérêt pour les seins de Renée. Un transfert inconscient entre les seins de sa mère et son goût pour les belles poitrines.

Cette analyse psychanalytique hallucinante vient de lui. Je vous laisse en juger par vous-même. En grandissant, tout cela s'est mélangé avec le désir sexuel. Pour lui, manger l'autre, c'est un acte d'amour. Il dit exactement : « L'amour est une gamme montante de plaisir. D'abord, on admire la beauté de l'autre. Puis on la touche. Avec un baiser, on commence à avoir une petite idée de son goût. Et enfin, on la mange, pour vraiment la connaître. » Le commissaire Foll est éberlué, il ne comprend pas. Sagawa l'interroge : « En français, vous dites bien d'une fille qu'elle est jolie à croquer ? » Le policier est bien obligé de lui avouer qu'en français, « croquer » veut aussi dire « dessiner ». Sagawa a l'air déçu. Il aimait bien cette expression française.

Mais revenons-en aux faits. Pendant deux jours, donc, le corps de Renée est dans la baignoire et il s'en sert comme garde-manger. Mais le cadavre commence rapidement à sentir mauvais, il a beau arroser la baignoire de parfum, rien n'y fait, l'odeur de décomposition est trop forte. Il comprend alors qu'il ne pourra pas la manger en entier et qu'il va bientôt falloir la faire disparaître. Il se rend donc au supermarché du coin. Il achète deux grandes valises en carton bouilli, des sacs-poubelle et des couteaux. Il loue également un appareil pour nettoyer sa moquette. Au milieu de sa folie, il a des réflexes cohérents. Il prend les clés de Renée dans son sac et se rend chez elle pour récupérer toutes les lettres qu'il lui a écrites. Il ne veut pas qu'on puisse remonter jusqu'à lui, quand on s'inquiétera de sa disparition. Et d'où lui vient l'idée d'aller se débarrasser des morceaux de corps au bois de Boulogne ? Il se trouve que Sagawa fréquente régulièrement des prostituées depuis qu'il est à Paris. Alors, le bois de Boulogne, on peut dire qu'il connaît. Il raconte qu'une fois il a proposé à l'une d'elles de lui mordre la fesse contre rémunération. Elle n'a pas voulu, allez savoir pourquoi !

L'interrogatoire prend fin, après des heures et des heures. Les policiers du 36 viennent de vivre une journée hors du commun, unique ! Jamais, de toute leur carrière, ils n'ont vu un oiseau pareil ! Après ses aveux, Sagawa est présenté à un jeune juge, qui deviendra plus tard une star de l'antiterrorisme : Jean-Louis Bruguière. Le juge l'envoie à la prison de la Santé et désigne trois experts psychiatres. Entre-temps, Sagawa père débarque à Paris. Il n'arrive pas à croire que son fils ait pu faire une chose pareille. D'ailleurs, le fils n'arrivera jamais à dire la vérité à ses parents. Cela va de pair avec ce qui semble être un trait de la mentalité japonaise : le principal, c'est de pouvoir sauver la face. Comme l'explique Sagawa, si ses parents acceptent la vérité, ils n'auront pas d'autre choix que le suicide. Son père est décidé à se battre en tout cas. Il en a les moyens. Il engage les meilleurs avocats. Il a l'habitude de jouer de son influence. Et, pour sauver son fils, il en a déjà usé...

Les policiers ne vont pas tarder à le découvrir, en se rendant eux-mêmes au Japon : le jeune Sagawa n'en est pas à son premier coup ! Dix ans plus tôt, en 1972, alors qu'il était étudiant à Tokyo, il était déjà obsédé par l'idée de manger une Occidentale. Il avait repéré une jeune Allemande qui vivait près de chez lui, une grande blonde au physique de mannequin. Il l'avait suivie plusieurs fois dans la rue. Et un jour, il l'avait aperçue chez elle, par une fenêtre entrouverte. Elle dormait, allongée sur le ventre, à demi nue. Son sang n'avait fait qu'un tour. Il était rentré chez lui et s'était muni d'un couteau, d'un parapluie et d'un masque de Frankenstein. Il était entré par la fenêtre. Mais il a fait un faux mouvement et a effleuré la jeune fille qui s'est réveillée en sursaut. À sa vue, elle s'est mise à hurler. Sagawa allait s'enfuir, mais la jeune femme était bien plus forte que lui, elle a réussi à le neutraliser et à le maintenir immobile jusqu'à l'arrivée de la police. C'est là que le père de Sagawa était entré en scène. En échange d'une grosse somme d'argent, la jeune femme avait retiré sa plainte. Fin de l'histoire.

Quand le père débarque à Paris et fait mine de ne pas croire ce qui s'est passé, il raconte donc des sornettes ! Il est en réalité parfaitement au courant des fantasmes anthropophages de son fils. D'ailleurs, à l'époque, il l'avait envoyé voir un psychiatre, qui avait décelé chez lui un « manque de contrôle de soi, une intolérance à la frustration et un très fort sentiment d'infériorité dû à son physique ». Il avait conclu que Sagawa était extrêmement dangereux. Mais ça ne l'a pas empêché de finir ses études et, en 1977, son père l'a envoyé en France.

À l'occasion de leur voyage au Japon, les enquêteurs récupèrent aussi le dossier médical de Sagawa. Ils apprennent ainsi qu'à l'âge de trois ans il est tombé gravement malade, probablement une encéphalite japonaise, une maladie virale qui s'attaque au cerveau et laisse des séquelles neurologiques et psychiatriques irréversibles. Tous ces éléments viennent nourrir le dossier qui est transmis aux trois experts psychiatres chargés de statuer sur son cas. Si c'est effectivement un malade mental, il échappera à la justice. En revanche, si ce n'est pas le cas, il sera renvoyé devant une cour d'assises. Les trois psychiatres vont donc passer plusieurs dizaines d'heures avec lui. Ce qui est assez rare : en général, il ne faut pas plus de quatre heures. Mais un spécimen pareil, évidemment, ils en ont profité : même dans une carrière bien fournie, ça n'arrive pas tous les jours.

Les psychiatres commencent par réaliser une batterie de tests. Son encéphalogramme présente des anomalies, peut-être la trace de l'encéphalite japonaise. Pour eux, Sagawa ne relève pas d'une pathologie psychiatrique type schizophrénie ou paranoïa. Mais c'est une personnalité perverse, maniaque, égocentrique, qui révèle un trouble sévère de l'affectivité et une grave instabilité psychique. Leur conclusion sans appel va déterminer la suite des événements. Dans leur rapport, ils écrivent : « La pulsion cannibalique a procédé d'une pulsion aliénante ayant constitué un état de démence au sens de l'article 64 du Code pénal. » Le mot est lâché. L'article 64 du Code pénal a aujourd'hui disparu, mais il disait qu'« il n'y a ni crime ni délit lorsque le prévenu était en état de démence au moment de l'action ». Du fait de sa maladie, Sagawa était donc incapable de contrôler ses pulsions. Il ne peut pas être jugé.

Voilà, il faut accepter cela. Ce n'est pas facile, mais il faut l'accepter. La maladie mentale est une réalité, juger un fou n'aurait aucun sens ! Le juge Bruguière n'a d'autre choix que de prononcer un non-lieu. Le Préfet de Paris ordonne son placement d'office à l'hôpital psychiatrique Henry-Collin à Villejuif, dans une unité pour malades dangereux. Les parents de Renée sont furieux, anéantis, mais il n'y a plus rien à faire. Sagawa ne sera jamais jugé. Par ailleurs, le problème avec les hôpitaux psychiatriques, c'est qu'ils n'offrent aucune garantie de durée. On en a ici la preuve, car Issei Sagawa ne séjourne à l'hôpital de Villejuif que quatorze mois. Seulement quatorze mois d'internement pour un cannibale ! En mai 1984, moins de trois ans après le meurtre et le dépeçage de Renée, il est relâché dans la nature. Les psychiatres pensent qu'il sera mieux soigné chez lui, au Japon, dans sa langue maternelle. C'est hallucinant ! Mais il faut dire que son père, aidé par son avocat, a fait un lobbying intense. Me Veill a même plaidé auprès du préfet qu'il n'y avait aucune raison pour que Sagawa vive aux frais du contribuable français. Quelle mauvaise foi ! Mais ça passe.

Voilà donc Sagawa dans un avion en direction de Tokyo. Et à son arrivée, croyez-le ou non, il y a des dizaines de journalistes qui l'attendent. Son histoire a fait le tour du Japon. Là-bas, on l'appelle « l'étudiant parisien » et, dans son genre, c'est une vedette. Il est immédiatement conduit dans un hôpital psychiatrique, mais ce n'est qu'une mise en scène pour ne pas trop choquer l'opinion publique. Et savez-vous ce que vont conclure les psychiatres japonais ? Eh bien qu'il est normal, absolument pas fou ! Et puisqu'il n'est pas fou... il sort ! Il n'a plus aucun compte à rendre, à personne ! Il vaut mieux ne pas chercher à comprendre certaines choses, c'est perdu d'avance.

Les journalistes continuent de le traquer. Au début il se cache, il fait profil bas. Il a besoin de travailler, alors il donne des cours de français. Mais, quand ses élèves apprennent qui il est, ils désertent tous. Il ne faut pas exagérer non plus ! Sagawa se retrouve seul. Jusqu'à ce qu'un autre fait divers épouvantable éclate au Japon. En 1989, un étudiant enlève, viole et dépèce des enfants, qu'il renvoie ensuite à leurs parents morceaux par morceaux. Atroce ! C'est là que les journaux décident de faire appel... à l'expertise de Sagawa. Le voilà donc « consultant en dépeçage » pour la presse japonaise. Comble de l'insolence, il condamne fermement les agissements du ravisseur. Il écrit : « Ce type est vraiment cinglé, le Japon actuel me donne des frissons. » C'est l'hôpital qui se moque de la charité...

Quoi qu'il en soit, il a trouvé sa nouvelle source de revenus : il va monnayer son crime et devenir une star de l'horreur. N'allez pas croire que les Japonais sont tous fous, au contraire, il y a beaucoup de gens qui s'insurgent, qui trouvent tout ça immoral. Mais ils ne pèsent rien à côté de la télé japonaise. Car maintenant, Sagawa signe des chroniques à la télévision et il écrit des livres, qui tournent tous autour de son crime et qui se vendent comme des petits pains. Les titres sont d'un goût exquis : *Paris des fleurs, Paris d'amour, L'illusion du cannibalisme, J'aimerais être mangé*, etc. Il anime également des conférences et se met à peindre des nus de jeunes femmes occidentales, qu'il signe parfois d'un couteau et d'une fourchette. Plus c'est gros, plus ça passe. Il fait même de la publicité pour un restaurant de viande, et des critiques gastronomiques pour un magazine. Passé les bornes, il n'y a plus de limites ! Cerise sur le gâteau, il tourne dans des films pornographiques, dont un qui a pour décor les Pays-Bas, avec des canaux et des moulins. Les filles sont bien sûr grandes, blondes, et portent des couettes. Sagawa exploite son histoire jusqu'à la lie.

À aucun moment il ne s'est excusé ni n'a exprimé de regrets. Dans aucune de ses interviews, aucune déclaration, il ne manifeste de compassion pour les parents et les proches de sa victime. Les seuls regrets qu'il montre, c'est vis-à-vis de ses propres parents. Son père a dû démissionner de son travail, sa mère a fait une tentative de suicide et son frère a développé une grave maladie due au stress. Terribles conséquences pour sa famille. Mais pour celle de Renée, rien. Si on peut critiquer l'attitude des médias japonais, en France, nous n'avons pas été exemplaires non plus. Le magazine *Photo*, par exemple, a publié quatorze images volées de la perquisition et de l'autopsie du cadavre de Renée, probablement vendues par un policier peu scrupuleux. Des clichés qui montrent des morceaux de chair posés sur des assiettes, essentiellement. Le magazine, tiré pour l'occasion à 200 000 exemplaires, s'est arraché dans les kiosques, jusqu'à ce qu'il soit interdit par la justice à la demande de la famille de Renée. Il n'empêche qu'aujourd'hui ces numéros d'époque sont devenus collector et peuvent être trouvés sur Ebay ou Le Bon Coin.

Aujourd'hui, Sagawa a soixante-six ans et vit retiré dans un quartier périphérique de Tokyo. On ne s'intéresse plus trop à lui. Comme le dit avec un certain cynisme le directeur d'un grand magazine japonais, « il n'a plus de valeur marchande en tant que criminel ». Le journaliste du *Monde* Philippe Pons lui a rendu visite en 2006. Il décrit un vieux monsieur « charmant », passionné de littérature et de musique, vivant dans un appartement impeccablement rangé, plein de poupées et d'animaux en peluche. « Une bonbonnière, bercée par la musique de Mozart. » Il est parfaitement libre de ses actes et de ses déplacements, et n'est soumis à aucun contrôle, d'aucune sorte. Il prétend que son obsession pour les jeunes Occidentales lui est passée. Désormais, les murs de sa chambre sont couverts de posters d'étudiantes japonaises. Pas sûr que cela soit plus rassurant. Mais surtout, il continue d'affirmer avoir envie de manger de la chair humaine. Dans une interview à la télévision allemande, il affirme : « D'une certaine façon, je regrette d'avoir tué Renée, mais d'une autre, j'ai bien fait : elle était tellement bonne ! »

Gaston Calmette, le directeur du *Figaro* assassiné

Le 16 mars 1914, à 17 heures passées, une limousine conduite par un chauffeur s'avance rue Drouot, dans le IXe arrondissement de Paris. C'est l'arrondissement des banques, des théâtres et de la presse. L'automobile s'arrête au numéro 26, devant un immeuble rococo qui abrite le siège du journal *Le Figaro*. Une dame en descend. Elle est blonde, pâle, distinguée. Elle porte une robe de satin noire, une jaquette assortie en astrakan et une toque à plume. L'élégante a quarante ans peut-être, pas plus. Et elle garde ses petites mains bien au chaud dans un manchon de fourrure. La voilà qui entre dans l'immeuble. « Bonjour, monsieur, je souhaiterais m'entretenir avec M. Calmette s'il vous plaît. » Gaston Calmette est le directeur du *Figaro*.

« C'est que M. Calmette est absent, madame, mais il devrait arriver sans tarder. Si madame veut bien patienter ? Vous aviez rendez-vous ?

— Quand il saura qui je suis, il me recevra. »

Elle tend sa carte de visite et va s'installer dans un fauteuil de la réception. Elle va attendre calmement pendant quarante-cinq minutes, sans bouger. À dix-huit heures, le directeur du journal arrive en trombe. Gaston Calmette est un petit quinquagénaire replet, le regard franc derrière des binocles ovales. Il arbore une moustache tirée en pointes sur les joues. Il a épousé la fille du directeur du *Figaro* et quand beau-papa s'est retiré, il lui a succédé. Ce soir, il est pressé, il doit repartir pour un autre rendez-vous sur les Champs-Élysées. Quand on lui remet la carte de l'élégante visiteuse, il est surpris. « Mme Joseph Caillaux ? La femme du ministre ? Mais que diable me veut-elle ? Qu'on la fasse entrer ! » Quand elle arrive, il est à la porte de son bureau et s'efface galamment pour la laisser passer :

« Bonjour, madame.

— Bonjour, monsieur. Vous vous doutez peut-être de l'objet de ma visite ?

— Mais non, madame. Veuillez vous asseoir. »

Il referme la porte sur elle. Quelques secondes plus tard, six coups de feu claquent dans le bureau. Les huissiers se précipitent et découvrent Mme Caillaux, la femme du ministre des Finances, livide, un revolver à la main. Elle l'avait dissimulé dans son manchon de fourrure... On l'entend murmurer : « Puisqu'il n'y a plus de justice en France... C'était le seul moyen d'en finir. » Sur le sol, Gaston Calmette gît, grièvement blessé mais vivant. Il murmure, dans un râle de douleur : « J'ai fait mon devoir... Ce que j'ai fait, je l'ai fait sans haine. » L'ambulance tarde à arriver, mais on finit par conduire le blessé dans une clinique de Neuilly. C'est très grave. Sur les six balles tirées par Henriette Caillaux, quatre ont atteint Calmette, dont une qui a touché l'artère iliaque, au niveau de l'intestin. Quand on emmène Henriette Caillaux au commissariat de la rue Drouot, juste à côté, elle dit, agacée, aux agents de police : « Mais lâchez-moi ! Ne me touchez pas ! Je suis une dame. Je suis la femme du ministre des Finances. » Les policiers la remettent rapidement entre les mains du commissaire. Elle lui explique qu'elle ne voulait pas tuer, elle voulait juste « lui faire peur ». Elle regrette ce qu'elle a fait. « Vous êtes au courant, n'est-ce pas, de la campagne menée par M. Calmette contre mon mari ? J'ai demandé à une personne que je ne nommerai pas le moyen de faire cesser cette campagne. Il m'a répondu qu'il n'y en avait pas. Que vouliez-vous que je fasse ? » Elle évoque des lettres compromettantes que *Le Figaro* s'apprêtait à publier. Elle ne pouvait pas laisser faire ! Et elle lâche cette phrase, qui risque de lui coûter cher : « J'ai prémédité mon acte... depuis une heure de l'après-midi ! » Elle est immédiatement inculpée pour tentative d'homicide volontaire. Mais, le soir même, Gaston Calmette décède sur la table d'opération, à 1 heure du matin. Il ne s'agit plus d'une tentative d'homicide volontaire, il s'agit d'un meurtre ! La femme du ministre des Finances est une meurtrière !

Pour comprendre le mobile du crime, le juge et le commissaire chargés de l'enquête ne vont pas avoir beaucoup de travail. À supposer qu'ils ne soient au courant de rien, ce qui, entre nous, est fort peu probable. Tout le monde est au courant ! Il suffit d'ouvrir un journal, en l'occurrence *Le Figaro*. En 1914, à la veille de la Première Guerre mondiale, le ministre Joseph Caillaux est la cible de toutes les attaques. Le journal rapporte qu'il est « l'homme le plus haï de France », « un traître », « l'ennemi de la prospérité nationale », « le fossoyeur de la France ». On l'y surnomme « le Canaillaux ». Joseph Caillaux est un petit homme énergique. Le crâne dégarni et la moustache pointant vers le haut. Toujours élégant, il porte beau. Il a du caractère et beaucoup d'ennemis. Il est même largement détesté. D'abord parce qu'il est le père de l'impôt sur le revenu. Remarquez, avec une telle invention, il ne devait pas s'attendre à être populaire. Mais, plus encore, c'est un pacifiste, comme Jaurès. Il ne veut pas de la guerre contre l'Allemagne. « Ce serait la ruine de l'Europe. » Alors, pour tous ceux qui rêvent d'en découdre avec Berlin, Caillaux est un traître.

Pour parfaire le tableau, il s'est fait un ennemi personnel, c'est de notoriété publique. À la Chambre des députés, un an plus tôt, Caillaux a fait tomber le gouvernement Barthou, un homme de droite. Barthou ne le lui a jamais pardonné, jamais. Les élections approchent. Barthou veut à tout prix empêcher Caillaux de gagner. Il faut l'abattre. Et pour l'abattre, Barthou a un allié de choix : son ami Gaston Calmette, le directeur du *Figaro*. Le journaliste a pris la tête d'une campagne de dénigrement à l'encontre de Joseph Caillaux. En trois mois et demi, le journal a publié pas moins de cent trente-huit articles sur lui. Henriette les a comptés.

Si Joseph Caillaux tient bon dans la tempête, en habitué du combat politique, ce n'est pas le cas d'Henriette, qui accuse le coup. Il faut imaginer cette grande bourgeoise, dans la salle à manger de son appartement de la place Wagram, dans le XVIIe arrondissement. Tous les matins, au petit déjeuner, elle se jette sur *Le Figaro*, la boule au ventre. Et tous les matins, elle découvre de nouvelles calomnies au sujet de son mari. Des choses comme : « Les combinaisons secrètes de M. Caillaux. » On lui reproche mensonges, magouilles, trahisons. Et les articles sont toujours signés Gaston Calmette. « Ces phrases me pénétraient dans le cœur comme autant de coups de poignard », dira Henriette. Et le soir, évidemment, dans les dîners mondains ou dans les galas, elle était obligée de faire profil bas. « Tout le monde nous était hostile. Dans les salons, on me tournait le dos. »

Or quand son Joseph lui a dit que les choses allaient se calmer, au contraire, elles n'ont fait que s'aggraver. Trois jours avant le meurtre, Calmette a publié en première page du journal l'extrait d'une lettre. Cette lettre, Joseph Caillaux l'avait écrite treize ans plus tôt, en 1901, à sa première femme, Berthe. Il lui racontait une séance à la Chambre des députés et se vantait d'y avoir été particulièrement fourbe. « J'ai écrasé l'impôt sur le revenu en paraissant le défendre. » Il signait « ton Jo ». Politiquement, le coup était dur mais pas fatal. Joseph s'était surtout demandé si c'était Berthe qui avait fourni la lettre au *Figaro*. Trois jours plus tard, le matin du meurtre, Gaston Calmette a récidivé. Il a annoncé la publication pour le lendemain d'« imprudentes correspondances » au contenu explosif. « Imprudentes correspondances ». C'est ça qui a mis Henriette dans cet état. Ce qu'elle redoutait le plus était en train de se produire : on allait étaler sa vie privée au grand jour. Elle explique au juge que, sans doute, Calmette possédait d'autres lettres intimes. Et peut-être des lettres échangées entre elle et Joseph, à l'époque où ils étaient amants et mariés chacun de leur côté. Les lettres d'un couple adultère. C'était sûrement cela, ces « imprudentes correspondances », Henriette sait ce qu'elles contiennent, évidemment. Ces lettres qui commençaient par « Ma chère petite Riri » et se terminaient par « Mille millions de baisers sur ton petit corps adoré ». Si Calmette a ces lettres en sa possession, c'est forcément Berthe qui les lui a données ! Elle les avait découvertes à l'époque, ça avait fait toute une histoire... Henriette en est persuadée : Berthe, rancunière, a voulu se venger et les lettres ont atterri sur le bureau de Calmette. « Je comprends votre émotion madame, c'était probablement une épreuve que la publication de ces lettres. Mais enfin... De là à le tuer... »

Henriette Caillaux fait maintenant face au juge d'instruction, qui lui demande de raconter la journée du 16 mars depuis le début. Elle lui explique que, quand elle a vu cet article, elle a tout de suite pensé à sa fille de dix-neuf ans, Germaine, issue de son premier mariage. À ce qu'elle subirait si ces lettres venaient à être publiées. Un peu plus tard dans la matinée, elle a reçu la visite d'un ami de confiance de Joseph, un magistrat. Elle lui a demandé par quel moyen elle pourrait empêcher la parution de ces lettres. Il lui a répondu qu'il n'y avait rien à faire, qu'un procès en diffamation traînerait en longueur, qu'il fallait se résigner ou, dit-elle, se défendre soi-même. Ensuite, elle est allée au ministère des Finances pour y retrouver son mari. Un collaborateur racontera qu'elle avait l'air d'une bête traquée. Sous les dorures du ministère, elle a assisté à une réunion de crise entre Caillaux, son chef de cabinet et le directeur d'un journal de gauche. Tout le monde avait l'air impuissant. « Que comptez-vous faire ? » avait demandé Henriette. Caillaux s'était alors emporté :

« Si Calmette publie une de mes lettres, je lui casserai la gueule !

— Mais quand ?

— À son heure ! »

Ensuite, ils étaient tous les deux rentrés déjeuner chez eux, dans le XVIIe. Les côtelettes étaient trop cuites. Joseph a renvoyé la cuisinière. Pour des côtelettes, c'est dire dans quel état il était. Puis il est retourné au ministère, laissant Henriette ruminer seule dans son salon. C'est à ce moment-là qu'elle s'est mis en tête d'aller elle-même « régler son sort » à Gaston Calmette. Mais pas tout de suite. Elle est d'abord passée au bureau de placement du personnel domestique, pour trouver une nouvelle cuisinière. « Je l'avais promis à mon mari. » Puis elle s'est rendue chez Gastinne-Renette, l'armurier du Tout-Paris, près des Champs-Élysées. C'est là que son mari se fournissait pour la chasse.

« Je viens faire l'acquisition d'une arme. Voyez-vous, mon mari s'apprête à partir en campagne électorale dans la Sarthe et je devrai le rejoindre de nuit, en voiture. Je ne voudrais pas être imprudente.

— Mais certainement, madame. Ces deux revolvers pourraient-ils convenir à madame ? »

Le premier était trop lourd. Elle avait choisi un petit Browning automatique. La détente lui avait paru souple et facile à manier. On lui avait proposé de l'essayer, ce qu'elle avait accepté. Le garçon l'avait conduite au sous-sol où se trouvait un stand de tir. Elle avait fait un carton : trois balles dans la tête de la silhouette qui servait de cible. Fine gâchette, Henriette ! Elle avait ensuite demandé qu'on lui charge l'arme. « Je regrette, madame, le règlement ne le permet pas. » Elle avait réglé la somme de 55 francs. Elle s'était ensuite rendue à sa banque, le Crédit lyonnais, puis était rentrée chez elle dans le XVIIe. Là, elle avait choisi sa tenue avec soin. « Une robe en panne de velours frappé, noire, col montant, serrée à la taille par un nœud énorme. »

Elle s'était installée à son secrétaire, avait pris la plume et rédigé une lettre pour son mari.

« *Mon mari bien aimé,*

Tu m'as dit que tu voulais casser la gueule de l'ignoble Calmette. J'ai compris que ta décision était irrévocable. Mon parti à moi fut alors pris : c'est moi qui ferai justice. La France et la République ont besoin de toi. C'est moi qui commettrai l'acte.

Si la lettre t'est remise, c'est que j'aurai fait, ou tenté de faire justice. Pardonne-moi, mais ma patience est finie.

Je t'aime et je t'embrasse du plus profond de mon cœur.

Ton Henriette »

Elle avait confié la missive à une domestique, en lui demandant de la remettre le soir même à son mari. Elle a fait venir une voiture. « Retirez la cocarde tricolore du pare-brise, je vous prie. Nous allons rue Drouot, au siège du *Figaro*. »

Voilà ce qu'elle avait fait, avant de tuer Gaston Calmette. Voilà tout ce qu'elle vient de raconter au juge d'instruction.

Le soir du 16 mars, peu de temps après le crime, Joseph Caillaux débarque au commissariat de la rue Drouot.

Il est furieux. Sa carrière est fichue ! « Tu m'as perdu ! » dit-il à Henriette. La nouvelle a déjà fait le tour de Paris. Devant le commissariat, la foule grossit de minute en minute. Très vite, elle devient houleuse, vindicative. Les militants d'extrême droite ont accouru. On crie : « Assassins ! Assassins ! À mort Caillaux ! » Le commissaire craint un lynchage. Pour conduire Henriette en prison, il faut d'abord l'exfiltrer par l'arrière-boutique d'une épicerie qui donne sur la cour du commissariat. Le procureur général l'accompagne. C'est un proche de Caillaux. Henriette est conduite à la prison Saint-Lazare, rue du Faubourg-Saint-Denis, dans le Xe arrondissement. Et autant vous dire que le directeur est dans ses petits souliers. « Madame la ministre » par-ci, « madame la ministre » par là. Il l'accueille avec les égards dus à une dame du monde. On ne la fouille pas, bien sûr, et on l'autorise à garder ses vêtements, bien entendu. La fameuse robe noire qu'elle avait choisie avec tant de soin. Pour elle, on a déplacé deux prisonnières de la cellule numéro 12, pour la lui donner tout entière. On l'a nettoyée de fond en comble, mis des rideaux à la fenêtre et même ajouté une descente de lit. À dix heures du soir, tout est prêt. « Madame peut prendre possession de sa cellule. » Le ménage sera fait tous les jours, et les repas seront portés depuis le restaurant d'à-côté. Le 20 mars, *Le Figaro* publie son menu de la veille : « Selle de présalé, macaroni à l'anglaise, pomme bonne femme, lait coupé à l'eau de Vichy. »

Pendant ce temps, son ministre de mari s'attelle à la préparation du procès. À cause de la préméditation, Henriette risque tout de même sa tête. Et puis il s'agit aussi de sauver sa carrière. C'est lui qui choisit l'avocat, Fernand Labori. Il a défendu Zola et Dreyfus. C'est le meilleur. Les premiers jours, il s'est autorisé un petit écart avec la procédure. Trois fois rien, une broutille... Il a discrètement réuni les deux époux dans une pièce de la prison, avant leur premier interrogatoire chez le juge, pour « caler leur témoignage », pour qu'ils racontent la même chose. Pour qu'ils disent tous les deux qu'Henriette était une femme bafouée qui a d'abord pensé à sa famille. Elle était dans un état second, elle n'a rien prémédité du tout. Ça tombe bien, les experts psychiatres nommés par le juge sont du même avis : « Le cas de Mme Caillaux est un cas atypique d'impulsion subconsciente avec dédoublement de personnalité. Elle n'avait plus la direction consciente de ses actes, ni la notion claire de leurs conséquences. » En gros, elle n'est pas irresponsable mais presque. L'instruction est bouclée en trois mois. Le procès est fixé pour juillet. Et, en bon mari, Joseph a bien verrouillé les choses. Un nouveau ministre de la Justice est nommé, un fidèle de Caillaux. Le ministre de l'Intérieur reste en place. Un fidèle de Caillaux, lui aussi. Le Président de la cour d'assises sera Louis Albanel, une relation du couple Caillaux. Cerise sur le gâteau, quelques jours avant le procès, le procureur est fait commandeur de la Légion d'honneur. Quand il y a de la gêne, il n'y a pas de plaisir ! Bien sûr, il reste les jurés, qui ne s'achètent pas, eux. Les jurés sont impartiaux, évidemment ! Lorsque, le premier jour, l'huissier apporte l'urne qui contient leurs noms à tirer au sort, tout le monde constate que les scellés ont été brisés. L'avocat de la famille de Gaston Calmette s'inquiète.

« Comment se fait-il que les scellés soient rompus ?

— L'urne est tombée dans les escaliers... » répond, confus, l'huissier.

C'est malencontreux. Mais on ne va tout de même pas ajourner le procès pour ça, bien sûr que non. Les jurés sont tirés au sort, le procès peut commencer.

L'ouverture du procès Caillaux, le 20 juillet 1914, ressemble à une soirée de première à l'Opéra. Le Tout-Paris mondain est là. C'est une forêt de hauts-de-forme et de bonnets à plumes. Le pouvoir, l'adultère, l'odeur du sang et de la poudre : tout y est. On vient assister à un mélodrame bourgeois. Même le président de la République doit venir témoigner ! Les militants royalistes de l'Action française auraient bien voulu s'inviter au spectacle, eux aussi. Mais Caillaux a tout prévu. Il connaît l'importance du public dans une cour d'assises, ses réactions peuvent influencer les jurés. Alors il s'est débrouillé pour que l'assistance soit triée sur le volet. Ses partisans dedans, les autres dehors ! Et pour contrer les agitateurs les plus hostiles, il a fait recruter par un ami corse, le député Ceccaldi, une troupe de gros bras, qu'on appellera la garde corse. Toujours prêts à jouer de leurs muscles avec les gars de l'Action française. Dans son box, Henriette Caillaux est très pâle. Elle est encore habillée tout en noir et coiffée d'un étonnant chapeau, que les chroniqueurs judiciaires de l'époque décrivent ainsi : « Un cylindre de satin noir surmonté de deux ailes de corbeau qui lui donnent un air de walkyrie funèbre. »

« Voulez-vous vous lever, madame ? »

Très vite, on en vient aux lettres. Le public frémit d'excitation. D'emblée, Henriette accuse l'ex-femme de Joseph, Berthe, de les avoir volées :

« C'est d'elle que vient tout le mal. C'est elle qui est allée proposer ces lettres à plusieurs journaux. Elle voulait détruire notre bonheur et elle y est parvenue !

— Mais, s'étonne le président Albanel, jamais aucun journal ne les a publiées !

— Je savais que mon tour allait venir. Ma réputation était en péril et j'ai compris que mon mari allait se livrer à un acte violent envers le directeur du *Figaro*. C'était moi qui devais tenter la suprême démarche. Moi qui devais tout faire pour l'en empêcher !

— Vous avez acheté un revolver, vous avez tiré six balles. Aviez-vous l'intention de tuer M. Calmette ?

— Oh, non ! Je n'ai pas voulu tuer. C'est effrayant un revolver comme ça : ça part tout seul ! »

Le ministre Caillaux est appelé à déposer à la barre. Il a des regrets. Il n'avait pas vu les ravages que faisait cette campagne de presse sur Henriette. Ensuite, il passe à l'attaque. C'est son métier, il sait se battre. Il a mené sa petite enquête sur la victime. « M. Calmette, dont on veut faire une innocente victime, lègue une fortune considérable à ses héritiers. J'ai ici son testament ! Il lègue plus de trois millions de francs ! Dans nos familles bourgeoises, il faut cinquante ans pour acquérir une fortune pareille ! Cet homme l'a acquise en trois ans ! »

L'avocat des Calmette est outré : « Voyons ! Comment osez-vous ! » En attendant, le procès a basculé, on commence à juger Calmette et c'est toujours ça de gagné.

Les experts en balistique viennent à la barre expliquer qu'Henriette Caillaux a tiré vers le bas. Et que malheureusement, M. Calmette, qui a sans doute voulu se protéger, a plongé au sol. L'expert affirme avec aplomb : « M. Calmette s'est littéralement jeté sous les balles. » Et un chirurgien, ami des Caillaux, accuse la lenteur des soins : « Si les chirurgiens n'ont pas tué M. Calmette, ils l'ont laissé mourir, ce qui revient au même. » C'est formidable ! Maintenant, ce ne sont plus les coups de feu d'Henriette qui ont tué Gaston Calmette, ce sont les médecins ! En face, l'avocat de la famille Calmette doit se sentir bien seul ! Il met bout à bout tous les éléments de la préméditation. Il relit la lettre d'Henriette, annonçant qu'elle allait « faire justice ». À ce moment, Henriette blêmit et tombe dans les pommes. Le président suspend l'audience.

À la reprise, l'avocat des Calmette a repris du poil de la bête. Il dit ce qui se murmure à droite, depuis le début de cette affaire. *Le Figaro* n'allait absolument pas publier les lettres d'amour des deux tourtereaux Caillaux, il allait publier « le rapport Fabre ». Le rapport d'un magistrat, qui démontrait que Caillaux était intervenu pour étouffer une affaire dans laquelle il avait trempé. Bien plus compromettant que les bluettes d'un couple adultère ! « Elle n'a pas tué Calmette pour empêcher la publication de lettres parfaitement inutilisables ! Non, non ! Elle a tué pour se venger de ce qu'un journaliste allait faire : publier le rapport Fabre ! »

C'est vrai... Mais c'est trop tard. La thèse du crime passionnel perpétré par une femme humiliée s'est imposée. La plaidoirie de l'avocat général le prouve bien. Il écarte la préméditation et ne requiert qu'une toute petite peine : cinq ans, alors qu'Henriette encourait la peine de mort. Me Labori, pour conclure, lit une lettre dans laquelle Calmette exprimait ses remords sur son action à la tête du *Figaro*. Il demandait qu'on transmette ses excuses « à qui de droit ». Il va jusqu'à dire que Calmette, s'il était là, s'il était encore vivant, demanderait l'acquittement. C'est osé ! Ça n'est qu'un incident malheureux, oui, un incident. Il conclut sur l'urgence d'une réconciliation : « La guerre est à nos portes, acquittez Henriette Caillaux ! » Là-dessus, les jurés se retirent.

En cinquante minutes, ils ont délibéré. Ils reviennent prendre place dans leur prétoire. Et c'est incroyable. Henriette Caillaux est jugée non coupable d'homicide volontaire. Elle est acquittée ! Le public explose de rage ou de joie, c'est selon. « À mort Caillaux ! À mort Caillaux ! » crient ses ennemis. Mais on entend aussi, un peu moins fort : « À mort Calmette ! », comme s'il n'était pas déjà mort ! Et dehors, dans la cour, une méchante bagarre éclate entre les partisans et les ennemis de Caillaux. Les gendarmes doivent intervenir. La garde rapprochée de Caillaux, sa « garde corse », l'emmène à l'abri, hors du palais de justice.

Voilà, Henriette Caillaux peut rentrer chez elle. N'oublions pas que nous sommes en 1914 et que le verdict de ce procès intervient à la veille de l'un des plus grands désastres du XXe siècle. Les magouilles de

Joseph Caillaux pour sauver sa femme ont pour toile de fond l'Europe qui s'embrase. Le jour du verdict, le 26 juillet 1914, l'Autriche-Hongrie déclare la guerre à la Serbie. Le 31, Jaurès est assassiné. Le 3 août, l'Allemagne déclare la guerre à la France...

Henriette Caillaux a vécu jusqu'en 1943 et son mari, Joseph, jusqu'en 1944.

L'homme aux brassards de fer

Cette histoire sent le tabac froid des estaminets, le sang séché des abattoirs et la sueur d'ouvriers. Elle débute au début du XXe siècle à Paris, dans le quartier des Halles. À l'heure où le travailleur sort du turbin. Dans ces années-là et dans ce quartier-là, on travaillait sept jours sur sept et, le samedi soir, on allait boire la paie de la semaine. En guise de récompense, on s'envoyait tout le labeur dans le gosier.

Nous sommes le samedi 9 janvier 1910, rue Beaubourg. À la nuit tombante, quatre personnes franchissent la porte d'un troquet du quartier, *La Mère Navarre*. Il y a là un apprenti cordonnier de vingt-trois ans, Jean Liabeuf, surnommé Le Biouf. Avec lui, la grande Marcelle, une prostituée de la rue Saint-Merri, vingt-trois ans elle aussi. Ils sont accompagnés par deux de leurs acolytes.

« Patronne, trois blancs et un blanc cass' pour mademoiselle ! »

Les quatre compères s'installent au fond de la salle. Jean Liabeuf, le cordonnier, porte une cape noire en gros drap qui dissimule tout son corps. À peine assis, il en sort un sac en toile, qui contient quatre brassards en cuir, tout hérissés de clous. Deux se mettent aux avant-bras, des poignets jusqu'aux coudes et les deux autres vont autour des biceps. C'est la grande Marcelle qui les lui met. « Gigote donc pas comme ça, tu vas nous écorcher tous les deux ! »

Et voilà le cordonnier harnaché comme un gladiateur. Il remet sa cape, dissimulant ainsi son drôle d'accoutrement. C'est qu'il a un plan, le bonhomme. Un plan qu'il mûrit depuis près d'un an et qu'il va mettre à exécution le soir même. Il veut tuer un flic.

« Allez, patronne, à la revoyure ! »

Ils sortent tous les quatre, remontent la rue Saint-Martin et poussent la porte des Caves modernes. Ils veulent encore picoler, se donner du courage. Cette fois, ils ne rigolent plus. Pas question de vin blanc, mais d'absinthe agrémentée de crème de prune, la spécialité de la maison. L'absinthe, c'est bien connu, fait chauffer le cerveau. D'ailleurs, le cordonnier Liabeuf parle de plus en plus fort : « Quoi, qu'est-ce qu'il y a ? Qu'ils viennent me chercher, les mouchards, les poulets ! Je me chargerai de les buter ! Je vais leur régler leur compte ! »

Ça ne loupe pas : quelques instants plus tard, on annonce des policiers qui passent au coin de la rue. Un patron de café, devant qui Liabeuf a crânement exhibé ses brassards, leur a demandé de surveiller le coin.

« Je savais bien qu'ils ne rateraient pas l'occasion. Je les avais prévenus, quand ils m'ont ramassé, je leur ai dit : "Vous m'avez fait ! Mais, quand je sortirai, je vous réglerai votre compte !" » Là-dessus, Liabeuf se lève et sort. Sans se presser, il s'éloigne du troquet. Il remonte la rue Aubry-le-Boucher. Il a repéré les deux flics en planque sous un porche. Il passe sans les regarder. Soudain, les deux agents se jettent sur lui. Ils l'attrapent par les bras et, forcément, se transpercent les mains sur ses brassières cloutées. Liabeuf fait volte-face et sort de sa ceinture un long couteau bien effilé, une lame de cordonnier que l'on appelle un « tranchet ». Il se jette sur les policiers. Il lacère le torse du premier et poignarde le second à la gorge, au beau milieu de la rue. La brigade du IVe arrondissement, qui se trouvait dans les parages, se précipite sur les lieux, alertée par le bruit. Avisant Liabeuf et les deux policiers blessés, ils se mettent à le poursuivre. Liabeuf sort alors un revolver de son pantalon, un Hammerless, et se met à tirer sur eux. Il parvient à blesser deux policiers au ventre, puis un troisième jusqu'à ce qu'un brigadier parvienne à le transpercer d'un coup de sabre. Liabeuf lâche son revolver et s'écroule. La lame lui a perforé le poumon. Il est emmené en fourgon à l'hôpital de l'Hôtel-Dieu, sur l'île de la Cité.

Le lendemain, il est interrogé dans son lit d'hôpital par le commissaire Picot. Il est à moitié inconscient, sa blessure le fait souffrir. Mais il trouve quand même l'énergie de vociférer : « Bande de vaches ! Assassins, assassins ! » Puis, à bout de forces, il tombe dans les pommes.

Le lendemain, il est transféré à l'infirmerie de la prison de Fresnes, où il reçoit la visite du juge d'instruction Drapier, un bleu. C'est lui qui lui apprend que l'un des policiers qu'il a attaqués l'avant-veille est mort. L'agent Célestin Deray, que tout le monde dans le quartier surnommait Bouledogue, à cause de sa carrure. Liabeuf exulte. Il l'a fait ! Il a tué un flic !

« Tant mieux, je regrette bien qu'il n'y en ait qu'un seul de crevé.

— Mais vous avez tué un agent qui ne vous avait absolument rien fait !

— Vous croyez ça, vous, qu'ils ne m'ont rien fait ? Ils m'ont fait coffrer pour rien, voilà ce qu'ils m'ont fait ! L'année dernière ! Ils ne méritaient que ça. »

Liabeuf avait donc un compte à régler avec la police. Pas avec le policier qu'il a tué en particulier, non. Mais avec d'autres, et tant pis s'il n'a pas tué les bons. Il explique au juge qu'il a une bonne raison de détester les flics. Ça remonte à l'année précédente, en 1909, quand il s'est retrouvé accusé et condamné pour proxénétisme. Tout ça parce qu'il était « à la colle » avec une prostituée ! « Moi, un maquereau, un julot ?

Et puis quoi encore ? » S'il a tué un flic, c'est parce qu'il a la rage contre eux. C'est « sa » bonne raison.

L'affaire qui a déclenché sa colère remonte au printemps 1909. À l'époque, Liabeuf habitait un hôtel pouilleux de la rue Saint-Martin. Il était déjà cordonnier aux Halles. Un jour, son amie la grande Marcelle lui a présenté une brunette, « tapineuse » comme elle : Alexandrine, surnommée Didine. Liabeuf, véritable cœur d'artichaut, s'est vite amouraché de Didine. Mais la jeune femme n'était pas complètement libre : elle travaillait pour un certain Gaston, un proxénète. Quand il a vu que Didine, qui était une « bonne gagneuse », fréquentait un cordonnier, ça ne lui a pas trop plu à Gaston. Alors il a confronté Liabeuf qui lui a répondu : « Viens, on va régler ça entre hommes. » Et ils sont allés se battre à coups de couteau, comme de coqs de basse-cour, derrière l'église Saint-Merri, pour les beaux yeux de Didine. Une nuée de flics avaient débarqué pour les séparer. C'est à ce moment-là qu'ils ont commencé à soupçonner Liabeuf d'être un « julot casse-croûte » comme on disait à l'époque, un type qui fait turbiner sa nana.

Deux flics en civil de la Brigade mondaine – l'ancienne Brigade de répression du proxénétisme – ont commencé à le surveiller de près. Un certain Maugras, surnommé « Beau gosse » et son partenaire Vors, dit « La Flûte ». Leur spécialité, c'était de coincer les types qui mettent des filles sur le trottoir. Le 30 juillet 1909, ils ont prétendu avoir vu Didine donner de l'argent à Liabeuf. C'est comme ça que tout a commencé. Didine a eu beau protester, expliquer que c'était Gaston qui l'employait, les deux flics n'ont rien voulu entendre. Ils ont envoyé la jeune femme à la prison de Saint-Lazare et inculpé Liabeuf pour « vagabondage spécial », autrement dit pour proxénétisme. Lui, un honnête apprenti cordonnier. Il ne l'a pas supporté.

Jean-Jacques Liabeuf a été jugé dans la foulée devant le tribunal correctionnel de la Seine, sur l'île de la Cité. Devant le juge, il s'est retrouvé bien seul : on n'a pas fait venir Didine pour témoigner et l'avocat qu'il avait choisi n'était « pas libre ce jour-là ». Au cours du procès, quelques témoins sont venus parler en sa faveur. Son logeur, qui l'a dépeint comme un client « parfait, sobre et rangé ». Son patron : « C'est un ouvrier sérieux et bon garçon, son labeur constant ne lui laisse guère le loisir d'être souteneur. » Mais leurs témoignages n'ont pas pesé lourd face aux deux policiers de la Mondaine. « Elle lui a donné plusieurs fois les gains de sa journée. Elle lui offre des cigarettes et des verres de vin dans le quartier des Halles. » Ce n'a pas été le procès du siècle, mais Liabeuf a été condamné à trois mois de prison ferme, à cinq ans d'interdiction de séjour à Paris et à 100 francs d'amende.

Quand il est sorti de la prison de Fresnes, trois mois plus tard, il est retourné à Paris, malgré l'interdiction. Il est revenu dans le quartier des Halles pour chercher du travail. La police l'a repéré et renvoyé à Fresnes pour un mois. Il en est ressorti en novembre 1909, la rage au ventre, humilié, en colère. Il a raconté cela dans une lettre à un copain de régiment, un certain Charles : « J'ai juré de me venger. Je me vengerai. Je suis tout ce qu'on voudra, excepté un souteneur. Je les ai prévenus. Ils ont agi avec moi comme des lâches, dans l'unique but de m'empêcher d'être à Paris et ça, je ne l'accepte pas. » Puisqu'il n'a pas le droit d'être à Paris, il s'est installé aux portes de la capitale. Le jour, il vend des cartes postales sur le faubourg du Temple. La nuit, il dort à la belle étoile. Il cultive patiemment sa rancœur, il fomente sa vengeance. L'idée des brassards cloutés ? Elle lui est venue en lisant un feuilleton policier dans le magazine *Je sais tout*. L'histoire d'une bande d'étrangleurs qui sévissaient la nuit sur les docks de Londres. Pour s'en protéger, les jeunes bourgeois avaient pris l'habitude de porter autour du cou un collier de cuir garni de pointes. Ça n'a pas été compliqué de s'en fabriquer : Liabeuf sait travailler le cuir, c'est son métier. Il a aiguisé son tranchet et acheté un revolver en acier trempé avec cinq balles blindées de 8 millimètres. Toutes ses économies y sont passées. Pendant une semaine, armé de son revolver, de son couteau et de ses brassards, il rôde dans le quartier des Halles à la recherche de Beau gosse et de La Flûte, ses deux ennemis. Il veut les tuer, tous les deux. Il a retrouvé Didine, bien sûr, mais elle a été salement amochée par Gaston. Tout cela s'est passé le 7 janvier. Le 9, il a attaqué deux policiers et, la suite, vous la connaissez.

Le 11 janvier 1910 ont lieu les obsèques de l'agent de police Célestin Deray, dit Bouledogue. Le cortège part de la caserne de l'île de la Cité. Il y a du beau monde : Aristide Briand, le chef du gouvernement en personne, a fait le déplacement. Avec lui, une bonne partie des ministres, des généraux, le préfet Lépine, et surtout, des centaines de policiers en tenue. Le cortège traverse la moitié de Paris pour rejoindre le cimetière de Montparnasse. L'histoire fait la une des journaux depuis deux jours. Pour la plupart d'entre eux, Liabeuf est un « malfrat sanguinaire ». Ses brassards de cuir hérissés de clous ont particulièrement marqué les esprits. Parmi les gros titres, on peut lire : « L'apache aux bras de fer », « La vengeance de l'apache » ou encore « L'apache est roi, qu'on le détrône ! » Un apache, à l'époque, c'est un terme courant pour désigner un malfaiteur, un voyou qui vit hors la loi et qui ne recule devant rien. Liabeuf en est la parfaite illustration.

Il reçoit en revanche le soutien de plusieurs journaux communistes et anarchistes, qui voient en lui « le symbole d'un prolétariat opprimé et poussé à bout ». Un homme, notamment, se lance dans une défense acharnée du cordonnier. Gustave Hervé, le patron du journal *La Guerre sociale*. Un socialiste révolutionnaire. Il écrit notamment : « Je trouve que dans notre siècle d'aveulis et d'avachis, Liabeuf a donné une bonne leçon d'énergie, de persévérance et de courage à la foule des honnêtes gens. À nous-mêmes, révolutionnaires, il a donné un bel exemple. Tous les jours, il y a d'honnêtes ouvriers qui sont victimes de brutalités policières, d'erreurs judiciaires grossières. Entendez-vous dire que l'un d'eux soit vengé ? »

Cet article lui vaudra d'être arrêté et inculpé pour provocation et apologie au meurtre. Lors de son procès, son avocat, Me Bonzon, fait citer près de soixante-dix témoins pour dénoncer les brutalités policières et les magouilles de la Brigade mondaine. Le président s'adresse à Gustave Hervé :

« Selon vous, en somme, c'est la police et non vous qui comparaît aujourd'hui en cour d'assises ?

— Il y a en effet deux inculpés : moi et la police. »

Un leader de la CGT est appelé à la barre :

« Je veux parler ici des ignobles individus qui peuplent la flicaille.

— Retirez ce que vous avez dit.

— Pas du tout ! Vous m'avez fait jurer de dire toute la vérité, je la dis.

— Témoin, retirez-vous.

— Non ! »

L'homme s'accroche à la barre jusqu'à ce que deux gendarmes parviennent à le décrocher et à l'emmener, sous les cris ulcérés des militants. Le jury déclare finalement Gustave Hervé coupable sans circonstances atténuantes. Il est condamné à quatre ans de prison ferme et à 1 000 francs d'amende. La plus lourde des condamnations à l'égard de la presse sous la Troisième République. Le lendemain, Hervé fait publier dans son journal les noms et les adresses des douze jurés qui l'ont fait condamner.

Ainsi, chacun peut prendre son parti. On a d'un côté Liabeuf, héros de la cause prolétarienne et de l'autre Liabeuf, horrible tueur de flics. Encouragés par la presse, des révolutionnaires de tout poil commencent à organiser des rassemblements sur les lieux du crime, pour exprimer leur soutien à Liabeuf. On les surnommera les « liabouvistes ». « Il faudrait que tous les mecs d'ici soient comme Liabeuf. Le coin serait vite nettoyé de tous ces flics qui veulent nous la faire à l'influence. J'étais là quand il a tiré. À ce moment-là, j'aurais bien donné tout mon sang pour lui. » L'énergumène qui vient de dire cela est arrêté et inculpé pour apologie au meurtre. Mais il n'est pas seul. Un autre, qui ne doit pas avoir plus de seize ans, vocifère : « Encore un flic de crevé ! C'est pas un mal, on en descendra d'autres ! » Lui aussi finit au poste. Ce n'est pas tout : le 17 janvier, l'agent Février, qui a blessé Liabeuf, est pris dans une embuscade rue Quincampoix. Il en réchappe de peu. Ses agresseurs ont crié : « Vengeance pour Liabeuf ! »

Trois jours plus tard, les agents Beau gosse et La Flûte parviennent à coincer la grande Marcelle rue Beaubourg, au prétexte qu'elle a aidé Liabeuf à enfiler ses brassards. Mais personne n'accepte de témoigner contre elle et les policiers sont obligés de la relâcher. Après quoi, elle disparaît. Elle ne répondra pas à la convocation du juge et ne viendra pas témoigner au procès. On dit qu'elle a quitté le trottoir et qu'elle est devenue couturière à Belleville.

Finalement, Liabeuf est renvoyé seul devant la cour d'assises de la Seine pour violences, tentative d'homicide et homicide volontaire. Toujours aussi provocateur, il répond : « Je veux bien monter sur l'échafaud, à condition que la justice reconnaisse qu'elle s'est trompée en me condamnant pour vagabondage spécial. »

Si les révolutionnaires se sont emparés de l'affaire Liabeuf, lui-même n'a jamais exprimé d'opinion politique. Il se fiche de tout ça : il s'est vengé et c'est tout ce qui lui importe. En attendant son procès, il dessine des fleurs sauvages dans sa cellule et lit des récits d'aventures.

Son procès s'ouvre le 4 mai 1910 au Palais de justice de Paris. Liabeuf y fait son entrée, tout pâlot, tout tassé. L'homme aux brassards de fer a perdu de sa superbe. Il a mis un costume bien coupé, avec un col rigide bien blanc et une cravate bien noire. Il a l'air d'un commis de notaire. Dès qu'on l'interroge, il revient à son idée fixe :

« Non, je ne suis pas un souteneur. En me condamnant, on a commis une erreur judiciaire. J'ai été interdit de séjour pour ça. Eh bien je préfère la guillotine.

— Si cette condamnation était injuste, pourquoi n'avez-vous pas fait appel ? »

Bonne question, qui le laisse pantois. Se rappelle-t-il seulement qu'il n'avait pas d'avocat, lors de son premier procès ?

Ce que tout le monde attend, bien sûr, c'est le témoignage des policiers qui l'ont fait condamner pour proxénétisme. L'agent Maugras, le fameux Beau gosse, entre tout de suite dans le vif du sujet.

« Nous avons acquis la conviction que c'était un souteneur avéré.

— Cet homme ment ! s'insurge Liabeuf.

— Je peux même vous préciser qu'Alexandrine Pigeon vous donnait cinq francs chaque jour. »

On ne fait venir ni Gaston ni Alexandrine. De toute manière, ce n'est pas le sujet : Liabeuf est jugé uniquement pour le meurtre du policier. Le verdict ne fait aucun doute, depuis le début. Même Liabeuf ne se fait pas d'illusions, il est condamné à mort. À cette annonce, il dit : « Si vous m'avez condamné, c'est comme assassin et non comme souteneur. Devant la guillotine et jusqu'à la dernière goutte de mon sang, je protesterai que je suis innocent. »

Gustave Hervé commente dans son journal : « Je demande à tous les hommes et toutes les femmes de cœur qui ont suivi cette angoissante affaire de venir crier leur indignation autour de l'échafaud ! » Petit à petit, et c'est assez incroyable dans l'histoire de la gauche, Gustave Hervé parvient à rallier non seulement les révolutionnaires et les socialistes, mais aussi les radicaux du gouvernement. Jean Jaurès prend la parole le 16 juin, au cours d'un meeting à Paris : « Je demande solennellement au président de la République de bien vouloir user de son droit de grâce. » Toute la presse embraye, des pétitions circulent, des manifestations sont organisées... D'anciens dreyfusards de renom, des académiciens, des scientifiques, du beau monde, à Paris comme en province... Tous se rallient à la cause Liabeuf. Le président de la République, Armand Fallières, est un abolitionniste. Logiquement, il doit gracier Liabeuf. Mais il reçoit une visite du préfet de police. « Monsieur le président, si vous le graciez, que les choses soient claires : je vous remets ma démission. Prenez conscience que j'ai toute la police avec moi. Il a tué un policier, ne l'oubliez jamais. » Le 30 juin 1910, le président rejette le recours en grâce. *La Guerre sociale* titre à sa une : « Liabeuf va être exécuté ! Tous devant la guillotine ! »

Le lendemain, à 2 heures du matin, on installe l'échafaud sous les remparts de la prison de la Santé. Huit cents policiers forment un cordon de sécurité. Il y a aussi des gendarmes à cheval et la garde républicaine. L'armée se tient en réserve, les pompiers aussi. Le préfet Lépine a juste oublié un détail : il y a des travaux boulevard Saint-Jacques. Et des centaines de pavés bien taillés, à portée de main... La foule place Denfert-Rochereau est de plus en plus dense. Des ouvriers, des syndicalistes, des anarchistes, des socialistes... Et aussi des apaches, tous les apaches de Paris, surtout ceux des Halles et du Marais. On s'amasse même derrière les fortifications.

Sont présents entre autres Jean Jaurès, Pablo Picasso, Blaise Cendrars, Jean Vigo encore enfant et même... Lénine, en exil à Paris. Les habits sont noirs, les drapeaux sont rouges.

À 3 heures, le procureur de la République va chercher Liabeuf dans sa cellule. Il demande une plume et une feuille. « Pauvre maman, ma dernière heure étant arrivée, je te laisse cette mèche de cheveux et te demande encore pardon. » Dehors, la foule gronde. Soudain, deux coups de feu retentissent. Un inspecteur de la Sûreté s'écroule, mort. La foule applaudit. Le préfet Lépine ordonne la dispersion. Il fait charger ses hommes, sabre au clair, avec autorisation de tirer à balles réelles, si besoin. En face, on se met à lancer des pavés. Par miracle, il n'y aura pas d'autre mort.

Pendant ce temps, le bourreau, Émile Deibler, pousse Liabeuf vers la guillotine. Ses derniers mots sont incroyables : « Ce n'est pas mon exécution qui fera de moi un souteneur ! Non, je ne suis pas un souteneur ! » Il meurt dans un dernier cri. Et c'est fini.

Le poète Robert Desnos, qui avait assisté à son arrestation rue Aubry-le-Boucher à l'âge de dix ans, lui dédiera un poème en argot.

Les enfants juifs volés

Tout commence en 1944, dans la région de Grenoble. La guerre fait toujours rage et la Gestapo redouble d'efforts pour arrêter des Juifs. Un matin, ils débarquent chez un couple de Juifs autrichiens, à La Tronche, dans la banlieue de Grenoble. Les Finaly, Fritz et Anni. Ils sont arrivés en France en 1938, après qu'Hitler a mis la main sur l'Autriche. Ils s'y croyaient en sécurité. À Drancy, où ils ont été emmenés, on leur demande s'ils ont des enfants. Ils assurent que non. Le 7 mars 1944, ils sont déportés depuis la gare de Bobigny vers Auschwitz. On ne les reverra jamais. Leurs deux enfants ne les reverront jamais. Car les Finaly ont menti : ils ont bien deux enfants, deux garçons, Robert, trois ans, et Gérald, deux ans. Se sentant menacés, ils les ont confiés à la pouponnière Saint-Vincent-de-Paul à Meylan, près de Grenoble. Ils ont prévenu une de leurs amies, Mme Poupaert, et lui ont demandé, au cas où ils ne reviendraient pas, de prendre contact avec la sœur de Fritz, Margarete Fischl, qui s'est réfugiée en Nouvelle-Zélande, et de lui confier les enfants.

Après la déportation des parents, Mme Poupaert récupère donc les enfants Finaly à la pouponnière. Mais que va-t-elle en faire maintenant ? Elle ne peut pas les garder. Quant à suivre la consigne des parents et appeler leur tante en Nouvelle-Zélande, c'est bien trop risqué, on est encore en pleine guerre. Et puis qui sait, les parents vont peut-être rentrer une fois que tout sera fini ? Pour l'instant, il faut les mettre à l'abri, pour le reste, on verra plus tard.

Elle se tourne alors vers le couvent des religieuses de Notre-Dame-de-Sion, à Grenoble. Mais les enfants sont trop jeunes, les religieuses refusent de les prendre. Elles conseillent alors à Mme Poupaert de faire appel à une certaine Antoinette Brun, qui dirige la crèche municipale de Grenoble. Mlle Brun est débordée, elle cache déjà neuf enfants juifs au château de Vif et se débrouille pour les nourrir, les habiller, les éduquer. Quand Mme Poupaert lui demande de l'aide, sa réponse est catégorique. « Non, non, désolée, je ne peux pas en prendre deux de plus. » Mme Poupaert retourne alors voir les religieuses, les suppliant de l'aider et surtout, d'aider les enfants. Les religieuses proposent alors à Mlle Brun de lui verser une petite pension, en échange de quoi elle devra prendre en charge les deux garçonnets. Dans ces conditions, Mlle Brun accepte de les recueillir. Voilà comment, un matin, Robert et Gérald Finaly débarquent au château de Vif, leur nouvelle maison. Très vite, ils appellent Mlle Brun « Maman Brun », bien que ce ne soit pas vraiment elle qui s'en occupe. À vrai dire, elle ne joue pas vraiment les mamans, ça, c'est plutôt le rôle de Marie, la gouvernante.

La fin de la guerre arrive et Robert et Gérald ont maintenant quatre et trois ans. Les semaines passent, leurs parents ne rentrent pas, ne donnent aucune nouvelle. Il faudra un peu de temps avant de se rendre à l'évidence : ils sont morts à Auschwitz, les enfants sont désormais orphelins. C'est à ce moment-là que Mme Poupaert aurait dû tenir sa promesse et écrire à Margarete Fischl en Nouvelle-Zélande. Mais elle n'a rien fait. Pour elle, les enfants sont casés chez Mlle Brun. Mais Margarete écrit quand même au maire de La Tronche. Elle veut des nouvelles de son frère et de sa belle-sœur, elle veut savoir s'ils sont rentrés. C'est le maire qui lui annonce la terrible nouvelle. En revanche, les enfants sont vivants, grâce à Mlle Brun, qui a sauvé beaucoup d'enfants juifs des griffes de la Gestapo. Une héroïne, cette Mlle Brun ! Margarete s'empresse de lui écrire pour la remercier et lui annoncer qu'elle est prête à récupérer les enfants. Elle est juive, comme eux, et puis c'est sa famille, elle est touchée par le drame qui les frappe, même si elle ne les a jamais vus.

Quand elle reçoit cette lettre, Mlle Brun est furieuse. « Rendre les enfants ? Non mais ça ne va pas ? Et puis les parents vont peut-être rentrer finalement ! Et qu'est-ce que c'est que ces gens-là, à l'autre bout du monde ? Ils ne les ont jamais vus et maintenant ils les veulent ! » Elle ne répond pas à la lettre de Margarete. Celle-ci ne se décourage pas et lui envoie une seconde lettre, expliquant qu'elle tient à ces enfants, qui sont tout ce qui lui reste de son frère. C'est un héritage sacré, dit-elle. Mlle Brun ne répond pas à cette lettre non plus, ni aux suivantes, qui s'accumulent. Finalement, un jour, elle décide enfin de prendre sa plume : « Ces petits étaient maladifs quand je les ai pris, j'en ai fait de beaux enfants. Je les élève entièrement à mes frais. J'ai pour eux une immense affection et, rassurez-vous, je les élève bien sûr dans la tradition juive. » Ce qu'il faut lire entre les lignes, c'est qu'elle ne les rendra pas.

Les mois passent. Robert et Gérald sont maintenant internes dans des écoles catholiques. Mlle Brun a menti dans sa lettre, ils ne sont pas du tout élevés dans la religion juive. Ils rentrent au château de Vif pour les vacances, où ils retrouvent leur chère Marie, la gouvernante, ainsi que « Maman Brun ». À part le surnom, Mlle Brun n'a rien d'une mère. Avec elle, il faut filer droit, ce n'est pas une femme tendre. Pendant tout ce temps, leur tante Margarete multiplie les courriers. Elle, son mari et leurs deux enfants attendent les petits avec impatience, tout est prêt pour leur arrivée, même leurs permis d'immigration. Mais Antoinette Brun ne veut rien entendre. C'est trop loin, le voyage est trop dangereux, on ne va quand même pas les arracher à leur milieu pour les confier à des gens qu'ils ne connaissent même pas ! Elle continue à faire croire à Margarete qu'elle les a fait circoncire et qu'elle les élève dans le respect de la religion juive. Mais Margarete n'est pas disposée à lâcher l'affaire. Elle veut récupérer ses neveux. Mais elle a aussi conscience qu'en habitant à l'autre bout du monde elle n'est pas la mieux placée pour se battre. Alors elle appelle sa sœur, Edwige, qui habite en Israël depuis la fin de la guerre avec son mari, Moshé. Et il se trouve que Moshé a un ami, Moïse Keller, qui vit à Grenoble. On lui demande d'aller voir Mlle Brun. Le brave Moïse est loin de se douter de ce qui l'attend. Quand il se présente comme « envoyé par la famille Finaly », Mlle Brun sort de ses gonds. « Vous, les Juifs, vous êtes une bande de lâches ! Vous abandonnez vos enfants et vos maisons au lieu de vous battre et vous avez le toupet de venir me réclamer vos enfants après ça ! » Moïse est abasourdi, mais il ne se laisse pas démonter.

« J'exige de voir les enfants pour leur dire qu'ils ont une famille, une famille qui les attend avec impatience !

— Jamais vous ne les reverrez ! Et puis vous savez quoi ? J'en ai fait des petits catholiques ! Ils sont baptisés ! »

Elle ne ment pas. Le 28 mars 1948, dans l'église de Vif, Robert et Gérald Finaly ont été baptisés. Par ailleurs, elle a pris ses précautions et s'est fait nommer « tutrice provisoire » des deux garçons lors d'un conseil de famille présidé par un juge à qui elle a évidemment pris le soin de cacher le fait que la famille des enfants les réclamait. Moïse comprend qu'il n'y a désormais plus que la justice qui pourra rendre Robert et Gérald à leur famille. Mais ça ne va pas être simple. Pendant trois ans, Mlle Brun va les cacher. D'abord dans un couvent dominicain, sous de faux noms. Puis dans un collège catholique, où ils se font appeler Louis et Marc Brun et où ils ont interdiction formelle de sortir. Pendant tout ce temps, la famille des enfants Finaly va se battre jusqu'à ce que, le 31 mai 1952, un juge convoque tous les acteurs de l'affaire au palais de justice de Grenoble. Les enfants ont désormais onze et dix ans. Quand le juge demande à Robert comment il s'appelle, celui-ci répond :

« Robert Brun.

— Comment ?

— Robert Brun.

— Mais comment s'appelle ton père ?

— Eh bien, le Dr Finaly, mais Maman Brun m'a dit que je m'appelle Robert Brun. »

Le juge réalise bientôt que les enfants ignorent totalement l'existence de leur tante, que Mlle Brun leur a tout caché. Celle-ci quitte un jour la salle d'audience en hurlant : « Ces Juifs mentent comme ils respirent ! » Comme quoi, on peut avoir sauvé des enfants juifs et être antisémite. Au bout du compte, le juge lui ordonne, le 11 juin 1952, de remettre les enfants à leur famille. Elle a un mois pour s'exécuter. Mais c'est long, un mois, et Moïse, qui assure toujours le lien entre les enfants et leur famille, a un mauvais pressentiment. Quand, quelques jours plus tard, il se présente à la crèche accompagné d'un huissier et d'un commissaire de police, il s'entend répondre que Mlle Brun est en congé maladie. Elle s'est enfuie avec les enfants, évidemment. La situation devient infernale. Moïse dépose une nouvelle plainte pour enlèvement.

Un après-midi d'octobre, alors que Moïse recherche toujours les enfants, il reçoit la visite d'un homme à l'accent autrichien, un certain Otto. Il s'agit de l'oncle de Robert et Gérald, le frère de leur mère. Lui aussi est à la recherche des enfants et il a des choses à raconter sur la perfide Mlle Brun. Trois mois plus tôt, elle lui a envoyé une lettre, dans laquelle elle lui expliquait que Robert devait faire des études de médecine comme son père, que c'étaient des études longues et coûteuses et que, pour pouvoir l'inscrire, elle avait besoin qu'Otto la désigne officiellement comme tutrice des deux garçons. Otto a fait ses calculs. Robert n'a que onze ans et, à onze ans, on ne fait pas d'études de médecine ! En tout cas, pas en Autriche ! « Et en France, on peut faire des études de médecine à onze ans ? » Moïse éclate de rire. Cette Mlle Brun n'a décidément aucune limite ! Mais ce n'est pas tout. Elle lui a réécrit pour lui proposer de venir la rencontrer dans un couvent, à Strasbourg. Elle souhaite s'entretenir avec lui de l'avenir des enfants. C'est en vue de cette rencontre qu'Otto a voulu rencontrer Moïse. Il se méfie de cette femme.

Moïse lui propose alors de l'accompagner à Strasbourg. Il a un plan. L'oncle Otto devra se rendre seul au rendez-vous, comme prévu. Si les enfants sont aussi là, il faudra qu'il trouve un prétexte pour s'absenter, des cadeaux à aller chercher à l'hôtel par exemple, il préviendra Moïse puis ils débarqueront tous les deux avec un huissier et emmèneront les enfants. *A priori*, le plan devrait marcher, Mlle Brun ne doit pas se douter qu'Otto a pris contact avec Moïse. Mais les choses ne vont pas du tout se passer comme ça. Au couvent, à Strasbourg, Mlle Brun se présente, entourée de deux moines. Les enfants ne sont pas là. Elle explique tous les avantages qu'il y a à la nommer tutrice et va même jusqu'à donner à Otto deux billets de 1 000 francs pour le remercier de son soutien. Elle tente de lui graisser la patte... Outré, Otto se lève et lui dit : « Je ne suis pas venu pour vous voir mais pour voir les enfants ! » Il la plante sur place puis part rejoindre Moïse. Leur plan a échoué. Retour à la case départ.

Et les enfants, où sont-ils ? Cachés, chez des curés. L'Église catholique est complice de leur enlèvement, au prétexte qu'ils ont été baptisés et que, comme le dira l'archevêque de Lyon : « Il faut faire l'impossible pour qu'ils soient élevés dans la foi chrétienne. »

La situation est désespérante. Mais, heureusement, la France n'est pas une théocratie et, en novembre 1952, Antoinette Brun est convoquée devant le tribunal pour non-présentation d'enfants. Elle n'allait tout de même pas s'enfuir éternellement ! La salle d'audience déborde, l'affaire a un retentissement national. Mlle Brun tient son rôle habituel : elle ment comme une arracheuse de dents. Moïse est alors appelé à la barre, où il lit une lettre que Mlle Brun avait adressée à Otto. Elle y écrit entre autres : « Les enfants préféreraient mourir plutôt que d'aller vivre en Palestine », autrement dit en Israël. « Mlle Brun, ajoute Moïse, préférerait voir mourir les enfants plutôt que les voir partir. » Mais contre toute attente, le juge donne raison à Antoinette Brun. Dans la salle, le public est consterné. Les journalistes aussi. Un éditorialiste réputé écrit : « J'en appelle aux hommes libres, juifs, catholiques, protestants, agnostiques, à tous ceux qui croient en la dignité humaine, pour qu'enfin cesse le scandale des voleurs d'enfants. »

Évidemment, la famille des Finaly fait appel. Pour le second procès, l'autre tante des enfants, Edwige, a fait le voyage depuis Israël. La veille, elle a tenté une négociation avec Mlle Brun : le retrait de leur plainte en échange des enfants. Antoinette Brun a refusé de la voir. Pour ce procès en appel, Moïse a embauché une star du barreau, Maurice Garçon. Une fois de plus, la salle d'audience est pleine à craquer. Nous sommes le 29 janvier 1953. Mais dès le début, grosse déception : Mlle Brun est absente « pour raisons de santé ».

Qu'importe, la justice ordonne tout de même que les enfants soient rendus à leur famille et lance un mandat d'arrêt contre elle pour séquestration d'enfants. Elle est écrouée le soir même à la prison de Grenoble. Au moment de son arrestation, elle lance : « Je préférerais mourir en prison plutôt que d'indiquer où sont cachés les enfants ! » Acharnée jusqu'au bout... Hélas, elle ne bluffe pas. Car depuis la fin de l'année 1952, elle a confié la garde des enfants à l'Église catholique et n'est même plus en mesure de dire où ils sont.

Désormais, Mlle Brun est en prison. Avant d'être arrêtée, elle a confié Robert et Gérald à Mère Antonine, la supérieure du couvent de Notre-Dame-de-Sion. Notons au passage qu'il est de notoriété publique que la vocation de cette congrégation est de convertir des Juifs au catholicisme. Tout cela s'est fait avec la bénédiction du cardinal de Lyon, Mgr Gerlier. Avant l'arrestation d'Antoinette Brun, Mère Antonine a placé les deux enfants dans un collège marseillais, Notre-Dame-de-la-Visite, sous une fausse identité. Mais la presse a été alertée, la photo des garçons est dans tous les journaux. Il faut les déplacer avant qu'on ne vienne les récupérer. Voilà donc Mère Antonine qui les emmène en camionnette à la paroisse Saint-Michel, toujours à Marseille. Là-bas, ils sont pris en charge par l'abbé Mollard, qui la prévient d'emblée : « Je veux bien les prendre, mais seulement quelques jours. » Il est naïf. Le temps passe et les jours se transforment en semaines.

L'abbé Mollard a peur, il ne veut pas qu'on le prenne pour un voleur d'enfants et il lui tarde de s'en débarrasser. Voyant que personne ne vient les récupérer, il les conduit alors, le 29 janvier 1953 à minuit, à la gare de Marseille. Il y retrouve la sœur de Mère Antonine, qui a pour mission de les emmener à Bayonne par le train de minuit quarante. Ils y arrivent le lendemain et sont cachés au collège Saint-Louis-de-Gonzague. Ils y sont accueillis par le chanoine Silhouette. Une fois de plus, les enfants ont dû changer de nom. Mais le chanoine n'est pas dupe, il lit le journal régulièrement et comprend vite qui ils sont. Par chance, il n'a aucune envie d'être complice de leur enlèvement. Alors il s'empresse de contacter le procureur pour lui annoncer que les enfants Finaly sont chez lui. La famille est immédiatement prévenue. Imaginez leur joie quand ils reçoivent ce coup de fil ! « On a retrouvé les enfants, ils sont dans un collège à Bayonne ! »

Moïse décide de partir les récupérer sur-le-champ. Il loupe le premier train en partance pour Bayonne et prend le suivant. Arrivé sur place, il retrouve le procureur tout penaud. « Les enfants ont de nouveau disparu... » C'est impossible ! C'est un complot ! Eh oui, Mère Antonine est revenue dans le jeu. On l'a prévenue que le chanoine Silhouette n'était pas très fiable. Alors elle aussi a pris le train pour Bayonne, le train que Moïse avait loupé. Elle a récupéré les enfants et les a emmenés loin de Bayonne. Le procureur fait fouiller le collège Saint-Louis-de-Gonzague, la frontière espagnole est bouclée. On transmet le signalement des enfants Finaly à tous les commissariats, à toutes les gendarmeries et à la presse.

En attendant, Moïse décide d'aller voir l'évêque de Bayonne, Mgr Terrier. Il veut le mettre face à ses responsabilités. Mais l'évêque tergiverse, il dit que « ce n'est pas si grave » et que, de toute façon, il n'est au courant de rien. « Les enfants ne sont peut-être pas si malheureux là où ils sont... Et puis si Mlle Brun ne les avait pas sauvés des Allemands, ils seraient morts à l'heure qu'il est. Ils ont tout de même été baptisés. » Moïse lui répond alors qu'avant tout cela ils avaient été circoncis. En quittant l'évêché de Bayonne, Moïse est convaincu que l'évêque est le complice, voire l'instigateur de cette nouvelle disparition. Une fois sa mission terminée, Mère Antonine est rentrée à Lyon, où elle a rapidement été arrêtée puis envoyée en prison. Il était temps...

Tout cela est surréaliste. Les enfants sont désormais aux mains du curé du Pays basque qui décide d'aller à l'encontre d'une décision de justice et de séparer les enfants Finaly de leur famille, sous prétexte qu'ils ont été baptisés. On décide de les faire passer en Espagne. C'est l'abbé Laxague, ironiquement professeur de morale au grand séminaire de Bayonne, qui est à la manœuvre. Un soir de février, il met les garçons dans une fourgonnette, direction Saint-Jean-de-Luz. Ils changent de voiture et arrivés à la frontière, à Biaritou, ils sont pris en charge par un autre curé qui les héberge pour la nuit dans son presbytère. Le lendemain matin, ils sont réveillés à l'aube. Ils ont rendez-vous avec un passeur, qui va leur faire traverser la frontière. Ils vont passer par la montagne. Il fait un temps épouvantable, la neige tombe en rafale... Imaginez ces deux pauvres enfants, à qui on n'a jamais demandé leur avis, se faire trimballer d'un bout à l'autre du pays, avant de se retrouver ballottés dans le vent et la neige, absolument pas équipés... Ils portent des chaussures de ville et sont frigorifiés. Au bout d'un moment, Gérald n'en peut plus et s'écroule. Le passeur le prend sur son dos. Ils finissent par atteindre une auberge où, pour les requinquer, on leur fait boire de l'alcool, de l'anisette... Et c'est reparti, tout l'après-midi, jusqu'à une ferme où ils arrivent en fin de journée, à Renteria. Ça y est, ils sont en Espagne. Ils vont enfin pouvoir se reposer un peu. Ils passent deux jours dans la ferme puis repartent. Après une étape à Saint-Sebastien puis une autre à Villafranca de Oria, ils échouent finalement au monastère bénédictin de Lazcano. Le moine qui les accueille parle français, mais il a peur pour la réputation de son monastère. Il avertit alors ses supérieurs et reçoit l'ordre de cacher les enfants.

Pendant ce temps, en France, on cherche une solution. Ce petit jeu ne va tout de même pas durer éternellement ! Il y a eu des décisions de justice, la Mère Antonine a été inculpée, l'archevêque de Lyon est pointé du doigt... Ce dernier se rapproche alors du grand rabbin de France, Jacob Kaplan, qu'il avait caché avec toute sa famille pendant la guerre. Le rabbin lui est redevable. Il servira d'intermédiaire avec la famille des enfants Finaly. On propose alors un accord : l'abandon total des poursuites contre les responsables religieux, en échange de quoi les enfants leur seront rendus d'ici un mois. La famille accepte, évidemment, c'est même elle qui proposait cette solution depuis le début. L'accord est signé par les deux parties le 6 mars 1953.

Mais un nouveau problème se pose : l'archevêque n'a plus la main sur les enfants, puisqu'ils sont en Espagne ! Il est incapable de faire respecter l'accord qu'il a signé. Et à force d'avoir déplacé les enfants, plus personne ne sait où ils sont exactement. Dans sa folie, l'Église les a perdus ! Perdu deux enfants juifs, alors que depuis huit ans leur famille les réclame ! Finalement, la Cour de cassation tranche et confie définitivement la garde de Robert et Gérald Finaly à leur tante israélienne, Edwige. Plus de discussion possible, il n'y a plus qu'à les retrouver avant que les choses dégénèrent.

Car l'affaire a pris une tournure internationale : en Espagne, le général Franco a entendu parler des deux orphelins et, voulant tirer profit de la situation, a fait contrôler par le gouverneur de la province le séjour des enfants. On décide alors d'envoyer en Espagne Germaine Ribière, une grande résistante qui a caché des enfants juifs pendant la guerre, mener les pourparlers pour récupérer les enfants et les ramener en France. Sa mission est un succès, elle les retrouve rapidement et s'empresse de les emmener au consulat de France. Elle doit ensuite négocier leur sortie du territoire espagnol avec les autorités car, évidemment, ils n'ont pas de papiers. Germaine Ribière va alors voir le gouverneur, qui n'est pas tout à fait innocent dans cet enlèvement. Il n'a pas l'air très convaincu de l'urgence qu'il y a à laisser partir les enfants. Mais Germaine Ribière ne se laisse pas démonter. Elle lui fait croire que, par la fenêtre, des journalistes attendent un signal de sa part au cas où il montrerait des difficultés à accepter. Le gouverneur appelle alors le ministre des Affaires étrangères. Quand il raccroche, il émet une seule condition au départ des enfants : il veut être absolument certain qu'ils veulent bien rentrer en France. On lui amène alors les garçons. Oui, ils veulent rentrer en France. Le gouverneur est bien obligé de céder. Après des années de lutte, c'est enfin terminé.

Les enfants Finaly embarquent dans une voiture noire du ministère français de l'Intérieur, escortée par six motards. Ils franchissent la frontière et passent la nuit dans la maison du préfet de Gironde. À Grenoble, Moïse et la tante Edwige éclatent de joie, même s'ils restent prudents : ils ne seront vraiment soulagés que lorsqu'on leur aura confirmé que les enfants ont bien passé la frontière. Ils ont gagné. Huit ans de combat acharné et ils ont gagné. Bientôt, des journalistes entourent leur maison, on leur livre des fleurs et des télégrammes de félicitations venus de toute la France. Moïse Keller décide de partir à Paris pour accueillir Robert et Gérald.

Les retrouvailles doivent avoir lieu dans une propriété en banlieue. Un détachement de gendarmes a été déployé et des dizaines de journalistes attendent. Enfin, la voiture qui transporte les enfants Finaly fait son entrée dans le village. Robert et Gérald en descendent. Ils sont souriants, ils ont l'air heureux, même si sans doute un peu chamboulés. Il leur faudra du temps pour comprendre tout ce qui leur est arrivé.

Ils ont maintenant treize et douze ans. Quand on leur montre une photo de leurs parents, ils ne les reconnaissent pas, ils ne se souviennent que de leurs noms. Mais Gérald est très ému de constater qu'il ressemble à sa mère et Robert à son père. La grande difficulté pour eux va être d'accepter qu'ils sont juifs, ainsi que toute leur famille. Ça ne cadre pas avec tout ce que Mlle Brun et les nombreux curés leur ont raconté sur les Juifs. Leurs livres de catéchisme ne disaient rien de bon sur ce peuple.

Ils rencontrent ensuite leur tante Edwige, avec qui ils ont du mal à communiquer car elle ne parle que l'allemand. Tant pis, avec des gestes, on se débrouille. Provisoirement, ils s'installent avec elle à Melun. C'est à ce moment que Mlle Brun décide de faire sa réapparition. Elle est sortie de prison et exige un droit de visite. Elle n'a vraiment peur de rien et continue de s'accrocher comme une sangsue... La famille est à bout. Ça fait huit ans qu'ils se battent et veulent désormais profiter les uns des autres. Ils ont retiré toutes leurs plaintes, on ne va tout de même pas leur en demander plus ! Alors le 28 juillet 1953, ils partent avec les enfants en Israël et s'installent dans le petit village de Guedera. Là-bas, les enfants Finaly vont renouer avec le judaïsme et prennent même leurs noms hébraïques : Ruben et Guédalia. Ils deviendront respectivement médecin et militaire. Aujourd'hui âgés de plus de soixante-dix ans, ils sont retraités et animent parfois des conférences pour raconter leur histoire. Antoinette Brun, quant à elle, est décédée le 25 octobre 1988 à l'âge de quatre-vingt-quinze ans, dans un service de gériatrie de Coublevie.

La dépeceuse de Tours

Étrangement, l'histoire qui suit est assez peu connue du grand public. Elle réunit pourtant tous les ingrédients d'une grande affaire criminelle. Un meurtre épouvantable, un mobile surprenant et surtout, un grand mystère : la meurtrière était-elle ou non folle à lier ?...

Tout commence le 13 décembre 1988, à l'hôpital Trousseau, près de Tours. Des agents d'entretien finissent leur service, il ne leur reste plus qu'à jeter les poubelles, derrière l'hôpital, à côté du parking. Ils remarquent alors deux sacs-poubelle abandonnés près d'une voiture. Des sacs bleus, alors que ceux de l'hôpital sont gris. Ils s'approchent et, intrigués par l'odeur pestilentielle qu'ils dégagent, les ouvrent. Horreur ! Le premier sac contient des restes humains, deux jambes et deux bras. Du second émerge un sein de femme et, quand on ouvre le sac en entier, c'est tout un buste qui apparaît. « Mais qu'est-ce que c'est que ce truc ? » Les agents pensent d'abord à une mauvaise blague, une farce d'étudiants en médecine, ce serait bien leur style, c'est tellement idiot... Mais le lendemain, derrière le hangar d'un centre commercial voisin, on trouve un troisième sac suspect, gris cette fois. Il contient quelque chose qui ressemble à un bassin et des cuisses. *A priori*, les morceaux viennent tous d'un seul et même corps. Mais il manque la tête.

L'enquête est confiée à la police judiciaire de Tours. On envoie les morceaux de corps à un médecin légiste, chargé de reconstituer le puzzle et, si possible, d'identifier le cadavre. Son rapport est clair : il s'agit d'une femme, qui se teindrait les cheveux, et qui présente une mycose au niveau du dos et du torse. La mort est récente. La victime a d'abord été saignée, c'est-à-dire vidée de son sang, comme l'indiquent ses poignets tailladés. Ce n'est qu'après que le corps a été découpé. Du sang, il en reste suffisamment pour détecter des traces de neuroleptiques et d'un médicament que le médecin légiste n'arrive pas à reconnaître. Pour identifier la victime, on comptait sur ses empreintes digitales, comme on a ses mains. Mais, en les passant au fichier, aucune correspondance, la femme est inconnue au bataillon. Avec l'accord du juge, la police judiciaire tente alors un appel à témoins dans *La Nouvelle République.* Quatre jours plus tard, le commissariat de Tours reçoit un coup de fil anonyme. « La victime pourrait bien être une certaine Françoise Gendron, elle habite la Vallée Violette, à Joué-lès-Tours. » La police s'y précipite. Au lieu-dit, il y a bien une boîte aux lettres au nom de Françoise Gendron. Quand on sonne, personne ne répond. Les voisins disent ne pas l'avoir vue depuis plusieurs jours. Les policiers font alors appel à un serrurier. Quand ils entrent dans l'appartement, un chat fait le dos rond. Mais, à part lui, il n'y a personne. Le salon est en ordre, aucun signe de lutte. En revanche, dans la cuisine, tout est en vrac ! La poubelle est à l'envers, la vaisselle par terre, une bouteille d'huile est renversée, une brique de lait s'écoule... Le chat peut-être ? Bizarre.

La police scientifique passe à l'action. Elle relève des empreintes sur le combiné du téléphone. Elles correspondent à celles du corps. La victime est donc bel et bien Françoise Gendron. Les policiers sont sur le point de partir lorsqu'ils remarquent un homme dehors, sous la fenêtre, qui les observe sans oser s'approcher. « Qu'est-ce qu'il fait là ? » L'homme s'appelle Yves, c'est le fiancé de Françoise. Il raconte l'avoir vue le 12, le jour de sa mort donc, ils avaient prévu de dîner ensemble le soir même. Il était venu en fin d'après-midi pour préparer le repas, mais Françoise n'était pas là. Il a reçu vers 20 heures un coup de téléphone, une femme qu'il ne connaissait pas, qui lui a dit : « Françoise est partie à Fromentine, en Vendée, pour huit jours, il ne faut pas l'attendre. » Yves explique qu'il était furieux, qu'elle allait souvent là-bas, chez des amis, mais qu'elle prévenait toujours. De rage, il avait balancé le plateau dans la cuisine et était rentré chez lui. Ce n'était donc pas le chat qui avait causé tout ce désordre ! Yves pourrait être un suspect, mais il a l'air sincère, et la mort de Françoise l'a complètement bouleversé.

Les policiers identifient un autre homme, un certain Christian, qui serait venu poser du papier peint chez Françoise le 12 au matin, vers 10 heures. Ils parviennent à le convoquer au commissariat et ce qu'il raconte est des plus troublant. Quand il est arrivé, ce n'était pas Françoise Gendron qui lui avait ouvert, mais une autre femme, qui lui avait dit : « Françoise est dans son bain. » Il avait attendu, jusqu'à ce que Françoise arrive, l'air fébrile. Elle lui avait alors raconté qu'elle venait de frôler la mort, car son amie – celle qui lui avait ouvert la porte – avait fait tomber le sèche-cheveux quand elle était encore dans son bain. Elle avait pris une sacrée châtaigne ! Il était allé jeter un coup d'œil au sèche-cheveux : le fil était dénudé. Drôle d'histoire...

Les soupçons se portent alors sur cette fameuse amie. Il ne faut quand même pas être très maligne pour laisser tomber un sèche-cheveux dans une baignoire remplie ! Les policiers vont alors bénéficier d'un sacré coup de pouce. Une amie de la victime leur donne un nom : « Sylvie Reviriego, vous devriez vous intéresser à Sylvie Reviriego… C'est elle la meurtrière ! » Les policiers ont à peine le temps de réagir qu'ils reçoivent un second coup de fil anonyme. Une femme affolée, qui leur dit que le meurtre a été commis par deux hommes, Michel et Luc, Luc est l'amant de Sylvie Reviriego, c'est elle-même qui le lui a dit. Ses explications sont alambiquées. Elle raconte que, toujours d'après cette « Sylvie », Françoise Gendron avait compris que Michel et Luc trempaient dans des affaires de trafic de drogue et de vols de voitures. Elle voulait les dénoncer et s'était mise dans le pétrin. « Sylvie l'avait prévenue : ils allaient la zigouiller, lui faire la peau, la saigner, la couper en morceaux ! Ils lui ont même dit comment ils allaient faire : la shooter aux médicaments, la mettre dans une baignoire, y jeter le sèche-cheveux, la saigner, lui couper la tête et les dents ! » La femme raccroche brusquement. Il est temps pour la police judiciaire de Tours de s'intéresser sérieusement à toute cette petite bande, Sylvie, Michel, Luc, afin d'y voir plus clair.

Il apparaît alors que Sylvie Reviriego et Françoise Gendron étaient amies de longue date. Elles sont toutes les deux divorcées. Sylvie a deux enfants et Françoise un grand garçon, qui fait son service militaire. Elle vivait donc seule. Françoise était au chômage et Sylvie, auparavant aide-soignante au CHU de Tours, était en arrêt maladie depuis six mois, à cause d'une sciatique. Alors elles se voyaient tout le temps. On raconte aux policiers que depuis quelque temps, elles faisaient la bringue, sortaient presque tous les soirs, écumaient les bars et les restaurants de Tours avant de finir en discothèque jusqu'au bout de la nuit. Surtout, toutes ces sorties ne leur coûtaient rien, parce que c'était toujours le fameux Michel ou le fameux Luc qui payaient l'addition.

Huit jours après la découverte du corps de Françoise, les policiers en savent suffisamment pour passer à l'action. Michel et Luc sont interpellés en premier. Ce sont des commerçants, des soldeurs. On les place en garde à vue. Et, en parallèle, la police judiciaire débarque chez Sylvie Reviriego pour une perquisition. Il est 9 h 30 du matin, une jeune femme blonde leur ouvre la porte, elle n'oppose aucune résistance. En revanche, elle garde un air hautain, méprisant au possible. Un policier parlera plus tard d'un « air glacial ». En fouillant l'appartement de Sylvie, les policiers découvrent rapidement deux couronnes d'or dans un porte-monnaie caché dans la poche d'un peignoir. Sylvie Reviriego leur dit qu'elle les a trouvées. Ils mettent aussi la main, dans un pot plein de bijoux, sur un pendentif. Il s'avère qu'il appartenait à Françoise Gendron. Sylvie Reviriego est placée, elle aussi, en garde à vue.

La fine équipe se retrouve donc au commissariat. D'emblée, Sylvie avoue :

« Oui, le crime a eu lieu chez moi, mais ce n'est pas moi qui l'ai commis. Mon rôle était d'attirer Françoise, de la shooter puis de leur laisser la clé dans la boîte aux lettres !

— Leur ? De qui parlez-vous ?

— Eh bien de Luc et Michel ! »

Ce que Sylvie ne sait pas, c'est qu'au même moment les deux hommes sont interrogés par d'autres policiers, à quelques mètres d'elle. Michel notamment est dans la pièce à côté. Il dit qu'il ne comprend rien à ce qu'il fait là. On lui met alors les photos du cadavre sous le nez, on lui explique qu'il s'agit du cadavre de son amie Françoise Gendron et que le suspect numéro un dans cette affaire, c'est lui. Michel tombe des nues. « Mais vous êtes malades ? Ça va pas ? C'est impossible, c'est une catastrophe, une boucherie ! » Un peu plus loin, Luc réagit de la même manière. « Françoise c'est une bonne copine, on sort, on boit des coups, qu'est-ce que ça veut dire tout ça ? » Il se trouve finalement que les deux hommes ont chacun un alibi solide. Ils sont alors relâchés. Il ne reste plus qu'un seul suspect en garde à vue : Sylvie Reviriego.

Cela fait maintenant plusieurs heures que les policiers la cuisinent et la confrontent aux incohérences de son récit. Tout le monde a compris que les coups de fil anonymes, c'était elle. Au bout d'un moment, épuisée, elle craque. « J'en peux plus, j'en peux plus, j'ai besoin de vous dire la vérité ! Je n'arrête pas de vous mentir, c'est moi qui ai tué Françoise, et j'ai agi seule. » Et, pendant trois heures, elle raconte. Elle parle comme coulerait un robinet, une suite ininterrompue de mots, de phrases courtes, de silences... Trois heures : elle avait besoin de se confier.

Le lundi 12 décembre, Sylvie se rend chez Françoise en vue de l'éliminer. Ça, c'est dit. Quand elle arrive, Françoise est dans son bain, c'est à ce moment-là qu'elle tente de l'électrocuter avec le sèche-cheveux, « méthode Claude François ». Mais elle échoue. Puis elle est dérangée par cet homme qui vient poser du papier peint. Qu'importe, elle fera ça chez elle ! Elle propose alors à Françoise de venir chez elle, pour lui montrer un bustier qu'elle lui aurait confectionné. La pauvre Françoise ne voit pas le mal. Quand elles sont chez elle, Sylvie lui propose un thé, dans lequel elle a secrètement dilué deux comprimés de Lexomyl. Bientôt, Françoise se met à somnoler, elle ne se sent pas très bien. Alors Sylvie la couche dans sa chambre. À cette heure-ci, ses enfants rentrent de l'école pour le déjeuner. En apercevant Françoise, ils voient bien qu'elle n'est pas en forme. « Ce n'est rien les enfants, elle a bu un verre de trop... » Quand ils repartent, Sylvie entraîne Françoise tant bien que mal dans la salle de bains. « Viens, un bon petit bain ça va te réveiller ! Et puis je vais te préparer un autre thé ! » Et hop, deux autres comprimés de Lexomyl ! Françoise est complètement shootée. Lentement, elle glisse dans le bain chaud...

Sylvie, assise sur le rebord de la baignoire, lui enfonce alors la tête sous l'eau et la maintient fermement. Françoise n'a pas la force de résister. La pauvre n'a rien dû comprendre à ce qui lui arrivait... Quand elle la pense morte, Sylvie s'empare alors d'un scalpel qu'elle a volé au CHU et lui entaille les veines. L'eau devient rose, puis rouge vif, puis Sylvie vide la baignoire. Elle entreprend ensuite de découper le corps avec le scalpel, dans la baignoire. Mais elle n'y arrive pas, c'est moins facile que ce qu'elle pensait. Et en plus, le soir même, c'est l'anniversaire de son fils, dix personnes viennent dîner. Il faut qu'elle se mette en cuisine ! Alors elle remet ça à plus tard, elle traîne le corps sur le balcon et l'enveloppe dans une couverture. Ensuite, elle se lance dans un grand nettoyage et passe toutes ses affaires maculées de sang à la machine. C'est quand même invraisemblable : voilà une femme qui a invité dix personnes le soir même pour fêter l'anniversaire de son fils, et qui n'a rien trouvé de mieux à faire que d'assassiner son amie dans la matinée ! Et maintenant, la voilà avec le cadavre sur les bras !

La suite est du même acabit. Sylvie part chercher sa mère et en profite au passage pour lui emprunter le grand couteau de chasse de son père et un hachoir. En revanche, elle zappe complètement le cadeau du petit. C'est complètement délirant ! Le soir venu, on fête donc tranquillement l'anniversaire de son fils, on souffle les bougies, on chante... Et pendant tout ce temps, à quelques mètres de là, le corps de Françoise Gendron gît sur le balcon. Quand la fête est finie, tout le monde part se coucher. Sylvie attend le lendemain et le départ de ses enfants à l'école pour achever son macabre travail. Tout ça va se passer sur le balcon, dès 7 h 30. Sylvie commence par couper la tête, qu'elle met dans un seau. Puis elle passe deux heures à découper le corps avec le couteau de chasse de son père. Elle entasse tout dans des sacs-poubelle.

Comme il n'y en a pas assez, elle court au supermarché en racheter et, vous n'allez pas me croire, en profite pour faire des courses ! Il faut bien manger à midi ! Ensuite, elle dépose deux sacs sur le parking de l'hôpital. À l'heure du déjeuner, ses enfants sont de retour. Sur le balcon, il reste un sac, qui contient les morceaux les plus lourds, et le seau, qui contient la tête. Pour la deuxième fois, les enfants prennent leur repas à quelques pas de cette boucherie. Après le déjeuner, elle demande à son fils, qui ne se doute de rien le pauvre, de l'aider à transporter le sac qui reste jusqu'à sa voiture, puis elle va s'en débarrasser.

Maintenant, il ne reste plus que la tête dans le seau. Cette tête, elle va la garder trois jours de plus. Et pendant ces trois jours, le soir, quand ses enfants sont au lit, elle s'acharne dessus. Elle la met en bouillie, à grands coups de marteau, sans jamais la regarder. Mais elle a beau frapper de toutes ses forces, la tête résiste. C'est dur un crâne, très dur ! Alors elle jette tout ce qu'elle a écrabouillé dans les toilettes, notamment des dents, puis elle dépose le crâne sur un grand plat en inox et le met à cuire au four, 350 °C fonction pyrolyse ! À ce stade, on a dépassé la simple folie, on est dans un délire absolu. Le lendemain, elle part jeter le crâne dans la Vienne, en expliquant au passage à son fils qu'elle jette les détritus car ils sentent mauvais.

Voilà, au bout de trois heures, le récit de Sylvie Reviriego. Elle a parlé sans s'arrêter. En face d'elle, le commissaire et son inspecteur sont médusés. Ils n'ont jamais entendu une histoire pareille, aussi monstrueuse. Mais il y a une question à laquelle elle n'a pas répondu, et non des moindres : *pourquoi*. Pourquoi diable avoir tué, que dis-je, avoir massacré, supplicié Françoise ? Pourquoi ? Sylvie va avoir énormément de mal à l'expliquer. Devant les policiers puis devant le juge d'instruction qui l'inculpe de meurtre avec préméditation, elle répète en boucle : « C'est pas normal d'avoir fait ça, c'est pas normal d'avoir fait ça... » On insiste bien sûr. Pourquoi, pourquoi ? Alors elle explique : « Je ne supportais plus ses jérémiades, elle me demandait tout le temps de l'argent, elle était vulgaire, toujours en train de coucher avec quelqu'un, et puis une vraie sangsue... » Françoise a dont été massacrée à cause de ses « jérémiades » ? C'est un peu léger comme mobile. Alors Sylvie tente d'aller un peu plus loin. Elle connaissait Françoise depuis l'adolescence, mais quelque chose les différenciait. Enfant, Sylvie avait contracté une polio et depuis, elle boitait et portait des chaussures orthopédiques. À l'école, on la surnommait « patte de bois ». Elle était complexée. Françoise, c'était tout l'inverse, une fille libérée, sûre d'elle, qui croquait la vie à pleines dents. Cette différence avait longtemps nourri une amitié puissante, jusqu'à ce que Sylvie en vienne à détester Françoise. « J'étais passée sous sa coupe, je la détestais au moins autant que je l'aimais ! Je me rendais compte qu'elle avait mieux réussi que moi, qu'elle avait des capacités de décision supérieures aux miennes et j'étais incapable de m'opposer, de lui dire non. L'argent qu'elle me quémandait tout le temps, elle ne me le rendait jamais, je me faisais toujours avoir. Et puis elle était vulgaire, chiante, collante, je n'aimais pas son genre de vie... Mais je ne pouvais plus me passer d'elle ! Je ne suis pas née sous une bonne étoile, je ne me sens pas aimée, je suis jalouse des femmes heureuses. Françoise m'exaspérait tellement que j'avais des envies de meurtre ! » Voilà. Françoise Gendron représentait pour Sylvie Reviriego tout ce qu'elle n'était pas, tout ce qu'elle rêvait d'être. Et c'est pour cette raison qu'elle l'a tuée. On peut certes admettre qu'elle soit jalouse, qu'elle déteste son amie autant qu'elle l'aime. Mais rien de tout ça ne justifie la barbarie de ses actes. On s'est évidemment dit à un moment qu'elle était folle, que c'était une malade mentale. Il y a si peu de rationalité dans tout ça et tellement d'horreur qu'on a presque envie de croire qu'elle n'est pas responsable de ses actes.

Le juge désigne deux experts en psychiatrie : le Dr André Martin et le Dr Jean-Michel Masson, deux vieux de la vieille qui en ont vu d'autres. Martin raconte : « Nous nous attendions tous les deux à trouver une malade mentale et nous avons eu la surprise de nous retrouver devant une personne cohérente. » Cohérente ! Masson est sur la même longueur d'ondes : « C'est une personne tout à fait dans la norme, sans traits de personnalité pathologique marquants, ni dans le sens du délire, ni dans le sens de l'hallucination, ni dans le sens d'un déficit intellectuel... » Bon, Sylvie est dans la norme. Drôle de norme ! Le pire, c'est que le juge d'instruction a le même sentiment : « L'accusée se comporte dans mon bureau comme quelqu'un qui sait très bien ce qu'elle dit. Elle est déterminée, avec un raisonnement sensé. » Donc, pas d'excuse pénale, pas d'irresponsabilité pour cause psychiatrique : il va falloir juger Sylvie Reviriego. Mais est-ce bien sûr ?

Alors qu'elle est en prison depuis deux semaines, elle reçoit pour la première fois la visite de son avocate, Me Lison-Croze. Celle-ci découvre alors une femme complètement à côté de la plaque, une femme qui lui dit : « Je veux rentrer chez moi, je ne comprends pas ce que je fais là... » Histoire de la faire redescendre sur terre, l'avocate lui montre les articles de journaux qui racontent son affaire, qui la traitent de monstre. Sylvie ne trouve rien d'autre à répondre que : « C'est pas moi qui ai pu faire ça, c'est pas possible... » Elle ne se souvient même plus d'avoir avoué toutes ces horreurs à deux reprises. Et son avocate a l'impression qu'elle ne simule pas. Le juge commence lui aussi à avoir des doutes. Il demande aux deux psychiatres une seconde expertise. Et c'est au cours de cette nouvelle expertise que les psychiatres tombent sur une ordonnance qui va leur ouvrir une nouvelle piste.

Il s'agit d'une ordonnance qui a été retrouvée dans sa cuisine. Elle prescrivait des médicaments pour maigrir. Grâce à eux, Sylvie aurait perdu 12 kilos en six mois. N'aurait-elle pas perdu la raison avec ? On demande leur avis à deux spécialistes, un toxicologue et un endocrinologue. Leur rapport révèle que, pour maigrir, Sylvie Reviriego mélangeait, sur les conseils de son médecin, des diurétiques, des extraits thyroïdiens, des amphétamines et des benzodiazépines. Sur le plan médical, et notamment sur le plan cardiaque, c'est une folie. Son médecin sera d'ailleurs suspendu pendant trois mois, mais là n'est pas la question. La question c'est : est-il possible que ce cocktail explosif ait pu déclencher une crise de démence ? Réponse des experts : oui, les extraits thyroïdiens peuvent entraîner des délires, des pertes de contact avec le réel. Mais uniquement chez les malades psychiatriques. Or, on a vu que ce n'était pas le cas de Sylvie. À moins que les experts ne se soient trompés ? Ils retournent la voir en prison pour en avoir le cœur net. Sur place, surprise ! Ils n'ont plus du tout la même femme devant eux : Sylvie est perdue, elle ne se souvient de rien, pas même de les avoir rencontrés. Jouerait-elle la comédie ? Le Dr Masson explique : « Quand vous avez commis une abomination, vous n'avez pas envie de vous en souvenir. Alors vous envoyez ce souvenir au fin fond de votre cerveau, ça permet de faire l'économie du sentiment de culpabilité. Inconsciemment, vous effacez ce souvenir… » En gros, si elle a tout oublié, c'est parce que ça l'arrange. C'est une amnésie salvatrice. On repose la question aux deux psychiatres : l'accusée est-elle folle, démente, au sens courant du terme ? Ils n'ont pas changé d'avis : c'est une hystérique, une perverse, mais elle ne souffre pas de pathologie mentale, elle est responsable de ses actes et est donc accessible à un procès d'assises, point final.

Le juge n'est pourtant pas convaincu, et redemande inlassablement aux experts de retourner la voir. Ils y vont six fois et six fois leur conclusion est la même. Le juge demande alors à deux autres experts d'aller la voir, mais ils en arrivent au même constat. Si le juge doute autant c'est que, un mois après les faits, Sylvie, complètement perdue, lui a fait cette confidence : « Je ne me souviens de rien, monsieur le juge, je n'ai pas pu faire ça ! » Mais les psychiatres sont unanimes, et il faut bien accepter leur verdict : si Sylvie a tué Françoise, c'est uniquement par jalousie. Ça fait peur, mais c'est comme ça. Pas de pathologie mentale. Elle sera donc jugée.

Le procès s'ouvre à Tours, le 24 juin 1991, deux ans et demi après les faits. Cyril, le fils unique de Françoise Gendron, est là. Il n'avait que sa mère, c'était sa seule famille. Sylvie prend place dans le box des accusés, toute de noir vêtue, jusqu'à son serre-tête qui retient ses cheveux bien lissés en arrière. Le toxicologue est le premier cité à la barre. Il explique qu'il est possible que le cocktail médicamenteux qu'elle a pris pour maigrir ait eu « une petite part de responsabilité dans l'acte criminel, un effet désinhibant sans doute ». Une petite part, pas plus. Puis viennent les quatre experts psychiatres qui ont examiné l'accusée. « Sylvie Reviriego est responsable, elle n'a jamais souffert d'une psychose médicamenteuse. » Face à eux, l'avocate manque de matière pour décrédibiliser les experts. Elle aurait voulu faire venir à la barre le médecin qui avait prescrit les médicaments à Sylvie, mais on le lui refuse. Elle aurait aussi voulu faire venir un psychiatre de Paris, qui pense que les médicaments ont pu provoquer une crise psychotique. On le lui refuse aussi. La défense par les médicaments ne passe pas. Finalement, Sylvie est condamnée à la peine maximale, la perpétuité, soit trente ans de réclusion. Et, comme toutes les condamnations à perpétuité, elle est libérable au bout de quinze années de réclusion. Après plusieurs demandes de libération conditionnelle rejetées, elle est finalement sortie de prison en 2009, disposant d'une liberté conditionnelle et soumise à des contrôles judiciaires réguliers et à un suivi psychiatrique obligatoire. Elle a déménagé loin de Tours et tente aujourd'hui de reconstruire sa vie.

Le mystère de Pont-Saint-Esprit

Ce 16 août 1951, à Pont-Saint-Esprit, petite ville paisible du Gard de 4 500 âmes, il fait une chaleur étouffante. En arrivant à son cabinet ce matin-là, le Dr Gabbaï n'en revient pas : sa salle d'attente est pleine à craquer. D'ordinaire, à cette saison, il n'y a pas un chat. Et là, plus une seule chaise de libre, certains patientent même debout ! Et figurez-vous que c'est la même chose chez les deux autres médecins de la ville. Les gens se plaignent de frissons, ils ont mal au ventre, ils vomissent et ils ont des bouffées de chaleur. Le docteur prend leur température : 35 °C. Ça a tout l'air d'une intoxication alimentaire. Mais quand il demande aux gens ce qu'ils ont mangé, il apprend que certains ont mangé chez eux, d'autres à l'hôtel. Il y en a qui ont mangé de la viande, d'autres des légumes... Et ils n'ont pas tous fait leurs courses au même endroit. C'est très bizarre. D'habitude, les intoxications alimentaires touchent des gens qui ont mangé dans le même restaurant ou fait leurs courses dans le même magasin. Mais là, il n'y a aucun point commun !

Le lendemain, rebelote ! Et c'est encore pire. Les trois docteurs de Pont-Saint-Esprit voient défiler près de deux cents personnes dans la journée. En plus du reste, les gens se plaignent maintenant d'une sorte de fébrilité, d'hyperactivité, parfois doublée d'hallucinations. Le jour d'après, la situation tourne au drame.

À 3 heures du matin, le Dr Gabbaï est appelé en urgence dans une ferme. « C'est mon Félix, docteur, ça va de mal en pis ! Il me fait peur, docteur ! » Sa femme explique que « son Félix » se tord dans tous les sens, qu'il délire et que l'on ne comprend rien à ce qu'il dit. Elle pense qu'il a « le diable à l'intérieur ». Le diable ? Manquerait plus que ça ! Quand il arrive sur place, le Dr Gabbaï trouve un homme tétanisé, qui fixe le plafond le regard vide. Il le fait immédiatement hospitaliser.

Cette histoire délirante va continuer jusqu'à connaître un point culminant, le neuvième jour exactement. Dans la nuit du 25 au 26 août, que les gens du coin appelleront plus tard « la nuit de l'apocalypse ». Une nuit de folie collective. Depuis le début de cette histoire, certains malades ont été emmenés à l'hôpital de Pont-Saint-Esprit. Et voilà qu'en pleine nuit certains se mettent à sauter par la fenêtre. Un homme se prend pour un avion et se jette du deuxième étage. Heureusement il ne s'en sort qu'avec une cheville cassée qui ne l'empêche pas de courir comme un lapin. Puis c'est une femme de soixante-dix ans qui saute par la fenêtre. Partout dans les chambres et dans les couloirs, c'est le chaos. Les malades déambulent en délirant à voix haute. Certains disent qu'ils ont des serpents dans le ventre, d'autres que leur tête est en cuivre, d'autres encore que leur cœur est en train de tomber. Tout ça est sans queue ni tête. Parmi les malades ce soir-là, cinquante ont définitivement perdu la raison, d'un seul coup. Et il n'y a pas que l'hôpital qui est touché. Pendant toute la nuit, la police et les pompiers doivent répondre aux appels au secours de familles désemparées. « Mon père s'est barricadé dans la maison, il tire sur des ennemis invisibles… » ou « Ma mère se jette contre les murs, elle s'est cassé les côtes ! » C'est un vrai cauchemar ! Le lendemain, les journaux publient en une des photos d'habitants aux yeux exorbités et aux lèvres pendantes. Comme personne ne sait rien, ne comprend rien, ils commentent les photos en écrivant « Ils ont le diable au corps » ou « Ils sont possédés ». Cela fait maintenant dix jours que cette folie dure et on ne sait toujours pas vraiment ce qui se passe. On a des pistes mais, des certitudes, on n'est pas près d'en avoir...

Une première réunion de crise est organisée à la mairie deux jours après l'apparition des premiers symptômes. Bien évidemment, les trois médecins de Pont-Saint-Esprit y participent. Et, après plusieurs heures de discussions, ils sont arrivés à une même conclusion : « C'est le pain ! C'est le pain qui rend fou ! » Car le seul point commun entre toutes ces victimes étranges, c'est qu'elles ont mangé du pain. Mieux, du pain qui vient de chez Roch Briand, réputé pour être le meilleur boulanger de la ville. Le maire, en précurseur du principe de précaution et surtout parce qu'il ne veut pas stigmatiser son ami Roch, décide de fermer toutes les boulangeries de la ville. Et il ordonne que l'on effectue, dans chacune d'elles, des prélèvements de farine pour faire des analyses. En rentrant chez lui ce soir-là, après la réunion, le Dr Gabbaï croise des dizaines d'illuminés qui errent dans les rues, comme des zombies, le regard vide. On se croirait dans un film d'horreur... Au moment où il va se coucher, son téléphone sonne. « Allô docteur ? C'est ma fille, elle est devenue folle... Elle dit que du sang coule du plafond et qu'elle a des araignées dans les cheveux... » Encore une qui a une araignée au plafond !

Ce n'est que le lendemain que le docteur apprend la mort de Félix, le pauvre fermier qui avait été hospitalisé après une crise de démence. C'est le premier mort de cette histoire... Il y en aura d'autres. Et cette mort a des conséquences : l'affaire devient judiciaire. Un juge ordonne l'autopsie du corps de Félix et notamment une analyse de ses viscères, qui sont envoyées dans un laboratoire en toxicologie à Marseille. À Pont-Saint-Esprit, la mort de Félix fait l'effet d'une bombe. Et la panique grimpe encore d'un cran lorsqu'au petit matin les gens découvrent que toutes les boulangeries sont fermées. « C'était donc ça ! C'était le pain ! Le pain est empoisonné ! » Symboliquement, ce n'est pas rien. Nous sommes en 1951, six ans seulement après la fin de la guerre. À cette époque-là, le pain c'est le produit de base. On en mange un à deux kilos par jour. Alors si c'est le pain qui tue et qui rend fou... Dans son édition du 22 août, *Le Monde* écrit : « La population, qui ne veut plus manger de pain, a fait des achats massifs de biscottes... On n'en trouve plus un seul paquet à Pont-Saint-Esprit. »

C'est à peu près à ce moment-là qu'un professeur de la faculté de médecine de Montpellier va émettre une hypothèse. À partir de la description des symptômes tels qu'ils sont décrits par les journaux, il a une idée. Le pain serait bien à l'origine du mal et, plus précisément, l'ergot de seigle. Un champignon parasite des céréales. Le professeur explique qu'une maladie similaire sévissait au Moyen Âge. On l'appelait le « feu de Saint-Antoine » ou « le mal des ardents ». Les scientifiques de l'époque l'appelaient aussi l'ergotisme. Ils en ont décrit les symptômes et ce sont les mêmes qu'à Pont-Saint-Esprit : des corps brûlants aux extrémités, des douleurs abdominales atroces, des hallucinations, des troubles mentaux, de l'agressivité... Le tout pouvant aller jusqu'à la mort. « Si vous ne me croyez pas, dit le professeur, allez donc voir le tableau de Jérôme Bosch, *La Tentation de Saint-Antoine !* Tout est dedans. »

Le Dr Gabbaï court chercher un grand livre sur le peintre à la bibliothèque municipale. Le tableau de Bosch est stupéfiant. On y voit un village en proie aux flammes et, au milieu, des hommes monstrueux aux membres gangrenés, les yeux exorbités, dans des postures inhabituelles... Renseignement pris, la dernière épidémie d'ergotisme a eu lieu au XIXe siècle, en Russie. Depuis, la maladie a disparu. Et elle réapparaîtrait comme ça ? À Pont-Saint-Esprit ? En plein mois d'août ? Pour beaucoup, c'est une histoire de fada, comme on dit. Mais réflexion faite, quand éclate la fameuse nuit de l'apocalypse et que les gens se jettent par la fenêtre, force est de constater que tout cela fait bien penser au tableau de Jérôme Bosch. Quand, dans les rues, résonnent les sirènes des pompiers et que l'on entend, parmi les cris de terreur, un homme crier : « Fuyez ! Je suis en feu, vous allez vous enflammer ! » on pense au feu de Saint-Antoine ! Tout cela fait forcément plonger dans des abîmes de perplexité. Surtout quand, les jours suivants, on voit passer des corbillards. Trois morts, désormais. Peu de temps après tombent les résultats du laboratoire de Marseille, qui a analysé les viscères de Félix.

Les experts sont formels : c'est bien l'ergot de seigle, le problème. Le juge convoque alors un commissaire de Marseille, le commissaire Sigaud. Il fait savoir dès son arrivée qu'il n'a pas l'intention de s'éterniser, il veut aller vite. Pour le commissaire, l'arme du crime, c'est l'ergot de seigle. Il faut donc chercher le boulanger. Il convoque Roch Briand, puisque seuls ses clients ont été touchés par le mal. La presse s'en donne à cœur joie : « Arrestation du boulanger qui a pétri le pain de la mort ». Sauf que Roch Briand n'a rien fait. Sa femme aussi a été empoisonnée. « Ah, votre femme ? Mais elle est où votre femme ? Allez donc me la chercher ! » Celle-ci va accuser les fournisseurs de farine. Ce n'est pas idiot... Le commissaire Sigaud se penche donc vers ces fameux fournisseurs et découvre tout un monde dont, sans doute, il n'avait pas idée. Après la guerre, le blé est cher et précieux. Alors, on a créé l'Office national des céréales, dont le rôle est de stocker et de livrer le blé aux quelque 10 000 meuniers de France. Là, le blé est transformé en farine puis expédié aux 53 000 boulangers du pays, dont M. Roch Briand. Le commissaire décide d'attaquer par le haut en s'adressant directement à l'ONC. Savent-ils qui a fabriqué la farine de la boulangerie Briand à Pont-Saint-Esprit ? Oui, ils le savent. Entre nous, il y a déjà eu des plaintes au sujet de ce meunier. Le commissaire Sigaud est content de lui, il a résolu l'affaire. Le coupable est un méchant meunier, il connaît son nom, l'affaire est dans le sac ! Il ne peut pas s'empêcher de s'en vanter d'avance devant la presse.

Son suspect vit très loin de Pont-Saint-Esprit, à Saint-Martin-la-Rivière, dans le Poitou. Quand le commissaire toque à sa porte, il pense tomber sur un criminel. Mais l'homme, Maurice Maillet, n'est qu'un simple meunier, père de trois enfants, qui ne comprend pas ce qui lui arrive. Maurice Maillet est arrêté sur-le-champ et, dès le lendemain, sa photo est dans tous les journaux. Au commissariat, Maillet assure qu'il n'y est pour rien. « J'ai préparé le blé comme d'habitude. S'il y avait quelque chose de dangereux, ça vient du grain, donc de l'office ! C'est pas ma faute ! » Mais Sigaud connaît bien son métier : « Vous êtes sûr que vous n'avez moulu *que* du blé provenant de l'Office ? Sûr et certain ? » Le meunier est un peu embêté. Le boulanger de son village lui avait apporté un jour du blé qui lui appartenait, alors il l'avait moulu et le lui avait rendu sous forme de farine.

« C'était juste pour lui. Je lui ai donné toute la farine de son blé, je n'ai pas mélangé… Je ne suis quand même pas fou !

— Et pourquoi n'avez-vous pas mélangé ces deux farines ?

— Je ne suis pas fou je vous dis ! Les grains des agriculteurs locaux… Y a pas que du bon !

— Vous voulez dire qu'il pourrait y avoir… du seigle ? »

Le meunier hoche la tête. Pris la main dans le sac. Quand on interroge le boulanger dont il a moulu le blé, il dit qu'à son avis « c'est impossible de moudre son blé sans le mélanger un peu avec d'autres ». Après plus de dix heures d'interrogatoire, le meunier finit par avouer qu'il a sûrement mélangé les deux. Eh bien voilà ! Elle est pliée, cette enquête ! Le commissaire Sigaud peut fanfaronner. Il a réussi à boucler l'affaire en moins d'une semaine ! Sauf que deux mois plus tard, les résultats d'analyses d'un laboratoire militaire de haut niveau de Marseille tombent : il n'y a aucune trace d'ergot de seigle. Ni dans le pain ni dans la farine. Il faut donc relâcher le meunier et le boulanger. Tout est à reprendre depuis le début. Et plus l'enquête traîne, plus les rumeurs et les fantasmes font leur travail…

Cela fait maintenant deux mois que les habitants de Pont-Saint-Esprit ont vécu l'enfer et la folie et personne n'est capable de donner une explication. C'était le pain et maintenant ce n'est plus le pain. Alors qu'est-ce qui a bien pu causer tout ça ? Au cours des dernières semaines, il y a eu trois autres morts, soit sept morts en tout. Les autorités tentent de minimiser les choses en invoquant l'âge des victimes. La plupart d'entre elles avaient dans les soixante-dix ans. « Ils étaient fragiles, l'empoisonnement n'a fait qu'accélérer leur fin. » Quant au pauvre Félix, on écrit dans un rapport public qu'il était alcoolique, le mélange a dû être fatal. « Et Joseph alors, il était fragile lui peut-être ? » Joseph Moulin, un grand gaillard de vingt-quatre ans, devenu cinglé en quelques heures et mort d'un arrêt cardiaque après plusieurs jours de convulsions. Il n'était pas fragile, Joseph. Le maire est furieux. « Je renouvelle ma demande de justice et de châtiment pour les coupables ! » Il le répète à chaque enterrement. Sans compter la crainte permanente que tout ne recommence. Quant à l'enquête, elle piétine toujours. Le commissaire Sigaud se fait discret. La presse le surnomme « le gnome » depuis qu'il s'est ridiculisé avec la fausse piste de l'ergot de seigle. Pour ne rien arranger, le juge d'instruction refuse d'ordonner l'autopsie du corps de Joseph Moulin. On ne saura jamais pourquoi. Cela alimente le fantasme, les gens pensent qu'on leur cache quelque chose. Mais la famille de Joseph fait sa propre autopsie, pour analyser le contenu de son estomac. Étrangement, le rapport d'autopsie disparaît immédiatement. Ça aussi, ça alimente le fantasme. Jusqu'au complot, il n'y a qu'un pas.

« On veut étouffer l'affaire de Pont-Saint-Esprit », écrit un journal. Chacun y va alors de sa propre théorie. « C'est le gouvernement ! Ils ont voulu tester un nouveau gaz lacrymogène pour les CRS, pour réprimer le mouvement ouvrier ! » « Mais non, c'est les Américains ! Ils ont utilisé notre ville pour une expérimentation ! » « Mais tu es fou ! Ce sont les Soviétiques ! » Quelqu'un raconte même avoir vu un sous-marin remonter le Rhône fin août. Évidemment, tout cela attire les complotistes et les zinzins à Pont-Saint-Esprit. Ils débarquent par dizaines, chacun avec une théorie farfelue. Par exemple, des radiesthésistes avec leur pendule, qui cherchent des « ondes maléfiques ». Six ans après la guerre, les dénonciations recommencent. « C'est Roch Briand ! C'est le facteur ! C'est la SNCF ! Ce sont les gitans ! » La mère du jeune Joseph accuse quant à elle un « clan corse ». Bref, la braderie du grand n'importe quoi bat son plein.

Dans cette atmosphère de totale paranoïa, le téléphone du Dr Gabbaï sonne le 15 décembre 1951. « Docteur, docteur ! Ça y est, ça recommence ! » L'appel vient des religieuses de l'Hôtel-Dieu. On parle de vingt malades. La presse s'emballe : « Des nonnes possédées à cause du pain maudit ! » Sauf qu'il s'agit d'une simple intoxication alimentaire. Les religieuses ont mangé des quenelles de brochet pas très fraîches. Mais personne ne veut y croire, les gens sont persuadés qu'on leur cache encore quelque chose. Et ça ne va pas s'arranger...

Le 3 janvier 1952, on retourne à la piste du pain empoisonné. Alors il ne s'agit peut-être pas de l'ergot de seigle comme on le pensait au début, mais les victimes ont tout de même toutes mangé du pain ! Les autorités lancent une grande opération dans les moulins de France, 158 perquisitions simultanées. On cherche des machines allemandes, illégales en France, qui servent à blanchir des farines jugées trop grises grâce à un composé chimique, l'agène. Ce composé chimique provoque des symptômes assez similaires à ceux de Pont-Saint-Esprit. Et à l'époque, le pain blanc est rare et, forcément, plus cher. Soixante-quatorze machines en état de marche sont saisies. Les meuniers sont pris la main dans le sac, c'est un énorme scandale. Mais le juge d'instruction ne l'entend pas de cette oreille. Contre toute attente, il ordonne de tout arrêter. Pas question de créer une « psychose du pain » à l'échelle de la France entière ! Et surtout, on ne va pas jeter le discrédit sur la fameuse baguette française ! Les 74 meuniers tricheurs ne seront pas poursuivis. L'impression qu'on cache la vérité est plus forte que jamais.

Le sommet de l'incompréhension populaire est atteint en juillet 1954, quand le juge d'instruction annonce qu'il ferme le dossier. Il prétend, et il est bien le seul, que le mystère a été éclairci. Il a trouvé un coupable : le Panogen, un composé chimique contenant du mercure qui aurait contaminé un sac de farine. C'était un accident, la faute de personne. Les meuniers n'y sont pour rien. Mais alors, qui va indemniser les victimes ? Eh bien personne ! À l'heure qu'il est, les victimes n'ont toujours pas été indemnisées ! Comment voulez-vous alors reprocher aux gens d'adhérer aux théories les plus fumeuses ?

La dernière en date remonte à 2009, cinquante-huit ans après les faits. Le genre de théorie qu'on a envie de croire, tellement folle qu'elle en devient séduisante. Pont-Saint-Esprit aurait été aspergé de LSD par la CIA. Par pulvérisation aérienne. C'est un journaliste indépendant, Hank Albarelli, qui jette ce pavé dans la mare. À l'époque, en pleine guerre froide, les Américains travaillaient sur la mise au point d'outils de manipulation mentale en utilisant des psychotropes, comme le LSD. Albarelli appuie son enquête sur les recherches… du bon Dr Gabbaï ! Fin 1951, il avait envoyé des échantillons de pain et de farine à deux chercheurs du laboratoire suisse Sandoz. Il voulait un avis indépendant. Sauf que le laboratoire Sandoz n'était pas tout à fait neutre sur le sujet. Huit ans plus tôt, sous la houlette d'un certain professeur Hofmann, ce même laboratoire avait mis au point une substance extraordinaire provoquant des hallucinations proches de celles qui ont frappé les habitants de Pont-Saint-Esprit : le LSD. Une drogue à base, tenez-vous bien, d'ergot de seigle. Albert Hofmann a examiné lui-même les échantillons envoyés par le Dr Gabbaï. Et il avait rendu des résultats négatifs. Pour Hank Albarelli, le professeur a menti.

C'est en enquêtant sur la mort suspecte d'un biochimiste de la division spéciale de l'US Army, Frank Olson, qu'Albarelli a fait le rapprochement avec Pont-Saint-Esprit. Olson se serait défenestré en 1953, au cours d'une crise de paranoïa aiguë, après avoir pris du LSD. Mais à part tout cela, Hank Albarelli n'apporte pas beaucoup de preuves, si ce n'est quelques documents déclassifiés de la CIA, dont l'un d'eux mentionne l'affaire de Pont-Saint-Esprit, sans plus de détails. Aujourd'hui, le mystère de Pont-Saint-Esprit reste entier.

Un crime passionnel : l'affaire Nicole Gérard

Ce 26 juin 1963, l'été s'installe à Paris : l'air est chaud, les badauds se promènent tranquillement. C'est une belle journée qui commence. À midi pile, une Alfa Roméo se gare dans l'étroite rue de la Huchette, dans le Ve arrondissement. Une femme en sort. Une femme belle, élégante, à l'allure folle. La voilà qui se dirige vers le restaurant Le Petit Chevreau. Quelqu'un l'a-t-il vue à ce moment-là ? Est-ce qu'on aurait pu l'arrêter ? Difficile à dire... La femme porte un fusil de chasse sur l'avant-bras, « cassé », comme le portent les chasseurs quand ils posent pour une photo, le gibier à leurs pieds. On voit briller deux cartouches sur les canons juxtaposés. Elle entre dans le restaurant et s'avance jusqu'au fond de la salle. Il n'y a qu'un seul client. Il est en train de lire son journal, il ne l'a pas vue. Elle referme calmement son fusil et le relève sans trembler. À ce moment, l'homme l'aperçoit et crie : « Non ! Non ! » Elle tire. Deux fois. L'homme s'écroule entre les tables. Elle pose son fusil.

La patronne et son mari, alertés par le bruit, déboulent dans la salle. « Madame Gérard ! Qu'avez-vous fait ? Un docteur, vite ! Un docteur ! » Elle ne trouve rien d'autre à répondre que : « Il l'avait cherché... Il l'avait cherché. Appelez donc la police. » Des dizaines de badauds s'entassent maintenant dans l'encadrement de la porte du restaurant. Et elle est là, debout, impassible, magnifique. Elle attend. Un quart d'heure plus tard, des sirènes se font entendre. Un inspecteur de police est là, avec des photographes de l'Identité judiciaire. Quand ils ont retourné le corps, elle a craqué. « Emmenez-moi, s'il vous plaît... Je vous en supplie, emmenez-moi ! » On la fait monter dans le fourgon. Elle aperçoit tout de suite le brancard à ses pieds. « Ils ne vont quand même pas transporter le cadavre à mes pieds ? Ils ne vont pas faire ça ?! Je vous en supplie, pas ça ! Pas le corps... » On la transfère dans une voiture. La pluie commence à tomber. Et maintenant, à travers les vitres, des photographes tentent de l'apercevoir, les premiers flashs crépitent... Le lendemain, elle fera la une des journaux.

On l'emmène au commissariat de la rue Soufflot. « On a quoi ? » demande le commissaire. « Crime passionnel, répond l'inspecteur, elle a tué son mari. » Crime passionnel, crime d'amour. Quand on est flic, c'est une gourmandise. La voilà face au commissaire.

« Nom, prénom, adresse ?

— Nicole Gérard. J'habite sur le Champ-de-Mars. »

Le Champ-de-Mars ? Que diable ! Elles sont rares, les meurtrières qui habitent sur le Champ-de-Mars ! Une bourgeoise, donc ! Nicole Gérard s'attendait sans doute à être tutoyée, rudoyée par les policiers. Le ton restera courtois. Elle a de la chance. « Comment ça, vous n'êtes pas au courant ? Il y a trois jours, Belmondo, Jean-Paul Belmondo, vous savez, le jeune comédien, il a passé un sale quart d'heure au commissariat. Après, il a fait tout un scandale. Alors le préfet de police a demandé qu'on soit plus courtois. Du coup, on est courtois. » Tellement courtois que l'inspecteur demande à Nicole un autographe daté du jour du crime, pour sa collection. On est en 1963 et il y a des policiers qui collectionnent les autographes d'assassins...

Face au commissaire qui l'interroge l'après-midi du crime, Nicole Gérard ne dira pas grand-chose. Elle se contentera de reconnaître les faits. Après quoi, elle est conduite à la prison pour femmes de la Petite Roquette, dans le XIe arrondissement. Cellule 215. La prison date de 1815, elle est sinistre et insalubre. Et autant vous dire que des bourgeoises, il n'y en a pas beaucoup là-bas. Nicole n'a pas parlé au commissaire parce qu'elle savait qu'il lui fallait du temps pour dérouler sa drôle de vie. Du temps pour qu'il comprenne, peut-être, pourquoi elle a tué son mari. Alors c'est au juge d'instruction qu'elle va tout raconter, depuis le début et dans l'ordre. C'est une histoire qui remonte à contre-courant.

Nicole vient d'Étrépagny, dans l'Eure. Elle est fille de commerçants. Son père est quincailler, sa mère tient la caisse. Petite-bourgeoise de province avant l'heure. Et avec château, s'il vous plaît. Enfin, c'est comme ça que les gens du coin appelaient leur belle maison. Petite, Nicole est une jolie enfant blonde aux cheveux bouclés. C'est aussi et surtout une gamine qui ne supporte pas les ordres et qui respecte assez peu l'autorité. Une frondeuse. Ses parents sont convoqués toutes les semaines à l'école. Et à la maison, elle se dispute quotidiennement avec sa mère. Nicole la trouve froide et si peu aimante. Un jour, elle lui demande : « Mais comment tu peux aimer un tiroir-caisse ? » Avec son père, c'est tout l'inverse. Il lui passe absolument tout. Et il l'emmène chasser avec lui. Voilà pourquoi elle est aussi à l'aise avec le maniement des fusils. Le juge, à qui elle commence à peine à raconter sa vie, prend bonne note de la chose. Elle explique : « Si vous saviez, monsieur le juge, à quinze ans, combien j'avais envie d'amour, combien j'étais prête pour l'amour, combien je l'attendais ! C'est jeune, je sais, mais c'est ainsi... J'étais une amoureuse née, monsieur le juge. » Et l'amour a toqué à sa porte.

En janvier 1940, au début de la guerre, le « château » familial est réquisitionné par l'armée pour héberger des soldats. Pensez-vous, un troupeau de jeunes garçons débarquant directement chez elle ! « Il y en a un qui sortait du lot. Il s'appelait Jacques-Antoine, Jacques-Antoine Legros. Il était beau, vous n'avez pas idée. Il avait une allure folle dans son uniforme d'aviateur de première classe. Il avait vingt-huit ans, j'en avais seize. Mais je lui ai tout de suite dit, monsieur le juge, que je ne me donnerais pas avant le mariage ! » Le père de Nicole, qui lui passait tout, avait accepté. En avril 1940, Nicole a donc épousé son bel aviateur. Dix-sept jours plus tard, c'était l'exode. Les Allemands avançaient, les Français reculaient... Les jeunes mariés ont rapidement été séparés. Pas longtemps, mais au retour de Jacques, tout est détraqué. Le soldat n'est plus héros, c'est un garçon ordinaire. Il ne fait plus rêver Nicole. La vie est bien terne dans la France occupée et la jeune fille se lasse rapidement de la vie conjugale. Elle retourne vivre chez ses parents. Maintenant, elle veut divorcer. Et en 1941, autant vous dire que ce n'est pas simple ! La loi interdit le divorce avant trois ans de mariage, sauf en cas de faute grave de la femme. Eh bien tant pis, s'il faut passer par là, elle accepte de prendre tous les torts. Peu importe le regard des autres, « la morale aux orties ! » Le divorce est prononcé le 29 septembre 1941. Nicole est libre. Les commères murmurent sur son passage, mais elle s'en fiche. « J'étais libre, vous comprenez, monsieur le juge ? Libre ! Et d'ailleurs, j'étais déjà de nouveau amoureuse ! »

Follement amoureuse même. Celui-là s'appelle aussi Jacques, Jacques Duverneuil, il a vingt-deux ans et est fils de quincaillers, comme elle. Elle se jette à son cou avec la même exaltation que la première fois. Lui aussi est un exalté. Ils sont faits pour s'entendre, au moins pour un temps. Les parents du jeune homme grincent un peu des dents. « Cette jeune fille est bien pressée et puis elle a mauvaise réputation... » Peu importe, le 17 avril 1942, Nicole devient Mme Jacques Duverneuil.

Seulement voilà, Jacques, enflammé comme il est, se voit en sauveur de la patrie. Il parle du maquis et de la Résistance. « Nicole, il faut agir ! » Il faut surtout agir avant que le STO (Service du Travail obligatoire) ne l'expédie en Allemagne pour travailler dans une usine. Il annonce à Nicole qu'il va prendre le maquis. Vous la connaissez un peu maintenant. Elle le suit sans hésiter et devient infirmière dans la Résistance. Et en 1945, elle participe à la libération de Royan. Entre-temps, elle a changé d'amoureux. Le nouveau s'appelle Louis, il est médecin militaire et capitaine. Nicole est transportée. « Je t'aime, tu ne peux pas savoir comme je t'aime ! Tu es le premier homme que j'aime vraiment ! » Mais, de retour à Étrépagny, en 1945, leur liaison fait jaser. Une femme mariée bras dessus, bras dessous avec un capitaine, quelle honte ! Finalement, c'est lui qui flanche : sa famille ne veut pas qu'il épouse une « traînée ». « Nicole, je suis catholique, je ne peux pas épouser une femme qui a divorcé. » Elle n'en revient pas. Elle ne s'y attendait pas du tout. Son amour ne veut plus d'elle... Elle est bouleversée et, de désespoir, saisit le pistolet de son capitaine et se tire une balle dans la poitrine ! La balle passe à quelques centimètres de son cœur. Heureusement, Louis est médecin, il pratique les gestes d'urgence et parvient à la sauver. « Vous voyez, monsieur le juge, ce jour-là, j'ai raté ma mort. J'ai vraiment tout raté... » À vingt-deux ans à peine, elle divorce pour la deuxième fois. « Je ne faisais que commencer ma vie et je me sentais déjà si vieille... » Si vieille dans cette petite ville de province qui la juge. Elle étouffe, il lui faut de l'espace, de l'air...

Ce sera Paris. Elle monnaie son savoir-faire d'infirmière dans la Résistance et devient représentante pour un laboratoire pharmaceutique. Paris, c'est une ville pour elle ! À la fin des années 1940, la capitale est en pleine ébullition. Très vite, Nicole est de toutes les fêtes de Saint-Germain-des-Prés. Au Tabou, à La Rose

Rouge, au Caveau de la Huchette… Elle sort tout le temps. Comme son métier l'amène à rencontrer des médecins, elle est de toutes les soirées de l'école de médecine. Les places y sont chères : c'est là qu'on peut trouver un « bon mari ». Et Nicole, à vingt-trois ans et malgré tous ses échecs, cherche toujours l'amour. Elle est désespérément fleur bleue… « C'est là que je l'ai rencontré. Il avait vingt-cinq ans, il était très beau. Brun, la mâchoire carrée et un regard… d'une douceur… » Ce beau brun n'est autre que Guy Gérard, étudiant en radiologie. Son futur époux et l'homme qu'elle va assassiner quelques années plus tard.

Tous les hommes l'ont déçue jusqu'à présent. Aucun n'a su se montrer à la hauteur de son amour. Et, comme l'avenir va le prouver, Guy Gérard ne sera pas une exception. Nicole doit maintenant expliquer au juge ce qui s'est passé, ce qui l'a conduite à tuer ce garçon dont elle était à l'époque follement amoureuse.

Il y a peut-être une scène fondatrice, en novembre 1950. Quand elle annonce à Guy qu'elle est enceinte. Pour elle, c'est un bonheur. Pour lui, une erreur. Tout ce qu'il trouve à lui répondre c'est qu'il a des confrères qui pourraient « régler le problème ». Vont-ils donc tous la décevoir ? À la suite de cet épisode, Guy devient de plus en plus froid et distant. Il lui écrit une lettre cinglante, dans laquelle il dit ne pas être « convaincu par cette paternité ». Il rompt. Un sale type. Nicole est anéantie. Le petit Frank naît le 26 avril 1951. Le jour même, Nicole écrit, dans un accès de désespoir : « Suis-je donc si maudite pour que tous les hommes me repoussent ? » La voilà donc seule, avec un bébé sur les bras. Mais Nicole est une battante. Puisque c'est comme ça, elle va l'élever sans père, ce petit ! Contre toute attente, Guy Gérard finit par rentrer au bercail. Le bébé lui ressemble et ça le touche. Ils finissent par se marier à la fin de l'année 1952. Troisième mariage pour Nicole, tout de même, qui n'a que vingt-sept ans. Le

Dr Guy Gérard ouvre son cabinet de radiologie et hérite dans la foulée d'un appartement sur le Champ-de-Mars. Nicole s'occupe de la décoration et endosse de rôle de la parfaite bourgeoise parisienne. L'hiver à Megève, l'été à Deauville et l'automne à la chasse en Sologne. « Ma femme est un très bon fusil », dit fièrement Guy Gérard. Savoureuse remarque, quand on connaît la fin de l'histoire.

Pourquoi donc l'a-t-elle tué ? Parce que, au fond, il est comme tous les autres. Il n'est pas à la hauteur de l'amour qu'elle lui porte. Guy est un riche médecin parisien, infidèle comme beaucoup d'autres. Il commence par louer une garçonnière, pour quelques moments volés. Puis surgit Martine, une rousse magnifique, la femme d'un de ses confrères, mère de deux enfants. Il en fait sa maîtresse attitrée. Le mari cocu n'est pas content et il va voir Nicole. « Ton mari te trompe ! Et avec ma femme par-dessus le marché ! »

Nicole s'en doutait. Mais le savoir, c'est autre chose. « Si vous saviez, monsieur le juge, comme je me suis battue pour le garder… » En vain. En novembre 1959, Guy abandonne le domicile conjugal. Grand seigneur, il laisse à Nicole 1 300 francs de pension et l'appartement du Champ-de-Mars. À l'époque, c'est une belle somme. Comme cadeau de départ, il lui jette à la figure : « J'en voulais pas de cet enfant ! Ni de toi d'ailleurs ! » Le sale type est de retour. Mais cette fois-ci, Nicole refuse le divorce. Il est coincé. Pour pouvoir la quitter, il doit la prendre en faute, sinon, ils sont mariés pour la vie. C'était comme ça, dans les années 1950. Entre-temps, la jolie rousse s'est envolée, elle est retournée vers son mari. Guy est coincé et passe des jours entiers à ruminer sa vengeance. Pour commencer, il lui coupe les vivres. Fini, la pension de 1 300 francs. Puis il la fait suivre par un détective. Il cherche la faute, bien sûr, l'amant. Mais Nicole est plus forte que ça, il n'y a pas d'amant et elle ne lui fera certainement pas cadeau d'une faute.

Ce harcèlement va durer trois ans. Un jour, Guy va jusqu'à tenter de mettre le feu à son appartement. Mais elle ne lâche rien. Elle est seule avec son fils. L'éternelle amoureuse est profondément blessée, mais elle ne lâche pas. Et elle rend coup pour coup. Le 26 octobre 1960, place Wagram, elle suit son mari, qui est accompagné de sa nouvelle maîtresse, Josiane. Elle lui saute dessus et le gifle de toutes ses forces en hurlant. C'est un véritable pugilat ! La riposte de Guy sera terrible. « Monsieur le juge, j'ai l'honneur de vous signifier par la présente mon intention d'assurer désormais la garde de mon enfant. Ma femme ayant déjà divorcé deux fois, elle pourrait se trouver à abandonner notre fils. Je saurai mieux le protéger. »

Quelques jours après cette annonce, Nicole est retrouvée un soir, gisant inconsciente sur le tapis du salon. Barbituriques. Tentative de suicide. L'enfant aussi aurait avalé des cachets, même si les analyses ne le confirment pas. Nicole est hospitalisée et Guy récupère le petit Frank. Il demande qu'elle soit internée dans un hôpital psychiatrique, on le lui refuse. Mais désormais, elle n'a plus le droit de voir son fils que toutes les quatre semaines, toujours accompagnée. Le pire dans tout ça, c'est que Guy a directement envoyé son fils en pension ! Il n'a récupéré sa garde que pour se venger de sa femme. Mais quand il fugue, Frank retourne chez sa mère. Il n'a que neuf ans et il lui ressemble déjà beaucoup. C'est à cette période que le juge doit décider si Nicole aura le droit de récupérer son fils.

« C'est à ce moment-là que je me suis dit que je ne reverrais jamais mon fils, que c'était perdu d'avance… Alors j'ai pris son fusil, celui qu'il emportait à la chasse en Sologne. Je suis allée au restaurant où il avait ses habitudes et je l'ai tué. Reconnaissez, monsieur le juge, qu'il l'avait bien cherché ! »

L'instruction a duré plus de deux ans. Deux ans que Nicole, la grande bourgeoise, est à la prison de la Petite Roquette, sous le matricule 2813 A5. Le procès se profile enfin. L'enjeu est lourd. Si le meurtre est considéré comme un crime passionnel, elle prendra cinq ans maximum. Dans les années 1960, on compatit au crime d'amour. En revanche, si le jury retient la thèse de la préméditation, elle risque la prison à vie. La guillotine ? N'y pensons pas, cela fait vingt ans qu'on n'a pas exécuté de femme.

Dans ces années-là, les procès pour crimes passionnels attirent les foules. La salle est pleine d'élégantes. Elles sont venues voir la tueuse, celle qui a abattu son mari comme une vulgaire femme du peuple. Nicole Gérard refuse de plaider la folie. Elle ne veut pas finir en hôpital psychiatrique, elle sait qu'elle risque de ne jamais en sortir. Quand on tire les jurés au sort, son avocate, Me Germaine Sénéchal, fait la grimace. « Pas de chance, Nicole. C'est mauvais, très mauvais même... » Les jurés sont presque tous des hommes, qui s'identifieront forcément plus au mari assassiné qu'à la femme bafouée. La clé de ce procès, c'est la préméditation. S'il y a préméditation il n'y a pas de crime passionnel. Or, le crime passionnel, c'est le coup de sang, la tête qui tourne, le meurtre sans réfléchir... Dans ce cas-là, pourquoi Nicole aurait-elle confié son teckel à une amie, le matin du crime ? N'est-ce pas la preuve qu'elle a tout planifié ?

L'expert psychiatrique, le Dr Follin, ne va pas beaucoup l'aider. Il la décrit comme une femme dotée de sang-froid, qui a commis un acte délibéré. « Il n'y a rien de pathologique dans son cas. Ses réactions restent dans les dimensions d'une psychologie qui a les outrances du personnage. » Ensuite, on met tout sur la table. Ses divorces, son refus des conventions, sa mauvaise réputation. Les intérêts de la famille Gérard sont défendus par un jeune avocat très prometteur, Me Georges Kiejman, qui deviendra plus tard ministre de la Justice sous François Mitterrand. Il plaide pendant trois heures pour convaincre les jurés que Nicole est une femme froide et manipulatrice. « Nicole Gérard est une femme qui ne veut pas perdre ! » Pour sa défense, l'avocate de Nicole, Me Sénéchal, raconte une fois de plus les tromperies, les humiliations, la peur de perdre son enfant. « Elle a tué, libérant son fils, se libérant elle-même, sacrifiant sa liberté ! »

Les jurés se retirent trente-cinq petites minutes.

« L'accusée est-elle coupable de meurtre ?

— Oui.

— L'accusée a-t-elle prémédité son geste ?

— Oui.

— L'accusée bénéficie-t-elle de circonstances atténuantes ?

— Oui.

— Nicole Gérard, la cour vous condamne à dix ans de réclusion criminelle. »

N'importe qui serait effondré à l'annonce de ce verdict. Pas Nicole Gérard. Elle ne cille pas, ne craque pas. Elle reste elle-même, une femme qui se bat. Et le soir même, dans son lit de la prison de la Petite Roquette, elle décide de tout raconter. Après trois années passées dans l'infâme prison de la Petite Roquette, Nicole va être transférée dans la maison centrale pour femmes de Rennes. Là, elle écrira un livre, où elle racontera la vie en prison, ce monde de femmes auxquelles personne ne s'intéresse. Ces femmes qui lui ressemblent plus qu'il n'y paraît, elle va leur donner la parole. Ces voleuses, ces prostituées, ces avorteuses, ces meurtrières qui sont devenues ses compagnes et ses amies. Comme Jeanne, « la bouchère de Bab El Oued », accusée d'avoir tué et découpé en morceaux son amant algérien. Elle va raconter l'humiliation de sa première fouille à nu et les règlements absurdes qui régissent la prison. Quand, par exemple, sa cellule est envahie de punaises, qu'elle s'en plaint auprès de sœur Étiennette, mi-religieuse mi-matonne pour s'entendre répondre : « Mais madame, il me faut une preuve ! Apportez-moi une punaise vivante, ou sa peau ! Il me faut la peau. » Elle se bat contre l'administration qui n'accepte pas qu'en prison elle veuille rester intelligente, apprendre, s'instruire, faire des études. Elle se bat, encore et toujours. Le directeur de la prison de Rennes lui dit un jour : « Je sais, Gérard, que vous n'êtes pas le genre de femme à dire merde. Mais vous le pensez si fort que je l'entends de mon bureau ! »

Grâce à des remises de peine, Nicole Gérard est libérée en 1970. Elle aura fait sept ans de prison et, à sa sortie, son fils Frank l'attend. Elle ne s'est pas battue pour rien. *Sept ans de pénitence* paraît deux ans plus tard. Sa grande victoire, c'est quand, peu de temps après la parution de son livre, le ministère de la Justice se penche sur la condition des femmes détenues. Une commission est nommée, des améliorations sont décidées et, en 1974, l'infâme prison de la Petite Roquette est finalement fermée. Son histoire a inspiré *La Peau douce*, le film de François Truffaut. Depuis, Nicole Gérard n'a plus jamais fait parler d'elle.

Bonnie & Clyde

Lui, c'est Clyde. Elle, c'est Bonnie. Deux brigands, main dans la main jusqu'à la mort. Le mythe d'un amour absolu, pour le meilleur et surtout pour le pire. Mythe entretenu en France grâce à une célèbre chanson de Serge Gainsbourg. Voilà comment les choses ont commencé.

Nous sommes en janvier 1930, à Dallas. Lorsque Clyde Barrow rencontre Bonnie Parker, il a vingt ans et elle dix-neuf. Elle est serveuse dans un bar et lui, c'est un voyou, déjà condamné cinq fois pour vol de voitures. Peu importe, ils s'aiment. D'ailleurs, Bonnie ne craint pas les voleurs. Elle est déjà mariée, figurez-vous, à un certain Roy Thornton, qui est à l'époque en prison pour cinq ans. À son âge, Bonnie n'allait tout de même pas l'attendre. Elle se laisse donc emporter par son histoire avec Clyde. Le problème, c'est que Clyde fait tout pour finir en prison, lui aussi. Deux mois après sa rencontre avec Bonnie, le voilà devant le tribunal de Waco, au Texas, pour une série de sept vols excédant 50 dollars. Pas grand-chose, entre nous, mais à vingt ans c'est prometteur ! De nos jours, il s'en tirerait avec trois mois de prison, si ce n'est avec rien du tout. Mais nous sommes aux États-Unis, à l'époque de la Grande Dépression et en pleine prohibition. On ne rigole pas avec les types comme Clyde. Il écope d'une peine de quatorze ans de prison, deux ans par vol. Il échoue au pénitencier de Waco, à cent kilomètres de Dallas… et de Bonnie !

Celle-ci prend alors une décision qui va fonder le mythe : puisque Clyde est à Waco, elle ira aussi. Ça tombe bien, elle a une cousine là-bas. Et deux fois par jour, le matin et l'après-midi, elle va le voir au parloir. Tous les jours. C'est beau, l'amour. En prison, Clyde a un plan pour s'échapper, bien sûr. Et pour cela, il a besoin d'elle. Clyde partage sa cellule avec un certain Turner, un type de Waco et un sacré marlou dans son genre, un braqueur. C'est avec lui qu'il veut se faire la belle. Dans sa maison de Waco, Turner a un flingue. C'est là que Bonnie entre en scène. Clyde lui explique où sont cachés les clés de la maison de Turner et le flingue. L'après-midi même, au parloir, elle lui glisse discrètement le revolver au cours d'une embrassade collés-serrés. Ensuite, ça ne traîne pas. Clyde et Turner, aidés par un autre prisonnier, prennent en otage un gardien, sous la menace de leur arme. Le soir même, ils sont dehors. Libres. Ils volent une voiture et quittent le Texas sur-le-champ. Bonnie apprend la nouvelle par les journaux. Elle est morte d'inquiétude pour son homme. Mais il ne l'a pas oubliée. Au troisième jour de sa fuite, il s'arrête dans une poste pour lui envoyer un télégramme : « Rassure-toi, tout va bien. Prévenir ma mère. »

La première cavale de Clyde Barrow ne l'emmènera pas bien loin. De vols de voitures en braquages de restaurants et de stations-service, le trio finit par se faire pincer à Middletown, dans l'Ohio. Retour à la case prison. Au début, Clyde est remis à la prison de Waco. Puis on l'expédie au pénitencier du Texas, à Eastham Prison Farm, qui est beaucoup plus sécurisé. Il doit y purger sa peine de quatorze années.

Eastham Prison Farm est un enfer. Un enfer surpeuplé : à l'époque, on envoie les gens en prison à tour de bras. Les gardiens se comportent comme des chiens et le boulot est très dur. Dans les champs de coton et de maïs, sous le cagnard texan, Clyde trime toute la journée sous les coups de fouet qui tombent en permanence. Mais le plus dur à Eastham Farm, c'est que les prisonniers n'ont pas droit aux visites. Bonnie est repartie vivre chez sa mère à Dallas, le cœur en vrac. Elle a repris son boulot de serveuse dans le quartier des affaires, à l'American Café. Au début, elle lui écrit tous les jours. Puis le temps passe, les lettres s'espacent et elle finit par ne plus lui écrire. Elle a vingt ans, il doit purger une peine de quatorze ans, elle ne peut tout de même pas aller le voir... Ça ne rimerait à rien. À son âge, elle ne peut pas s'imaginer en femme de prisonnier. Mais un jour, Cumie Barrow, la mère de Clyde, débarque dans son café. Elle a une bonne et une mauvaise nouvelle. La bonne, c'est qu'il est question de remises de peines. La mauvaise, c'est qu'elle s'inquiète pour son fils : elle a peur qu'il ne mette fin à ses jours. En prison, il n'a pas le moral, elle le sent sur le point de craquer. Alors Bonnie se remet à écrire à Clyde, qui lui répond : « Si on se revoit un jour, tu auras peut-être du mal à me reconnaître. J'ai changé en quelques mois. Pas en bien je crois. J'ai durci comme du pain sec. Mes rêves se sont évaporés, mes rêves d'enfant, mes rêves de jeune homme. Je ne suis plus un jeune homme, je suis devenu un serpent à sonnette. C'est ma manière de vivre et de survivre. Pour moi, il n'y en a aucune autre, j'en suis de plus en plus convaincu. » À partir de ce moment, ils reprennent une correspondance régulière. Si elle savait, la pauvre Bonnie, ce qui se murmure au pénitencier de Eastham Farm... On raconte que Clyde passerait beaucoup de temps avec un certain Raymond Hamilton, si vous voyez ce que je veux dire... Clyde serait en fait bisexuel. Je sais, ça ruine un peu le mythe. Mais si c'est la vérité, c'est la vérité.

En théorie, Clyde est en prison pour quatorze ans. Mais il a un plan. Un plan gonflé mais qui va s'avérer efficace. La scène se passe dans un champ de coton. Il demande à un de ses codétenus de lui donner un coup de hache sur le pied. L'homme lui coupe deux orteils ! Son plan a marché, il voulait se faire hospitaliser. Sa mère dépose une demande de grâce. Le fait qu'il soit à l'hôpital va peser lourd dans la décision de la Cour suprême, très lourd même car le 2 février 1932, elle accorde à Clyde Barrow une *parole*, une mise en liberté conditionnelle. À sa sortie, Clyde retrouve sa famille, qui a prospéré. Ses parents sont à la tête de la station-service Barrow, en plein cœur de Dallas. Évidemment, rien de tout cela n'a été acheté grâce aux embrouilles de Clyde et de son frère Buck.

Dès le lendemain, Clyde retrouve Bonnie. Deux ans qu'ils ne se sont pas vus... Ils se tombent dans les bras et c'est reparti pour la vie ! Elle est toujours serveuse. Lui fait mine de rentrer dans le rang en acceptant un boulot. Il semble vouloir se lancer « à la régulière », arrêter les bêtises. Sa petite sœur, la bonne âme, lui a trouvé un poste chez United Glass and Mirrors, à Worcester dans le Massachussets. Elle a voulu l'éloigner de Dallas et de ses mauvais démons. Et pour être éloigné, il l'est : 3 000 kilomètres ! Après le bagne, l'exil et, une fois de plus, la séparation avec Bonnie. Bien sûr, Clyde ne va pas le supporter. Deux semaines seulement après son arrivée à Worcester, son copain Ray Hamilton et un autre de ses anciens camarades de prison, Ralph Fults, l'attendent à la sortie du travail. Deux diables venus tenter ce pauvre Clyde qui, sans doute, ne demandait que ça.

Et les voilà tous les trois repartis dans une Buick, en route vers Dallas, des dollars plein les yeux. Ils vont faire équipe. Quand ils arrivent à Dallas, Clyde n'a que Bonnie en tête. Mais, entre-temps, elle a quitté son travail de serveuse et est partie à Houston vendre des cosmétiques, probablement pour soigner son cœur brisé. Et lui qui n'a pas un dollar en poche pour la rejoindre... Il est complètement fauché. Heureusement, ça ne va pas durer. C'est à ce moment que se monte ce que la police appellera le « gang Barrow ». Barrow, Fults, Hamilton. Ils s'entraînent, pour le moment. La prison, ça rouille ! Vol de voitures, braquage de banque et de bijouterie... La machine se remet doucement en marche. Le gang Barrow peaufine sa technique. Pour les braquages, par exemple, ils décident de ne jamais s'attaquer aux grandes banques des grandes villes. Toujours préférer les petites succursales de villes moyennes : la sécurité y est moins élaborée. Et Bonnie dans tout ça ? Clyde ne l'a pas oubliée, loin de là, et son nouveau projet, c'est de l'intégrer au gang.

Mais avant cela, ils doivent s'équiper. Avec le butin des premiers braquages, ils achètent toute une artillerie : fusils à pompe, colts, gilets pare-balles, munitions... Maintenant, ils peuvent envisager des braquages plus importants. Pendant des semaines, ils vont parcourir le pays. Texas, Louisiane, Nouveau-Mexique, Missouri, Oklahoma... Partout, les dollars pleuvent.

Clyde décide qu'il est temps d'aller chercher sa belle à Houston. Accompagné de Fults, il se rend directement au magasin où elle est censée travailler. Et elle y est... Le soir même, Clyde est dans le lit de Bonnie. Ils sont formidables, ces deux-là ! Ils peuvent ne pas se voir pendant très longtemps, une fois l'un en face de l'autre, c'est reparti de plus belle. Quand Clyde lui propose de rejoindre son gang, Bonnie accepte sans hésiter. Elle démissionne de son magasin et part avec eux dès le lendemain. C'est l'argent qui l'attire dans cette aventure. La vie facile.

Mais le nouveau projet de Clyde n'a rien à voir avec l'argent, cette fois-ci. Il a une idée fixe qui le taraude depuis deux ans. Il veut organiser une évasion d'Eastham Farm, où il a passé deux ans. Le lendemain de leur départ de Houston, c'est décidé, il va lui montrer la prison. La veille, elle était vendeuse de cosmétiques, la voilà embarquée dans une opération d'évasion !

En route, ils s'arrêtent dans la petite ville de Kaufman, au Texas. Ils y trouveront forcément une armurerie. Il leur faut du matériel, des armes, des munitions. L'après-midi, ils repèrent l'armurerie et s'y attaquent le soir même. Mais c'est un fiasco. Fults n'a pas terminé de fracturer la porte de service que des gens commencent déjà à sortir de chez eux, alertés par le bruit. Le trio est obligé de fuir. Cette nuit-là, c'est une galère. Il pleut des cordes, un vrai déluge, on ne voit rien en voiture. À un moment, ils envisagent de faire demi-tour vers Kaufman, dans la gueule du loup, mais c'est trop risqué, on pourrait les reconnaître. La pluie tombe sans discontinuer, des coulées de boue commencent à barrer la route. La voiture finit par caler en pleine campagne. Ils n'arrivent pas à la redémarrer. Avec l'énergie du désespoir, ils sortent et tombent miraculeusement sur une ferme isolée. Là, ils réveillent le fermier et partent à dos de mules, en pleine nuit, sous la pluie. Au village suivant, ils volent une voiture mais finissent par tomber en panne d'essence. Quand ça veut pas, ça veut pas. À ce moment-là, ils savent qu'ils ont les habitants de Kaufman aux trousses. Ils se font rattraper. Fults prend une balle en pleine cuisse, il est obligé de se rendre. Bonnie et Clyde parviennent à s'enfuir, mais séparément. Elle fait du stop et, manque de chance, tombe justement sur un habitant de Kaufman, qui la reconnaît et la conduit directement chez le shérif. Bonnie finit dans la même cellule que Fults. Elle n'est gangster que depuis le matin même : ça commence mal.

Clyde est donc le seul rescapé de l'équipée. De retour à Dallas, il est persuadé que Bonnie a réussi à s'enfuir et qu'il va la retrouver chez sa mère. Il va être très déçu. Se retrouvant seul, il doit s'acoquiner avec de nouveaux comparses. Des types qu'il ne connaît pas assez bien. C'est avec eux qu'il braque une bijouterie à Hillsboro, au Texas. Et ça tourne mal, très mal. C'est là que le gang Barrow va gagner sa mauvaise réputation. Clyde est coincé, il abat le bijoutier. Et le trio finit par s'enfuir sans rien emporter. Le problème, et Clyde ne le savait pas, c'est que cette bijouterie appartient aux parents d'un de ses copains de classe. La mère, qui connaît Clyde depuis qu'il est tout petit, l'a reconnu quand il est venu faire ses repérages au prétexte d'acheter une montre. C'est elle qui donne son nom à la police. Et c'est la police qui balance le nom de Clyde Barrow aux journaux. La légende est née.

Le 17 juin 1932, Bonnie comparaît devant le tribunal pour leur braquage raté à Kaufman. Elle n'a aucun casier judiciaire et, comme ce n'est pas elle qui a tenté de forcer la porte de l'armurerie, elle est acquittée. Elle rentre à Dallas, chez sa mère. Tous les jours, elle attend Clyde. Elle sait qu'il va venir la chercher. Elle sait qu'il ne peut pas se passer d'elle, ni elle de lui. Mais Clyde est maintenant un meurtrier. Il est sur ses gardes. S'il se fait attraper avec un meurtre sur le dos, il joue gros. Il sait que s'il va chez Bonnie, il risque de se faire arrêter. C'est trop dangereux. Alors il envoie Ray Hamilton. Un après-midi, Bonnie voit Ray se garer devant la maison de sa mère. Un peu surprise, un peu déçue sans doute aussi. Ray lui explique rapidement le nouveau plan de Clyde. Il se cache à Wichita Falls, à 200 kilomètres de là. Il voudrait qu'elle le rejoigne. Vous avez cerné le personnage maintenant : ni une ni deux, elle fait son sac, écrit un petit mot à sa mère (où elle prétend avoir trouvé du travail à Wichita Falls) et saute dans la voiture de Ray Hamilton. Elle finit par retrouver son amoureux dans une ferme délabrée, où il se cache. Les voilà donc tous les trois, Bonnie, Clyde et Ray.

C'est reparti pour les braquages. Et ça marche ! Leurs poches se remplissent de nouveau. Pas d'énormes butins, ça varie entre 500 et 3 000 dollars, mais des butins quand même. Ils commencent à devenir célèbres. Surtout Bonnie : une femme braqueuse, on n'a jamais vu ça. Célèbres et populaires par-dessus le marché ! À l'époque, les États-Unis traversent une crise économique sans précédent qui a laissé beaucoup de gens sur la paille. Alors, ce duo de Robin des Bois, on les trouve sympathiques. Ils prennent l'argent là où il est, c'est-à-dire dans les poches des banquiers. Et personne ne pleurniche sur le sort des banquiers. Si en plus c'est une histoire d'amour, c'est encore mieux ! En temps de crise, on ne crache pas sur un peu de romantisme. Le problème, c'est que maintenant qu'ils sont célèbres, Bonnie et Clyde doivent tout le temps se cacher, dans des planques qu'ils louent sous de faux noms. Depuis qu'il a tué le bijoutier, le nom de Clyde est affiché partout, dans les journaux et sur des affiches. « Clyde Barrow, recherché mort ou vif. »

Un soir d'été, ils se cachent dans le village d'Atoka, dans l'Oklahoma. Cela fait des semaines qu'ils vivent dans la peur, qu'ils sont sur leurs gardes en permanence. Ils décident de s'accorder un peu de bon temps. Le soir même, une fête est organisée au village, la *Springtown Dance*. Ils y vont. N'oublions pas qu'ils sont encore jeunes, vingt-trois et vingt-deux ans. Comme tous les jeunes du monde, ils ont envie de danser et de boire. Les voilà donc au comptoir, à enchaîner les bières et à parler trop fort. Ils étalent leurs richesses, paient des tournées à tout le monde. Dans la foulée, ils se mettent à danser et attirent tous les regards. La flambe… Tout ce qu'il ne faut pas faire quand on est en cavale.

Quand la soirée s'achève, alors qu'ils sont en train de rentrer en voiture vers leur planque, ils sont arrêtés par le shérif d'Atoka, C.G. Maxwell, et ses hommes. Bonnie, Clyde et Ray sont pris au piège. Ils n'ont qu'un seul moyen de s'en sortir : tirer, arroser, dézinguer. Avec l'arsenal qu'ils transportent dans leur voiture, ils ne seront pas à court. Ça tire dans tous les sens, le shérif et ses hommes répliquent... Quand le trio parvient à s'enfuir, il laisse derrière lui le shérif Eugene C. Moore mort d'une balle en plein cœur, et le shérif Maxwell grièvement blessé. Un mort de plus... Et c'est reparti pour la cavale, toujours plus angoissante et vertigineuse. Avec deux morts à son actif, le trio a désormais toute la police à ses trousses.

C'est à peu près à ce moment-là que Clyde va faire connaître, dans un acte de provocation, sa « théorie sur les voitures ». Après un braquage, selon lui, il faut s'enfuir dans une bonne voiture. Trop de fois ils ont failli se faire pincer dans des voitures pas assez puissantes, pas assez fiables. Puis Clyde a trouvé la perle rare : la Ford V8, un modèle qui va plus vite que la police. Avec une telle voiture, il est toujours certain de semer ses poursuivants. Et en avril 1934, par pure provocation, il va alimenter lui-même sa légende, en écrivant à Henry Ford. « Tant que je respire encore, je tiens à vous féliciter pour la voiture formidable que vous avez conçue. Je n'utilise que des Ford quand j'ai besoin de prendre la fuite. Elles ont tout ce qui manque aux autres voitures : une vitesse de croisière et une fiabilité excellentes. Le fait que mon activité ne soit pas des plus légales ne m'empêche pas de vous féliciter car vous avez fait une belle voiture avec la berline V8. » C'est pourtant sa voiture qui va le perdre...

La fin de l'aventure approche. Le trio prend de plus en plus de risques et Clyde a la gâchette trop facile. Il va encore tuer un épicier de Sherman, au

Texas, en octobre 1932. Puis un vendeur à Temple, en décembre. Clyde Barrow a désormais quatre meurtres à son actif. Quelques jours avant Noël, Ray Hamilton se fait arrêter. Bonnie et Clyde se retrouvent seuls, trop seuls. Pour monter un braquage, il faut être au moins trois. Deux personnes qui entrent dans la banque pendant que la troisième fait le guet. Alors ils recrutent un gamin de seize ans, William Jones. Clyde se rend ensuite à Dallas où il manque de peu de se faire coincer par un shérif, Malcolm Davis. Cinquième meurtre. Et puis, début 1933, le braquage commence à devenir à la mode.

Roosevelt vient d'être élu président. Il propose aux Américains le fameux New Deal, un plan pour sortir de la crise et relancer la machine économique. Du travail pour tous et la fin de la misère. Avec le New Deal arrive la fin de la prohibition, qui interdisait le commerce et la consommation d'alcool. Pendant tout le temps qu'aura duré la prohibition, la pègre, la mafia, tous les Al Capone des États-Unis se sont fait une fortune avec le trafic d'alcool. Mais maintenant que l'on peut trouver du bourbon au *General store* du coin, il faut trouver autre chose pour se faire de l'argent. Ce seront les braquages. Bonnie, Clyde et leur nouveau copain Jones se retrouvent confrontés à la concurrence. Ils vont alors recruter un quatrième comparse : Buck, le frère de Clyde, qui vient de sortir de prison. Il emmène avec lui sa femme, Blanche, puisque ça se fait. Le gang s'installe à Joplin, dans le Missouri. Ils louent une maison, sous un faux nom bien sûr. Mais ils se sont trahis en changeant trop souvent la plaque d'immatriculation de leur voiture. Ça a éveillé les soupçons du shérif du coin, qui les surveille 24 heures sur 24. Leur arrestation n'est qu'une question de jours. Mais, quand ils débarquent dans la maison, les policiers ne sont pas suffisamment armés. Clyde abat deux shérifs et parvient à s'enfuir avec Bonnie. Et de sept meurtres. En s'enfuyant, ils sont obligés de laisser toutes leurs affaires derrière eux, parmi lesquelles un appareil photo. Dans l'appareil, il y a une pellicule que les policiers vont faire développer. Et dessus, on trouve un cliché de Bonnie, l'air railleur, en train de fumer un cigare. Désormais, tout le monde sait à quoi elle ressemble. Car, si le visage de Clyde était connu de tous, Bonnie Parker était jusqu'à présent un simple nom, personne ne pouvait la reconnaître. Elle doit maintenant elle aussi faire extrêmement attention.

À cause de son affection pour la Ford V8, Clyde a pris goût à la vitesse. Un jour, ils finissent par avoir un accident. La voiture prend feu et Bonnie est grièvement brûlée. Elle parvient à s'extraire du véhicule et trouve refuge chez des fermiers. Là, Clyde refuse qu'ils appellent les secours, ce qui éveille les soupçons des fermiers. Ils préviennent discrètement la police et deux shérifs débarquent. Clyde aurait pu les tuer, au point où il en était, mais il décide de les prendre seulement en otages, avant de les libérer trois heures plus tard. Une fois de plus, les amoureux prennent la fuite. Mais Bonnie est blessée, il va falloir s'arrêter quelque temps. Pendant un mois et demi, ils vont laisser tomber les braquages et attendre qu'elle se remette sur pied, tout en se déplaçant constamment pour éviter la police. Dès qu'elle a repris du poil de la bête, les affaires repartent !

Mais ce n'est plus comme avant. Ils sont trop connus, trop célèbres. Souvent, ils doivent renoncer et partir en courant. Un jour de juillet 1933, ils sont encerclés par les forces de l'ordre dans un parc. Buck, le frère de Clyde, est gravement blessé et sa femme Blanche est arrêtée. Quant à Bonnie et Clyde, ils se sont mystérieusement volatilisés. On supposera qu'ils se sont jetés dans la rivière et enfuis à la nage. Leur fuite ressemble à un miracle. Mais il devient de plus en plus difficile de se cacher. Ils ne peuvent même plus louer de maisons sous de faux noms et dorment dans leur voiture, se relayant pour faire le guet. Quelque temps plus tard, du fin fond de la prison d'Eastham Farm, c'est Ray Hamilton qui se rappelle à leur bon souvenir. Il donne une interview et déclare : « Ce pénitencier est une passoire. Et aucune prison ne peut me retenir. Tant que Clyde Barrow est dehors, il peut me faire sortir quand il veut. » Cette annonce va évidemment relancer les rêves de grande évasion de Clyde. Il a un compte à régler avec ce pénitencier, cela fait maintenant des années qu'il rêve d'en faire échapper quelqu'un. Clyde va recruter un ancien détenu, James Mullen. Leur plan est simple : en pleine nuit, ils cachent des armes au bord d'un champ dans lequel travaillent les détenus et n'ont plus qu'à attendre qu'Hamilton s'arrange pour travailler dans ce champ-là le lendemain. Normalement, il y a suffisamment d'armes pour faire évader cinq hommes. Et ça fonctionne à merveille. Tout se passe très vite : Ray Hamilton abat le gardien, ils n'ont plus qu'à courir. Au volant de la Ford V8, cachée dans un sous-bois, Bonnie voit soudain sept hommes courir vers elle : Clyde, Jones, Ray et quatre fuyards. Le coup est magnifiquement réussi ! Mais d'une certaine manière, il annonce leur fin...

À partir de ce moment-là, ils ont toutes les polices à leurs trousses. Pendant un temps, ils pensent pouvoir continuer, d'autant qu'ils sont maintenant huit dans le gang Barrow. Ils enchaînent les banques, les bijouteries, les magasins... Ça va très vite, trop vite. Et la donne a changé : les gens ne les soutiennent plus, l'opinion n'est plus avec eux. Tous les jours, on parle d'eux dans la presse et tous les jours, on réclame leur peau.

Le directeur d'Eastham Farm, humilié, recrute un ancien ranger, Franck Hammer, qui de fait devient une sorte de tueur à gages. Sa mission ? Neutraliser le gang Barrow. Neutraliser Bonnie et Clyde. Hammer recrute un autre ranger et deux autres policiers. Pendant ce temps, rien ne va plus au sein du gang. Trop de tension, trop de peur. Clyde a encore tué deux fois. Ray Hamilton n'assume pas et quitte le groupe fin avril. Bonnie et Clyde sont à nouveau seuls face à leur destin. Ils savent que l'étau se resserre. Leur famille les supplie de se rendre, mais ce n'est pas la fin qu'ils veulent.

Le matin du 23 mai 1934, en Louisiane, Clyde conduit la Ford et Bonnie est sur le siège passager. Ils viennent de quitter Gibsland et ne savent pas que Hammer et ses hommes sont en planque sur la route depuis trois jours. Ils sont attendus. Au moment où la voiture arrive, Hammer déclenche un déluge de feu, un tonnerre de balles qui transforment la Ford en passoire. À l'intérieur, les amoureux n'ont rien vu venir. Ils ont été fauchés, criblés, cloués. Quand la voiture s'arrête, quelques dizaines de mètres plus loin, on les retrouve côte à côte. Bonnie, dans la mort, regarde Clyde de ses grands yeux.

Leurs corps sont ramenés à Dallas dans deux funérariums différents. Des milliers de personnes viendront défiler devant leurs cercueils. Contrairement à leur volonté, ils sont enterrés séparément. Reste leur mythe, le mythe de Bonnie et Clyde et de leur amour fou, plus fort que tout.

L'enfant du placard

Le 17 août 1982, à Brétigny-sur-Orge, dans la banlieue sud de Paris, des gens retrouvent dans leur jardin un enfant blotti, recroquevillé. Ou devrais-je plutôt dire, l'ombre d'un enfant, pâle, chétif, maladif. Lorsqu'on le découvre, il dort emmitouflé dans son anorak, dont seules dépassent deux mains brûlées, « palmées jusqu'à la première phalange ». Sur son corps, l'enfant porte des traces de brûlures et de coups. On le réveille doucement. Il dit s'appeler David, il n'habite pas loin. Pourtant, personne ne l'a jamais vu. Il explique d'une petite voix qu'il s'est enfui, enfui du placard de ses parents, où il vivait. Un réduit d'1,50 mètre de large sur 2 mètres de haut. Un matelas de mousse et un seau pour faire ses besoins. Il n'est jamais allé à l'école. Il ne sait ni lire ni compter, pourtant il s'exprime bien, très calmement. Il a douze ans, il en paraît huit. Il mesure 1,33 mètre et pèse 30 kilos.

Le couple qui vient de le découvrir est assommé par cette révélation. Pas une seconde ils ne doutent de la parole du garçon : ses blessures parlent pour lui. Le plus commode aurait été de le ramener chez ses parents, juste à côté. Mais comme ils le croient, ils décident plutôt d'appeler le commissariat d'Arpajon. David attend impatiemment l'arrivée des policiers. Quand il les aperçoit, il jubile : « Cette fois ça y est, ils vont emmener maman ! »

Ce sont donc les policiers d'Arpajon qui, les premiers, entendent le récit du jeune David. Ils sont effarés, et pourtant, ils en ont vu d'autres ! David raconte sans hésiter. Il a pu s'échapper parce que sa mère a oublié de fermer le placard à clé.

« Et depuis quand tu es dans ce placard ?

— Depuis que mes parents sont dans cet appartement. »

Dans leur précédent logement, ils le ligotaient dans la salle de bains. Et quand ils le sortaient, c'était pour le battre. Il n'a été nourri que par des restes, servis dans une gamelle. Un martyr.

« Et elle s'appelle comment, ta maman ?

— Françoise. Françoise Bisson.

— Et ton papa ?

— C'est pas mon papa, c'est mon beau-père. Il s'appelle Claude Chevet. »

Le jour même, le couple est arrêté et incarcéré à Fleury-Mérogis. David quant à lui est envoyé dans un foyer. Mais il a encore beaucoup de choses à raconter...

Première surprise de l'enquête : les parents sont en apparence tout à fait normaux, ils n'ont rien des marginaux que la police imaginait d'abord. Ils travaillent tous les deux : lui est gérant d'un supermarché dans l'Essonne, elle est caissière. Ils avaient des amis qui venaient dîner chez eux. Ils avaient l'air parfaitement banals. Mieux encore, ils avaient un autre enfant, Laurent, de dix-huit mois le cadet de David. Son demi-frère, donc, que sa mère a eu avec son beau-père. Laurent avait une chambre à lui, il allait à l'école, mangeait à table, il avait des copains qui venaient parfois jouer chez lui... La vie d'un enfant normal, à cette réserve près qu'il avait à la maison un demi-frère qu'on élevait comme une bête. Deux enfants, deux destins.

Quand on interroge les voisins, ils sont un peu gênés, mais sincères : ils ne se sont aperçus de rien. Mieux, la voisine du dessus était amie avec Françoise Bisson. Elle n'a jamais rien vu, rien entendu, rien soupçonné. Quand on l'interroge, elle décrit la mère de David comme une femme « gentille, très douce, qui aimait tous les enfants ». Dans l'entourage de la famille, c'est la stupéfaction.

L'enquête révèle que David a été rejeté dès sa naissance et même avant. Quand Françoise Bisson était enceinte de lui, elle était hôtesse dans la Compagnie des wagons-lits et sillonnait la France. Elle n'a pris aucun congé maternité et a accouché pendant son service, à Angers. À la maternité, elle a voulu abandonner l'enfant, mais on l'a convaincue de le garder. Elle l'a alors placé chez une nourrice, puis a repris son travail. Ce n'est qu'à la naissance de Laurent qu'elle récupère David. Évidemment, ça se passe mal : David ne la reconnaît pas et la rejette. Les tortures commencent. Quand David refuse de manger, elle l'oblige à s'agenouiller pendant des heures sur une barre de fer. À cette époque, la famille habite un petit deux-pièces à Neuilly-sur-Marne. Ils dorment tous les quatre dans la même chambre : les parents dans un grand lit, les enfants dans des lits superposés. Puis Françoise décide que David doit dormir dans le couloir. Puis ce sera la salle de bains, puis le placard.

La journée, elle confie ses enfants à une nourrice. Un jour, David, alors âgé de quatre ans, confie à la fille de sa nourrice les traitements qu'il subit. Françoise Bisson l'apprend. Pour le punir, elle l'enferme dans la salle de bains. Un petit matelas de mousse, collé contre la baignoire et c'est tout. David y vivra jusqu'à ses dix ans. Il est attaché en permanence aux tuyaux. Et il assiste à la toilette de tout le reste de la famille. Les bains moussants et fumants de son frère, qu'il observe depuis le sol, lui qui n'a droit qu'à des douches froides. Quand ses parents viennent se laver, il détourne les yeux, leur nudité le gêne. Eux se savonnent lentement, ils se moquent de son embarras. C'est ahurissant. David vit là, il mange là, il ne sort jamais. Derrière la porte, il entend la radio et la télévision. C'est son unique distraction. Assis dans le noir, il écoute la télé pendant des heures. C'est la seule chose qui le relie au monde. Et il faut dire qu'elles sont longues, ses journées dans la salle de bains. Quand Laurent est à l'école et ses parents au travail, David n'a rien d'autre à faire que d'attendre, seul face à lui-même, sans rien à voir ou à écouter. En point de mire, il a la petite fenêtre de la salle de bains. Comme il est attaché, il n'y a pas accès, mais il a appris à reconnaître la couleur des voitures qui passent dans la rue par le reflet qu'elles font sur le mur.

Et quand Françoise rentre, c'est pire. Tous les jours, elle invente quelque chose pour l'humilier ou le rendre fou. La nourriture, par exemple. Elle lui apporte des restes dans une écuelle, comme un chien, et décide du temps qu'il doit mettre pour la finir. « T'as cinq minutes. » Si c'est trop long, il prend des coups. Et comme c'est toujours trop long, parce que c'est immangeable, elle se met dans des états de fureur et de rage. Une fois, elle lui casse une dent avec une louche. David la déteste. C'est important de le dire : pendant toutes ces années, il l'a toujours détestée. Un jour, pour occuper ses longues journées, il a une idée. Il conserve les pépins de pomme et les peaux d'oranges qu'elle lui apporte parfois et joue avec. Quand elle le découvre, elle lui fracasse la tête contre le mur. De l'autre côté de la porte, il entend Laurent jouer avec des petites voitures... Quand on l'a retrouvé, David portait un petit porte-monnaie, rempli de pièces de 10 ou 20 centimes qu'il avait réussi à voler. Avec, il voulait s'acheter des petites voitures et un train électrique...

Quand David doit avoir dans les quatre ou cinq ans, sa mère lui donne une pomme. Elle trouve qu'il ne la mange pas assez vite. Alors elle remplit le bidet d'eau bouillante et lui plonge les mains dedans, de force. Et elle les y maintient. David est brûlé, sans doute au deuxième ou troisième degré. Elle lui a mis de la gaze pendant quelque temps. Ça a mal cicatrisé, c'est pour ça qu'il a les mains palmées. David raconte aussi une scène qu'il situe vers l'âge de neuf ans – en fait, il n'en sait rien, on n'a jamais fêté son anniversaire. Ce jour-là, sa mère le change de place. Elle le sort de la salle de bains et l'attache au pied de son lit, avec une chaîne. Elle ne donne aucune explication. Maintenant, pour ses besoins, il a juste un pot de chambre. Mais attention : il a interdiction formelle de s'en servir quand elle n'est pas là. Il ne doit faire ses besoins qu'en présence de sa mère, c'est comme ça. Évidemment, certains jours, il ne tient pas. Dans ces cas-là, quand elle rentre, il est sous le lit. S'il le pouvait, il passerait sous le parquet. Il la déteste, il la déteste…

Contre toute attente, David a vécu quelques moments heureux pendant sa captivité. Des moments auxquels il s'est sans doute raccroché pour survivre. Par exemple, le souvenir fugace de l'époque où il vivait chez sa nourrice, avant que sa mère ne vienne le chercher. Pourtant, il avait moins de trois ans. À cet âge-là, les souvenirs ne sont pas très nets. Mais David se souvient d'avoir vu la mer. Sa nourrice vivait en Normandie. C'est flou, c'est imprécis, mais il a vu la mer, il en est sûr. Il raconte également une étrange journée, où sa mère l'a sorti de l'appartement. C'est d'autant plus étrange que, le matin même, elle voulait l'enfermer dans la cave. Lui avait hurlé : « Je ne veux pas y aller ! Pas dans le noir ! » D'ordinaire, elle l'aurait massacré. Mais ce jour-là, allez comprendre pourquoi, elle l'a emmené dehors, en voiture. Et lui, fasciné, a observé de ses grands yeux. Les immeubles, les gens, les voitures, les magasins... Il n'avait jamais rien vu de tout ça ! Du monde, il ne connaissait que le bruit des voitures dans la rue, le son de la télé, de la radio et c'est tout. C'est un « enfant sauvage » qui découvre le monde. Il est tellement émerveillé par tout ce qu'il voit qu'il commente à voix haute. Il parle, parle, sans s'arrêter : « Regarde ci ! Regarde ça ! Comme c'est beau ! » À un moment, sa mère se met même à rire. Et elle l'invite à boire un verre dans un café. Il n'en revient pas. Mais après, elle le ramène dans le placard.

Il y aura d'autres sorties, pendant ces années de martyre, des parenthèses. Quand, vers neuf ans pense-t-il, sa mère l'a envoyé passer tout un été avec son frère chez leur grand-mère, à la ferme. C'est là qu'il a découvert la liberté, les grands espaces, les jeux avec son cadet... Il aurait pu en profiter, se confier à sa grand-mère. Mais il n'en a pas eu le courage. « C'était la découverte du monde, le paradis. Ma grand-mère m'emmenait sur son Solex. J'étais vraiment bien chez elle. Le matin, je me réveillais avec un rayon de soleil sur mon lit et le chant du coq. Je lui disais que je voulais rester avec elle pour toujours, aller à l'école dans le village. J'espérais de toutes mes forces qu'ils ne viendraient pas me chercher et que je resterais là. À certains moments, j'avais très envie de tout lui raconter mais j'avais peur qu'elle ne me croie pas ou qu'elle me prenne pour un fou. » À la fin de l'été, David retourne à sa captivité.

Quand on lui demande s'il a d'autres bons souvenirs, il parle d'un séjour à l'hôpital. Quand sa mère a voulu faire soigner ses mains palmées, après lui avoir infligé elle-même ces brûlures. Arrivés à l'hôpital, Françoise Bisson baratine les médecins, parce qu'il en faut du baratin pour ne pas attirer la suspicion, quand on amène un enfant dans un état pareil. Elle ne se doute pas, évidemment, du bonheur qu'elle va procurer à son fils. Le bonheur d'être bien traité, tout simplement. La gentillesse des infirmières et des aides-soignantes. La liberté de circuler dans les couloirs de l'hôpital. Pour David, c'est énorme. Tant pis si à la fin on ne l'opère pas des mains, parce que c'est compliqué, qu'il faudrait une greffe de peau etc. Ce qui est pris est pris ! Ces quatre semaines de bonheur, il ne les oubliera jamais.

Parfois, son frère et son beau-père lui accordaient des moments de répit, dès que sa mère avait le dos tourné. Une sorte de « liberté conditionnelle ». Le mercredi après-midi par exemple. Laurent venait ouvrir le placard. David pouvait alors sortir un peu et même regarder la télévision avec son frère. Quant à Claude, son beau-père, il le sortait de temps en temps, en l'absence de sa femme. Ils déjeunaient ensemble. À table, avec une fourchette, un couteau et de vrais plats. Pour David, c'était une découverte. Mais, à la fin du repas, Claude le remettait systématiquement dans la salle de bains ou le placard. Généreux, mais pas au point d'affronter Françoise. Lâche, autrement dit... David se souvient aussi d'un Noël. Il avait demandé à son frère de glisser un catalogue de jouets sous la porte de la salle de bains. Et Laurent l'avait fait. Pendant des heures, éclairé par le rai de lumière qui passait sous la porte, David avait tourné les pages du catalogue, une par une, jusqu'à la fin. Puis il avait tout repris depuis le début, émerveillé par le monde inconnu des jouets. Parce qu'à Noël il entendait son frère ouvrir ses cadeaux. Lui devait se contenter de restes de bûche.

Avant l'évasion de ses douze ans, qui révélera son existence à toute la France, David avait déjà tenté de s'enfuir. Il le raconte dans son livre, *L'Enfant derrière la porte*, publié en 1995.

« Ce fut vraiment une force phénoménale qui me poussa dehors. J'étais attaché avec une laisse de chien en cuir vert à une chaîne fermée avec un cadenas et accrochée au lit. La fenêtre de la chambre était ouverte et ma mère, partie faire des courses. J'avais trouvé un couteau dans la table de nuit. J'ai coupé le cuir de la laisse ; je crois que j'ai pris les draps, que je les ai suspendus à la rambarde de la fenêtre. J'ai sauté sur le toit du garage en dessous ; j'ai cassé des tuiles, ma jambe droite est passée au travers, je suis tombé du toit, j'avais le crâne ouvert et une entorse. J'ai couru en boitant, avec le sang qui coulait partout. Un monsieur avec son chien m'a vu, a appelé un couple qui se promenait ; tous les trois m'ont emmené au commissariat de Neuilly-sur-Marne. Là on m'a demandé mon nom, où j'habitais : je ne savais rien. En tout cas je n'ai rien dit. Alors ils m'ont emmené à l'hôpital. Je ne sais pas comment ma mère a été prévenue. Mais elle est venue le soir même... et m'a apporté des petits soldats. »

David est resté un mois à l'hôpital. Là encore, il aurait eu le loisir de tout raconter aux infirmières. C'était l'endroit idéal, le moment idéal. Mais il ne l'a pas fait. Au contraire, il allait tous les jours dans le bureau des infirmières pour appeler sa mère, son bourreau. Quand elle décrochait, il ne disait rien. Elle s'énervait, elle vitupérait.

C'est après ce séjour à l'hôpital que les parents de David déménagèrent à Brétigny-sur-Orge, dans un plus grand appartement. Ils en avaient les moyens. Et c'est dans cet appartement que David va échouer dans le placard. Avant de s'enfuir. Me voilà arrivé au bout de cette histoire épouvantable. Je vous rassure, il y a eu un procès. Maintenant que David est sorti, ses parents vont payer l'addition, tous les deux. Surtout elle, évidemment, mais il n'y a pas de raisons que son beau-père passe au travers.

Leur procès s'ouvre le lundi 13 mai 1985, devant la cour d'assises d'Évry, dans l'Essonne. Cela fait deux ans qu'ils sont incarcérés à Fleury-Mérogis. Ils sont jugés pour séquestration, maltraitance, privation de soins, coups et blessures volontaires. Pendant tout le récit du calvaire de son fils, Françoise Bisson ne bronche pas. Pourtant, son visage laisse transparaître une certaine émotion, qui ne disparaît pas lorsqu'on évoque son propre passé. Curieusement, elle aussi en a bavé lorsqu'elle était enfant. C'est toujours comme ça. Née d'un père inconnu, élevée dans une ferme normande par une mère qui la maltraitait, elle a passé son enfance à fuguer et à être placée dans des foyers ou des familles d'accueil où on a abusé d'elle. Elle a trouvé son salut en déménageant à Paris pour fuir son milieu et sa famille, qu'elle rejetait. Mais elle est restée très perturbée et ne sait pas comment se comporter en mère. Elle refuse catégoriquement de parler du père de David. Les psychiatres parlent d'un « déficit d'amour-propre » pour expliquer ce qu'elle a fait endurer à son fils. Il serait la part d'elle-même qu'elle n'aimait pas.

Au second jour du procès, David et Laurent viennent témoigner à huis clos, en l'absence de leurs parents. Pour qu'ils puissent parler librement. Et là, ils disent tous les deux qu'ils espèrent que leur mère n'ira pas en prison. Ils voudraient tous les deux que leurs parents soient libérés, pour pouvoir continuer leur vie avec eux. David, dont les experts s'accordent à dire qu'il est doué d'une intelligence supérieure, explique qu'il voudrait « pouvoir goûter au bonheur simple d'une vie de famille ». Il veut grappiller des moments de bonheur, encore et toujours. Les juges sont admiratifs devant ce petit garçon chétif à la maturité impressionnante. Il demande l'indulgence pour sa mère. Son bourreau. L'avocat général réclame une peine de dix ans pour les deux parents. Ils en écopent de sept. David retourne dans son foyer, où on l'aide progressivement à se reconstruire. En 1987, Françoise Bisson et Claude Chevet sortent de prison, après que David a écrit au garde des Sceaux pour demander leur libération. Pendant un an, il va tenter de renouer avec sa mère, qui ne répondra pas à ses questions. Elle finira par mourir. Claude Chevet, quant à lui, vit retiré en Touraine. Il n'a jamais voulu reprendre contact avec David, dont les lettres sont restées sans réponse.

Aujourd'hui, David s'est marié avec une femme qui était elle aussi passée par la maltraitance. Ils ont eu un enfant. En 2009, il déclarait au *Parisien :* « Mon quotidien, c'est mon foyer, mon fils, à qui je veux donner le meilleur. Je reste handicapé par cette histoire, je suis d'ailleurs reconnu comme adulte handicapé. C'est là, mais ça ne me pèse pas. Je suis heureux, il ne me manque rien, sauf peut-être le permis de conduire, car je n'arrive pas à prendre les transports en commun. Je ne peux pas supporter d'être enfermé. Tout ce que je veux, c'est être quelqu'un comme les autres. Ne pas être reconnu dans la rue ni passer à la télé, car je veux protéger mon fils. »

La triste fin d'un ministre

Le 12 août 1951 au matin, à Orléans, dans un immeuble bourgeois du centre-ville, au 13, rue Jeanne-d'Arc, la gardienne vaque à ses occupations lorsqu'elle entend quatre détonations. Elle sursaute. Quelques instants plus tard, Mme Chevallier, qui occupe un bel appartement du troisième étage, vient frapper à la porte de la loge. Elle a l'air déboussolé et tient un enfant dans ses bras.

« Pouvez-vous garder Mathieu un moment ?

— Bien sûr, madame, que se passe-t-il ?

— Rien, rien du tout, ne vous inquiétez pas. »

Yvonne Chevallier est l'épouse du Dr Chevallier, le député-maire d'Orléans. Il vient tout juste d'être nommé secrétaire d'État à l'Enseignement technique, à la Jeunesse et aux Sports, avec rang de ministre, dans le second gouvernement Pleven. Alors bien sûr, pour la concierge, garder le petit Mathieu n'est pas un problème, au contraire, c'est presque un honneur. Elle installe l'enfant sur une chaise et est sur le point de reprendre ses occupations lorsqu'une nouvelle détonation retentit. Un coup de feu, elle en est certaine. Cette fois, elle n'hésite pas, et commence à grimper les étages de l'immeuble. C'est une dame d'un certain âge, elle monte lentement. Lorsqu'elle arrive au troisième, elle est essoufflée. Le bruit vient de l'appartement des Chevallier, c'est évident. Lorsque Yvonne lui ouvre, elle lui annonce avec calme : « J'ai tué mon mari. »

La concierge reste bouche bée. Mais, en pénétrant dans la chambre tendue de velours vert, elle le constate de ses propres yeux : Pierre Chevallier, quarante-deux ans, gît sur le tapis, au milieu d'une mare de sang.

Entre-temps, Yvonne a appelé elle-même le commissariat d'Orléans. Elle a demandé à parler au commissaire Gazano, un ami de la famille. « Pouvez-vous venir, commissaire ? Mon mari a besoin de vous. » Ça, pour avoir besoin de lui... Le commissaire se déplace en personne. En arrivant, il trouve Yvonne vêtue de noir, comme une veuve.

Pendant plusieurs heures, Yvonne va raconter, sans rien dissimuler. Elle a été « prise de folie », elle a « perdu la tête ». Elle pensait que son mari avait une maîtresse, elle en était persuadée même. Elle avait l'intention de se suicider. Mais avant, elle voulait une explication. Lorsque Pierre est rentré d'un déplacement à Paris, elle l'a confronté. Il l'a alors menacée : « Si tu continues, je vais te quitter. » Ce à quoi elle a répondu : « Si tu fais ça, je me tue. » Elle avait tout préparé. Le revolver, qu'elle était allée chercher dans l'armoire, était prêt. Elle voulait se tuer devant lui. C'est à ce moment-là que son ministre de mari lui aurait dit : « Mais tue-toi ! C'est ce que tu auras fait de plus intelligent dans ta vie ! » Bouleversée par tant d'indifférence et de cruauté, Yvonne allait mettre ses menaces à exécution lorsque Pierre a hurlé : « Tue-toi donc ! Mais attends au moins que je sois parti, je suis pressé ! Tu sens mauvais, tu empestes mon atmosphère ! » C'en était trop. Le revolver était à portée de main. Mais au lieu de le retourner contre elle, Yvonne l'a dirigé vers son mari et a tiré. Quatre coups. À ce moment-là, son fils, le petit Mathieu, s'est mis à hurler dans sa chambre. Il était terrorisé. Après l'avoir descendu chez la concierge, Yvonne est remontée avec la ferme intention de se suicider. Elle s'est agenouillée à côté de son mari. Il ne bougeait plus. Mais en levant les yeux vers le mur, elle a vu le portrait de son fils aîné. Et elle n'a pas, dit-elle, « trouvé la force d'abandonner ses enfants ». Alors elle a tiré une cinquième fois sur son mari. Le corps a été secoué par un spasme.

« Voilà, monsieur le commissaire, c'est tout. Après je vous ai appelé. »

Yvonne est emmenée au commissariat d'Orléans. La nouvelle s'est entre-temps répandue comme une traînée de poudre dans la ville, et, sur son passage, la foule hurle : « À mort ! À mort ! » Elle a tué le maire ! Elle a tué le député, le ministre ! Elle, sa propre femme !

Quatre jours plus tard, le 16 août 1951, ont lieu les obsèques de Pierre Chevallier. Des obsèques nationales. Le président de la République, Vincent Auriol, a fait le déplacement en train. Pour l'occasion, tous les commerces, les administrations et les entreprises de la ville ont baissé rideau. Et la foule, massée derrière des barrières, occupe la totalité de la rue Jeanne-d'Arc, jusqu'au parvis de la cathédrale Sainte-Croix, où l'on aperçoit la mitre dorée de l'évêque d'Orléans. Le corbillard, couvert de fleurs et tendu de draps noirs, est tiré par deux chevaux. Des deux côtés de la rue, des soldats en grand uniforme sont au garde-à-vous. Roger Secrétain, son ami et futur successeur à l'Assemblée comme à la mairie d'Orléans, résume le sentiment de tous : « Nous sommes sous le coup d'un tel drame que quatre jours écoulés ne nous ont pas permis de reprendre nos sens et le cours normal de nos pensées. D'acccpter comme une réalité le brutal message qui entraîna aussitôt l'ordre des choses dans un vertige : le maire d'Orléans est mort. »

Pierre Chevallier était un jeune loup prometteur. Une étoile montante de la politique. Il était apprécié de tous, comme médecin et comme maire. Son avenir s'annonçait brillant. Que s'est-il donc passé avec sa femme pour qu'elle en arrive là ?

En ce qui concerne les faits, l'enquête est vite bouclée. Yvonne a tout de suite avoué que c'est elle qui a tué son mari. C'est elle qui a appelé le commissaire. Elle n'a opposé aucune résistance. Il n'y a pas l'ombre d'un doute sur sa culpabilité. En revanche, en ce qui concerne le mobile… À ce stade, on ne sait encore rien. Et c'est important, en vue du procès. On ne condamne pas à la même peine une femme bafouée et une femme machiavélique. Une femme humiliée, trahie, peut attendrir un jury. Elle peut même être acquittée. C'est déjà arrivé. D'où l'urgence d'approfondir l'enquête pour mettre au jour les ressorts de ce crime.

Pour l'instant, il n'y a guère que cette histoire de maîtresse. Et cette phrase, terrible, lancée quelques secondes avant que Pierre soit abattu. « Tue-toi, c'est ce que tu auras fait de plus intelligent dans ta vie ! » Mais enfin, si toutes les femmes trompées se mettaient à tuer leur mari en disant « Il m'a trompée, je n'ai pas supporté », il n'y aurait plus beaucoup d'hommes sur la planète, non ? Mais cette affaire est un peu plus complexe que ça, et pour l'expliquer, les enquêteurs vont se pencher sur la psychologie de ce drôle de couple.

Leur histoire commence en 1935, comme un conte de fées. À cette époque, elle est élève sage-femme à l'hôpital d'Orléans, et lui est interne. Il termine ses études de médecine. Un jour, elle ressent un point de côté qui dure. Vous savez comment c'est, un point de côté qui dure, on a toujours peur que ce soit cardiaque. Alors elle va voir l'interne de garde. Un beau garçon brun, ténébreux, athlétique. C'est Pierre, bien entendu. Et on peut dire qu'entre eux c'est le coup de foudre. En tout cas, ils passent la soirée et une partie de la nuit à parler. Ils se revoient dès le lendemain et elle devient sa maîtresse.

Pourtant, ces deux-là ne se ressemblent pas. Ils ne sont pas du même milieu. Pierre est un fils de bonne famille. Son père est un maître potier très reconnu, son grand-père et son arrière-grand-père étaient médecins. C'est donc un jeune bourgeois orléanais qui suit les traces de ses ancêtres. Yvonne, c'est tout l'inverse. Elle est née dans la Beauce, dans une ferme. Elle est fille de paysans. De paysans modestes, même. Elle est allée en pension chez les sœurs, où elle a appris l'humilité, le dévouement et la compassion. C'est une jeune fille réservée, discrète, évidemment vierge lorsqu'ils se rencontrent... Bref, ils sont très différents. D'ailleurs, les parents de Pierre ne voient pas cette idylle d'un très bon œil. « Une mésalliance », pour eux.

Mais les deux jeunes gens s'aiment, puissamment. Et ils trouvent tous les deux qu'ils vont bien ensemble : lui est brillant et ambitieux, elle dévouée et docile. Selon les critères de l'époque, elle est l'épouse idéale. Puis vient la guerre. Pierre est mobilisé et part au front en tant que médecin lieutenant. Ça pourrait être l'occasion pour lui de tourner la page. Mais non ! Il a des principes et, en décembre 1939, il revient à Orléans en permission pour épouser Yvonne. Il se dit qu'il va peut-être mourir et qu'il faut la protéger, en la faisant devenir *Madame Chevallier*. Il profite aussi de ces circonstances pour forcer la main de ses parents. Puis il repart. En 1940, il est capturé et envoyé dans un camp de prisonniers à Münster, en Allemagne. Libéré fin janvier 1941, il rentre chez lui et retrouve sa femme. À son retour, il est accueilli en héros. Il arbore la Croix de guerre. Les rapports de ses supérieurs disent qu'il a été « d'une bravoure sans égale ». Il a pris de la bouteille.

À Orléans, il ouvre un cabinet rue Jeanne-d'Arc. La suite est classique : Yvonne tombe enceinte, ils accueillent leur premier fils, Thugal. Elle reste à la maison pour s'occuper de l'enfant et lui travaille beaucoup. Très vite, son cabinet devient une boîte aux lettres de la Résistance. Car il est résistant, il n'y a aucun doute là-dessus. Il est membre du mouvement Libération-Nord, créé par Pierre Ségelle, et entre en clandestinité pour échapper aux rafles. Cette expérience va marquer un tournant dans sa carrière politique. Le 23 août 1944, il devient ainsi maire provisoire de la ville d'Orléans tout juste libérée. C'est peut-être à ce moment-là que, pour le couple, tout bascule. L'ambition de Pierre va tout écraser sur son passage. Tout... Et surtout Yvonne ! La mécanique qui va la conduire au meurtre commence lentement à se mettre en place.

Le jeune médecin se retrouve, après la guerre, dans une position idéale pour un ambitieux. Il a été résistant. Et même chef de la Résistance. Son statut de maire à la Libération est transitoire, mais il le conserve en étant officiellement élu en mai 1945, après s'être présenté sur la liste des résistants. Pendant qu'en France on fait la chasse aux collabos, lui trace sa route. Il devient député à l'Assemblée constituante. Il est chargé de reconstruire Orléans après la guerre. La ville a été ruinée par les bombardements allemands et alliés. Il comprend que s'il réussit, s'il redonne aux Orléanais de l'eau et de l'électricité, s'il relance la machine administrative avec succès, plus rien ne pourra l'arrêter. C'est comme ça qu'il devient le premier maire en France à utiliser du béton précontraint pour reconstruire la ville vite et bien. Orléans est citée partout comme un modèle, et Pierre Chevallier devient « le maire de la reconstruction ». À l'Assemblée nationale, il est habile. Il s'inscrit à l'USDR (Union démocratique et socialiste de la Résistance), un petit groupe politique charnière, avec qui il faut compter pour bâtir les gouvernements. Et pour les renverser. Dans ce groupe, il y a entre autres Gaston Deferre et un certain François Mitterrand. Bref, Pierre Chevallier est en pleine ascension politique. Mais Yvonne, dans tout ça ?

Yvonne, elle l'embarrasse un peu. Elle n'est pas à la hauteur de ses ambitions. Elle ne se tient pas comme il faut, elle n'est pas assez élégante, elle ne sait pas tenir une conversation... Un jour, il lui dit : « Tu es falote ma pauvre... Sur toi, les robes tombent comme des chiffons. » Quel goujat... Et elle, la pauvre, elle fait des efforts pour lui plaire. Elle essaie de se maquiller, de s'habiller « comme il faut ». Elle apprend même des extraits de recueils par cœur. Mais rien n'y fait. Quand il la traîne avec mauvaise volonté dans des réceptions mondaines, elle reste seule dans son coin, pendant des heures, une coupe de champagne à la main. Personne ne lui adresse la parole. Et lui, au lieu de la rassurer, de la mettre en confiance, ne trouve rien de mieux à lui dire que : « Décidément, t'as toujours l'air d'une bonne sœur en civil. » Elle lui fait honte. Ça ne l'empêche pas de lui faire un deuxième enfant. Mais après la naissance de Mathieu, les choses empirent. Pierre fait chambre à part. Bientôt, il ne l'invite plus nulle part. Elle s'en plaint, bien sûr, elle voudrait pouvoir passer du temps avec lui. Elle voudrait qu'il redevienne un simple médecin, comme avant... Lui répond : « Tu fais tout pour t'opposer à mon ascension. Tu veux quoi, une petite vie étroite et étriquée ? » Un jour, dans un accès de colère et d'exaspération, il la griffe, la gifle, lui arrache des touffes de cheveux, lui donne des coups de pied. Elle étouffe ses cris pour ne pas réveiller les enfants.

C'est vers ce moment-là qu'apparaît l'obsession de la maîtresse. Car, malgré tout, Yvonne reste profondément amoureuse de son mari, et elle est jalouse. Pierre a acquis un petit appartement à Paris, où il se rend très souvent. Elle ne l'a vu qu'une fois. Elle sait que, quand il est à Paris, Pierre sort tous les soirs. Alors, elle en vient vite à supposer qu'il la trompe. Lorsqu'elle lui demande s'il a une autre femme dans sa vie, il éclate de rire. « Mais il y a toutes les autres femmes ! Sauf toi, toi tu ne comptes pas. Tu es hors jeu, ma pauvre ! »

Un jour, n'y tenant plus, elle fouille son bureau. Elle retourne les vestons, parcourt les dossiers. Au milieu d'un tas de papiers, elle trouve une lettre. Une lettre de femme, bien sûr. Signée d'une certaine Jeanne Perreau. La lettre laisse peu de place au doute, elle est torride. Yvonne n'ose pas aborder le sujet avec Pierre. Mais pourquoi ne pas aller directement affronter la maîtresse ?

Cette fameuse Jeanne Perreau, Yvonne la connaît. Son mari, Léon, est le propriétaire d'un grand magasin à Orléans, À la ville de Paris. Yvonne décide d'aller la confronter directement, chez elle. C'est le mari qui lui ouvre. Petit, mince, le visage osseux, le crâne à moitié dégarni. En voyant Yvonne, il a l'air surpris. « Oui, oui, mon épouse est là. Je l'appelle. » Puis il enfile son manteau avant de s'éclipser discrètement, laissant les deux femmes en tête à tête. Jeanne apparaît en nuisette dans le salon. Elle est grande, belle, et porte une lourde chevelure d'un roux flamboyant. Elle tient une cigarette à la main et dans l'autre, une tasse de café. Une véritable vamp, surprise au saut du lit.

« Yvonne, quelle surprise ! Comment allez-vous ?

— Je suppose que vous êtes la maîtresse de Pierre, répond Yvonne sans y aller par quatre chemins.

— Mais enfin ! Vous me flattez ! Un homme comme lui, avec une fille comme moi ! Ce n'est pas sérieux... Nous sommes bons camarades, mais c'est tout ! »

Yvonne n'en tirera rien de plus. Dépitée, elle décide alors de s'adresser directement au mari, Léon. Entre cocus, se dit-elle, ils pourront se comprendre. Léon l'écoute, compatit à ses angoisses, et tente, un peu ennuyé, de la rassurer. Il lui explique que cela fait bien longtemps qu'il est au courant des infidélités de sa femme. Mais ça l'arrange plutôt. Ils ont passé une sorte de pacte. Jeanne est libre de faire ce qu'elle veut, tant qu'elle ne cause pas de scandale. Pour leurs enfants, pour son commerce. Et puis, M. Chevallier a fait en sorte que son frère obtienne la Légion d'honneur. Quel homme misérable ! Yvonne n'a plus personne vers qui se tourner.

Le 17 juin 1951, Pierre est réélu triomphalement maire d'Orléans. La population lui est reconnaissante de tous les travaux qu'il a mis en œuvre pour reconstruire la ville. Yvonne profite de cette occasion pour tenter de le reconquérir. Elle est là, au cœur de la liesse générale, au milieu des journalistes, des amis, des collaborateurs, des pique-assiette... Et soudain, elle fend la foule, s'élance vers son mari, l'attrape par le cou, et l'embrasse sur la bouche. Pierre la repousse si violemment qu'elle manque de tomber. Il a l'air dégoûté et aboie : « Garde tes distances ! Je n'aime pas me donner en spectacle ! » Yvonne quitte la réception, prétextant une migraine. En rentrant chez lui le soir même, Pierre est en colère. Une colère froide. Pour une fois, il va voir Yvonne dans sa chambre. Elle est allongée sur son lit, les yeux grands ouverts, fixant le plafond. « Cette situation ne peut plus durer. C'est insupportable pour nous deux. Tu ne vas pas bien, et je ne peux rien pour toi. Tu me dégoûtes. » Non, ça ne peut plus durer.

Deux mois plus tard, Yvonne le tue. Voilà tout ce qu'il y avait à apprendre sur la vie d'Yvonne et Pierre Chevallier, en prévision du procès. Il y avait à apprendre qu'elle était une femme blessée, humiliée, trompée, méprisée... Une femme dont Pierre Chevallier avait honte. Parce qu'elle n'avait pas les manières, parce qu'elle n'avait pas la distinction, parce qu'elle était une paysanne, et que ça ne lui allait plus. Vous allez me dire que ça n'excuse rien :

ça explique, mais ça n'excuse pas. Voyons ce qu'en pensent de leur côté les jurés...

Le procès d'Yvonne Chevallier s'ouvre le 5 novembre 1952, quinze mois après les faits. Vu l'émotion qui s'est emparée d'Orléans, le procès a été dépaysé à Reims. Le premier jour, ce sont près de trois mille personnes qui se massent devant la porte du palais de justice, c'est dire la passion que suscite cette affaire !

Contre toute attente, lorsque Yvonne fait son entrée dans la salle d'audience, tous ceux qui ont pu entrer sont de son côté. Depuis que cette histoire a fait les choux gras de la presse et que les turpitudes de son mari ont été révélées, Yvonne Chevallier a gagné la sympathie et le soutien de l'opinion publique. Dans cette France des années 1950, où l'on ne parle pas des violences conjugales, le peuple a choisi son camp. Quand elle s'installe dans le box, Yvonne est telle qu'on l'imaginait. Modeste, discrète, simple. Elle ressemble aux femmes assises dans le public. Un tailleur gris, un chemisier blanc. Les cheveux sagement lissés, la tête inclinée sur l'épaule gauche. Le journaliste Jean Laborde, célèbre chroniqueur de l'époque présent au procès, la décrit en ces termes : « Elle avait le profil d'une vierge romane. »

Jeanne Perreau, la scandaleuse, est aussi présente. Chevelure rousse et chapeau vert. Demi-sourire impertinent. À l'appel de son nom, le président doit faire taire un murmure hostile qui s'élève dans la salle. Cette briseuse de couple ! Cette vamp ! Léon Perreau, son mari, se tient à côté d'elle. Le mari cocu et content. La foule le hue à son tour. Petit homme sans estime et sans morale !

Chaque fois qu'il s'adresse à Yvonne, le président Jadin est très courtois. Il l'appelle « madame », lui parle avec douceur. De toute évidence, il ne lui est pas hostile. « Vous avez beaucoup souffert, madame, et je dois bien vous rappeler les étapes de votre désespoir. » Quand vient l'expert psychiatre, le Dr Gouriou, il déclare simplement qu'Yvonne est « saine d'esprit ». Qu'elle ne souffre d'aucun trouble mental. Mais qu'au moment des faits elle « n'avait pas une responsabilité entière ». Les chocs moraux et le régime qu'elle suivait avaient provoqué une sorte de « dérèglement de ses facultés de jugement ». Le président Jadin résume parfaitement l'état d'Yvonne avant le meurtre : « Plus la plaie de votre cœur s'élargissait, plus vous abusiez des excitants. Vous mangiez une côtelette par semaine, vous buviez un litre de café, vous fumiez sans cesse, vous preniez des somnifères pour dormir, du Maxiton pour vous réveiller. Vous étiez intoxiquée. Vous touchiez au délire. » Pour finir, l'avocat général Lindon fait un réquisitoire d'une indulgence inédite. D'habitude, c'est lui qui tape, qui réclame la mort ou la perpétuité. Mais là, c'est un autre homme. « C'est une douloureuse affaire, où l'amour désespéré d'une femme a mis en deuil toute une ville. Ai-je besoin de vous dire qu'il faut plaindre Yvonne Chevallier, demande-t-il en s'adressant aux jurés. Je ne crois pas. Allez-vous prononcer une peine criminelle, c'est-à-dire une réclusion aux travaux forcés ? Je ne la réclamerai certes pas. » Il ne va quand même pas demander l'acquittement ? Non. « Ne rendez pas une justice de roman. Ce n'est pas un divorce que vous jugez, c'est un meurtre. » Il finit par requérir deux ans de prison ferme. Deux ans seulement, pour un meurtre ! Que voulez-vous que fasse, après ça, l'avocat d'Yvonne ? Il n'y a rien de plus à ajouter. Pour une fois que l'avocat général est son meilleur allié ! Alors il plaide rapidement, et les jurés se retirent.

Pour Yvonne, ce n'est pas un jury idéal. Il est composé de cinq agriculteurs, un maçon et un représentant de commerce. Avec le président et ses assesseurs, cela fait dix hommes. Dix hommes, tous pères de famille. Et pas une seule femme. Il eut mieux valu des femmes, plusieurs femmes, pour comprendre et compatir à son désespoir d'épouse bafouée. Les délibérations durent à peine une demi-heure. Par la fenêtre, on entend les cris de la foule « Libérez-la ! Libérez-la ! »

Viennent les trois questions. Yvonne Chevallier est-elle coupable d'avoir porté des coups et blessures ? Ces coups ont-ils entraîné la mort avec intention de la donner ? Yvonne Chevallier a-t-elle volontairement donné la mort, ce 12 août 1951 ?

Trois fois, le jury répond non. Yvonne est acquittée. Acquittée, rendez-vous compte ! Acquittée après avoir tué son mari ! Un ministre !

Yvonne écoute le verdict comme elle a traversé son procès. Avec modestie, sans bouger, sans même un sourire ou un mouvement du visage. Elle semble indifférente. Dehors, la foule est en liesse. Yvonne est évacuée dans un fourgon cellulaire, autrement, on l'aurait portée en triomphe. Imaginez la tête des quarante reporters de la presse étrangère assistant à cette scène... Des Anglais et des Américains, pour la plupart. Comment expliquer à leurs concitoyens cette particularité française : l'indulgence pour le crime passionnel ? Voilà donc un pays où l'on peut tuer son mari de cinq coups de revolver et sortir du palais de justice libre et acclamée par la foule ! L'affaire est une régalade pour les journalistes étrangers, qui vont publier d'ironiques avertissements à tous les époux de l'Hexagone, et annoncer « une hécatombe de maris français ». Quant aux chroniqueurs de chez nous, ils sont plus partagés sur ce verdict. *Le Parisien libéré* écrit : « Si Mme Chevallier n'est pas coupable d'avoir tué son mari, de quoi diable M. Chevallier est-il mort ? »

Yvonne est ainsi libérée, rendue à ses enfants. Et, point essentiel pour elle, l'Église catholique lui donne l'absolution pour son crime. Sur les conseils du curé de sa paroisse, elle quitte Orléans et la France pour aller s'installer en Guyane, à Saint-Laurent-du-Maroni, où elle reprend son activité de sage-femme dans un hôpital pour pauvres. Elle ne rentrera en France qu'en 1963, et s'éteindra le 2 novembre 1984, à Lamotte-Beuvron, à l'âge de soixante-douze ans.

Meurtre en famille

Il est un peu plus de 7 heures, ce matin du 18 juillet 1989, lorsque le téléphone sonne dans la gendarmerie dont dépend le village de Salomé, 3 000 habitants, à 20 kilomètres de Lille. Au bout du fil, une mère de famille, Jacqueline Beaussart.

« Venez vite, mon mari a été tué !

— Ne touchez rien. Nous serons là dans quelques minutes. »

À 7 h 30, les gendarmes débarquent devant le petit pavillon familial. Le brigadier Robert Sigevin sonne à la porte. Jacqueline Beaussart lui ouvre. Immédiatement, le brigadier avise une adolescente en pleurs, assise à la table de la salle à manger. Mais, surtout, il remarque un grand portrait d'Hitler qui trône dans le séjour. Quand il demande à voir le corps de la victime, à l'étage, il voit des croix gammées accrochées au mur de l'escalier. Drôle d'ambiance... Dans la chambre, Jean-Claude Beaussart est bien mort dans son lit, couché sur le côté gauche. Il a manifestement reçu une balle dans la nuque et est mort dans son sommeil. Son corps est encore sous les draps. Les gendarmes ne peuvent pas s'empêcher de remarquer la carrure impressionnante du bonhomme. « Sacré bestiau ! » se disent-ils. Les gendarmes ne vont pas tarder à comprendre ce qui s'est passé. Quand ils redescendent, la jeune fille en pleurs leur dit d'entrée que c'est elle, c'est elle qui a tué son père. Elle ? C'est à peine croyable ! Elle s'appelle Ida, elle a dix-sept ans mais paraît en avoir douze. Elle raconte tout, sans se cacher. « C'est moi qui l'ai tué. Je me suis levée tôt ce matin, ma mère était déjà debout. Quand elle est allée sortir les poubelles, j'ai attrapé le .22 Long Rifle caché au-dessus de l'horloge de la cuisine, je suis montée dans la chambre où mon père dormait encore, j'ai pointé l'arme sur lui et j'ai tiré dans la nuque. Je l'ai entendu crier... J'ai vu du sang couler de son oreille et puis je n'ai plus rien entendu. »

Ça paraît improbable. Une gamine de dix-sept ans, aussi malingre, qui abat son père d'une balle dans la nuque ! Mais elle explique tout de suite qu'elle « sait se servir d'une arme ». C'est *lui* qui le lui a appris, comme à ses quatre sœurs. Les fusils, les revolvers, comment les charger, épauler, tirer... Elle sait tout ça. Il n'avait pas de fils, alors il a initié ses filles à l'art des armes à feu. Et nous n'en sommes qu'au début des révélations sur cette incroyable famille...

Le *pater*, vous l'aurez bien compris, était un néonazi. Et ça ne datait pas de la veille. Au début, il s'est contenté du Front national de Jean-Marie Le Pen. Puis il s'est retrouvé au chômage et a commencé à raconter qu'un « étranger avait pris son travail ». Ça s'est mué en obsession. Il était violent, trop violent, le FN l'a exclu en 1984. Il a alors rejoint le PNFE, le Parti nationaliste français et européen. Son slogan ? « France d'abord, blanche toujours. » Il a commencé à emmener ses filles aux rassemblements. Depuis toutes petites, il les obligeait à faire le salut nazi devant le portrait d'Hitler dans le salon. Il leur avait fait croire que c'était leur oncle. Quand il leur faisait des dictées, c'étaient toujours des extraits de *Mein Kampf*. Et quand il fallait les punir, il recherchait des techniques de torture dans des manuels nazis pour les en menacer. Il leur a appris la haine de l'autre, la peur de l'étranger. Quand il s'est retrouvé au chômage, il a commencé à espionner ses filles, à l'école. Dissimulé derrière les grilles, il observait, il voulait voir avec qui elles jouaient, à qui elles parlaient, qui elles fréquentaient. Quand ça ne lui convenait pas, il les remontait comme des pendules, le soir, il les poussait à se battre. Et le lendemain, jubilait de les voir se déchaîner dans la cour. Et quelquefois, il allait même jusqu'à escalader la grille pour empêcher les professeurs d'intervenir. Ida et ses sœurs ont subi tout ça, depuis leur naissance jusqu'à la mort de leur bourreau. Ça et le reste. Car, bien entendu, il les élevait à la dure. Il les frappait violemment. Et l'enquête va démontrer que son souffre-douleur attitré n'était autre qu'Ida. Il la surnommait la « Mongolienne ». « Viens là, Mongolienne. Dégage, Mongolienne. » À tout bout de champ, du matin au soir. Et ce n'est pas tout.

Il avait affublé ses filles d'un deuxième nom. Le nom d'un camp de concentration. Ida s'appelait Dachau. Ça vous donne une idée de la folie de ce type. Il était négationniste, il niait l'existence des camps de concentration, mais ça ne l'empêchait pas de donner leurs noms à ses propres filles. Cinglé et pervers jusqu'au bout des ongles. Évidemment, elles n'avaient pas le droit de ramener des copines à la maison. Globalement, elles n'avaient d'ailleurs pas le droit d'avoir de copines. Trop différentes, pas la même éducation. Alors elles ont passé la majorité de leur enfance ensemble, malgré leur grande différence d'âge. Ida a deux sœurs, Christine et Mathilde, qui sont majeures au moment de la mort de leur père. La petite dernière quant à elle n'est âgée que d'un an. Les gendarmes sont effarés par ce qu'ils découvrent au fil de l'enquête. Et ce n'est que le début.

Quand les policiers font le tour du village pour interroger les voisins des Beaussart, ils découvrent rapidement que les gens avaient peur de Jean-Claude. 1,90 mètre, 110 kilos, toujours habillé en tenue paramilitaire noire, avec des poches partout, et des rangers aux pieds. Quand il était dans les parages, les gens changeaient de chemin. Le pire, c'était quand il promenait ses chiens. Deux bergers allemands, bien sûr, Wolf et Eva, notez son goût pour les noms connotés...

Pour ne rien arranger, la famille vivait dans la misère, les gendarmes l'ont d'ailleurs remarqué dès qu'ils sont entrés dans leur pavillon. Depuis que Jean-Claude était au chômage, ils avaient du mal à joindre les deux bouts. La mère travaillait, certes, elle était bobinière, mais avec ses enfants à élever, c'était très difficile. Ils ne sont jamais partis en vacances et toute la famille était habillée par les services sociaux. L'enquête va révéler que, dès l'âge de huit ans, Ida avait lancé des signaux d'alarme. Elle s'était confiée à une assistante sociale, elle avait demandé à être placée dans une famille d'accueil. Ce n'était pas allé plus loin. Pour parfaire le tableau, il faut ajouter qu'Ida était malade, depuis toute petite. Des problèmes au cœur : elle a subi trois opérations, dont une alors qu'elle n'avait qu'un an. Elle souffrait également de problèmes pulmonaires. Elle s'essoufflait, elle ne pouvait pas faire de sport. Ça mettait son père en rogne. Déjà qu'il n'avait pas de garçon, alors « cette fille sans cesse malade », quelle plaie ! De temps en temps, il lui retirait ses médicaments, comme s'il voulait qu'elle meure...

S'il interdisait à sa femme et à ses filles de recevoir des amies chez elles, lui en revanche ne se gênait pas. Ses amis étaient tous du même acabit, des néonazis rencontrés dans les meetings du groupuscule fasciste. Il y avait régulièrement des rassemblements de la pire espèce chez les Beaussart, et les filles voyaient et entendaient tout. Ida va raconter aux gendarmes que son père était tellement dur avec elle et ses sœurs qu'il arrivait que ses copains lui demandent de se calmer, d'être moins violent. Mais ça n'avait aucun effet, dès qu'ils étaient partis, ça repartait comme en quarante, c'est le cas de le dire...

L'enquête dévoile aussi que Jean-Claude Beaussart avait un casier judiciaire. D'abord pour un vol à l'étalage, qui lui avait valu une interpellation à domicile et une garde à vue. Mais surtout, pour une affaire de meurtre raciste. C'était en 1984, à Haubourdin, dans le Nord. Avec un de ses copains fachos. Ils étaient allés planter une pancarte dans le jardin d'un immigré, un certain Karim Benhamida. « Mort aux bougnoules, vive Le Pen ! » Quand il était rentré chez lui, Karim Benhamida avait arraché la pancarte. Le copain en question l'avait alors abattu à la .22 Long Rifle. Au procès, deux ans plus tard, il avait écopé d'une peine de neuf ans. Beaussart quant à lui s'en était sorti avec une condamnation pour incitation à la haine raciale.

Ida raconte également pendant l'enquête que son père faisait du trafic d'armes entre la France et l'Espagne. Bref, c'était un sale type.

Au point où nous en sommes, on pourrait en rester à une lecture un peu simpliste du meurtre de Jean-Claude Beaussart par sa fille. Elle a tué son père parce que c'était un « insupportable facho », un fou qui l'obligeait à saluer le portrait d'Hitler tous les matins et lui enseignait la haine et la violence. Oui, ce serait plus simple d'en rester là. Mais ce ne serait pas la vérité. Le crime a des ressorts plus intimes que politiques.

Tout s'est joué dans les jours qui ont précédé le meurtre, au début des vacances d'été. Au moment où Christine, l'une des sœurs aînées d'Ida, s'est rebellée contre l'autorité paternelle. Elle a décidé de partir : elle était majeure, amoureuse, c'était décidé ! Ida, dont Christine était la sœur adorée, était la seule à être dans la confidence. La seule à savoir quand elle partait, où elle partait et surtout, avec qui. Pour son père, Christine a laissé une lettre :

« *Mes très chers parents,*

Je suis partie en voyage, ou presque. J'ai un honneur à défendre. Mon père, je ne veux surtout pas que tu te mettes de mauvaises idées en tête. Sache que j'ai toujours et pour toujours des idées nationalistes. Mon combat est de vaincre ou de périr. Je lutterai pour mon idéal. Celui de ma race. Je vais m'inscrire au PNFE et, si on se revoit dans notre lieu sacré, garde ton sang-froid. Papa, je me souviens que tu m'as dit que je pouvais partir et que tu ne me retiendrais pas, alors j'ai suivi tes conseils. J'ai une grande crainte de ta réaction. Moi, la fille de mon père chéri et de ma mère aussi, je ne suis pas le genre de fille qui va avec des sous-races comme vous pouvez le croire.

Race, Famille, Patrie !

France d'abord, blanche toujours !

Je donne mon chat à Ida.

Merci, à bientôt,

Christine. »

Quand il a découvert cette lettre, Jean-Claude Beaussart est entré dans une rage folle. Il s'est précipité à la gendarmerie de Salomé et a exigé qu'on l'aide à la retrouver. Les gendarmes ont beau eu lui expliquer que sa fille était majeure et libre d'aller où bon lui semblait, il n'a rien voulu entendre. Évidemment, il se doutait qu'Ida, la petite sœur chérie, en savait plus qu'elle ne le disait. Il l'a cuisinée, menacée, frappée même. Ida n'a rien lâché. Il l'a obligée à porter plainte contre Christine, à dire qu'elle la frappait. Mais les gendarmes n'ont pas été dupes. Le lendemain, Jean-Claude est devenu fou. Il s'est mis en tête que Christine s'était enfuie avec un Juif, le « sacrilège suprême ». Ce qu'il ne savait pas, c'est que Christine s'était effectivement enfuie avec un Juif ! Cette idée est devenue une obsession, un délire obsessionnel même. Et il a pris une décision qui, sans le savoir, allait sceller son sort. Car c'est à cause de cette décision qu'Ida l'a assassiné.

Plus les jours passent, plus Jean-Claude s'enfonce dans le délire. Il va jusqu'à mettre en place un plan d'attaque contre Christine et son amoureux, dans lequel il intègre Ida. Il transforme le sous-sol du pavillon en « salle de torture » et promet que c'est là qu'il réglera son compte à celui qui a enlevé sa fille. Puis, le délire s'accentuant, il finit par dire à Ida que, puisqu'elle ne veut rien avouer et sait forcément où se cache sa sœur, elle y passera aussi. Il cache un fusil Luger .22 Long Rifle au-dessus de la pendule, dans la cuisine. À portée de main. Le fusil par lequel il va mourir. Il dit à Ida : « Si Christine et son "youpin" viennent un jour où je ne suis pas là, tue-les. Tue-les tous les deux. » Et il lui indique où il a caché le fusil. Tuer sa sœur chérie ? Celle dont elle est la plus proche ? Celle avec qui elle a partagé ses joies et ses peines depuis l'enfance ? Pour Ida, c'est impensable. Elle ne pourra pas. Pendant ce temps, son père remue toute la région, de Lille à Tourcoing, englué dans son délire. Et un jour, il annonce : « Ça y est ! Je l'ai localisée, j'ai son adresse ! » C'est ça qui déclenche tout. C'est parce qu'il prétend qu'il a retrouvé Christine et qu'il va la tuer qu'Ida l'abat d'un coup de fusil dans la nuque. Elle l'a tué pour sauver sa grande sœur. Voilà le mobile du crime. Ida Beaussart est écrouée le soir même. Mais elle ne reste pas longtemps en prison. Une petite semaine, après quoi elle est envoyée dans un foyer. Le juge pour enfants a pensé à la laisser avec sa mère et ses sœurs, mais ce serait trop tôt pour tout le monde. D'un côté, bien sûr, la mère et les sœurs d'Ida sont soulagées d'être débarrassées du tyran qui leur pourrissait la vie. Mais de l'autre, elles en veulent à Ida. C'était tout de même leur père, leur mari. Il a régné sur chaque minute de leur vie.

Et maintenant, il leur manque. Elles sont perdues. C'est trop tôt, sans doute.

Le procès d'Ida Beaussart s'ouvre le 18 mai 1992 devant la cour d'assises pour mineurs de Douai. Pour défendre Ida, une jeune avocate commise d'office : Blandine Lejeune. Elle aurait pu tomber sur une mauvaise, elle est tombée sur la meilleure. Quelques années plus tard, Blandine Lejeune deviendra un ténor du barreau de Lille. Mais pour l'instant, elle débute. C'est sa première affaire devant les assises. Elle va s'investir énormément auprès de sa jeune cliente, devenir sa confidente, son repère dans le monde des adultes. L'enjeu du procès est de taille. Ida a tout de même tué. Elle n'a pas tué un enfant de chœur, certes, mais elle a tué quand même. Le contexte est vraiment particulier. La victime était un monstre, un fou, un pervers. Si Ida se défend bien, si son avocate la défend bien, elle peut être acquittée. Le procès est prévu pour ne durer qu'une seule journée. Elle arrive le matin ; le soir, son sort sera scellé. Et, autre particularité, il n'y aura pas de partie civile. Personne ne représentera les intérêts du mort et de son entourage. Sa mère et ses sœurs seront là, mais aucune d'entre elles ne s'est constituée partie civile. Quelle sera leur attitude ? Mathilde, par exemple, l'aînée des sœurs. Au début, elle voulait tuer Ida. Que va-t-elle faire, trois ans après ? La soutenir ou la charger ? Quand elle se présente à la barre, elle déclare devant le tribunal : « Ida nous a sauvé la vie. » Les unes après les autres, toutes les sœurs viennent raconter l'enfer dans lequel elles ont grandi. Les coups, le portrait d'Hitler, les dictées, les humiliations… Rien n'est passé sous silence. Dans cet étrange procès, la victime devient coupable.

Un expert psychologue vient remettre les pendules à l'heure. Il dit qu'Ida, dans cette affaire, a fait face à une « double contrainte » : c'était soit la mort de Christine, soit la mort de son père. Elle a dû arbitrer entre les deux. Sa jeune avocate, Blandine Lejeune, pousse le bouchon un peu plus loin. Elle plaide la légitime défense. L'avocat général trouve cela un peu abusif et rappelle que Jean-Claude Beaussart dormait lorsque sa fille l'a abattu, qu'il ne présentait pas de menace immédiate. Mais Me Lejeune ne lâche rien. Elle veut démontrer qu'Ida n'avait pas d'autre solution que tuer son père, que c'était pour sa survie, celle de sa mère et de ses sœurs qu'elle a appuyé sur la détente. Alors oui, en droit, l'avocat général a raison, ce n'est pas de la légitime défense à proprement parler. Mais en pratique, les menaces de mort répétées par le père justifient qu'on parle de légitime défense.

Le soir venu, le délibéré de la cour d'assises pour mineurs de Douai ne dure que quarante minutes. Dans le box, Ida est tétanisée. Quand le président annonce qu'elle est acquittée, elle ne comprend pas tout de suite ce que ça veut dire. Elle lance un regard perdu à son avocate qui lui explique. Elle n'est pas une meurtrière. Elle n'est pas une criminelle. Ce qu'elle a fait, elle n'avait pas d'autre choix que de le faire. Elle n'a rien fait de mal. Elle a juste eu un instinct de survie. En sortant du tribunal, Ida Beaussart déclare : « Je suis contente, heureuse, ça faisait tellement longtemps que j'attendais ça ! Maintenant je vais essayer de tout oublier, de refaire une vie toute neuve. »

L'histoire pourrait s'arrêter là, sur cet acquittement. On imagine les sœurs Beaussart rassemblées autour de leur mère, juste après le verdict. Soulagées, réunies pour un nouveau départ. Sauf que l'histoire ne finit pas bien. Ida, toute blanchie qu'elle soit par la justice, ne retrouvera pas sa famille. Il n'y aura pas de réconciliation. Sa mère, Jacqueline, va refaire sa vie avec un ami de son défunt mari, un type de la même trempe qui va la battre et l'envoyer plusieurs fois aux urgences.

Au cours des deux années qui ont précédé le procès, Ida Beaussart a eu un enfant, une petite fille, dont le père était d'origine turque. Mais, sur dénonciation de Christine qui prétend qu'Ida la maltraite, on lui en a retiré la garde. Avec ses antécédents familiaux, les services sociaux n'ont même pas pris la peine de vérifier. Tout ça à cause de Christine. Celle qu'elle a voulu protéger, celle pour qui elle a tué son père.

Et ce n'est pas tout. En 2008, vingt ans après les faits, on annonce la sortie d'un film inspiré de la vie d'Ida, *Pleure en silence* de Gabriel Biggs, un jeune réalisateur. Il a beaucoup impliqué Ida dans le projet, elle l'a aidé à écrire le film, elle était présente sur le tournage, elle a participé à la mise en scène... Mais sa mère et ses sœurs ont tout fait pour en empêcher la sortie. Elles ont convoqué la presse et, pour définitivement fusiller le film, Jacqueline Beaussart est allée très loin : elle a expliqué que c'était en fait elle qui avait tué son mari. Les sœurs d'Ida confirment et expliquent que, vingt ans auparavant, elles avaient noué un pacte en se disant que la peine serait moins élevée pour Ida, une mineure, que pour leur mère. Est-ce un mensonge ? Nous ne le saurons jamais, car au moment de ces révélations fracassantes, le crime est prescrit. Il n'y aura pas de nouveau procès.

L'abbé empoisonneur

Nous sommes le 25 septembre 1881 à Nohèdes, un tout petit village des Pyrénées-Orientales calé à flanc de montagne, entre le Pic du Canigou et Les Angles, à 1 800 mètres d'altitude. Le meunier du village, Michel Salcenach, s'apprête à descendre à pied vers la ville. Par le sentier, d'un bon pas, il en a pour quatre heures. Le meunier est en colère. Il va voir le procureur de la République et il a beaucoup de choses à lui dire.

« Monsieur le procureur... Voilà... Eh bien... Je viens pour porter certains faits à votre connaissance.

— Des faits ? Mais quels faits ?

— Des faits très graves, monsieur le procureur. Voilà. Figurez-vous que notre curé, l'abbé Auriol, à Nohèdes, a assassiné deux pauvres femmes. Les sœurs Fonda. Il les a empoisonnées.

— L'abbé Auriol ? Empoisonnées, dites-vous ?

— Ah pour sûr, monsieur le procureur. Elles sont mortes empoisonnées. Elles vivaient ensemble. Et le curé était installé chez elles, à demeure. Marie, la première, est morte le 18 juillet dernier. Le midi, elle était à table. Le soir, elle est morte ! Elle était malade, mais quand même ! Le curé est resté vivre avec l'autre sœur, Rose. Et le 25 août, monsieur le procureur, il l'a emmenée à Perpignan pour lui faire faire un testament. Et voilà que le 30 août, Rose... elle y passe à son tour ! Le midi, elle allait bien. À 13 heures, elle souffrait comme une bête. Elle criait comme ça : “Je suis morte ! J’ai quelque chose qui brûle dans mon ventre.” À 14 h 30, elle était passée.

— Et lui, comment a-t-il expliqué ça ?

— Il a dit que c’était une crise de choléra. Et il l’a fait enterrer le lendemain, sans même attendre la messe ! Quand les parents sont venus, le curé les a chassés : “Allez-vous-en, vous n’avez rien à faire ici. Tout m’appartient !” Il a pris toute la succession ! À Nohèdes, on a tout de suite vu que c’était pas normal. Mourir juste après avoir fait un legs au curé... Et tout le monde a dit que c’était à cause de l’institutrice.

— L’institutrice, oui j’en ai entendu parler aussi... Une demoiselle Vernet.

— Elle-même, monsieur le procureur. Figurez-vous qu’elle et l’abbé Auriol... Eh bien... Comment dire... Ils ne se disaient pas que des prières, vous voyez, monsieur le procureur. Ils fricotaient.

— Mmmh, oui, oui... C’est ce qu’on dit, oui...

— Ça a fait scandale. Alors elle a dû partir. Et l’abbé Auriol va la rejoindre, avec le magot. Il a déjà vendu toutes les terres des Fonda. Tous les meubles et même les provisions. Il faut faire quelque chose, monsieur le procureur. Ce soir, ce sera trop tard, il se sera envolé !

— Ce soir ? Envolé ?

— Ce soir ou demain, monsieur le procureur ! C’est sûr.

— Votre curé Auriol, monsieur Salcenach, rappelez-moi quand il est arrivé à Nohèdes ? »

Le meunier est soulagé d’avoir trouvé une oreille attentive. Il répond : « Ça doit faire un peu plus d’un an, monsieur le procureur. »

C’était en avril 1880 exactement. L’abbé Joseph Auriol a débarqué à Nohèdes à peine sorti du séminaire, à vingt-sept ans tout juste. Nommé pour son premier poste de curé au fin fond de nulle part.

Nohèdes, soixante-deux habitants. C'est simple : après le village, le chemin s'arrête. Sur l'église, il n'y a même pas de clocher, juste une armature de fer forgé pour accrocher la cloche. Heureusement, Auriol était un fils de paysan, un Catalan, un type du coin. Il s'est rapidement intégré. Et il avait le contact facile. Quand il s'est installé, il a gardé la bonne de l'ancien curé, Rose Fonda. Elle faisait le ménage et préparait ses repas. Puis il a trouvé que c'était plus commode d'aller manger directement chez elle, midi et soir. C'est là qu'il a fait la connaissance de Marie, la sœur de Rose. Ah, deux saintes que ces sœurs Fonda ! De vraies grenouilles de bénitier ! Elles vivaient modestement d'une petite rente. Elles étaient bien contentes de pouvoir arrondir leurs fins de mois avec l'argent de l'abbé. Elles accueillaient également en pension l'institutrice du village, Alexandrine Vernet. C'est chez les sœurs Fonda que le curé l'a rencontrée. Pendant l'hiver, au cours de soirées passées bien au chaud près de l'âtre, ils se sont rapprochés. Et voilà ! Forcément, dans un village de soixante-deux habitants, tout le monde a fini par être au courant. « On voyait bien que l'abbé était tourmenté mais, que voulez-vous, c'était plus fort qu'eux ! »

La nouvelle a fini par arriver aux oreilles de l'inspecteur de l'académie de Montpellier. Dans le contexte de l'époque, c'était un scandale. Dénoncée par une population indignée, Alexandrine a été convoquée au rectorat puis mutée à une douzaine de kilomètres de Nohèdes. Cinq heures de marche. On aurait pu croire que la distance les séparerait, on se serait trompé. Plus d'une fois on vit le curé passer d'un bon pas, le soir, pour la rejoindre. Vingt-quatre kilomètres aller-retour, à chaque fois.

« Je vais même vous en raconter une bonne, monsieur le procureur ! Une bien bonne ! Une fois qu'ils étaient en calèche tous les deux, figurez-vous qu'à la sortie du village, d'après ce que dit le cocher, ils ont commencé à bien s'amuser tous les deux, à l'arrière... Elle a glissé sa main sous la soutane du curé ! C'est pas beau ça ! Une autre fois, à Perpignan, on les a vus prendre le train ensemble. Et, pendant le voyage, le curé a changé d'accoutrement. Il a troqué sa soutane contre une redingote et un chapeau rond ! C'est pas curé, qu'il aurait dû faire, c'est comédien ! »

La confidence est croustillante mais ce qui intéresse vraiment le procureur, c'est que c'est peu de temps après cette séparation forcée que Marie, la première sœur, est morte. C'est donc après que Rose est venue s'installer au presbytère et que le curé l'a traînée chez le notaire pour signer deux testaments. Chacun léguait à l'autre tous ses biens en cas de décès. Dix jours plus tard, Rose Fonda mourait à son tour. « Le jour même, monsieur le procureur, le jour même l'abbé a vendu les chèvres de Rose ! Et après, la maison puis, un peu plus tard, les trois prés qu'elle avait ! » Le meunier appuie sur l'indécence du comportement de l'abbé. Comme tous les habitants de Nohèdes, il a été outré. À la messe suivante, le curé annonce à ses ouailles qu'il part en congé. C'en est trop. C'est cette annonce qui a décidé le meunier à prendre son bâton et à descendre chez le procureur. Pour lui, c'est clair, l'abbé Auriol ne part pas en congés, il fuit ! Il va rejoindre sa maîtresse ! Le procureur demande à Salcenach de coucher tout ce qu'il lui a raconté par écrit, avec la ferme intention de faire coffrer l'abbé Auriol avant son départ. Pour l'instant, il manque de preuves concernant l'empoisonnement. En revanche, il peut très bien l'arrêter pour « outrage public à la pudeur ». La calèche, la main d'Alexandrine sous la soutane... L'abbé est cuit !

S'il veut coincer l'abbé, le procureur a intérêt à se dépêcher. Car effectivement, l'abbé Auriol a pour projet de s'enfuir. Il traîne une énorme valise, il part pour Carcassonne. Et, en chemin, il commet l'imprudence de s'arrêter à Prades, afin de régler une dernière affaire chez le notaire. Et c'est là, rue de l'École, qu'il est interpellé par le maréchal des logis Ribes.

« Vous êtes bien l'abbé Auriol ? Joseph Auriol ?

— C'est moi.

— Eh bien, on vous cherchait ! Veuillez me suivre s'il vous plaît.

— Mais pourquoi ?

— Vous verrez bien. Outrage à la pudeur, je crois.

— Écoutez, je suis attendu pour une retraite. Laissez-moi partir, je me présenterai à la gendarmerie demain, vous avez ma parole !

— Désolé, mon père. Si ça ne tenait qu'à moi... Mais les ordres sont les ordres. »

L'abbé Auriol est conduit devant le procureur en personne, qui l'interroge, puis devant le juge d'instruction. Deux républicains purs et durs. Pas vraiment amateurs de curés, bien entendu.

« Depuis quand fréquentez-vous Mlle Vernet ?

— Je l'ai rencontrée chez les sœurs Fonda. Je reconnais que, du jour où elle a pris pension chez les sœurs, j'aurais dû cesser de m'y rendre aussi. Ça m'aurait épargné des ennuis ! Tous ces racontars viennent du meunier Salcenach. Il a mauvais esprit. Il avait des vues sur l'institutrice et il m'en veut. Mais rien de ce qu'il raconte n'est vrai ! Tenez, il a même fait courir le bruit que Mlle Vernet était enceinte de moi !

— Et ?

— Mais monsieur le juge, c'est bien impossible ! Je ne l'ai jamais touchée ! »

Le juge n'est pas convaincu et il inculpe le curé pour outrage public à la pudeur. Il est envoyé sur-le-champ au fond d'un cachot sans fenêtres. Le lendemain, en fouillant sa valise, on découvre une petite fiole contenant un liquide transparent. Le curé dit que c'est un remède pour les rages de dents. Et si c'était plutôt du poison ? La fiole est envoyée dans un laboratoire.

L'après-midi, on sort l'abbé de sa cellule pour le ramener devant le juge. Un gardien seul le conduit à travers les rues de Prades. Et soudain, il se dégage de l'emprise du gardien, soulève sa soutane et part en courant ! Le gardien se lance à ses trousses mais, grâce à ses randonnées nocturnes, le prêtre a de l'entraînement et le devance de loin. « Arrêtez-le ! Arrêtez-le ! Attrapez l'abbé ! » Le gardien est rejoint par deux, puis cinq, puis dix personnes. Mais l'abbé parvient à s'enfuir dans la campagne. Le procureur ordonne alors une battue. Il est finalement retrouvé par un gendarme, dissimulé derrière un buisson, en chemise. Il lui reste encore assez de forces pour se débattre, mais l'autre parvient rapidement à le maîtriser. Le 30 septembre, l'affaire est dans le journal *L'Éclaireur :* « On prétend que les curés sont les ennemis de l'enseignement laïque. C'est une erreur. Du moins, le curé de Nohèdes nous a prouvé pour son compte qu'il n'avait aucune aversion pour les institutrices. » Le lendemain, l'abbé Auriol est finalement conduit devant le juge escorté, cette fois-ci, de plusieurs gardes. Le juge lui annonce qu'il est désormais inculpé pour le double empoisonnement des sœurs Fonda.

Au même moment, on se met à la recherche d'Alexandrine Vernet, la scandaleuse institutrice. On retrouve rapidement sa trace, dans un hôtel de Carcassonne où elle a séjourné huit jours.

« Elle est arrivée à l'hôtel avec un jeune homme. Il était habillé en catalan et parlait très bien français. Je me souviens de m'être dit qu'il avait l'air cauteleux, fourbe. C'est ce qui m'a fait penser, après, que c'était peut-être bien là un curé déguisé ! Quand la demoiselle est arrivée à l'hôtel, elle n'avait pas un sou. Elle attendait des malles. Et, quand les malles sont arrivées, il y avait aussi une sacoche en cuir, pleine d'or ! »

Mlle Vernet a attendu son amoureux dans sa chambre d'hôtel, en se rongeant les sangs. Un jour puis deux... Elle ne savait pas que l'abbé était en prison. Elle a cru qu'il l'avait abandonnée. Alors elle lui a écrit une lettre rageuse :

« Je suis encore à l'hôtel Saint-Pierre où je t'attendrai toujours, mais hâte-toi de venir ou je meurs de désespoir ! Tu veux donc me laisser, cruel, ingrat, inhumain ! Tu ne peux me reprocher qu'une chose, c'est de t'avoir trop aimé ! »

La lettre est soigneusement consignée dans le dossier du juge. Quelques jours plus tard, le 2 octobre, Alexandrine Vernet a quitté l'hôtel sans laisser d'adresse. « Elle m'a dit qu'elle allait rentrer dans un couvent, dans le Nord je crois. » On n'entendra plus parler d'elle avant longtemps. En ce qui concerne l'abbé Auriol, les choses sont mal parties. Sa première fuite ne fait que confirmer les soupçons qui pèsent sur lui. Au cours d'un interrogatoire, la pression s'accentue :

« Pourquoi cette tentative de fuite, monsieur l'abbé ?

— C'était pour éviter la honte de me voir conduit prisonnier à travers les rues de Prades.

— Le liquide qu'on a retrouvé dans votre valise, on l'a fait analyser. C'est de l'acide prussique. Un poison mortel...

— Eh bien quoi ? Je voulais m'en servir pour faire des expériences en botanique.

— Tiens donc ! Et quelles expériences ?

— Eh bien... Je voulais décolorer les fleurs. »

Le juge a fait le compte des biens reçus en héritage par le curé après la mort des sœurs Fonda. Une maison, trois parcelles de terre, une propriété par-ci, une autre par-là... L'abbé a tout vendu !

« Quand tout a été vendu, j'ai touché environ 19 000 francs en argent. Je ne pouvais guère, en tant qu'ecclésiastique, exploiter les terrains ! Avec cet argent, j'ai réglé 3 000 francs de dettes qu'avaient les pauvres sœurs Fonda. J'avais l'intention de placer le reste au bénéfice de leurs neveux et nièces, monsieur le juge.

— 19 000 francs, dites-vous ? Moins 3 000 francs de dettes, ça fait donc 16 000 francs. Mais on n'a retrouvé sur vous que 11 000 francs, il en manque donc 5 000 ! Où sont-ils passés ?

— Ah ça, je ne sais pas... Tout à l'heure, j'ai jeté un papier. J'ai peut-être jeté les billets avec ? répond le curé avec mauvaise foi.

— Ne les avez-vous pas plutôt envoyés à Mlle Vernet ? Vous aviez convenu de partir ensemble avec l'argent ! Où est-elle ?

— Elle n'a rien à voir avec tout ça, fichez-lui la paix ! s'emporte l'abbé Auriol. Si vous avez des accusations à porter, portez-les sur moi et moi seul. Alexandrine n'est que dévouement et générosité !

— Qu'aviez-vous l'intention de faire en quittant Nohèdes et votre état ecclésiastique ? Pourquoi Alexandrine avait-elle une partie de vos bagages ?

— Je refuse de répondre ! »

Puis il se calme : « Oui, je voulais quitter la soutane. Nous devions nous retrouver. Nous avions le projet de partir ensemble en Espagne. Elle ne voulait pas, c'est moi qui l'ai entraînée. »

Le juge, en vrai professionnel, sent qu'il n'est pas loin de craquer.

« Demain, nous vous emmènerons à Nohèdes. Nous allons perquisitionner le presbytère, puis nous procéderons à une reconstitution.

— Vous voulez me remonter là-haut ? Ah ça non ! Je ne veux pas y retourner !

— Il le faudra bien ! Garde, reconduisez monsieur l'abbé en prison !

— Attendez, attendez ! Je vais tout vous dire ! »

On lui donne une plume et du papier, et l'abbé passe à confesse. « Pour mettre ma conscience en paix avec Dieu et avec les hommes, auxquels je demande pardon de mon crime, je déclare que j'ai commis le crime horrible d'empoisonnement sur la personne de deux saintes âmes, auxquelles je ne devais que de la reconnaissance. Cette faute, je l'ai commise dans l'unique intention de capter une fortune qui m'aurait permis de satisfaire une passion coupable. »

Puis il demande pardon à l'Église, à sa famille, à celle d'Alexandrine et aux paroissiens de Nohèdes.

Le lendemain, le procureur, le juge, son greffier et un gendarme prennent le chemin de Nohèdes. Ils trouvent le presbytère vide, preuve que l'abbé avait bien décidé de s'enfuir. On exhume les corps des sœurs Fonda pour prélever leurs viscères, qu'on place dans des bocaux avant de les envoyer à Montpellier pour les faire analyser. On demande ensuite à l'abbé d'entrer dans les détails. Il explique que Marie Fonda était atteinte d'hydropisie et que, selon les médecins, elle était promise à une mort subite. Ceux-ci confirment : elle avait une maladie du cœur. « Comme elle ne se sentait pas bien, j'ai fabriqué un liquide en y faisant infuser cinq ou six racines de *baladre* dans un litre d'eau. Et j'ai versé dans sa tasse l'équivalent d'un petit flacon. Une demi-heure plus tard, elle a fait une attaque. » La *baladre*, c'est le nom catalan de l'hellébore blanc, une fleur toxique pour l'homme bien connue des herboristes.

Et pour Rose, comment ça s'est passé ? « Elle était toujours souffreteuse et allait en s'affaiblissant. Surtout après la mort de Marie. Le 30 août, elle a été prise d'un malaise général. Elle se sentait enveloppée d'un manteau de glace. Dans une des potions de tilleul qu'on lui a fait absorber, j'ai eu la faiblesse et le malheur de verser quelques gouttes de ce liquide que vous avez trouvé dans ma valise. C'est de l'acide prussique. Le soir, elle a perdu connaissance pour ne plus se réveiller. »

L'acide prussique, pour dire les choses clairement, c'est ce qu'on appelle plus couramment aujourd'hui du cyanure. Le juge apprend alors qu'une des nièces des sœurs Fonda était présente quand ses tantes sont mortes. Zette, treize ans. Elle n'a pas tout compris, mais elle a tout vu : « Le curé a mis le contenu d'une petite fiole dans un bol de tisane. Et, quand elle ne pouvait presque plus avaler, il lui a fait ouvrir la bouche et lui a passé à travers les dents le contenu d'une petite cuillère. Après, j'ai repris la cuillère et le curé m'a crié de ne pas la mettre avec les autres. »

Elle raconte aussi un épisode un peu gênant. Lorsque, une nuit, elle a surpris sa tante Rose, Alexandrine et l'abbé Auriol s'amusant tous les trois dans la même chambre, si vous voyez ce que je veux dire... Là aussi, elle n'a pas tout compris. Mais elle a tout vu. Zette raconte ensuite qu'à Prades, chez le notaire, sa tante Rose ne voulait pas signer le testament. Le curé s'était alors emporté : « Il lui disait : "Il faut le faire, ou je vous quitte !" Il a pris son bâton et son sac et il est parti. Ma tante l'a rattrapé et après, elle a bien voulu signer le testament. » Le témoignage de Zette est très lourd, si elle dit vrai, l'abbé Auriol est coupable. Mais il est à prendre avec des pincettes : le curé l'a tout de même spoliée de son héritage...

Quelque temps plus tard, le rapport d'autopsie et l'analyse chimique des viscères des sœurs Fonda arrivent sur le bureau du juge. Et c'est très embêtant : on n'a rien retrouvé, ni traces d'acide prussique, ni hellébore. Heureusement qu'il y a les aveux de l'abbé... Mais, est-ce un hasard du calendrier, le 8 octobre, celui-ci écrit au juge pour lui dire qu'il se rétracte : « Ma conduite a bien été celle que j'ai dite en ce qui concerne mes faiblesses avec Mlle Vernet. Mais je dois aussi déclarer que je suis tout à fait innocent vis-à-vis des empoisonnements que j'ai mis à ma charge. La preuve de mon innocence résultera avec évidence de l'expertise que vous avez confiée à la science médicale. » C'est un coup de tabac ! Et comment diable le curé peut-il savoir que les analyses sont négatives ? Le juge se précipite à la prison. « Je n'ai empoisonné ni Marie ni Rose. J'ai avoué parce que je ne voulais pas faire le voyage à Nohèdes entre deux gendarmes. Vous m'aviez promis que, si je parlais, je serais dispensé de ce calvaire. »

Malgré tout, le 17 janvier 1882, Joseph Auriol est renvoyé devant la cour d'assises des Pyrénées-Orientales pour l'empoisonnement de Rose et Marie Fonda. Il risque la guillotine.

Le procès de l'abbé Auriol s'ouvre le 29 juillet 1882, au palais de justice de Perpignan. Et il attire les foules, surtout des femmes, ce dont le journal républicain *L'Espérance* s'offusque : « Ces femmes ne perdraient rien à se tenir éloignées de ces débats publics où les attire une curiosité malsaine. Qu'elles se le tiennent pour dit. »

L'abbé apparaît en veste noire. Il ne porte plus la soutane. Le président se lance dans le récit de la romance de Nohèdes :

« Pendant six mois, on vous vit dans des transes continuelles.

— Je sais que cette passion naissante était blâmable chez un curé. Mais je n'ai pas pu y résister.

— A-t-il existé des relations intimes entre vous et Mlle Alexandrine Vernet ?

— Cela dépend du sens que l'on applique à ces mots de relations intimes. Si c'est relation d'affection, oui, mais si vous pensez à des relations d'ordre immoral, c'est faux. »

En clair, l'abbé n'a pas eu de relations sexuelles avec Alexandrine. C'était un amour platonique, selon lui.

C'est alors que le président abat une carte maîtresse. Il sort une lettre, une lettre dont la défense n'avait pas connaissance. Elle a été saisie à la Poste et date du 22 août. Elle est codée, chiffrée. Les amants avaient inventé un alphabet secret, un code rien qu'à eux. Le A est un point sur un tiret, le B deux points sur un tiret. Le M est deux points, une barre, un point. Une fois le code déchiffré, on y lit ceci :

« *Mon amour, ma bien-aimée,*

Rose m'a fait un testament. Elle est malade depuis : le moindre travail lui donne de la fièvre. Écris-moi avant ton départ et ne te tracasse de rien. Conserve-toi pour ton bien-aimé.

Adieu du départ. Amour toujours, éternellement, à ma seule, unique, tendre, douce et aimée Alexandrine.

Ton fidèle pour la vie, Louis Duval »

« Reconnaissez-vous cette lettre ?

— Ce n'est pas moi qui l'ai écrite.

— Il n'y avait pourtant que vous et elle qui écriviez en code secret.

— Je ne sais pas. »

On fait défiler les témoins et notamment le cocher qui vient raconter ce qui s'est passé dans sa calèche.

« Mlle Vernet a-t-elle mis sa main sur ou sous la cuisse de l'abbé ?

— Sur la cuisse. J'ai été jeune, moi aussi. J'ai compris qu'ils se caressaient.

— A-t-elle posé la main sous sa soutane ?

— Ah, ça, je l'ai pas vu. Mais j'ai vu des gestes équivoques, de la main droite ou gauche. J'ai compris ce qu'ils voulaient faire... »

Parmi les trente-cinq témoins cités à la barre, deux seulement défendent l'abbé. Le maire du village, d'abord :

« Quelle était l'opinion de la commune sur l'abbé Auriol ?

— Bonne.

— N'avait-il pas un ennemi personnel ?

— Il en avait un : M. Salcenach, le meunier. »

Puis un autre abbé qui, par solidarité, décide de le soutenir : « En mon âme et conscience, je le crois innocent. » C'est mince et ça risque de ne pas suffire. Vient le moment de la plaidoirie de l'avocat général Rousselier. Pour lui, « débauche et cupidité sont les mobiles du crime ». Il en tient pour preuve la saisie dans les bagages de l'abbé d'un ouvrage intitulé *Fraudes dans l'accomplissement des fonctions génératrices*. Autrement dit, comment « pécher » sans concevoir d'enfant. Il raconte ensuite que le neveu des sœurs Fonda était venu trouver le curé pour lui demander sa part de l'héritage et que l'autre l'a chassé en lui donnant 1 franc. « Pour des attentats comme ceux qu'il a commis, la justice des hommes ne doit pas être miséricordieuse. » Mais il ne réclame pas la peine de mort. Il se contente du bagne, à perpétuité. L'avocat du curé, Me Noé, plaide que « la science n'a rien établi, aucune preuve n'a été apportée ». Car de fait, on n'a pas retrouvé de cyanure dans les viscères des deux pauvres femmes. Pour lui, les témoins sont « des ennemis politiques et anticléricaux, rien de plus ». L'audience est suspendue le 2 août 1882, à 1 heure du matin. Les jurés reviennent trois quarts d'heure plus tard.

L'abbé Auriol est reconnu coupable d'avoir empoisonné les sœurs Fonda. Mais – est-ce parce qu'il est un homme d'Église ou parce qu'il a succombé à la passion, ce que chacun peut comprendre – le jury lui accorde des « circonstances atténuantes ». Il échappe à la guillotine et écope d'une peine de travaux forcés à perpétuité. La foule, « entre deux et trois mille personnes » d'après les journalistes, se disperse dans la chaleur de la nuit perpignanaise. L'abbé Auriol est envoyé au bagne en Nouvelle-Calédonie, sur l'île des Pins. On ignore totalement ce qu'il est devenu. Quant à Alexandrine Vernet, on sait qu'en 1896, quatorze ans après l'affaire, elle s'est mariée avec un veuf, qui avait sept enfants. Elle est morte en 1931, à l'âge de soixante-quinze ans. Les deux amants ne se sont jamais revus.

L'empoisonneuse de Corrèze

Il est des histoires tragiques, auréolées de mystère, qui aujourd'hui encore suscitent l'étonnement. L'histoire de Marie Lafarge en fait partie. Une histoire d'amour, de haine et d'empoisonnement. Le portrait d'une femme aussi insaisissable que redoutable. Beaucoup disent que ce serait elle qui aurait inspiré à Flaubert le personnage de Madame Bovary.

Tout commence en novembre 1839, lorsque Charles Pouch-Lafarge, vingt-neuf ans, maître de forges du Glandier dans la commune de Beyssac, dont il est également le maire, se rend à Paris, pour ses affaires qui ne se portent pas très bien. Il veut faire breveter une de ses inventions, et en profiter pour trouver des investisseurs. Comme à son habitude, il séjourne à l'hôtel de l'Univers, rue Sainte-Anne. Là, loin de sa Corrèze et de son petit village de Beyssac, il tombe malade. Le matin du 18 décembre, il est pris de vomissements, de tremblements, et se retrouve incapable de quitter son lit. Bien mal en point, Charles demeure pourtant à Paris, et finit par obtenir ce fameux brevet.

Le 4 janvier 1840, de retour à Beyssac, au château du Glandier, il retrouve sa femme Marie mais doit immédiatement aller se coucher, tant il se sent mal. Le docteur Bardon, qui le connaît bien, vient à son chevet et passe même la nuit au château isolé. Il finit par conclure à une angine et s'en va après lui avoir prescrit quelques médicaments. Marie Lafarge veille son mari jour et nuit, mais son état ne fait que s'aggraver. Le 6 janvier, elle demande qu'on fasse venir un autre médecin. Le Dr Massenat est dépêché sur place, mais il ne parvient pas non plus à apporter de l'aide à Charles Lafarge. Le 10 janvier, son état est tellement critique que l'on demande aux membres de sa famille de venir à son chevet. Le Dr Bardon est également rappelé. Tous se relaient, nuit après nuit, au chevet du mourant.

C'est à l'arrivée de la famille de Charles Lafarge que les soupçons d'empoisonnement commencent à se porter sur Marie. La famille décide de ne plus la laisser seule avec Charles, et ordonne à celui-ci de ne plus rien accepter qu'elle pourrait lui proposer. Une bonne dit l'avoir vue verser une poudre blanche dans un lait de poule. Marie a bien sûr prétendu qu'il s'agissait de fleur d'oranger, mais les soupçons ne s'éteignent pas pour autant. Charles n'est même pas encore mort que la famille demande déjà l'expertise de ce fameux lait de poule au pharmacien Eyssautier. Le pharmacien n'est pas formel, mais il pense effectivement avoir décelé des traces d'arsenic dans le breuvage. Dorénavant, la famille de Charles décide d'interdire complètement l'accès de la chambre de Charles à Marie.

Le 14 janvier 1840, Charles rend l'âme. Ce même jour, son beau-frère, Léon Buffière, décide d'écrire au procureur du Roi pour lui faire part de ses soupçons et pour demander l'ouverture d'une enquête. Il vise directement Marie Lafarge dans cette lettre : « Mon beau-frère vient de succomber. Son genre de maladie, diverses substances recueillies et particulièrement l'opinion de M. Lespinas, médecin à Lubersac, font présumer un crime », écrit-il. Mais pourquoi Marie aurait-elle voulu empoisonner son mari ?

À première vue, on imagine mal pourquoi une jeune épouse, mariée depuis six mois seulement, voudrait tuer son mari. Nous sommes en janvier 1840, Charles et Marie se sont mariés le 11 août précédent. C'est tout de même surprenant... Pour tenter de démêler tout cela, il nous faut remonter bien en arrière.

À l'âge de quinze ans, Marie Fortunée Cappelle perd son père. Puis, à dix-sept ans, sa mère meurt également. Elle devient orpheline et sans le sou, ses parents ne lui ont laissé aucun héritage. Elle est prise en charge par son grand-père, en alternance avec sa tante, Mme Garat. Ils vivent à Paris, c'est donc là que la jeune fille va faire son entrée dans le monde. Marie est loin d'être idiote, elle a fait de bonnes études, parle plusieurs langues, se passionne pour l'histoire. Par-dessus tout, elle a un goût prononcé pour la littérature, et en particulier pour Lamartine. Sa vie parisienne n'est pas déplaisante : elle fréquente le grand monde, les bals, les fêtes et les rassemblements fastueux en tout genre. Et, évidemment, elle est courtisée. Une jeune femme éduquée et plutôt jolie, dans ce milieu-là, ça ne passe pas inaperçu. Mais Marie espère un mariage romantique, et aucun de ses prétendants ne parvient à la convaincre. Les années passent, et son grand-père comme sa tante aimeraient bien ne plus l'avoir à leur charge. Mais Marie décline toutes les propositions. Certaines ne sont pas assez romantiques, certains prétendants n'ont pas l'ascendance qu'il faut, ou d'autres la font tout simplement fuir. Ça ne va jamais ! Ni avec les hommes que lui présente son grand-père, ni avec un charmant inconnu qui vient lui demander sa main dans le jardin des Tuileries.

Le temps passe. Marie a déjà vingt-trois ans, cette situation ne peut plus durer. Son oncle, M. Garat, fait appel à une agence matrimoniale. Marie feint de ne pas être au courant, ou du moins elle ferme les yeux car elle ne veut pas savoir ce qui se trame. Et puis toute la famille insiste sur les qualités de l'homme qu'on va lui présenter. Il est d'une belle lignée, il est maître de forges, il habite un château en province, il est très fortuné et il est maire de la ville de Beyssac. Quelles garanties demander de plus ? Marie, quant à elle, n'a qu'une maigre dot de 25 000 francs or à offrir.

Charles Pouch-Lafarge arrive donc à Paris début août 1839. Il entend bien se marier avec elle sur-le-champ. Il est veuf et n'a pas de temps à perdre. Les présentations sont faites avec Marie Cappelle. Le mariage est convenu en deux jours. En l'épousant, Marie renonce à la vie parisienne, aux fêtes et aux mondanités. Elle se promet à une vie provinciale. Mais elle se dit que dans un château, avec un notable fortuné, ce n'est peut-être pas si mal. Quant à ses aspirations romantiques et romanesques, elle les a vite oubliées : la perspective de devenir châtelaine a dû la convaincre.

Le 11 août 1839, alors qu'ils ne se connaissent que depuis quelques jours, Marie et Charles se marient à Paris. Dès le lendemain, le jeune couple se met en route pour Beyssac. Évidemment, à l'époque, ce genre de voyage ne se faisait pas dans la journée, il leur faut donc quatre jours pour arriver à destination. Marie n'a eu qu'une seule exigence : que sa bonne, Clémentine, la suive au château du Glandier. Elle est donc du voyage. Charles Lafarge a bien l'intention de profiter de sa nouvelle épouse et n'a pas envie d'attendre leur arrivée en Corrèze. Alors qu'ils font halte dans un hôtel à Orléans, il se montre même un peu pressant. Marie est dans la salle de bains, et voilà qu'il veut entrer. Restée à l'extérieur, Clémentine s'y oppose : « Madame est au bain.

— Je le sais, mais ouvrez-moi, insiste Charles.

— Mais monsieur, Madame est déshabillée !

— Madame est ma femme, je veux la voir !

— Je vous en prie, attendez un instant, dans un quart d'heure je serai habillée, intervient Marie.

— C'est justement parce que vous êtes toute nue que je veux rentrer ! Me prendriez-vous pour un idiot ? Marie, je veux que vous ouvriez la porte !

— Non, je n'ouvrirai pas. »

Charles se met à hurler et à pousser des jurons. Sa femme se refuse à lui, ça commence mal.

Le 15 août, après quatre jours de trajet, Charles et Marie Lafarge arrivent enfin au château du Glandier. C'est un soir d'orage, et les conditions ne sont pas idéales pour découvrir l'endroit, mais la désillusion n'est pas seulement liée à la météo. Pour commencer, le Glandier n'a de château que le nom. Historiquement, il s'agit d'un ancien monastère cartusien, fondé en 1219 mais, aux yeux de Marie, ce n'est qu'une banale maison limousine, tout au plus un manoir sur lequel on aurait collé un clocher. Charles et Marie sont accueillis par la mère de Charles, qui vit aussi au Glandier. Elle fait visiter la demeure à sa nouvelle bru. Marie est terrifiée. Les lieux sont vétustes, à peine meublés, et l'ensemble est lugubre. Le salon est tout sauf un lieu d'apparat comme elle a eu l'habitude d'en fréquenter. Au mur, des tapisseries aux couleurs passées et, pour tout mobilier, il y a cinq chaises. Marie fond en larmes. Elle comprend que ce mariage ne va pas lui apporter la vie de château dont elle avait rêvé. Et surtout, elle comprend que Charles est loin d'être aussi fortuné qu'il l'a prétendu. Tout indique qu'il est au contraire au bord de la ruine. Son habitation en donne tous les signes... Marie est bien malheureuse, elle se sent piégée. Elle a beau adresser des lettres de complaintes à sa famille, il est trop tard, elle est mariée.

En visitant la forge de son mari, elle comprend que les affaires ne sont pas florissantes. Charles Pouch-Lafarge n'est pas l'industriel doué pour les affaires qu'on lui avait vendu. Au contraire, il est criblé de dettes et sa forge est au bord de la faillite. Pour compléter le tableau, il est aidé dans son entreprise par un certain Denis Barbier, son second à la tête du Glandier, où il vit également. Voilà donc Marie contrainte de cohabiter avec la mère de Charles et son contremaître, et aucun des deux n'a l'air de l'apprécier. Au contraire, ils semblent même désapprouver le mariage de Charles. La belle-mère est désagréable et revêche, elle prétend que le Glandier est hanté pour effrayer sa belle-fille. Le contremaître, quant à lui, est froid et distant avec Marie. Pour eux, c'est une Parisienne, une bourgeoise, et ils ne comptent pas faciliter son arrivée au château.

Pour couronner le tout, Marie découvre qu'il y a d'autres habitants au Glandier avec lesquels elle va devoir cohabiter. Les rats. Le château et la forge en sont infestés. Comme toute bonne maîtresse de maison, Marie va être chargée de s'en débarrasser. Et pour cela, elle va devoir les empoisonner. Vous me voyez venir ?

Mais pour le moment, c'est le chagrin qui l'emporte. Marie ne se voit pas vivre là, elle se dit que sa vie est gâchée. Un soir que Charles est parti fêter son mariage avec ses conseillers municipaux, elle envisage de se suicider dans sa chambre. Elle finit par envisager plutôt la fuite, et écrit une longue lettre à Charles, dont voici quelques extraits : « Charles, je vous ai indignement trompé ; je ne vous aime pas et j'en aime un autre. Mon Dieu j'ai tant souffert, laissez-moi mourir, vous que j'estime de tout mon cœur. [...] Ce soir, ayez-moi deux chevaux, dites le chemin de Brive, je prendrai le courrier de Bordeaux, je m'embarquerai pour Smyrne. Je vous laisserai ma fortune. [...] Je vous prie de ne jamais laisser soupçonner que j'existe. Si vous le voulez, je mettrai mon manteau dans un de vos précipices, et tout sera fini. Si vous voulez, je prendrai de l'arsenic. J'en ai : tout sera dit. » À la lecture de cette lettre, Charles devient fou. Il hurle devant la porte de sa femme, barricadée dans sa chambre avec sa bonne Clémentine. Il ne veut pas entendre parler de ce départ, et sans doute ne comprend-il pas grand-chose à cette lettre grandiloquente aux accents romanesques. Marie est agitée, cette nuit-là. Elle s'évanouit plusieurs fois. Clémentine tente de la calmer et de la raisonner. Marie finit par s'endormir et, résignée, abandonne ses plans de fuite et de suicide.

Après ces crises et ces disputes, la vie reprend doucement son cours au château du Glandier. Marie semble faire bonne figure avec tous, au point qu'on en oublie presque les crises d'hystérie qui ont marqué son arrivée. Peu à peu, elle quitte sa chambre et commence à s'habituer à sa nouvelle vie. D'abord, elle veille à ce que Charles adopte une apparence plus soignée que celle qu'il a eue jusqu'alors. Plus question de le voir porter tous les jours la même tenue négligée. Désormais, Charles se rase tous les jours et prend soin de ses ongles, jusque-là noircis par la crasse. Et petit à petit, Marie prend goût aux plaisirs que peut lui offrir cette vie à la campagne. Elle fait des promenades à cheval, des séjours à Tulle. Elle sympathise avec le docteur Pontier, l'oncle de Charles, qui vit à Tulle. Pontier est plus lettré et cultivé que la moyenne des Corréziens qu'elle a pu rencontrer, elle prend donc plaisir à être aux côtés de cet homme qui étanche sa curiosité.

Un jour, ils passent tous les deux devant le palais de justice de Tulle. Marie n'a jamais assisté à un procès, et Pontier l'y accompagne. On juge ce jour-là une mère infanticide. Marie est subjuguée. Elle remarque particulièrement le jeune avocat qui défend la femme. Elle interroge Pontier : « Qui est cet homme ? Il a un merveilleux talent ! » Pontier lui répond : « Il s'agit de Charles Lachaud. Il vient de Treignac. »

Les semaines passent, et Marie finit par s'investir totalement au Glandier. Elle veut faire des travaux d'aménagement et redonner un peu d'éclat à sa demeure. Et peu importe si sa belle-mère la réprouve. Au niveau sentimental, les choses ont bien changé entre Marie et Charles. Désormais, elle lui adresse des lettres d'amour enflammées, auxquelles il répond bien sûr. Elle parle d'amour éternel, de passion. Ce n'est plus du tout la jeune femme qui prétendait vouloir le quitter par amour pour un autre. Comme gage ultime à cet amour, Charles rédige un testament, dans lequel il lègue tous ses biens à sa jeune épouse. Marie est transportée de joie. Mais ce qu'elle ignore, c'est que quelques semaines plus tard, Charles rédige un nouveau testament, dans lequel il lègue tout à sa mère et à sa sœur. Marie a elle aussi rédigé un testament. Mais un jour, elle découvre que l'enveloppe scellée a été ouverte, et remplacée par un faux testament au profit des Lafarge. Une œuvre de sa belle-mère. Marie est furieuse et, surtout, elle commence à imaginer qu'on souhaite l'éliminer. Peut-être même que c'est comme cela que la première épouse de Charles est morte : on l'aurait tuée pour son héritage...

Pour autant, Marie continue de s'activer et de s'investir. Elle prend même part aux affaires de son mari, elle sait qu'il faut les relancer. Il est en train de créer un brevet, elle l'encourage à aller le déposer. Elle se montre optimiste, confiante dans l'idée que la fortune va bientôt revenir aux forges. Et c'est dans ce contexte qu'en novembre 1839, Charles se met en route pour Paris. Et éperdument amoureuse de son mari comme elle l'est maintenant, Marie a beaucoup de mal à supporter cet éloignement. Elle ne cesse d'adresser des courriers à Charles, dans lesquels elle lui témoigne de son amour. Tous les deux échangent des missives enflammées, qu'ils agrémentent de leurs cheveux pris dans le cachet de la cire de l'enveloppe, d'un baiser et même parfois de leur propre sang. Depuis Paris, Charles signe en effet une lettre à Marie signée de son sang. On est en pleine bluette ! Emporté par cette fougue, Charles supplie Marie de poser et de lui faire adresser son portrait. Marie s'exécute et, quinze jours plus tard, Charles reçoit un colis comprenant le portrait de sa femme, des châtaignes et une galette picarde. Ils conviennent d'un cérémonial amoureux : à minuit, ce soir-là, tous deux dégusteront de la galette picarde avant d'aller se coucher. C'est la nuit de cette petite collation nocturne et supposément romantique que Charles est tombé malade. La suite, vous la connaissez.

Pendant l'absence de son mari, au Glandier, Marie n'a de cesse de s'occuper des rats, qui envahissent toutes les pièces de la maison, faisant des ravages et mangeant tout ce qu'ils trouvent. En décembre, alors que Charles était à Paris, voici le petit mot qu'elle avait adressé au pharmacien d'Uzerche : « Je suis dévorée par les rats, Monsieur, j'ai déjà essayé le plâtre et de la noix vomique pour m'en débarrasser, mais rien n'y fait. Voulez-vous me confier quelque peu d'arsenic ? Vous pouvez compter sur ma prudence. C'est pour mettre dans un cabinet où il y a du linge. Je voudrais bien avoir quelque peu de tilleul et de fleur d'oranger. Marie Lafarge, du Glandier. » Le bon pharmacien d'Uzerche avait accédé à sa demande. Et ce, juste avant que la fameuse galette picarde qui allait être envoyée à Charles ne soit préparée.

Maintenant que Charles est rentré de Paris, les médecins défilent au château. C'est l'occasion pour Marie de leur demander de quoi exterminer les rats. Car l'arsenic ne s'obtient pas comme ça. Lorsque le bon docteur Bardon écrit un mot pour le pharmacien, plus besoin de faire des pieds et des mains pour en obtenir. Et Marie ne se gêne pas pour en demander toujours plus. Elle prétend maintenant que Charles lui-même se plaint des rats. Tous ces pas sur le parquet et dans les cloisons, tous ces bruits pour un malade presque mourant, c'est certainement très désagréable... Dans la période entre la préparation du gâteau et la mort de son mari, Marie a réussi à se procurer de l'arsenic trois fois.

Lorsque Charles meurt et que son beau-frère écrit au procureur du Roi, les conséquences ne tardent pas à tomber. Peu de temps après, un juge se présente au Glandier et cinq médecins sont nommés pour examiner le cadavre de Charles. L'autopsie a lieu dans la chambre où il est mort. À première vue, ils ne trouvent rien qui témoigne d'un empoisonnement, pas la moindre trace d'arsenic. Ils procèdent donc à des prélèvements, qu'ils analyseront plus tard. Et des scellés sont posés sur toutes les pièces à conviction possibles : principalement tous les bols de bouillon qui ont pu être donnés au malade. Les analyses prennent plus d'une semaine, mais les résultats sont là, et ils sont positifs : des traces d'arsenic ont bien été retrouvées dans l'estomac de Charles. En infimes quantités, certes. Il n'empêche, c'était bien un empoisonnement ! Dès le lendemain, Marie Lafarge est inculpée et arrêtée par un brigadier muni d'un mandat. Elle est emmenée à la prison de Brive. Marie clame son innocence. Elle n'hésite pas, comme ça lui ressemble, à faire quelques envolées lyriques : « Je n'appartiens plus ni à ce peuple, ni à ce siècle. Mourir n'est rien... Mais servir de spectacle aux yeux du vulgaire, être sevrée de ma famille, de ma maison, de tout ce qui fait la société, le charme de la vie... »

L'arrestation de Marie fait grand bruit dans la presse. Son histoire s'est fait connaître à travers la France entière. Et c'est par le biais des journaux qu'un certain monsieur de Léautaud apprend la déconvenue de Marie Lafarge. Il va alors sauter sur l'occasion pour l'accuser d'un vol, qu'elle aurait commis des années plus tôt, à Paris. Le vol en question serait celui d'une parure de diamants qui appartenait à sa femme, avec qui Marie était amie. Persuadé qu'une femme qu'on soupçonne d'avoir empoisonné son mari pourrait tout aussi bien avoir dérobé des bijoux, il avertit le préfet de police. Une perquisition a lieu le 10 février 1840 au Glandier. Dans une cache du mur de la chambre de Marie, on retrouve la fameuse parure. C'est ainsi qu'au lieu d'un procès, Marie va en connaître deux coup sur coup. L'un pour vol de bijoux, l'autre pour empoisonnement.

Le premier procès de Marie Lafarge, pour vol de bijoux, s'ouvre le 9 juillet 1840 au palais de justice de Brive. Pour sa défense, Marie a fait appel à l'avocat qu'elle avait remarqué lors du procès de la mère infanticide auquel elle avait assisté à Tulle. Pour cela, elle lui a fait adresser un de ces petits billets dont elle a le secret : « Vous avez un admirable talent, Monsieur. Je ne vous ai entendu qu'une fois et vous m'avez fait pleurer. Alors pourtant j'étais gaie et rieuse, aujourd'hui je suis triste et je pleure. Rendez-moi le sourire en faisant éclater mon innocence aux yeux de tous. » Le brillant Me Charles Lachaud assure donc la défense de Marie pour ce premier procès. Après une semaine, elle est condamnée à deux ans d'emprisonnement. Lachaud est habile et parvient à faire annuler cette condamnation dès le mois d'août pour un vice de procédure.

Le second procès commence le 3 septembre de la même année, à la cour d'Assises de Tulle. Cette fois, il s'agit de l'empoisonnement, et le procès va durer beaucoup plus longtemps. Comme les quantités d'arsenic retrouvées étaient trop faibles, on fait exhumer le corps pour procéder à une seconde expertise. Mathieu Orfila, inventeur de la toxicologie médico-légale, vient exprès de Paris pour procéder à ces expertises. C'est un procès fastidieux pour l'époque, car il nécessite l'exploitation de données scientifiques mal connues.

Tout au long du procès, Marie continue de clamer son innocence. L'avocat général, arguant de la perversité de Marie et du sang-froid avec lequel elle a agi, demande la peine de mort. Il dit même : « S'il y avait une peine plus élevée que la peine de mort, je n'hésiterais pas à la demander. » Marie s'affaiblit peu à peu. Le procès l'éprouve beaucoup. Après les délibérations du jury, elle n'est pas capable de venir assister au verdict. Souffrante et affaiblie, elle s'est évanouie dans sa cellule. Si elle échappe finalement à la peine de mort, elle est condamnée aux travaux forcés à perpétuité et à être exposée en place publique à Tulle. Très vite, des voix se font entendre dans la presse. Elles contestent la sentence. George Sand, par exemple, fait partie de ceux qui voient dans ce procès de scientifiques trop d'approximations. Pour elle, Marie est innocente. Son avocat, Charles Lachaud, fait également tout pour bousculer l'opinion en ce sens. Dans la prison de Tulle, Marie se désespère et vieillit à vue d'œil. En l'espace de six mois, ses cheveux ont blanchi. Elle alterne ses journées entre les travaux obligatoires, la lecture et, en fine lettrée, entreprend la rédaction de ses mémoires. Lesquels sont publiés dès octobre 1841. Entre-temps, elle a été rejugée en appel pour le vol des bijoux, et déclarée coupable. D'abord condamnée au bagne à Toulon, son faible état de santé pousse Louis-Philippe à commuer sa peine en détention criminelle à perpétuité. On l'envoie à Montpellier purger le reste de sa peine. Elle y passe neuf ans, sans jamais cesser de clamer son innocence. Là, elle contracte une tuberculose. Son état de santé se dégrade rapidement. Quand son maintien en prison devient inenvisageable, on l'envoie en maison de repos à Saint-Rémy-de-Provence. Mais sa santé ne s'arrange pas. Le 1er juin 1852, Napoléon III la gracie. Marie est enfin libre, mais elle n'en a plus pour très longtemps à vivre. Le 7 septembre, elle meurt à Ussat, avant d'être enterrée à Ornolac.

Jusqu'à la fin de sa vie, Me Lachaud, qui l'a défendue au cours de ses trois procès, est venu chaque année fleurir sa tombe.

Le monstre de Montmartre

Dans le XVIIIe arrondissement de Paris, on se souvient encore de la série de meurtres de vieilles dames qui avait ébranlé tout le quartier et toute la ville, entre 1984 et 1987. On ne peut pas oublier ça, huit meurtres en six semaines dans un seul quartier, une épouvantable hécatombe.

Le 5 octobre 1984, Anne Ponthus, quatre-vingt-trois ans, rentre du marché. On la suit, on la pousse dans son appartement, on la bâillonne et on la ligote avec le cordon des rideaux. On la frappe au visage et sur tout le corps, avant de l'étouffer avec un oreiller. Ensuite, on retourne son appartement. Le butin ? 300 francs, 30 euros, trois fois rien. Ses voisins, sous le choc, décrivent une toute petite dame, toute menue, qui marchait très difficilement avec une canne et qui parlait souvent avec les gens, tant elle se sentait seule.

Le même jour, Germaine Petitot, quatre-vingt-onze ans, est agressée rue Lepic. Ligotée, bâillonnée, battue elle aussi... Elle survit à l'agression, mais le choc est tel qu'elle ne peut rien raconter.

Quatre jours après, le 9 octobre, les pompiers interviennent dans le quartier pour éteindre un incendie. Ils retrouvent dans les décombres le corps de Suzanne Foucault, quatre-vingt-neuf ans, pieds et poings liés, la tête enserrée dans un sac plastique. On lui a volé sa montre et 500 francs en liquide, l'équivalent de 75 euros.

Un mois plus tard, le 5 novembre, Ioana Seicaresco, soixante et onze ans, est retrouvée morte étranglée à son domicile. Son nez a été fracturé, ses côtes et sa mâchoire brisées. On l'a torturée pour qu'elle dise où se trouvait son argent, 10 000 francs en bons du trésor, envolés.

Deux jours plus tard, Alice Benaïm, quatre-vingt-quatre ans, est retrouvée étranglée, pieds et poings liés avec du fil électrique. On l'a torturée en lui faisant boire du détergent pour un butin misérable, moins de 500 francs.

Cette litanie de meurtres est insupportable, hélas, elle n'est pas terminée.

Le lendemain, à vingt mètres de là, Marie Choy, quatre-vingts ans, est trouvée torturée et étouffée, pour rien de plus que 300 francs. Et le jour d'après, Maria Mico-Diaz, soixante-quinze ans, meurt étouffée par un torchon. Son corps est couvert de coups de couteau et on lui a coupé le petit doigt. Tout ça pour 200 francs.

Le 12 novembre, on retrouve deux corps dans la même journée, dont la mort remonte à plusieurs jours. Jeanne Laurent, quatre-vingt-deux ans, et Paule Victor, soixante-dix-sept ans, sont retrouvées étouffées, la tête dans un sac plastique.

Tout le quartier est en émoi. Très vite, les soupçons se portent sur des drogués, des trafiquants. Les gens se plaignent de l'insécurité, de troubles grandissants dans le quartier. Huit morts en six semaines, et pas la moindre piste... À part des empreintes digitales. On en a retrouvé partout, dans tous les appartements, mais, quand on les compare avec celles répertoriées dans les fichiers, ça ne donne rien. Très vite, le quartier est gagné par la psychose. Le 13 novembre 1984, une centaine de policiers sont déployés dans un rayon de 1 500 mètres autour du Sacré-Cœur. Mais la police n'a toujours pas la moindre piste. Le maire du XVIIIe décide d'organiser une réunion d'information.

Ce jour-là, près de deux mille personnes se réunissent à la mairie. Les gens ont peur, les vieilles dames surtout. Les politiques s'emparent du sujet, d'autant que l'opinion publique voit d'un œil très défavorable ce qu'elle considère comme un problème de sécurité.

Puis les meurtres cessent brusquement et, pendant un an, il ne se passe plus rien. Jusqu'en décembre 1985, où l'on retrouve Estelle Donjou, quatre-vingt-onze ans, étranglée chez elle, dans le XIVe arrondissement cette fois-ci. Quinze jours plus tard, à deux pâtés de maisons, Andrée Ladam, soixante-dix-sept ans, est retrouvée morte. Et encore cinq jours plus tard, Yvonne Couronne, quatre-vingt-trois ans… En tout, jusqu'au mois de juin 1985, on recense huit nouveaux meurtres.

À vrai dire, à ce moment-là, les policiers du 36, quai des Orfèvres, qui s'occupent de l'affaire, ne sont pas certains que l'on puisse relier cette nouvelle vague de meurtres de vieilles dames à celle de l'année précédente. Bien sûr, dans les deux cas, le ou les assassins cherchent de l'argent et se contentent de petites sommes. Mais dans les derniers crimes, le mode opératoire est différent. Les femmes n'ont pas été ligotées, ni même torturées. Si, au début, le doute demeure, on se rend rapidement compte que les empreintes digitales retrouvées sur les scènes de crime correspondent à celles que l'on avait retrouvées un an auparavant. Désormais, les policiers en sont certains, on recherche un homme qui a agi seul. Sa dernière victime sera Geneviève Germont, soixante-treize ans, retrouvée morte en novembre 1987. Quelques jours plus tôt, une femme a survécu à l'attaque du tueur. Elle s'appelle Berthe Finalteri. Elle s'est évanouie mais, dès qu'elle a ouvert les yeux, elle s'est souvenue de tout et est en mesure de livrer une description détaillée de son agresseur. Il s'agit un métis d'environ 1,80 mètre, cheveux blonds crépus, « coiffés à la

Carl Lewis », nez épaté, pommettes saillantes et anneau à l'oreille gauche. C'est très précis. Des hommes qui correspondent à cette description, il ne doit pas y en avoir des milliers. Le portrait-robot du tueur est immédiatement distribué dans tous les commissariats de Paris. C'est ainsi que l'homme va tomber.

Le 1er décembre 1987, le commissaire Francis Jacob, patron du commissariat du Xe arrondissement, discute avec des commerçants dans la rue quand soudain il aperçoit au loin, venant tout droit vers lui, un homme qui, hormis la couleur des cheveux, correspond trait pour trait au portrait-robot. Il n'hésite pas une seconde et interpelle l'homme, lui demandant ses papiers. Bingo ! Sur la photo de la carte d'identité, l'homme est coiffé à la Carl Lewis. On l'emmène au commissariat pour relever ses empreintes. En les comparant avec celles du tueur, plus de doute possible : c'est bel et bien l'assassin ! Après des années d'errance, on a enfin retrouvé le tueur de vieilles dames. L'homme s'appelle Thierry Paulin, et il est immédiatement conduit au 36, quai des Orfèvres, où commence une longue garde à vue. Thierry avoue tout de suite et reconnaît avoir commis vingt et un meurtres. Pourtant, les policiers n'en ont compté que dix-huit ! Quand on lui demande de raconter, il raconte. Comment il repérait les vieilles dames, comment il les approchait, pour leur parler. Si elles étaient trop virulentes, trop sur la défensive, trop méfiantes, il laissait tomber. Mais si elles étaient faibles, fragiles, fatiguées, il les suivait chez elles, les dépouillait et les tuait. Ce qui est incroyable, c'est qu'il se souvient de chacune d'entre elles. La tapisserie d'un appartement, la couleur des rideaux et même la couleur des portefeuilles, il n'a rien oublié. C'est à ce moment que les policiers se rendent compte d'une erreur très gênante qu'ils ont commise. Depuis un moment, ils se demandent pourquoi Thierry Paulin a arrêté de tuer pendant un an. Eh bien figurez-vous que c'était parce qu'il était en prison ! Eh oui ! À la suite d'un différend avec son dealer, qu'il a menacé avec un pistolet et frappé avec une batte de baseball. Le dealer a porté plainte et Paulin a écopé d'une peine de seize mois d'emprisonnement à Fresnes. Il est sorti au bout de douze mois, ce qui explique la longue pause dans les crimes.

Mais s'il a été condamné, comment se fait-il que l'on n'ait pas retrouvé la trace de ses empreintes digitales, pourtant nombreuses, dans le fichier ? Tout simplement parce que l'agression du dealer a eu lieu à Alfortville, dans le Val-de-Marne, et qu'à l'époque, les fichiers d'empreintes centraux n'existent pas encore. Quand on pense que, pendant trois ans, les policiers ont procédé à des milliers de comparaisons d'empreintes, à la main, pour rien ! On l'interroge sur les différents sévices qu'ont subis les victimes, les tortures. On se demande aussi pourquoi les meurtres étaient beaucoup plus violents dans le XVIIIe arrondissement que dans le XIVe. « Monsieur Paulin, vous vous souvenez d'Alice Benaïm ? Vous lui avez fait boire du détergent. Pourquoi ?

— Ah non, ça ce n'est pas moi, c'est Jean-Thierry ! »

C'est ainsi que les policiers découvrent que, dans la première série de meurtres, Paulin n'était pas seul. Il était accompagné par un certain Jean-Thierry Mathurin, un complice donc, qu'ils vont immédiatement interpeller dans le XIVe arrondissement. La suite va se jouer dans le cabinet du juge d'instruction.

En interrogeant Thierry Paulin, le juge va découvrir un tueur en série qui n'entre dans aucune catégorie, une personnalité troublante, étonnante, un grand pervers.

Thierry Paulin est martiniquais. Il a vécu une enfance compliquée, instable. Il a été élevé par sa grand-mère jusqu'à ses dix ans, après quoi il est parti en Métropole rejoindre son père à Toulouse, dans le quartier du Mirail. À l'école, il a tout laissé tomber. À dix-sept ans, il devance l'appel du service militaire et est affecté au salon de coiffure du régiment parachutiste. Là, c'est compliqué. Thierry Paulin est noir et homosexuel, ce qui ne l'aide pas beaucoup à la caserne. C'est d'ailleurs pendant son service militaire qu'il va signer son premier coup. Pendant une permission, il braque une vieille épicière avec un couteau et repart avec 1 400 francs. Mais l'épicière l'a reconnu, et il s'en tire avec deux ans avec sursis et un renvoi de l'armée.

Ensuite, il part s'installer à Paris, où il va découvrir la liberté. Il trouve un boulot au Paradis Latin, un cabaret particulièrement connu pour ses spectacles de travestis. C'est là qu'il va rencontrer Jean-Thierry Mathurin, un jeune serveur guyanais de dix-neuf ans, dont il va s'enticher. Mathurin aussi en a bavé, et il est à Paris pour les mêmes raisons... Mais il a une longueur d'avance sur Thierry : il consomme de l'héroïne et se prostitue de temps à autre. Le couple enchaîne les soirées branchées en boîte et les nuits extravagantes, habillés en drag-queen. Ils vivent à l'hôtel, dans le IXe arrondissement. Tout ça coûte de l'argent, beaucoup d'argent, et il faut en trouver. Thierry commence à dealer de la coke et de l'héroïne. Il en consomme aussi, mais moins que Mathurin, qui est défoncé du matin au soir. Et puis leur vient l'idée des vieilles dames. C'est facile à attaquer, une vieille dame, ça ne risque rien. C'est ainsi que commence l'effroyable massacre d'octobre 1984. Juste pour payer de la drogue et des soirées interlopes. Rien d'autre. Ils partent passer quelque temps à Toulouse, chez le père de Thierry, où ils continuent d'entretenir le train de vie effréné. Mais, rapidement, le père de Thierry en a marre des extravagances de son fils. Et le couple commence à battre de l'aile. Mathurin rentre à Paris. Thierry essaie de se lancer dans un spectacle de travestis à Toulouse, mais c'est un échec. Il rentre aussi à Paris, en décembre 1985, sans le sou. Il recommence à suivre des vieilles dames, pour financer des soirées mondaines où il se produit en costume noir et nœud papillon. Un peu de détente et de gloire entre deux victimes. Après chaque meurtre, il va flamber son butin dans les bars gays des Halles ou au Palace, la boîte mythique de la rue du Faubourg-Montmartre. Il paie des bouteilles de champagne avec l'argent liquide sorti tout droit du porte-monnaie de ses victimes. C'est à cette période qu'il se décolore les cheveux et commence à se coiffer à la Carl Lewis. Partout, il raconte qu'il va monter une agence de mannequins.

Avec l'argent qu'il a récolté chez Geneviève Germont, sa dernière victime, il fête son anniversaire. Il a réservé trois salles dans un restaurant du quartier des Halles et invité cinquante personnes, dont son avocat (il a été bien inspiré, il ne va pas tarder à en avoir besoin), quelques étudiants encanaillés et tout une faune d'oiseaux de nuit qui forment sa petite troupe. Le champagne coule à flots et Thierry Paulin, en spencer noir, chemise blanche et cravate, est au sommet de sa gloire. Il a payé l'addition à l'avance, en espèces, avec l'argent de la pauvre Geneviève. Comme il lui en reste encore, il remet le couvert dès le lendemain dans un restaurant de Pigalle, où il invite vingt personnes, et le surlendemain, où, vêtu d'un grand manteau gris, il va faire la fête avec des diplomates africains. C'est sa dernière soirée d'homme libre. Tous ceux qui l'ont connu à l'époque disent qu'il était très sympathique, plein de projets, ils n'ont rien vu venir. Quand la photo de Thierry Paulin est sortie en une de tous les journaux, ils sont tombés de haut.

À la maison d'arrêt de Fleury-Mérogis, où il est incarcéré et inculpé pour assassinats et vols aggravés, il est à l'isolement. Dans sa cellule, plus narcissique

que jamais, il découpe tous les articles qui parlent de lui. Lui qui voulait être célèbre, il a enfin réalisé son rêve ! Et, en prison, hors de question de passer pour un taulard. Il a pu se faire apporter deux sacs de vêtements. Des costumes, des chemises blanches, des nœuds papillon… Il tient à garder sa dignité. Il flambe parce qu'il sait qu'il n'y aura pas de suite, pas de procès. Thierry Paulin est déjà condamné, il a le sida. Son état se détériore très rapidement. Dépression, tuberculose, méningite… Le 16 avril 1989, à l'âge de vingt-six ans, Thierry Paulin s'éteint à Fresnes. On avait encore quelques questions à lui poser, c'est désormais trop tard. Jean-Thierry Mathurin, quant à lui, est reconnu coupable en 1991 du meurtre de neuf femmes. Il est condamné à la réclusion à perpétuité, avec une peine de sûreté de dix-huit ans. Il a été libéré en janvier 2009.

Le dernier guillotiné

Cette histoire sordide commence le 9 août 1974, à Marseille. Il est 9 heures du matin et deux toutes jeunes filles se présentent au commissariat du VIe arrondissement. Elles s'appellent Houria et Amaria. Houria parle la première. Elle a quinze ans et est d'origine algérienne. Elle est petite, menue, quarante kilos tout au plus. Et ce qu'elle raconte aux policiers est tout bonnement effrayant.

Le 28 juillet, Houria a fugué d'un foyer de Toulon, où elle vivait. Elle traînait sur le vieux port de Marseille lorsqu'un homme, au premier abord sympathique et élégant, l'a abordée. Il était accompagné de deux femmes, ça l'a mise en confiance. Il lui a proposé une cigarette, avant de lui dire qu'il pouvait l'aider. Elle était perdue, épuisée, elle n'a pas hésité bien longtemps avant de le suivre chez lui. C'est là que tout s'est gâté. « Il m'a offert un café, raconte-t-elle, puis il a commencé à me poser des questions sur mon passé. Ma fugue, mes parents, qui je connais, où j'allais… Je lui mentais, il me faisait peur. » « Il m'a donné une bière puis a ordonné à une des filles d'aller chercher un bâton. » Elle dit que l'homme a commencé à l'insulter puis à la frapper avec le bâton et avec une ceinture à grosse boucle. « Ça, c'est pour te remettre dans le droit chemin. Tu vas rester ici et obéir », aurait-il dit. Son calvaire a duré une demi-heure… et ça ne faisait que commencer. L'homme lui a ensuite demandé de se déshabiller. Il voulait « prendre sa virginité ». Elle a refusé, et l'homme lui a répondu avec un rire mauvais qu'il avait tout son temps. Les policiers prennent des notes. « Vous savez comment il s'appelle ? Où il vit ?

— Oui. Il s'appelle Hamida Djandoubi. Il vit dans un appartement au 17, rue Villas Paradis, dans le VIIIe. » Elle dit aussi que deux femmes vivent avec lui, qui lui obéissent aveuglément. L'homme lui a pris ses papiers et, pendant deux semaines, l'a séquestrée, battue et torturée avec des fils électriques dénudés. Tous les jours. À la fin, il l'a violée. « Et les deux filles qui vivent avec lui, elles n'ont rien dit ? » Non, elles n'ont rien dit. L'une d'elles est même allée voir Hamida, quand Houria lui a fait part de ses plans pour s'évader, et lui a tout répété comme un toutou. Pour se venger, il l'a déshabillée, battue, électrocutée, avant d'enduire son sexe et son anus d'harissa, une purée de piments rouges extrêmement épicée. Il a laissé Houria le supplier pendant très longtemps avant de l'autoriser à prendre une douche. La jeune fille a tout déballé d'un coup. Les policiers, atterrés, se tournent alors vers l'autre jeune fille, Amaria. C'est l'une des deux esclaves qui vit avec Hamida. Houria a réussi à la convaincre de s'enfuir avec elle. Elles montrent aux policiers leurs blessures, leurs ecchymoses, les cicatrices qui zèbrent leurs bras et leurs jambes.

Amaria connaît l'homme depuis bien plus longtemps. Elle a dix-sept ans, c'est une fille de Harkis. Elle s'était enfuie de chez ses parents, à Lodève, et Hamida Djandoubi a aussi réussi à l'attirer chez lui. Surtout, elle raconte qu'un mois plus tôt, le 3 juillet, elle a assisté à une longue scène de torture qui s'est terminée par une mise à mort. Ça se serait passé dans un cabanon à l'extérieur de Marseille. « Et la victime, vous savez qui c'était ?

— Elle s'appelait Élisabeth Bousquet. C'était une ex de Djandoubi. »

Les policiers découvrent que ces deux noms figurent dans leur registre. En mai 1973, un an auparavant, Élisabeth Bousquet a porté plainte contre Hamida Djandoubi pour proxénétisme. L'affaire n'est pas allée plus loin.

Le commissaire René Paul décide d'interpeller sur-le-champ ce Djandoubi. Il réunit ses hommes et part avec eux. Lorsqu'ils arrivent rue Villas Paradis, Djandoubi n'est pas chez lui. Ils décident de patienter un peu et finissent par le voir arriver aux alentours de 11 h 40, deux baguettes sous le bras. Les policiers lui sautent dessus. L'homme n'oppose aucune résistance. « Hamida Djandoubi, vous êtes en état d'arrestation. » Dans son appartement, ils saisissent le bâton, un fil électrique dénudé de plus de deux mètres de long et un pot de sauce harissa. Ils découvrent également deux pistolets d'alarme. Surtout, ils découvrent la deuxième jeune fille, Annie. Elle a tout juste dix-huit ans. Petite, blonde, elle a des brûlures de cigarette partout sur le corps. Elle a aussi des cicatrices à l'intérieur des cuisses. Elle dit qu'elles lui ont été infligées avec un couteau chauffé à blanc. Amaria présente elle aussi des cicatrices et elle a du mal à marcher. Quant à Houria, sa peau est zébrée sur la quasi-totalité de son corps, elle a un orteil fracturé, et l'on retrouve des traces de harissa dans son vagin. Pour couronner le tout, le médecin qui l'examine lui annonce qu'elle est enceinte de son bourreau. Nous sommes en 1974, l'avortement est encore interdit en France. À quinze ans, elle va devoir garder l'enfant… Ces trois jeunes filles ont vécu un véritable calvaire et, pour l'instant, les policiers n'en ont eu qu'un vague aperçu.

Devant les policiers qui l'interrogent, Djandoubi ne se défile pas. Il reconnaît et il assume, froidement. Oui, il a eu un rapport sexuel avec Houria. « Mais après, je peux vous dire qu'elle était consentante. »

Il reconnaît aussi les tortures et les menaces. « Mais bon, Annie, c'était une masochiste. Elle aimait quand je lui faisais mal. » Quant au meurtre d'Élisabeth Bousquet, là aussi, il assume. « Mais les gamines, elles n'étaient pas spectatrices, elles étaient plutôt complices. » Quand on lui demande de s'expliquer sur le meurtre, il répond : « Je comprends la gravité des actes que j'ai commis... Mais je tiens à affirmer que je n'étais pas dans mon état normal. » Pas dans son état normal...

Quelques années auparavant, il a perdu sa jambe dans un accident du travail. Depuis, il porte une prothèse et prend des médicaments lourds pour éviter les douleurs fantômes. « Depuis mon accident, je me sentais seul, j'avais besoin d'être aimé. Et je ne supportais pas de me sentir trahi. » Ce sera sa ligne de défense tout au long de l'instruction et jusqu'au procès. La perte de sa jambe l'aurait changé. Et, de fait, tous les gens qui l'ont connu avant l'accident en parlent comme d'un homme serviable et charmant. Les policiers ont un peu de mal à le croire. Ce tortionnaire, charmant et serviable ? Ils fouillent dans son passé pour en apprendre un peu plus.

Hamida Djandoubi est né en Tunisie en 1949. À dix-huit ans, il obtient un visa de travail et débarque à Marseille. Il travaille d'abord chez un épicier italien, qui le loge dans sa boutique, puis chez un horticulteur. Là, il emménage dans un foyer Sonacotra, un organisme principalement dédié aux travailleurs migrants. Ses employeurs de l'époque n'ont que du bien à dire de lui. « Hamida ? C'était un garçon gentil et doux. Et travailleur ! Je lui faisais tellement confiance que je lui laissais les clés de la caisse, c'est dire ! Et puis, il était très bien intégré et parlait un français remarquable ! »

L'enquête révèle aussi qu'avant de capturer et de torturer des femmes, c'était un tombeur. Le premier mot qui vient à l'esprit des femmes qu'il fréquentait à l'époque, c'est « Ah, qu'est-ce qu'il était beau... » Beau et toujours bien habillé, à la mode des années 1970, bien évidemment. Chemise à col pelle à tarte et costume cintré. Il consacrait une bonne partie de sa vie à plaire.

Ce serait donc cet accident du travail qui aurait tout changé ? Ce serait le point de bascule ? Djandoubi raconte tout aux policiers. En 1971, il travaillait chez un pépiniériste. Sa jambe s'est coincée dans la chenille d'un motoculteur et a été broyée. Les pompiers ont mis plusieurs heures à le dégager, et on a dû l'amputer sur place. Pas la jambe entière, juste le mollet droit, sous le genou. Il n'a jamais réussi à se faire à sa prothèse. Ça lui faisait mal. Alors il a commencé à mélanger les médicaments et le whisky qui, on le sait, ne font pas bon ménage. Ça l'a rendu plus agressif, plus aigri. Lui qui adorait séduire s'est senti réduit, humilié.

Et Élisabeth Bousquet, comment l'a-t-il rencontrée ? À l'hôpital justement, juste après son amputation. Il occupait la même chambre que le père d'Élisabeth, ils ont fait connaissance quand elle venait lui rendre visite. Lorsque le père a été transféré dans une autre chambre, Élisabeth est quand même venue toquer à sa porte. Elle avait dix-huit ans, c'était une fille sérieuse, elle n'avait jamais eu la moindre aventure. Djandoubi était son premier amour. On peut parler de coup de foudre : elle était mineure, elle a fugué deux fois pour le rejoindre dans son foyer, au grand dam de ses parents. Elle l'avait dans la peau. Et lui, petit à petit, a posé les bases de son emprise. En octobre 1971, il la force à coucher avec huit autres résidents du foyer, successivement, empochant au passage 20 francs à chaque fois. Elle a immédiatement porté plainte. Quand les policiers l'ont convoqué, Djandoubi leur a menti, et ils l'ont cru. « C'est elle qui a eu l'idée de se prostituer, pour pouvoir se payer des vêtements. Je reconnais que j'ai eu tort de la conduire dans les chambres, mais l'argent a été dépensé en commun. » Le procureur avait classé l'affaire sans suite. Mais Djandoubi, échaudé par cette histoire, a juré de se venger.

C'est après le départ d'Élisabeth que Djandoubi rencontre – ou plutôt recrute – Annie et Amaria. Paumées et naïves, elles quittent tout pour lui, envoûtées par ses beaux discours. Il leur parle de mariage, de projets... Amaria est la première à s'installer chez lui, à l'âge de seize ans. Elle trouve un travail dans une usine et, tous les mois, elle lui apporte sa paie. Normal, puisque c'est lui qui s'occupe de tout, qui décide tout. Aux policiers, il n'a rien de mieux à dire que : « C'est l'amour vache ! »

Annie arrive chez lui peu de temps après. Au début, elle ignore qu'elle n'est pas seule, qu'il y en a « une autre ». Djandoubi parvient à l'embrouiller avec de grandes idées dans l'air du temps. Il lui parle d'amour libre, de vie en communauté. Alors que le seul qui est libre, dans cette affaire, c'est lui ! Il met en place un jeu de rivalité pervers entre les deux adolescentes. Il en punit une et récompense l'autre, et inversement. Les voisins, bien évidemment, n'ont rien vu ni entendu. Et si les jeunes filles n'ont pas pu s'enfuir, c'est parce qu'il avait confisqué leurs papiers. Il leur parle souvent d'Élisabeth comme d'un exemple. S'il la retrouve, il leur donnera la preuve qu'on ne le quitte pas comme ça. Elle est devenue une véritable obsession pour Djandoubi.

Après l'avoir quitté, Élisabeth a enchaîné les séjours en hôpital psychiatrique et en maison de repos. Il l'a complètement détruite psychologiquement. Mais, d'une certaine manière, elle est toujours sous son emprise. Nous voici en 1973. Élisabeth s'en est sortie, elle va mieux et a même un nouveau compagnon. Pourtant, sans que rien ne puisse l'expliquer, elle retourne un jour à Marseille, directement au foyer de Djandoubi. Lui a déménagé, mais elle tombe sur Ali, son frère, qui court lui annoncer le retour de cette Élisabeth dont il parle tout le temps. Après deux ans de séparation, ils se retrouvent. Lui fait son grand numéro, il est charmant, drôle, séducteur. Il lui propose de venir visiter son nouvel appartement, elle accepte. En une minute, tous ses mois de reconstruction sont partis en fumée...

Ils arrivent rue Villas Paradis vers 14 heures. Djandoubi se sert un martini, offre une bière à la jeune femme. Annie et Amaria se sont discrètement retranchées dans la cuisine. Tout à coup, un bruit de claque les fait sursauter. Élisabeth crie et Djandoubi lui dit : « Tu te souviens de ce que je t'avais dit ! Si je te retrouve, je te tue !

— Excuse-moi ! Pardonne-moi ! Je regrette tant ! Je travaillerai pour toi ! Je t'en supplie, ne me frappe pas !

— Trop tard. »

Djandoubi lui ordonne de se déshabiller et de s'allonger sur le sol. Il appelle Annie et Amaria et leur demande de l'aider à faire de la place, de rouler le tapis et de déplacer le fauteuil. Pendant ce temps, il fume tranquillement une cigarette. Il va la torturer tout l'après-midi, sous les yeux d'Annie et Amaria. À 17 heures, il leur demande de nettoyer et de ranger l'appartement. Il se sert un nouveau martini. Sur le sol, Élisabeth gît nue, à demi consciente. Ensuite, il mange, il boit, il regarde la télévision. On est en pleine Coupe du monde, il ne va tout de même pas louper le match ! Élisabeth se traîne jusqu'aux toilettes pour vomir. Elle en profite pour supplier Annie et Amaria de l'aider. Il suffit de passer par la fenêtre, d'aller prévenir la police. Les deux jeunes filles ne répondent pas. Quand le match est fini, Djandoubi va chercher sa voiture et la gare devant la porte. Il demande aux filles de nettoyer Élisabeth, « Je ne voudrais pas salir ma voiture. » Et les voilà partis, tous les quatre, en route pour un cabanon abandonné qu'il a repéré à

Salon-de-Provence, dans l'arrière-pays. Sur place, il sort Élisabeth de la voiture. Elle ne peut pas marcher, elle est à quatre pattes. Il la frappe, il l'insulte. Arrivés au cabanon, il l'étrangle avec un foulard avant de l'abandonner sur place.

Et ensuite ? Figurez-vous qu'il est parti faire la fête à Saintes-Maries-de-la-Mer avant d'aller camper pendant une semaine.

Le corps est retrouvé quelque temps après par des enfants. Il n'est pas identifiable. Les policiers concluent à un règlement de comptes entre un proxénète et une prostituée récalcitrante. Jusqu'à ce jour d'août 1974. Maintenant, Hamida Djandoubi doit comparaître devant la justice. Et il encourt la peine de mort.

En vue de son procès, il a recruté deux avocats. L'enjeu est important, il s'agit de sauver sa tête, d'éviter la guillotine. Il lui aurait fallu un ténor du barreau. Lui a choisi Me Jean Goudareau, qui l'a déjà défendu lors de son accident du travail. Je ne dis pas que c'est un mauvais avocat. Mais il n'a jamais plaidé aux assises, il ne connaît rien au droit pénal. Sa ligne de défense, ce sera uniquement l'accident du travail. Le procès se tient devant les assises d'Aix-en-Provence, les 24 et 25 février 1977. De nos jours, un tel procès durerait au moins deux semaines. Mais à l'époque, on allait vite. Figurez-vous qu'un second procès est aussi prévu pour le 26, afin de juger Annie et Amaria pour complicité. Mais pour l'heure, on juge Djandoubi. Durant le procès, on va beaucoup compter sur les psychiatres. Le portrait qu'ils dressent de lui est terrifiant. « C'est un authentique bourreau, qui se complaît dans la douleur des autres. C'est un pervers constitutionnel, un colossal danger social. »

Le deuxième jour du procès est marqué par un incident gênant : Me Goudareau est absent au moment de plaider, coincé dans des embouteillages. Au lieu de l'attendre, le président désigne l'avocat d'Annie et Amaria. Celui-ci refuse : « Je ne peux pas, je suis l'avocat de deux victimes !

— C'est moi qui dirige le débat, je vous désigne. »

L'avocat quitte la salle, le bâtonnier vient en renfort... Finalement, Me Goudareau finit par arriver, juste à temps pour le verdict. Sans surprise, et sous les applaudissements, Hamida Djandoubi est condamné à mort. À l'annonce de sa sentence, Djandoubi reste froid, impassible. En 1977, on ne peut pas faire appel d'un jugement de cour d'assises. Djandoubi se pourvoit en cassation, mais son pourvoi est rejeté. Il n'a plus qu'à espérer la grâce du président Valéry Giscard d'Estaing. En attendant, Annie et Maria sont heureusement acquittées, leur avocat a fait du bon boulot.

Finalement, Valéry Giscard d'Estaing décide de laisser la justice suivre son cours. L'exécution d'Hamida Djandoubi est prévue pour le 10 septembre 1977, à 4 h 40, à la prison des Baumettes à Marseille. Nous disposons d'un témoignage exceptionnel sur cette exécution. La doyenne des juges d'instruction de Marseille, Monique Mabelly, a été contrainte d'y assister. Pour la postérité, elle raconte :

> « On ouvre la porte de la cellule. J'entends dire que le condamné sommeillait, mais ne dormait pas. On le "prépare". C'est assez long, car il a une jambe artificielle et il faut la lui placer [...] On assied le condamné sur une chaise [...] Un gardien lui donne une cigarette. Il commence à fumer sans dire un mot. Il est jeune. Les cheveux très noirs, bien coiffés. Le visage est assez beau, des traits réguliers, mais le teint livide, et des cernes sous les yeux. [...] Il fume sa cigarette, qui est presque terminée, et on lui en donne une autre. Il a les mains libres et fume lentement. Un gardien, jeune et amical, s'approche avec une bouteille de rhum et un verre. Il demande au condamné s'il veut boire et lui verse un demi-verre. Le condamné commence à boire lentement. Maintenant il a compris que sa vie s'arrêterait quand

il aurait fini de boire. […] Le verre est presque terminé et, dernière tentative, il demande une autre cigarette. […] Mais le bourreau, qui commence à s'impatienter, s'interpose : "On a déjà été très bienveillants avec lui, très humains, maintenant il faut en finir." […] La dernière cigarette est refusée, et, pour en finir, on le presse de terminer son verre. Il boit la dernière gorgée. Tend le verre au gardien. Aussitôt, l'un des aides du bourreau sort prestement une paire de ciseaux de la poche de sa veste et commence à découper le col de la chemise bleue du condamné. Le bourreau fait signe que l'échancrure n'est pas assez large. Alors, l'aide donne deux grands coups de ciseaux dans le dos de la chemise et, pour simplifier, dénude tout le haut du dos. […]

On met le condamné debout. Les gardiens ouvrent une porte dans le couloir. La guillotine apparaît, face à la porte. […]

À côté, ouvert, un panier en osier brun… Le corps est presque jeté à plat ventre […] J'entends un bruit sourd. Je me retourne – du sang, beaucoup de sang, du sang très rouge – le corps a basculé dans le panier […]

Un gardien prend un tuyau d'arrosage […].

À 5 h 10 je suis chez moi.

J'écris ces lignes. Il est 6 h 10[1]. »

Hamida Djandoubi fut le dernier condamné à mort de France. Il est aussi la dernière personne au monde à avoir été guillotinée.

1. Ce document historique inédit, remis au *Monde* par Robert Badinter, a été publié le 9 octobre 2013.

Les amants diaboliques de Bourganeuf

Nous sommes le 23 février 1970, sur les routes de la Creuse. Il est tard mais quelques voitures passent encore. Non loin de Saint-Bonnet-Briance, un chauffeur routier remarque un épais nuage de fumée qui s'élève du fossé. Alarmé, il ralentit. Il y a eu un accident, une voiture est en train de brûler. L'homme s'arrête, se gare en hâte sur le bas-côté, et se précipite vers le véhicule pour porter secours à ses passagers.

Allongée dans l'herbe, à côté de la voiture, une femme est inconsciente. Et, encore prisonnier dans la voiture, à la place du conducteur, le corps d'un homme achève de se calciner. Son premier réflexe est de mettre la femme en sécurité sur le bord de la route, loin de la voiture accidentée. En la déplaçant, il se rend compte qu'elle est consciente. La femme a été éjectée, et elle est bien vivante. Le chauffeur alerte immédiatement les gendarmes : « Il y a eu un accident ! Oui, un accident, une voiture en feu ! Le conducteur est mort, mais la passagère s'en est sortie... Elle a été éjectée ! »

Lorsque les gendarmes et les pompiers arrivent sur les lieux, la femme a complètement repris ses esprits, et se présente immédiatement : « Je m'appelle Yvette, Yvette Balaire. Mon mari et moi sommes quincailliers à Bourganeuf. Nous étions à un congrès professionnel à Brive... René a dû s'endormir au volant, il était très fatigué... » Comprenant que son mari ne s'en est pas sorti, Yvette éclate en sanglots. Elle est emmenée à l'hôpital et placée en observation.

Dès le lendemain, la nouvelle fait le tour de Bourganeuf.

« T'es pas au courant ? René, René Balaire, le quincaillier de la grande rue ? Il est mort ! Oui, tué dans un accident de voiture ! Mais Yvette, sa femme, elle s'en est sortie ! »

Ce n'est pas très grand, Bourganeuf, un gros bourg tout au plus. Alors évidemment, Yvette et René Balaire, tout le monde les connaît. Et c'est justement pour cette raison que, d'emblée, personne ne va croire à cette histoire d'accident. Personne ! Yvette Balaire, pensez-vous ! Elle est connue pour avoir la cuisse légère, comme on dit. Et surtout, elle a un amant notoire, Bernard Cousty. Tout Bourganeuf sait bien que ces deux-là prennent du bon temps... Alors, la mort de René Balaire, entre nous... Ça doit plutôt les arranger, les deux tourtereaux.

Trois jours après l'accident, on enterre le pauvre René. Yvette est absente. On la dit en état de choc. Admettons, mais tout de même, ne pas venir à l'enterrement de son mari... Ça ne se fait pas, si ? Les rumeurs vont bon train. À vrai dire, ça faisait un moment que tout le monde se demandait ce que René faisait encore avec Yvette. Même leur mariage avait suscité l'émoi dans la ville. Yvette, à l'époque, était fille-mère d'un petit garçon, Gérald, que René avait adopté sans sourciller. Remarquez, il n'a peut-être pas eu tort de l'adopter, ce gamin, car figurez-vous que c'est lui qui, après l'accident, a écrit au procureur pour demander une enquête. Sans cela, cette affaire serait sans doute restée un malheureux accident de voiture.

Voici ce qui intrigue Gérald – et ce qui intrigue pas mal d'habitants de Bourganeuf : après l'accident, en examinant la voiture, on a constaté que la portière du passager était fermée à clef. Comment Yvette aurait-elle pu être projetée hors de la voiture ? L'enquête est lancée.

Et une enquête, dans ce genre d'affaire, commence toujours par une expertise. En examinant la voiture, pas besoin d'être Einstein pour remarquer tout de suite que quelque chose cloche. L'avant de la voiture est pratiquement intact alors que l'arrière est complètement détruit. Cela n'a pas de sens ! Quand une voiture prend feu, c'est par le moteur, donc par l'avant. La version d'Yvette commence à vaciller.

Qui dit enquête dit également autopsie. On exhume donc le corps de René. Là aussi, pas besoin d'aller plus loin pour constater qu'il y a un problème. Sur la radio, entre les lombaires, on distingue nettement une balle de revolver. Bingo ! Ce n'était donc pas un accident. Les commères de Bourganeuf avaient raison. Mieux encore, le médecin légiste révèle que René est mort brûlé vif, qu'il respirait encore lorsqu'on a mis le feu à la voiture. Les traces de dioxyde d'azote retrouvées dans son sang ne mentent pas.

Évidemment, Yvette est immédiatement convoquée à la gendarmerie. On la fait s'asseoir et, dans un geste savamment étudié, le gendarme qui l'interroge lui met sous le nez la balle de revolver qu'on a retrouvée dans le corps de son mari. La veuve éplorée est prise de court, elle n'était pas du tout préparée à ce retournement de situation. Elle pensait avoir réussi son coup. Alors, comme un ballon qui se dégonfle, elle avoue tout. Oui, c'est un meurtre. Et ce meurtre, elle l'a monté avec son amant, Bernard Cousty.

Ni une ni deux, l'amant la rejoint en garde à vue à la gendarmerie de Bourganeuf. Et lui aussi se débine tout de suite, et raconte l'incroyable scénario de cet assassinat.

Ce soir-là, sur le bord de la route, le couple a croisé un auto-stoppeur et a décidé de s'arrêter. Évidemment, l'auto-stoppeur en question n'était autre que Bernard Cousty, affublé d'une fausse barbe. Le déguisement était grotesque, René l'a reconnu tout de suite et s'est mis en colère, insultant sans vergogne l'amant de sa femme. Les deux hommes ont commencé à se battre. Le cocu et l'amant, un vrai vaudeville ! À un moment, René a réussi à s'emparer d'une clé à molette et s'en est servi pour frapper Bernard. Ce dernier a alors dégainé son revolver et logé une balle dans la poitrine de René. Bernard raconte la suite de cette soirée macabre : « Il y avait un pont, pas loin. On a remis le corps de René dans la voiture, à la place du conducteur, puis on l'a poussée dans le fossé. Et voilà, on l'a aspergée d'essence et on y a mis le feu. » Pour cela, ils ont dû utiliser plusieurs bidons d'essence. Ensuite, Yvette s'est couchée dans l'herbe, à côté de la voiture, et a sagement attendu qu'on les retrouve. Bernard quant à lui s'est éclipsé avec sa voiture, qu'il avait garée dans un chemin forestier, non loin de la scène du crime. Puis il est rentré chez lui, à Aubusson, non sans avoir jeté son arme dans l'étang de Chantegrelle.

Il s'en est fallu de peu pour que les deux tourtereaux passent à travers les mailles du filet. Mais ils ont été trop négligents. S'ils n'avaient pas commis la bêtise de laisser la porte passager verrouillée, s'ils avaient aspergé la voiture d'essence à l'avant et non pas à l'arrière, et si Yvette avait pris la peine de s'amocher un tout petit peu… leur histoire aurait pu passer comme une lettre à la poste ! Le mari enterré, la voiture à la casse, et on avait un crime parfait. Mais désormais, il s'agit d'un meurtre avec préméditation, en un mot, d'un assassinat. Et il faut maintenant dénouer l'écheveau des responsabilités. Selon Yvette, c'est Bernard qui a tiré. Elle n'est que sa complice. Mais qui a eu l'idée de ce plan ? Qui a joué quel rôle précisément ? C'est ce que va tenter d'établir l'enquête en vue du procès de ceux que l'on surnomme désormais « Les amants diaboliques de Bourganeuf ».

Si l'on considère les choses froidement, quels avantages Yvette pouvait-elle tirer de la mort accidentelle de son mari ? Un bon nombre. D'abord, c'est elle qui hérite de la quincaillerie et de la maison. Elle touche également l'assurance décès que René venait de contracter, pour un montant de 270 000 francs. Et par-dessus tout, elle peut désormais vivre au grand jour son amour avec Bernard, son amant depuis cinq ans. Même si ce n'est pas elle qui a tiré – et donc tué René –, elle a tout de même joué un rôle majeur dans cette histoire. Et Bernard, alors ? Il est agent commercial chez EDF et veuf… depuis deux mois ! Sa femme Ginette a été emportée par une grippe la nuit du réveillon de Noël 1969. Elle est l'une des victimes de la grippe de Hong Kong, qui a sévi en France de 1968 à 1969 et qui a fait près d'un million de victimes dans le monde entier. Ce fameux 24 décembre, Bernard a dû faire venir le médecin deux fois : la première pour constater les symptômes de Ginette, une forte fièvre et des douleurs. La seconde pour constater le décès. Le médecin n'en était pas revenu, tout était allé si vite ! Il avait même dit à Bernard : « Une femme si jeune et en bonne santé, qui meurt d'une grippe en quelques heures… Je n'ai jamais vu ça ! » Il avait même refusé de délivrer un permis d'inhumer et avait alerté la police. Une courte enquête avait été menée. Mais à Aubusson, Bernard a bonne réputation. Le médecin avait fini par signer l'acte de décès, et l'on n'avait plus parlé de cette histoire.

Et maintenant, il n'est pas très difficile d'envisager un scénario macabre, un plan tordu. Bernard Cousty aurait-il tué sa femme avant de s'en prendre au mari de sa maîtresse ? S'agit-il d'un double meurtre ? La réponse est oui.

La scène des aveux est surréaliste. Cela fait des heures que Bernard est en garde à vue à la gendarmerie de Bourganeuf. Des heures qu'il explique comment il a tué René Balaire. Des heures qu'on lui demande de décrire le rôle d'Yvette. Il est en train de relire sa déposition, il s'apprête à la signer... Quand soudain, il lève la tête et lâche au gendarme qui est en face de lui : « J'ai aussi tué ma femme. » Une fois de plus, on n'est pas passé loin du crime parfait !

Bernard explique que sa femme avait réellement la grippe, que le médecin ne s'était pas trompé. C'est peu après sa visite qu'il lui a préparé un bouillon, un « bouillon de 11 heures » comme on dit, dans lequel il a ajouté des barbituriques pilés. Puis il a demandé à sa fille Michelle de l'apporter à Ginette. Il faut être tordu pour demander une chose pareille à sa propre fille... Après s'être assuré que Ginette dormait à poings fermés, il a aspergé son oreiller d'une forte dose d'éther. La pauvre femme est morte asphyxiée.

Et voilà les gendarmes avec une deuxième enquête sur le dos. Ils ordonnent l'exhumation du corps de Ginette pour procéder à une autopsie. Quand le médecin légiste ouvre le cercueil, deux mois après l'inhumation, l'odeur d'éther est saisissante et le prend à la gorge. On retrouve bien des traces de barbituriques dans le sang de la victime et sa mort, précise le légiste, est survenue par étouffement.

Et voilà, deux assassinats pour le prix d'un ! La presse de l'époque, qui se passionnait déjà pour cette histoire d'amants diaboliques, devient hystérique. Car ce sont deux crimes d'amour, deux crimes passionnels. Les amants de Bourganeuf font la une de tous les journaux. Reste encore à déterminer qui a fait quoi dans cette histoire.

Yvette Balaire et Bernard Cousty étaient amants depuis cinq ans. Comment et pourquoi en sont-ils venus à éliminer leurs conjoints plutôt que de divorcer, tout simplement ? Reconnaissons que le divorce, dans les années 1970 et dans la Creuse, était plutôt mal vu. À l'époque, on divorçait « pour faute » : il fallait accuser l'autre et s'embarquer dans une procédure longue, coûteuse et violente. Le divorce par consentement mutuel n'existait pas encore. Mais est-ce que cela explique pour autant que Bernard et Yvette aient choisi de tuer ? Certainement pas. Si tous ceux qui n'osaient pas divorcer s'étaient entretués, on aurait eu une chute démographique vertigineuse. L'explication du divorce impossible est bien trop simpliste. Qu'a-t-il bien pu se passer dans la tête de ces deux-là pour qu'ils perdent la raison à ce point ? C'est exactement le sujet de ce qu'on appelle l'enquête de personnalité, systématique dans les affaires criminelles. Peut-être que la clé de l'histoire est là.

Commençons par Yvette. À Bourganeuf, elle jouait un peu les bourgeoises. Un petit côté « m'as-tu-vu », un manque de simplicité... Pour dire les choses comme elles sont, elle « pétait plus haut que son cul ». René, c'était tout l'inverse. Un homme simple, en bleu de travail et casquette à carreaux qui, malgré sa position de commerçant du centre-ville, faisait à côté des petits travaux de plomberie pour arrondir les fins de mois. Il ne prenait pas d'airs, René, au contraire. Alors que Bernard... Bernard était toujours en costume, le coup de peigne impeccable. Et du bagout, avec ça ! Il travaillait pour EDF. Arrivé simple agent, il avait gravi les échelons pour devenir commercial, rien de moins. À l'époque, ça en jetait.

René savait bien sûr que sa femme le trompait. Mais il tenait manifestement à sauver les apparences. Pour lui, hors de question de divorcer ! C'est tout de même étonnant... Car c'était seulement pour les apparences. Tout Bourganeuf savait qu'il ne passait plus les portes, comme on dit... Pendant cinq ans, Yvette a joué le jeu. Les bras de son amant la journée, et ceux de son mari le soir. Maîtresse enfiévrée et épouse dévouée dans la même journée. Puis un jour, elle en a eu marre de jouer la comédie... Et voilà tout ce qu'il y a à apprendre sur ce trio. Entre nous, rien d'extraordinaire. Rien qui puisse expliquer un double meurtre.

L'un des enjeux du procès est de savoir si le couple de criminels va rester uni ou si, comme c'est souvent le cas, ils vont la jouer chacun pour soi. Car les voilà tous les deux en prison, inculpés pour homicide volontaire. On compte beaucoup sur la reconstitution pour lever le mystère. On les conduit tous les deux à Saint-Bonnet-Briance, sur la scène du crime. Là où, avec sa fausse barbe ridicule, Bernard s'est fait passer pour un auto-stoppeur avant de tuer René d'une balle de revolver, avec la complicité de sa maîtresse.

On leur demande de rejouer la scène. Bernard avec sa barbe, Yvette dans la voiture. Mais, manifestement, ça les secoue beaucoup. Bernard est livide, il a perdu toute sa faconde. Yvette s'évanouit. On est obligé de l'évacuer et de la ramener en prison. La reconstitution est un échec, mais, finalement, ce n'est pas très dérangeant : on sait que c'est Bernard qui a mis le feu à la voiture et que, par voie de conséquence, c'est lui l'assassin. Yvette, quant à elle, est sa complice. On en profite pour conduire Bernard à l'étang de Chantegrelle, là où il dit avoir jeté son revolver. Des plongeurs ont été mobilisés. Bernard désigne sans hésiter l'endroit où il aurait jeté l'arme, mais les plongeurs ne retrouvent rien.

Le juge voudrait maintenant savoir qui a eu l'idée de cette mise en scène ridicule, la barbe, l'auto-stoppeur et tout le reste. Ils répondent d'une seule voix : « C'est que je ne m'en souviens plus. » Amnésie générale ! Le duo tient le coup... Mais jusqu'à quand ? Une première faille est mise en lumière : Yvette ne savait pas que Bernard avait empoisonné sa femme...

Vous comprenez en tout cas pourquoi cette affaire passionne la presse. Un vaudeville grandeur nature, dans la Creuse, qui risque fort de se terminer par deux coups de guillotine au petit matin, à la prison de Guéret. C'est en général le prix d'un meurtre avec préméditation... Pour Bernard en tout cas. Pour Yvette, cela va dépendre de sa défense. Un bon avocat peut lui éviter la mort.

Le procès des amants diaboliques s'ouvre le 29 mai 1972 devant la cour d'assises de Limoges. Bernard Cousty et Yvette Balaire arrivent au tribunal sous les huées de la foule. On les siffle, on les insulte... Pas de pitié pour le couple de meurtriers ! Les journalistes, évidemment présents, décrivent la scène par le menu. Dans le box, Bernard Cousty impressionne par sa carrure. On parle d'un « grand gaillard, brun aux épaules larges, aux pommettes un peu lie-de-vin, un homme massif et puissant ». Yvette, quant à elle, est décrite comme « une petite créature maigre au teint de cire » dans laquelle on devine néanmoins « quelque chose d'ardent ». Et, dès le premier jour, ce qui devait arriver arriva. Le grand gaillard et la petite créature, ce couple adultère et meurtrier, explose en vol. Cela n'a rien d'étonnant. Si l'avocat d'Yvette, Me Pleinevert, veut sauver la tête de sa cliente, il doit l'éloigner le plus possible des crimes de son amant. À partir de maintenant, c'est chacun pour soi ! Yvette donne le ton lorsqu'elle déclare : « À vrai dire, je voyais bien qu'il ne tournait pas rond... J'ai tout fait pour le dissuader, pour l'arrêter. J'y suis pas arrivée. »

Au deuxième jour d'audience, tout le monde retient son souffle. Gérald, le fils d'Yvette et du défunt René, s'approche de la barre. On se souvient que c'est lui qui a déclenché l'enquête, en alertant les gendarmes sur les incohérences du discours de sa mère. À l'époque, on en avait déduit qu'il avait, comme beaucoup de monde, des doutes sur les conditions de la mort de son père adoptif, et sur le rôle qu'avait joué sa mère. Eh bien tout le monde s'était trompé ! C'est ce qu'il prétend à la barre : « Il a commencé à y avoir des rumeurs. On disait que ce n'était pas un accident mais un crime. C'est pour faire justice et laver ma mère de tout soupçon que j'ai écrit au procureur. Avant de le faire, j'ai consulté ma mère à l'hôpital où elle se trouvait encore. Elle m'a dit d'écrire la lettre en ajoutant que cela la soulagerait... »

Yvette l'aurait donc encouragé à la dénoncer, en quelque sorte. C'est bien ce qu'il dit. Les jurés vont adorer... Et Yvette n'a pas fini de surprendre tout le monde. Au cours du procès, elle va en sortir de bien bonnes ! « J'étais horrifiée par cette idée d'assassinat et lui ai fait promettre de ne plus y penser. » « Si j'avais su que l'homme qui attendait sur le bord de la route le 23 février était Cousty, je ne me serais pas arrêtée bien sûr. » Ce à quoi le président répond, ironique : « Comme vous auriez bien fait, madame ! »

Du côté de Bernard, la situation est plus désespérée. Il tente de se défendre tant bien que mal en disant que René voulait le tuer, qu'il ne supportait plus la liaison de sa femme, qu'il ne voulait plus être un mari complaisant. Il tente même de plaider la légitime défense, le fameux soir de l'assassinat : René l'aurait violemment attaqué et il lui aurait tiré dessus uniquement pour sauver sa propre peau. Son avocat, Me Bonnenfant, en est réduit à dire qu'il n'est pas certain que Bernard ait tué sa femme. C'est osé : Bernard a tout de même avoué le crime lui-même, sans qu'on lui ait rien demandé. Et maintenant, on voudrait nous faire croire qu'elle est morte de la grippe ! Cette thèse fait sourire l'audience... Personne n'est dupe ! Rendez-vous donc pour le verdict.

Lorsque le président demande aux deux accusés s'ils ont quelque chose à ajouter pour leur défense, Bernard Cousty répond : « J'éprouve un profond remords et je souhaite pouvoir me racheter. » Yvette, quant à elle, répète, en larmes : « Je ne suis pas coupable, je ne suis pas coupable, je n'ai pas voulu la mort de mon mari ! » Les jurés délibèrent pendant une heure et demie. La sentence tombe. Yvette Balaire sauve sa tête et écope de dix ans de réclusion criminelle. Bernard, en revanche, est condamné à mort. L'affaire semble bouclée... Jusqu'à ce qu'un des jurés, un mécanicien, se lève et demande à prendre la parole. C'est absolument interdit et, coup de chance pour Bernard, cela renvoie le procès en cassation. Et la cassation, c'est la certitude d'un nouveau procès. Bernard, évidemment, saute sur l'occasion et décide de se « pourvoir », comme on dit. Le 28 mars 1973, Bernard Cousty est de nouveau jugé, seul cette fois-ci, et condamné à la réclusion criminelle à perpétuité par la cour d'assises de Bordeaux. Fin de course pour ces deux amants diaboliques.

Meurtrier à quinze ans

Nous sommes le 1er octobre 1913, au Landreau, au pays du Muscadet, pas très loin de Nantes. Dans le hameau de Bas-Briacé, la journée commence tranquillement. Mme Durant s'en va à travers les vignes, avec ses pots de lait. Elle va les livrer à la ferme des Mabit, des viticulteurs du coin. Mais quand elle arrive aux abords de la maison, c'est étrange. Tout est fermé. Les volets sont clos, et on dirait qu'il n'y a personne. Normalement, à cette heure-ci, tout le monde s'active déjà. C'est bien la première fois qu'elle voit ça. Elle aperçoit soudain, recroquevillé dans un coin, le petit Pierre, qui a quatre ans. Il est pieds nus, en pyjama et sanglote. « Bah mon petit Pierre, qu'est-ce qu'il se passe ? Pourquoi tu pleures comme ça ? Où sont tes parents ?

— Ma maman, elle est dedans… Elle a plein de sang… Et ma mémé aussi ! »

N'importe qui, en entendant une chose pareille, se serait précipité à l'intérieur. Pas Mme Durant. Elle, c'est plutôt « chacun chez soi et les moutons seront bien gardés ». Pas du genre à s'occuper des autres. Si Mme Mabit saigne, c'est probablement qu'elle a fait une fausse couche, se dit-elle. Tout le monde sait qu'elle est enceinte de son cinquième enfant. La laitière, un peu gênée, tourne les talons. Mais, en chemin, elle est prise de remords. Elle va voir M. Gohaud, qui habite tout près. L'homme décide d'aller voir. Quand il arrive, les volets sont toujours fermés, mais le petit Pierre a disparu. En jetant un œil à travers les volets entrouverts, il a un sursaut. Sur le sol de la cuisine, étendus dans une mare de sang, il y a les corps de la mère de Pierre et de la jeune bonne, Marie. Gohaud court chercher de l'aide. Dans la maison, c'est un véritable carnage. Les deux femmes ont été égorgées et défigurées. Le père Mabit est dans le cellier, égorgé lui aussi. La grand-mère est morte dans sa chambre. Et, dans la chambre des enfants, on retrouve trois petits cadavres... Les gendarmes de Loroux-Bottereau sont immédiatement appelés sur place. Il est inutile de s'attarder sur l'état des corps. C'est une boucherie. C'est l'œuvre d'un sauvage, d'un barbare. De la famille Mabit, il ne reste que le petit Pierre. Et Marcel, le valet de ferme. Pierre, on le retrouve dans l'étable, en train de pleurer. Mais Marcel est introuvable. Il n'en faut pas plus pour attirer les soupçons sur lui. Les gendarmes se mettent immédiatement à sa recherche et ne tardent pas à le retrouver, retranché dans une maison abandonnée, pas très loin de la ferme. Il est terré dans un coin l'air hébété, couvert de sang de la tête aux pieds. C'est donc lui, Marcel ? Un gamin de quinze ans à peine, une tête d'enfant. C'est lui qui aurait massacré toute une famille de sept personnes ? Il avoue tout de suite. Il n'a pas de complice, il a agi seul.

« C'était hier soir... Il devait être dans les 10 heures du soir, je travaillais avec M. Mabit au pressoir. Lui, il tenait la barre qui bouge la vis du pressoir... Et moi j'étais sur la plateforme, je l'aidais dans sa besogne. Il m'a traité de fainéant... de fainéant... Et il a dit que ça faisait plusieurs jours qu'il était pas content de moi. Alors je suis descendu, j'ai attrapé un pilon en bois, un gros pilon qu'il y avait à côté, et je lui ai donné des coups sur la tête. Il a lâché la barre, il est tombé, mais il criait, il criait trop. Alors j'ai trouvé la serpe, et je l'ai frappé avec. Je lui ai ouvert la gorge. »

Et les autres ? La mère, la grand-mère, les enfants ? Pourquoi eux ?

« Quand j'ai tué M. Mabit, je voulais m'enfuir. Je suis allé à la cuisine pour prendre la lanterne... Et dans la cuisine il y avait Madame. Elle faisait de la couture avec Marie. Elle m'a demandé où était son mari. J'ai eu peur... J'ai pris la serpe, et je les ai tuées aussi, toutes les deux. » Puis il dit qu'il a entendu la grand-mère taper sur le mur avec sa canne. Elle avait entendu du bruit et voulait savoir ce qu'il se passait. Alors, toujours avec la serpe, il lui a réglé son compte. Ensuite, il a entendu les cris et les pleurs des enfants. Même schéma. Il raconte même que, quand il s'en est pris au petit de deux ans, il a frappé avec tant de rage que la serpe s'est cassée... Marcel Redureau, quinze ans, vient d'avouer sept meurtres d'une sauvagerie incroyable.

Les gendarmes trouvent tout de suite la fameuse serpe qui a servi à tuer les Mabit. Marcel a pris le soin de la remettre en place dans le pressoir. Et, effectivement, elle est cassée. C'est un objet impressionnant, avec une longue lame arrondie de presque 75 cm, très aiguisée, rattachée à un manche en bois d'un mètre de long. On se demande alors pourquoi il a épargné le petit Pierre, le seul survivant de la famille. Pourquoi lui et pas les autres ? Marcel est incapable de l'expliquer. En fait, il ne l'a tout simplement pas vu. Pierre dormait dans la cuisine et, à 10 heures du soir, il ne s'est peut-être pas réveillé. Ou alors, il a tout vu mais était tellement terrorisé qu'il a gardé le silence. Quoi qu'il en soit, c'est par hasard que Pierre est encore en vie...

Après le massacre, devinez ce qu'a fait Marcel ? Il est allé se coucher, tranquillement, dans sa chambre. Il a passé la nuit sur les lieux du crime. Il n'a rien volé, rien du tout. Le matin, il a décidé de se rendre chez ses parents, à quelques kilomètres de là. Et il explique aux gendarmes qu'en chemin, il a eu des remords.

Il a voulu mettre fin à ses jours, en plongeant dans une mare. Il voulait mourir, mais il n'en a pas eu le courage. L'eau glacée lui arrivait mi-mollet lorsqu'il a décidé de faire demi-tour. Comme ses chaussures et son bas de pantalon étaient trempés, il a trouvé refuge dans la maison abandonnée, juste avant que les gendarmes le retrouvent.

Dès le lendemain, le 2 octobre, ont lieu les obsèques de la famille Mabit. Tout le village est là pour suivre le cortège funéraire, sept charrettes transportant un cercueil chacune. La presse a aussi fait le déplacement, des journalistes venus de Paris, qui travaillent pour *Le Matin*, *Le Petit Parisien* ou encore *Le Miroir*. Pour eux, ce crime est une grande première. Grâce aux progrès conjugués de l'imprimerie et de la photographie, ils peuvent publier la photo du tueur. Marcel Redureau est le premier criminel à faire la une d'un journal. Mieux, un éditeur de cartes postales nantais décide de publier et de commercialiser une série de neuf clichés pris pendant les funérailles. Une série intitulée « La tuerie du Landreau », que l'on peut aujourd'hui retrouver sur Internet. On y voit le cortège des charrettes sur la place du village et la foule immense, des dames en chapeau et des hommes en costume, venus assister à la messe d'enterrement. Mais pourquoi cette affaire suscite-t-elle tant de passion ? Sûrement parce que le meurtrier n'a que quinze ans. Et qu'au début du XXe siècle, comme aujourd'hui d'ailleurs, on ne s'explique pas comment un jeune de cet âge-là a pu perpétrer un tel massacre. Dans son numéro du 3 octobre 1913, le quotidien *Le Journal* écrit :

> « Il n'y a en effet, chez ce gamin de quinze ans, aucune des tares héréditaires, aucun des stigmates de dégénérescence qui caractérisent le criminel né. Marcel Redureau est le quatrième de dix enfants, tous vigoureux, bien portants et honnêtes comme leurs parents, estimés dans

> le pays et leurs enfants n'ont reçu d'eux que de bons conseils et de bons exemples. Leur fils Marcel Joseph René, dont l'épouvantable forfait vient de les plonger dans le désespoir, est né le 24 juin 1896. Il a donc exactement quinze ans et trois mois. Son enfance n'eut pas d'histoire et fut celle des petits gars de la campagne qui, à peine arrivés à l'âge de raison, vont gagner leur pain au-dehors pour alléger les charges familiales. »

C'est que, dans ces années-là, on pense que les meurtriers ont forcément des tares qui les prédestinent à tuer. Or, Marcel ne semble pas en avoir. Jusqu'alors, c'était un gamin tout ce qu'il y a de plus normal. Le maire du Landreau lui-même, s'exprimant dans un journal, fait part de son incompréhension. « Je connaissais bien Marcel, et je peux vous dire que sa famille vivait en excellents termes avec les Mabit. Marcel n'avait jamais donné lieu jusqu'ici à aucune observation. Il était peut-être un peu nerveux mais c'est tout. [...] Il ne buvait pas, bref, rien ne pouvait laisser supposer qu'il fût capable de commettre un tel forfait. » Son instituteur, qui l'a eu en classe jusqu'à ses onze ans, dit exactement la même chose : « L'élève Redureau était d'intelligence moyenne, il s'est toujours bien conduit. C'était un bon élève qui me donnait toute satisfaction. Quand il recevait une réprimande, il ne se révoltait jamais. C'était un enfant plutôt docile. » Un enfant, calme, sans histoires, qui ne se faisait pas remarquer... Tout le monde s'accorde. Et c'est ça qui fait tout l'intérêt de son crime. On ne peut pas croire que, simplement parce que son patron l'aurait traité de fainéant, il ait massacré une famille entière ! Pour ses parents, la situation est horrible. Ils ne comprennent pas le geste de leur fils, ils n'ont rien vu venir. « Marcel, il était tellement peureux qu'il n'osait pas sortir le soir ! » Il était froussard, il avait peur du noir. Personne ne peut imaginer qu'il ait pu tuer juste à cause d'un reproche. Personne ?

Pas tout à fait. Un habitant du Landreau, un certain M. Chiron, vient raconter qu'il a discuté avec Marcel, environ deux mois avant les meurtres. « Je l'ai félicité d'être entré au service des époux Mabit, je lui ai dit que c'était là de braves gens. À quoi Marcel m'a répondu : "Moi je ne les aime pas, ils seraient bons à tuer, si c'était moi, je les tuerais tous, je n'en laisserais pas un." » C'est le seul témoignage à charge que trouvent les gendarmes. Tous les autres disent qu'ils ne comprennent pas, que ça ne colle pas du tout avec personnage. Au point que les gendarmes vont même enquêter sur ce M. Chiron, qui se distingue par son témoignage discordant. Certains au Landreau prétendent que c'est un affabulateur, prêt à tout pour se donner de l'importance. Le procureur décide néanmoins de retenir son témoignage, qui va peser lourd au moment du procès, car il signe la préméditation. Et, dans ces années-là, la préméditation conduit à la guillotine. Heureusement pour Marcel, à moins de seize ans, on ne peut pas être condamné à mort. Il risque cependant de finir sa vie au bagne.

Avant d'enterrer la famille Mabit, le juge a naturellement fait procéder à des autopsies. Les médecins, figurez-vous, ont renoncé à compter le nombre de blessures tant il y en avait. Marcel Redureau s'est véritablement acharné sur ses victimes. Sur certains corps, on dénombre près de soixante coups de serpe. Soixante... Il en faut de la rage ou de la folie pour faire subir un tel supplice à des enfants, une grand-mère ou une femme enceinte. Les légistes ont également été chargés d'examiner le meurtrier. À l'époque, il n'y a pas d'experts psychiatres, ce sont les mêmes qui découpent les cadavres et qui tentent de pénétrer les esprits. En tout cas, ils n'ont jamais été confrontés à un spécimen comme Marcel. Une seule question demeure : est-il dément, oui ou non ? Eh bien non, selon les experts. « Il n'est pas atteint des "tares régressives" fréquentes chez les jeunes criminels. Il n'a ni malfaisance instinctive, ni anesthésie psychique, ni absence de sens moral. » On a aussi examiné les parents Redureau. Là encore, on ne trouve rien qui puisse expliquer la folie meurtrière du fils. « Il n'y a eu, chez les ascendants directs, ni parmi leurs ancêtres, ni chez les collatéraux des deux branches, aucune affection vésanique ou convulsive. On n'y trouve pas non plus d'originaux, d'individus bizarres, ni d'alcooliques. Les parents sont bien portants, de constitution robuste. Ils n'ont aucune maladie grave ayant intéressé leur constitution physique ou leurs fonctions cérébrales. »

En bref, Marcel n'est pas fou. Il a assassiné une famille entière avec une violence inouïe, mais il n'est pas fou. Les médecins vont même jusqu'à souligner son intelligence, à dire qu'il est sans vice et bon travailleur. Tout au plus, ils dénotent chez lui un « caractère renfermé », « sournois » dit l'un d'entre eux. Ce terme plaît aux journalistes, qui le reprennent dans tous leurs articles. Il faut voir aussi le portrait physique qui est fait de Marcel. Dans le journal *Le Temps* du 2 octobre, « sa tête est grosse avec des cheveux blonds dont les mèches tombent sur un front bas et bombé. Son profil est fuyant ». Dans *Le Phare et la Loire*, en revanche, c'est tout le contraire. Il est décrit comme un garçon « blond, très blond même, avec des yeux bleus et plutôt gentil garçon, loin d'avoir la face de brute qu'on s'accorde d'ordinaire à attribuer aux assassins ». Les fausses pistes s'enchaînent. Une femme du village prétend que Marcel se livrait à « de mauvaises lectures ». Mais ses parents rétorquent que Marcel ne lisait jamais. On s'intéresse à ses loisirs. Que faisait-il, lorsqu'il ne travaillait pas pour les Mabit ? Il allait jouer aux cartes avec des camarades, dix sous la mise, jamais plus. Pas d'alcool, pas de bamboche dans les cabarets. Surtout, on ne l'a jamais entendu se plaindre de ses patrons. Pas une seule fois.

Dans leur dossier, les gendarmes savent qu'il y a un point faible. Le mobile. Celui de Marcel ne tient pas debout. On ne tue pas son patron et toute sa famille simplement parce que celui-ci vous a traité de fainéant ! Si encore il avait volé après le meurtre... Mais même pas ! Le père Mabit venait d'encaisser 3 000 francs pour la vente de tonneaux de vin. Ils étaient bien en vue, Marcel aurait très bien pu les prendre. Eh bien non, on les a retrouvés à leur place, il ne manquait pas un centime. Une rumeur court dans le village, qui pourrait constituer un mobile. On raconte que Marcel avait le béguin pour la petite bonne, Marie, qui avait quinze ans elle aussi. Le jour du crime, n'aurait-il pas abusé d'elle ? Ne serait-elle pas allée se plaindre aux Mabit ? Ne l'auraient-ils pas sermonné, tous les deux ? Ce genre de théories nourrissent le fantasme mais sont invérifiables. Ce sont des racontars, un point c'est tout. Il faut se résigner à cette constatation effarante : il n'y a pas de mobile qui tienne la route.

Marcel est emprisonné à la maison d'arrêt de Nantes. Les gardiens disent qu'il est timide, qu'il baisse souvent les yeux et qu'il parle à voix basse. Ils ne détectent aucun trouble mental. Il est intégré à la vie collective, il suit les règles. En un mot, il ne pose aucun problème. Le juge d'instruction Mallet bute toujours sur cette histoire qui dépasse l'entendement. Il interroge le jeune homme : « Ton patron, on peut comprendre... Mais les autres meurtres, Marcel, les autres meurtres ? Il n'y a pas d'explication !

— J'avais peur que la patronne vienne voir son mari dans le cellier, j'ai frappé la bonne parce qu'elle était avec la patronne, j'ai frappé les autres parce qu'ils criaient.

— Et Pierre ? Pourquoi l'as-tu laissé en vie ?

— Parce qu'il n'a rien dit et qu'il dormait. »

Seul élément un tant soit peu rassurant, la tentative de suicide. Après tout, cela atteste du fait que Marcel distingue le bien et le mal. Même s'il n'est pas allé jusqu'au bout, même si c'était pour fuir la justice. En 1913, le discernement fait toute la différence pour un mineur. Sans lui, il aurait pu être acquitté. Mais désormais, il peut être jugé.

« Est-il vrai, Marcel, que tu as dit devant M. Chiron que tes patrons étaient tous bons à tuer ?

— Ah ça non, j'ai jamais dit ça ! »

À quelques semaines du procès, le juge ne néglige rien. Ce n'était pas courant, à l'époque. Il s'intéresse tout particulièrement au travail de Marcel à la ferme. C'est ainsi qu'il découvre que Marcel travaillait beaucoup, pour son âge. De 5 heures du matin jusqu'à 10 heures du soir, sans pause à part pour les repas. Dix-sept heures de travail par jour, à quinze ans ! Est-ce que Marcel n'aurait pas fait ce qu'on appelle aujourd'hui un *burn-out ?* Une fatigue excessive ? D'autant qu'on sortait à peine des vendanges, la période la plus éprouvante de l'année dans une ferme viticole. Elles se sont terminées la veille des meurtres. Le juge en appelle une fois de plus aux médecins. Pourrait-on parler de « surmenage physique », d'« épuisement nerveux » ? N'y aurait-il pas là des circonstances atténuantes ? Les experts médicaux répondent que non. En revanche, ils veulent bien admettre que dix-sept heures de travail par jour, c'est énorme. Et ce n'est pas tout. Dans un courrier anonyme, quelqu'un souligne le fait que Marcel travaillait dans les pressoirs et les cuves. En étant exposé à des vapeurs de vin toute la journée, il aurait très bien pu être enivré à son insu. Serait-ce possible ? Le juge Mallet demande que l'on enquête sur les effets de la fermentation du vin sur l'organisme. Mais les experts réfutent une fois de plus cette théorie : certes, les vapeurs de vin peuvent provoquer l'asphyxie, mais en aucun cas un état de surexcitation.

Le procès du jeune Marcel Redureau débute en janvier 1914. On attaque immédiatement par la question majeure. Marcel était-il, oui ou non, en état de démence au moment des meurtres ? La réponse des médecins à la barre est formelle : non. Il jouissait d'un discernement normal et d'une entière conscience de ses actes. Il ne souffre d'aucune anomalie mentale ou psychique. Son avocat monte au créneau : « J'accepte la première partie de l'avis exprimé par les experts [...] mais je conteste la conséquence qu'ils en tirent. La thèse qu'ils ont développée sur la psychologie de la puberté m'amène à conclure que Redureau ne peut être considéré pleinement responsable de ses actes. »

Dans le box, Marcel pleure trois fois. Quand son oncle vient dire à la barre qu'il est un gentil garçon. Au moment du réquisitoire. Et pendant la longue plaidoirie de son avocat, qui conclut en implorant le jury d'avoir pitié d'un enfant de quinze ans, victime de la crise de l'âge. Le 3 mars 1914, à 17 h 30, le jury se retire pour délibérer. Cela va durer deux heures. À l'issue de cette délibération, la sentence tombe comme un couperet. Oui à la préméditation. Non à l'abolition du discernement. Aucune circonstance atténuante. Marcel Redureau est condamné à vingt ans d'emprisonnement dans une colonie correctionnelle. Le lendemain, il écrit à ses parents, qui ont dû déménager dans le Sud pour fuir le scandale : « Chers parents, Je suis condamné à vingt longues années d'emprisonnement dans une colonie pénitentiaire et, comme vous le voyez, la mort viendra nous prendre avant de nous revoir. » Il avait vu juste. Marcel Redureau meurt à l'âge de dix-huit ans, emporté par la tuberculose. Il n'a jamais expliqué son geste.

Le cannibale de Rouen

Une affaire épouvantable maintenant, un épisode sanglant d'une violence inouïe, qui va nous faire entrer au cœur de la maison d'arrêt de Rouen, en Normandie. Nous sommes à la période de Noël, en 2006, un moment toujours un peu particulier pour les prisonniers. En prison, on ressent un surcroît d'angoisse, de spleen et de cafard en ces jours traditionnellement festifs...

Nous sommes dans le secteur 2 de la maison d'arrêt, le 28 décembre 2006. Thierry Baudry, un détenu de trente et un ans, change de cellule. Il va enfin pouvoir rejoindre son copain Nicolas. Depuis le temps qu'il le demandait ! Deux gardiens l'accompagnent à travers les couloirs, jusqu'à la cellule 26. Deux tours de clé, et Thierry Baudry pénètre dans la cellule, qu'il va désormais partager avec deux autres détenus : son ami Nicolas Cocaign donc, trente-cinq ans, et David Lagrue, vingt-neuf ans. La pièce est en tout point identique à celle qu'il vient de quitter, à ceci près qu'elle est disposée différemment. Elle est meublée de trois lits superposés, d'une petite table, d'un petit coin cuisine avec un réchaud et, dans le coin, d'un lavabo et de toilettes. Ses deux codétenus sont couchés, Thierry comprend qu'il occupera le lit du haut. Plus d'intimité mais l'inconvénient, c'est qu'il faut grimper. La porte se referme et, passé l'effusion des retrouvailles, les trois prisonniers retombent rapidement dans leur routine de prisonniers.

Il n'y a pas grand-chose à faire, en prison, surtout en maison d'arrêt. Les promenades sont courtes, une heure pas plus, et le travail y est rare. David, Nicolas et Thierry passent le plus clair de leur temps à fumer des joints sur leurs lits, en regardant la télé. Heureusement, ils s'entendent bien. Mais ça ne va pas durer.

Assez vite, la situation se dégrade entre Nicolas et Thierry. Pourtant, ils avaient insisté pour qu'on les mette dans la même cellule ! Mais s'il y a bien une chose que Nicolas Cocaign ne supporte pas, c'est le désordre et le manque d'hygiène. Or, Thierry est loin d'être irréprochable sur ces deux points. Il n'est absolument pas gêné d'aller aux toilettes au beau milieu du repas, alors que la table est à un mètre à peine des WC. Et, quand il a fini, il ne se lave jamais les mains. Ça met Nicolas hors de lui. Il le traite de tous les noms, de porc, de crado... Et l'autre a l'air de s'en ficher complètement. Ils ne partagent la même cellule que depuis trois jours, ça promet !

Le 31 décembre, Nicolas Cocaign et David Lagrue sont en promenade, tandis que Thierry est resté dans la cellule. C'est un délinquant sexuel et ceux-là, en général, préfèrent éviter les heures de promenade, par peur de se faire démolir par les autres prisonniers. Pendant la promenade, Nicolas dit à David : « Il faut absolument que Baudry dégage ! Il faut qu'il se barre, sinon je vais le fumer, et je vais le manger ! »

Lorsqu'ils retournent dans leur cellule, Thierry a bouché les toilettes, en y enfonçant quatre rouleaux de papier hygiénique. Nicolas sort de ses gonds : « Baudry, putain ! T'as bouché les chiottes ! Tu le fais exprès ou quoi ? »

Et comme l'autre ne lui répond pas, Nicolas se jette sur lui et commence à le frapper de toutes ses forces. Lagrue s'interpose, avec ses gros bras : « Arrêtez, les mecs, il ne faut pas alerter les surveillants, sinon on va morfler ! »

Chacun regagne son lit, et la soirée se termine dans le calme. Le lendemain, pendant la promenade, Nicolas redit à David : « S'il ne part pas, je vais le tuer ! » À leur retour, David décide de parler à Thierry, pour le prévenir. « Thierry, il faut que tu retournes dans ta cellule, sinon ça risque de mal se terminer ! » L'autre ne dit rien. Ils finissent par se rouler des joints et par s'affaler devant la télévision. Le début de soirée se passe plutôt bien mais, aux alentours de minuit, les choses dégénèrent. Nicolas décide de se faire un petit frichti. Il fait revenir de l'ail et des oignons sur le réchaud, pour accommoder un peu de riz. Pile à ce moment-là, Thierry descend de son lit pour aller aux toilettes. Quand il a fini, une fois de plus il ne se lave pas les mains et commence à se diriger vers son lit. Nicolas l'empoigne alors violemment par le bras. « Tu vas te laver les mains tout de suite ! Tout de suite, j'ai dit ! » L'autre se passe mollement les mains sous l'eau. La suite est un pétage de plombs intégral. Nicolas se jette sur Thierry et le crible de coups de poing. Allongé en chien de fusil sur un lit, l'autre ne moufte pas. C'est alors que Cocaign attrape un couteau qu'il s'est fabriqué et le poignarde rageusement, dans le thorax, dans le cou, au visage... Le sang gicle sur les murs, c'est une véritable boucherie. Dans son lit, David est tétanisé. Il interpelle Nicolas : « Mais qu'est-ce que tu fous putain ? Tu ne vas quand même pas le tuer ?

— T'inquiète, je leur dirai demain que c'est moi, te mêle pas de ça ! »

Dans la tête de David, tout va très vite. Il se dit que s'il appelle les surveillants maintenant, en pleine nuit, ils vont mettre beaucoup trop de temps à arriver. Dans les maisons d'arrêt, la nuit, il y a très peu de surveillants. Le temps qu'ils arrivent, Nicolas aura tout le temps de le trucider, lui aussi. Alors il ne dit rien. Cocaign s'empare d'un sac plastique et enserre la tête de Thierry dedans. L'autre étouffe, tente de se débattre avant de s'affaisser complètement. Il est mort. Nicolas l'a tué uniquement parce qu'il ne s'est pas lavé les mains !

Nicolas, un peu essoufflé, se relève et va se rincer les mains et les bras, maculés de sang. Puis il attrape une serviette et nettoie le visage de Thierry. Ensuite, il lui passe autour du cou une petite chaîne avec une croix et lui fait un signe de croix au-dessus de la tête. Ça fait froid dans le dos... Mais pas autant que ce qui va suivre !

Car ce qui se passe ensuite dépasse l'entendement. Nicolas avait dit à David que si Thierry ne se calmait pas, il le « mangerait »... Il s'empare d'un rasoir, le fracasse sur le sol, récupère la lame et entreprend d'inciser la poitrine de Thierry, de haut en bas. Il est extrêmement calme, ses gestes sont précis, son regard concentré. Il arbore un sourire diabolique. Le lit et les murs sont maculés de sang. Et voilà qu'il plonge la main dans les entrailles de Thierry Baudry, sous les côtes, jusqu'au poignet. Il arrache à mains nues un peu de chair qu'il porte à sa bouche, puis il replonge sa main et arrache un morceau de ce qu'il pense être le cœur. Il le met dans la poêle, où mijotent le riz, l'ail et les oignons, et le fait cuire. Ensuite, il s'installe tranquillement devant la télévision et savoure son macabre repas... Il vient de franchir le Rubicon. Il a mangé de la chair humaine. Nicolas Cocaign est un cannibale, un vrai. Vers 3 heures du matin, repu, il s'endort.

Le lendemain, à 7 heures 05, un surveillant entre dans la cellule pour l'appel du matin. Voyant que Thierry Baudry ne répond pas, il l'appelle plus fort. « Il ne vous répondra pas, dit Nicolas. Je l'ai fumé et j'ai mangé son cœur. » Le surveillant, interpellé, s'approche du lit de Baudry et soulève la couverture.

Et ce qu'il voit lui retourne le cœur. Il n'a jamais vu une chose pareille, jamais ! L'horreur absolue...

À ce stade de l'histoire, ce qui nous intéresse, c'est de savoir qui est ce type, ce Nicolas Cocaign. *A priori*, c'est un malade mental. Tous les psychiatres qui l'examinent après le massacre de Thierry Baudry disent qu'il est schizophrène. Ça peut éventuellement expliquer le meurtre, mais ça n'explique pas le cannibalisme ! Y a-t-il quelque chose dans sa vie qui puisse expliquer ce geste de pure horreur ? À vous de juger son histoire, l'histoire de la destruction consciencieuse et systématique d'un être humain depuis sa naissance. Avec Nicolas, on a fabriqué une bombe humaine, prête à exploser à chaque instant de sa vie. Pas étonnant qu'il soit complètement fou.

Dès le début, ça commence mal. Nicolas est né sous X d'un père inconnu et d'une mère qui l'abandonne deux jours après sa naissance dans une pouponnière de la DDASS du nord de la France. Déjà, on le considère comme un bébé difficile. Il est agité, il a des retards d'apprentissage... Pour l'instant, il est inapte à l'adoption. Les autres bébés partent, lui reste. C'est à la pouponnière qu'il fait ses premiers pas, qu'il apprend ses premiers mots. À l'âge de deux ans, il n'a encore jamais été serré par des bras aimants. On s'occupe de lui mais on ne l'aime pas, ce n'est pas le travail des puéricultrices. On le place ensuite chez une nourrice, mais il est trop agité, trop difficile, elle n'en veut plus. Alors on l'envoie dans une famille d'accueil. Et là, c'est un miracle : la famille s'attache à lui, et il s'attache à eux. Enfin, on l'aime, enfin, on vient l'embrasser le soir avant de dormir. Son petit cœur commence à battre pour quelqu'un... La suite va anéantir tout cela. Comme il va mieux, on considère qu'il est prêt pour l'adoption. Alors on l'arrache à cette famille aimante pour l'envoyer chez un couple de quadragénaires, Geneviève et François Cocaign, qui vivent au Petit-Quevilly, en Normandie et qui étaient sur liste d'attente depuis dix ans. Cette adoption devrait être une bonne nouvelle mais, pour lui, c'est un déchirement. Arrivé chez les Cocaign, c'est un enfant turbulent, qui ne communique pas beaucoup et qui n'en fait qu'à sa tête. À l'âge de six ans, ses parents décident de lui dire la vérité : « Tu vois, Nicolas, toi, tu n'avais pas de parents, nous, nous n'avions pas d'enfant... Et nous avons été réunis, pour notre bonheur à tous. »

À partir de ce moment-là, Nicolas se met à nourrir une rancœur profonde à l'égard de sa mère, qu'il n'a jamais connue. À l'âge de sept ans, il dit à sa psychologue : « Quand je serai grand, si elle est encore vivante, je la tuerai. Si elle est morte, j'irai cracher sur sa tombe. » Mais au fond, ce qu'il désire par-dessus tout, c'est savoir *qui* est sa mère. Il veut récupérer son dossier à la DDASS. C'est une obsession. Mais à l'époque, un enfant ne pouvait avoir accès à son dossier qu'à sa majorité. Entre temps, il va méticuleusement détruire son existence. Passons rapidement sur certains épisodes de sa vie, son premier vol, un sac à main arraché dans la rue, les centres éducatifs d'où il fugue, où on le ramène, le viol dont il est victime à l'âge de treize ans... J'en arrive directement à ses dix-huit ans. Le jour même de son anniversaire, il se rend à la DDASS pour récupérer son dossier. Il ne récupère pas grand-chose, quelques feuilles dans une chemise, rien de plus. Il les emporte pour les lire au calme. Le contenu est décevant. Son père ? Inconnu. Sa mère ? Instable, malade psychiatrique, mythomane et SDF. Elle est introuvable. Il n'est pas le seul enfant qu'elle a abandonné. Il a une petite sœur, quelque part, qu'il ne parviendra jamais à retrouver.

Et la dégringolade continue. La rue, la picole, le haschisch. Le bordel pour calmer ses pulsions sexuelles de plus en plus envahissantes. Son premier amour, Karine, qui s'enfuit devant sa violence. Les boulots que lui trouvent ses parents, et qu'il ne garde jamais longtemps. L'armée, qui le réforme. Et la fille qu'il rencontre ensuite, Sophia, prostituée et fille de prostituée. Dans ces années-là, au début de sa vie d'adulte, Nicolas est tout bonnement odieux avec ses parents adoptifs, qui pourtant tentent de l'aider du mieux qu'ils peuvent. Il ne leur parle que pour leur demander de l'argent. S'ils refusent, il les menace. Un jour, il poursuit son père avec une hache pour lui soutirer des billets et échoue en prison. Pendant ce temps, Sophia accouche d'une petite fille. Et qui s'en occupe ? Les parents de Nicolas, bien sûr. Ils ne le laissent jamais tomber. À sa sortie de prison, il est dans un état psychique déplorable. Ses parents lui trouvent une petite maison en Normandie, pour qu'il puisse s'y installer avec Sophia et leur fille. Au passage, il en profite pour acheter deux boas, une mygale et deux bergers allemands. Il se fait couvrir le corps de tatouages. La bombe humaine est amorcée...

J'insiste sur un point. Depuis le début, Nicolas a toujours eu le soutien de ses parents adoptifs. Quand il était petit, devant les difficultés qu'il posait, la DDASS leur avait proposé de le reprendre. Mais ils ont refusé, ils ont assumé. Même s'ils vivent un véritable enfer, qui ne fait que commencer. Ils savent que leur enfant est dangereux, ils pressentent le drame à venir. Ils frappent à toutes les portes, tirent sur toutes les sonnettes d'alarme. Personne ne les entend. Un jour, Nicolas les invite à déjeuner chez lui. Et, au beau milieu du repas, il sort un pistolet pour les obliger à signer un carnet de chèques tout entier. Les parents Cocaign ne l'ont jamais vu dans une telle transe. Ils alertent la police, et Nicolas est interné dans un hôpital psychiatrique. Là-bas, il parvient à embrouiller les psychiatres, qui ne voient en lui qu'un comédien narcissique. Au bout de trois semaines, ils le relâchent. Il rentre chez lui. Il achète un babouin, un iguane et un varan. Sa maison normande est un zoo puant et sale. Sa petite fille vit dans ce bouge, ne l'oublions pas. Un jour, la petite refuse de retourner chez ses parents. Un médiateur accorde la garde à sa marraine. Voilà Nicolas en tête à tête avec Sophia. La pauvre va déguster. Une nuit, Nicolas l'attache, nue, à un arbre, et simule des meurtres sur elle. Il ne va pas jusqu'au bout, mais presque. Elle dira que, la nuit, il parlait à Satan dans son sommeil.

En octobre 1998, il se rend de lui-même chez les gendarmes. Il sent qu'il est comme une cocotte-minute sous pression, sur le plan sexuel. Il dit que sa perversité sexuelle l'envahit et demande à être castré chimiquement. Au lieu de ça, on l'envoie en hôpital psychiatrique, d'où il ressort peu de temps après. Un jour, dans les années 2000, il confie à une de ses amies qu'il va faire un jour « un truc tellement énorme » qu'il passera au Journal de 20 heures. Et il s'apprête à devenir père pour la seconde fois… Sophia est de nouveau enceinte. Les parents de Nicolas alertent les services sociaux, une fois, deux fois, dix fois. « Un enfant va naître chez les fous, au milieu d'un zoo puant ! Il faut faire quelque chose, on vous en supplie ! » Finalement, après maintes et maintes supplications, les policiers et les pompiers débarquent le 4 août dans le pavillon normand. Là, ils découvrent une véritable ménagerie, les serpents, les araignées, Sophia, enceinte et alcoolique, et Nicolas, complètement incohérent. Il est interné pour trois semaines, au bout desquelles il ressort dans le même état.

Quelque temps plus tard, il commet un hold-up à visage découvert, dans une agence BNP de Rouen. Il récupère 3 500 euros, qui vont lui servir à se faire tatouer le visage du diable sur son propre visage. C'est effarant… Comme le tatouage coûte très cher, il fait un nouveau hold-up, toujours à visage découvert, avec ses esquisses de tatouage. Pour passer inaperçu, il y a mieux. Il est arrêté, bien sûr, et envoyé en prison.

Mais pourquoi en prison ? S'il est fou, c'est à l'hôpital psychiatrique qu'il faut l'enfermer ! Seulement voilà, les psychiatres expliquent qu'il est « proche de la psychose » mais pas tout à fait. Selon eux, il est responsable de ses actes, il peut donc être jugé devant un tribunal. Il écope de cinq ans pour les deux braquages et est libéré au bout de trois ans. Il échoue dans la rue, SDF et alcoolique. Un jour, il explique à Sophia, qu'il voit de temps en temps : « Et tu sais quoi ? Je crois que nos filles, elles ont été abusées. J'ai été abusé moi, à treize ans... Je sais reconnaître quelqu'un qui a été abusé. » Sophia lui demande ce qui le fait dire ça, il lui répond qu'il est allé « vérifier lui-même », sur une de ses filles. Et qu'au passage, il lui a demandé de lui embrasser le sexe.

Au début de l'année 2006 se produit un événement qui va précipiter les choses. Un soir, Nicolas tente de violer une jeune femme. Il est arrêté et échoue une fois de plus en prison. Très vite, son état mental inquiète. Il délire du matin au soir. Il prétend vouloir tuer Nicolas Sarkozy. Dans ses moments de lucidité, il demande lui-même à être placé à l'isolement, tellement il se sent dangereux. Malgré tout, les psychiatres continuent de dire qu'il est responsable de ses actes et qu'il peut être jugé. C'est à ce moment-là que David Lagrue, qui sera le témoin tétanisé du meurtre, rejoint la cellule 26 où vit Nicolas Cocaign. Dans les semaines qui suivent, son propre avocat va supplier l'administration pénitentiaire de placer son client à l'isolement. « Il a des envies de meurtre, il me l'a dit, il va le faire ! » Peu de temps après, Thierry Baudry rejoint lui aussi la cellule 26. La suite, vous la connaissez.

Après le meurtre de Thierry Baudry, Nicolas Cocaign et David Lagrue sont emmenés à l'hôtel de police de Rouen. Cocaign y passe des aveux complets et détaillés, tandis que David Lagrue a bien du mal à convaincre les policiers qu'il n'était pas complice du massacre.

Le corps de Thierry est autopsié. Le légiste établit qu'il manque 250 grammes de chair sur le cadavre. Ce que Nicolas Cocaign pensait être le cœur était en réalité un morceau de poumon… Et maintenant, que va-t-il se passer ? Les deux seuls cas de cannibalisme en France, avant cette affaire, avaient été jugés irresponsables de leurs actes car schizophrènes. Alors que faire de Nicolas Cocaign, le prisonnier cannibale ? Le juger ? Ou l'envoyer dans une Unité pour Malades Difficiles ? Les psychiatres rendent leur verdict définitif : oui, il est schizophrène, mais sa psychose n'entraînerait chez lui qu'une altération du discernement, et non une abolition totale du discernement. C'est le même diagnostic qui l'a envoyé quatre fois en prison : il est fou, mais pas assez. Il sera donc jugé.

Son procès s'ouvre le 21 juin 2010 devant la cour d'assises de Seine-Maritime, à Rouen. On s'intéresse bien sûr à sa personnalité. Crâne rasé, visage à moitié tatoué, cernes noirs, Nicolas Cocaign se raconte tranquillement, debout dans le box, avec une voix rendue parfois un peu traînante par les médicaments. Il reparle de son parcours chaotique, calmement. Il reconnaît le meurtre mais nie tout acte de torture et de barbarie. On aurait voulu entendre le seul témoin de cette scène de cauchemar, David Lagrue, mais il s'est suicidé en prison, six mois plus tôt, probablement traumatisé d'avoir assisté à une scène aussi atroce. Quand on interroge Cocaign à l'audience, il répond avec des phrases simples, claires. Aucune émotion, aucune gêne. Quand on lui dit qu'il a mangé le poumon et non le cœur, il répond : « Je croyais que c'était le cœur. Je comprends maintenant pourquoi c'était si tendre. » Et quand on lui demande pourquoi il s'en est pris à Thierry Baudry en particulier, il répond : « Je n'avais rien contre Thierry Baudry, c'était plutôt un gentil gars. Mais il m'a provoqué et j'ai réagi en fonction, sans réfléchir. » Pendant tout le procès, sur les bancs de la presse, les journalistes s'insurgent. On pense qu'il est complètement fou et qu'il n'a rien à faire ici. Qu'importe, à l'issue du procès, Nicolas Cocaign est condamné à trente ans de réclusion criminelle, avec une période de sûreté de vingt ans. En théorie, il pourra sortir en 2030.

Tailleur de pierres et tueur en série

Le matin du mercredi 3 mai 2000, une jeune femme de trente-huit ans, que nous appellerons Caroline, se rend à la gare Saint-Lazare. Elle souhaite prendre le train de 8 h 17 pour Vernon, où elle a rendez-vous à l'école où est scolarisé son fils. Il y a du monde, on est en pleine heure de pointe et, par malchance, Caroline se trompe de train. Qu'à cela ne tienne, elle descendra à Mantes-la-Jolie et finira son trajet en bus. Mais arrivée là-bas, elle peine à trouver le bus qui la conduira jusqu'à Vernon. Devant l'arrêt, alors qu'elle consulte les horaires de passage, une voiture s'arrête à sa hauteur. « Bonjour madame, vous avez l'air perdue ?

— Oui, je suis pressée, je dois aller à Vernon où j'ai un rendez-vous.

— Ah, ça tombe bien, moi aussi je vais par là ! Je dois juste aller déposer des cartons sur mon lieu de travail, mais je peux vous y emmener. »

Caroline se dit que c'est son jour de chance. Elle monte dans la voiture. Mais, dès qu'il commence à rouler, le conducteur adopte un comportement bizarre. Il ne dit pas un mot. Caroline tente tant bien que mal d'engager la conversation, d'échanger des banalités, mais l'homme reste muet. Elle se dit que, s'il ne lui parle pas, c'est peut-être parce qu'elle est noire. Le trajet se fait donc en silence, dans une atmosphère quelque peu pesante. L'homme quitte la nationale 13 et s'engage sur une petite route, en direction d'une ferme qui a tout l'air d'être abandonnée. Sûrement son lieu de travail, se dit Caroline. L'homme descend de la voiture et va ouvrir le coffre. À ce moment-là, Caroline n'a qu'une seule idée en tête : « Pourvu qu'il ne traîne pas ! » Elle a peur d'arriver en retard à Vernon. Et soudain, l'homme ouvre la portière côté passager. Il est transformé, il crie, il tremble et menace la jeune femme avec un couteau. « Sortez ! Sortez ou je vous bute ! » Caroline tente de le calmer : « Qu'est-ce qu'il y a ? Qu'est-ce qu'il y a ? Calmez-vous !

— Sortez ou je vous bute ! »

Caroline s'extirpe de la voiture et l'homme se jette sur elle. Elle tente de se débattre et perd sa montre dans la lutte. Mais l'homme parvient à la maîtriser, il lui attache les mains et l'oblige à le suivre dans une partie de la ferme qui semble être en travaux. Il la traîne au premier étage : « Montez, vite, vite, vite, vite !

— Qu'est-ce que vous allez me faire ? Me tuer ? Me violer ?

— Tu vas voir ce que je vais te faire ! »

À l'étage, il la conduit dans une pièce vide, sale. Dans un coin, il y a un vieux matelas à même le sol. L'homme jette Caroline sur le matelas, la bâillonne et la ligote solidement. « Je vais travailler et je reviendrai pour ma pause de midi. Tu vas voir ce que je vais te faire... »

L'homme tourne tranquillement les talons et part travailler, laissant derrière lui Caroline pantelante, terrorisée. Par chance, ce matin-là, la propriétaire de la ferme décide d'y faire un tour. Elle veut voir l'évolution des travaux. En arrivant dans la cour, elle trouve par terre une montre de femme. Ça l'interpelle. Elle monte l'escalier, ouvre la porte, et tombe nez à nez avec Caroline, ligotée sur le vieux matelas. Elle part immédiatement chercher de l'aide et, en bas, tombe sur Louis, son employé. « Louis, Louis, il y a une femme ligotée sur le lit à l'étage ! » Sa réponse la laisse sans voix : « Oui, oui, je sais, c'est moi qui l'ai mise là. Mais ne vous inquiétez pas, je vais la relâcher. Je vous en prie, ne dites rien. »

La suite est un peu surréaliste. Il monte, détache Caroline et la raccompagne chez elle, en voiture. Sur le chemin, il lui présente ses excuses. « Vous avez l'habitude de faire ça ?

— Non, non, je ne comprends pas... C'est la première fois que ça m'arrive. »

Pendant qu'il conduit, Louis rappelle sa patronne : « Ne vous inquiétez pas, j'ai retrouvé mon calme. » Elle lui répond qu'elle a prévenu les gendarmes et qu'il doit se présenter au commissariat de Bonnières-sur-Seine. Louis dépose donc Caroline en bas de chez elle et, docilement, se rend à la gendarmerie. Bien sûr, toute cette séquence est un peu déconcertante. Sa patronne lui ordonne de se rendre chez les gendarmes pour l'enlèvement et la séquestration d'une jeune femme, et il y va, sans rechigner. À son arrivée, il est attendu par les gendarmes, intrigués par cette affaire. Et ils ne sont pas au bout de leurs surprises.

Imaginez la scène ! Ce grand gaillard se présente aux gendarmes en disant : « Bonjour, je suis le gars qui a enlevé une jeune femme noire, je crois que ma patronne vous a déjà prévenus. » Les gendarmes sont décontenancés. Quand ils demandent à Louis Poirson – c'est son nom – pourquoi il a fait ça, celui-ci n'a rien d'autre à répondre que : « Ma femme garde une petite Noire, elle a un caractère très difficile. Alors j'ai voulu me venger en enlevant une Noire ! » On marche sur la tête ! Louis Poirson est déféré devant le procureur, qui l'envoie chez le juge d'instruction, qui le met en examen pour enlèvement suivi de séquestration et le fait incarcérer à la maison d'arrêt de

Bois-d'Arcy. Évidemment, l'affaire ne s'arrête pas là. Le juge demande aux gendarmes de se renseigner sur ce drôle d'oiseau. Et ils vont découvrir qu'ils n'ont pas affaire à un enfant de chœur, loin de là. En juin 1996, il a enlevé trois auto-stoppeuses de quinze ans, et les a séquestrées dans la même ferme. Elles ont réussi à s'échapper. Poirson a été arrêté, jugé et condamné à trois ans de prison ferme. Il est sorti deux ans auparavant.

Entre 1983 et 1985, il a commis une douzaine de viols et d'agressions sexuelles, à Strasbourg. Des femmes agressées dans le même parking souterrain du centre-ville, selon un scénario implacable. Il attendait, caché dans l'ombre, qu'une jeune femme seule se gare. Il surgissait et s'installait de force côté passager. Là, il les menaçait d'un revolver, les violait dans la voiture, prenait leur argent et disparaissait. Et puis un jour, il a changé de mode opératoire, et c'est ce qui l'a perdu.

Un jour, en 1985, il a pris une jeune fille en stop, s'est arrêté sur un chemin isolé, l'a violée avant de la relâcher. La jeune fille a eu le temps de noter son numéro de plaque d'immatriculation. Les gendarmes n'ont eu qu'à consulter les registres d'immatriculation pour le retrouver. La propriétaire de la voiture était une étudiante et son petit ami n'était autre qu'un certain Louis Poirson, vingt-deux ans, né en 1962 à Madagascar d'un père malgache et d'une mère française. À cette époque-là, il était marinier sur un pousseur (un bateau qui pousse des péniches) du Rhin. C'était un fan de musculation, une force de la nature, il rêvait de devenir para-commando mais n'avait jamais réussi à intégrer l'armée. On le surnommait Rambo.

Pour ces douze viols et agressions sexuelles commis à Strasbourg, il avait été arrêté et placé derrière une vitre sans tain. Les victimes l'avaient toutes formellement reconnu. Il avait été condamné par la cour d'assises de Strasbourg à quinze ans de prison. Dans ce dossier, les policiers retrouvent un compte rendu d'expertise psychiatrique terrifiant. Le psychiatre y a noté, entre autres, que quand il parle de sa sœur, il dit : « J'ai jamais pu la blairer, la grosse. Elle a toujours été con comme un manche à balai. » À propos de son père : « Mon père me collait des raclées et, comme ça n'a pas marché, il a dressé les filles autrement. » Et à propos de sa vie : « L'armée m'a baisé la gueule. Mon employeur m'a baisé la gueule. » Cet homme est une boule de haine et de ressentiment, et il en est parfaitement conscient : « Si je suis énervé, je ne sais pas ce que je fais, je tape dedans. Une vraie bête ! » Verdict des psychiatres : « Poirson ne souffre d'aucune anomalie mentale. Il n'est pas fou et aucun traitement thérapeutique n'est à envisager. » C'est sans doute pour cela qu'il a passé dix années en prison sans aucun suivi psychiatrique. Et que, à sa libération en 1994, il n'a pas été suivi non plus.

Voilà ce que découvrent les gendarmes à propos de Louis Poirson, l'homme qui a séquestré Caroline. C'est un prédateur multirécidiviste. Au vu de sa carrière, Caroline l'a échappé belle. Mais les gendarmes ont du mal à imaginer que, depuis sa sortie de prison, six ans auparavant, Caroline soit la première victime de Poirson. Alors ils passent des coups de fil aux autres brigades de la région, à la recherche d'affaires similaires. Et justement, à la section de recherches de Versailles, on travaille sur un cadavre, retrouvé un an plus tôt à Saint-Cyr-en-Arthies, juste de l'autre côté de la Seine, à une dizaine de kilomètres de la fameuse ferme. Le cadavre d'une femme âgée, Charlotte Berson. Ça fait un an que l'enquête piétine.

Le 3 septembre 1999, Mme Berson, une habitante de Pacy-sur-Eure, était sortie comme tous les jours faire sa promenade. À soixante-dix-neuf ans, cette veuve mettait un point d'honneur à faire tous les jours une grande balade dans la campagne. Mais, ce jour-là, elle ne rentre pas. Ses petits-enfants, qui devaient passer la voir en fin d'après-midi, s'inquiètent lorsqu'elle ne répond pas au téléphone. Ils finissent par se rendre chez elle. Là, tout semble normal : la maison est fermée, climatisée et tous les papiers sont à leur place. Rien n'a disparu. Mais Charlotte Berson n'est toujours pas rentrée. Il a forcément dû lui arriver quelque chose pendant sa promenade. Alors, on alerte les voisins, on forme de petits groupes, on quadrille la campagne environnante jusqu'à la nuit, sans la trouver nulle part. Le lendemain, sa famille signale sa disparition à la gendarmerie. Comme souvent, ils s'entendent dire qu'une personne majeure a tout à fait le droit de disparaître. Ils doivent attendre au moins 72 heures. La famille refuse d'attendre aussi longtemps sans rien faire et tapisse les commerces de la ville avec des affichettes. Les jours passent, et toujours rien. Ce sont deux chasseurs qui, un mois plus tard, vont finalement la retrouver. Leur chien les attire vers un fourré, où ils découvrent avec horreur un corps humain, dénudé, dans un état de décomposition avancé. On ne parvient même pas à voir s'il s'agit d'un homme ou d'une femme. Seul indice, une montre au poignet du cadavre. Pour les gendarmes, la personne n'est pas morte sur place, le corps a été transporté par quelqu'un qui connaissait bien le coin. Ils entament une enquête de voisinage, interrogent plus de cent personnes, sans succès. L'autopsie révèle qu'il s'agit d'une femme âgée, qui a été opérée du poignet. Elle porte une broche, et cette broche a un numéro de série. C'est ainsi qu'ils identifient Charlotte Berson. La famille reconnaît sa montre. Le légiste établit qu'elle est morte le jour de sa promenade, car l'examen de son estomac montre qu'elle n'avait pas digéré son dernier repas au moment de sa mort. Ce qui est plus étonnant, ce sont les insectes nécrophages. Ils ont commencé à coloniser le corps deux semaines après le décès. Où était donc le corps pendant ces deux semaines ? Un an après, les gendarmes n'en savent toujours rien, leur enquête est au point mort. Alors, pourquoi pas ce Poirson ? Après tout, il n'habitait pas très loin au moment des faits. On le conduit à la brigade de recherches de Versailles.

En salle d'interrogatoire, il est calme. On lui montre une photo de Charlotte Berson. Il dit ne pas la connaître. Les gendarmes utilisent alors une ruse qui fait souvent son petit effet. Ils laissent entendre à Poirson qu'ils vont interpeller sa compagne et la placer en garde à vue. Ça marche tout de suite. Sa compagne, on n'y touche pas, elle a six enfants et déjà suffisamment de problèmes comme ça. « Bon, je vais vous raconter comment ça s'est passé... » Il se met à table.

Oui, le 3 septembre 1999, il a bien rencontré Mme Berson dans la forêt. Il était en voiture et s'est arrêté pour lui proposer de l'emmener. La dame a refusé tout de suite et, comme Poirson était en travers de sa route et lui bloquait le passage, elle a tapé sur le capot de la voiture. Ça l'a mis hors de lui. Il est sorti furibond de sa voiture et a bousculé la vieille dame. Celle-ci est tombée la tête la première sur une pierre, assommée. Paniqué, Poirson l'a mise dans le coffre de sa voiture et l'a conduite à la ferme. Arrivée là, la femme s'est réveillée et elle s'est énervée. Alors, il lui a fait une clé. Il a serré sa tête avec son bras, de toutes ses forces, et lui a brisé la nuque. La vieille femme est morte sur le coup. Ensuite, il est allé cacher le corps dans un fourré et l'a enduit d'acide chlorhydrique, c'est ça qui a retardé de deux semaines l'arrivée des premiers insectes. Quand on lui demande pourquoi tant de sauvagerie, il répond : « Elle ressemblait à la vieille. » La vieille, c'est sa mère.

Les gendarmes sont effarés par la froideur et le détachement qui se dégagent de son récit. Et il fait ensuite quelque chose qu'ils ne sont pas près d'oublier. Pendant l'interrogatoire, Poirson est attaché avec des menottes à un plot en béton de cinquante kilos. Au moment de signer son procès-verbal, on lui propose de lui enlever ses menottes. Poirson refuse et, sous les yeux médusés des gendarmes, il soulève le plot d'une seule main, sans effort, et s'approche de la feuille pour la signer. C'est une vraie force de la nature ! Il est mis en examen pour meurtre. Mais on a le sentiment qu'il en a encore sous le pied, qu'il n'a pas tout dit. Au moment de le ramener en prison, le directeur d'enquête lui demande : « Ça va mieux ? Tu as soulagé ta conscience ?

— Quelle conscience ? » lui répond Poirson.

Les gendarmes vont alors regarder de plus près toutes les affaires du même acabit de la région. Et il y en a beaucoup ! Par exemple, le double meurtre de Jeanine et Monique Villain. Ils y pensent pour deux raisons. D'abord, leurs corps ont été retrouvés brûlés dans un champ tout proche de la ferme où travaille Poirson. Ensuite, on a découvert leur voiture à Mantes-la-Jolie, sous un pont de chemin de fer où il a travaillé. Ils appellent leurs collègues de l'Eure, qui travaillent sur cette affaire. « On a un gars qui pourrait peut-être vous intéresser. » Dans n'importe quelle enquête, les gendarmes auraient été ravis. Mais le hic, c'est qu'ils ont déjà un coupable, déjà mis en examen et déjà en prison : Michel Villain, le fils de Jeanine et le demi-frère de Monique. Il a été dénoncé par son propre fils, et c'est un « bon coupable », réputé pour sa violence. C'est un marginal qui vit dans une cabane dans les bois, qui n'a pas de travail et survit en bricolant des voitures. Il était brouillé avec sa mère et sa sœur depuis dix ans. Bref, le coupable idéal, même s'il n'a de cesse de clamer son innocence. Du coup, quand on leur parle de Poirson, les gendarmes de l'Eure sont un peu embêtés, mais ils acceptent tout de même de l'interroger, on ne sait jamais. Ils le font venir et le placent en garde à vue, le 13 décembre 2000.

Tout de suite, Poirson avoue. On est passé pas loin de l'erreur judiciaire ! L'histoire remonte à août 1995. Il raconte que, ce jour-là, il est allé prendre une bière à la terrasse d'un café à Douains, où il travaillait à l'époque. Il a été agacé par les aboiements d'un chien. Alors, pour se venger et pour passer ses nerfs, il s'est rendu au cimetière animalier de la ville. Les aboiements ne venaient pas de là, mais il avait besoin de se défouler en cassant des tombes. Il a volé un outil dans la cabane du gardien et est tombé sur Jeanine, soixante-treize ans et Monique, sa fille de quarante-quatre ans, qui venaient entretenir la tombe de leur chienne, Babette. Lorsqu'elles l'ont vu avec sa massue et son air enragé, elles ont tenté de le raisonner, avant de le menacer d'appeler les gendarmes. Pauvres femmes… Les gendarmes, le seul mot qu'il ne fallait pas prononcer devant Poirson. Ça l'a mis hors de lui ! Alors il a assommé Jeanine, ligoté Monique et les a enfermées toutes les deux dans le coffre de leur propre voiture. Il a roulé pendant une dizaine de minutes avant de s'arrêter dans un champ. À ce moment-là, il a eu un éclair de lucidité : il s'est dit qu'il sortait tout juste de prison et qu'il n'avait aucune envie d'y retourner. Alors il a proposé aux deux femmes de les relâcher, en échange de leur silence. Monique, bravache, aurait refusé. Alors, il l'a étouffée avec un sac plastique, avant de frapper Jeanine avec un bâton jusqu'à lui briser la nuque. Il a placé les deux corps côte à côte dans le champ, les a aspergés d'essence avant d'y mettre le feu. Ensuite, il est allé faire un tour à Paris dans leur voiture et, sur le chemin du retour, l'a abandonnée sous un pont de chemin de fer à Mantes-la-Jolie et l'a également incendiée. Puis il est rentré chez lui à pied.

Les gendarmes qui l'écoutent sont abasourdis. Tout colle ! Il vient de leur avouer un double meurtre sans la moindre émotion. Et, comme seule explication, il ne trouve rien d'autre à dire que : « C'est la bêtise humaine. » Ça, c'est le moins qu'on puisse dire ! Conséquence immédiate, après trois années d'emprisonnement, Michel Villain est relâché.

Les gendarmes se rendent compte que Louis Poirson, qu'ils prenaient pour un violeur multirécidiviste, est aussi un tueur en série. Ils se doutent qu'il a encore d'autres crimes sur la conscience. D'autant que, chez lui, on a retrouvé des bijoux qui n'appartiennent ni à sa compagne, ni à aucune des victimes connues. Il prétend les avoir trouvés, on peut en douter !

Depuis 1999, une autre femme âgée est portée disparue à Mantes-la-Jolie. Lucie Pham, soixante-treize ans, d'origine asiatique, était pensionnaire de la maison de retraite A.R.E.P.A. Elle allait se promener tous les jours dans le centre de la ville et croisait forcément Poirson, sur la nationale 13, c'était sa route pour aller au boulot. Elle aurait très bien pu monter dans sa voiture, elle aussi. Son assistante sociale dit qu'elle était « déconcertante de naïveté ». Les gendarmes vont présenter les bijoux retrouvés chez Poirson à ses proches, et une assistante sociale de la maison de retraite reconnaît immédiatement un bracelet, « un petit truc de pacotille qu'elle mettait tous les jours ».

Poirson est donc une nouvelle fois extrait de sa cellule du Bois-d'Arcy et placé en garde à vue. Au début, il nie. Alors les gendarmes réutilisent la méthode de menacer sa compagne d'arrestation. Immédiatement, il se met à raconter. Oui, il a proposé à Mme Pham de l'avancer en voiture. Elle a accepté. Au bout de quelques minutes, elle lui a dit qu'elle avait une envie pressante. Il s'est arrêté tout de suite, craignant qu'elle se soulage dans sa voiture. Quand elle est descendue, il a remarqué une tache sur le siège passager. Elle n'avait pas réussi à se retenir. Ça l'a mis hors de lui, il l'a poussée, elle s'est violemment cognée contre le rebord de la voiture. Il l'a mise dans le coffre et l'a conduite tout droit jusqu'à la ferme. Là, il lui a montré une nouvelle fois la tache sur le siège. La vieille femme terrorisée répétait : « Pas grave, pas grave ! » Il explique qu'il l'a étranglée. Une fois de plus, son discours est froid, sans affect. Il explique aux gendarmes qu'il a enterré le corps à la ferme et accepte de leur montrer l'emplacement exact. Les gendarmes n'en reviennent pas. « C'est juste parce qu'elle a pissé dans ta voiture ? C'est pour ça que tu l'as tuée ?

— J'ai déconné, j'ai déconné, c'est tout ! Tout ça pour deux gouttes dans une voiture... Ça n'aurait jamais dû en arriver là. » Effectivement... Mais désormais, le procès est inévitable.

Le 23 septembre 2002, le premier procès de Louis Poirson s'ouvre devant les assises de l'Eure, à Évreux, pour le double meurtre de Jeanine et Monique Villain. Le premier jour est consacré à l'étude de sa personnalité. Chantal, sa compagne, vient à la barre pour tenter de sauver les meubles. « À la maison, dit-elle, il est doux et attentionné. Il m'offre des fleurs, il fait de la peinture... Il montre beaucoup d'affection aux enfants, ils partent en vacances ensemble... » Mais ça ne suffit pas. Poirson est incapable d'expliquer ses crimes avec rationalité. Ne lui demandez pas non plus d'avoir des remords, il ne sait même pas ce que c'est. Pas une fois il ne prononce un mot pour la famille des victimes. À l'issue de ce premier procès, il est condamné à la réclusion criminelle à perpétuité.

Trois ans plus tard, il comparaît devant la cour d'assises de Versailles pour les meurtres de Charlotte Berson et de Lucie Pham, ainsi que pour l'agression et la séquestration de Caroline. Il est toujours aussi déconnecté, indifférent à tout ce qui l'entoure, à tout ce qui se dit. Il s'anime seulement un peu lorsqu'on commence à parler de son enfance et de sa mère, qu'il déteste. Les psychiatres viennent dire à la barre qu'il est irrécupérable et que ses chances de réinsertion sont proches de zéro. Ils disent qu'il ne tue pas par plaisir, mais après un conflit relativement banal qui dégénère. Ils décrivent sa personnalité « égocentrique, presque mégalomaniaque », sa paranoïa... Bref, c'est un cas d'école. À l'issue de ce procès, il est de nouveau condamné à la perpétuité, assortie d'une peine de vingt-deux ans de sûreté.

On ignore toujours s'il a été jugé pour la totalité de ses crimes. Dans ses affaires, les gendarmes ont retrouvé la photo d'une femme âgée, nue, effrayée, dans un bois. Poirson dit qu'il l'a trouvée...

Un coupable idéal

Cette douloureuse histoire commence le mardi 26 juillet 1988, à La Motte-du-Caire, dans les Alpes-de-Haute-Provence. C'est un joli petit village de quatre cents âmes, cerné par les montagnes. Dans le centre du village il y a un café, le Café de la Poste. Tout le monde connaît le patron, Gilbert Jourdan, et sa fille Céline, âgée de sept ans. Céline ne vit pas avec son père, mais elle est venue passer les vacances avec lui. À l'heure du dîner, Gilbert sort du café pour appeler Céline, mais la petite ne répond pas. Un peu inquiet, il fait le tour du village : « Vous n'auriez pas vu ma fille ? Vous ne savez pas où est Céline ? » Personne ne l'a vue. Maintenant, Gilbert est fou d'inquiétude. Il alerte les gendarmes, qui mobilisent immédiatement les habitants et quelques vacanciers pour fouiller le village. Parmi les volontaires qui arpentent les rues et les recoins à la recherche de la petite fille, il y en a un qu'on ne peut pas louper. Un homme tatoué qui s'est installé ici depuis peu. Il s'appelle Didier Gentil. Il vient très régulièrement boire des bières au café et jouer à quelques parties de flipper. Il connaît bien la petite Céline, il la fait souvent sauter sur ses genoux. C'est donc tout naturellement qu'il participe aux recherches. Mais plusieurs habitants diront qu'ils l'ont trouvé bizarre, pendant la battue, agité et désordonné. Ajoutez à cela ses tatouages et son côté marginal, et vous comprendrez vite pourquoi on l'a rapidement soupçonné. La nuit tombe sur le village et Céline demeure introuvable.

Le lendemain, des journalistes débarquent à La Motte-du-Caire. Une petite fille qui disparaît en plein mois de juillet, c'est toujours une bonne histoire... Ils sont fraîchement accueillis au village, où l'atmosphère est pesante. Céline a disparu depuis bientôt 24 heures et l'on commence à craindre le pire. Sa grand-mère, notamment, accepte de s'adresser aux médias pour faire part de son inquiétude : « Elle a disparu en l'espace d'un quart d'heure. Elle était avec nous dans le bar. Il y avait des clients, personne ne l'a vue partir, personne n'a rien vu. Je ne pense pas que ce soit un accident. Je penserais plutôt au crime. » Et elle a bien raison d'envisager le pire car, en début d'après-midi, on retrouve le corps de Céline dans un taillis au bord d'un torrent asséché, à environ un kilomètre du Café de la Poste. C'est un drame. On la trouve à moitié nue, visiblement violée et torturée, la tête fracassée par une pierre. Tout le village est sous le choc. Céline était assez réservée, personne ne l'imagine suivre un étranger. Personne ne croit à un accident. On commence à parler de communautés marginales, de sectes implantées dans la région, que les gendarmes s'empressent d'interroger, sans résultat. C'est à ce moment-là qu'on en revient à Didier Gentil. Une vieille dame dit l'avoir vu la veille, aux alentours de 20 heures, marcher main dans la main avec Céline en direction du camping. Gentil est immédiatement interpellé et placé en garde à vue. On interpelle également un autre marginal du village, qui hébergeait Didier Gentil : Richard Roman, surnommé l'Indien. C'est un original, un Parisien d'une trentaine d'années, qui se balade pieds nus même en hiver, toujours sale comme un peigne. Il possède une bergerie dans les hauteurs du village, où il élève trente chèvres et où il produit un fromage de qualité moyenne, d'après ce qui se dit.

Voilà les deux suspects en garde à vue à la gendarmerie. Après une perquisition dans la maison en ruine où ils vivaient, le colonel de gendarmerie déclare : « L'autopsie du corps de l'enfant est en cours. Une procédure a été établie pour infraction à la législation sur les stupéfiants à l'encontre des deux personnes gardées à vue. Cette garde à vue se poursuit, ainsi que les auditions. L'enquête évolue de façon positive. » Au village, c'est la consternation. Les habitants ont tiré leurs rideaux en signe de solidarité avec la famille de Céline, et les voisins avouent volontiers qu'ils trouvaient ces deux hommes bizarres.

À la gendarmerie, Didier Gentil est interrogé par le brigadier Ramette. Lors de la perquisition, on a retrouvé une tache de sang sur un de ses sous-vêtements. L'homme passe assez vite aux aveux. Il reconnaît le viol de la petite Céline, en revanche il nie fermement l'avoir tuée. Il accuse alors Richard Roman, l'Indien, qui est interrogé au même moment. Lui aussi commence par nier, avant d'avouer à son tour. Les gendarmes tiennent leurs aveux, ça n'a pas duré longtemps ! Une reconstitution est tout de suite organisée. Et leurs gestes ressemblent bien à des aveux. Didier Gentil, le tatoué, mime sans difficultés la scène du viol. L'Indien, quant à lui, va une heure plus tard jouer le rôle du meurtrier. Une tentative d'étranglement, les coups et enfin la pierre qui va tuer Céline. La reconstitution est pénible, presque insoutenable. Les inculpations ne devraient pas tarder à tomber.

Quand le jeune juge d'instruction récupère le dossier, il inculpe les deux hommes. Le dossier est plutôt bien ficelé, et il n'y a pas mieux que des aveux. Mais, en se penchant d'un peu plus près sur les procès-verbaux, et tout particulièrement celui de Richard Roman, il se rend compte qu'ils sont très décousus. Lorsque les gendarmes lui demandent, par exemple, ce qu'il a bu au bar, celui-ci répond : « J'ai bu au moins un café. » avant d'ajouter, sans question apparente du gendarme : « Je demande pardon à Céline, à ses parents et à Dieu, au nom de ma mère. J'ai tué, j'ai tué et j'ai violé Céline, et je n'ai rien à ajouter. » C'est tout de même bizarre. On l'interroge sur ce qu'il a bu la veille et on se retrouve avec des aveux complets, visiblement spontanés. Le juge fronce les sourcils. Il comprend rapidement qu'il a sous les yeux ce qu'on appelle une « synthèse » : le procès-verbal présente toutes les réponses de Roman, mais il manque des questions des gendarmes. Et ça, c'est une machine à fantasmes, car on peut alors imaginer que les questions ont été orientées. Le dossier est bien plus bancal qu'il n'en a l'air et ça, le juge d'instruction va très vite s'en rendre compte.

Quand Richard Roman pénètre dans son bureau, le juge d'instruction n'a pas le droit de lui poser de questions, c'est la règle. Il lui demande simplement s'il a quelque chose à déclarer. Et la réponse ne va pas le décevoir ! Oui, Richard Roman a quelque chose à déclarer. Il a menti aux gendarmes, il n'a ni violé, ni tué Céline Jourdan, il est innocent. « Mais alors, pourquoi est-ce que vous avez avoué ? lui demande le juge, interloqué.

— Ils ne m'ont pas vraiment laissé le choix. »

Il dit que la pression que les gendarmes ont exercée sur lui était insoutenable. Mais dans l'immédiat, ce retournement de veste importe peu : Roman et Gentil sont tous les deux inculpés du viol et du meurtre de la petite Céline, avant d'être écroués à la prison des Baumettes, à Marseille.

Dans la foulée, c'est la curée. La presse dégaine les portraits des deux monstres. Tous les éléments sont là : un tatoué, un éleveur de chèvres marginal et fantasque, qui vivaient ensemble dans une maison délabrée... Deux marginaux, deux coupables, et peu importe la rétractation de Richard Roman. Le 7 août, le matin, une centaine de personnes se rassemble devant les Baumettes, réclamant la peine de mort pour les assassins de Céline. En tête de file, il y a Gilbert Jourdan, le père de la petite. Dans la foulée, à Nice, plusieurs centaines de personnes défilent dans les rues. Le maire de l'époque, Jacques Médecin, est au premier rang. Et eux aussi, après sept ans d'abolition, réclament le rétablissement de la peine de mort. Pendant ce temps, du fin fond de sa cellule, Richard Roman continue de clamer son innocence, même si personne ne l'écoute. Mais de fait, Richard Roman a une famille, et cela va jouer dans l'affaire. Didier Gentil est un enfant de la DDASS, abandonné à l'âge de cinq ans, il n'a personne sur qui compter. Roman, lui, vient d'une famille de militaires et, surtout, son frère Joël est rédacteur en chef de la revue *Esprit*. C'est un intellectuel de gauche très connu, qui possède une certaine influence. Si Richard Roman a menti aux enquêteurs, s'il est réellement innocent, il peut se défendre. Il commence par enrôler un ténor du barreau de Paris pour le défendre, Me Henri Leclerc, futur président de la Ligue des droits de l'homme dont il est déjà membre. Si Leclerc accepte de le défendre, c'est parce qu'il a lu le fameux procès-verbal et qu'il a lui aussi été interpellé par plusieurs choses. Il note par exemple que Roman ne parle jamais spontanément des détails du crime, il ne fait que confirmer ce que lui disent les gendarmes. Par exemple, il ne dit pas : « J'ai ramassé cette pierre et je m'en suis servi pour tuer Céline », mais : « La pierre que vous me présentez est bien celle dont je me suis servi pour tuer Céline. » Ça peut paraître anodin, mais c'est essentiel : il ne révèle rien du crime qui ne soit déjà connu des gendarmes.

Cinq mois après l'assassinat de Céline, l'affaire connaît un premier rebondissement. Le juge reçoit les résultats des premières analyses génétiques effectuées sur le corps de la petite. On y avait trouvé deux ADN : le premier est inexploitable, le second appartient à Didier Gentil. En revanche, aucune trace de l'ADN de Richard Roman. Par ailleurs, Gentil avait accusé Richard Roman d'avoir sodomisé la petite. Mais les analyses révèlent formellement que c'est en réalité lui qui l'a fait. Et s'il a menti sur ce point, peut-être a-t-il menti aussi sur d'autres sujets ?

Fort de cette première victoire, Me Henri Leclerc demande la libération de Richard Roman. *Nice Matin*, dans un exercice assez éloigné du journalisme, titre : « On a osé demander la libération d'un des meurtriers ! » Peu importe, la demande est rejetée et Roman reste aux Baumettes. Passons sur les nombreux changements de juges d'instruction pendant l'enquête, trois juges en un an ! De toute manière, dans cette affaire, ce n'est pas un juge qui va faire avancer l'enquête mais un journaliste, ce qui est suffisamment rare pour être souligné. Il s'appelle Lionel Duroy et il est reporter à *L'Événement du jeudi*, l'ancêtre du magazine *Marianne*. Ce qui l'incite à se lancer lui-même dans cette enquête, c'est une incohérence dans les aveux de Roman. Avant de se rétracter, il a dit avoir violé Céline aux alentours de 21 h 30. Or, les médecins légistes ont situé l'heure de la mort de l'enfant entre 21 heures et 21 h 15. Ainsi, elle était déjà morte quand il dit l'avoir violée ! C'est sur la base de cette incohérence que Lionel Duroy convainc son rédacteur en chef de l'envoyer à La Motte-du-Caire. On ne lui demande pas d'envoyer un papier en deux jours, comme on le ferait aujourd'hui. Non, il a tout son temps pour enquêter.

Il décide de réinterroger tous les témoins, bien évidemment sans leur faire part de ses propres doutes. Il est surtout intéressé par ceux qui disent avoir vu Roman partir à telle heure dans telle direction, ceux qui étaient au café et ceux qui ne vivent pas très loin de chez Roman. Ensuite, dans sa voiture, Lionel Duroy refait le trajet qu'on lui a indiqué, aller-retour, en se chronométrant. Il bute alors sur une incohérence totale. À l'heure du crime, entre 20 h 50 et 21 h 15, Richard Roman arrive au village, s'installe au bar, prend un café, s'achète des cigarettes avant de repartir dans la direction opposée au lieu du crime. Il ne pouvait pas être au même moment en train de tuer Céline avec Dider Gentil ! C'est tout bonnement impossible. Il écrit tout cela dans son article pour *L'Événement du jeudi*. Il y a surtout eu des gens pour dire qu'un « journaliste gauchiste vole au secours du frère d'un intellectuel de gauche ». En revanche, l'incohérence horaire, personne ne la retient. Lorsque Lionel Duroy va interroger le brigadier Ramette à la gendarmerie, il en prend pour son grade : « Non mais qu'est-ce qu'il y connaît aux interrogatoires, celui-là ? Vous croyez que c'est facile de faire avouer ses crimes à quelqu'un ? Ça a pris du temps ! Roman résistait ! Mais il a toujours résisté à l'ordre ici, de toute manière. Il roulait n'importe comment, sans carte grise, sans chaussures, sans rien ! »

Pourtant, Lionel Duroy a eu raison.

Onze mois après le meurtre de Céline, le juge organise une seconde reconstitution à La Motte-du-Caire. Et il a dû lire l'article de *L'Événement du jeudi* parce que son intérêt principal, pendant cette reconstitution, ce sont les horaires et les différents itinéraires empruntés par Gentil et Roman le soir du 26 juillet. L'opération va virer au pugilat : craignant un lynchage, le juge refuse que les deux suspects participent physiquement à la reconstitution. Lorsque les habitants du village comprennent que Didier Gentil est maintenu à l'écart de la scène, ils sont pris de rage. La foule hurle à la mascarade et des bagarres éclatent, notamment dans le café des Jourdan. Le père de Céline est plaqué au sol et son grand-père, tremblant de colère, s'exprime en ces termes : « On nous a présenté un gendarme avec un mannequin. Quand je me suis aperçu qu'on me prenait pour un con, j'ai dit que c'était fini. C'est une mascarade, ça n'a rien à voir avec une reconstitution ! » Le juge explique qu'il n'a pas voulu prendre de risques. Mais sous les insultes de la foule, il suspend la reconstitution.

Peu de temps après, il est remplacé par un nouveau juge d'instruction. L'enquête continue de piétiner, on perd un temps fou. Mais, deux ans plus tard, le nouveau juge est lui aussi interpellé par les incompatibilités horaires. Tout comme le journaliste Lionel Duroy avant lui, il en arrive à la conclusion que Richard Roman ne pouvait pas être physiquement présent sur les lieux à l'heure du crime. Et comme les traces de sperme retrouvées sur le corps de Céline n'appartiennent qu'à Didier Gentil, plus rien ne justifie que l'on garde Richard Roman en prison, rien ! Par diplomatie, il avertit la famille de Céline, puis il signe une ordonnance de non-lieu pour Roman. Après vingt-sept mois de détention, il quitte la prison des Baumettes. Autant vous dire que cette libération est un véritable tollé dans la presse et dans la rue. On parle de justice à deux vitesses, on dit qu'on a innocenté un bourgeois parisien, frère d'un intellectuel de gauche, défendu par un avocat de gauche, qui plus est membre de la Ligue de protection des droits de l'homme. La fureur populaire est telle que le juge est obligé de venir s'expliquer devant les journalistes : « J'estime qu'il n'existe pas de charges suffisantes pour inculper Richard Roman. C'est en pleine conscience et en pleine liberté que j'ai pris ma décision. Ceux qui ont dit que j'ai cédé à des pressions ont le devoir de le prouver ou celui de s'excuser. »

On pourrait en rester là, mais non : trois semaines plus tard, la chambre d'accusation annule l'ordonnance de non-lieu. Les juges qui la composent pensent qu'entre le début de l'agression et la mort de Céline,

Richard Roman aurait eu le temps de se rendre deux fois au village pour s'y faire voir. Le 26 avril 1991, Richard Roman retourne en prison. Il sera jugé aux côtés de Didier Gentil.

Leur procès pour le viol et le meurtre de la petite Céline Jourdan s'ouvre le 30 novembre 1992 devant la cour d'assises de Grenoble. Les voilà donc tous les deux assis côte à côte sur le banc des accusés. L'Indien chevelu et le baroudeur tatoué.

Didier Gentil qui a avoué et ne s'est pas rétracté ne peut plus se défiler : son ADN retrouvé sur le corps de la petite ne saurait mentir. Les témoins qui défilent à la barre le décrivent comme immature, instable, inculte, affabulateur et influençable. C'est un paumé abandonné par sa mère, ballotté toute sa vie de foyers en familles d'accueil, un menteur, un voleur. Sa rencontre avec Richard Roman a changé sa vie : tout de suite, il a été subjugué et l'a considéré comme un maître à penser. Lorsque Didier Gentil parle, aucune émotion ne transparaît. Seul son bégaiement rend ses propos difficiles à comprendre et son discours haché. Il est pourtant loin d'être bête, et il va le prouver pendant le procès : il élude facilement les questions qui l'embarrassent, notamment sur ses rapports avec Roman et sur les femmes. Il insiste sur son immaturité : « J'ai l'esprit d'un gosse de dix ans, je ne suis jamais devenu adulte », dit-il. Lorsque sa mère elle-même vient témoigner à la barre, Didier Gentil reste de marbre, malgré cette phrase terrible : « Ce qu'il a fait est atroce. Didier n'est plus mon fils, je me l'enlève. »

Au procès, on s'arrête bien sûr longtemps sur la question des horaires. Se pose surtout cette question cruciale : Richard Roman pouvait-il oui ou non être physiquement sur les lieux du crime au moment où il a eu lieu ? Le dossier d'enquête suggère que non. La plupart des témoins avaient assuré qu'ils l'avaient vu au café entre 21 heures et 21 h 30. Seulement voilà, quatre ans après les faits, ils ont tous retourné leur veste comme un seul homme. Désormais, ils assurent tous l'avoir vu à 20 h 30, ce qui lui laissait largement le temps d'aller rejoindre Didier Gentil et d'assassiner Céline. Le président s'étonne de leur revirement et le souligne. Tous bafouillent un peu mais ne reviennent pas sur cette nouvelle version. Pourtant, ils avaient juré de dire la vérité, toute la vérité ! Les premiers jours du procès sont de mauvais augure pour Richard Roman... Jusqu'à l'arrivée d'un témoin imprévu.

L'homme s'appelle Christian Célérier et ce n'est pas un habitant de La Motte-du-Caire. Il était en vacances à l'hôtel avec sa femme au moment du meurtre. Vers 21 h 30, le couple buvait un verre en terrasse et, Célérier est formel, l'Indien, Richard Roman, était là. Il raconte ensuite une anecdote stupéfiante : quelques jours après le drame, les gendarmes l'ont fait revenir pour témoigner. Ils ont tenté de lui faire croire qu'il était impossible qu'il ait vu Richard Roman à 21 h 30, que ça ne collait pas. Ils lui ont demandé de changer son témoignage, de dire qu'il l'avait vu à 20 h 30. Au début, il a refusé, mais les gendarmes ont insisté en disant que c'était rendre service à ce salaud que de maintenir sa première version. Alors, Christian Célérier a cédé et a accepté de changer son témoignage. Au moment du procès, il a compris tous les enjeux de ce changement et regrette de s'être laissé influencer. Il exprime ces regrets devant la cour, et cela jette comme un froid. Dans l'audience, un mur mure s'élève. Même l'avocat général a l'air secoué.

Le lendemain, alors que son avocat est absent, Didier Gentil craque. Il dit qu'il ne sait plus si Richard Roman était vraiment là le soir du crime, qu'il a peut-être inventé cette histoire. Il demande à être soigné et demande pardon à Richard Roman. Incroyable retournement de situation ! La salle est stupéfaite. La famille Jourdan comprend que Roman, qu'ils considèrent et considéraient depuis toujours comme l'assassin de Céline, risque de s'en sortir. Ils ne peuvent pas l'accepter ! Depuis quatre ans, toute leur haine, toute leur rancœur est tournée vers cet homme. Le coup de grâce va venir de l'avocat général : « Je vous demande l'acquittement de Richard Roman. » La famille Jourdan quitte la salle. À l'extérieur, la mère de Céline s'évanouit, son grand-père se met à hurler tandis que Gilbert Jourdan, livide, s'exprime auprès des journalistes : « Je ne dirai qu'une chose, c'est que maintenant le juge et l'avocat général peuvent se promener main dans la main et peuvent être baptisés les faux-culs de l'affaire Céline. » Sur le banc des accusés, Richard Roman n'a quant à lui pas réagi à cette annonce.

Le 17 décembre 1992, à midi, les jurés se retirent pour délibérer. Cela va durer plus de cinq heures, à l'issue desquelles le verdict tombe. Didier Gentil est condamné à la réclusion criminelle à perpétuité pour le meurtre et le viol de Céline Jourdan. Richard Roman quant à lui est acquitté. À l'annonce de ce verdict, un hurlement déchire le silence dans la salle. C'est la mère de Céline. La famille Jourdan se précipite à l'extérieur de la salle, en pleurs. Dehors, la famille hurle sa douleur, sa colère et son désespoir. Dans un geste de rage, ils brûlent leurs papiers d'identité et clament leur honte d'être français. Le procès a été une épreuve terrible, ils sont brisés émotionnellement, terrassés par ce verdict.

Lorsque Richard Roman sort de la vieille maison d'arrêt de Varce, près de Grenoble, les médias sont là pour l'accueillir. Il s'exprime en ces termes : « C'est la fin d'un désastre judiciaire. Je remercie surtout toutes les personnes qui m'ont aidé. À la famille de Céline, je dirais seulement qu'il faut qu'ils soient courageux, qu'ils entendent la vérité. Et à vous, la presse, maintenant que vous connaissez tous les éléments du dossier, c'est à vous de discuter chaque point et de faire en sorte que la vérité éclate aux yeux de tous. »

Et ce n'est pas gagné. Beaucoup lisent le verdict avec scepticisme, on crie au complot. D'ailleurs, il n'y a pas que des journalistes qui accueillent Richard Roman à sa sortie de prison, mais aussi une foule haineuse. Les policiers sont obligés de faire partir des voitures-leurres pour évacuer Richard Roman en détournant l'attention de ceux qui voudraient le lyncher. À La Motte-du-Caire, la pilule est amère. Depuis le réquisitoire de l'avocat général, ils s'attendaient à un tel verdict, mais la libération de Richard Roman les déçoit beaucoup.

Roman est libre. Mais, maintenant qu'il est sorti de prison, ses problèmes psychiatriques le rattrapent. Avant l'affaire Céline, il avait déjà fait deux séjours en hôpital psychiatrique. Le meurtre de la petite n'ayant pas aidé, il est à nouveau interné. Quand il sort, il part vivre à Annecy, chez sa mère, où il se fait appeler Joseph, son deuxième prénom. Il est déclaré adulte handicapé et perçoit une pension. Mais il se soigne mal et ne retrouvera jamais l'équilibre. Vingt ans après le drame, le 23 juin 2008, il est retrouvé mort à son domicile de Clarafond, en Haute-Savoie. Il s'est suicidé en avalant un mélange de médicaments et de stupéfiants.

Le triple meurtre du château d'Escoire

Cette histoire se déroule dans un contexte très particulier : nous sommes en 1941, en pleine Occupation, dans le Périgord. Car oui, pendant la guerre, la vie continue... Ou plutôt, dans ce cas précis, elle s'arrête.

Nous sommes au matin du 25 octobre 1941, au château d'Escoire. Tout le domaine est réveillé par des cris de terreur. C'est Henri, le fils de la famille. « Au secours ! Au secours ! »

Les premiers à entendre ces appels à l'aide sont les Tolu, les gardiens et métayers du château, qui habitent dans une petite maison dans le parc. Allez savoir pourquoi, ils pensent tout de suite à un incendie. Le père Tolu envoie sa femme Victoria voir ce qui se passe. Et lorsqu'elle arrive, essoufflée, devant le château, elle aperçoit Henri sur le perron de la cuisine. Le jeune homme a l'air défait, il l'interpelle : « Victoria, venez voir, ils sont tous morts ! » Puis il tourne les talons et rentre dans le château. Et, effectivement, c'est un massacre qui a eu lieu entre ces murs. Amélie, la tante d'Henri, gît dans le petit salon, où elle dormait. La bonne et le père d'Henri, Georges, sont étendus dans la chambre de Georges. Ils portent tous sur le corps des blessures similaires, profondes et impressionnantes. Les murs sont maculés d'éclaboussures sanglantes. Les corps de Georges et de la bonne ont été déplacés, il y a de longues traînées de sang sur le sol. C'est une boucherie. Et, comme si cela ne suffisait pas, les pièces ont été mises à sac, les meubles renversés, les tiroirs arrachés et vidés sur le sol, un véritable chaos.

Au milieu de ce capharnaüm, Henri est en état de choc. « Mon père, mon pauvre père, lui qui était si bon pour moi... Et ma tante, venez voir ma tante, c'est la même chose ! »

Entre-temps, le père Tolu a rejoint sa femme. Lui aussi est totalement chamboulé. Tout ce sang et cette pagaille ! C'est lui qui, le premier, remarque sur le lit de la bonne un de ses propres outils. Une serpe. Il la reconnaît tout de suite, elle avait été oubliée par les soldats qui occupaient le château. Et, il s'en souvient, il l'a prêtée à Henri seulement quelques jours auparavant, lorsqu'il est arrivé au château. Le métayer fait vite le rapprochement, cette serpe a tout l'air d'être l'arme du crime.

En attendant l'arrivée des gendarmes, Victoria propose à Henri d'aller prendre un café chez eux. « Un bon petit café bien chaud, monsieur Henri, on en aurait bien besoin... Mon Dieu quel malheur ! » Tolu, lui, se met en route vers le village d'Escoire pour prévenir les autorités. En chemin, il ne peut s'empêcher de repenser à cette serpe. C'est tout de même lui qui l'a prêtée à Henri ! « Manquerait plus qu'ils m'accusent... Je vais bien leur dire aux gendarmes, que c'était Henri qui avait demandé la serpe, ah ça oui, je vais bien leur dire ! »

Par chance, Tolu tombe immédiatement sur le maire d'Escoire, Alphonse Palem, et s'empresse de lui raconter toute l'affaire : « M. Girard, Mlle Girard et la bonne, ils sont tous morts ! » Rapidement, le bruit se répand dans tout le village, et les habitants d'Escoire se retrouvent devant le château, cherchant à savoir ce qu'il a bien pu se passer.

Lorsque le maire arrive sur place, il découvre avec surprise Henri, assis nonchalamment sur les marches du château, en train de fumer une cigarette. Apercevant le maire, il lui en propose une. Les murmures courent dans la foule. « Il n'a rien d'autre à faire que de fumer celui-là ? Toute sa famille a été assassinée, et lui fait comme si de rien n'était ! » Tournant le dos au jardin, Henri rentre dans le château, s'installe derrière le piano et entame *Tristesse* de Chopin. Un morceau de circonstance, me direz-vous, enfin, tout de même, jouer du piano alors que les corps des victimes n'ont même pas encore été évacués...

Vous savez comment sont les gens. Face à cet apparent détachement, aux cigarettes et au piano, on a vite vu en Henri le coupable tout désigné. Sa désinvolture l'a perdu. Aux yeux de tous, c'est lui l'assassin ! Et le voilà maintenant qui se lève, attrape sa veste et s'éloigne dans l'allée du château, vers le village.

— Où allez-vous, Henri ? lui demande le maire.

— Téléphoner, à la Poste.

Profitant de cette absence, le maire décide lui aussi de retourner au village pour téléphoner. Aux gendarmes. Pendant ce temps, Tolu, resté avec les villageois, raconte tout ce qu'il s'est passé depuis le matin. Et il ajoute ce détail intéressant : à l'aube, n'arrivant pas à dormir, il est sorti s'aérer dans le parc. De l'autre côté des remparts, sur la route, il a trouvé un portefeuille bien garni. Il l'a rapporté chez lui et s'est recouché.

Vers 14 heures, les gendarmes arrivent au château d'Escoire. Et ils sont venus accompagnés, par un juge, son greffier et un médecin légiste. L'autopsie est effectuée sur place, sur la table de la cuisine. Les conclusions du légiste sont claires : les trois victimes ont été tuées avec un objet tranchant, recourbé... Une serpe, par exemple. C'est de mauvais augure pour Henri. Le médecin estime l'heure de la mort à trois heures après le repas. Aux alentours de 23 heures, donc. D'emblée, tous les regards se tournent vers Henri, le seul survivant du massacre. Où était-il à 23 heures ? Pourquoi prétend-il n'avoir rien entendu ? Pourquoi a-t-il emprunté cette serpe quelques jours seulement avant le massacre ? Que dissimule cet air désinvolte ? Si on ajoute à cela que, malgré le désordre, rien n'a été volé sur la scène de crime – hormis le portefeuille retrouvé non loin par Tolu –, tout colle parfaitement. Henri Girard est interrogé le soir même, et soumis à un examen médical afin de chercher d'éventuelles traces de sang sur son corps. Un tel massacre, pensez-vous, ça laisse des traces !

Mais le médecin ne trouve aucune tache de sang, ni sur le corps, ni sur les vêtements d'Henri. En revanche, il relève dans la paume de sa main une légère ecchymose. Et à y regarder de plus près, elle correspond très exactement à la forme du manche de la serpe qui a servi à tuer.

Et ce qui ne va pas arranger les affaires d'Henri, c'est sa réputation. Car il faut bien reconnaître que, du haut de ses vingt-quatre ans, c'est un étrange garçon. Il vit à Paris. À Escoire, cela suffit pour en faire un original. Il est diplômé en droit, mais il ne travaille pas. Il s'est marié à vingt ans, contre l'avis de sa famille, puis il a divorcé et souhaite maintenant se remarier avec une de ses maîtresses. Et puis il paraît qu'il mène grand train, qu'il dépense des sommes ahurissantes, qu'il enchaîne les voyages, les maîtresses, les soirées… Et qui paye l'addition de ces déboires ? Son père et sa tante. Et visiblement, le jeune Henri en demande toujours plus. Quelques mois auparavant, il aurait même monté une combine à la morale des plus douteuses, pour leur soutirer une grosse somme. Il aurait fait croire à sa tante Amélie qu'il s'était fait arrêter par la Gestapo, et qu'il lui fallait 100 000 francs pour être libéré. Amélie, qui lui passait tout, a remis l'argent à un complice d'Henri, qui a tout empoché. Drôle de gaillard ! À l'époque, on appelait ce genre d'oiseau un « désœuvré ».

Et ce n'est pas tout ! L'employé de la poste d'Escoire raconte que, la veille du triple meurtre, Henri est venu passer un coup de fil à son père. Le jeune homme ne voulait pas payer la note. Il a dit : « Voyez avec mon père, il vous paiera. » L'employé a refusé. Surtout, il a surpris des bribes de conversation entre Henri et Georges. Henri insistait pour que son père, qui vivait et travaillait à Vichy pour le gouvernement Pétain, le rejoigne immédiatement à Escoire. Cela n'arrangeait pas du tout Georges. Un trajet Vichy-Escoire, pour obéir à un simple caprice de son fils... Mais il a fini par céder, et maintenant, il est mort. C'est à se demander si Henri ne lui a pas tendu un piège !

Un scénario se dessine dans la tête des gendarmes : fauché comme les blés, Henri décide de réunir toute sa famille à Escoire dans le but de les assassiner. Amélie n'a pas d'héritiers, si elle meurt en même temps que son frère, Henri hérite de tout : le château, les appartements parisiens, l'argent... Une petite fortune qui lui permettrait de poursuivre tranquillement sa vie de patachon. Pour l'instant, ce ne sont que des suppositions, mais Henri n'a pas d'amis à Escoire, il est trop parisien pour les gens du coin. Et puis on l'a très souvent vu se disputer avec son père et sa tante pour des questions d'argent, ou au moment de son mariage. C'est forcément lui, l'assassin !

Pourtant, Henri nie avec véhémence. Pourtant, la nuit du meurtre, il a abandonné sa chambre habituelle, au-dessus de celle de son père, pour aller dormir dans une chambre isolée à l'autre bout du château. Son explication peine à convaincre la police : quelques mois auparavant, sa chambre aurait été occupée par des réfugiées. Car, rappelons-le, au début de la guerre, le Périgord avait été désigné pour accueillir les Alsaciens qui avaient fui l'avancée allemande. Il prétend que la chambre était sale, qu'elle n'avait pas été nettoyée, et que c'est pour cette raison qu'il a décidé de dormir ailleurs. S'il avait occupé sa chambre habituelle, il aurait très bien pu entendre les cris de son père et de sa tante au moment de leur mort. À l'autre bout du château, il prétend n'avoir rien entendu. Les gendarmes, pour en avoir le cœur net, décident d'organiser un test grandeur nature. Ils se mettent dans la chambre occupée par Henri et demandent à leurs collègues, placés dans les chambres de Georges et d'Amélie, de pousser de grands cris. Le résultat donne raison à Henri : de cette chambre, il est impossible d'entendre quoi que ce soit.

Mais les gendarmes remarquent aussi un détail des plus intéressants. Le compteur électrique du château d'Escoire se trouve justement dans cette fameuse chambre. Or, ils pensent que les meurtres ont été commis dans le noir, toutes lumières éteintes. Ils interrogent les voisins. L'avantage du château est qu'il est visible depuis tout le village. Le fils Tolu est certain que le château était plongé dans l'obscurité à 20 heures. D'autres l'ont vu allumé vers 22 h 30. En résulte, pour les gendarmes, le scénario suivant : à la fin du repas, Henri a coupé l'électricité et tué tout le monde. Puis, il a rallumé les lumières et préparé toute sa mise en scène pour faire croire à un cambriolage. Ça pourrait coller mais Henri, lui, nie toujours en bloc. Alors on en revient à la marque qu'il a dans la main, l'ecchymose que le médecin attribue à la serpe, l'arme du crime. Les gendarmes demandent à Henri de la saisir à pleine main, de la serrer bien fort, comme s'il allait s'en servir. Quand Henri ouvre la main, pas de doute : les marques rouges laissées par le manche se superposent parfaitement aux marques antérieures. Il explique qu'il a utilisé la serpe quelques jours auparavant pour couper des sapins, que ces traces n'ont donc rien de surprenant. Pourtant, le gardien a dit qu'Henri était venu lui emprunter la serpe pour ouvrir une serrure bloquée... Par ailleurs, on remarque que la serpe vient d'être aiguisée, et l'on retrouve des traces de limaille sous les ongles d'Henri. Les preuves sont accablantes : non seulement il a emprunté la serpe, mais il l'a également affûtée.

Dans ce genre d'enquête, chaque détail prend de l'importance, même le plus insignifiant. On remarque par exemple que les cheveux d'Henri sont particulièrement propres et soyeux, comme s'il venait de les laver – pour effacer des traces compromettantes peut-être ? Lui assure qu'il n'y a pas touché depuis la veille. On le force tout de même à les relaver, pour voir à quelle vitesse ils se salissent. Tout est bon pour faire d'Henri Girard le meurtrier parfait.

Lors des funérailles de Georges et d'Amélie Girard, et de la bonne. Henri est au premier rang, mais les gendarmes l'ont à l'œil. Sa femme, dont il est en train de divorcer, a même fait le déplacement depuis Paris. Elle a pu franchir la ligne de démarcation grâce à un laissez-passer délivré par la police allemande.

Le soir même, Henri est présenté au juge d'instruction qui lui signifie son inculpation pour triple homicide, avant d'être envoyé à la prison de Périgueux. Il va y passer dix-neuf mois, en attendant son procès, et permettez-moi de vous dire que ce dandy parisien va en baver. Il juge la prison insalubre et se plaint régulièrement de la crasse et des autres détenus, des tuberculeux et des syphilitiques selon lui. Pendant que Henri souffre en prison, l'enquête suit son cours. Mais dans ce contexte si particulier, dans une France coupée en deux, difficile de rassembler tous les éléments nécessaires. Nombre de choses doivent être vérifiées à Paris. Par exemple, les 100 000 francs qu'il aurait extorqués à sa tante en prétendant avoir été enlevé par la Gestapo. En temps de guerre, impossible de vérifier cette histoire rocambolesque.

Et, pour Henri, pas facile de trouver un avocat. Il se tourne d'abord vers Me Charlet, de Limoges, mais celui-ci vient d'être arrêté par la Gestapo. Il sollicite alors Me Maurice Garçon, un ami de son père et surtout l'un des meilleurs avocats de l'époque, qui, par amitié pour son défunt père, va accepter de prendre en charge ce cas si particulier. D'abord réticent à l'idée de défendre le supposé assassin de son ami Georges, Maurice Garçon va se rendre compte, en étudiant le dossier, du nombre effarant de failles qu'il contient. Des incohérences, des approximations, des questions sans réponse... Pour lui, c'est jouable !

Le procès d'Henri Girard s'ouvre le 27 mai 1943 devant la cour d'assises de Périgueux. Et la France a beau être occupée, c'est un procès très attendu. Tous les grands journaux ont dépêché leurs envoyés spéciaux sur place pour l'occasion. Tous sont persuadés qu'Henri Girard sera inévitablement condamné à mort. Le directeur de la prison a même demandé que la chambre des condamnés à mort soit préparée. Dès le premier jour, la cour se déplace à Escoire, au château, sur la scène de crime. C'est là que Me Garçon va se montrer extrêmement brillant. Il ne lâche rien, s'attache au moindre détail, démontre les incohérences de certaines preuves présentées dans le dossier, notamment la présence d'une fenêtre dans les toilettes facilement accessible pour n'importe quel étranger. Il est le seul à remarquer qu'il n'y a pas de lit dans la chambre habituelle d'Henri, et qu'il est donc logique qu'il ait demandé à dormir ailleurs. Le seul à remarquer qu'un scellé qui barrait une fenêtre est déchiré. On lui répond que c'est sûrement à cause de l'humidité, lui en conclut que quelqu'un s'est rendu sur la scène de crime pour la modifier. Il ne laisse passer aucune approximation et tente coûte que coûte de démontrer à quel point l'enquête a été bâclée. Il se bat comme se battent tous les bons avocats. Un médecin a été sollicité pour expliquer l'absence de traces de sang sur le corps d'Henri. Un psychiatre. Garçon l'interrompt et lui fait remarquer qu'il n'a aucune compétence sur le sujet. Il est psychiatre, pas expert en taches de sang !

Et petit à petit, à force d'arguments irréfutables, le public commence à prendre le parti d'Henri Girard. C'est plutôt bon signe pour le jeune homme : si le public hésite, c'est probablement aussi le cas des jurés.

Mais le procès bascule définitivement lorsque le fils des Tolu vient témoigner. Lui qui avait assuré avoir vu le château plongé dans l'obscurité à 20 heures puis illuminé à 22 h 30, change totalement sa version de l'histoire. C'est tout un pan de l'accusation qui s'effondre ! Puis tous les témoins vont revoir leur version des faits et prendre parti pour Henri. Tous, hormis le surveillant chef de la prison de Périgueux, que Me Garçon va réduire en miettes après son témoignage. « C'est une indignité ! dit-il. Un homme risque sa tête, et comme dernier témoignage, vous apportez celui que ne sait rien que les racontars méprisables de ses condamnés ! Allez-vous, pour sauver votre cause qui est désespérée, essayer de dresser contre Henri Girard, parce qu'il appartient à la bourgeoisie, toutes les méchancetés qu'engendrent les rancunes sociales ? »

À chaque seconde, Henri doit se féliciter d'avoir embauché Me Garçon. L'avocat livre une plaidoirie brillante. L'audience est complètement retournée. Nous sommes le 2 juin 1943, et les jurés se retirent pour délibérer. Cela durera en tout et pour tout dix minutes, au bout desquelles Henri Girard est acquitté et libéré sur-le-champ ! Dehors, la foule est en liesse. Une femme, présente depuis le début du procès, s'approche de lui, lui offre une cigarette et lui glisse, sans la moindre discrétion : « Je serai ce soir à l'hôtel de France. »

Henri Girard est libre, contre toute attente. Il empoche l'héritage, se remarie avant d'embarquer en 1947 pour le Venezuela, d'où il reviendra deux ans plus tard, dans un état de délabrement absolu. Mais l'histoire ne s'arrête pas là. En 1950, il publie *Le Salaire de la peur*, sous le pseudonyme de Georges Arnaud. Georges, le prénom de son père, Arnaud, le nom de jeune fille de sa mère. Le roman rencontrera un succès colossal et sera même adapté au cinéma par Henri-Georges Clouzot. Oubliés, ou presque, Escoire et ses fantômes. Henri vend le château et finit sa vie en 1987, à Barcelone. Quant à la vérité sur le triple meurtre d'Escoire, elle n'est toujours pas établie et continue de fasciner.

Le charcutier du marché Saint-Martin

Nous sommes en février 2005, et Élodie est embêtée. Mais où est donc passée sa sœur Christelle ? C'est quand même fou ça ! Et pourquoi est-ce qu'elle ne répond pas au téléphone ? Elle l'attend depuis plus de deux heures, Christelle devait venir lui rendre visite avec son fils, Lucas. Deux heures et elle n'a même pas pris la peine de la prévenir ! Deux heures, trois heures, quatre heures, et maintenant huit heures de retard ! Ça ne lui ressemble vraiment pas. D'habitude, elle prévient toujours et elle répond au téléphone. Élodie est maintenant très inquiète. Le père de Lucas aussi est inquiet. Lui attend des nouvelles depuis la veille. Il devait retrouver Christelle et Lucas pour se rendre à un anniversaire. Non seulement ils ne sont jamais venus, mais elle n'a jamais répondu au téléphone non plus. Ce n'est pas du tout le genre de Christelle, il se fait du souci… Le soir même, ils se rendent au commissariat avec la mère de Christelle, Mme Leroy, pour déposer une main courante. Comme souvent, on leur répond qu'on ne déclenche pas de plan Orsec pour les disparitions d'adultes. Christelle a peut-être organisé des vacances improvisées avec son fils ? Ou elle a oublié son chargeur de téléphone ? Bref, il est beaucoup trop tôt pour s'inquiéter.

Ils sont bien gentils, les policiers, n'empêche que personne n'est rassuré. Le lendemain, coup de fil de

Bérenger, son compagnon du moment. Enfin, son amant plutôt, car il n'a pas quitté sa femme. C'est aussi son patron, elle travaille dans sa charcuterie italienne du marché Saint-Martin. Lui non plus n'a pas de nouvelles depuis la veille, depuis qu'elle a quitté le boulot, et lui aussi est très inquiet. Il suggère à sa mère et à sa sœur d'aller faire un tour chez Christelle pour jeter un coup d'œil, au cas où, il a un double des clés. C'est une bonne idée ! Mme Leroy et Élodie passent donc chercher les clés au marché Saint-Martin, dans le Xe arrondissement de Paris. Elles trouvent que Bérenger, ce matin-là, n'a pas l'air dans son assiette. Il est tout transpirant et tripote nerveusement la fermeture Éclair de sa veste. Et, Élodie le remarque tout de suite, il a deux petites griffures sur le nez. Trois fois rien, mais ça se voit. Il explique que la vitrine lui est tombée dessus, avant de leur tendre les clés. Quelques minutes plus tard, voilà les deux femmes dans l'appartement qu'occupent Christelle Leroy et son fils Lucas, rue Lucien-Sampaix. Là, elles n'en reviennent pas. Tout est là ! Les sacs, le manteau de Christelle, ses chaussures, ses cigarettes... Tout ! C'est très inquiétant, jamais Christelle ne serait partie sans ses cigarettes. Et elle ne serait pas non plus partie en « vacances improvisées » sans valises et sans manteau. Le cocker a disparu également. Elles trouvent sa laisse, mais pas le chien. Les deux femmes retournent au commissariat et parviennent à convaincre les policiers de venir jeter un coup d'œil dans l'appartement. Mais les policiers, qui ne connaissent pas Christelle, ne voient rien qui cloche. Pour eux, la mère et l'enfant sont partis en vacances sans prévenir. « Ils finiront bien par revenir, au moins pour la rentrée des classes, c'est dans deux semaines. Je vous promets que s'ils ne sont pas rentrés à cette date-là, on lancera une enquête. » Sur cette promesse, les policiers plantent les deux femmes. Attendre, attendre... Elles ne veulent pas attendre ! La mère de Christelle tente de contacter les grandes chaînes de télévision, pour lancer une enquête, mais on l'envoie gentiment paître. « Allons madame, si on devait lancer un avis de recherche chaque fois que quelqu'un disparaît trois jours, on ne s'en sortirait pas ! » Et ce n'est pas faux...

Finalement, un journaliste du *Nouveau Détective*, Nicolas Deliez, accepte de s'intéresser à cette histoire. C'est le seul. Il vient visiter l'appartement. Il examine toutes les pièces et lui aussi bute sur les chaussures de Christelle, son sac à main abandonné sur une table, les tétines du petit... Et, surtout, sur une petite tache brune que personne n'avait remarquée, près de la porte d'entrée. On dirait du sang, du sang séché. Il remarque une autre tache sous la serrure. Le journaliste, qui est un vieux de la vieille, envisage tout de suite un carnage. C'est à ce moment-là que les deux femmes lui parlent de Bérenger Brouns, le compagnon de Christelle si nerveux, si transpirant, avec ses griffures sur le nez. Nicolas Deliez décide de se rendre sur-le-champ au marché Saint-Martin, sur le stand de Bérenger. Son idée, c'est de l'interviewer avant qu'il ne soit arrêté car, comme la mère et la sœur de Christelle, il est maintenant convaincu que c'est lui qui a fait le coup. Mais ce Bérenger ne ressemble pas à l'idée qu'on pourrait se faire d'un tueur. Il est très grand, rondouillard, jovial, sympathique, énergique et très investi dans son rôle de commerçant. Au début, il est très aimable avec le journaliste mais, dès que celui-ci évoque Christelle, Bérenger se raidit. « Christelle ? Elle a un fichu caractère, Christelle, elle est spéciale, il faut la supporter vous savez ! » Puis il s'interrompt, il a des clients. Le journaliste le laisse et repart, persuadé que l'homme ne lui a pas encore tout dit. Et il n'a pas tort !

Évidemment, la mère de Christelle prévient immédiatement la police de la présence de ces taches qui pourraient être du sang dans l'appartement de sa fille. Le commissaire leur envoie la BRDP, la Brigade de répression de la délinquance à la personne, qui débarque avec trois techniciens de la police scientifique. Au début, les scientifiques trouvent les taches minuscules, ils n'ont pas l'air très convaincus d'être sur une scène de crime. Puis, petit à petit, ils remarquent d'autres taches. Beaucoup d'autres taches. Maintenant, ils parlent à voix basse. Ils ont l'air agités. L'un d'eux n'arrête pas de répéter : « C'est pas bon... Ohlala, c'est pas bon du tout... » Ils prélèvent aussi des cheveux sur le sol et demandent des photos des disparus. Ensuite, ils vont interroger Bérenger Brouns sur son lieu de travail. Cinq jours se sont écoulés depuis la disparition de Christelle et de Lucas. Brouns leur explique que le jour de leur disparition, un dimanche, il a reconduit Christelle chez elle aux alentours de 14 heures, comme il le faisait tous les dimanches. Ils se sont disputés car, le matin même, Christelle était arrivée en retard. Mais ce n'était pas très grave, ils avaient l'habitude de se disputer. Ensuite, il l'a déposée chez elle et ne l'a plus revue. Les policiers ne lui parlent ni des taches retrouvées dans l'appartement, ni des griffures qui commencent à s'estomper sur son nez. Les policiers parlent un peu avec les responsables de stands voisins, qui leur racontent que Brouns a l'air très secoué, qu'ils l'ont vu pleurer le matin même. Le lendemain, Bérenger Brouns appelle la mère de Christelle. Lui aussi aimerait bien jeter un coup d'œil à l'appartement. Elle lui donne rendez-vous sur place. Brouns a l'air désespéré, il va et vient dans les pièces, à la recherche d'un signe, d'un indice. À un moment, la mère de Christelle l'interpelle : « Regarde-moi en face. Dis-moi, tu n'aurais pas fait du mal à Christelle et à Lucas quand même ?

— Non, je ne leur ai rien fait ! Souvent, dans la boutique, je vais à l'arrière et je regarde la photo de Christelle. Ça me fait pleurer ! Elle me manque ! »

La mère de Christelle se mord la lèvre, prise de remords. Bérenger a l'air sincère, elle s'en veut de sa maladresse.

De leur côté, les policiers commencent à s'intéresser de plus près à la vie de Christelle. Une vie quelque peu chaotique. Au moment de sa disparition, elle a vingt-six ans. C'est une jeune femme fluette avec un visage très juvénile, on dirait une adolescente. Christelle, depuis toute petite, est une rebelle. Elle n'aimait pas trop l'école, alors elle a choisi une voie courte, un CAP de vendeuse. Depuis, elle prend la vie comme elle vient, elle bosse quand elle trouve du boulot. Mais ce qu'elle aime par-dessus tout, c'est faire la fête. Elle sort en boîte toutes les semaines avec une amie. Elle plaît aux hommes, et elle aime plaire. Avec une préférence pour les hommes plus âgés. Depuis quelque temps, elle les enchaîne. Le premier n'a pas duré longtemps, elle est tombée enceinte, a avorté et l'a quitté dans la foulée. Le second, c'est le père de Lucas, son petit garçon. Gilles, un poissonnier de seize ans son aîné, marié et père de famille. Pour elle, il a quitté femme et enfants, mais elle s'ennuyait avec lui et le trouvait radin. Alors elle l'a quitté, et c'est là qu'elle a rencontré Bérenger Brouns. Au début, c'était son patron, mais il est très vite devenu son amant. Quinze ans de plus, marié, deux enfants… Tout ce qu'elle aime ! Les commerçants du marché Saint-Martin racontent aux enquêteurs comment ils les ont vus échanger leurs premiers baisers, comment elle s'asseyait sur ses genoux et se laisser peloter devant tout le monde. Et surtout, comment Mme Brouns, qui passait au marché de temps en temps, fermait complètement les yeux sur la situation. Voilà tout ce qu'apprennent les enquêteurs sur Christelle. Et ça ne les aide pas vraiment à avancer. L'enquête patine complètement.

Les vacances de février s'achèvent et, le jour de la rentrée, Lucas est absent à l'école. Le compte en banque de Christelle n'a pas bougé, pas de retrait, pas d'utilisation de sa carte de crédit... Aucun hôtel, aucun foyer, aucun hôpital n'a signalé la mère ni l'enfant. Quant au petit chien, le cocker, pourtant tatoué, la SPA n'en a aucune trace. Les policiers retournent voir Bérenger Brouns. Et, cette fois-ci, il est beaucoup plus bavard que les dernières fois ! Christelle, il lui en payait des choses ! D'ailleurs, elle lui devait un peu d'argent. Elle était dépensière et ça ne lui plaisait pas trop, à Bérenger. Alors, comme elle était très fière, qu'elle avait du tempérament, il pense qu'elle a simplement voulu prendre ses distances pendant quelque temps, histoire de se faire désirer un peu. « Elle reviendra, vous verrez ! Parce que moi je l'aime, je suis amoureux et elle le sait !

— Vous ne les avez tout de même pas tués ? demande une policière pour le déstabiliser.

— Allons, bien sûr que non ! »

Et c'est vrai que Bérenger n'a pas du tout le profil d'un tueur. Marié depuis plus de vingt ans, père de deux enfants, casier judiciaire totalement vierge. En plus, il est sympathique. Grande gueule, certes, mais c'est un commerçant sérieux, courageux, dynamique, qui a toujours un mot aimable pour les clients. C'est un homme d'affaires, avec ça, qui possède plusieurs boutiques dans Paris. Et il n'est pas fainéant : deux fois par semaine, il est à 5 heures du matin à Rungis, avant d'aller passer dix heures derrière son étal au marché Saint-Martin, même dans le froid, même le dimanche. C'est vrai qu'il est capable de belles colères. Quand Bérenger s'énerve, on rase les murs. Ça lui a même attiré quelques ennuis. Un jour, un des responsables du marché lui a donné une mise en garde pour avoir mal parlé à un client. Mais bon, si tous les sanguins étaient criminels... Bref, les policiers de la BRDP, dont la spécialité est d'enquêter sur les disparitions, ne voient pas de raisons de le soupçonner. Après un mois d'enquête, ils bouclent leur dossier et le transmettent au procureur de la République. Celui-ci prend connaissance de l'affaire. Pas de trace de vie des disparus, pas de corps ? Ça l'interpelle. Pour lui, il y a suffisamment d'éléments pour ouvrir une information et confier le dossier à la brigade criminelle, au 36, quai des Orfèvres.

Et là, changement de décor. Les policiers du 36 sont des professionnels du crime. D'emblée, ils vont s'intéresser au téléphone portable de Christelle. Bérenger Brouns prétend l'avoir ramenée vers 14 heures rue Lucien-Sampaix. À partir de là, elle ne donne plus de signe de vie. Mais son portable, lui, bouge ! Il borne le soir même non loin de chez Bérenger, aux alentours de 22 h 30. Ça fait déjà un premier élément à charge. Le 14 avril, la brigade criminelle demande aux Leroy de bien vouloir leur ouvrir l'appartement de Christelle. Sa sœur leur donne rendez-vous sur place. Quand elle arrive en bas de l'immeuble, elle jette machinalement un coup d'œil vers le balcon de sa sœur. Elle sursaute. Le balcon est totalement vide ! D'habitude, on y range les vélos et la trottinette de Lucas, mais tout a disparu ! Est-ce que Christelle serait revenue ? Avec sa mère, qui l'accompagne, elles montent quatre à quatre les marches qui mènent à l'appartement. Quand elles l'ouvrent, c'est un choc. L'appartement est vide, complètement vide, il n'y a plus un meuble, plus un vêtement, plus rien. Élodie reçoit alors un appel de Bérenger, qui lui explique qu'il a vidé l'appartement parce que la propriétaire souhaitait le louer. « Tu parles ! » se disent Mme Leroy et sa fille. Il en a surtout profité pour effacer toutes les traces... Le salaud !

Dans la foulée, la brigade criminelle débarque au marché Saint-Martin. C'est déjà la quatrième fois que Bérenger reçoit de la visite sur son étal. Quand ils se présentent à lui, le charcutier commence à transpirer abondamment. Ils le pressent de question sur la disparition de sa maîtresse et lui dégouline littéralement. Lorsqu'ils demandent à voir son garage, ils y découvrent toutes les affaires de Christelle Leroy. Et, en fouillant dans ses papiers, ils tombent sur une feuille signalant un rendez-vous au service gynécologie de l'hôpital de Montreuil. Christelle était enceinte. Ce n'était pas la première fois qu'elle attendait un enfant de Brouns. C'était déjà arrivé fin 2004, elle l'avait quitté et avait avorté. Bérenger Brouns s'était battu comme un enragé pour la récupérer. Il lui avait écrit une lettre : « Je tiens à toi viscéralement. Ton odeur est pour moi comme de l'oxygène. Je te supplie de me faire un signe. Je t'aime comme un fou, mon cœur est marqué à vie. » Et la lettre s'achevait sur ces mots : « À demain mon cœur. Je t'aime monstrueusement. »

Christelle était revenue. Ils avaient continué de se disputer, encore et encore. Car si Bérenger aimait Christelle à la folie, il refusait catégoriquement de quitter sa femme. Et ça, Christelle ne le supportait plus. Un jour, elle a débarqué au marché avec les bijoux et le manteau de fourrure que Bérenger lui avait offerts, et elle a tout balancé dans la vitrine, avant de disparaître pendant quelques jours... et de revenir. Ces derniers temps, elle avait raconté à sa sœur que Bérenger devenait violent quand elle se refusait à lui. Il devenait comme fou, tapait dans les murs et s'en était même pris à Lucas. Pour Bérenger Brouns, la situation n'est pas prometteuse... Et tout ça va encore durer bien longtemps.

Les policiers de la brigade criminelle font le bilan de ce qu'ils ont de concret contre Bérenger Brouns. Et en réalité, ils n'ont pas grand-chose, hormis le téléphone portable de Christelle repéré près de chez lui le soir de sa disparition. Ils n'ont pas d'autre solution que de l'interpeller et de tenter de le faire craquer.

Le 7 juin, un peu moins de quatre mois après la disparition de Christelle et Lucas, ils débarquent au marché Saint-Martin et arrêtent Bérenger. Il reste calme, froid et résigné. Pour tout dire, il donne l'impression qu'il les attendait. Sa femme est également placée en garde à vue. Aucun des deux ne sait qu'ils sont interrogés au même moment. On leur demande à chacun leur emploi du temps du 20 février dernier. Bérenger raconte que la journée a mal commencé. Christelle avait plus d'une demi-heure de retard, et il a décidé de se lancer à sa recherche. Il l'a retrouvée pas très loin, dans un café, en grande conversation avec le fromager. Son sang n'a fait qu'un tour. Il l'a ramenée au marché et l'ambiance est restée glaciale toute la matinée. À 14 heures, il l'a quand même raccompagnée chez elle, comme tous les dimanches. Ils ont fait un crochet pour récupérer Lucas chez l'une de ses tantes et, arrivés chez Christelle, la dispute a éclaté. Christelle a menacé de le quitter pour de bon. Elle l'a giflé. Il l'a giflée en retour, un peu plus fort. Il est parti en claquant la porte. Un peu plus tard, il s'est aperçu qu'il avait oublié son téléphone chez Christelle, alors il est revenu, il a sonné, mais elle n'a pas répondu. Il a ouvert avec ses clés, et ils étaient partis. Il ajoute qu'en cherchant son téléphone, il a remarqué des petites taches de sang sur le sol. Il s'est dit que Lucas avait dû se blesser et a tout nettoyé, avant de repartir. Dans la rue, il est tombé sur Christelle, seule. Elle lui a dit que quelque chose de grave venait de se passer, qu'elle ne pouvait pas lui en dire plus, et qu'elle avait besoin d'argent, tout de suite. Il lui a donné toute la recette du jour, entre 2 000 et 3 000 euros, puis il est parti et ne l'a plus jamais revue. Pendant cinq heures, il raconte tout cela, une version qu'il a visiblement bien préparée et qui, malheureusement pour lui, ne tient pas du tout. Les policiers ne sont pas dupes, ils décident de le laisser mariner dans une cellule avant de l'interroger une seconde fois. Il faut le mettre en confiance avant qu'il ne lâche du lest, petit à petit. Ils le font revenir en salle d'interrogatoire et lui parlent du téléphone de Christelle, qui a borné à deux pas de chez lui. Il reçoit cette information comme un électrochoc. Visiblement, il ignorait totalement cet élément de l'enquête. Brouns encaisse et finit par lâcher : « Vous ne retrouverez pas les corps. J'ai étranglé Christelle et son fils, et je les ai coupés en morceaux. » Il arrête de mentir. Il se libère. Il est épuisé. Il donnera plus de détails le lendemain.

À 9 heures tapantes le jour suivant, les policiers du 36 qui ont recueilli la veille les aveux de Bérenger Brouns le remettent sur une chaise, en face d'eux. Maintenant, ils veulent entendre tous les détails de cette sordide histoire. Brouns ne se fait pas prier, il lâche tout, sans s'arrêter. Ça s'est bien déroulé le dimanche. Christelle et lui se disputaient, le ton est monté rapidement. Elle l'a giflé et ça l'a mis hors de lui. Lucas est arrivé à ce moment-là, Brouns lui a fichu une raclée magistrale. Le petit s'est mis à saigner et est allé se réfugier dans sa chambre. Christelle, folle de rage, s'est jetée sur lui, mais il était beaucoup plus grand, plus fort. Il l'a maîtrisée avant de l'étrangler à mains nues. « J'étais tétanisé, je ne pouvais plus m'arrêter. » Christelle s'est effondrée sur le sol, morte. Alors, Brouns est allé chercher Lucas et l'a étranglé, lui aussi. Puis il a étouffé le chien et l'a jeté dans le vide-ordures. Le soir même, il a mis les deux corps dans des sacs-poubelle puis est parti, en voiture, au marché Saint-Martin. Il a porté les corps dans son arrière-boutique. Il a enfilé un tablier et, en bon professionnel, a découpé les corps en morceaux, méthodiquement, patiemment. Il a ensuite tout remis dans des sacs-poubelle et nettoyé son plan de travail. Après, il est allé jeter les sacs dans les Xe et XXe arrondissements. Détail macabre, il a conservé les têtes de ses victimes dans sa chambre froide. Mais, au bout de trois jours, il a pris peur et a décidé de s'en débarrasser. Alors il est allé acheter du ciment, a placé les têtes dans des seaux et les a recouvertes de ciment, avant d'aller les jeter dans les bennes à ordures du marché.

Son récit a duré trois heures. Brouns n'est plus le commerçant sympathique et jovial, il s'est mué en un homme froid, détaché, précis. Les policiers sont effarés par toutes les horreurs qu'ils viennent d'entendre. Il se retourne vers une policière et lui demande : « Et vous alors, vos heures sup', vous les récupérez comment ? » Ils n'en reviennent pas. Ce type n'a en fait aucun affect ! Et maintenant, il va falloir prévenir la famille de Christelle, leur annoncer sa mort et celle de Lucas tout en leur épargnant les détails sordides. Ils auront tout le temps de les apprendre dans les journaux.

Dans les jours qui suivent, les policiers du 36 perquisitionnent l'arrière-boutique de Brouns au marché Saint-Martin. Ils y retrouvent un couteau d'équarrissage, mais il est neuf. Ils trouvent également la facture du ciment à prise rapide. Et le sang ? Il doit forcément y avoir du sang, il en reste toujours quelque part. Ils passent toute l'arrière-boutique au Blue Star, un produit qui révèle les traces de sang, même effacées, mais ils ne trouvent rien. Ni dans l'évier, ni dans le siphon, ni sur le sol, ni sur les murs, ni dans la chambre froide, rien, nulle part. Brouns a utilisé un détergent ultra puissant et a nettoyé intégralement sa cuisine.

Dans la perspective du procès qui approche et où il risque la perpétuité, Bérenger Brouns est interrogé par des psychiatres. Leurs conclusions sont sans appel : il n'est ni schizophrène, ni psychopathe. Il ne souffre d'aucune maladie mentale. C'est un homme normal qui a perdu ses repères de conscience lors du passage à l'acte. Son point faible, ce sont ses colères. Il peut se montrer violent à propos de choses insignifiantes. Personne autour de lui ne comprend vraiment pourquoi il se met parfois dans des états de rage. En fait, c'est une accumulation de petites contrariétés qui l'amènent à l'explosion. Il est l'incarnation parfaite de l'expression « la goutte d'eau qui fait déborder le vase ». Dans le cas de Brouns, la goutte d'eau, c'est la gifle de Christelle. Alors, s'agit-il d'un crime passionnel ou d'un crime monstrueux ? La cour d'assises de Paris va trancher.

Le procès débute en février 2007. Cela fait près de deux ans que les Leroy n'ont pas revu Bérenger Brouns. Maintenant, il doit répondre à une question de la plus haute importance : pourquoi et comment a-t-il basculé dans l'horreur ?

Il parle d'une accumulation de choses, de contrariétés. Il dit que Christelle était capricieuse, qu'il ne savait plus sur quel pied danser avec elle. Il répète que c'est sa gifle qui a tout déclenché. « Tout à coup, je me suis mis à étrangler Christelle, je suis parti dans une espèce de furie, j'ai serré très fort, je ne savais plus ce que je faisais. Elle ne s'est pas débattue. D'un seul coup, elle est tombée. Je suis un homme, on ne me gifle pas ! C'est une histoire de fierté, de dignité. » Mais dans ce cas, pourquoi avoir aussi tué le petit Lucas ? « Le petit était là au mauvais moment. »

Pour la famille Leroy, l'assassinat de Lucas est la preuve que la thèse du crime passionnel ne tient pas.

Le deuxième jour du procès, il entre dans les détails de son meurtre. Il explique comment il a coupé les articulations, placé les têtes dans les seaux... Le président est horrifié : « Non mais vous n'allez quand même pas nous raconter en combien de morceaux vous les avez découpés ? » Deux fois, la pauvre Mme Leroy s'évanouit. À quelques pas des Leroy, la famille Brouns est, elle aussi, sous le choc. Elle apprend toute la cruauté dont Bérenger est capable. Une de ses filles s'effondre. Sa femme vient à la barre : « Mon mari n'était pas lui-même. La personne qui a fait ça, je ne la connais pas. » Elle est la seule à le soutenir, malgré toutes les atrocités qu'elle vient d'entendre. « On est là, lance-t-elle à son mari, on ne te laisse pas tomber. Je suis un rocher sur lequel tu peux t'accrocher. »

L'avocat général réclame la prison à perpétuité. L'avocat de Bérenger Brouns, Me Fedida, n'a pas la tâche facile. Il plaide qu'en nous tous sommeille peut-être un Bérenger Brouns, une personne normale qui travaille, qui élève ses enfants, qui tente de vivre courageusement et qui, un jour, se retrouve soudain dans une situation telle que l'émotion prend le dessus et que les mécanismes de défense s'effondrent. Après plus de deux heures et demie de délibéré, les jurés condamnent Bérenger Brouns à trente ans de réclusion criminelle, sans peine de sûreté. Il n'a pas fait appel. En prison, il reçoit toujours des visites de sa femme, ce rocher auquel il peut se raccrocher.

Le prédateur de Marseille

Et maintenant, voici une histoire unique et pleine de leçons pour ceux qui se lancent tête baissée dans la défense des erreurs judiciaires. Tout débute en 1981, à Marseille, au printemps. Nous sommes à un mois de l'élection de François Mitterrand, premier président socialiste de la Ve République. Précisons-le d'emblée car, dans cette affaire, la politique va jouer un rôle non négligeable.

En mars et avril 1981, dans les VIIIe et IXe arrondissements de Marseille, plusieurs femmes sont victimes d'agressions sexuelles. Très vite, on soupçonne qu'il s'agit du même agresseur. Dans la nuit du 1er avril, une jeune femme de trente et un ans, Sylviane, rentre chez elle, seule. Il est 2 heures du matin. Sylviane se gare devant chez elle, coupe le contact, mais elle n'a pas le temps de sortir de la voiture qu'un homme monte côté passager, la menaçant avec un couteau. « Je vous préviens, je suis armé et je sors de prison. Démarrez. » Sylviane, terrorisée, lui obéit. Il l'oblige à quitter les routes principales et à s'engager sur un chemin de terre qui mène à la calanque de Morgiou. Là, il la fait arrêter, abaisse le siège et la viole. La suite est très bizarre. Au lieu de l'abandonner sur place, l'homme oblige Sylviane à reprendre le volant et à rentrer chez elle. Là, il la quitte. Le lendemain matin, Sylviane se rend au commissariat. Elle y apprend qu'elle n'est pas la première à porter plainte. Huit femmes avant elle sont venues au commissariat, toutes décrivent un mode opératoire très similaire. Chaque fois, elles étaient seules. Chaque fois, leur agresseur les a emmenées à la calanque de Morgiou. Et chaque fois, il les a violées, avant de les raccompagner chez elles. Toutes, Sylviane y compris, font part aux policiers d'un détail : « Quand il est parti, il a dû aller à sa voiture. En tout cas, j'ai entendu un moteur démarrer. C'était comme un moteur de 2CV. »

Dès le lendemain, le type récidive dans les quartiers sud de Marseille. Au total, début avril, les policiers recensent dix-sept agressions sexuelles, viols, tentatives de viol et attentats à la pudeur, qu'ils attribuent au même homme. Et l'homme est imprudent, il agit à visage découvert. Les victimes n'ont donc aucun mal à en faire un portrait-robot précis. Il est brun, il a entre vingt et vingt-cinq ans, de type méditerranéen, il mesure environ 1,70 mètre et est toujours vêtu d'un jean, de baskets blanches et d'une parka.

Le 12 avril, aux alentours de 23 h 30, une patrouille de police repère, sur l'avenue du Prado, un homme au comportement suspect, qui ressemble en tout point au portrait-robot du violeur. Ils l'interpellent. « Bonsoir monsieur, contrôle d'identité.

— Bonsoir, mes papiers sont dans ma voiture.

— Très bien, nous allons vous accompagner jusqu'à votre voiture.

— Je ne suis pas garé loin. »

Et il s'avère que la voiture de cet homme n'est autre qu'une 2CV. Il tend ses papiers aux policiers. Il est étudiant en éducation physique, il a vingt-deux ans et s'appelle Luc Tangorre. Les policiers fouillent le véhicule et, emballé dans du papier journal, trouvent un couteau de cuisine. Cela commence à faire beaucoup de points communs avec « le violeur des quartiers sud ». Luc Tangorre est immédiatement placé en garde à vue. Dès le lendemain, les policiers procèdent à ce qu'on appelle un « tapissage » : l'homme est placé dans une pièce, entouré de policiers en civil, face à une vitre sans tain. Les dix-sept victimes sont appelées l'une après l'autre. Beaucoup le reconnaissent, mais pas toutes. Le soir même, Tangorre est inculpé pour viols et écroué à la prison des Baumettes.

Le lendemain, les policiers procèdent à une fouille de son domicile. Là, ils trouvent une parka tachée de graisse et un revolver factice, sur lequel on retrouve des traces de terre. Tout colle. Une des victimes a raconté qu'avant de la violer, l'homme a déposé son arme par terre. On procède à des analyses, et l'on découvre rapidement que la terre retrouvée sur le faux pistolet est la même que celle du chemin de la calanque de Morgiou. Le très fort taux de baryum qu'on y retrouve est indiscutable. Quant aux taches de graisse qu'on découvre sur la parka, il s'agit en réalité de vaseline, dont l'homme se serait servi pour violer ses victimes.

Tout indique que Tangorre est bien le violeur. Et pourtant, il nie farouchement. « J'ai juste le malheur de ressembler à votre portrait-robot ! C'est ça mon problème ! »

Aux Baumettes, les mois passent et Tangorre commence à s'agiter. Il entame une grève de la faim. Est-il réellement innocent ou tout simplement extraordinairement convaincant ? Toujours est-il que, petit à petit, une sorte de réseau commence à se tisser autour de lui. Sa famille, des amis, des professeurs à la fac... Puis, et ça va être déterminant, une amie de la famille, chercheuse au CNRS, Gisèle Tichané. C'est elle qui prend la tête de son comité de soutien. Elle établit une liste de tout ce qui, selon elle, innocente Luc Tangorre. Et, en premier lieu, ce fameux « tapissage » au commissariat, où les victimes ont dû identifier leur violeur. Selon elle, Tangorre était le seul homme de vingt ans, tous les autres étaient plus âgés. Il était également le seul à porter les baskets blanches décrites par les victimes. Mais ce n'est pas tout ! Il aurait acheté sa 2CV trois mois auparavant, or on lui reproche des faits beaucoup plus anciens. Et, dans la nuit du 1er avril, le soir où Sylviane a été agressée, Tangorre était à l'hôpital, pour une grosse crise d'allergie. Son avocate demande une vérification, mais il est impossible de confirmer toutes ces informations. Reste que des doutes demeurent, et Gisèle Tichané parvient à rallier à sa cause plusieurs personnalités, parmi lesquelles l'historien Pierre Vidal-Naquet, qui fonde le mouvement avec elle, Dominique Baudis, le maire de Toulouse, Jean-Claude Gaudin, le futur maire de Marseille, et deux grands écrivains, Françoise Sagan et Marguerite Duras. Depuis sa cellule, Tangorre leur écrit beaucoup, et les remercie de le défendre.

Son procès s'ouvre à la cour d'assises d'Aix-en-Provence en mai 1983. Luc Tangorre se bat avec acharnement. Point par point, calmement, méthodiquement, il réfute toutes les preuves qui l'accablent. Et, il faut bien le dire, il est très convaincant ! Même les avocats des plaignantes sont déstabilisés. Certaines victimes ne sont plus sûres de le reconnaître, les victimes de viol, surtout, alors qu'elles auraient passé plusieurs heures avec lui. Leur hésitation est du pain bénit pour la défense. Mais cela ne suffit pas. Le 24 mai, il est condamné à quinze ans de réclusion criminelle pour quatre viols, une tentative, et six attentats à la pudeur. Nous sommes en 1983, il n'y a pas de possibilité d'appel. Luc Tangorre est cuit ! Mais c'est sans compter son caractère de battant. Et pour l'avoir rencontré personnellement, et avoir passé des heures avec lui à parcourir son dossier, je peux vous le confirmer : il est convaincant. Et il peut démonter en quelques secondes tous les arguments qui vous font penser qu'il est coupable.

Et depuis sa prison, il va se servir de ce talent. Il va parvenir à retourner le cerveau de la presse et de son comité de soutien. Sa peine tout juste prononcée, on réclame déjà une révision. Pierre Vidal-Naquet signe dans *Le Monde* une tribune intitulée « Le viol est un crime, l'erreur judiciaire aussi ». Il écrit notamment : « Vous êtes brun et moustachu, vous mesurez 1 mètre 70, vous avez entre vingt et vingt-cinq ans, vous portez parfois des jeans et des tennis blanches ? Alors vous êtes peut-être aussi le violeur des quartiers sud de Marseille. Et vous pourriez être en prison depuis trois ans. » Dans la foulée, d'autres journaux comme *Le Figaro* ou *Libération* soutiennent la thèse de l'erreur judiciaire. On tente de démonter les preuves rassemblées contre Tangorre. On essaie de prouver que la terre retrouvée sur le faux revolver n'est pas la même que celle de la calanque. Le frère de Luc, qui est cuisinier, vient expliquer, trois ans plus tard, que la parka retrouvée chez son frère lui appartenait. Quant aux taches de vaseline ? « C'est de ma faute. Je l'accroche dans la cuisine du restaurant où je travaille, près du four. Et comme le four, je le nettoie avec de la vaseline, c'est normal que vous en ayez trouvé sur la parka. » Les voix se font de plus en plus insistantes. Françoise Sagan et Marguerite Duras envoient des courriers à l'Élysée. Et ça marche ! En février 1985, le garde des Sceaux Robert Badinter dépose un pourvoi en cassation « dans l'intérêt de la loi et du condamné ». Et ça, ça n'arrive pas tous les jours ! Mais la justice est indépendante, et la cour de cassation rejette cette demande. Qu'importe, le comité de soutien ne baisse pas les bras. Deux ans plus tard, en juillet 1987, le président Mitterrand accorde à Luc Tangorre une grâce partielle. Sa peine est réduite de quatre ans. Suite à cette première victoire, le comité de soutien continue ses demandes au Président.

Et en février 1988, bingo ! Après sept années passées derrière les barreaux, Tangorre se voit accorder une liberté conditionnelle. Il n'est pas blanchi à proprement parler, mais on le dispense de finir sa peine. Il quitte la prison de Muret, près de Toulouse, devant une forêt d'appareils photo, de caméras et de micros. Devant eux, il rappelle que ce n'est pas une victoire totale, qu'il reste en liberté conditionnelle et qu'il ne peut pas s'exprimer librement. « La liberté ne me sera rendue que le jour où la vérité sera rétablie. » Et il fait part de son souhait, avec l'aide du comité de soutien, de retrouver le « véritable » coupable et d'accéder à un second procès.

Il passe la soirée de sa libération chez Marguerite Duras, où l'on célèbre au champagne cette victoire. Et il a bien raison d'en profiter, ce soir-là. Car ça ne va pas durer.

Il part s'installer à Lyon où, grâce à l'aide de ses parents, il achète un bureau de tabac place Carnot. Mais cette histoire continue de le hanter. Maintenant, il demande sa réhabilitation, il veut que la justice admette qu'il n'a jamais commis les viols pour lesquels il a été condamné. En clair, il veut une révision de son procès. En août 1988, il dépose officiellement une demande de révision. Mais, deux mois plus tard, tout s'écroule.

Au mois de mai, deux jeunes Américaines, Jennifer Mac Luney et Carol Ackerman, font de l'auto-stop à la sortie de Marseille. Elles souhaitent rejoindre Paris. Un homme, conduisant une 4L vert pomme, s'arrête et les fait monter. Et, aux abords de Nîmes, dans une cerisaie, il les viole toutes les deux, avant de les abandonner en pleine garrigue, non sans leur avoir laissé 100 francs pour prendre un taxi. Profondément choquées, les deux jeunes femmes parviennent à trouver une cabine téléphonique sur la route, puis sont immédiatement conduites au CHU de Nîmes. Là, elles sont longuement entendues par les gendarmes. Pendant leur calvaire, elles ont retenu une multitude de détails qui vont être précieux pour l'enquête. Les sièges de la voiture étaient en similicuir. Le bouton-poussoir de la porte avant droite était cassé. Il y avait plusieurs vignettes collées sur le pare-brise. La jauge à essence était en panne. Et surtout, dans le coffre, il y avait des piles de livres, tous identiques. Elles ne parlent pas bien français mais ont retenu un mot. « Coupable ». Gisèle Tichané, le soutien infaillible de Tangorre, vient justement de publier un livre sur l'affaire, *Coupable à tout prix*. Cela achève de convaincre les gendarmes. Elles dressent également un portrait très précis de leur agresseur. Un homme brun, la trentaine, les cheveux ondulés, qui portait un polo jaune à manches longues et un jean blanc. Tangorre est immédiatement placé en garde à vue. Et, contre toute attente, il continue de clamer son innocence. C'est un complot, une machination ! Et Gisèle Tichané est toujours là pour le soutenir.

Luc Tangorre en profite pour changer d'avocat, et embauche François Vidal-Naquet, le frère de Pierre. Mais, contrairement à ce dernier, il ne semble pas entièrement convaincu de l'innocence de son client. « De deux choses l'une : ou bien nous estimons que Tangorre est victime d'une abominable machination, et nous continuons d'assurer sa défense, ou bien nous estimons qu'il est coupable, en notre âme et conscience, et nous abandonnons. »

Les gendarmes procèdent à une fouille de l'appartement de Tangorre, à Lyon. Ils y trouvent une pile de quatre-vingt-quatorze exemplaires du livre de Gisèle Tichané, *Coupable à tout prix*. Et, dans son placard, un polo jaune à manches longues et un jean blanc. Ils se rendent ensuite aux États-Unis, avec un album photo. Là, les deux victimes américaines reconnaissent formellement Luc Tangorre. Mais, le soir du viol, Tangorre a un alibi. Il était à une soirée chez ses parents, à Marseille, pour fêter le baptême de sa nièce. Ses parents donnent même aux enquêteurs des photos de la soirée. Sa mère est convaincue de son innocence. Mais ces photos vont le compromettre plus qu'autre chose. Car dessus, il arbore un polo jaune à manches longues et un jean blanc.

Du côté de son comité de soutien, soyons clairs, il n'y a plus grand monde. Les preuves sont trop accablantes. Il n'y a guère que Marguerite Duras qui se manifeste encore. En novembre 1990, elle lui écrit : « Je crois toujours que tu as été victime d'une petite garce qui veut ta défaite coûte que coûte. Si je me trompe aux yeux des gens friands des potins de cour d'assises, je m'en fiche. Tu resteras mon ami. »

Quelques mois plus tard, le hasard porte un coup fatal aux derniers espoirs de Tangorre. Les gendarmes apprennent que la famille a vécu quelque temps à Nîmes, là où a eu lieu le viol des deux Américaines. Ils rencontrent sa petite amie de l'époque, son premier amour. Elle leur indique le lieu où ils se retrouvaient pour batifoler : une cerisaie... La même que celle où il a agressé les deux Américaines.

Le second procès de Luc Tangorre s'ouvre en février 1992, devant la cour d'assises de Nîmes. Cette fois-ci, il n'a aucune chance de s'en sortir. Mais pourtant, il y croit encore ! Il a même rédigé un fascicule de cent pages pour ses derniers soutiens. Il est jugé à huis clos partiel : les journalistes sont autorisés à assister au procès. Lorsque Tangorre apparaît dans le box des accusés, l'une des deux Américaines fond en larmes. Cela ne le fait pas ciller. Au contraire, il apparaît élégant, souriant, détendu, plaisantant avec ses avocats. Il en a embauché cinq pour l'occasion. Mais cela ne va pas lui rendre service : ils se marchent sur les pieds, se contredisent... Puis vient l'audition des deux jeunes Américaines, Jennifer Mac Luney et

Carol Ackerman. C'est accablant. Leur témoignage est terrifiant de violence. Elles le reconnaissent une seconde fois, formellement. Tangorre perd pied. Cette fois-ci, difficile de parler de sosie ou de machination. Ses rares soutiens eux-mêmes commencent à flancher.

Le verdict tombe, sans surprise. Luc Tangorre est reconnu coupable des deux viols et condamné à dix-huit ans de réclusion criminelle. Dans son box, il se met à hurler : « Pas deux fois ! Pas deux fois ! » avant de fondre en larmes. Quant à ses parents, leurs nerfs lâchent. Ils traitent le président d'assassin. Le procureur de monstre. Ils parlent d'horreur judiciaire. Mais il n'y a guère plus qu'eux pour croire encore à l'innocence de leur fils... Huit jours plus tard, l'historien Pierre Vidal-Naquet présente ses regrets dans un long texte, paru dans *Le Monde*.

On pourrait croire que l'histoire s'arrête là. Mais non. Luc Tangorre est sorti de prison en 2000, après avoir purgé douze ans de peine. Le 12 août 2014, il est mis en examen à Nîmes pour attouchements sexuels sur une petite fille de douze ans au Grau-du-Roi. On le place sous contrôle judiciaire. En août 2017, rebelote, il tente d'approcher une jeune fille de quatorze ans, prétextant vouloir « faire sa connaissance ». Le 23 décembre 2017, il est mis en examen pour tentative de corruption de mineure. Les affaires s'enchaînent mais lui continue de nier. « C'est une machination ! »

Un médecin au bagne

Nous sommes le samedi 14 mars 1925, à Marseille. Une femme affolée, l'air complètement décomposé, se présente au poste de police. Son mari, Jacques Rumèbe, a disparu depuis le matin même. En soi, rien d'inquiétant, une disparition de quelques heures. Mais Jacques Rumèbe est encaisseur à la Société des céramiques. C'est lui qui, toutes les semaines, va chercher à la banque les salaires des ouvriers. La disparition d'un encaisseur est toujours inquiétante, car ils transportent souvent de grosses sommes d'argent.

Le commissaire André Robert, de la sûreté de Marseille, se met tout de suite sur le coup. Au premier abord, ce Jacques Rumèbe menait une vie bien tranquille. Il aimait la pétanque et les dominos. Ancien combattant de la Grande Guerre, il a été promu lieutenant et décoré de la Croix de Guerre. Un Marseillais sans histoires. Le jour de sa disparition, il transportait 8 500 francs dans une sacoche, qu'il était allé chercher au siège de la Société des céramiques, près du Vieux-Port. Il devait aller distribuer leur paie aux ouvriers de l'usine Saint-Henri. Mais il n'est jamais arrivé et les ouvriers ont dû s'asseoir sur leur salaire. La piste la plus probable, c'est qu'il se soit enfui avec l'argent. Mais au bout de quinze jours, un ami du disparu demande à voir le commissaire Robert. « Monsieur le commissaire, j'ai peut-être une piste. Jacques avait la syphilis. Il se fait soigner discrètement, vous comprenez, par un de ses anciens camarades de tranchée, le Dr Pierre Bougrat. Il allait chez lui recevoir une piqûre tous les samedis.

— Et, à votre connaissance, il y est allé le samedi de sa disparition ?

— Bien sûr que oui, j'ai vérifié : il y est allé ! »

Jacques Rumèbe aurait donc disparu après avoir vu ce Dr Bougrat ? Voilà une autre piste ! Assez rapidement, le commissaire apprend que le bon docteur partage sa vie avec une ancienne prostituée, Andrée. Ce genre de détails attire toujours l'attention des enquêteurs. Et, à y regarder de plus près, cette Andrée a l'air bien gourmande ! Le docteur a signé récemment plusieurs chèques sans provision, et des procédures ont été lancées pour abus de confiance et escroquerie. En un mot, le Dr Bougrat a besoin d'argent et ça, ça pourrait constituer un mobile. Les choses se compliquent sérieusement pour lui lorsque le commissaire vient toquer à sa porte pour l'interroger. C'est Andrée qui ouvre la porte. Le commissaire a un mouvement de recul. À l'intérieur règne une véritable puanteur, une odeur de charogne. L'odeur semble provenir d'un placard en soupente. Lorsque le commissaire l'ouvre, une nuée de mouches s'en échappe et révèle le cadavre de Jacques Rumèbe.

Voilà le Dr Bougrat devant le juge d'instruction : « Docteur, que faisait le cadavre de Jacques Rumèbe dans votre placard ?

— Ah mon pauvre ami... Il se trouvait dans un grand embarras. Il venait d'être dévalisé. Je suis sorti pour tenter d'attraper l'agresseur, mais en vain. À mon retour, il gisait par terre. Il venait de s'empoisonner, je ne sais avec quel produit. »

Le bon docteur avance donc la théorie du suicide. Jacques Rumèbe se serait tué chez lui, après son agression. Notons bien sûr que la sacoche qui transportait les 8 500 francs est vide, que son portefeuille a disparu, tout comme son alliance. Le juge continue son interrogatoire : « Comment le traitiez-vous pour sa syphilis, docteur ?

— Par des piqûres, une fois par semaine.

— L'avez-vous traité le jour de sa mort ?

— Oui, le matin même, vers 9 heures.

— À quelle heure l'avez-vous mis dans le placard et pourquoi n'avez-vous pas appelé les secours ?

— Je l'y ai mis le soir. Je n'étais plus moi-même, je ne savais que faire. J'avais peur d'être soupçonné. »

Est-ce qu'il pourrait s'agir d'un accident médical ? D'un choc toxique suite à l'administration du traitement contre la syphilis ? Ce genre de choses arrive. Mais ça ne résout pas la disparition de l'argent. Toujours est-il que le lendemain de la disparition de Rumèbe, le Dr Bougrat, qui est fauché comme les blés, a offert un acompte de 50 francs à ses deux domestiques avant de partir dîner avec sa compagne. À ce qu'il paraît, le champagne a coulé à flots ce soir-là... Bougrat aurait donc tué Rumèbe pour le voler ? Le 17 juin, le commissaire Robert conclut son enquête et rédige son rapport : « Bougrat, homme sans volonté, amoral, en proie à tous les vices et dont la responsabilité était sans doute affaiblie par les graves blessures à la tête reçues pendant la guerre, était de surcroît débilisé par l'abus de stupéfiants. Andrée Audibert en profitait pour exiger de son ami des sommes dépassant ses ressources, fort réduites depuis son divorce. Mais le médecin, redoutant de voir fuir celle dont il était violemment épris, finissait toujours par céder aux volontés de son amie. De là la gêne qui mit Bougrat aux abois et de là aussi les chèques sans provision, les vols peut-être et, sans doute aussi, l'assassinat. »

Le Dr Bougrat est envoyé en prison. Sa compagne Andrée y passe aussi quelques jours avant d'être libérée. Le docteur risque la guillotine. Mais des éléments de son passé vont certainement l'aider, car Pierre Bougrat n'est pas qu'un simple médecin crapuleux. Pendant la guerre, il a été médecin à Verdun puis aux Dardanelles. Touché à la tête lors d'une attaque, il a perdu la vue pendant cinq mois. On dit qu'il plongeait sous le feu des mitraillettes pour récupérer ses copains blessés. Il a même été décoré de la Croix de Guerre et de la Légion d'honneur. Alors certes, il a peut-être tué son ami Rumèbe. Mais c'est aussi un héros de guerre et, en 1925, sept ans seulement après la fin du conflit, cela compte énormément.

Le juge De Possel est chargé de l'enquête. Et à Marseille, en 1925, il a une sacrée réputation. On dit qu'il est sourd comme un pot, pas commode et surtout particulièrement lent. Et cette réputation est méritée : il va attendre quinze mois avant d'interroger le Dr Bougrat, quinze mois ! Pendant ce temps-là, bien sûr, il mène l'enquête et découvre que le bon docteur a un joli pedigree de voleur. Une de ses patientes raconte qu'il lui a soutiré 300 francs lors d'une consultation à domicile, une autre dit qu'il a dévalisé son tiroir à bijoux lors d'une visite, un soldat l'accuse de l'avoir drogué avant de lui dérober 2 000 francs et les amis d'un patient décédé dans son cabinet affirment qu'il a dépouillé le mort de 3 000 francs… Ça fait beaucoup d'accusations, mais ça ne prouve rien.

On a déjà dit que, pendant la guerre, il a été blessé à la tête. Est-ce que ça n'expliquerait pas ses errements ? On lui fait subir neuf ponctions lombaires, pour vérifier qu'il n'est pas atteint d'une lésion cérébrale. À la dixième tentative, la doulcur est telle qu'il supplie les médecins d'arrêter. Le médecin déclare alors qu'il est irritable et responsable de ses actes. Un autre expert analyse les viscères de la victime et en conclut qu'il n'a pas été empoisonné. Il dit que le décès a probablement été causé par un choc toxique après la piqûre du matin. Une bonne nouvelle pour le Dr Bougrat qui, sans doute, n'en espérait pas autant !

Tous ces éléments en main, le juge clôt le dossier d'instruction et renvoie le Dr Pierre Bougrat devant la cour d'assises d'Aix-en-Provence pour assassinat et vol. Il risque la guillotine.

Le procès du docteur s'ouvre le 22 mars 1927. On lui demande de raconter sa version de la mort de Rumèbe. Le docteur explique qu'il est venu recevoir sa piqûre aux alentours de 9 heures, le samedi matin, avant de partir chercher la paie des ouvriers. Puis Rumèbe est revenu vers 14 heures, complètement paniqué : on venait de lui voler l'argent. Il craignait la réaction de son patron et avait besoin de 9 000 francs pour pouvoir payer les ouvriers. « Que voulez-vous, dit le docteur, il était dans l'embarras. Alors je suis sorti pour essayer de réunir la somme et, quand je suis rentré, il était mort. » Déjà, sa version change : il avait dit au commissaire qu'il était sorti pour attraper l'agresseur. Dans la salle, personne ne le croit. Andrée Audibert, sa maîtresse, vient témoigner à la barre. « Combien vous donnait-il par mois ?

— 3 000 francs.

— 3 000 francs ? Mais c'est énorme !

— Oh, c'est le salaire d'un garçon boucher. Mais si j'avais su qu'il était capable d'une chose pareille... » Elle dit aussi qu'elle ne se doutait de rien, qu'elle est une honnête femme. Une « honnête femme » ? Une prostituée ? Le président s'étrangle : « Ça suffit ! Ouste, disparaissez ! » On appelle ensuite le professeur Barral, de la faculté de médecine de Lyon, pour qu'il donne son avis sur le traitement contre la syphilis administré à Jacques Rumèbe. Selon lui, le traitement a probablement causé sa mort. « Ça arrive malheureusement, que voulez-vous... » Mais le président a du mal à y croire : « Un accident thérapeutique ? Allons donc ! Votre rôle consistait à analyser les viscères de la victime, pas à nous expliquer les causes de sa mort.

— Pardon, monsieur le président, mais le texte de mon mandat stipulait bien que je devais “procéder à toutes recherches utiles”... » L'avocat de Pierre Bougrat saute sur l'occasion : « Selon vous, Rumèbe est-il mort empoisonné ?

— Non, il n'y a pas eu d'empoisonnement. »

La salle applaudit. Un autre professeur de médecine est appelé à la barre : « Vous semble-t-il naturel qu'un médecin enferme son patient mort à la suite d'un accident ?

— Je ne pense pas que ce soit courant, non. Il y a cependant eu des précédents. J'en connais un qui a mis son patient dans une malle. Cela ne peut se justifier, mais s'expliquer : il peut se produire, même chez le médecin le plus honnête, un trouble de l'esprit dans ce genre de situation. Savons-nous ce que nous ferions nous-même dans ce cas ? »

Ensuite, l'avocat général va plaider pendant huit heures. Il met la défense de Bougrat en miettes. Pour lui, rien ne se tient. Le prétendu suicide de Rumèbe ? Absurde ! Pourquoi se serait-il suicidé ? Parce qu'il venait de se faire voler 8 500 francs ? Il avait parfaitement les moyens de les rembourser. Non, ce n'est pas un suicide, mais bien un assassinat ! Et il a été tué pour son argent, tout ça pour satisfaire aux caprices d'Andrée. Il conclut en réclamant la peine de mort.

Le lendemain, c'est au tour de l'avocat de Bougrat, Me Stéphani-Martin, de plaider. Il dit qu'il n'y a pas de preuve, que les experts ont tous conclu à un accident, et que s'il y a eu vol après la mort de Rumèbe – bien que cela n'ait pas été prouvé –, cela ne mérite en aucun cas la peine de mort. « Avez-vous quelque chose à ajouter ? demande le président à Bougrat.

— Oui. Permettez-moi de jurer que je ne suis en aucun cas responsable de la mort de Jacques Rumèbe. »

Les jurés se retirent et délibèrent pendant une heure et demie. À leur retour, ils énoncent leur verdict. Oui,

Pierre Bougrat est reconnu coupable de l'assassinat de Jacques Rumèbe. Oui, il a volé sa victime. Oui, le meurtre était prémédité. Oui, il existe un lien entre le vol et l'assassinat. Et oui, il bénéficie de circonstances atténuantes. C'est un héros de guerre, il a sauvé de nombreux camarades au péril de sa propre vie et, pour cela, il évite la guillotine. Le Dr Pierre Bougrat est condamné aux travaux forcés à perpétuité. Il va être envoyé dans le terrible bagne de Saint-Laurent-du-Maroni, en Guyane, en pleine forêt amazonienne. Et, pour une fois, l'histoire ne va pas s'arrêter là...

D'habitude, on ne sait pas ce qu'il advient des personnes envoyées au bagne. On connaît tout au plus la date de leur mort, et encore. Mais, dans le cas du Dr Pierre Bougrat, c'est différent, et c'est ce qui rend cette affaire exceptionnelle.

En décembre 1927, Pierre Bougrat échoue avec tous les bagnards, au centre pénitentiaire de Saint-Martin, sur l'île de Ré. Il écope du matricule 49-443 et est tondu. « À compter de maintenant, vous cessez d'appartenir au ministère de l'Intérieur pour dépendre directement du ministère des Colonies. »

En 1928, il embarque sur *La Martinière*, un convoi en direction de la Guyane, avec huit cents autres bagnards. Ils sont enfermés dans les cales du navire. Dès les premières vagues, ça dégobille dans la cale. Et ça va être comme ça tous les jours, jusqu'au bout. Les prisonniers n'ont droit qu'à une heure de promenade par jour, sur le pont du bateau. Les esprits s'échauffent, et plusieurs bagarres éclatent, rapidement maîtrisées par les « gaffes », les gardiens, grâce à une sorte de lance qui projette sur les prisonniers de la vapeur brûlante, venue directement de la salle des machines. Autant vous dire que ça les calme tout de suite. Mais Bougrat ne va pas subir tout cela bien longtemps. Un de ses anciens camarades de tranchée a graissé la patte d'un surveillant haut placé. Un jour, on vient chercher Bougrat, prétextant l'emmener à l'infirmerie. Il va y rester pendant toute la traversée, bien au chaud sous des draps blancs.

Bientôt, le bateau arrive en Guyane. Il pénètre dans l'embouchure du fleuve Maroni. À gauche, la Guyane française, à droite, le Surinam néerlandais. *La Martinière* accoste à Saint-Laurent-du-Maroni. Fin du voyage pour les bagnards. On les fait débarquer. Ils sont faméliques, le voyage les a énormément affaiblis. Sauf Bougrat, lui s'en est plutôt bien sorti dans ses draps blancs. Mais le régime de faveur est terminé. Dès sa descente du bateau, il est enfermé dans une case avec soixante autres « fagots », le nom que l'on donnait aux forçats du bagne.

Dans l'imaginaire collectif, au bagne, on casse des cailloux. Mais à Saint-Laurent-du-Maroni, on est envoyé dans la forêt pour couper des arbres. Souvent, on y meurt de la malaria ou de dysenterie. C'est comme ça : on échappe à la guillotine en France pour venir mourir dans la forêt amazonienne. Mais Pierre Bougrat échappera à tout cela. Il est médecin et, très vite, il est repéré par le médecin chef de l'hôpital, le Dr Rousseau. « Asseyez-vous, mon cher confrère. Voyez-vous, notre service de santé manque cruellement d'hommes capables. Nous avons par exemple absolument besoin d'un médecin au service des maladies bactériennes.

— Mais je n'ai pas les compétences requises. J'exerçais la médecine générale.

— Eh bien vous les acquerrez, ces compétences ! Et rassurez-vous, les maladies ici sont toujours les mêmes : diphtéries, phtisies... »

On lui propose d'être « bagnard-médecin » ! Avec les avantages qui vont avec : « Vous pourrez déjeuner à l'hôpital et circuler librement sur le domaine. Malheureusement, il vous faudra être de retour à votre case à 18 heures tous les jours, pour l'appel.

Si tout se passe bien, je tâcherai de vous faire obtenir une chambre individuelle. »

Le jour même, le Dr Pierre Bougrat enfile une blouse blanche. Et il découvre un système incroyable. Si l'hôpital est rempli de malades, c'est parce que les bagnards se refilent leurs maladies volontairement, pour échapper à l'« enfer de la forêt ». Si l'un d'entre eux attrape la tuberculose, tous les autres vont venir se frotter à lui jusqu'à l'attraper eux aussi. C'est vous dire dans quel enfer vivent les bagnards en Guyane…

Pendant ce temps, Pierre Bougrat a tout le temps d'étudier la carte détaillée du pays et d'apprendre l'espagnol. Car il a un grand projet : se faire la malle ! Il n'est pas le premier, chaque année, des dizaines de bagnards tentent l'aventure… La plupart sont capturés, certains se noient, d'autres se perdent à jamais dans la forêt. Et quand, par miracle, ils arrivent au Surinam ou en Guyane anglaise, ils sont arrêtés et rendus aux Français. On compte sur les doigts d'une main ceux qui ont réussi à passer au Venezuela ou au Brésil. Mais Bougrat, déterminé, tisse un réseau à l'intérieur et à l'extérieur du bagne. À l'extérieur, il échange des messages avec un ancien détenu toulonnais, qui a purgé sa peine et qui vit en semi-liberté. On lui a interdit de rentrer en métropole. Lui aussi veut partir, et accepte d'aider le docteur. Un jour, il lui fait passer un message : « C'est pour le 30 août. » Bougrat est au bagne depuis six mois à peine.

Le rendez-vous est donc fixé au 30 août 1928, dans une crique à l'embouchure du Maroni. Bougrat part avec sept autres bagnards. Dans ce genre d'aventure, il faut pouvoir compter sur les autres. Le Toulonnais a planqué un canot sous la mangrove qui borde le fleuve. Mais quand Bougrat le tire de la végétation, il se rend compte tout de suite que l'embarcation est une ruine. Les planches sont pourries ; à huit là-dessus, ils ne pourront jamais affronter les vagues de l'Atlantique. Il leur faut un autre bateau, plus solide.

Le Toulonnais leur fait savoir qu'il lui faudra dix jours de plus pour trouver un bateau neuf. Alors, pendant ces dix jours, les huit hommes s'enfoncent dans la forêt pour se cacher, au milieu des serpents et des moustiques. Au dixième jour, ils sont au rendez-vous. Le nouveau bateau est là. C'est un beau bateau, cette fois-ci, huit mètres de long sur un mètre de large, en bon état. Bougrat, qui est marseillais et donc un peu marin, installe un gréement de fortune. Et les voilà partis, tous les huit, vers le Venezuela. Très vite, c'est l'Atlantique. Les vagues, le noir, les courants qui vous entraînent là où vous ne voulez pas aller. Puis le soleil qui carbonise. Bougrat écrira plus tard : « Le soleil dessèche les ulcères que nous fait l'eau de mer. La nuit, on ne peut pas dormir. » Au dixième jour, la barque essuie une tempête qui crée une voie d'eau dans la coque. « Nous avons échoué, tiré le bateau au sec, cherché à réparer. Nous pensons que nous sommes en Guyane anglaise, donc pas encore sauvés. Nous restons trois jours à réparer notre embarcation. » Il y aura d'autres tempêtes, d'autres pièges, dont ils parviennent à chaque fois à se dégager. « 21e jour : J'ai pris de l'eau dans ma main et je l'ai passée sur mes lèvres. C'est de l'eau douce ! J'ai pris une cuvette, je l'ai plongée dans l'eau et je me suis mis à boire. J'ai bu trois litres. » Ils sont dans le delta d'un fleuve, mais la marée les rejette en mer. Jusqu'à ce que, deux jours plus tard, ils échouent sur une plage et tombent sur des pêcheurs.

« Bonjour, *hola... Donde estamos ?* Où sommes-nous ?

— *Estan a Soro.* »

Soro... C'est au Venezuela ! Ils ont réussi ! Les habitants leur donnent à manger de la purée de haricots, des galettes de maïs, de la soupe de poisson, du punch avec du lait... Ils revivent. Mais pas longtemps : une escadrille débarque dans le village. Le Venezuela est tenu d'une main de fer, à l'époque, par le général dictateur Gómez. Sa police est redoutable. Les fuyards sont jetés dans un camion et transportés à la prison d'Irapa. Là, ils reçoivent la visite du maire d'Irapa. Tout de suite, le statut de médecin de Bougrat l'intéresse. Un médecin européen, il n'y a aucune urgence à le rendre aux Français, se dit-il ! D'autant que le maire souffre d'un mal de dos atroce. Bougrat l'examine : « C'est sûrement une hernie hiatale, rien de grave, rassurez-vous. Vous avez de l'argile blanche ? Demandez à l'apothicaire… »

Le maire est guéri ! *Milagro !* Miracle ! Dans la foulée, le maire fait savoir qu'un médecin français tient une consultation chez lui. Deux heures plus tard, une queue immense s'étire devant la maison. Mais cette célébrité est de mauvais aloi. La France finit par apprendre que Pierre Bougrat est au Venezuela. Le GNT français se fend d'un télégramme pour réclamer son extradition. Il est immédiatement arrêté et jeté en prison. Mais, là encore, miracle ! Le général qui dirige la prison est blessé à la gorge. Le Dr Bougrat le recoud et, en guise de remerciement, retrouve la liberté. Il retourne à Irapa, où il est accueilli à bras ouverts. Il reprend ses consultations, tombe amoureux, se marie et entame une toute nouvelle vie. L'année suivante, un village voisin est victime d'une épidémie de peste. Huit cents malades en quinze jours seulement. Pierre Bougrat prend les choses en main : il fait isoler les malades, vacciner les autres, incendier les habitations infectées pour éliminer les puces et les rats… Et au bout d'une semaine, l'épidémie s'arrête. *Un santo !* Un saint ! Le journal local titre : *El doctor Pedro Bougrat, ganador de la plaga.* Le Dr Bougrat, vainqueur de la peste ! On lui propose d'ouvrir une clinique sur l'île de Margarita, la perle des Caraïbes. Il s'y installe, dans une belle villa avec vue sur la baie, et y coulera des jours heureux jusqu'à sa mort. En 1948, il refuse la grâce présidentielle française offerte par le président Vincent Auriol. « La grâce ? Ce serait reconnaître ma culpabilité. Ce sera la réhabilitation ou rien. »

Il meurt le 2 janvier 1962 d'une crise cardiaque. Sur l'île de Margarita, une statue à son effigie a été élevée.

Hommage du village reconnaissant
À la mémoire du Dr Pierre Bougrat
Qui trouva sur cette terre un havre de paix
Et sut répondre à son hospitalité
Par les bienfaits de sa profession.

Il n'est nulle part fait mention du brave Jacques Rumèbe, son copain de régiment, qu'il a assassiné pour 8 500 francs.

La disparition de Suzanne Viguier

Cette étrange affaire débute un mercredi matin, le 1er mars 2000, à Toulouse, au commissariat de l'Ormeau. Un homme au teint pâle, aux yeux bleus et à l'allure sportive vient signaler la disparition de sa femme. Il s'appelle Jacques Viguier, il a quarante-trois ans et est professeur de droit à l'université Toulouse I Capitole. C'est une policière qui le reçoit. « Depuis quand a disparu votre femme ?

— Depuis dimanche matin.

— Dimanche ? On est mercredi, ça fait quatre jours ! Vous ne vous êtes pas inquiété avant ?

— À vrai dire, je ne suis pas très inquiet. Je pense qu'elle a voulu me donner une leçon, pour que je sache ce que c'est de s'occuper des enfants et tout... Mais c'est vrai que ça commence à faire long. » La policière lui demande s'il a tenté de joindre des amis, de la famille, des hôpitaux. « Non, répond-il, c'est un ami de ma femme qui a fait les démarches. » La policière lui tend un formulaire pour déclarer ce qu'on appelle une « disparition inquiétante ». Sa femme s'appelle Suzanne Viguier, elle a trente-huit ans et est professeur de danse. En bas du formulaire, dans la case « Commentaires », il note : « Suzanne a un tempérament fragile, elle est un rien dépressive. » Puis il rend le formulaire, le stylo et s'en va.

Une heure plus tard, un autre homme vient signaler la disparition de Suzanne Viguier. Il est plus jeune et à l'antithèse de Jacques Viguier. Au bord des larmes, il se présente aux policiers : il s'appelle Olivier Durandet, c'est lui le fameux « ami ». « Il a dû arriver quelque chose de très grave à Suzy ! Je vous en supplie, laissez-moi parler à un de vos supérieurs ! J'ai beaucoup de choses à dire. » Il est immédiatement reçu. « Voilà, je connais bien les Viguier, je suis un ami. Enfin, surtout un ami de Suzy. Elle ne peut pas être partie comme ça, elle m'aurait forcément prévenu, ou prévenu ses enfants. » Le policier lui demande de mettre les choses au clair. « Ami », ça veut dire beaucoup de choses. Olivier Durandet raconte alors que le couple Viguier bat de l'aile depuis quelque temps. Il est bien placé pour le savoir, il est l'amant de Suzanne. Au moins, c'est clair. Mais il préférerait que ça ne se sache pas. D'après lui, cela fait deux ans que les Viguier font chambre à part. Ils se disputent constamment. Suzanne voulait divorcer, mais Jacques a refusé. Et maintenant, elle a disparu. « Très bien, merci monsieur. Je vais vous demander de signer ici...

— Écoutez, en fait je pense que Jacques Viguier a commis l'irréparable.

— Vous voulez dire que M. Viguier aurait tué Mme Viguier ?

— Oui, c'est ce que je pense. »

L'affaire commence. Les policiers préviennent le procureur, qui décide de convoquer les deux hommes en même temps. Malheureusement, Jacques Viguier est parti au ski avec ses enfants et ne peut pas venir tout de suite. Olivier Durandet, en revanche, rêve de parler au procureur. Il lui raconte alors le week-end de la disparition. Il a passé le samedi à Montauban avec Suzanne, pour un tournoi de tarot. Ça leur a pris toute la journée. Il a ensuite ramené Suzanne chez elle, rue des Corbières, aux alentours de 4 h 30 du matin. Et depuis, plus de nouvelles. Il a tenté de la joindre une vingtaine de fois le dimanche, sans succès. Il est passé deux fois rue des Corbières, mais les volets étaient fermés. Il a fini par appeler Jacques Viguier. « Bonjour Jacques, c'est Olivier. Dis-moi, Suzy est là ?

— Non pourquoi ?

— Tu ne l'as pas vue rentrer ? Elle ne répond pas à mes appels.

— J'ai remarqué qu'elle n'était pas là mais bon, qu'est-ce que tu veux que je te dise...

— Ça ne t'inquiète pas ? Les enfants n'ont pas demandé où était leur mère ?

— Les enfants ? Ils ont l'habitude. En tant que mère, la présence n'est pas sa qualité principale, n'est-ce pas ? »

Le lundi matin, Olivier Durandet retourne chez les Viguier de bon matin. Je dois vous préciser une chose : Jacques Viguier ne sait pas qu'Olivier Durandet est l'amant de sa femme, ou du moins il ne veut pas le voir. Ou plutôt, il refuse de le concevoir. Sa femme, coucher avec ce représentant de commerce grassouillet ? Alors que lui-même est mince, sportif, brillant, professeur à l'université de surcroît ? Impensable. Et pourtant, Olivier Durandet possède une paire de charentaises, qu'il enfile à chaque fois qu'il se rend chez les Viguier. Les enfants – Clémence, onze ans et les jumeaux Guillaume et Nicolas, huit ans – l'adorent. Le lundi, donc, Olivier se présente chez les Viguier. C'est Jacques qui lui ouvre la porte. Il lui dit : « Elle est partie pour m'emmerder. » Olivier raconte aux policiers qu'ils sont allés voir dans les affaires de Suzanne. Dans la salle de bains, sa trousse de toilette était grande ouverte et, sur le rebord du lavabo, il y avait ses lentilles et son produit à lentilles. « Suzanne est complètement myope ! Elle ne serait jamais sortie sans ses lentilles. Puisque je vous dis qu'il l'a tuée ! C'est peut-être un brillant professeur, mais c'est aussi un homme capable d'une grande violence ! » Mais, pour l'instant, la police ne dispose d'aucune preuve pour étayer ses dires.

À son retour du ski, Jacques Viguier est placé en garde à vue. La maison des Viguier, rue des Corbières, est perquisitionnée. On pulvérise avant tout du Luminol dans l'appartement, ce produit qui, éclairé avec une lumière bleue, révèle les taches de sang qu'on aurait effacées. Et du sang, il y en a partout... Ce n'est pas tout. Dans la chambre de Suzanne se trouve un canapé, qui lui servait de lit. Mais, en le dépliant, les policiers constatent qu'il n'y a pas de matelas. Ils interrogent Jacques Viguier à ce sujet. « Le matelas ? Oh je l'ai jeté, il y a deux jours.

— Où l'avez-vous jeté et pourquoi ?

— Dans une déchèterie de Toulouse. Ma femme le trouvait inconfortable. » C'est une excuse très bancale, les policiers sont sceptiques. Ils se disent plutôt que Jacques savait que sa femme ne reviendrait plus dormir chez eux ou, pire, que le matelas était taché de sang. Dans tous les cas, ça ne joue pas en sa faveur. Au fond d'une armoire, les policiers mettent la main sur le sac à main de Suzanne. Tout est à sa place, même les clés de la maison ! « Vous ne nous aviez pas dit qu'elle était partie sans son sac à main !

— Alors oui, figurez-vous que j'ai trouvé ce sac hier, je ne savais pas qu'il était dans cette armoire, je ne l'ouvre jamais. J'ai oublié de vous en parler. » Jacques Viguier peine à convaincre. La suite se passe au commissariat : « Cette nuit du 27, vous avez entendu votre femme rentrer ?

— J'ai entendu du bruit vers 4 h 30, oui, je me suis dit que c'était Suzanne qui rentrait.

— Et le matin ?

— Le matin, je me suis levé à 8 heures et j'ai pris le petit déjeuner avec les enfants.

— Et votre femme ?

— Suzanne ? Elle dormait bien sûr ! Comme à chaque fois qu'elle rentre tard. Elle peut dormir jusqu'à midi vous savez.

— Et après ?

— Après, mon père est venu chercher les enfants. Ils sont partis vers 10 h 30 et je suis allé faire mon jogging. J'ai couru une bonne heure, je suis rentré vers 11 h 30.

— Et votre femme, elle dormait toujours ?

— J'ai pas vérifié, mais c'était silencieux dans sa chambre. J'ai pris une douche et je suis allé rejoindre les enfants chez mes parents, pour le déjeuner. On est restés là-bas tout l'après-midi. On est rentrés un peu avant 21 heures.

— Et votre femme ?

— Partie ! La chambre était rangée, le canapé replié et elle n'était plus là. »

Le problème, c'est le jogging de 10 h 30. Le relevé de son téléphone indique qu'il a appelé ses parents à 10 h 45. Pour les policiers, il n'a pas fait de jogging, c'est à cette heure-là qu'il l'a tuée ! Il est seul chez lui, il a une heure avant de devoir partir chez ses parents. Une heure pour la tuer, pour faire disparaître le corps et le matelas taché de sang. Mais la garde à vue s'écoule et Jacques Viguier ne craque pas. À un moment, il faut bien le relâcher. Mais son téléphone est mis sur écoute, au cas où, et les policiers sont consternés par ce qu'ils entendent : « Oui... Moi, ce qui peut me porter du tort, c'est qu'on ne retrouve pas Suzy vivante ou morte. Tu sais très bien que si on la retrouve vivante, je suis tranquille... Si on la retrouve morte, je n'ai aucun problème, aucun problème, moi je ne demande pas mieux. Vivante c'est mieux pour les enfants. Qu'on la retrouve morte, pour moi ce serait très bien ! » Il sait très bien qu'il est sur écoute alors il fait le mariole.

Pendant ce temps, la presse se régale de cette affaire. « La passion sans foi ni loi du prof de droit » ;

« La défense tordue du prof de droit » ; « Un éminent juriste suspecté d'assassinat »... On le décrit comme un bourgeois toulousain, on insiste sur sa passion pour Alfred Hitchcock, et on raconte même qu'en tant que prof de droit, il avait consacré un de ses cours au crime parfait. Entre nous, si c'est bien lui l'assassin, les lentilles sur le lavabo, le sac à main dans l'armoire et le matelas aux ordures indiquent qu'il est tout sauf un spécialiste du crime parfait, mais passons. On dit aussi qu'il est vaniteux, insensible, arrogant. Les journalistes le traquent pour pouvoir l'interviewer. Et, contre toute attente, il leur répond : « Ma femme a très bien pu rejoindre une secte ou se laisser embringuer par n'importe qui. Suzanne est très influençable, naïve et, pour tout dire, dépressive. »

Il faut tout de même parler de la vie privée de Jacques Viguier. Car si sa femme avait un amant, lui collectionnait les maîtresses, des étudiantes principalement. Quand ils ont fouillé son bureau à l'université, les policiers ont retrouvé des dizaines de numéros d'étudiantes et, dans un tiroir, une boîte de préservatifs. Il reconnaît tout de suite les faits. Il rappelle même que c'est comme ça qu'il avait rencontré Suzanne : elle était étudiante en première année, lui jeune professeur. Il explique aussi que, dès le lendemain de son mariage, il a pris des maîtresses...

Il n'y a pas que la presse qui accable Jacques Viguier. Une bonne partie de son entourage, encouragée par Olivier Durandet, le croit coupable, à commencer par les sœurs et les amies de Suzanne. Il n'y en a qu'une qui le croit innocent, et c'est assez surprenant : sa belle-mère, la mère de Suzanne. Elle défend son gendre bec et ongles, dit qu'il n'y est pour rien. Mais ceci peut être expliqué par une « histoire dans l'histoire », un de ces détails qui rendent une affaire singulière. La mère de Suzanne a déjà vécu une affaire similaire, cinquante-quatre ans auparavant.

Celle d'un homme accusé de meurtre... à cause d'un matelas ! C'était en février 1946, juste après la guerre, alors qu'elle était encore enfant. Un jour, la police était venue sonner chez elle. On venait de retrouver le corps de sa mère, dans la rue, assassinée. Lorsque les policiers avaient demandé à son père où il était, il avait répondu qu'il était au lit. Un policier était monté dans la chambre et avait passé une main sous les draps, pour vérifier. Le matelas était froid et on en avait conclu que son père avait tué sa mère. Il avait fallu des mois avant qu'on finisse par l'innocenter. Voilà peut-être une des raisons pour lesquelles elle défend son gendre. Elle se dit que « ça recommence ».

Pour l'instant, Jacques Viguier n'a pas craqué. Tout le monde pense qu'il a tué sa femme mais lui reste droit dans ses bottes. Mais un dossier ne tient pas que sur des aveux, il faut aussi des preuves. Or, les résultats des expertises viennent de tomber. Elles confirment que le sang dont on a retrouvé des traces dans la maison appartenait bien à Suzanne. On a aussi retrouvé du sang de Jacques Viguier sur son jogging et sur la housse du canapé-lit, ce qui suggère qu'il s'est blessé en la tuant. Comme on a aussi retrouvé des traces de leurs deux sangs mélangés, la police pense à une bagarre, une dispute qui aurait mal tourné. Peut-être est-il temps d'interroger Jacques Viguier de nouveau ? Cette fois, c'est le juge d'instruction qui va lui parler. Ça va durer près de dix heures, mais il ne va pas craquer. Il patauge un peu lorsqu'on lui demande d'expliquer pourquoi il y a du sang partout dans la maison, mais il ne craque pas. Finalement, il est mis en examen et incarcéré.

Le matelas de Suzanne se retrouve au cœur de l'enquête. « Puisque je vous ai dit que je l'ai jeté parce que Suzanne le trouve inconfortable !

— Un témoin nous a pourtant dit que ce matelas était neuf, votre femme l'avait acheté trois mois plus tôt.

— Ça ne l'empêchait pas d'être inconfortable ! Et puis je l'ai aussi jeté parce qu'il représentait l'échec de notre couple. »

Le juge décide d'organiser une reconstitution du moment où Jacques Viguier dit avoir jeté le matelas dans une déchèterie, avec un matelas similaire. L'objet est lourd, Jacques Viguier a du mal à le porter, il n'a certainement pas pu le jeter comme ça, sur un coup de tête. Le juge ordonne également une reconstitution du fameux jogging que Viguier prétend avoir fait à 10 h 30, le dimanche de la disparition de sa femme. Les policiers n'y croient pas, pour eux, c'est à cette heure-ci qu'il a tué sa femme. Pendant cette reconstitution, on dirait que Jacques se joue des policiers et s'amuse à effectuer le parcours en une demi-heure au lieu d'une heure... Il leur paraît insupportable.

Tout cela mis bout à bout, le matelas, les taches de sang et l'improbable jogging, constitue un faisceau de suspicion, mais pas des preuves concrètes. Après neuf mois d'emprisonnement, Jacques Viguier est libéré, ce qui ne veut pas dire innocenté. Mais il a marqué un point, et ses avocats s'engouffrent dans la brèche. Ils s'étonnent notamment que l'amant, Olivier Durandet, n'ait jamais été soupçonné. Les policiers l'ont cru dès le premier jour, or lui aussi aurait eu le temps de tuer Suzanne. Il soutient qu'il l'a raccompagnée chez elle vers 4 h 30 du matin. Avant cela, ils seraient allés chez lui et auraient fait l'amour. Dans ce cas, pourquoi n'est-elle pas restée dormir chez lui, elle qui découchait plusieurs fois par semaine ? Se seraient-ils disputés ? On n'a pas interrogé les voisins, est-ce qu'ils auraient entendu du bruit ? La perquisition chez Olivier Durandet a eu lieu dix jours après la disparition de Suzanne et n'a duré que deux heures, contre une journée entière chez Jacques Viguier. Autre détail important : dans le sac à main de Suzanne, il manquait son portefeuille. Il a échoué aux objets trouvés treize jours après sa disparition. Pendant des mois, la défense demande de le faire analyser par la police scientifique, mais le juge d'instruction refuse. Finalement, le portefeuille sera détruit accidentellement, le greffe du palais de Justice de Toulouse va l'envoyer par erreur à l'incinération. On ne saura jamais dans quelles circonstances il a été retrouvé. Et ça, c'est un atout pour la défense de Jacques Viguier.

En tout, l'enquête va durer neuf ans, pendant lesquels l'accusé Jacques Viguier est demeuré libre la plupart du temps. Son procès s'ouvre le 20 avril 2009 devant la cour d'assises de Toulouse. On retrouve face à face tous les protagonistes de cette histoire. C'est le ténor parisien Francis Szpiner qui est partie civile, il défend les sœurs de Suzanne. Elles sont toujours convaincues de la culpabilité de Jacques. « Si ce n'est pas le professeur Viguier, qui cela peut-il être ? demande l'avocat. Ce n'est pas une fugue. Tout le monde sait que Suzanne Viguier était attachée à ses enfants, qu'elle ne les aurait pas abandonnés. On prend rarement la fuite en laissant sa voiture, ses lunettes et ses affaires personnelles. L'évidence, c'est que Suzanne Viguier est morte, que c'était un acte criminel, et nous en avons l'intime conviction. » Olivier Durandet, l'amant, est également présent. Au moment de son témoignage, il déclare devant la cour qu'il a la conscience tranquille, qu'il est là pour expliquer ce qu'il a vu, ce qu'il a vécu au quotidien pendant ses deux années de liaison. Il pense que Jacques ignorait vraiment sa liaison avec Suzanne. Il ajoute qu'elle se méfiait de lui, qu'elle comptait divorcer mais qu'il était procédurier et qu'elle craignait ses colères. Enfin, il rappelle qu'il a régulièrement vu Jacques s'emporter violemment.

Dans le camp de Jacques Viguier, l'une de ses maîtresses, Émilie, devenue sa compagne depuis l'affaire, est également appelée à témoigner. La jeune femme, ancienne étudiante de Viguier, vit avec lui depuis plusieurs années et le décrit comme un homme gentil, voire naïf. « Si j'avais douté, dit-elle, j'aurais été la première à le dénoncer, et je le lui ai dit dès le début de cette histoire. Il y a eu une enquête sur une seule piste, vous avez un bulldozer en face de vous et vous êtes une fourmi. Ses qualités sont devenues des défauts, ses défauts ont été accentués, et tout ce que vous faites se retourne contre vous. Alors vous ne faites plus rien, vous êtes figé, et c'est ce que vous avez devant vous : un homme figé qui n'ose plus rien dire de peur que ça se retourne contre lui. »

L'un des moments forts du procès est celui où l'on exhume le journal intime de Clémence Viguier, la petite fille du couple, qui avait onze ans au moment des faits. De nombreux passages sont consacrés aux colères de son père. Et pourtant, au moment du procès, la jeune femme désormais âgée de vingt ans, défend son père, tout comme ses deux frères. Jacques Viguier a perdu de sa superbe, en neuf ans. Le temps et les rumeurs ne l'ont pas épargné, et il a plongé dans une profonde dépression. Son avocat, Henri Leclerc, génie du barreau, prend sa défense. Et il fait du très bon boulot : le 30 avril 2009, après dix jours de procès, Jacques Viguier est acquitté. Au moment du verdict, la salle entière applaudit. Lui en revanche reste immobile, comme sous le choc. Dans le camp d'en face en revanche, et notamment du côté des sœurs de Suzanne, on ressent de la colère, de la déception. « Je veux simplement dire qu'ils n'ont aucun respect pour Suzy. C'est une honte. »

Mais l'avocat général fait appel de cette décision et un second procès s'ouvre un an plus tard, devant les assises du Tarn. Pour ce procès, Jacques Viguier a embauché l'un des meilleurs avocats, Éric Dupond-Moretti. Et là, coup de théâtre ! À force de questions, Me Dupond-Moretti réussit à faire craquer la baby-sitter des Viguier, qui finit par avouer qu'Olivier

Durandet, l'amant, l'a accompagnée dans la maison, deux jours après la disparition de Suzanne. Cela faisait dix ans qu'il lui ordonnait de garder le silence sur cette visite, de peur qu'on pense qu'il ait pu apporter des objets dans la maison pour brouiller les pistes. Pour la défense, c'est du pain bénit. Ils disent qu'Olivier Durandet a orienté l'enquête. Pire encore, il a été vu en train de déjeuner avec des témoins du procès, ce qui est strictement interdit. En plein procès, il est donc placé en garde à vue pour subordination de témoins. Puis on l'appelle quand même pour témoigner à la barre, notamment pour s'expliquer sur cette visite secrète. Il passe cinq heures à la barre, assumant sa maladresse. Il explique qu'il est retourné dans la maison des Viguier pour « se rassurer ». Pour l'avocat des sœurs de Suzanne, cela ne suffit pas à en faire un suspect, et l'on finit par le laisser partir.

Après trois semaines de procès Jacques Viguier est à nouveau acquitté. « Nous avons, mes enfants et moi, vécu dix ans d'horreur. Je suis très heureux de ce résultat, mais je dois me reconstruire, c'est pourquoi je vous demande de nous laisser en paix. »

Le corps de Suzanne Viguier quant à lui n'a jamais été retrouvé. Le mystère de sa disparition reste entier.

Jeu, set et mort

Nous sommes le 28 juin 2003, à Bascons, une petite ville de neuf cents habitants dans les Landes. Aujourd'hui se déroule la finale du tournoi de tennis municipal. Autant vous dire que ce n'est pas Roland-Garros, l'enjeu se limite à une coupe en plastique qui finira très certainement sur une étagère, à prendre la poussière... La finale oppose Benoît, dix-sept ans, à Maxime, quinze ans. Comme Benoît est en avance, il pose son sac sur un banc au vestiaire et va jeter un coup d'œil à la finale des dames. Lorsqu'il revient au vestiaire, il remarque que ses affaires ont été déplacées. Rien ne manque, mais sa bouteille d'eau a été ouverte. On a bu dedans ! C'est pas très cool, ça, mais Benoît n'est pas chichiteux. Il avale quelques gorgées avant de se diriger vers le court, pour la finale. Il serre la main de son adversaire Maxime et le match commence. Arrivé au premier set, Benoît se sent faiblard. Il rate des balles. Plus le match avance, plus ses jambes deviennent lourdes, et ses bras aussi. Il commence à bâiller, il n'a plus qu'une envie, c'est de dormir. Il n'y arrive plus. Il déclare forfait. Maxime est donc déclaré vainqueur du tournoi et son père, M. Fauviau, les invite à boire un verre. « Ça ne va pas, Benoît ? Tu as eu un coup de chaud ? » Non, il ne va pas très bien. Dans le vestiaire, il est pris de nausées et s'écroule sur un banc. Il finit par appeler un médecin qui l'envoie tout droit aux urgences de

Mont-de-Marsan. Il va y passer quarante-huit heures, sans que l'on puisse expliquer ce qui lui est arrivé.

C'est à son retour chez lui qu'il va recevoir un coup de fil de Sébastien, un de ses copains qui joue aussi au tennis. La veille, il a disputé la demi-finale contre Maxime Fauviau. Et lui aussi a laissé sa bouteille dans le vestiaire avant de jouer. Quand il est venu la chercher, il est tombé nez à nez avec le père de Maxime, sa bouteille à la main. Et après ? « Après, dit-il, il a posé la bouteille et il est parti. Moi, je me suis méfié et je n'ai pas bu. » Ça ne l'a pas empêché de perdre son match contre Maxime... Quant à la bouteille, il l'a gardée.

Le 2 juillet 2003, quatre jours après la finale, Benoît, accompagné de Sébastien, d'un responsable de la ligue régionale de tennis et d'un avocat, se présente à la gendarmerie de Grenade-sur-l'Adour avec la bouteille, qui part immédiatement au laboratoire pour analyses. Le lendemain, les résultats de l'expertise toxicologique arrivent par fax : dans l'eau de la bouteille, on a trouvé du Temesta, un anxiolytique à base de benzodiazépine. C'est du sérieux... Un seul comprimé, et on tombe dans les bras de Morphée. La bouteille était donc empoisonnée, tout ça pour une finale de tennis sans enjeu dans les Landes ! Jusqu'ici, l'affaire prête à sourire, mais la suite est dramatique.

Le même jour, à 18 heures, Maxime Fauviau joue dans un tournoi à Tartas, toujours dans les Landes. Face à lui, Alexandre Lagardère, vingt-cinq ans. C'est Maxime qui gagne, 6-3, 6-1 et, objectivement, Alexandre n'a montré aucun signe de faiblesse pendant le match. Après, il ne traîne pas, il doit rejoindre des amis à Dax. Alors il file au volant de sa voiture. Arrivé chez ses amis, Alexandre ne se sent pas bien. Il a un gros coup de barre. Il grignote un peu avant de s'effondrer sur le canapé et de s'endormir. Il émerge vers 23 heures, groggy, nauséeux. Il ne rêve que d'une chose : son lit, à Orthez, seulement 8 kilomètres de distance, ce n'est pas la mer à boire. Il n'y arrivera jamais. Il prend sa voiture mais, au bout d'une ligne droite, il loupe un virage et heurte un arbre avant de finir sa course dans un fossé. Alexandre Lagardère est tué sur le coup. À partir de ce moment-là, l'affaire devient criminelle.

Quand les gendarmes apprennent qu'Alexandre Lagardère, décédé au volant de sa voiture, avait participé l'après-midi même au tournoi de tennis de Tartas, ils ont comme un pressentiment. Ils font immédiatement le lien avec la déposition de Benoît et Sébastien, la veille. Dans tous les cas, les circonstances de l'accident sont obscures. La route était sèche, la chaussée en bon état, pas de gravillons, pas d'huile... Les experts évaluent la vitesse du véhicule à 90 km/h, donc tout à fait dans les clous. Surtout, on n'a relevé aucune trace de coup de frein. Alexandre a foncé tout droit dans l'arbre. On en conclut qu'il s'est endormi au volant. Une autopsie est effectuée pour en avoir le cœur net. On se demande si, par hasard, on ne retrouvera pas du Temesta dans son organisme... Eh bien oui, on en retrouve. Christophe Fauviau, le père de Maxime, est désormais dans le viseur des autorités. Mais ils ne vont pas l'arrêter tout de suite. D'abord, ils se renseignent discrètement sur le bonhomme. Christophe Fauviau est un ancien militaire, comme eux. Rentré dans l'armée de terre très jeune, il est ensuite devenu pilote d'hélicoptère, avant de brusquement prendre sa retraite, à l'âge de quarante-trois ans. Renseignement pris auprès de la base aérienne de Dax, où il a fini adjudant, on apprend qu'il était bien noté. Pourquoi donc cette retraite anticipée ? Apparemment, il en aurait eu marre d'être muté aux quatre coins de la France. Depuis, il bricole, il tourne un peu en rond. C'est peut-être pour cette raison qu'il est très investi dans les activités sportives de ses enfants.

Il les soutient à fond, il les accompagne de tournoi en tournoi. Pour Maxime, il a une ambition au niveau régional. Pour sa cadette Valentine, en revanche, c'est une autre paire de manches. À treize ans, elle a les qualités d'une joueuse professionnelle. D'ailleurs, elle est classée première dans sa catégorie, au niveau national. Pour les gendarmes, le mobile de Fauviau n'est autre que cette ambition sportive démesurée. Ils n'ont plus qu'à cueillir cet étrange papa-coach. Mais, pour l'heure, il est en Australie avec Valentine, qui y dispute un tournoi international. Ils doivent rentrer le 2 août.

Le jour dit, à 5 heures du matin, Christophe et Valentine arrivent tous les deux à la gare de Dax. Il fait encore nuit. Alors qu'ils s'approchent de la station de taxis, les policiers les interpellent. « Monsieur Christophe Fauviau, je vais vous demander de bien vouloir nous suivre. À partir de maintenant, vous êtes placé en garde à vue. Nous allons nous occuper de votre fille. » Valentine ne comprend pas, elle interpelle son père, encadré par les policiers. Christophe Fauviau fuit son regard. Le même jour, sa femme et son fils Maxime le rejoignent en garde à vue. Ils vont être interrogés pendant de longues heures, avant d'être finalement relâchés. Fauviau, quant à lui, reconnaît du bout des lèvres qu'il a peut-être introduit du Temesta dans les bouteilles d'eau de trois adversaires de son fils, Benoît, Sébastien et Alexandre.

Il est mis en examen pour administration de substances nuisibles avec préméditation, ayant entraîné la mort sans intention de la donner. Un mois après le décès d'Alexandre, il est écroué à la prison de Mont-de-Marsan. Les gendarmes, en réalité, ne sont pas au bout de leurs surprises.

Avant toute chose, ils vont chercher à savoir comment Christophe Fauviau a pu se procurer du Temesta. Le médicament n'est pas en vente libre, il faut une ordonnance pour pouvoir en acheter. Eh bien il avait une ordonnance, celle de sa femme, rédigée par le médecin de famille. Il piquait tout simplement les anxiolytiques de sa femme.

Mais la grande surprise de l'enquête c'est que, depuis que Fauviau a été arrêté et que l'histoire a été relayée dans les médias, les gendarmes reçoivent de nombreux coups de fil et des lettres, de garçons et de filles qui sont eux aussi persuadés d'avoir été drogués avant de disputer des matchs de tennis contre les enfants Fauviau. Cela veut dire que Christophe Fauviau droguait également les adversaires de sa fille, des gamines de douze ou treize ans ! Il est temps pour lui d'engager un avocat, et un bon. Il choisit Pierre Blazy, un ténor du barreau de Bordeaux, qui va d'entrée fixer sa ligne de défense dans une interview accordée au *Monde*. « Il n'est pas très étonnant de retrouver des gens qui se sont trouvés mal le jour où ils ont été battus à plate couture. Aucun élément ne permet de prouver que du Temesta a été administré aux adversaires de Valentine. »

Autrement dit, on veut bien assumer la mort d'Alexandre Lagardère et la tricherie contre Benoît, en revanche, on nie fermement avoir drogué des petites filles. Cela n'empêche pas les gendarmes d'éplucher les feuilles de tous les matchs disputés par les enfants au cours des trois dernières années, au-delà, il y a prescription. Ils appellent chaque joueur, chaque parent, dans les Landes, au Pays basque, à Toulouse, à Montpellier et jusqu'en Haute-Savoie. Ils répertorient une trentaine de cas suspects parmi les adversaires de Maxime et Valentine, et même quelques cas chez les adversaires de Christophe Fauviau lui-même, dans la catégorie des vétérans ! L'un d'entre eux est entré dans un poteau avec sa voiture, un autre a carrément dû arrêter le sport. Tous racontent la même chose : ils ont été pris de nausées, de vertiges, d'engourdissements, et tous ont fini par s'endormir. Les gendarmes en concluent que chaque fois qu'un sac était laissé sans surveillance aux vestiaires, Christophe Fauviau en profitait pour dissoudre un ou deux comprimés de Temesta dans la bouteille d'eau. Pour les plus costauds, il doublait la dose.

Et il s'en est aussi pris aux rivales de Valentine, des petites filles. Et ses enfants, d'ailleurs, étaient-ils au courant des agissements de leur père ? Ils racontent que Christophe Fauviau insistait toujours sur le fair-play dans le tennis, il fallait se battre mais jamais tricher. À part ça, ils ne se doutaient de rien. Avouez qu'il y a de quoi rire !

Après deux années d'instruction, le procureur de Dax a retenu vingt-huit victimes en tout, sept hommes et vingt et une femmes. Parmi ces victimes, neuf mineurs de moins de quinze ans. Christophe Fauviau est accusé d'administration de substances nuisibles, d'aministration de substances nuisibles sur mineurs de moins de quinze ans et d'administration de substances nuisibles avec préméditation, ayant entraîné la mort sans intention de la donner. Il est renvoyé devant la cour d'assises des Landes et encourt vingt ans de réclusion criminelle. Depuis sa cellule, il confesse à un ami qu'il a honte, qu'il se « dégoûte lui-même ».

Son procès s'ouvre le 1er mars 2006. Une soixantaine de journalistes ont prévu d'y assister. Cette histoire fait énormément de bruit, il y a même des journalistes américains ! Tout le monde veut comprendre comment cet ancien militaire père de famille a déraillé dans les grandes largeurs. On cherche une explication dans son histoire personnelle. Il est le fils d'un chirurgien-dentiste et d'une professeure de sport. Un psychologue explique qu'il a grandi dans un milieu familial où régnait le non-dit. Son père était absent, sa mère castratrice. Surtout, il aurait été agressé sexuellement par son propre frère. Ce frère est appelé à la barre. Dans la salle, l'atmosphère est extrêmement tendue, les deux hommes ne se sont pas vus depuis plus de vingt ans. Ils lavent leur linge sale en public, et l'on se demande quel rapport il y a avec les faits. « Je suis content de t'avoir en face de moi, dit Christophe Fauviau, tu sais combien tu m'as fait souffrir... Tu as orienté ma personnalité pour la vie.

— Vide ton sac, si ça te fait du bien, j'en suis bien content. »

Mais cela ne fait pas avancer les choses. On s'intéresse alors au moment où il a quitté l'armée, où il a perdu ses repères. Il explique que, pour lui, ç'a été une période de cassure. Le psychologue portera là-dessus un regard intéressant : « Christophe Fauviau a passé son temps à saboter ses propres succès, comme par exemple sa carrière, car il semble souffrir d'une incapacité à être. » Autrement dit, ce n'est pas tant qu'il voulait absolument voir ses enfants gagner leurs matchs de tennis, c'est qu'il n'assumait pas les échecs, et tout particulièrement le regard des autres dans la défaite. Bref, le tennis était devenu une torture qu'il ne supportait qu'en trichant. D'ailleurs, en parlant à la barre, sa fille Valentine explique qu'en fin de compte, il ne s'intéressait pas tant que ça à leurs victoires. « C'était jamais la fête après une grosse victoire. On passait vite à autre chose. » Sa femme quant à elle explique que Fauviau lui aurait confié qu'il ne supportait plus ces matchs.

Arrive ensuite le défilé des victimes à la barre, et ce qui est effarant, c'est que ce ne sont que des gamins. La plus jeune avait seulement douze ans lorsqu'elle a affronté Valentine Fauviau. Elle s'avance à la barre dans un sweat-shirt trop grand : « Pour moi, ça s'est passé au tournoi international de Draguignan. Le père de Valentine était là. Au bout du deuxième set, j'ai commencé à avoir les jambes lourdes. Je ne me suis doutée de rien. » Dans son box, Christophe Fauviau n'ose pas la regarder. Un adolescent prénommé Frank raconte que Christophe Fauviau lui avait proposé de remplir sa bouteille d'eau. Et qu'après le match, il a pris le volant. Il était tellement fatigué qu'il a appelé sa petite amie pendant tout le trajet pour rester éveillé.

Mais la question à laquelle on n'arrive pas à répondre c'est *pourquoi*. L'enjeu n'était pas si énorme que ça, quelques points tout au plus et un meilleur classement. Personne ne comprend. Fauviau se saisit alors du micro et lance : « Tout ça, c'était pas une histoire de points ou de gagner. Ça venait de moi, c'est tout. » L'avocat général lui demande alors s'il n'a jamais songé à se faire soigner. « Non, répond Fauviau, dans ma famille, les psys c'était réservé aux tarés. »

Depuis le début du procès, Christophe Fauviau s'est montré assez sincère, il assume ses actes. Et évidemment, s'il n'y avait pas la mort d'Alexandre, il s'en sortirait avec pas grand-chose. Mais il y a la mort d'Alexandre et ça, son avocat le sait. Il est là le danger. Il va alors tenter de démontrer qu'on ne peut pas être sûr que le Temesta seul a provoqué l'accident du jeune homme. Son hypothèse est aussitôt anéantie par un pharmacologue, qui vient expliquer que le Temesta a pour effets secondaires la somnolence, une vigilance diminuée et un état proche de l'ébriété. Le médicament est incompatible avec la conduite et, pour couronner le tout, ses effets sont accentués par la pratique d'une activité sportive.

Arrive ensuite un ami d'Alexandre Lagardère, celui chez qui il était avant son trajet fatal en voiture. Il explique que, quand Alexandre s'était levé pour partir, il était comme un somnambule, il titubait et s'était cogné au chambranle d'une porte. Avec tout ça, Me Blazy va avoir beaucoup de mal à soutenir que le Temesta n'est pas responsable... Alors il s'attaque à un autre sujet : la Ligue de tennis Côte Basque Béarn et Landes. Selon lui, la Ligue était au courant des agissements de Christophe Fauviau, c'était à elle d'intervenir pour l'empêcher de nuire. Elle savait ce qui était arrivé à Benoît et à Sébastien, puisqu'un de ses représentants les avait accompagnés à la gendarmerie. Cinq jours après, il y a eu l'accident ! Sébastien confirme qu'effectivement, à partir du moment où il a eu des doutes, tout le monde était au courant grâce au bouche-à-oreille. « Alors pourquoi est-ce que les responsables de la Ligue ont laissé Alexandre Lagardère disputer le match ? plaide Me Blazy. Pourquoi est-ce qu'ils n'ont pas protégé les adversaires des enfants Fauviau ? S'ils étaient intervenus, Alexandre ne serait pas mort ! » Évidemment, l'avocat de la Ligue n'est pas d'accord. Il explique qu'au moment de la mort d'Alexandre, les résultats d'analyses toxicologiques de la bouteille d'eau de Sébastien n'étaient pas encore revenus. Me Astabie, l'avocat de la famille Lagardère, interrompt ce débat en remettant les choses à leur place : « Ce n'est pas la Ligue qui a armé le bras de M. Fauviau ! »

Au dernier jour du procès, l'avocat général se lève pour requérir. « C'est le procès d'un homme sans gravité, dans un monde sans limites. Pour vous, la fin justifie les moyens, mais la Terre entière ne vous en veut pas ! Et nous ne sommes pas en guerre ! » Il ajoute que tous les éléments de la préméditation sont réunis : « Fauviau apportait le Temesta, repérait les lieux, les sacs, les bouteilles... Et ce n'était pas une impulsion ! Il n'a pas pu avoir vingt-huit flashs en trois ans ! Pour Alexandre, il fallait la dose, la vraie dose, de quatre à six cachets de Temesta, une dose qui cloue. Parce qu'il vous énervait ! tonne l'avocat général. Votre fils avait déjà joué deux fois contre lui, et ça s'était mal passé ! Monsieur Fauviau, est-ce que la mort d'Alexandre vous aurait arrêté si vous n'aviez pas été pris ? » Il finit par réclamer une peine de huit à dix ans de prison.

Ensuite, Me Blazy, l'avocat de Fauviau, plaide que son client était une « plaie béante ». « On a voulu que Christophe Fauviau donne une explication rationnelle à ses gestes alors qu'il avait complètement disjoncté. Avait-il un but ? Moi je dis que non. Il abrégeait les matchs parce qu'il souffrait trop. » Me Blazy demande une peine courte. Il donne des exemples : un chauffard responsable d'un accident mortel vient d'être condamné à quatre mois ferme. Un président de club de foot qui avait administré du Valium à l'équipe adverse a pris six mois avec sursis. Il veut que les jurés gardent à l'esprit cette phrase : « Christophe Fauviau ne recherchait certainement pas la mort. »

Le procès touche à sa fin. C'est à Fauviau que revient le dernier mot. D'une voix morne et fatiguée, il s'adresse au tribunal : « Je me rends compte maintenant que j'ai nui à toutes ces personnes. Je porterai toujours la mort d'Alexandre Lagardère en moi. Je demande pardon. » Les jurés se retirent pour délibérer. Ils doivent répondre à cinquante questions, quatre sur la mort d'Alexandre et quarante-six sur les autres délits. La peine doit-elle se limiter à trois ans de prison pour couvrir la durée de détention qu'il a déjà effectuée, ou doit-on aller jusqu'à dix ans, comme le réclame l'avocat général ? Au terme de deux heures de délibérations, les jurés regagnent leur place et rendent leur verdict. Christophe Fauviau est condamné à huit ans de réclusion criminelle. Dans la salle, le silence est absolu. Le père d'Alexandre Lagardère, très digne, rappelle aux médias qu'aucun jugement ne lui rendra son fils. « J'espère simplement que lorsque la famille Fauviau se retrouvera, qu'ils seront tous ensemble, ils penseront que chez nous il en manquera toujours un. » La femme de Fauviau quitte la salle pendant qu'on conduit son mari en prison. Elle aussi s'adresse aux journalistes : « J'espère que tout le monde a compris que mon mari n'a jamais voulu faire de mal. Je pense qu'il va falloir qu'il continue à se reconstruire pour qu'on ait une chance de devenir une famille un peu tranquille, qu'on laisse mes enfants grandir tranquilles. »

À la prison de Mont-de-Marsan, Christophe Fauviau a entamé une psychothérapie. Il a déjà purgé trois ans et considère que sa condamnation est raisonnable. Il n'a pas fait appel. Neuf mois plus tard, il est libéré sous le régime de la liberté conditionnelle.

En mémoire de ce drame, la Ligue de tennis Côte Basque Béarn et Landes a créé un trophée pour sensibiliser les joueurs et leurs parents à la nécessité d'une pratique sportive pacifiée. Ce trophée porte le nom d'Alexandre Lagardère.

L'affaire Charles Manson

Exercice délicat maintenant. L'histoire d'un des crimes les plus retentissants du XXe siècle, instigué par l'un des plus grands tueurs américains : Charles Manson. Le gourou d'une secte qui, en 1969, ordonna à ses adeptes d'aller tuer ce qu'il appelait des cochons, des *pigs*. C'est ainsi que, dans une villa à Hollywood, cinq personnes furent sauvagement assassinées, dont la jeune actrice Sharon Tate, épouse du réalisateur Roman Polanski.

Nous sommes le 9 août 1969, sur les hauteurs de Hollywood, à Los Angeles. Ils sont quatre. Quatre jeunes Américains. Tex, Susan, Patricia et Linda. Ils viennent d'arriver dans la partie huppée de la ville, dans le quartier des stars. Ils garent leur Ford blanche devant le portail d'une villa, au 10050 Cielo Drive. La villa de qui ? Ils n'en savent rien et, à vrai dire, ça ne les intéresse pas du tout. C'est une villa de star à Hollywood, point barre. Le reste, ils s'en fichent pas mal. Ils enjambent le portail et pénètrent dans le jardin. Dans la villa, les lumières sont allumées, et ils voient des gens à l'intérieur. Tex cherche les câbles du téléphone, les trouve, et les coupe. Cette belle maison de style normand a été construite quelques années auparavant par l'actrice française Michèle Morgan. L'an dernier, elle a été rachetée par un jeune réalisateur prometteur, Roman Polanski, qui vient de s'installer à Hollywood, où il a réalisé *Rosemary's baby* et *Le Bal des vampires*. C'est sur le tournage de ce dernier film qu'il a rencontré Sharon Tate, son actrice principale, qui est devenue son épouse. La jeune femme est enceinte de leur premier enfant. Enceinte de huit mois et demi, sur le point d'accoucher... Et cette maison, que Sharon Tate a surnommée « La maison de l'amour », s'apprête à devenir le théâtre d'un crime épouvantable.

Polanski n'est pas là. Il est à Londres, où il travaille sur son prochain film. Sharon ne l'a pas suivi, sa grossesse est trop avancée. Alors elle a invité quelques amis à venir passer la soirée avec elle. Il y a là Jay Sebring, coiffeur de stars, qui n'est autre que l'ex-petit ami de Sharon, le producteur Wojciech Frykowski et sa compagne, Abigail Folger, héritière de la compagnie de café Folgers. Ils sont allés dîner dans un restaurant mexicain de Cielo Drive, El Coyote. Ils viennent de rentrer et bavardent dans le salon avant d'aller se coucher. Nous sommes en plein mois d'août, il fait très chaud, toutes les fenêtres sont ouvertes. Ils ne se doutent de rien. La maison est surveillée, le gardien, William Garretson, occupe un pavillon dans la propriété. Ce soir-là, William reçoit un ami, un certain Steven Parrent, dix-huit ans, qu'il a pris en auto-stop quelques jours auparavant et avec qui il a sympathisé. Il faut dire que William aime bien les jeunes garçons... Steven n'est pas resté très longtemps. Une demi-heure tout au plus. Et c'est au moment de son départ que les choses se gâtent. Lorsqu'ils aperçoivent la lumière des phares de la voiture de Steven, les quatre jeunes sont déjà dans le jardin. Les filles ont un mouvement de recul, mais Tex décide de prendre les choses en main. Il s'approche discrètement de la voiture. Steven s'est arrêté pour actionner le bouton de commande électrique du portail. Soudain, il sent le canon d'un flingue contre sa tempe. Il a à peine le temps de crier : « Ne tirez pas, je ne dirai rien ! » Tex tire quatre balles de revolver. Le jeune garçon gît en travers de la banquette. Il s'est retrouvé au mauvais endroit, au mauvais moment. Tex coupe le contact de la voiture et tend l'oreille. Il semble que personne n'a entendu les coups de feu. Ni les occupants de la villa, ni le gardien. Il rejoint Susan, Patricia et Linda sur la pelouse. Un premier innocent vient d'être tué au 10050 Cielo Drive. Ce n'est que le début.

Tex demande à Linda de rester dehors pour faire le guet. Puis il ordonne aux autres filles de le suivre dans la maison. Par la fenêtre, ils aperçoivent, sur le canapé du salon, un homme qui dort. Tex désigne la porte d'entrée aux deux filles. Lui passe par la fenêtre. Il fait du bruit. L'homme se réveille et lui demande ce qu'il fait là. Tex lui répond : « Je suis le diable, et je suis ici pour faire le boulot du diable ! » Il ouvre la porte aux deux filles. La maison est grande, les autres occupants n'ont rien entendu. Pendant que Tex ligote l'homme, il envoie les filles en éclaireurs dans la maison. Il veut savoir combien de personnes il y a, et où elles sont. Sharon Tate est dans sa chambre, elle discute avec le coiffeur Jay Sebring. Abigail est seule dans une autre chambre, elle lit. Tex envoie Susan et Patricia les chercher. Abigail est amenée la première, en chemise de nuit. Tex la ligote. Puis arrivent Sharon et Jay. Il les attache ensemble, par le cou. Jay les prend à partie : « On ne fait pas ça à une femme enceinte ! Au cas où vous ne l'auriez pas remarqué, elle est enceinte de plus de huit mois !

— Non mais comment il me parle, celui-là ? »

Tex abat le coiffeur de deux coups de revolver. Et, comme si ça ne suffisait pas, le larde de sept coups de couteau. Les autres sont terrifiés, choqués. Leur ami gît là, sous leurs yeux, dans une mare de sang. Ils viennent d'assister à son exécution par un malade. Tex et les filles commencent à tenir des propos incohérents. Ils ont l'air complètement défoncés. Frykowski, qui a les mains attachées avec une serviette, parvient à se libérer. Il se précipite au-dehors, bousculant Susan au passage. Il s'enfuit dans le jardin, parvient à atteindre le portail, avant d'être rattrapé par Tex, qui lui assène de violents coups de crosse de revolver avant de l'achever de deux balles. Au même moment, Abigail a aussi réussi à se libérer de ses liens. Elle s'enfuit dans le jardin, dépasse la piscine, mais Patricia est rapide et parvient à la rattraper. Elle la poignarde non pas une fois, ni deux, mais vingt-huit fois. Vingt-huit coups de couteau. Voilà. Ils sont tous morts. Il ne reste que Sharon. Linda, qui devait faire le guet, est prise de panique. Tous ces morts, c'est trop pour elle. Elle entre dans la maison et supplie Tex de partir. « Il y a des gens qui arrivent, Tex, il faut partir ! Il faut partir ! » Partir ? Tex n'en a aucune intention. Il a encore des choses à faire. Il lui en reste une à tuer et, en attendant, il rapatrie les cadavres à l'intérieur de la maison. Puis il se tourne vers Sharon. Son supplice va durer des heures.

La scène est atroce. Dans le salon, trois cadavres : Jay et le couple Frykowski. Et, au milieu, assise, terrorisée, la jeune Sharon Tate, vingt-six ans, enceinte jusqu'aux dents, en peignoir. Elle n'est qu'à quelques jours de l'accouchement. Et, face à elle, ces quatre exaltés qui tiennent des propos sans queue ni tête. Ils parlent de Satan, de l'Apocalypse et aussi de porcs, de cochons. Sharon ne comprend rien. Elle tente de les raisonner, les filles surtout, en faisant appel à leur instinct maternel. « Pas le bébé, je vous en supplie, pas le bébé, il n'a rien fait, il est innocent ! » Mais Susan, qui lui fait face, n'a que faire de ses supplications. L'instinct maternel, ce n'est pas son truc. Elle, elle préfère Satan, l'Apocalypse et, surtout, elle veut tuer des cochons, des porcs, des *pigs*. Elle ricane : « Je ne veux rien savoir. Tu vas mourir et tu ne peux rien y faire. Salope ! Je me fous de toi et de ton bébé !

Femme, je n'ai aucune pitié pour toi ! » Susan s'empare d'un couteau et le plante dans le torse de Sharon. Une fois, deux fois, trois fois... Seize coups au total. Sharon hurle : « Maman ! Maman ! Au secours ! » Mais c'est trop tard. Le sang coule abondamment. Sharon ne bouge plus, elle est morte. Selon les médecins, son bébé va survivre pendant six heures, avant de mourir, lui aussi...

Voilà. C'est fini. Mission accomplie. Car c'est bien de cela dont il s'agit. Cet épouvantable massacre était une mission. Les quatre jeunes étaient là sur ordre. Ils ont obéi à quelqu'un. Avant de quitter le salon, Susan s'empare d'une serviette, la trempe dans le sang de Sharon Tate, et trace sur la porte de la villa trois lettres, *PIG*, comme cochon. C'est ce qu'on leur avait demandé de faire. De laisser une marque diabolique en partant.

Le lendemain, l'Amérique se réveille avec ce fait divers glaçant. Une villa de Hollywood a été attaquée par des barbares satanistes. Tous ses occupants ont été massacrés. L'histoire fait le tour du monde. La police va mettre des semaines, des mois même, à comprendre ce qu'il s'est passé. Pourquoi cette tuerie ? Qui a bien pu faire ça ? C'est Susan, l'une des trois filles présentes ce soir-là, qui va cracher le morceau. Un jour, elle se fait pincer pour un vol de carte bancaire. Nous sommes en novembre 1969, et elle échoue en prison. Là, elle est un peu trop bavarde avec ses codétenues. Elle leur raconte qu'elle a participé à un massacre retentissant. Rapidement, cela remonte aux oreilles de la direction. Susan est aussitôt interrogée par la police. Elle tente de négocier ses aveux, en échange d'un allègement de peine. Et elle finit par tout avouer. Elle et ses amis appartiennent à la « Manson Family ». Une communauté hippie, comme on en trouve beaucoup aux alentours de Hollywood à l'époque. Sauf que celle-ci ressemble plus à une secte satanique qu'autre chose. À sa tête, Charles Manson. Plus qu'un leader, un gourou, qui prétend être la réincarnation du Christ, le messie d'une nouvelle religion qui associe la Bible à l'*Album blanc* des Beatles. Oui, vous avez bien lu. Il a été tout particulièrement marqué par une chanson : « Helter Skelter ».

La « Famille Manson », fondée un an plus tôt, habite le Spahn Ranch, dans les environs de Los Angeles. Il y a là une quarantaine de personnes. Un mélange de marginaux, de fugueurs en tout genre, qui vivent de petits vols de cartes bancaires et de trafic de drogues, qu'ils consomment régulièrement. Pour se nourrir, ils fouillent les poubelles. Au sein de sa communauté, Manson pratique le droit de cuissage. D'ailleurs, ses membres sont essentiellement des jeunes filles, paumées et sexy. Il couche avec elles s'il veut, quand il veut. Pour elles, de toute manière, c'est un privilège. Et puis Manson est raciste. Il focalise toute sa haine contre les Noirs, qu'il considère comme des *pigs*. Et, par extension, il éprouve une véritable aversion pour les Blancs qui les soutiennent, et pour les stars de Hollywood. Eux aussi, ce sont des *pigs*. Il tire cette certitude de l'écoute de la chanson « Piggie », des Beatles, dans l'*Album blanc*. C'est à partir de cette chanson que Manson a bâti son délire mystique et son projet d'éliminer tous ceux qu'il considère comme des porcs. C'est cette folie, autour d'une seule chanson, qui a déclenché l'attaque de la villa et le massacre de ses habitants. C'est Manson qui a envoyé les quatre adeptes de sa secte maléfique, lui qui les a remontés contre les « cochons », lui qui leur a ordonné, en partant, de laisser un message diabolique. Autant vous dire que, le lendemain, il était satisfait ! Surtout quand il a découvert que les victimes étaient célèbres. Ça lui a même donné envie de recommencer, le soir même. Et cette fois-ci, il a fait partie du voyage. Il a choisi au hasard une villa du quartier de Los Feliz, un peu moins chic que celle de la veille. La villa du couple

LaBianca, Leno et Rosemary. Avec lui, les mêmes que la veille, accompagnés en plus par une certaine Leslie. Manson, bien sûr, ne s'est pas sali les mains. Il a laissé les autres poignarder le couple. Une autre boucherie atroce.

Ce qui est étonnant, c'est que la police n'avait pas du tout fait le lien entre les deux attaques. Elle était restée sur l'idée que le massacre de Cielo Drive était lié à la drogue. Une fois le lien établi, la police fait une descente dans le ranch de la « Famille ». Ils arrêtent tout le monde. Mais Manson manque à l'appel. Il s'est caché dans un placard de la salle de bains. Il faut un peu de temps pour le retrouver, mais il finit par rejoindre ses sbires, en prison.

Leur procès commence le 15 juin 1970. Il sera évidemment très médiatisé, dans le monde entier, et durera, rendez-vous compte, neuf mois et demi ! C'est le procès le plus long et le plus coûteux de l'histoire des États-Unis. Le premier jour, Manson se présente souriant. Il a le crâne rasé et porte une étrange croix sur le front, une croix incisée au couteau, gravée dans sa chair, entre les sourcils. On lui demande de s'expliquer, il répond que c'est le signe qu'il s'est lui-même rayé de la société. Et tous ses acolytes portent la même. Les filles y compris. Tous se sont aussi rasé la tête. Liés jusqu'au bout par la folie, derrière leur gourou. D'ailleurs, Manson a fait l'économie d'un avocat, il préfère se défendre lui-même. Le seul à ne pas le soutenir, c'est Tex. Il veut sauver sa peau. Alors, il dit tout haut que c'est Manson qui lui a ordonné de commettre ces meurtres, que c'est lui qui les a commandités. Il précise que Manson aurait même demandé qu'ils soient commis « avec la plus grande brutalité ». Les filles, elles, continueront jusqu'au bout à voir en Manson la réincarnation du Christ. Sauf que ça se présente très mal pour la réincarnation du Christ et pour ses apôtres. Très mal ! La police a réuni des preuves solides. Des empreintes digitales qui prouvent clairement la présence des accusés sur les lieux du crime. Et des armes ayant servi aux meurtres, retrouvées au ranch. Tout le débat consiste à répartir les responsabilités. Celle de Manson, qui a les mains propres mais qui est à l'origine de tous ces meurtres. Et celle de ses disciples, qui ont commis les meurtres mais qui ont agi sous l'influence et les ordres du gourou.

Finalement, la justice américaine met tout le monde sur un pied d'égalité. Le 25 janvier 1971, Manson est reconnu coupable des meurtres, au même titre que les autres. Les membres de sa « Famille », quant à eux, malgré la manipulation avérée, ne bénéficient d'aucune circonstance atténuante. Le 29 mars, ils sont tous condamnés à la peine de mort. Seule Linda trouve un arrangement avec les autorités. Elle n'a pas tué elle-même, elle a témoigné contre ses complices. Elle échappe à la peine de mort. Mais en 1972, l'État de Californie renonce à la peine de mort. Aucun des membres de la « Famille » de Manson n'est exécuté, leur peine est donc commuée en emprisonnement à vie. Et, progressivement, Manson va devenir une sorte de vedette du crime. Il fascine autant qu'il répugne. En 1981, la chaîne américaine NBC obtient le droit de l'interviewer. C'est à cette occasion que l'on verra qu'il a transformé la croix qui ornait son front en croix gammée... Lorsque le journaliste lui demande s'il va sortir un jour, Manson répond, avec un air dément : « Ça dépend si vous voulez survivre ! » Une interview-spectacle de la pire espèce. C'est que, pour l'Amérique, Manson incarne le diable, et les occasions d'interviewer le diable sont rares.

À ce jour, aucun des membres de la « Famille » n'est sorti de prison. Ils ont déposé des demandes, mais elles ont toutes été rejetées. Même Susan Atkins, qui souffrait d'une tumeur au cerveau et qui a dû être amputée d'une jambe. Elle est morte en prison.

La dernière demande de liberté conditionnelle de Manson lui-même remonte à 2012, elle lui a été refusée. Le 19 novembre 2017, à l'âge de quatre-vingt-trois ans, Charles Manson est mort de causes naturelles. Mais il reste une dernière anecdote au sujet de cette saga morbide. En 2015, il avait failli épouser une de ses fans (oui, une fan), qui lui écrivait tous les jours depuis 1974. La prison avait accepté. Mais il s'était rétracté au dernier moment, quand il avait appris que sa future épouse voulait simplement récupérer sa dépouille, la faire embaumer et en faire une pièce de musée. Considérant qu'en tant que réincarnation du Christ, il était immortel, il a renoncé au mariage.

Charles Manson est mort le 19 novembre 2017 à Bakersfield, en Californie, à l'âge de quatre-vingt-trois ans.

L'assassinat du lord anglais

Nous sommes le 5 août 1952, à Lurs, au bord de la Durance, dans les Basses-Alpes, aujourd'hui les Alpes de Haute-Provence. Il y a là une ferme, la ferme de La Grand'Terre, propriété de Gaston Dominici, patriarche d'une famille nombreuse. Avec lui vivent sa femme, ses fils, ses filles, leurs conjoints et leurs enfants. Un matin, un des fils de Gaston, Gustave, se lève à 5 heures. La veille, sa mère a oublié de fermer la vanne d'irrigation sur un champ de luzerne, provoquant un éboulis sur la voie ferrée qui passe juste en dessous de la propriété. Gustave veut vérifier que ça ne s'est pas aggravé pendant la nuit. La SNCF ne rigole pas avec les talus qui s'effondrent sur la voie, ils pourraient faire payer aux Dominici les frais de réparation d'un déraillement. Et la famille ne peut pas se permettre ce genre de dépenses, elle est ruinée. En chemin, Gustave fait une découverte macabre : en contrebas, sur le talus, gît le corps d'une petite fille d'environ dix ans, le crâne défoncé. Quand il entend une moto approcher sur la route, il s'approche et fait de grands gestes. « À l'aide ! Arrêtez-vous !

— Que se passe-t-il ?

— Aidez-moi ! Il faut prévenir les gendarmes ! Je viens de trouver une petite fille morte sur le bord de la route ! »

Le motard, un certain Jean-Marie Olivier, file alors vers la gendarmerie d'Oraison pour avertir les secours.

Lorsque le capitaine de gendarmerie Albert arrive sur place à 7 heures du matin, il découvre non pas un mais trois cadavres. Car entre-temps, les Dominici ont retrouvé les corps d'un homme et d'une femme, vraisemblablement les parents de la petite, qui gisaient à côté de leur voiture, une Hillman vert amande. Le capitaine Albert s'approche. Contrairement à la petite, ils n'ont pas la tête fracassée mais ont été tués par balle. Le bruit s'est rapidement répandu aux alentours et, très vite, des gens du coin viennent voir par eux-mêmes, piétinant allègrement la scène du crime. Personne ne semble s'en inquiéter. Nous sommes en plein mois d'août, les effectifs de police sont réduits. On attend donc la police judiciaire de Marseille, qui n'arrivera que bien plus tard. En attendant, la journée avance, et il fait très chaud. Les gendarmes, craignant que les corps ne soient dévorés par les mouches avant même l'arrivée des autorités marseillaises, décident d'examiner eux-mêmes les morts et de fouiller la voiture. Là, ils retrouvent des papiers d'identité. L'homme est un lord anglais, rien de moins, sir Jack Drummond. Il avait soixante et un ans. Il a été tué d'une balle dans le dos. Sa main a été transpercée par une autre balle. Les policiers notent que ses lacets sont défaits. Sa femme, Anne, quarante-cinq ans, est en chemise de nuit. Et leur fille, Elizabeth, n'avait que dix ans.

Gustave Dominici est immédiatement interrogé. « Savez-vous ce qu'ils faisaient ici ?

— Eh bien ils dormaient, pardi ! Vous n'avez pas vu les lits de camp ?

— Et vous pensez qu'ils dormaient là, sans tente et sans caravane ? Un lord qui dort au bord de la route, ça ne vous paraît pas bizarre ? »

Il semble pourtant bien que la famille Drummond ait dormi là, à la belle étoile. Dans l'herbe, il y a deux lits de camp. La petite devait dormir dans la voiture, il y a une couverture sur la banquette arrière.

La police judiciaire de Marseille n'est toujours pas arrivée. Les cadavres commencent à s'endommager. On décide alors de faire venir le médecin du patelin, le Dr Dragon, pour faire les premières constatations avant que l'examen des corps ne devienne impossible. Il remarque en premier lieu que les corps des parents sont plus rigides que celui de la petite. Cela indique qu'elle a été tuée après eux. Il suppose aussi que la mère, en chemise de nuit et dont le cadavre a été retrouvé assez loin de la voiture, a dû être déplacée, car elle ne présente pas de griffures aux pieds. Les gendarmes ordonnent ensuite que l'on transporte les corps à l'institut médico-légal le plus proche.

Le commissaire Edmond Sébeille arrive enfin de Marseille, mais trop tard pour voir la scène de crime avec les corps en place. Il décide tout de même d'examiner les lieux et la voiture. Dans l'herbe, il retrouve des douilles et des balles neuves de carabine. Il repère également un impact de balle sur le muret du pont qui enjambe la voie ferrée, là où a été retrouvé le corps de la petite Elizabeth. Il se dit que l'assassin a dû tirer sur l'enfant, la manquer, et finir le travail à la main. Ce qui frappe surtout le commissaire Sébeille, c'est la proximité de la ferme des Dominici avec la scène de crime. Seulement 150 mètres les séparent. Pour le commissaire, les habitants de la ferme ont forcément entendu les coups de feu. Il décide de leur rendre une petite visite, pour en avoir le cœur net. Il est accueilli par Gaston, le patriarche. « Vous avez vu quelque chose, cette nuit ? Ou entendu quelque chose ? Des coups de feu par exemple ?

— Bien évidemment que j'ai entendu ! Sept coups de feu en pleine nuit, ça vous réveille !

— Et vous n'êtes pas allé voir ce que c'était ?

— Dites donc, gamin ! C'est plein de braconniers dans le coin ! Si vous croyez que je me lève à chaque coup de fusil ! Pour prendre du plomb dans les fesses, à mon âge, non merci ! » Ils sont interrompus par l'un des hommes du commissaire, qui arrive en courant. « Commissaire, commissaire ! On a retrouvé une arme ! Elle était au fond de la rivière.

— Ne me faites pas croire que vous avez plongé au fond de la Durance ?

— Elle était dans les basses eaux, pas très loin du rivage. En été, il n'y a que quelques centimètres d'eau, c'est pas dur d'y aller à pied. »

Et il s'agit bien d'une carabine. Une Rock-Ola américaine, qui doit dater de la guerre. Sébeille remarque que la crosse est fissurée. « C'est avec ça qu'on a dû fracasser la gamine... » se dit-il. Comme on a retrouvé des balles neuves sur le sol, il se dit aussi que la personne ne savait pas se servir de l'arme. Il décide de continuer d'interroger les Dominici, à commencer par Gustave et puis la mère, Marie, que son mari surnomme la vieille sardine.

Celle-ci a une drôle d'histoire à raconter. Elle explique qu'elle a été réveillée par des bruits de moteur pendant la nuit. En allant regarder par la fenêtre, elle a vu une moto et un side-car s'arrêter près de la ferme. Un homme est descendu de l'engin et a crié quelque chose dans une langue étrangère. Ils sont partis et sont repassés un peu plus tard. L'assassin circulerait donc en moto.

Gustave Dominici, lui, n'a rien d'autre à raconter que ses problèmes d'irrigation et d'éboulis sur la voie ferrée, comme s'il cherchait absolument à justifier sa présence sur les lieux du crime aussi tôt ce matin-là. Sébeille l'interroge : « Quand vous avez découvert la petite, pourquoi n'êtes-vous pas allé voir si les parents étaient morts, eux aussi ?

— Parce que j'ai cru qu'ils étaient partis ! J'ai cru que c'était eux qui l'avaient tuée ! »

Gaston Dominici n'est pas bête, il a bien senti l'ombre du soupçon planer sur sa famille. Du coup, il n'est pas très coopératif. Lorsque le commissaire l'interroge en français, lui répond en patois provençal. Le commissaire n'y comprend rien, d'entrée les deux hommes se braquent. Il est vrai que le commissaire Sébeille soupçonne lourdement les Dominici. Dans cette fichue famille, personne n'a entendu les mêmes choses à la même heure ! Avouez que c'est tout de même suspect.

Les obsèques de la famille Drummond ont lieu en France, le 7 août. À l'époque, les Anglais n'avaient pas le droit de rapatrier des dépouilles dans leur pays, par peur des maladies. Ils sont donc inhumés au cimetière de Forcalquier. Beaucoup de gens se rendent à leurs obsèques. Il faut dire que, huit ans plus tôt, le coin avait été libéré par des Anglais. Les gens sont reconnaissants. Avant d'être enterrés, les corps sont passés entre les mains d'un médecin légiste, un vrai cette fois-ci, qui a quelque peu douché les intuitions du bon Dr Dragon. Selon lui, si les cadavres des parents et de la petite n'ont pas la même rigidité, ce n'est pas parce qu'elle est morte après eux, mais parce que le corps d'un enfant se rigidifie moins vite. Ils sont tous morts en même temps.

Entre-temps, les hommes du commissaire Sébeille en apprennent un peu plus sur sir Jack Drummond. C'était un grand scientifique, biochimiste et nutritionniste. Pendant la guerre, il a lutté contre la famine en mettant au point des compléments alimentaires protéinés, qui ont aussi servi à remettre sur pied les victimes de la déportation. En 1944, il a été anobli par le roi George VI. Ce n'était pas n'importe qui, mais cela ne semble pas avoir de lien avec son assassinat.

Les autres pistes ne donnent rien. On ne retrouve aucune empreinte sur la carabine, qui a passé trop de temps dans l'eau. Et rien non plus dans la voiture. Trop de curieux sont venus y traîner leurs pattes avant l'arrivée du commissaire.

Restent donc les Dominici. Les Dominici et leurs témoignages contradictoires, les Dominici et leur caractère de cochon. Le commissaire Sébeille les interroge à plusieurs reprises. Gaston, le patriarche. Marie, sa femme. Gustave, le fils, ainsi que sa propre femme, Yvette. Un autre fils, Clovis. En tout, il y a huit enfants. Et leurs témoignages sont tous plus alambiqués les uns que les autres. Il n'y a rien à en tirer. Alors Sébeille décide de rendre visite aux voisins des Dominici, les Maillet. En fouillant leur ferme, il tombe sur une cache d'armes. Sept ans après la guerre, en soi, il n'y a rien d'anormal. Il décide tout de même d'interroger le père Maillet. « Monsieur Maillet, dans la petite artillerie que vous vous êtes constitué, il ne manquerait pas une Rock-Ola par hasard ?

— La Rock-Ola ? Elle n'a jamais été à moi. En revanche, ce que je peux vous dire, c'est que Gustave Dominici vous a caché des choses.

— Ah bon ? Et lesquelles ?

— La petite Anglaise... Quand il l'a trouvée, elle était encore vivante ! »

Le commissaire reçoit la nouvelle comme un coup de massue. Gustave se serait confié à M. Maillet, il aurait découvert le corps en entendant les longs râles que poussait la fillette... Pourquoi aurait-il dissimulé une information pareille ? Le commissaire retourne voir Gustave Dominici. Et il n'a pas besoin de le secouer longtemps : « Oui, c'est vrai, la gamine était encore vivante quand je l'ai trouvée ! » Cet aveu est du pain bénit pour le commissaire. Il ne peut pas coffrer les Dominici pour meurtre, mais il peut au moins arrêter Gustave pour non-assistance à personne en danger de mort. Devant le tribunal de Digne-les-Bains, Gustave écope de deux mois de prison ferme.

Pendant plusieurs mois, l'affaire piétine. C'est le témoignage d'un neveu de Gustave, Roger Perrin, dix-sept ans, qui relance l'enquête. Il raconte aux policiers que, lorsque Gustave a découvert les corps des parents Drummond, il a déplacé celui de la mère et récupéré des douilles. Et hop, à peine sorti de prison, voilà Gustave de retour en garde à vue. Assez vite, il reconnaît les faits. Le commissaire décide que l'occasion est belle pour interroger à nouveau la famille Dominici. Ils y passent tous. Finalement, au bout de quatre jours, Gustave et son frère Clovis craquent et accusent leur père du meurtre de la famille Drummond. Sébeille jubile. Depuis le début, il ne le sentait pas celui-là ! Il le fait venir au commissariat. Gaston Dominici est inébranlable, un véritable roc. Mais au bout d'un mois de harcèlement et d'interrogatoires quotidiens, il finit par lâcher le morceau : « J'étais sorti avec ma carabine dans l'espoir de tuer quelques blaireaux. Je suis arrivé au mûrier, j'ai guetté un bon moment. Au bout de vingt minutes, j'ai vu la dame Drummond se déshabiller. Je me suis approché d'elle. Nous avons parlé à voix basse. Je me suis livré à quelques attouchements sur sa personne. Elle était consentante. Et puis, le monsieur Drummond, qui était couché sur son lit de camp, est arrivé. Il a crié dans sa langue. Je n'ai rien compris et il s'est précipité sur moi. On s'est empoigné et j'ai récupéré ma carabine. Ça a mal tourné. »

Il précise aussi que la carabine Rock-Ola lui appartenait, et que c'est lui qui l'a jetée dans la Durance. Et voilà ! Des aveux en bonne et due forme ! Affaire classée ? Non, car, dans le témoignage de Gaston Dominici, des éléments ne collent pas avec les autres témoignages. Notamment les horaires.

Fin 1953, le juge d'instruction Roger Périès décide d'organiser une reconstitution du crime, sur les lieux même où il a été perpétré. Il n'y a pas d'avocats sur place mais, à l'époque, ce n'est pas très grave. L'essentiel, c'est que Gaston Dominici soit là et, surtout, qu'il ne revienne pas sur ses précieux aveux. Mais non, il assume toujours, il coopère même, emmenant le juge d'un point à un autre, réinterprétant, un à un, chacun des meurtres. Tout à coup, il se met à courir vers le pont qui enjambe le chemin de fer. Deux policiers le rattrapent *in extremis*. Il allait se jeter du pont ! Le juge Périès en conclut que, s'il a cherché à se suicider, c'est qu'il est forcément coupable. D'ailleurs, à peine remis de ses émotions, Gaston Dominici reprend le procès-verbal de la reconstitution, sur lequel il est écrit noir sur blanc « Je les ai tués tous les trois », et il la signe.

Ensuite, le juge fait le minimum, comme dans toutes les enquêtes où il y a eu des aveux signés. Il ne cherche pas à aller plus loin, à éclaircir certaines zones d'ombre. Pourquoi, par exemple, on n'a pas constaté de griffures sur les pieds de la petite Elizabeth, alors qu'on l'a retrouvée pieds nus, très loin de la voiture ? Ou encore, pourquoi le corps d'Anne, la mère, a été déplacé ? L'affaire est bouclée. Mais un mois plus tard, retournement de situation ! Gaston Dominici se rétracte. Il prétend qu'on l'a menacé, qu'on l'a fait chanter, et que c'est uniquement pour cette raison qu'il a avoué. Le commissaire Sébeille est bien embêté. Il retourne interroger les Dominici. Et tous changent de version. Yvette, la femme de Gustave, qui avait dit avoir entendu son beau-père se lever dans la nuit, prétend maintenant qu'elle n'a rien entendu du tout. Gustave retire son accusation. Clovis, lui, maintient l'accusation mais change complètement de version à chaque nouvelle interrogation. Il y a de quoi devenir fou ! Et ce n'est pas terminé. Maintenant, Gaston le patriarche accuse son propre fils, Gustave. Mais qu'est-ce que c'est que cette famille ? Comme ils ont tout de même des aveux signés, le juge et le commissaire décident de faire comparaître le père devant la cour d'assises. Ils pourront peut-être y voir plus clair dans cette histoire de fous !

Le procès de Gaston Dominici s'ouvre le 17 novembre 1954 devant la cour d'assises des Basses-Alpes, à Digne-les-Bains. Avec, il faut le dire, une légère pression venue tout droit du Royaume-Uni. On a tout de même assassiné un lord et sa famille ! Près de cent soixante-quinze journalistes ont fait le déplacement pour l'occasion, et notamment des photographes qui, grâce à une toute nouvelle invention, le bélinographe, peuvent désormais envoyer leurs photos le jour même à leurs rédactions. On n'arrête pas le progrès ! Au premier rang, l'écrivain Jean Giono assiste au procès. Il y a tellement de monde que l'on est obligé d'installer des haut-parleurs à l'extérieur de la salle d'audience, afin que personne ne perde une miette du procès. Gaston Dominici fait son entrée dans le box des accusés. Les flashs crépitent. Avec sa moustache, ses cheveux blancs et son air paysan, il inspire la sympathie. Ce serait donc lui qui aurait tué ces trois Anglais ? On commence la lecture de son pedigree.

« M. Gaston Dominici, né à Digne-les-Bains le 22 janvier 1877 de père inconnu. Après une scolarité médiocre, il a été placé comme ouvrier chez des paysans. Il a effectué son service militaire entre Lyon et Gap à l'âge de vingt et un ans, puis est revenu au pays, où il a épousé Marie Germain, alors enceinte d'un autre homme. Gaston Dominici est resté ouvrier agricole de longues années, entre autres au monastère de Ganagobie. Il a eu huit enfants avec sa femme Marie. Il a acquis le domaine de La Grand'Terre en 1922. Et c'est au prix de ses efforts qu'il y a emménagé en 1932 avec sa famille. Il y élève des chèvres, tandis que son fils Gustave s'occupe des prés. » On aurait pu ajouter que Gaston Dominici a été décoré en 1924 de la médaille de la Reconnaissance et du Dévouement, après avoir aidé à l'arrestation d'un bandit, qui a plus tard été condamné à mort et exécuté. Gaston prend lui-même la parole pour ajouter un détail : « J'ai aussi été, pendant dix-huit ans, conseiller municipal à Ganagobie. » Un détail qui embête le président, qui venait de le décrire comme vivant en marge de la société. D'ailleurs, on aurait tort de le prendre pour une andouille, Gaston. Certes, il ne comprend pas toujours la finesse des formulations des magistrats ou des experts, mais il parvient toujours à s'en sortir par une pirouette. Lorsqu'on lui demande de s'expliquer sur ses aveux, il répond : « On m'a cuisiné, sans boire et sans manger, de cinq heures du soir à huit heures du soir le lendemain... Si on vous prenait comme cela, monsieur le président, vous feriez comme j'ai fait. » Il prétend même que le commissaire qui l'a interrogé a mis de la drogue dans son café. Sur ces entrefaites, la première journée du procès s'achève.

Au deuxième jour du procès, on s'intéresse à la santé mentale de Gaston Dominici. Un médecin vient expliquer qu'il est sain mentalement, qu'il ne présente aucun problème de mémoire. Le président lui demande alors : « Est-ce que M. Dominici est, selon vous, un obsédé sexuel ?

— Je ne pense pas... », répond le médecin, désarçonné.

Car le président vient de mettre le doigt sur un point sensible du dossier. Le sexe. Dans ses aveux, Gaston Dominici a dit que ce qui avait tout déclenché, c'était ses rapports avec Mme Drummond, qu'il avait vue en train de se déshabiller. Sauf que le commissaire Sébeille, interrogé à son tour sur ce point, avoue que c'est lui qui a soufflé cette idée à Dominici. Allons bon ! C'est vous dire la valeur de ces fameux aveux...

On fait ensuite témoigner le médecin légiste, le Dr Nalin, qui répète quasiment au mot près ce qui est écrit dans son rapport. Il pense que les trois Anglais ont été tués en même temps. Il précise aussi que la petite Elizabeth a reçu deux coups sur la tête. À ce moment-là, l'un des avocats de Gaston bondit de sa chaise : « Ah bon ? Elle a reçu deux coups ? Il me semble que, pendant la reconstitution, mon client n'a donné qu'un seul coup sur sa tête ! Voyez plutôt le procès-verbal, c'est écrit ! Cela vous donne une idée de la valeur de ces aveux, et de cette reconstitution ! Une pantalonnade ! »

Arrivent ensuite les témoins. Et un incident ne va pas jouer en la faveur de Gaston. Roger Perrin, son petit-fils, celui qui avait accusé Gustave d'avoir déplacé le corps de la mère et d'avoir ramassé des douilles, arrive à la barre. Là, Gaston devient comme fou, il se met à l'accuser du meurtre. Roger est évacué. Arrive ensuite Yvette, la belle-fille. Elle raconte un détail : « Le matin du meurtre, j'ai vu le pantalon de Gaston qui séchait sur le fil, dehors... » Ce qui laisse entendre qu'il l'aurait lavé peu de temps auparavant. Pour effacer des taches de sang ? Difficile à dire car, hormis Yvette, personne ne parle de ce pantalon. Quand arrive la fin du procès, il n'y a plus que Clovis pour accuser son père de meurtre. Son audition dure plusieurs heures, au cours desquelles la famille Dominici se déchire devant la cour. « Menteur ! Complotiste !

— Je vais vous dire la vérité, Clovis a menti tout le temps, même au juge ! Ah salaud va ! T'es qu'un salaud !

— Il l'a bien monté son complot ! Ils ont bien monté tout ça ! Et maintenant il m'accuse ! Menteur ! Misérable ! Braconnier de jour et de nuit ! » Au milieu de tout ça, le juge s'époumone : « Employez un langage plus châtié, je vous prie ! »

Voilà ce qu'est le procès Dominici. Une famille entière qui s'écharpe et se déchire devant la cour, sans jamais avoir expliqué ce qu'il s'était vraiment passé. Dans son réquisitoire, l'avocat général Rozan demande la peine de mort. « N'ayez pas pitié de cet homme. A-t-il eu, lui, pitié d'une enfant de dix ans ? » C'est ce que vont faire les jurés. Le 28 novembre 1954, à 14 h 30, ils condamnent Gaston Dominici à mort. Quand les gendarmes l'emmènent, il crie :

« Les salauds ! Ah les salauds ! » Il est incarcéré l'après-midi même à la prison Saint-Charles de Digne.

Mais, peu de temps après, tous ceux qui ont assisté au procès, et notamment les journalistes, se posent des questions. On l'a trouvé étrange, ce procès. Les journalistes écrivent qu'il n'a pas permis de révéler la vérité sur le triple meurtre, que l'enquête a été bâclée. De leur côté, les avocats de Gaston s'agitent aussi. Ils disent que leur client a fait des révélations capitales. Que, s'il n'a rien dit au procès, c'est parce qu'il était persuadé qu'il allait être acquitté au bénéfice du doute. Manœuvre ou vérité ? Toujours est-il que, dans une lettre à sa fille Clothilde, Gaston écrit qu'il ne veut pas être condamné à la place de Gustave. Est-ce donc cela, la fameuse révélation capitale ? Gustave serait le tueur ? Maintenant qu'il est condamné, il le balance ?

À Paris, on commence à voir d'un mauvais œil ce procès bâclé et cet encombrant condamné à mort. Alors, le ministre de l'Intérieur de l'époque, un certain François Mitterrand, nomme une mission d'information constituée de deux commissaires, qui rendent visite à Gaston à la prison des Baumettes, où il a été transféré. Gaston leur explique que, quelques jours après le crime, il a surpris une conversation entre Gustave et sa femme, Yvette. « Yvette a prononcé le mot bijoux, j'ai pensé qu'elle voulait que Gustave lui en offre. Puis j'ai entendu Yvette dire “Et la petite ?” Gustave lui a répondu qu'elle était évanouie. Yvette lui a demandé qui l'avait portée. Et Gustave a répondu “Roger”. » Il dit qu'il n'a pas écouté la suite, qu'il a eu peur de se faire surprendre. Selon lui, ce serait donc Gustave et Roger qui auraient fait le coup. Il explique aussi que la carabine appartenait aux parents de Roger, et donc à sa propre fille, Germaine. Voilà. La parole du père contre celle du fils. Lorsque le journal *Le Provençal* interroge Gustave et Yvette à ce propos, ils répondent : « Pépé n'a plus toute sa raison. »

Les deux commissaires chargés de la mission d'information se rendent à Lurs afin de procéder à de nouvelles auditions. Ils tombent eux aussi dans ce sac de nœuds. En octobre 1955, ils rendent leur rapport. Ils y concluent que Gaston Dominici n'a sans doute pas commis le triple meurtre seul, mais ils sont incapables de dire qui a agi avec lui. Ils pensent que le mobile du meurtre est le vol. L'affaire se termine en eau de boudin.

En 1957, néanmoins, le président René Coty commue la peine de Gaston Dominici en réclusion à perpétuité. Depuis, les théories les plus folles circulent à propos de cette sombre histoire, qui demeure aujourd'hui encore un mystère. Certains prétendent que les Dominici gardaient, depuis la fin de la guerre, un trésor que Lord Drummond était venu récupérer. D'autres disent que les trois Anglais ont été assassinés par le KGB. D'autres encore pensent que Drummond était un espion anglais, venu à Lurs pour récupérer des informations sur une usine chimique voisine. Ah, les éternelles théories du complot...

Les années passent, et l'opinion commence à critiquer le fait que Gaston soit maintenu derrière des barreaux à l'issue d'une enquête aussi bâclée. On réclame sa libération. Et le général de Gaulle entend cette demande. Le 14 juillet 1960, il gracie Gaston Dominici, qui sort de prison. Interrogé par des journalistes, il explique : « Quand on est pas coupable, de souffrir comme j'ai souffert, c'est malheureux. Mais je n'ai pas de regrets, j'ai été bien soigné, un docteur m'a guéri. Maintenant je suis mieux, je suis content de rejoindre ma famille. »

D'abord assigné à résidence chez sa fille puis envoyé à l'hospice, le vieux Gaston Dominici meurt le 4 avril 1965 à l'âge de quatre-vingt-huit ans. Son degré d'implication dans le triple meurtre de la famille Drummond n'a jamais été établi.

L'héritière dépouillée

Il y a tous les péchés, dans cette nouvelle histoire. De la perversité, de l'avidité, de la jalousie… Et même de la politique ! Nous sommes en 1987, en plein dans les années Mitterrand.

En avril 1987, à Toulon, Jeanne Deschamps apprend par hasard que sa sœur Suzanne est morte sept mois auparavant. Vous imaginez ? Sept mois ! C'est un antiquaire ami de la famille qui l'a prévenue. Surpris de voir le tableau préféré de Suzanne, un Murillo, vendu au Louvre par Christie's au cours d'une vente aux enchères, quelques semaines seulement après sa mort. Si Jeanne n'était pas au courant, c'est parce que les deux sœurs n'étaient pas très liées. Cela faisait des années que Suzanne avait coupé les ponts avec sa famille pour vivre sa vie comme elle l'entendait. J'ai oublié de vous préciser un détail. Le nom complet de Suzanne est Suzanne Barou de la Lombardière de Canson, héritière de la famille Canson, la célébrissime marque de papier à dessin. En 1928 elle avait épousé un cousin, par convenance. Mais elle l'avait aussitôt quitté pour une femme de dix ans son aînée, se marginalisant ainsi de sa riche famille. Son père avait néanmoins continué à l'aider financièrement et, à sa mort en 1958, elle s'est retrouvée définitivement à l'abri du besoin grâce à un colossal héritage. Grâce à sa fortune, Suzanne a toujours vécu une vie libre de contraintes, vivant au grand jour des histoires d'amour avec des femmes. Plus récemment, on la savait en ménage avec une certaine Joëlle Pesnel. On raconte que les deux femmes menaient la grande vie, enchaînant les séjours dans des palaces de la Côte d'Azur. Tout cela était bien évidemment financé par Suzanne.

Mais maintenant que Suzanne est morte, qui a touché l'héritage ? Certainement pas sa sœur Jeanne, elle ne savait même pas que sa sœur avait disparu. Pourtant, logiquement, c'est elle qui aurait dû hériter, Suzanne n'ayant pas eu d'enfant. Le 9 juin 1987, après quelques semaines de réflexion, Jeanne décide de porter plainte. Le dossier atterrit sur le bureau du juge Bernard, à Toulon. Pour lui, c'est une aubaine : il est passionné d'art ! Ça va le changer des affaires de drogue et de vol à main armée.

Il envoie tout d'abord les gendarmes à La Valette-du-Var, dans la banlieue de Toulon, afin de recueillir des informations sur la fameuse Joëlle Pesnel. Leurs premiers retours sont pour le moins inquiétants. On leur a décrit Joëlle comme une femme blonde, vulgaire et désagréable qui, lorsqu'elle parlait de Suzanne, disait toujours : « Oh, c'est ma vieille tante un peu folle, je l'ai recueillie par charité. » On leur raconte aussi que la « vieille dame » ne sortait jamais, que la maison était toujours fermée, personne n'y a jamais mis les pieds. Un voisin se souvient avoir entendu, plusieurs fois, des cris de douleur. Et la voisine d'en face dit qu'un jour, elle a pris en stop une femme de ménage, qui sortait de la maison de Joëlle Pesnel. La femme lui aurait raconté que la vieille dame était enfermée dans une pièce, qu'elle passait son temps à taper contre la porte pour sortir et qu'on ne lui donnait rien à manger, à part des crackers et du pain. La voisine ajoute une dernière chose. Les deux femmes recevaient très rarement, mais un jour, elle a vu sortir un homme de la maison, Me Boissonnet, un avocat connu à Toulon.

Voilà tout ce que les gendarmes rapportent au juge. C'est un début, mais c'est prometteur.

Le juge décide ensuite d'interroger l'antiquaire, M. Celotti, celui qui a prévenu Jeanne. Il explique qu'il était ami avec Suzanne de Canson et qu'elle lui avait confié plusieurs tableaux à vendre, dont le fameux *Gentilhomme sévillan* de Murillo. Mais, quelque temps après, elle avait changé d'avis et était venue récupérer le tableau, accompagnée de deux personnes : Joëlle Pesnel et Me Boissonnet. L'antiquaire dit aussi que, ce jour-là, il a eu du mal à la reconnaître. Elle qui était d'habitude si élégante, si sûre d'elle, si dure en affaires, était désormais négligée, mal habillée et, surtout, complètement éteinte. « Pour vous dire la vérité, j'ai eu l'impression qu'elle était... sous influence. » Il ajoute qu'il s'est vraiment inquiété lorsqu'il a vu le même tableau de Murillo, quelques mois plus tard, dans le catalogue de vente de Christie's. D'autant que le catalogue attribuait la propriété du tableau à une certaine Jeanne Chappuis, décédée en 1979, ce qui était forcément un mensonge !

Après cet entretien très révélateur, le juge décide de se renseigner sur Joëlle Pesnel.

Officiellement, elle est artiste peintre. Elle a vaguement étudié aux Beaux-Arts et signe ses toiles du nom de Kandis Kandy. Mais les connaisseurs disent qu'elle peint comme un pied. En revanche, ça doit être une belle femme. Ex-miss Toulon, elle a épousé un marin, puis un autre, avant de tenir un bar dans la vieille ville, Le Chicago. Mais son mari a tué un client lors d'une rixe et le bar a fermé. Beaucoup plus intéressant, elle a été mise en cause dans une affaire de faux tableaux. Elle a cherché à vendre de faux Mirò, de faux Balthus et de faux Chagall... rien de moins ! En ce qui concerne Me Boissonnet, le juge le connaît forcément. À ce stade, on pourrait très bien les placer en garde à vue tous les deux. Mais le juge préfère attendre encore un peu. Cela n'empêche pas d'enquêter dans leur dos !

C'est ainsi qu'il apprend comment Suzanne et l'avocat se sont rencontrés. À l'époque, elle venait de se faire larguer, à plus de soixante-dix ans, par sa compagne de longue date, qui était partie en Suisse, emportant au passage quelques tableaux. Me Boissonnet était intervenu et avait récupéré les toiles. Pour Suzanne, c'était un véritable héros, elle l'adorait. C'est même lui qui lui avait présenté Joëlle Pesnel, une de ses anciennes secrétaires.

Pendant ce temps, les gendarmes interrogent plusieurs femmes de ménage, qui ont travaillé pour les deux femmes. « Suzanne ? Elle était enfermée toute la journée dans la chambre, la pauvre, elle criait et tapait sur la porte pour qu'on la laisse sortir. Mme de Pesnel était la seule à pouvoir s'en occuper. » Oui, vous avez bien lu, Joëlle s'est ajouté une particule. « Mme Suzanne vivait toujours dans le noir, Mme de Pesnel avait enlevé l'ampoule dans sa chambre. Il n'y avait qu'un sommier, qu'elle lavait à la Javel. » « Une fois, j'ai retrouvé Mme Suzanne en train de manger sa couche... Elle disait qu'elle avait faim.

— Et vous n'avez jamais rien dit ?

— Ben, disons qu'on n'était pas trop déclarées... »

Atterré par toutes ces horreurs, le juge Bernard se dit qu'il a réuni suffisamment d'éléments pour arrêter Joëlle et son ami avocat. Mais avant cela, il lui reste encore une chose à vérifier. Le tableau de Murillo a été racheté par le Louvre. Le juge veut savoir dans quelles conditions exactement cette vente a été faite. Ni une ni deux, le voilà à Paris. La démarche n'est pas officielle, mais il aimerait prendre connaissance du dossier d'acquisition du tableau. Après des heures d'attente et des passages dans plusieurs bureaux, il finit par récolter de précieuses informations. Le Louvre a court-circuité Christie's en achetant le tableau 5 millions de francs, soit la moitié seulement de sa valeur réelle. L'argent a été versé à un notaire de Genève, qui gère la succession de la dénommée Jeanne Chappuis.

Or, cette Jeanne Chappuis s'avère être, tout simplement, la grand-mère de Joëlle Pesnel ! Ça y est, il peut y aller. Le 15 juin 1988, à 6 heures du matin, les gendarmes se présentent au domicile de Joëlle pour l'interpeller. Ils doivent également perquisitionner son appartement. À l'intérieur, le bazar est indescriptible. Des piles de dossiers jonchent le sol, et il y a des tableaux absolument partout. On se croirait au musée. Dans le portefeuille de Joëlle, les gendarmes trouvent une photo de Suzanne. Une photo qui fait peur. On y voit une vieille femme squelettique, les joues creusées, le regard vide, le visage encadré par des cheveux raides et sales. Pire, elle porte une barbe…

En garde à vue, Joëlle Pesnel joue les outragées : « Je me suis occupée d'elle comme une fille se serait occupée de sa mère ! Et je préfère vous prévenir, j'ai des relations, je connais un ministre ! » Elle prétend connaître Jack Lang, mais c'est un mensonge. On fouille les centaines de papiers retrouvés chez elle. C'est une véritable mine d'or. Les gendarmes y retrouvent, pêle-mêle, des attestations de don de tableaux signés par Suzanne et un testament, signé d'une main tremblante. Joëlle Pesnel est immédiatement inculpée pour séquestration, falsification et vol. Dans la foulée, Me Boissonnet est également placé en garde à vue. Il prétend n'avoir rien à voir avec tout cela, il dit qu'il n'a fait qu'aider Suzanne, par pure charité chrétienne. Mensonge éhonté ! Les gendarmes retrouvent la trace de deux chandeliers en argent massif qu'il avait confiés à un vendeur suisse. Un cadeau de Suzanne. Il est inculpé à son tour. Mais le juge n'est pas complètement satisfait. Il manque des tableaux, des Watteau, des Fantin-Latour, un Rembrandt… Des tableaux d'une telle valeur n'ont pas pu s'évaporer dans la nature, il y a forcément un intermédiaire. C'est la secrétaire de Joëlle qui va cracher le morceau, pas mécontente de se venger de sa patronne qui ne l'a jamais payée ni même déclarée. Et sa révélation fait l'effet d'une bombe. Elle parle en effet d'un ténor du barreau, l'un des plus grands avocats français, le renard argenté des prétoires : Paul Lombard, qui est par ailleurs spécialiste des marchés de l'art. C'est lui qui a réglé la succession Picasso, c'est vous dire s'il connaît la machine ! Selon la secrétaire, c'est lui qui aurait négocié la vente du Murillo avec le Louvre, en contournant Christie's.

À partir de là, l'histoire dépasse la simple escroquerie entre deux femmes. Il semblerait qu'on soit sur une très grosse affaire, impliquant le Louvre, Paul Lombard et, maintenant, la presse, qui va se délecter. En octobre 1988, le cabinet de Paul Lombard est perquisitionné. En fouillant dans ses papiers, on apprend qu'il a touché 400 000 francs de commission sur la vente du Murillo, une jolie somme. Et l'on découvre qu'il a réglé des notes d'hôtel à Joëlle Pesnel. Il finit chez le juge, en qualité de témoin. Mais cela fait beaucoup de bruit car Lombard, avocat et franc-maçon, a ses entrées chez les socialistes. Il a notamment été l'avocat de Gaston Defferre, ministre de l'Intérieur de Mitterrand, et le Président lui-même, quelques jours plus tôt, l'a élevé au grade d'officier de la Légion d'honneur. On lui a parlé de l'Académie française... La pression est donc grande sur le « petit » juge Bernard en charge de cette affaire sordide. Paul Lombard dit qu'il a agi de bonne foi et en avocat, avant d'ajouter : « Et je n'ai jamais douté du bon droit de Mme Pesnel. » Tant qu'on n'a rien de plus contre lui, ça peut passer. Mais, le 21 décembre, *Le Canard enchaîné* révèle que Paul Lombard savait que les tableaux provenaient de l'héritage de Suzanne de Canson. Le journal produit même un document écrit de la main de l'avocat, le détail de l'héritage... Il est immédiatement mis en examen pour recel, complicité et usage de faux en écriture privée. Bien sûr, il échappe à la prison, le parquet s'y est fermement opposé. Mais sa liberté est toute relative : il doit verser une caution d'un million de francs, il lui est formellement interdit de contacter les témoins ou inculpés de cette affaire et, pour l'instant, il n'a plus le droit d'exercer son métier d'avocat.

Désormais, des camions-régie sont garés en permanence devant le palais de justice de Toulon. La présence du Louvre dans cette histoire fait frétiller les médias. La direction du prestigieux musée était-elle au courant de l'origine du Murillo ? Il se pourrait que oui, figurez-vous. L'infatigable Edwy Plenel écrit dans *Le Monde* : « M. Rosenberg a fermé les yeux sur l'origine douteuse du tableau dans l'espoir de réaliser une bonne affaire au profit du patrimoine national. » Pierre Rosenberg, le directeur des peintures anciennes au Louvre : dans les papiers de Joëlle Pesnel, on a retrouvé une lettre de sa main, adressée à Suzanne, dans laquelle il lui proposait d'acheter son Murillo. La transaction ayant été faite avec une madame Chappuis, il savait forcément que ce n'était pas la vraie propriétaire de l'œuvre. Le voilà lui aussi mis en examen pour recel.

Pour boucler son dossier, le juge Bernard doit établir précisément les responsabilités de chacun. Mais, entre-temps, il a été nommé vice-président du Tribunal de grande instance de Lille. Une « promotion ». Lui-même reconnaît que c'est un soulagement : les pressions du procureur et du ministre, du barreau, de la presse... Tout cela l'a fatigué. Il doit même faire accompagner ses enfants à l'école par des gendarmes. Cinq jours avant sa mutation, Joëlle Pesnel passe aux aveux. Elle admet avoir dépouillé Suzanne de Canson, reconnaît que le testament est un faux et, cerise sur le gâteau, désigne Paul Lombard comme le cerveau de toute cette affaire ! Pour la défendre, le sulfureux Me Vergès, son avocat, explique au journal télévisé : « Cette affaire est révolutionnaire ! Ce montage ne peut être que le fait d'un juriste, connaissant le droit des successions et le marché de l'art ! » Dans la foulée, l'avocat de Lombard, George Kiejman – ami du Président et futur garde des Sceaux – réplique : « Je pense que si cette affaire est révolutionnaire selon Me Vergès, il y a quelque chose qui est plus révolutionnaire, c'est peut-être Me Vergès lui-même. Il ne faut pas confondre le terrain judiciaire et le terrain politique. Les surprises ne seront pas forcément que de son fait. »

Le 11 janvier 1989, le juge Bernard est finalement remplacé par le doyen des magistrats instructeurs de Toulon. Un doyen, c'est plus rond qu'un jeune juge, ça a de l'expérience, ça a déjà avalé pas mal de couleuvres. Alors, quand il clôt son dossier, le doyen ne retient que ce qu'il peut prouver. Et, pour ce faire, il est assez sélectif. Il peut prouver la séquestration et la captation d'héritage de Suzanne Canson pour Joëlle Pesnel, et la complicité pour Me Boissonnet. En revanche, en ce qui concerne Paul Lombard, Pierre Rosenberg ou le Louvre, il n'a... rien. C'est un véritable tour de magie ! Il n'y aura pas de poursuites contre le Louvre, ni contre l'ami du Président. Lombard et Rosenberg seront certes présents au procès, mais en tant que témoins uniquement.

En octobre 1991, devant les assises du Var, à Draguignan, il n'y a que Joëlle Pesnel et Me Boissonnet dans le box des accusés. Le procès commence par le défilé des aides ménagères à la barre, qui viennent toutes décrire les conditions épouvantables de séquestration de Suzanne de Canson. Joëlle Pesnel est arrogante, mythomane, tellement insupportable que même son avocat, Me Vergès, l'a lâchée. Ou était-ce parce que, sans Paul Lombard, l'histoire l'amusait moins ? Toujours est-il qu'à l'issue du procès, Joëlle Pesnel est condamnée à treize ans d'emprisonnement, tandis que Me Boissonnet écope de quatre ans, dont un avec sursis. Paul Lombard, quant à lui, n'est jamais devenu ministre.

Il demeure tout de même une zone d'ombre, dans cette affaire : comment est morte Suzanne de Canson ? Nul ne le sait. Pas de cadavre, pas d'enquête. Sa sœur Jeanne a un temps envisagé de récupérer le Murillo, avant de renoncer. Aujourd'hui, si vous en avez envie, vous pouvez toujours aller au Louvre pour admirer *Le Gentilhomme sévillan*. Comme l'a si bien dit l'avocat de la famille Canson : « La justice et la morale sont deux choses différentes. »

Le Docteur Mystère

Cette histoire débute juste après l'été 1929, à Béziers dans l'Hérault. C'est là que vit Marie-Louise Laget, une femme de trente-huit ans, célibataire. Depuis qu'elle est rentrée de vacances, Marie-Louise ne se sent pas dans son assiette. Elle a beaucoup maigri, elle tousse, elle souffre de saignements et d'urticaire qui la démange terriblement... Elle vient de passer quelques semaines chez son frère Pierre dans le Tarn. Elle a probablement dû attraper quelque chose là-bas, mais quoi ? Son médecin, le Dr Roullaud, n'arrive pas à comprendre de quoi elle souffre, et lui prescrit des vitamines. Et assez vite, Marie-Louise se sent mieux.

Quatre mois plus tard, c'est Noël. Marie-Louise réveillonne avec sa mère et son frère. Tout se passe pour le mieux mais, dès le lendemain, Marie-Louise est de nouveau malade. Elle a passé la nuit à vomir. Inquiète, elle en informe son frère. C'est un dentiste, certes, mais il pourra peut-être l'aider ! Pierre lui prescrit et lui prépare des infusions, qu'il lui apporte lui-même. Mais les breuvages n'ont aucun effet, au contraire, Marie-Louise a désormais le visage gonflé et le corps recouvert de plaques d'urticaire. Lorsqu'il vient l'ausculter, le bon Dr Roullaud pense à une intoxication alimentaire, après tout, c'est assez courant après les festins de fin d'année. Il lui prescrit également des bouillons et des tisanes. Mais l'état de Marie-Louise ne s'améliore pas et, pour qu'elle se sente moins seule et pour la dorloter un peu, sa mère et son frère viennent s'installer chez elle. Mais les tisanes n'y font rien. Fin janvier, Marie-Louise n'est toujours pas sur pied, et le Dr Roullaud ne s'explique pas son état. Son frère non plus, d'ailleurs. Il lui fait des piqûres, qui n'ont aucun effet. Pire, la santé de Marie-Louise ne fait que décliner. Elle ne tient plus sur ses jambes et a la tête qui tourne dès qu'elle tente de se lever. « J'ai les jambes lourdes, et les bras aussi... Et des engourdissements dans tous les doigts », confie-t-elle au docteur. Sa mère décide d'appeler un autre médecin, le Dr Pagès. Il vient, ausculte longuement la malade et conclut à une intoxication. Mais il est incapable de dire à quoi. Le Dr Pagès s'entretient avec Roullaud. Les deux médecins s'accordent à dire que, si l'état de Marie-Louise ne s'améliore pas très rapidement, il faudra l'hospitaliser. Pour eux, il s'agit très probablement d'un empoisonnement. Nous sommes le 1er février et les médecins décident de prévenir Pierre. « Un empoisonnement ? Ma chère Marie-Louise ? Mais comment est-ce possible ?

— L'urgence, mon cher Pierre, est que vous la conduisiez au plus vite dans une structure qui pourra la prendre en charge. À l'hôpital de Béziers ou dans une clinique, à vous de voir. Mais vous devriez appeler une ambulance. »

Pierre grimace un peu. C'est que son cabinet est installé chez Marie-Louise, alors une ambulance devant la porte, ça pourrait vite être mal interprété. On pourrait penser par exemple qu'il a loupé un de ses patients... Il finit néanmoins par céder et, l'après-midi même, Marie-Louise est conduite, en ambulance, dans une clinique à Béziers. Elle a été empoisonnée, c'est certain. Mais par qui ? Et pourquoi ?

Dans la ville, l'histoire commence à se faire savoir. Surtout, on ne peut s'empêcher de penser à Pierre. Car Pierre, voyez-vous, est déjà deux fois veuf. Sa première femme, Sarah, est morte en 1922 d'une crise cardiaque. Peu de temps après, Pierre s'était remarié avec la sœur de sa défunte femme, Suzanne. Et Suzanne est morte, elle aussi, en 1929, quelques mois seulement avant le début de notre affaire. Et maintenant, sa sœur aussi est mourante. Ça commence à faire beaucoup de décès prématurés pour un seul homme... D'autant que Pierre, depuis son second veuvage, n'a pas l'air ravagé par le chagrin. On sait que c'est un homme à femmes, qu'il a toujours collectionné les maîtresses... Et voilà, il n'en faut pas plus pour alimenter les ragots de la ville. Ce ne sont pas des accusations, mais ça y ressemble. Ce docteur n'est pas net, on meurt beaucoup trop dans son entourage !

À la clinique, Marie-Louise souffre terriblement. Elle a du mal à parler et à respirer, sa peau est couverte de taches et ses cheveux tombent. Dans son lit de douleur, elle a tout le temps de réfléchir. Et elle repense beaucoup à sa défunte belle-sœur, Suzanne. Elle se souvient qu'avant de mourir, Suzanne présentait les mêmes symptômes qu'elle, à peu de chose près. Et, peu à peu, germe l'idée que, peut-être, son frère n'est pas étranger à tout cela. À son mal, à celui de ses belles-sœurs avant elle. Marie-Louise n'est pas dupe, comme tout le monde, elle a bien remarqué que Pierre n'a pas beaucoup pleuré la mort de Suzanne. Et elle est au courant de ces histoires de maîtresses. Prudente, elle décide de rédiger un testament, dans lequel elle désigne sa mère, Marie, comme sa légataire universelle. Et surtout pas son frère. Il ne manquerait plus qu'il s'enrichisse sur sa mort, celui-là ! Puis elle fait part de ses soupçons aux infirmières. Très vite, les médecins et la religieuse qui dirige la clinique, sœur Anne-Thérèse, décident d'interdire l'entrée des lieux à Pierre Laget. Celui-ci comprend alors que sa sœur a des soupçons. Qu'il va probablement y avoir une enquête. Que de vieux dossiers risquent de ressortir. La mort de ses deux épouses, par exemple. Alors, au lieu de subir, Pierre décide d'agir. Il demande une enquête sur le mal qui ronge sa sœur. Et il coupe l'herbe sous le pied de Marie-Louise en demandant également à ce que l'on enquête sur la mort de sa chère Suzanne, à ce que son corps soit exhumé et autopsié. Un coupable demanderait-il une autopsie ? Bien sûr que non ! Mais, dans le même temps, il écrit au procureur pour annuler la demande d'exhumation. « Qu'on épargne à ma chère Suzy l'infâme souillure d'une exhumation, qu'on la laisse dormir en paix. » Il joue sur les deux tableaux, il s'adapte, il fait ce qu'il peut.

À la clinique, il s'agit maintenant d'établir de quoi souffre Marie-Louise exactement. Les analyses d'urine confirment qu'elle a été intoxiquée. Mais par quoi, pour l'instant, les médecins ne le savent pas. Ils pensent à de l'arsenic, très répandu à cette époque-là dans les cas d'empoisonnement. Et ce n'est pas très compliqué à prouver : le test de Marsh, pratiqué sur un échantillon de cheveux, révèle rapidement la présence ou l'absence de poison. Si c'est bien de l'arsenic, on le saura, le test est infaillible. Dans l'attente des résultats, Marie-Louise porte plainte pour empoisonnement sur sa personne et contre « inconnu » comme on disait à l'époque. Elle n'ose pas désigner nommément son frère. Dans la foulée, le procureur de Béziers ouvre une information et désigne un juge d'instruction. La machine judiciaire est lancée.

En premier lieu, le juge se rend à la clinique, au chevet de Marie-Louise. Celle-ci lui raconte tout : « Quand ça a commencé, ça m'a fait réfléchir. J'avais le même mal que mes pauvres belles-sœurs, qui en sont mortes. Vous comprenez, j'ai trouvé ça bizarre, monsieur le juge. Et puis, je me suis aperçue que ma maladie a commencé juste après avoir séjourné chez mon frère... Et surtout, que mon état s'est aggravé à chaque fois qu'il s'est occupé de moi. » Elle parle notamment d'un bouillon qu'il lui a préparé, et qu'il a mis un temps infini à réchauffer. Puis elle entrouvre la porte du mobile. Le juge n'a plus qu'à s'y engouffrer. Quelques années auparavant, elle a prêté à Pierre près de 172 000 francs, qu'il ne lui a jamais remboursés. Lorsqu'elle est venue les lui réclamer, Pierre s'est mis en colère. Et quelques jours plus tard, elle tombait malade. Le moins que l'on puisse dire, c'est que Marie-Louise a su convaincre le juge. Il nomme aussitôt un collège d'experts, à qui il demande toutes les analyses possibles : cheveux, sang, urines... Il veut être certain, et vite, qu'elle a été empoisonnée.

Pierre, bien entendu, a rapidement vent de tout cela. Depuis quelques mois, il a une maîtresse attitrée, Paule Belus, qui était sa secrétaire. Par mesure de prudence, il lui adresse une lettre de rupture. « Petite Paulou chérie, je viens te dire, pour que tu sois quoi qu'il arrive en dehors de tout cela, pour qu'à ton tour tu ne sois pas soupçonnée, ne serait-ce que d'être la cause de cette action qu'on m'impute... Il faut nous séparer, ne plus nous revoir, au moins tant que tout cela ne sera pas éclairé. Je sais que je vais te faire une grosse, grosse peine... » C'est mignon, cette lettre de rupture. Il n'est pas très courageux, Pierre, mais il est prudent. Le voilà maintenant seul avec sa mère, pour affronter toute cette histoire. Et le geste qui va suivre n'est pas très facile à comprendre. Est-il au bout du rouleau ? Prêt à se balancer ? Ou s'agit-il d'une ruse ? Toujours est-il qu'il adresse trois lettres annonçant sa mort prochaine. La première est envoyée à un couple d'amis, Louis et Juliette Costes. Il leur explique qu'il a des soucis d'argent, des dettes qu'il n'arrive pas à rembourser. Il leur demande de prendre soin de son fils Jean, et termine par cette phrase : « Chers amis, priez pour votre malheureux Pierre. » La deuxième, très différente, arrive entre les mains de son beau-frère, Georges : « Georges, tout est fini, le sort en est jeté ! À l'heure où tu liras ces lignes, je ne serai plus qu'un cadavre ! Je ne peux pas supporter plus longtemps le poids de cette accusation qui pèse sur moi, je sais trop que même lavé et déclaré hors de cause, elle me suivra toujours et partout, et que je suis un homme irrémédiablement perdu. » La troisième, enfin, est adressée à un journaliste, Léon Dupré, correspondant à Béziers du *Petit Méridional*. « Je vais volontairement me tuer. Pourquoi ? Vous le saurez un jour. Et dans cette perspective, je viens vous demander, vous supplier, au nom de tout ce qu'ont représenté les familles Laget, Alexandre et Leboucher, au nom de mes pauvres enfants, de ma vieille maman, de ma sœur, de faire dans votre journal et ceux de vos confrères biterrois le silence le plus absolu sur ma mort. » Ça, c'est incompréhensible. Mais ce qui est encore plus incompréhensible, c'est qu'il ne mettra jamais ses menaces à exécution. Les destinataires des lettres ne pouvaient décemment pas lui demander : « Alors, c'est pour quand ? » S'agit-il d'une ruse ? D'un moment de désespoir qui s'est finalement estompé ? Ou faut-il tout simplement voir là un homme aux abois ?

Toujours est-il que Pierre est tellement vivant qu'il se rend dans sa résidence secondaire du Tarn. C'est de là que viennent ses problèmes d'argent. Il a acheté des terres agricoles autour de sa propriété pour élever des poules. Tout cela a été financé avec l'argent hérité de sa première épouse. Mais il n'y avait pas assez. Ça coûte cher, un élevage de poules, en équipements, en salaires... Alors, Pierre a emprunté de l'argent à la banque et s'est mis à « boursicoter ». Mais au lieu de gagner de l'argent, il en a perdu. C'est à cause de cet élevage qu'il a dû emprunter de l'argent à Marie-Louise. Il a bien fait, en tout cas, d'aller passer quelques jours à la campagne, car les choses se compliquent pour lui.

Les médecins viennent de recevoir les résultats du test de Marsh. Il y a bien des traces d'arsenic dans les cheveux de Marie-Louise. Le test permet même de déterminer quand elle en a pris précisément : à Noël, pendant le réveillon qu'elle a passé en famille, puis jusqu'au 1er février, date de son arrivée à l'hôpital. Mieux encore : avec toutes les doses qu'elle a avalées, elle devrait être morte et enterrée depuis longtemps ! On lui a administré une dose de cheval, c'est un miracle qu'elle soit encore en vie ! Un miracle !

Le 10 février 1930, Pierre Laget est arrêté et incarcéré à la prison communale de Béziers. Dès le lendemain, son arrestation fait la une du *Petit Méridional*. On en parle même à Paris ! Pour nourrir son dossier, le juge veut savoir qui précisément s'est occupé de Marie-Louise entre son retour de vacances et son hospitalisation. Réponse : sa mère, son frère et la bonne, Mme Clavière. Mme Laget finit par reconnaître que, pendant les deux dernières semaines de janvier, c'est surtout Pierre qui lui préparait les repas. Et maintenant qu'il est en prison, qu'a-t-il à dire pour sa défense ? A-t-il de l'arsenic chez lui, ou dans le Tarn ? « C'est-à-dire que oui, bien sûr, j'en ai, comme beaucoup de gens à la campagne. J'ai acheté de la mort-aux-rats parce que j'avais des souris.

— Est-il vrai, monsieur Laget, que vous devez de l'argent à votre sœur ?

— Oui, c'est vrai, et je ferai tout pour la rembourser !

En revanche, il ignore qui a bien pu administrer de l'arsenic à sa sœur. C'est habile, comme défense. Il reconnaît qu'il a de l'arsenic chez lui et qu'il devait de l'argent à sa sœur, en revanche il réfute les accusations d'empoisonnement. C'est la meilleure défense qui vaille ! Le juge fait fouiller son appartement et celui de Paule, sa maîtresse. Ça ne donne rien. Il ordonne une enquête de personnalité. Mais en dehors de sa maîtresse et de ses problèmes d'argent, il n'y a pas de faille dans la vie de Pierre Laget. Paule, justement, est entendue elle aussi. « Qu'est-ce que vous voulez que je vous dise ? Oui, je le fréquente depuis le mois de mai. Il vient chez moi tous les soirs. Mais attention, monsieur le juge, il n'y dort pas. Vous comprenez, il doit veiller sa sœur qui est souffrante.

— Vous êtes sûre qu'il ne fait que la veiller, sa sœur ?

— Mais bien sûr, monsieur le juge ! Si vous saviez comme il a été peiné quand elle est tombée malade... »

Le lendemain, comme un énorme pied de nez au secret de l'instruction, l'audition de Paule est dans le journal. Et l'affaire continue de faire grand bruit à Béziers. Tous les jours, le procureur reçoit des lettres anonymes, accusant Laget d'autres meurtres. Mais le juge n'a pas besoin d'autres victimes, il a besoin de preuves ! Et, pour cela, il se rend le 14 février au cimetière de Béziers, accompagné du procureur, du légiste, et de Laget lui-même, menottes aux poignets. Là, ils font exhumer les cercueils de Sarah et de Suzanne, les deux premières épouses du dentiste. Des journalistes ont réussi à se faufiler, et tous notent l'apparente indifférence de Laget. Comme il a fait des études de médecine, il est prié d'assister aux deux autopsies. Cela dure toute la matinée. On fait des prélèvements, on referme les cercueils, et Pierre est renvoyé en prison.

Dès le lendemain, le juge décide de confronter le frère et la sœur. Mais cela ne donne rien, elle l'accuse, lui clame son innocence... La routine ! Ce qui est plus étrange, en revanche, c'est que Marie-Louise retire sa plainte contre son frère. Maintenant qu'elle sait que l'affaire est entre les mains de la justice, elle préfère se retirer. Après tout, Pierre reste son frère... Et justement, on commence à raconter que Marie-Louise, sous ses airs, aurait en fait un amant. Un Espagnol, Vincente, marié de surcroît ! On prétend qu'il est maquereau. La presse se régale de cette histoire. On murmure que Marie-Louise serait tombée enceinte et aurait attrapé la syphilis, et que, en lui administrant de l'arsenic, Pierre aurait simplement tenté de la débarrasser de l'enfant et de la maladie. Pour en avoir le cœur net, on lui fait passer une batterie d'examens. Évidemment, Marie-Louise n'a jamais été enceinte, encore moins syphilitique. Ce ne sont que des rumeurs, et le juge soupçonne Pierre lui-même d'en être à l'origine. Il le met à l'isolement, « au secret » comme on disait à l'époque, et décide de se pencher d'un peu plus près sur sa résidence secondaire du Tarn. Il fait perquisitionner la maison, mais les fouilles ne donnent rien. Le juge perd son temps. Heureusement pour lui, les résultats des analyses sur les corps de Sarah et de Suzanne tombent. Et là, il ne perd pas son temps ! Les résultats indiquent que Sarah est morte en 1922 d'une « probable intoxication arsenicale ». Suzanne, quant à elle, a succombé à une « intoxication arsenicale avérée ». Eh bien voilà ! On y est. Pierre est cuit. Il a tué ses deux épouses et a voulu tuer sa sœur, avec la même méthode. Il est immédiatement convoqué dans le bureau du juge. Mais il continue à mentir. Sarah ? « Oh, c'était il y a longtemps ! » Suzanne ? « Elle prenait un médicament, la liqueur de Fowler, vous avez dû confondre avec de l'arsenic. » Toujours pas d'aveux.

C'est à ce moment-là que le juge décide de s'intéresser de plus près aux autres morts dans l'entourage de Laget, tous ces noms qui lui avaient été suggérés par courrier et qu'il avait négligés. La tante de Pierre, par exemple, Mme Pitoiset. Morte à un âge avancé, certes. Mais Laget a touché un héritage conséquent. N'aurait-elle pas, elle aussi, avalé de la potion magique ? Le juge fait déterrer son cercueil et réaliser des prélèvements, toujours en présence de Laget, qui n'a pas l'air inquiet. Et il a de quoi : le test de Marsh revient négatif, la tante est morte de sa belle mort... En revanche, en fouillant dans ses comptes, le juge s'aperçoit que Pierre a « spolié son employée de maison ». La pauvre est illettrée, et a confié à son patron la gestion de ses finances. Celui-ci a tout récupéré et l'a placé en Bourse, avant d'arrêter définitivement de la payer.

Pierre Laget est renvoyé devant la cour d'assises de l'Hérault. En mai, il est transféré à la prison de Montpellier. Et le 3 juin 1930 s'ouvre son procès, en présence de toutes les gazettes locales et nationales, et même des correspondants du *Times* et du *Daily News*. Pour l'occasion, on a préparé des « doubles pages » sur l'affaire, des dossiers complets illustrés par des photos de Pierre, de Marie-Louise, de ses deux défuntes épouses... Soyons clairs : tous réclament la tête du dentiste. Dans les années 1930, les journalistes participent à la curée... Ce personnage sulfureux, rebaptisé par la presse le Docteur Mystère, fascine les Français qui ne veulent pas perdre une miette du procès.

Quand il arrive dans le box, on voit tout de suite que Pierre a soigné son apparence. Sa barbe, notamment, est magnifiquement coupée. « Une gravure de mode », écriront les journaux. Laget a engagé deux avocats, et leur argumentaire est simple : un médecin n'aurait jamais choisi de l'arsenic. Sachant qu'il s'agit d'un poison facilement détectable très longtemps après la mort, cela n'a pas de sens. Mais les médecins appelés à la barre parlent tous de doses très fortes, destinées à tuer. Les témoins s'accordent tous à dire que Laget était le seul à administrer les traitements à Marie-Louise. Le procès dure trois jours, à l'issue desquels Pierre Laget est déclaré coupable de l'empoisonnement de sa sœur Marie-Louise et de la mort de sa seconde femme, Suzanne. En revanche, il est acquitté pour la mort de sa première femme. On le condamne à mort par guillotine à Montpellier, où personne n'a été exécuté depuis près de trente ans. Le pourvoi en cassation ? Rejeté. Pierre Laget n'a plus qu'un seul espoir : la grâce présidentielle... Qui lui sera accordée dix jours plus tard par le président Paul Doumer. Le chef de l'État a été sensible à un rapport d'experts toxicologues, qui remettent en cause les analyses scientifiques qui ont étayé le dossier. Sa peine est commuée en travaux forcés à perpétuité. Il est envoyé au bagne, à Cayenne, sur les Îles du Salut. Très vite, il est nommé infirmier à l'hôpital, et finit même par assister le chirurgien. En 1938, sa peine est réduite à vingt ans. Et quand la guerre éclate en Europe, il est toujours là-bas.

Le 1er septembre 1944, Pierre Laget est retrouvé mort dans sa cellule. Il s'est empoisonné. À l'arsenic ? On ne le saura jamais... À ses côtés, on a retrouvé une lettre : « C'est volontairement que je me tue, non pour me faire justice mais parce que j'en ai assez. Inutile de chercher, si je vis encore quand on me trouvera, à me soigner. Avec ce que j'ai pris, ce n'est qu'une question de minutes pour que la mort soit là, rien n'y fera. Adieu à tous, et je pardonne. »

Jacques Fesch, saint et assassin

Nous sommes le 25 février 1954, à Paris, dans le quartier de la Bourse et des grands magasins. Juste en face du Palais Brogniart, au 39, rue Vivienne, il y a une boutique de change, le Comptoir de changes et de numismatique, tenue par un certain Alexandre Silberstein. La boutique est petite, mais bien placée. Il est 17 h 40, la nuit ne va pas tarder à tomber, et les employés des bureaux alentour se pressent vers la bouche de métro ou vers les bistrots du quartier. C'est à ce moment-là que deux hommes pénètrent dans la boutique de change. Silberstein reconnaît tout de suite l'un des deux, un grand blond qui est passé la veille pour commander des Napoléons. Un jeune homme très bien, élégant et poli. « Bonsoir messieurs, soyez les bienvenus. J'ai demandé à ma banque de préparer les Napoléons, ils sont là. Laissez-moi vérifier le cours du jour... Je vous fais la facture et je vous donne les pièces. » M. Silberstein appelle sa banque, prépare la facture et demande à son fils d'aller chercher les pièces. À ce moment-là, l'un des deux hommes sort de la boutique tandis que le grand blond sort lestement un revolver de sa sacoche. Il menace l'agent de change : « Vite, ton fric ou je tire ! » M. Silberstein tente de le raisonner : « Allons, allons, vous avez l'air sensé. Je suis ancien combattant. Vous rendez-vous compte de ce que vous faites ? Vous allez vous gâcher la vie ! » En guise de réponse, il reçoit un coup de crosse sur la tête. Un peu sonné, il cède et étale tout le contenu de sa caisse sur le comptoir. L'autre trouve qu'il ne va pas assez vite et lui assène un second coup de crosse. Mais l'homme est maladroit et le revolver lui échappe des mains. En le ramassant, un coup de feu part tout seul et l'homme se blesse à la main. Profitant de son inattention, l'agent de change tente de se cacher dans un cagibi. L'autre le rattrape et le frappe de nouveau à deux reprises. Assommé, Silberstein s'effondre sur le sol.

Le grand blond récupère alors tous les billets étalés sur le comptoir. Il y en a au moins pour 300 000 francs ! Il les empoche rapidement et quitte la boutique, l'air dégagé. Mais entre-temps, M. Silberstein a repris conscience, et il s'élance à sa suite en criant : « Au voleur ! Au voleur ! Vite, aidez-moi ! » Le grand blond commence à courir et, bientôt, ils sont six ou sept à le poursuivre. Il perd ses lunettes, bouscule des passants, trébuche à l'entrée de la rue de Richelieu. La meute derrière lui se rapproche... La nuit est tombée et, à la faveur de l'obscurité, le grand blond s'engouffre dans un immeuble du boulevard des Italiens après avoir semé ses poursuivants. Il monte l'escalier quatre à quatre et s'écroule sur le palier du 5e, complètement essoufflé. Il s'assoit sur les marches et tente de reprendre ses esprits. Il décide d'attendre un peu avant de redescendre se fondre dans la foule. Il tend l'oreille. Pas de bruit, pas de cri. Il peut tenter le coup. Mais arrivé devant la porte d'entrée de l'immeuble, il voit un policier monter la garde, et une foule agitée devant la loge de la concierge. Tant pis, il tente le tout pour le tout. Il prend un air dégagé et, calmement, passe devant la loge. « C'est lui ! C'est le voleur, je le reconnais ! » Il se précipite vers la porte. Le policier, le voyant arriver, dégaine son arme et la pointe sur lui : « Haut les mains, ou je tire ! » Le grand blond se retourne et plonge la main dans sa poche. On entend une détonation. Le policier s'effondre. L'homme a tiré au jugé, à travers son imperméable. Jean-Baptiste Vergne, trente-cinq ans, veuf et père d'une petite fille, est mort.

Le grand blond se remet à courir sur les boulevards, poursuivi par la foule. Il tient toujours son revolver. Un homme tente de l'attraper, il tire à nouveau et le blesse à la nuque. Il poursuit sa course folle vers la station de métro Richelieu-Drouot. Arrivé à l'escalier du métro, il tire une dernière fois, au hasard, derrière lui. Puis il dévale les marches mais, en bas de l'escalier, la porte vitrée est fermée. Il tente de l'ouvrir, sans succès, et se retrouve plaqué au sol. Ses poursuivants l'ont rattrapé. Mais lui se débat, il tente de se dégager et tire encore deux coups de feu. Finalement, on parvient à le maîtriser et on l'emmène sur-le-champ au commissariat, non sans l'avoir roué de coups. Il arrive en sang. Le gardien de la paix qui le dépose dans le hall du commissariat annonce : « Je vous amène ce gars-là... Il a tué un collègue. »

On ignore encore le nom du grand blond. Et, à cet instant, personne ne se doute que, cinquante ans plus tard, l'Église catholique voudra en faire un saint.

Le patron de la criminelle, le commissaire divisionnaire Fernet, décide de prendre lui-même la direction de l'enquête. Un policier est mort après tout. « Bonjour monsieur. Commençons par le début. Comment vous appelez-vous ? Quel âge avez-vous ?

— Fesch, je m'appelle Jacques Fesch. J'ai vingt-quatre ans. »

Et d'entrée, ce Jacques Fesch reconnaît les faits. Mais il est furieux de s'être laissé prendre. Sur son carnet, le commissaire note : « Aucun remords. Aucun regret. » Son comparse, qui l'a accompagné au bureau de change, est aussi arrêté. Il s'appelle Jacques Robbe, on le surnomme Criquet. Il dit qu'il n'était pas du tout au courant des intentions de Fesch et qu'il a été surpris. On fait également venir le pauvre M. Silberstein, qui reconnaît formellement les deux hommes. Après quoi, on les conduit tous les deux au 36, quai des Orfèvres. La suite, c'est là-bas que ça se passe.

Et ça va se passer à l'ancienne. Un tueur de flic, pensez-vous, on ne va pas lui offrir des roses ! Prudemment, le commissaire laisse jouer ses inspecteurs. Ce sont eux qui ouvrent « la machine à baffes ». Dans ces années-là, au 36, on a la main lourde. Fresh est ensuite conduit dans le bureau de Fernet pour être interrogé. « Pourquoi avoir braqué cet agent de change ?

— Je voulais de l'argent, pour m'acheter un bateau. Je voulais partir à Tahiti. Alors j'ai décidé d'attaquer un bureau de change.

— Pourquoi ne pas vous être rendu ? Pourquoi avoir tiré ?

— Ben, le policier m'a fait peur... J'ai tiré par réflexe. »

Au moins, ce Jacques Fesch a le mérite de ne pas se cacher derrière son petit doigt. Il assume, il dit tout. Mais il n'exprime aucun regret, sinon celui de s'être fait prendre. Pas un seul mot sur la victime. « Vous aviez repéré les lieux ?

— Oui, hier.

— Et le revolver, vous l'avez acheté quand ?

— Je l'ai emprunté à mon père.

— Et quand avez-vous enlevé le cran d'arrêt ?

— Je ne sais plus. »

À ce moment-là, le commissaire Fernet cherche à établir une préméditation, à prouver que c'était un assassinat. Auquel cas, pour un tueur de flic, c'est la guillotine à coup sûr. Le commissaire interroge ensuite Criquet, le complice, Pierrette, la femme de Fesch, ainsi que son père, à qui appartient le revolver. Et voilà, l'enquête est bouclée. Le commissaire la résume assez facilement : « Fesch a conçu et réalisé son projet seul. Il l'a préparé et prémédité, et il a enlevé le cran d'arrêt de son revolver à l'avance.

Il avait l'intention de tuer. Sa motivation, c'était l'argent. Dans cette affaire, son complice Criquet a joué un rôle secondaire. Il s'est fait manipuler. » Le commissaire a bouclé son enquête, il passe la main au juge d'instruction Fayon. Sur les faits eux-mêmes, le juge n'a plus grand-chose à apprendre. Fesch a avoué, et il est bien parti pour l'échafaud. Mais il reste encore une chose à éclaircir : qui est Jacques Fesch ? Quelles étaient ses motivations profondes ? Tant qu'on n'en saura pas plus, on ne pourra pas le conduire au tribunal.

Fesch est un « fils de bourgeois », comme on dit, originaire de Saint-Germain-en-Laye. Son père est un banquier, un homme assez original, par ailleurs, musicien et cultivé. Sa mère est une femme au foyer brave et dévouée. Une donnée qui a son importance, Jacques Fesch est un beau garçon. Grand, blond, les yeux bleus, les traits fins... Il a beaucoup d'allure. Mais il est aussi un peu mou. Ses amis disent qu'il est toujours dans la lune, qu'il a l'air de s'ennuyer, qu'il ne s'intéresse à rien. Au collège et au lycée, il n'a jamais posé problème, mais il passait son temps à draguer les filles, à bambocher et à courir les boîtes de jazz. D'ailleurs, il n'a pas eu son bac. Il a fait son service militaire. Rien à signaler, à part qu'il est écrit dans son dossier que c'est un « mauvais tireur ». Ironie du sort... C'est pendant son service que sa petite amie, Pierrette Pollack, tombe enceinte. Du coup, il l'épouse, comme c'était l'usage dans les années 1950, au grand dam de ses parents : Pierrette est juive, eux sont antisémites. Le couple s'installe donc chez les parents de la jeune femme. Pendant un temps, Jacques travaille même pour son beau-père. Mais il en profite pour taper dans la caisse et son beau-père, furieux, le met dehors. Pierrette aussi le met dehors : il est beaucoup trop immature, absolument pas l'idée que l'on peut se faire d'un mari, encore moins d'un père de famille. Du jour au lendemain, il se retrouve sans travail. Sa pauvre mère, désespérée, lui donne un million de francs, pour qu'il ouvre sa propre entreprise de livraison de charbon. Mais Jacques ne l'entend pas de cette oreille. Il dépense la moitié de cette somme dans l'achat d'une voiture de sport, avec des sièges en cuir vert. Une véritable arme de séduction, beaucoup moins pratique pour livrer du charbon en revanche. D'ailleurs, il ne livrera jamais de charbon. Et c'est à peu près à cette époque qu'il commence à rêver de prendre la mer. Et pour réaliser son rêve, il lui faut un bateau. Qu'à cela ne tienne, il commande un voilier neuf à un chantier naval de La Rochelle. Le problème, c'est qu'il ne sait pas comment s'offrir ce luxueux cadeau. C'est à ce moment qu'il décide de braquer un bureau de change. La suite, vous la connaissez. Jacques Fesch, du haut de ses vingt-quatre ans, est typiquement ce qu'on appelle à l'époque un « blouson doré », un petit bourgeois décadent. À ce stade, vous avez toujours un peu de mal à comprendre – et c'est bien normal – pourquoi dans cinquante ans on va vouloir élever ce garçon au rang de saint.

Jacques Fesch est incarcéré à la prison de la Santé, à Paris. Une petite cellule sale, meublée d'un lit, d'une table scellée au mur, d'un tabouret et de sanitaires. Il y mène une vie austère et rude. Lever tous les jours à 7 heures, café noir et pain pour le petit déjeuner, puis ménage de la cellule. L'après-midi, promenade d'une demi-heure, seul, dans une petite cour. Dîner à 18 heures, extinction des feux à 19 heures... On est très loin de Tahiti !

Une fois par semaine, il a droit à une visite de son avocat. Ce sont ses parents qui paient, bien sûr, et ils ont choisi l'un des meilleurs, Paul Baudet, un ténor du barreau de Paris. Seul dans sa cellule, Jacques Fesch lit beaucoup. Il y passe ses journées. Lui qui n'a rien fichu pendant toutes ses années d'études se constitue en quelques mois un solide bagage intellectuel. Il se remet aussi en question et écrit : « Je suis bien malheureux et n'arrive pas encore à comprendre comment tout cela a bien pu arriver. Que de malheurs j'ai pu provoquer ! » Serait-ce le début d'un cheminement vers la rédemption ? On dirait bien. Et, dans ce cheminement, il va trouver une aide précieuse en la personne de Paul Baudet justement. C'est un Berrichon d'origine, qui est venu à Paris pour vivre libre, car il est homosexuel. Peut-on imaginer qu'il soit tombé secrètement amoureux de son beau client ? C'est possible, mais cela restera toujours chaste. Car Paul Baudet est aussi profondément chrétien. Il va à la messe tous les matins, et a même songé à se retirer à l'abbaye de la Trappe, dans l'Orne. Finalement, il a fait vœu de chasteté et décidé de vivre sa vocation à travers son métier d'avocat. Il va donc beaucoup jouer dans l'évolution intellectuelle et spirituelle de Jacques Fesch. À chacune de ses visites au parloir, ils discutent pendant des heures. Des faits, bien sûr, de la mort du policier. Mais aussi et surtout de la souffrance, du châtiment, de la pénitence et de la rédemption. Jacques résiste un peu, il n'aime pas trop les prêtres. Il tient ça de son père. Il surnomme l'avocat la « panthère de Dieu ». En parallèle, il écrit beaucoup à sa mère, elle aussi très croyante. C'est elle qui, en octobre 1954, lui fait parvenir un livre qui sera déterminant : un ouvrage de vulgarisation sur les apparitions mariales de Fátima, autrement dit les apparitions de la Vierge Marie dans le petit village portugais de Fátima. Jacques Fesch lit le livre comme une révélation. Il découvre la foi. En mars 1955, en une seule nuit, il se convertit. Plus tard, il écrira : « Brutalement, en quelques heures, j'ai possédé la foi. Une certitude absolue. »

Il rend visite à l'aumônier de la prison. Il veut se confesser et, désormais, il veut aussi communier. Comme il est à l'isolement, il n'a pas le droit de se rendre à la chapelle. C'est donc l'aumônier qui vient lui apporter le corps du Christ, d'abord une fois par mois, puis tous les quinze jours et, finalement, tous les jours. Il lui apporte également des livres, la Bible bien sûr, mais aussi des livres sur la vie des saints, des ouvrages de piété en toute sorte. Un troisième homme va jouer un rôle primordial dans la conversion spirituelle de Jacques Fesch, un jeune moine qui vient d'entrer dans une abbaye bénédictine, frère Thomas, lui aussi originaire de Saint-Germain-en-Laye. Les deux hommes ne se connaissent pas, frère Thomas écrit à Fesch par pure charité chrétienne. Fesch met du temps à lui répondre mais, en avril 1956, il lui adresse une lettre. « Mon frère, écrit-il, "Demandez et l'on vous donnera, cherchez et vous trouverez, frappez et l'on vous ouvrira". Je suis confus de ne pas avoir répondu à ta longue lettre, mais, à ce moment-là, je ne ressentais pas ce que tu m'écrivais. Maintenant, je crois. » C'est le début d'une longue correspondance entre les deux hommes, qui va durer pendant toute l'incarcération de Jacques Fesch. Il va passer trois ans en prison, trois ans d'instruction, ce qui est long pour l'époque.

Son procès s'ouvre le 3 avril 1957 et doit durer trois jours. Sur le banc des victimes, la famille du policier assassiné et quatre syndicats de police. Quand Fesch entre dans le box des accusés, il fait sensation. Il est grand, beau, très bien élevé, très élégant dans son costume gris. Mais il arbore un air un peu froid, un peu méprisant. Il explique son mobile, son rêve de mer et l'achat du bateau. L'avocat général lui rétorque : « Il y avait d'autres bateaux qui partaient, et qui auraient pu vous tenter... Ils allaient vers l'Indochine. » C'est mal parti.

Fesch explique qu'il est myope, qu'il avait perdu ses lunettes dans sa folle course-poursuite et que, quand il a tiré sur le policier, il ne le visait pas. Dans la salle, le public gronde. On le trouve cynique. Et ça ne s'arrange pas. Quand les policiers qui l'ont arrêté et interrogé viennent témoigner, ils expliquent : « Au commissariat, je m'attendais à trouver un garçon abattu, bourré de remords. À ma grande stupéfaction, j'ai découvert un regard narquois. » Ajoutez à cela le témoignage d'une certaine Thérèse Troniou, sa maîtresse, avec qui il a eu un enfant en 1954. On fait également témoigner Pierrette, qui explique qu'elle est toujours amoureuse de lui mais qu'il est trop immature, renfermé. Elle explique qu'il ne discerne pas le bien du mal, qu'il ne parvient pas à délimiter la fiction de la réalité. « On ne lui a pas donné de sens moral, ses parents en sont responsables. » Pour l'avocat des parties civiles, Me Floriot, c'est du tout cuit ! « Quand Fesch va commettre ses crimes, il a son père et sa mère qui ont tout fait pour l'aider. Il a une femme qui l'adore, une maîtresse, des enfants... Je pose une question : que pensent tous ceux qui se sont débattus dans les pires difficultés, malades, sans argent, et qui ne cherchent, que dans des travaux souvent ingrats, à gagner leur vie ? » Dans la foulée, l'avocat général parachève la mise à mort : « J'ai cherché dans le dossier quelque chose qui me permette de faire fléchir en faveur de Fesch le fléau de la balance. J'ai cherché dans sa vie, j'ai cherché dans les faits. Je n'ai trouvé que le cancre, le jouisseur, le voleur, l'assassin. J'ai alors compris que j'ai le devoir de vous demander le châtiment suprême. » Reste à entendre la plaidoirie de Paul Baudet, l'avocat et ami de Jacques Fesch. L'exercice est difficile, d'autant que, par pudeur, il ne veut pas évoquer la conversion de Fesch. « Jacques Fesch est un être que le hasard a pris dans une action tragique. Hier, quand on le poursuivait, c'était la mort dans le tumulte, dans la déraison. Demain, à l'échafaud, ce sera la mort raisonnée et froide. La froide détermination de vos volontés. »

Le 6 avril 1957, après trois jours de procès et une heure et quart de délibéré, la cour rend son verdict. « La Cour condamne Jacques Fesch à la peine de mort et ordonne que l'exécution se fera dans l'enceinte de la maison d'arrêt de la Santé, où il aura la tête tranchée. » Jacques Fesch est exécuté le 1er octobre 1957 à l'aube.

L'histoire pourrait s'arrêter là. Mais ce n'est en fait que le début d'une autre histoire. Jacques Fesch a passé ses derniers instants à écrire. À sa femme, à sa mère, à Paul Baudet et à son ami, le frère Thomas. « Dans cinq heures, je verrai Jésus. Qu'il est bon, notre seigneur ! » Dans les années 1970, on va ressortir et publier les lettres de Jacques Fesch, dans deux ouvrages qui ont bouleversé toute une génération de catholiques : *Lumière sur l'échafaud* et *Cellule 18*. Jacques Fesch est devenu le symbole de la rédemption chrétienne, la capacité de l'homme à se racheter par la foi. La veille de Noël, en 1993, le cardinal de Paris, Mgr Lustiger, annonce l'ouverture d'une enquête préliminaire à la béatification de Jacques Fesch. Pour lui, « Personne n'est jamais perdu aux yeux de Dieu. Ne pas voir cette évidence constitue une perte du sens chrétien ».

Depuis, les choses n'ont pas beaucoup avancé. C'est long, une béatification. Mais gageons qu'un jour, ça se fera...

Crime au Palace

Cette nouvelle affaire nous emmène au cœur du Paris des années folles, dans un music-hall culte des années 1920 et 1930 à Paris, Le Palace, rue du Faubourg-Montmartre, dans le IXe arrondissement. Un lieu de spectacle décadent, qui a osé faire monter sur scène, en 1923, une danseuse totalement nue simulant un rapport sexuel. L'affaire a fait grand bruit, mais quel succès elle a eu ! La presse bien-pensante a joué les vierges effarouchées mais la salle était pleine tous les soirs ! Le Palace, dans ces années-là, c'est l'endroit où l'on s'amuse le plus à Paris. Puis, avec le succès grandissant du cinéma parlant, c'est devenu le plus beau cinéma de Paris. Tout ça sous la férule d'un homme de génie, un roi de la fête, Oscar Dufrenne.

Nous sommes au soir du 25 septembre 1933 et le comptable du music-hall toque à la porte d'Oscar Dufrenne. Il est plus de minuit, le cinéma vient de fermer et, comme à son habitude, le comptable vient saluer son patron avant de partir. Mais Oscar Dufrenne ne répond pas. Le comptable ouvre la porte et découvre le bureau plongé dans le noir. « C'est bizarre, se dit-il, j'étais pourtant sûr qu'il était encore là, je ne l'ai pas vu partir… » Inquiet, il appelle Henri Varna, l'associé de Dufrenne, qui rapplique avec un projectionniste. Tous les trois pénètrent dans le bureau et, immédiatement, comprennent qu'il s'est passé quelque chose de grave. Une flaque de sang s'étale sur le parquet et, dans un coin du bureau, il y a un étrange monticule. Quelqu'un a déposé un matelas sur le tapis. En soulevant le matelas et en déroulant le tapis, les trois hommes découvrent avec horreur le corps d'Oscar Dufrenne. Le directeur du Palace a été assassiné dans son bureau !

C'est un événement considérable, car Dufrenne n'est pas n'importe qui. C'est une véritable légende dans le monde du spectacle ! Il a commencé à seize ans en clouant des décors puis, après une petite carrière de comédien, a décroché le Graal en devenant directeur de théâtre. Et avec lui, « théâtre », c'est au pluriel. Au moment de sa mort, en plus du Palace, il dirige le Concert-Mayol, le Moncey Music-Hall, les Bouffes du Nord, le Bataclan, le Casino de Paris, le Casino de Trouville... Bref, il est à la tête d'un empire de la nuit. En plus de cela, il est aussi conseiller municipal du Xe arrondissement, conseiller général de la Seine, président du Syndicat des directeurs de spectacles et impresario du plus célèbre chanteur de l'époque, Félix Mayol. L'homme que l'on vient de retrouver assassiné était le roi des nuits parisiennes, le pape des années folles. La presse moralisatrice l'appelle « l'exhibeur de cuisses ». Et, disons-le tout de suite car cela va jouer dans l'enquête, il était homosexuel, tout comme Henri Varna, son associé, Félix Mayol, ainsi que le chanteur Jean Sablon, qui est de toutes les revues d'Oscar. Dufrenne était donc « de la jaquette » comme on disait à l'époque. Et, pour draguer, il n'avait pas besoin d'aller bien loin. Au Palace, comme dans toutes les salles de l'époque, il y avait ce qu'on appelait un promenoir, une sorte de galerie où l'on assistait aux spectacles debout, dans la pénombre. Oscar Dufrenne y passait le plus clair de ses soirées, c'était bien pratique. Entre chien et loup, de jeunes garçons venaient l'approcher et lui n'avait que deux portes à pousser pour les conduire dans son bureau... Alors, quand on le retrouve mort ce soir-là, on pense tout de suite à un de ces garçons.

Les policiers mettent peu de temps à arriver au Palace et découvrent la scène du crime. C'est un grand bureau avec deux fenêtres, un canapé, des fauteuils confortables, des placards, un lavabo et un coffre-fort. Le cadavre ? C'est un peu délicat, il est à moitié nu. Le pantalon et le caleçon sont à mi-cuisse, la chemise est ouverte et maculée de sang. Le gilet et le veston sont posés sur un fauteuil près de la fenêtre. Il paraît évident qu'Oscar Dufrenne a été assassiné en pleins ébats. Le corps est froid mais encore souple. Selon le médecin légiste, qui a mesuré la température du corps, le crime a eu lieu entre 22 heures et 22 h 30. Il note aussi des plaies profondes sur le crâne et des éclaboussures de sang sur les murs et le plafond, qui indiquent que les coups portés ont été très violents. Dans le lavabo, on retrouve une serviette mouillée et tachée de sang. L'assassin s'est donc lavé les mains avant de partir. Voilà les premières constatations. Quant au mobile, il n'est pas très original : le vol, bien sûr, l'argent ! Le portefeuille d'Oscar Dufrenne a disparu. D'après son secrétaire, il avait environ 1 000 francs sur lui. Manquent aussi sa montre en or, un porte-mine, en or lui aussi, et son porte-clés. Donc, la clé du coffre-fort. On l'aurait donc tué pour le dépouiller ? Mais qui a bien pu faire ça ? Avec qui avait-il rendez-vous ?

Les policiers interrogent son secrétaire, Serge Nicolesco. Il sanglote, mais il est peu loquace. « Hier soir, Oscar, sa sœur Sidonie et une autre de nos amies dînaient chez moi. On a joué aux cartes jusqu'à 21 h 30 puis j'ai ramené Oscar au Palace. Il était d'humeur joyeuse, comme d'habitude.

— Vous a-t-il parlé d'un rendez-vous ?

— Non, je peux vous assurer qu'il n'avait rendez-vous avec personne, du moins pas à ma connaissance. »

Voilà les enquêteurs bien avancés ! Et c'est le même son de cloche avec tous ses proches. L'administrateur, le chauffeur... Dès qu'on les interroge sur l'homosexualité éventuelle de Dufrenne, la réponse est la même : « Jamais, jamais je n'ai entendu dire que M. Dufrenne avait des mœurs spéciales ! »

Même Henri Varna, son associé depuis quinze ans, qu'il connaissait depuis 1910 et qui a été son amant – c'est de notoriété publique –, dément : « J'ignorais complètement que mon associé pouvait avoir des relations particulières. » Bande d'hypocrites ! Tout le monde sait que Dufrenne a entretenu des relations intimes avec son secrétaire, Serge Nicolesco, avec plusieurs de ses chanteurs et même avec Henri Varna ! Alors pourquoi mentent-ils ? Parce que nous sommes en 1933. Certes, les années folles ont libéré les mœurs, mais on revient de loin. Bien sûr, dans les cabarets parisiens, des femmes vont avec des femmes et des hommes avec des hommes. Mais on n'en est pas encore à reconnaître les choses publiquement. Et puis ils cherchent tous à protéger sa mémoire. Avec le retentissement qu'aura très certainement cette histoire, ils ne veulent pas qu'on réduise Oscar Dufrenne à des histoires de coucheries entre hommes. C'était tout de même un grand directeur de théâtre, un inventeur, un précurseur ! Voilà pourquoi, au tout début de l'enquête, le personnel du Palace n'est pas très coopératif.

Il n'y en a qu'un qui est prêt à appeler un chat un chat, c'est le chanteur Jean Sablon, que Dufrenne a récemment produit en spectacle avec Mistinguett. Il est homosexuel et il assume. C'était courageux, à l'époque. Et du coup, il ne voit aucun mal à évoquer les relations particulières de son ami Dufrenne. C'est lui qui met les policiers sur la piste du secrétaire, Serge Nicolesco : « Pour dire les choses clairement, c'est l'un de ses anciens amants, et vous ne trouverez pas grand monde ici pour en dire du bien. Il était d'une jalousie maladive et piquait de sacrées crises à chaque fois qu'Oscar rencontrait un garçon. Une fois, il l'a même mordu ! Tout le monde connaît cette histoire. C'est une vraie peste. D'ailleurs, à ma connaissance, Oscar lui avait demandé de se trouver une autre place.

— Vous pensez qu'il peut l'avoir tué ?

— Oh ça, je ne sais pas, mais Oscar m'a dit un jour qu'il était complètement fou. Il a récemment tenté de se suicider et Oscar avait craint pour sa propre vie. Il était venu m'en parler. »

D'entrée donc, Serge Nicolesco, le secrétaire, devient le premier suspect, avec pour mobile la jalousie. Les policiers retournent le voir. « Vous étiez en conflit avec M. Dufrenne ? On nous a dit qu'il était sur le point de vous renvoyer.

— Pas du tout. C'est vrai que nous avons été brouillés quelque temps, mais depuis la rentrée nos relations s'étaient apaisées, vraiment. J'en veux pour preuve qu'il a dîné chez moi hier soir. Dîneriez-vous chez quelqu'un que vous ne supportez pas ? En tout cas, je peux vous dire que ce n'était pas son genre.

— Pourriez-vous néanmoins nous donner votre emploi du temps d'hier soir, monsieur Nicolesco ?

— Bien entendu. Nous avons dîné chez moi avec des amies. Je l'ai conduit au Palace vers 21 h 30. Ensuite, je suis allé garer sa voiture rue Chaillot, puis j'ai regagné mon domicile et je me suis couché aux alentours de 22 heures. On m'a réveillé vers 2 heures du matin pour m'apprendre la triste nouvelle. »

Ainsi s'achève la première journée d'enquête, sur un vague soupçon assez peu étayé, rien de plus.

En revanche, dès le lendemain, les langues se délient. C'est l'administrateur du cinéma, Joseph Audoui, qui crache le morceau. Selon lui, l'avant-veille, Oscar Dufrenne avait bien rendez-vous avec un garçon. « Je l'ai vu arriver vers 21 h 45, c'était un jeune marin. Il s'est présenté avec un billet signé de la main de M. Dufrenne. Je l'ai donc laissé entrer et, naturellement, je l'ai placé dans le promenoir. »

Eh bien nous y voilà ! Que de temps perdu ! Parce qu'entre-temps, l'assassin a eu tout le temps de s'enfuir. Un marin, pensez-vous ! À l'heure qu'il est, il doit probablement se trouver à Amsterdam, à Barcelone ou à Turin. Alors les policiers convoquent de nouveau tous les employés du Palace. Il leur faut un signalement précis. Ce marin, à quoi ressemblait-il ? Et, miracle, ils ont tous retrouvé la mémoire ! On leur décrit un homme de 1,75 mètre environ, assez grand pour l'époque, brun, très mince, au visage long, pâle et rasé. Avec un nez très long, très busqué, et des yeux verts. Il était vêtu de l'inévitable uniforme des marins, vareuse et pantalon bleus assortis du traditionnel calot à pompon rouge. Le signalement de l'homme est immédiatement envoyé à tous les journaux, à la radio publique et aux services de police. Tant qu'à faire, on envoie aussi au Crédit municipal et à la Chambre syndicale des horlogers la description précise de la montre de Dufrenne, au cas où le voleur serait tenté de la revendre.

Au même moment, le médecin légiste rend son rapport détaille. Il a dénombré dix-sept plaies sur le visage et sur la tête de Dufrenne. Ces blessures auraient pu être infligées avec un objet contondant comme un manche de pioche, une matraque ou une queue de billard. Surtout, Dufrenne n'est pas mort à cause de ses blessures : on l'a étouffé, avec le tapis qui recouvrait son corps. Un passage est dédié à l'examen de son entrejambe : « Aucune lésion n'a été relevée au niveau des organes génitaux et de l'anus, non plus qu'aucune trace de sperme, ni dans la bouche, ni dans l'anus. Par contre, l'examen microscopique a décelé, dans une gouttelette blanchâtre prélevée à l'extrémité de la verge, la présence des éléments du sperme. De même, les constatations faites sur le caleçon, souillé de sperme au niveau de l'entrejambe, autorisent à penser que des actes érotiques ont accompagné la scène du meurtre. » Une manière élégante de dire que Dufrenne a fait l'amour juste avant de mourir. Mais avec qui ?

À ce stade, deux pistes sont possibles. Le beau marin d'un soir et le secrétaire, qu'il ne faut pas écarter, même si la piste du marin semble plus probable. D'ailleurs, un spectateur présent dans le promenoir ce soir-là dit aux policiers qu'il a vu Oscar Dufrenne sortir par une porte de secours avec « un jeune marin qui avait un grand nez ».

À la demande du juge d'instruction Brue, qui vient d'être nommé, une circulaire est envoyée à toutes les unités de la Marine, afin d'identifier un marin d'une taille supérieure à 1,70 mètre qui aurait pu se trouver à Paris entre le 21 et le 24 septembre. La Marine, figurez-vous, renvoie une liste de plus de 1 700 matelots ! Le juge doit envoyer des policiers les interroger partout en France, à Saint-Malo, à Cherbourg, à Lorient, à Brest, à Rochefort, à Toulon, à Nice, à Villefranche, à Marseille... Autant chercher une aiguille dans une botte de foin ! Ces recherches font perdre énormément de temps à l'enquête, qui n'avance toujours pas.

En attendant, la presse s'en donne à cœur joie. *Le Petit Parisien, Détective, Paris Soir, Le Petit Journal*... Tous se régalent de ces histoires sulfureuses. Au passage, ils surnomment le mystérieux marin « le marin de fantaisie ». C'est mignon ça, comme surnom. Et pour vendre plus d'exemplaires, ils inventent une nouvelle piste, tout aussi sulfureuse : celle de l'opium. Dans les années 1930, c'est la drogue des artistes et de la bohème. Dans les journaux, on raconte que Dufrenne aurait possédé, dans son coffre-fort, une liste de trafiquants d'opium. Il aurait déjà donné des noms à la police et s'apprêtait à en livrer d'autres. Son meurtre aurait donc été commandité par des trafiquants assoiffés de vengeance. Tout cela évidemment sans l'ombre d'une preuve mais comme il s'agit de vendre des journaux, tout est bon !

Sur le bureau du commissaire qui dirige l'enquête, les lettres anonymes s'entassent. On dénonce un peu n'importe qui mais, surtout, on dénonce les homosexuels, par centaine. Parmi ces lettres, on retrouve ce genre de propos : « M. Dufrenne, ce vicieux, aurait mérité qu'on le jette à la rivière dans un sac comme on le fait avec un chat. Ces gens-là sont dégoûtants et le marin qui l'a tué a bien fait. » Il y a aussi cette lettre, qui dénonce un homme qui n'a rien à voir avec l'affaire : « Bien que cet homme dont je vous parle ne corresponde pas au signalement fourni par la presse de l'assassin de M. Dufrenne, je crois pouvoir préciser qu'il a des mœurs contre-nature. Et de plus, par son origine bretonne, il n'avait rien à faire à Paris. » Des ramassis d'ordures...

C'est alors que se pose une question essentielle. On cherche un marin, et on a mis la Marine sens dessus dessous. Mais s'agissait-il réellement d'un marin ? À l'époque, cette figure tient une place de choix dans l'éventail des fantasmes homosexuels. Le marin, c'est la jeunesse, la force, la discipline et surtout la camaraderie masculine. Par conséquent, beaucoup de jeunes prostitués se déguisent en matelots pour appâter des clients. Serait-ce le cas de celui-ci ? Qu'il soit un vrai marin n'est pas totalement exclu : à l'époque, beaucoup d'entre eux se prostituaient pour arrondir leurs fins de mois. Mais maintenant que les policiers se sont imaginé qu'il pouvait s'agir d'un déguisement, ils penchent surtout pour cette piste-là. La question reste sans réponse pendant de longs mois, jusqu'en juin 1934, quand un indicateur de Montmartre vient livrer à la police le nom d'un faux marin, Paul Laborie, surnommé Paulo, qui « profite d'un physique avantageux pour aguicher les clients ». L'indicateur est formel : « C'est lui qui s'est occupé de Dufrenne, vous pouvez y aller. » Alors, où est-il ce Paulo ? Et surtout, qui est-il ?

Dans le milieu, on le surnomme « Paulo les belles dents ». Il a vingt-trois ans et a récemment eu affaire à la police pour une histoire de drogues. On apprend qu'il a quitté Paris le 25 septembre 1933, le lendemain de l'assassinat d'Oscar Dufrenne. Drôle de hasard ! Il serait revenu depuis, en mars 1934, avant de repartir en Espagne. On finit par le retrouver en Catalogne, où il se cachait sous le nom de Filippi. Paul Laborie est arrêté à Barcelone en septembre 1934 et extradé en France un mois plus tard. On a peut-être enfin arrêté l'assassin d'Oscar Dufrenne, même si pour le moment on n'a rien contre lui, si ce n'est la parole d'un indic'. Reste que sa fuite dès le lendemain du meurtre, son goût avéré pour les garçons et son habitude de se déguiser en marin font de lui le suspect idéal.

Mais qui est-il exactement ? C'est un voyou, un apache comme on dit. Depuis toujours, sa vie va de travers. D'abord petit voleur puis, en grandissant, maquereau, trafiquant de drogue puis « micheton », de temps en temps. La tenue de marin, c'est un ami qui la lui prête. Le 25 septembre, il a quitté la petite chambre qu'il louait à Montmartre, alors que le loyer était payé jusqu'au 28. Les policiers échafaudent alors une théorie : Oscar lui aurait donné rendez-vous le 24 au soir au Palace. Une fois leur affaire terminée, Laborie aurait décidé de dévaliser le coffre-fort. Alors il aurait assommé Dufrenne avec une queue de billard cachée dans sa vareuse, récupéré les clés, ouvert le coffre, n'y ayant rien trouvé d'intéressant, aurait décidé de se rabattre sur le portefeuille, la montre en or et le porte-mine avant d'enrouler Dufrenne dans le tapis. Là, le directeur du Palace se serait étouffé tout seul. C'est une théorie très bancale et il n'y a pas la moindre preuve de tout cela.

Le procès de Paul Laborie s'ouvre aux assises de la Seine, le 21 octobre 1935. Il est accusé de meurtre avec préméditation et risque la peine de mort. Quand il arrive dans la salle, vêtu de ses plus beaux vêtements, il fait son petit effet. C'est un homme très séduisant. Dès l'ouverture du procès, le président met en garde les oreilles chastes : « Je demande aux femmes et aux mineurs ainsi qu'aux personnes sensibles de se retirer, du fait des détails qui ne vont pas manquer d'être évoqués pendant cette audience. » Se retirer ? Pensez-vous ! L'affaire est beaucoup trop croustillante, personne ne bouge. Les gens sont justement venus exprès pour écouter ces détails dont parle le président ! Ils sont venus au procès comme au spectacle, et ils vont être servis !

L'avocat général lit l'acte d'accusation, et c'est de la haute voltige ! Oscar Dufrenne fait autant figure de victime que d'accusé. Tous homosexuels, donc tous coupables. L'auditoire voulait des détails, il va en avoir, et beaucoup. Des murmures et des exclamations ne cessent de parcourir la salle.

Dans le dossier contre Paul Laborie, vous l'aurez compris, il n'y a pas grand-chose, hormis le fait qu'il se prostituait déguisé en marin et qu'il a quitté Paris le lendemain du meurtre. Surtout, des témoins affirment l'avoir vu dans le promenoir, juste avant la mort de Dufrenne. Mais, en creusant un peu, on se rend compte que tous ces témoins ont des comptes à régler avec le beau Paulo, des histoires de jalousie. Et lorsqu'on fait venir les employés du Palace, ceux qui avaient décrit un homme grand, mince, au grand nez et aux yeux verts, ils ne le reconnaissent pas. On a retrouvé des empreintes digitales sur la scène de crime, qui ne correspondent pas à celles de Laborie. Un autre témoin vient à la barre témoigner de la relation privilégiée qu'il a entretenue pendant un temps avec Oscar Dufrenne. Il précise que ces relations étaient tarifées et que Dufrenne se montrait toujours très généreux. Pour lui, Paul Laborie n'aurait eu aucun intérêt à éliminer « la poule aux œufs d'or ».

Le lendemain, la presse résume en ces termes le défilé des témoins : « On a vu défiler les spécimens les plus pittoresques de la faune spéciale à certains milieux de Montmartre, toutes les espèces d'invertis depuis la grande courtisane jusqu'à la petite besogneuse, tout un monde à l'envers. »

Finalement, et c'est assez incroyable, l'avocat général requiert les circonstances atténuantes pour Paul Laborie ! Et, devinez pourquoi ? « Du fait des mœurs de la victime » ! Incroyable ! C'est de la faute du mort ! Après trois jours de procès, Paul Laborie est acquitté sous les applaudissements du public et tout le monde se quitte sur l'idée, horrible, que quoi qu'il en soit, Oscar Dufrenne méritait ce qui lui est arrivé.

Aujourd'hui encore, l'assassinat d'Oscar Dufrenne n'a pas été résolu. Comme pour lui rendre hommage, son Palace est devenu, cinquante ans plus tard, un des lieux emblématiques des nuits gay parisiennes.

Le prêtre assassin

En mai 1822, à Saint-Quentin-sur-Isère, à une vingtaine de kilomètres de Grenoble, le jour décline, et un paysan, M. Gérin, ancien soldat de Napoléon, rentre des champs. Harassé par sa journée de travail, il ne rêve, comme tous les soirs, que d'une chose : la marmite qui l'attend au coin de l'âtre, la bonne soupe préparée par sa femme, Marie. Mais, quand il arrive chez lui, point de Marie. Il la cherche dans toute la maison puis dehors, dans le potager, mais elle n'y est pas. Alors il part interroger les voisins. « Vous auriez pas vu Marie ?

— Marie ? Elle est descendue au bourg. »

Alors il descend au bourg, il va voir son cousin Joseph. « Je cherche Marie.

— Marie ? Je l'ai vue aller vers l'église vers 19 heures.

— Il est 21 heures passées, elle n'est toujours pas rentrée.

— Et si on allait voir le curé ? Il saura peut-être où elle est ! »

Alors le mari, son cousin et la femme de ce dernier vont à l'église, qui est fermée. Ils se rendent ensuite directement au presbytère. Ils frappent à la porte, personne ne leur répond. Ils réessaient, et voilà qu'un visage renfrogné apparaît dans l'embrasure de la porte. « Que voulez-vous ?

— Monsieur le curé, je cherche ma Marie partout. Je ne la trouve pas. On m'a dit qu'elle était à l'église ce soir.

— Oui je l'ai vue, et quand je suis parti elle était encore à l'église. Je ne sais pas où elle est allée ensuite. Je dois aussi vous dire qu'elle avait l'air quelque peu égarée. Voilà, bien le bonsoir. »

Et le curé leur claque la porte au nez. Il est comme ça, le père Mingrat, un peu abrupt. Le lendemain matin, au lever du jour, un laboureur du nom de Michon s'en va aux champs en empruntant un sentier qui passe sous un énorme rocher que les gens du coin appellent « La Roche ». Sur le chemin, il remarque une tache de sang d'environ deux pieds de large. « Bon sang, quelqu'un a pissé le sang ici ! » Plus loin, dans la prairie de la veuve Cotin, il repère sous un noyer une flaque de sang et, juste à côté, un couteau planté dans la terre, plein de sang lui aussi. Il retrouve également des cordes sanguinolentes, éparpillées autour du noyer. Michon ramasse le couteau et court au village raconter ce qu'il a vu. Bientôt, la moitié du village est réunie sous La Roche à spéculer sur ce qui a bien pu se passer. Soudain, un cri fait se lever toutes les têtes : « Venez voir ! Un mouchoir ! » En descendant sur les berges de l'Isère, un villageois a trouvé un mouchoir taché de sang, lui aussi, et d'autres cordes. Lorsqu'on lui présente le mouchoir, l'époux Gérin, tout tourneboulé, s'écrie : « Mon Dieu… C'est le mouchoir de cou de Marie ! » Comme on l'a retrouvé près de la rivière, on se demande si Marie ne se serait pas jetée dans l'Isère. Mais l'hypothèse est vite écartée : si elle s'est suicidée, d'où vient tout ce sang ? Et le couteau ? Il est maintenant plus de 6 heures du matin et c'est tout le village qui se met en route vers La Roche, alerté par la rumeur. En passant derrière l'église, un groupe de villageois tombe sur le curé Mingrat, qui lit son bréviaire. Ils lui font part des dernières découvertes, des taches de sang et du mouchoir. « Monsieur le curé, demandent-ils, quand vous avez vu Marie hier, elle vous a parlé ? Elle s'est confessée ?

— Elle m'a demandé de la confesser oui, mais sa tenue était indécente. Et elle m'avait l'air complètement perdue... Je lui ai dit de revenir le lendemain. Vous allez à La Roche ?

— Oui.

— Alors je vous accompagne. »

Il se trouve que, ce matin-là, le maire de Saint-Quentin est à Grenoble. C'est son adjoint, Bossan, qui prend les choses en main. Il entame un début d'enquête, sur ce présumé suicide un peu trop sanglant. C'est donc à lui que Michon remet le couteau qu'il a retrouvé planté dans la terre, près du noyer. L'adjoint examine l'objet : « Mais dites donc... C'est un couteau de maître ça ! » Et effectivement, il ne s'agit pas d'un vulgaire couteau de paysan. Son manche est en ébène et en argent, il possède deux lames qui se replient, ainsi qu'un tire-bouchon. L'adjoint n'a jamais vu un couteau pareil ! Le lendemain, poursuivant son enquête, il rend visite au père Mingrat. « On m'a dit que vous aviez vu Marie Gérin mercredi ?

— Oui, deux fois. Une fois le matin, je suis allé la voir pour lui confier une lettre à porter au curé de Veurey, où elle devait se rendre dans la journée. Elle m'a servi un verre, nous avons discuté, et je suis reparti. Puis je l'ai revue le soir, aux alentours de 19 heures. Elle faisait le chemin de croix dans l'église.

— Et avez-vous remarqué quelque chose d'anormal ?

— Elle avait l'air égarée. Elle était en bras de chemise, les jambes nues et portait sur la tête une coiffe de nuit. Elle a voulu se confesser mais j'ai refusé, on ne se confesse pas dans une tenue pareille, n'est-ce pas ? »

Sur ces entrefaites, l'adjoint au maire rédige un procès-verbal qu'il envoie sur-le-champ au procureur du Roi, à Saint-Marcellin. Il réclame une vraie enquête sur cette affaire. Mais, pour le moment, du point de vue du procureur, il s'agit d'une simple disparition. Il n'y a pas de cadavre, alors il est un peu tôt pour parler de meurtre ! Le procureur décide de prendre son temps.

La suite se déroule le jeudi de l'Ascension, à l'heure de la messe. Deux jeunes du village sont en train de pêcher au bord d'un ruisseau lorsque tout à coup, leur hameçon accroche quelque chose de lourd. Ils se mettent à deux pour tirer l'objet des profondeurs... et ressortent une cuisse humaine ! Ils hurlent et s'enfuient en courant jusqu'à la mairie, où ils tombent sur l'adjoint Bossan. « Venez, venez vite ! On a trouvé un morceau de corps ! » Bossan envoie chercher le juge de paix et deux médecins. C'est bien une cuisse, une cuisse de femme et, d'après le médecin, celui qui a fait ça ne sait pas y faire. Comme il n'y a pas eu d'autres disparitions de femmes dans le comté, tout le monde en déduit qu'il s'agit de la cuisse de Marie Gérin. Le procureur voulait une preuve de son assassinat : la voilà ! On fait déposer la cuisse au cimetière. Un grand nombre de villageois se sont rassemblés. Soudain, le père Mingrat surgit de l'église. On pense que c'est pour une bénédiction, on se trompe lourdement : « Que cette cuisse soit jetée dans un coin, loin des âmes justes qui reposent en ce lieu ! Marie s'est noyée elle-même, elle a perdu son salut ! Elle ne mérite aucune sépulture ! Je l'ai vue possédée par le diable, oui ! Par Satan qui la tenait dans ses bras pour l'entraîner vers l'abîme ! » C'est plutôt le curé qui a l'air possédé ! Son discours n'a pas l'effet escompté, les villageois restent de marbre. Il faut dire que ça fait un moment qu'ils l'ont dans le nez, le père Mingrat. Depuis son arrivée en fait, quelques mois auparavant. C'est un homme austère, inflexible, intransigeant. Si vous entendiez ses sermons ! Il dénonce, il menace, il met en garde, inlassablement. C'est un despote, à vingt-huit ans qui plus est. Et, dans un village comme Saint-Quentin, ça passe mal. Tout a commencé un jour, à la messe quand, au moment de communier, un villageois s'est présenté à lui debout et non pas à genoux comme c'est la règle. Le prêtre s'est mis à hurler devant tout le monde : « À genoux ! À genoux vous dis-je, sinon, pas de communion ! » L'homme, qui était infirme, avait tenté en vain de se mettre à genoux, avant de quitter l'église sans communier. Quelques semaines plus tard, le prêtre a fait interdire les bals, les danses, les jeux. Du coup, le jour de la Saint-Quentin, qui est quand même le saint patron du village, des jeunes gens ont improvisé une petite fête. Ils ont chanté, ils ont dansé... Du haut de son clocher, le prêtre épiait la scène. Et, le dimanche suivant, ils se sont pris une véritable dérouillée : « Vous avez foulé aux pieds les cendres de vos ancêtres qui sont là-bas, au diable ! »

Longtemps, les gens du village ont pensé qu'il n'était pas du genre à fricoter avec les femmes. Après tout, c'est un prêtre et il a fait vœu de chasteté ! Mais, depuis la disparition de Marie Gérin, des bruits courent. Le curé lui tournait autour. Marie était une grenouille de bénitier, tout le temps fourrée à l'église. Il ne la lâchait pas d'une semelle. Le voisin des Gérin, un dénommé Vial, raconte qu'il débarquait chez elle pour un oui ou pour un non, dès que le mari était aux champs. « Je peux vous dire que je l'ai vue plusieurs fois le rabrouer, mais il revenait, il revenait tout le temps. » Deux autres voisins disent qu'ils l'ont vu venir chez elle, le jour de sa disparition, soi-disant pour lui donner une lettre, comme il l'avait dit à l'adjoint du maire. Quand ils l'ont vu arriver chez Marie, ils se sont dit qu'ils allaient l'aider. Alors ils ont débarqué à leur tour. Aussitôt, le prêtre a dit qu'il partait, et a ordonné à Marie de venir se confesser le soir même, il lui donnerait la lettre à ce moment-là. Tout cela bien sûr parvient jusqu'aux oreilles de l'adjoint au maire Bossan, qui a déjà imaginé tout un scénario. Il pense que Marie est allée se confesser et que le prêtre l'a tuée avec son couteau à manche d'ébène et d'argent. Il en est intimement convaincu. Mais de là à faire arrêter un prêtre, c'est autre chose. Il lui faut des preuves solides. Le matin du 19 mai, il décide d'envoyer les gendarmes interroger l'ecclésiastique, juste histoire de voir comment il va réagir. Ça ne loupe pas : quand il voit les gendarmes devant la porte du presbytère, le père Mingrat se liquéfie littéralement. Il rougit, il bredouille... Les gendarmes lui disent : « Bonjour, monsieur le curé, nous passions simplement vous présenter nos respects. C'est de coutume, dans la gendarmerie. » Aussitôt, le prêtre retrouve toute sa prestance. Il les invite à entrer et leur offre à boire. Ils en concluent aussitôt qu'il a une allure de coupable. Ça encourage l'adjoint au maire, qui décide alors d'enquêter à Saint-Aupre, le village où Mingrat exerçait avant de venir à Saint-Quentin. Et il n'est pas déçu du voyage. Le père Mingrat y a laissé un souvenir calamiteux, à cause de, tenez-vous bien, son goût immodéré pour les femmes ! À l'époque, il n'embêtait pas les paroissiens avec ses sermons moralisateurs, il était bien trop occupé à sauter sur tout ce qui portait un jupon ! Il a détourné d'honnêtes épouses, déshonoré des jeunes filles et, semble-t-il, forcé la main à plusieurs paroissiennes. Il était grand, costaud et portait une soutane, on n'osait pas se refuser à lui. Mais un jour, les gens en ont eu marre et ont exigé que le prêtre soit envoyé ailleurs. Le maire de Saint-Aupre s'était arrangé avec l'évêque et le père Mingrat a été envoyé à Saint-Quentin. C'est là que, voulant sans doute se racheter aux yeux de l'évêque, il a commencé à professer un catholicisme rigoureux. Mais le mal était en lui... En tout cas, pour Bossan, il n'y a plus de doute : c'est bien lui qui a tué Marie Gérin, il l'a même probablement violée. Il faut à tout prix arrêter ce prêtre ! Dès son retour de Saint-Quentin, il envoie les gendarmes au presbytère. Mais il est trop tard, le prêtre a déjà pris la fuite. On retrouve dans ses affaires une lettre envoyée par le curé de Tullin : « Les bruits qui courent sur vous à l'occasion de la disparition et de l'assassinat de la femme Gérin vous font un tort infini. Si vous êtes coupable, partez. » Le prêtre ne s'est pas fait prier.

Au village, les gens sont dans une colère noire. Trois jours après la fuite du père Mingrat, on retrouve sur les berges de l'Isère, à quinze kilomètres en aval de Saint-Quentin, le tronc d'une femme. Le juge de paix accourt sur place avec des médecins. Le buste complète la cuisse découverte quatre jours plus tôt. Il est fendu en deux, de haut en bas, par un coup de couteau. Les bras et les jambes ont été sectionnés. D'après les médecins, on a utilisé une hache ou un hachoir et, parfois, un couteau. Le cou porte des marques de strangulation. Marie Gérin a donc été étranglée. Le buste est inhumé dans le cimetière de Saint-Quentin.

Comme le curé s'est enfui, on arrête sa servante, qui s'appelle Marie elle aussi. Elle a très probablement des choses terribles à raconter. C'est le juge d'instruction qui l'interroge. Il lui demande d'abord de décrire le couteau du curé. Elle parle d'un couteau avec un manche en ébène et en argent, qui possède deux lames repliables et un tire-bouchon. Elle ignore qu'elle est en train de décrire, point par point, l'arme du crime... Mais à part cela, elle n'a pas grand-chose à ajouter. Alors le juge se fâche : « Vous devez nous dire tout ce que vous savez, vous m'entendez ? Absolument tout ! C'est votre devoir !

— Très bien, je parlerai !

— Eh bien ? Dites-moi ce que vous savez !

— Il était 20 h 30, ce fameux soir. Au presbytère, à l'étage, j'ai entendu comme des gémissements qui venaient d'une petite chambre. J'ai cru que le père Mingrat s'étouffait avec quelque chose, alors je l'ai appelé à plusieurs reprises. Il ne m'a pas répondu. Alors j'ai essayé d'ouvrir la porte, mais elle était fermée de l'intérieur. Le curé s'est mis à crier très fort : "Descendez, Marie, j'arrive tout de suite !" comme s'il ne voulait pas que je rentre. Il y avait encore des gémissements qui sortaient du cabinet. On aurait dit que quelqu'un mourrait là-dedans. Et puis les gémissements se sont arrêtés. Alors moi je suis descendue, sans faire de bruit. Alors M. le curé est arrivé, il était tout en désordre. Je lui ai dit : "Monsieur le curé, vous m'avez fait bien peur, j'ai cru que vous étiez en train de mourir !" "Taisez-vous, vous êtes une simple", qu'il m'a répondu... »

Elle ajoute qu'ensuite, le prêtre a voulu l'éloigner en l'envoyant faire une commission. Mais elle a désobéi. Elle a fait semblant de partir puis est grimpée sur le portail du jardin, pour tenter de voir ce qu'il fabriquait dans la chambre à l'étage. Mais le prêtre a entendu du bruit et est sorti sur-le-champ. « Qui est là ? a-t-il lancé.

— C'est moi mon père.

— Que faisiez-vous ?

— J'étais venue fermer le poulailler.

— Vous mentez ! Vous n'êtes qu'une curieuse ! »

Bref, sans le savoir, la bonne a été témoin du meurtre de Marie Gérin. Le lendemain, en apprenant sa disparition, elle est retournée au presbytère pour fouiller, à la recherche d'une preuve, quelle qu'elle soit. Dans le jardin, elle a retrouvé les restes d'un feu et, à moitié calcinés, un chapelet et des vêtements, ainsi qu'un lambeau de chair. Elle a aussi retrouvé des taches de sang sur le sol. « Et pourquoi n'avoir rien dit sur le moment ?

— Je me suis dit que si je l'accusais, il allait me tuer moi aussi ! »

Le curé a vite remarqué que sa servante avait tout compris. Alors il l'a traînée à l'église, jusqu'à l'autel, a ouvert le tabernacle et lui a ordonné, furieux : « Jurez ! Jurez devant Dieu ! Jurez de ne rien dire à personne ! Pas un seul mot, jamais ! Vous n'avez rien vu, rien entendu, jurez-le ! »

Et la pauvre Marie a dû céder. C'est pour ça qu'elle n'a rien dit.

Ce précieux témoignage aide considérablement le juge. Son enquête est quasiment bouclée. Voilà ce qu'il pense : le soir du meurtre, le père Mingrat a attiré Marie à l'église, puis dans sa chambre. Il commence à la toucher. Elle résiste, elle se débat. Alors, pris de fureur, il la bâillonne, il la viole puis il l'étrangle. C'est à ce moment-là que sa bonne manque de le surprendre. Après quoi, il traîne le corps de Marie avec des cordes, jusqu'à l'Isère. Là, il suspend le corps à un arbre, comme un gibier. Il tente de le découper avec un couteau mais n'y parvient pas. Alors il retourne au presbytère, récupère une hache, démembre le corps et jette les morceaux dans l'Isère. Ensuite, il rentre au presbytère et brûle les vêtements de Marie dans son jardin. Et voilà, l'enquête est bouclée. Il ne reste plus qu'à trouver ce diable de curé, le juger et le guillotiner !

D'après plusieurs témoins, le curé a fui en direction de Voreppe, où il a traversé l'Isère en barque. Les gendarmes, bien sûr, tentent de le poursuivre, mais un problème de taille va chambouler tous leurs plans. Mingrat a réussi à gagner la Savoie. Aujourd'hui, ça ne poserait aucun problème mais voyez-vous, à l'époque, la Savoie n'est pas la France ! Elle appartient au royaume de Sardaigne. Les gendarmes butent sur la frontière. Ils alertent alors les *carabinieri* royaux du Piémont, qui se lancent à leur tour à la poursuite du curé français. En route, ils arrêtent un autre curé, l'abbé Cazzo, qui dit savoir que Mingrat se trouve actuellement aux Échelles, un village perdu dans la montagne, où il attend le secours de sa mère. Les *carabinieri* s'y rendent tout de suite. On leur indique une grotte et, en tendant l'oreille, ils entendent le prêtre psalmodier des prières… Sans sommation, ils lui sautent dessus. Le prêtre enragé ne se laisse pas faire, il les menace et invoque la colère divine. Qu'importe, on le jette en prison, à Chambéry. Là, il se plaint d'être enfermé : « Hélas, l'injustice des hommes est si grande ! J'attends tout du ciel et de mon innocence ! » En vérité, une fois de plus, il a joué de sa soutane, pour amadouer les gardiens de la prison. Désormais, on le laisse circuler librement dans la prison. Un soir, il se retrouve nez à nez avec la nièce du concierge, et ses vieux instincts reprennent le dessus. La jeune fille hurle, se débat, parvient à échapper aux griffes du prêtre lubrique, qui est reconduit tout droit dans sa cellule. Il craint d'être renvoyé en France, il sait pertinemment ce qu'il y risque, mais on se contente de le transférer à la forteresse de Fenestrelle, près de Turin.

Pendant ce temps, au tribunal de Grenoble, on décide de le juger par contumace, c'est-à-dire en son absence. Tout Saint-Quentin défile à la barre pour témoigner contre lui, à commencer par sa bonne, définitivement soulagée de la promesse faite devant le tabernacle. Lorsque le président lui demande pourquoi elle n'a pas témoigné plus tôt, elle répond : « J'avais tellement peur. Et c'est un homme de Dieu ! Mon nouveau confesseur m'a dit que si on ne me posait pas la question, je n'étais pas obligée d'en parler… »

Le 7 décembre 1822, le père Antoine Mingrat est reconnu coupable du viol et de l'assassinat de Marie Gérin. On le condamne à avoir la tête tranchée en public, place Grenette, à Grenoble. L'arrêt de la cour d'assises est placardé sur tous les murs de la ville. Mais pour qu'on lui tranche la tête, encore faudrait-il que les Sardes acceptent de le livrer au royaume de France ! Et, pour cela, que le royaume de France le réclame ! Mais il n'en est rien. L'époux et le frère de Marie Gérin écrivent au garde des Sceaux, sans succès. L'adjoint au maire écrit au roi, Louis XVIII, qui lui répond de s'adresser au garde des Sceaux…

On tourne en rond. Alors le frère de Marie décide de s'en remettre à l'opinion publique. Il rédige un livret pour raconter le crime, *Précis historique sur Mingrat*, c'est d'ailleurs en partie grâce à ce document que j'ai pu vous raconter toute cette histoire. Mais, comme toujours, l'Église fait corps. Plusieurs curés de l'Isère se liguent pour soutenir leur frère Mingrat. Dans leurs messes ils disent qu'il est innocent et, puisqu'il faut un coupable, accusent le frère de Marie Gérin. Qu'importe, le frère ne se laisse pas intimider. Il est marchand de bijoux dans les foires, alors, dans chaque ville où il passe, il distribue son livret sur le meurtre horrible de sa sœur. Si le curé n'est jamais rendu à la France, il ruinera au moins sa réputation. Ça lui vaut d'ailleurs quelques ennuis, en Vendée, où l'on ne s'en prend pas comme ça à un prêtre. Gérin et sa femme sont arrêtés, leur stock de livrets saisi, et on les envoie deux semaines en prison pour exercice illégal du métier d'imprimeur et vente de publication non autorisée.

Pendant ce temps, Mingrat reste dans sa forteresse de Fenestrelle, où il continuera de recevoir son indemnité de curé, 500 francs par an directement versés par l'évêché de Grenoble, jusqu'à la fin de ses jours. Il n'a jamais rendu de comptes à la justice française. Pour ce qui est de la justice divine, c'est une autre histoire.

L'Auberge rouge

C'est une histoire particulière que celle-ci. Une histoire qui est devenue un mythe, le mythe de l'Auberge rouge. Une auberge en Ardèche, où l'on pense que plus de cinquante personnes ont été assassinées. Et, comme tous les mythes, il existe des zones d'ombre. Certes, l'auberge a bel et bien existé, d'ailleurs elle existe encore, à Peyrebeille. En 1831, il y a bien eu une enquête criminelle. Mais on ne peut pas assurer qu'un seul client a bien été assassiné. C'est surtout l'histoire d'une enquête bâclée, d'une justice injuste.

Nous sommes le 12 octobre 1831. Un vieux paysan du nom de Jean-Antoine Enjolras quitte sa ferme de la Fagette, à Saint-Paul-de-Tartas, près du Puy-en-Velay. Il part à pied à vingt-deux kilomètres de là, à Saint-Cirgues-en-Montagne, pour acheter une génisse à la foire aux bestiaux. Là, il fait le tour de la foire, trouve son bonheur et, quand l'affaire est conclue, décide de rentrer chez lui à pied, avec sa nouvelle génisse au bout d'une corde. En route, l'animal est récalcitrant. Vous savez ce que c'est, une jeune vache : ça veut brouter, ça va à gauche, à droite et, parfois, ça s'arrête net et refuse d'avancer. La nuit commence à tomber, et Jean-Antoine Enjolras est encore loin de chez lui. Sur la route, il repère une auberge, l'auberge de Peyrebeille. Et, à l'époque, les auberges étaient plutôt des fermes, où les gens pouvaient dormir et manger dans des bâtiments annexes. Les propriétaires, Pierre et Marie Martin, vivent ici avec leur domestique, Jean Rochette. Ils sont cultivateurs avant tout, mais comme l'endroit est isolé et qu'ils aiment bien l'argent, ils ont ouvert cette auberge. La gérance a été confiée à un certain Louis Galland et c'est donc lui qui, ce soir-là, accueille le vieux paysan et sa génisse. « Bonsoir ! Je suis bien en peine pour rentrer à la Fagette avec ma bête... Serait-il possible de passer la nuit ici, et de mettre la bête à l'étable ?

— Mais bien entendu ! Vous voulez de la soupe ?

— C'est pas de refus ! Avec un pot de vin.

— Bien sûr. Quand vous voudrez vous coucher, dites-le-moi, je vous montrerai votre chambre, à l'étage. »

À dater de ce moment-là, Jean-Antoine Enjolras s'évapore dans la nature. Il n'est pas marié et n'a pas d'enfants, aussi cette disparition n'est-elle pas tout de suite remarquée. Mais au bout de quelque temps, ses deux neveux, Jean et Jean-Baptiste, commencent à se poser des questions. Ils sillonnent la route entre Saint-Jean-de-Tartas et Saint-Cirgues, interrogeant tous ceux qu'ils croisent. Ils ne préviennent ni le procureur du Roi, ni le maire, ni les gendarmes. Ils se contentent de sillonner la campagne, à la recherche de leur oncle. Personne ne semble l'avoir vu. Mais bientôt, cette histoire commence à faire jaser. Deux jeunes qui cherchent leur oncle, dans ce coin où il ne se passe jamais rien, ça fait beaucoup parler. Et très vite, sans aucune raison apparente, tout le canton se met à parler d'assassinat. Le mobile ? Le vol, bien sûr. Si on l'a tué à l'aller, c'était pour le dépouiller de l'argent qu'il allait dépenser à la foire. Si c'était au retour, on lui a pris ce qu'il restait et la génisse en plus. Entre nous, de la spéculation pure. Quoi qu'il en soit, ce sont ces rumeurs qui parcourent la campagne. Au bout de quinze jours de recherches, les deux neveux finissent par rencontrer un homme qui affirme avoir vu Enjolras et sa génisse sur le chemin qui relie Saint-Cirgues et Peyrebeille. Ça n'avance pas à grand-chose, mais on sait désormais qu'il aurait été tué après la foire. La rumeur va faire le reste et désigner un coupable : Pierre Martin, le propriétaire de l'auberge de Peyrebeille. Il n'est pas très apprécié dans le coin. « Ce Martin… Il paraît qu'il a un pécule énorme en banque ! Pour quelqu'un qui s'est installé depuis peu, c'est pas bien normal. Et comment croyez-vous qu'il a amassé tout ça, à votre avis ? » Les gens pensent que les Martin détroussent les clients de leur auberge avant de les faire disparaître. Enjolras serait donc leur dernière victime. L'idée germe dans la tête des neveux et, quelques jours plus tard, ils décident de faire appel à un juge de paix. La machine est lancée : dès le lendemain, le juge de paix Étienne Filiat-Duclaux décide de se rendre à l'auberge, juste pour jeter un coup d'œil. Une visite informelle, pas une perquisition ni une audition. Sur place, il tombe immédiatement sur le gérant, Louis Galland.

« Un certain Jean-Antoine Enjolras, il est venu coucher chez vous il y a douze jours environ ?

— Ah non, ça ne me dit rien du tout, désolé. »

Que reste-t-il à faire ? Le juge ne prend même pas la peine de rédiger un procès-verbal. On lui parle d'assassinat, mais il n'y a même pas de cadavre ! On lui dit que l'homme a disparu dans une auberge, mais l'aubergiste ne l'a jamais vu ! Allez hop, affaire classée, au suivant ! Mais, dans le coin, la visite du juge à Peyrebeille ne fait que gonfler les rumeurs. Et pendant ce temps, les deux neveux continuent de battre la campagne à la recherche de leur oncle. Et un soir, à la tombée de la nuit, non loin du village de Langogne, ils retrouvent, dans un ravin qui longe l'Allier, le cadavre de Jean-Antoine Enjolras, salement amoché. Il a le crâne cabossé et le visage boursouflé de plaies. Assassinat ou simple accident ?

Une autopsie aurait permis de trancher. Mais, à l'époque, on se contente d'un examen de surface par le docteur du coin. Celui-ci constate qu'Enjolras a subi une mort violente, et que certaines de ses blessures lui ont été infligées après son décès, dans le but de faire croire à un accident. Donc, il s'agit bien d'un assassinat. Et, puisque c'est un assassinat, un juge d'instruction est nommé. On s'empresse de lui parler du coupable présumé, Pierre Martin. On est persuadé que c'est lui qui a fait le coup, faisant complètement fi du fait que c'est Louis Galland qui gère l'auberge, pas Martin. Peu importe, le juge fait arrêter Pierre Martin et son neveu André, dans la foulée. Au passage, on embarque aussi Jean Rochette, le domestique. Ils occupent tous les trois la même cellule à la maison d'arrêt de Largentière.

Il faut ici préciser que tout cela se déroule dans un contexte particulier : la monarchie de Juillet, qui gouverne le pays depuis près d'un an, est de plus en plus contestée. Des révoltes éclatent un peu partout dans le pays, notamment en Ardèche. Le pouvoir a besoin de marquer son autorité. Alors, l'arrestation de Pierre Martin pourrait être une démonstration de force de la part du gouvernement. La preuve ? Cette lettre, datée de fin novembre, signée de la main du préfet de Largentière : « Il serait à souhaiter qu'on puisse faire un exemple de ces sauvages sylvains. » Les Martin feront office de « sauvages sylvains ». En attendant, ils continuent de croupir en prison. Au bout de quelque temps, Pierre Martin rédige une procuration pour permettre à sa femme Marie, qui n'a pas été arrêtée, de gérer ses affaires et ses comptes en banque. Mais voilà que le 8 mars, les gendarmes sont de retour à Peyrebeille. « Madame Marie Breysse-Martin, au titre du mandat d'amener à l'arrestation dont nous sommes en possession, nous vous arrêtons. » Et Marie Martin rejoint sa famille à la prison de Largentière, quatrième inculpée pour le meurtre d'Enjolras. Mais pourquoi elle ? Y a-t-il du nouveau dans l'enquête ? Quelque chose qui l'implique, qui l'inculpe ? Non, seulement la rumeur.

Et maintenant que les époux Martin sont en prison, le gérant de l'auberge, Louis Galland, décide d'arrêter de payer son loyer. Lorsqu'il l'apprend, du fond de sa cellule, Pierre Martin se met dans une colère noire. Il assigne Galland devant le tribunal de commerce et obtient gain de cause. L'autre est obligé de lui rembourser son loyer. Voilà quelque chose qui explique l'impopularité de Martin dans le canton : c'est un procédurier, il ne laisse rien passer. Dès qu'il s'agit d'argent, de ses prés ou de son auberge, c'est un rapia ! C'est comme ça qu'il s'est constitué tout ce patrimoine qu'on lui jalouse. Plusieurs corps de ferme, des terres alentour, et aussi d'autres champs, d'autres prairies plus éloignées… Et bien sûr, son auberge ! Alors, n'exagérons rien, Martin n'est pas non plus Crésus. D'autres sont tout aussi riches que lui. Mais son mauvais caractère l'a emporté dans l'opinion publique.

Pendant ce temps, l'enquête avance. Le juge a interrogé des dizaines de personnes. Le problème, c'est qu'ils parlent tous en patois. Et le juge a rédigé les procès-verbaux en français. Si bien que, au moment de signer, les différents témoins sont incapables de comprendre leur propre déposition ! Ils signent, et puis c'est tout. « Je vous fais confiance, monsieur le juge. » Le dossier Enjolras est géré très maladroitement. À la décharge du juge, en 1832, il n'existe aucun manuel d'instruction, le premier ne paraîtra que quatre ans après l'affaire. Alors, en attendant, il improvise. Son enquête dure longtemps, onze mois en tout, durant lesquels il n'apprend pas grand-chose. Il n'est même pas certain qu'Enjolras se soit bien rendu à l'auberge. En revanche, il a trouvé des témoins qui lui ont affirmé avoir vu Pierre Martin transportant le cadavre du paysan. C'est mal parti pour lui !

Mais, celui que tout le monde semble oublier, c'est Louis Galland. Pourquoi tout le monde se focalise autant sur les Martin, alors qu'ils ne gèrent même pas leur auberge ? Certains ne profiteraient-ils pas de l'enquête pour régler leurs comptes avec les Martin ?

Le juge reçoit un jour le témoignage de deux gardes forestiers, qui prétendent avoir entendu les confidences de la lingère des Martin, Marie Armand. « Monsieur le juge, la petite Armand, elle nous a dit qu'elle avait vu Enjolras entrer dans la maison le soir du 12 octobre.

— Et après, messieurs ?

— Après, elle nous a dit que sa patronne, Mme Martin, lui avait demandé de ne jamais parler des bruits et des cris qu'elle avait entendus pendant la nuit. »

Le juge convoque immédiatement la lingère, qu'il avait déjà rencontrée et qui lui avait présenté une tout autre version des faits. Celle-ci nie fermement les dires des deux gardes forestiers. Tout le reste de l'enquête est du même acabit : des rumeurs, des mensonges, des commérages. Rien de cohérent et surtout, rien de vérifié.

De leur côté, les Martin n'ont pas grand-chose pour se défendre. Certes, ils ont un avocat, mais ils le voient peu. Le juge les a interrogés plusieurs fois mais c'est allé vite, ils ont répondu « Non » à toutes ses questions. Peu importe, le juge en est maintenant convaincu : l'assassinat de Jean-Antoine Enjolras a bien eu lieu à l'auberge de Peyrebeille. Il est un peu embêté de ne pas pouvoir dire comment les choses se sont passées exactement, mais elles se sont passées à l'auberge, ça, il en est sûr.

Et ensuite ? Comment expliquer que l'on ait retrouvé le corps sur les bords de l'Allier, treize jours plus tard ? Les témoins se contredisent. Ils parlent maintenant de deux hommes, transportant un corps sur un cheval, dont ils n'ont pas distingué le visage. C'est beaucoup trop vague. Pour faire un geste, le juge consent à blanchir le neveu des Martin, André, de l'accusation de meurtre. En revanche, il garde les trois autres enfermés, bien résolu à les faire juger pour meurtres. Oui, au pluriel. Car c'est une originalité du dossier : apprenant la déconvenue du couple Martin, les gens se sont mis à les accuser de toutes sortes de disparitions, certaines remontant à des années, et dont personne ne s'était plaint jusque-là. Un certain M. Hugon, par exemple, vient trouver le juge.

« Voilà, monsieur le juge, il y a sept ans de cela, je rentrais de la foire de Jaujac et je me suis arrêté pour coucher à Peyrebeille, à l'auberge des Martin. Et voilà que j'ai échappé de peu à la mort !

— Que s'est-il passé exactement ?

— J'ai fait la bêtise de dire que j'avais une bourse bien pleine sur moi. Et voilà qu'en quittant l'auberge, le tavernier m'attendait dans un coin. Il a commencé à me frapper à coups de pioche. Mais je me suis défendu, j'ai crié. C'est là que Rochette, le domestique, est arrivé. Il disait à son patron de frapper plus fort ! Par chance, j'ai pu m'enfuir. » Hugon ajoute que, ce soir-là, il y avait huit clients à l'auberge. Pensez-vous que le juge les ait fait chercher pour les interroger ? Pas du tout ! Il ne pense pas non plus à demander à Hugon pourquoi il a attendu sept ans avant de se manifester pour se plaindre d'une tentative d'assassinat. Il ne retient que la pioche et le motif, l'argent. Ça l'arrange bien.

Ensuite, entre en scène un dénommé André Leyre, qui vient aussi de miraculeusement recouvrer la mémoire. « C'était il y a quatre ans, je rentrais de la foire et j'ai dormi sur un tas de foin à l'auberge de Peyrebeille. En pleine nuit, un homme est entré dans la grange et m'a tiré par les pieds. Comme des charrettes sont passées, il a dû me lâcher. C'est là que j'ai reconnu M. Martin. En partant, il m'a dit que j'avais eu une sacrée chance que du monde soit passé... »

Le juge se frotte les mains. Un témoignage de plus ! Il ne se demande pas pourquoi Leyre dormait sur un tas de foin dans une auberge. Il ne va pas vérifier dans le registre s'il y a bien dormi ce soir-là. Il n'envisage pas une seconde que Leyre ait pu squatter le tas de foin et que Martin l'ait tiré par les pieds parce qu'il n'avait tout simplement rien à faire là. Non, le juge ne retient qu'une tentative de meurtre de plus. Et les gens viennent, les uns derrière les autres, raconter leurs souvenirs « qui remontent » et nourrir le mythe selon lequel, à l'auberge de Peyrebeille, les clients disparaissent un à un. Ils sont mal partis, les Martin. Ils sont très mal partis même.

Le juge arrive au bout de son enquête et décide de renvoyer Pierre Martin, Marie Martin et Jean Rochette devant la cour d'assises pour sept crimes. Il n'a strictement rien vérifié des derniers témoignages, mais peu importe, c'est écrit dans son rapport :

« La cour royale de Nîmes, chambre d'accusation, a fait le rapport de la procédure instruite contre Pierre Martin, Marie, sa femme et Jean Rochette, son domestique, demeurant à Peyrebeille. Les surnommés sont auteurs ou complices d'un assassinat commis durant le mois d'octobre 1831 sur la personne du nommé Jean-Antoine Enjolras. Martin et Rochette, d'une tentative d'assassinat contre le nommé Hugon. Pierre Martin d'une tentative d'assassinat sur le nommé Leyre. Pierre Martin, Marie Martin et Jean Rochette d'une tentative d'assassinat sur un jeune homme inconnu il y a six ans. »

Vous noterez qu'on leur reproche d'avoir tenté d'assassiner un inconnu, c'est la meilleure ! À toutes ces accusations s'ajoutent des plaintes de vol. Certains parlent d'argent, d'autres d'un mouton... Le juge croit tout le monde, tous les ragots, c'est une calamité. On pourrait presque en rire si, derrière tout cela, ne se dessinait pas la figure sinistre de la guillotine...

Le procès du couple Martin et de Jean Rochette s'ouvre le 18 juin 1833, devant la cour d'assises de Nîmes. Il va durer sept jours. La salle est remplie mais, notez-le bien, il n'y a aucun journaliste. Le premier article relatant le procès paraîtra le 11 juillet, trois semaines plus tard.

On dresse avant tout le portrait des accusés. Marie Martin en prend pour son grade. On en fait une femme redoutable, on dit que c'est elle qui porte la culotte dans le couple, qui tient les cordons de la bourse. En 1833 ? Une femme ? Cela ne se fait pas... Tant qu'à faire, on prétend qu'elle a une liaison avec le domestique, Jean Rochette. Puis on parle d'argent, de leur argent, de leurs écuries, de leurs remises, de leurs terres... Du fait qu'ils étaient paysans puis, tout d'un coup, propriétaires. On sort des chiffres et, au grand étonnement de l'assemblée, on se rend compte qu'ils ne sont pas si riches que ça.

Puis vient le défilé des témoins. Du grand n'importe quoi. On fait remonter des affaires prescrites. L'un des témoins étant mort, un autre homme prend sa place pour dire « ce qu'il aurait dit ». On n'a jamais vu un tel carnaval ! Viennent ensuite ceux qui prétendent avoir vu les deux hommes transporter le cadavre sur un cheval. Un autre prétend qu'il a vu passer le corps sur une charrette tirée par des bœufs. On commence à s'y perdre. Tout cela est complètement discordant, cela ressemble à une énorme farce. On commence même à envisager un acquittement, la plaisanterie a assez duré ! Mais survient un coup de théâtre tragique pour les accusés. Un homme fait son entrée dans la salle, un certain Laurent Chaze. Il est mendiant. Et il a son mot à dire : « J'ai dormi dans la grange de l'auberge de Peyrebeille, la nuit du crime. J'ai vu un homme que je ne connaissais pas. J'ai parlé avec lui, il m'a dit qu'il avait perdu sa génisse. Et là, trois hommes et une femme sont entrés dans la grange. Je me suis caché, mais j'ai entendu les cris de l'homme. Ils l'ont forcé à boire quelque chose, certainement du poison, puis ils l'ont frappé avec une barre de fer. Une fois l'homme mort, ils ont emporté son corps... » La cerise sur le gâteau ! Un témoignage spontané qui donne à l'accusation tout ce qui lui manquait, car, pour la première fois, on désigne nommément Pierre Martin ! Les avocats du couple sont furieux. « C'est un calomnieur professionnel ! Une conscience avinée ! Un cerveau malade ! » Personne ne songe à vérifier les dires de Chaze, on se contente de le croire aveuglément.

À l'issue de ce procès, ou plutôt de ce simulacre de procès, Pierre Martin, Marie Martin et Jean Rochette sont tous les trois reconnus coupables d'assassinat et de vol et promis à la guillotine. Une dernière chose demande à être déterminée : le lieu de l'exécution. On finit par décider qu'ils seront guillotinés en place publique, devant l'auberge, pour donner un côté plus spectaculaire à l'événement. Le trio, pour la forme, se pourvoit en cassation, mais leur demande est rejetée le jour même. Il ne leur reste plus qu'à espérer une grâce royale, qui ne leur sera pas accordée.

Le 2 octobre 1833, presque un an après la disparition de Jean-Antoine Enjolras, Marie et Pierre Martin et Jean Rochette sont exécutés devant près de quatre mille personnes, devant leur auberge à Peyrebeille. On raconte qu'avant de mourir, Rochette a crié « Mais mon Dieu, que ne m'avez-vous pas fait faire ? » Un aveu au dernier moment ?

Ils sont enterrés au cimetière du village. Avant l'inhumation, on a procédé à une drôle d'opération : des moulages de leurs crânes ont été faits, au nom d'une pseudo-science de l'époque, la phrénologie, qui visait à étudier les caractères humains en fonction de leurs crânes. On peut toujours observer les trois moulages au musée Crozatier du Puy-en-Velay. Quant à l'auberge de Peyrebeille, si le cœur vous en dit, vous pouvez toujours y séjourner ! Mais ne vous fiez pas aux apparences. Si ça se trouve, personne n'y est jamais mort... À part peut-être trois personnes, le matin du 2 octobre 1833.

L'assassinat du procureur Fualdès

Cette nouvelle affaire a eu lieu il y a plus de deux cents ans, en 1817, à Rodez dans l'Aveyron. Elle a été médiatisée partout en France et dans le reste du monde, ce qui, pour l'époque, était peu banal. En d'autres termes, il s'agit de la toute première saga judiciaire.

Tout commence le 20 mars 1817, à l'aube. Mme Salacroup se rend à Rodez à pied, en longeant l'Aveyron. Le jour se lève, il fait encore froid. Au loin, elle voit la ville, perchée sur un plateau. À environ un kilomètre de Rodez, en arrivant au niveau du moulin des Besses, elle aperçoit, dans les remous de la rivière, une forme noire. Elle s'approche... C'est un corps ! Elle appelle le meunier à l'aide. « Foulquier ! Foulquier ! Viens voir ! » Foulquier, avec une perche, parvient à tirer le corps hors de l'eau et à le traîner sur la rive. « Regarde, c'est un monsieur. » Un « monsieur », car le cadavre porte un pardessus, un gilet noir, un pantalon, une cravate et des chaussures.

Le lieutenant de gendarmerie et le Dr Bourget arrivent au moulin aux alentours de 9 heures. Ils reconnaissent immédiatement le mort. Ce grand front, ces cheveux blancs, ce nez fort... Il n'y a pas de doute : « Bon sang, mais c'est Fualdès, l'ancien procureur ! » L'ancien procureur se serait donc noyé dans ce quartier excentré ? Un homme de son âge et de sa condition, en pleine nuit ?

Quand le Dr Bourget coupe la cravate du défunt, les témoins de la scène poussent un cri d'épouvante. Il a été égorgé, saigné à blanc même ! Le corps est transporté dans une salle de la mairie de Rodez, afin de procéder à l'autopsie. L'entaille a coupé le larynx, la veine jugulaire et la carotide gauche. La blessure est bizarre, irrégulière et sinueuse, comme si elle avait été infligée avec un couteau mal aiguisé ou une scie. Selon le Dr Bourget, Fualdès a été égorgé, saigné à blanc puis jeté dans l'Aveyron.

La nouvelle fait très vite le tour de la ville. C'est que, d'ordinaire, il ne se passe pas grand-chose à Rodez, alors un procureur égorgé comme un cochon, forcément, ça fait causer. D'autant plus qu'Antoine-Bernardin Fualdès était un enfant du pays, issu d'une grande famille de magistrats. Ancien membre du Tribunal révolutionnaire de Paris, nommé procureur impérial de l'Aveyron sous l'Empire, il a pris sa retraite deux ans auparavant. Il a refusé de servir les Bourbons. Alors, forcément, tout de suite, on pense à un assassinat politique. C'est vrai qu'il s'est beaucoup enrichi pendant la Révolution et sous l'Empire, comme beaucoup d'autres... Mais c'était un modéré, pas un enragé. Et depuis deux ans, il vivait une vie tranquille de bourgeois de province, installé confortablement dans le centre-ville. Franc-maçon, membre de la Grande Loge de Rodez, il ne dérangeait personne. Enfin, *a priori*...

Pour l'instant, il n'y a aucune piste tangible. Alors, la rumeur fait son œuvre et parcourt les rues de la ville. Certains disent avoir vu Fualdès, la veille, en grande discussion avec son agent de change, Joseph Jausion. Un peu plus loin, on dit que Fualdès avait l'air très préoccupé et que les deux hommes se sont disputés. Comme la foire de printemps vient de s'achever, certains accusent les marchands espagnols. Et, comme Fualdès était franc-maçon, d'autres croient à la piste de la vengeance maçonnique. D'après ce qu'on dit, il y a eu de nombreux problèmes à la Loge. Des rivalités dont on ne sait évidemment rien, mais dont on parle tout de même. Bref, partout, la ville bruisse de rumeurs toutes plus abracadabrantes les unes que les autres.

L'affaire est en tout cas suivie de près par le préfet de la ville, le comte d'Estournel, qui a de grandes ambitions et tient à résoudre cette affaire. Quand le maire annonce qu'il s'agit sans doute d'un suicide, tout le monde lui rit au nez. « Un suicide en se tranchant la gorge ? Il y en a qui n'ont peur de rien ! » La manœuvre échoue lamentablement. Inévitablement, on revient à la thèse de l'assassinat. À quelle heure Fualdès a-t-il quitté son appartement ? Où allait-il ? Quand a-t-on perdu sa trace ? On interroge sa gouvernante. « Dans l'après-midi, M. Fualdès m'a parlé d'un rendez-vous qu'il avait le soir même, à 8 heures. Il devait rencontrer un homme, pour échanger des valeurs. » « Échanger des valeurs »... On vérifie, et ça colle : Fualdès avait bien des problèmes d'argent, des dettes. Il avait vendu un de ses domaines et était en possession de lettres de change, les chèques de l'époque, qu'il cherchait sans doute à échanger contre des espèces. Sa gouvernante continue : « À 8 heures, il a mis sa redingote, son chapeau et a pris sa canne à pommeau d'argent. Il est sorti. Il portait un paquet volumineux sous le bras gauche. Et il n'a pas pris sa lanterne. » Ça, c'est intéressant. À l'époque, l'éclairage public n'est pas encore répandu partout en France. Si Fualdès n'a pas pris sa lanterne, c'est qu'il ne voulait pas être vu. Mais avec qui avait-il donc rendez-vous ?

À la gendarmerie de Rodez, des témoins spontanés défilent toute la journée. Il faut dire que comme le procureur Fualdès était connu et vivait en plein centre-ville, beaucoup de gens l'ont vu la veille du meurtre.

Lui, et possiblement le ou les assassins. Un homme, par exemple, explique qu'il a vu, le soir, un homme qui semblait attendre quelqu'un au coin de la rue des Hebdomadiers, tout près de chez Fualdès. D'autres parlent d'un groupe d'hommes, dont un très grand, qui semblait faire le guet, dans cette même rue des Hebdomadiers. Des habitants de la rue disent avoir entendu des joueurs de vielle et un orgue de Barbarie, entre 8 heures et 9 heures ce soir-là. Peut-être était-ce pour couvrir le bruit ? D'autres, enfin, parlent de cris, de coups de sifflet et même de bruits de lutte. Mais il faut se méfier de tous ces témoignages, car la rue des Hebdomadiers, à Rodez, est avant tout le théâtre de tous les fantasmes. Autrefois, elle était habitée par des ecclésiastiques, qui servaient l'évêque une semaine sur deux, d'où ce nom, « Hebdomadiers ». Mais aujourd'hui, c'est l'une des rues les plus mal famées de la ville, sale, étroite, longée par un mur crasseux. La nuit, seule la lune l'éclaire. Il n'empêche qu'on retrouve la canne à pommeau d'argent de Fualdès dans l'égout à ciel ouvert qui coule au milieu de la rue. On tient peut-être finalement une piste. Le commissaire chargé de l'enquête ordonne à ses hommes de fouiller toutes les maisons suspectes de la rue, à commencer par le numéro 65, la maison Bancal. Un bouge qui porte bien son nom, tant ce qui se passe à l'intérieur n'est pas net. Le commissaire appelle cela une « maison à parties », parties fines j'entends, où l'on accueille des couples illégitimes et des prostituées. C'est donc la première à être perquisitionnée et, ma foi, la pêche est bonne car, dans un tas de linge sale, les policiers saisissent une couverture pleine de sang et, sous l'escalier, d'autres linges tachés de sang eux aussi. Dans la foulée, les voisins, bien contents que l'on s'intéresse à la maison Bancal plutôt qu'à eux, se mettent à cancaner tout ce qu'ils peuvent. « Le soir du crime, la porte du 65 était fermée, alors qu'elle est toujours ouverte !

— Le lendemain, la table et le sol de la cuisine ont été lavés à grande eau !

— La mère Bancal, le lendemain, elle est allée laver son linge à la rivière... et elle est revenue sans linge ! Elle qui pourtant n'est pas bien riche... »

Le juge fait immédiatement arrêter le couple Bancal, leur fille et plusieurs locataires de la maison. Voici le scénario qui s'esquisse : le pauvre Fualdès a été conduit de force dans la maison Bancal (bien sûr, il est tout à fait inimaginable qu'un homme comme lui se soit rendu de lui-même dans un tel bouge). Il a été égorgé dans la cuisine et saigné comme un cochon, sur la table. Et voilà ! Notez bien qu'en dehors du linge taché de sang, il n'y a aucune preuve. Mais il y a des témoignages et, à l'époque, c'est ce qui compte. Le couple Bancal et cinq de leurs locataires sont donc emprisonnés. Madeleine, leur petite dernière âgée de huit ans, est placée dans une maison d'enfants. Et les Bancal ont beau nier, jurer leurs grands dieux qu'ils sont innocents, rien n'y fait, l'arrestation de ces « mauvais sujets » arrange tout le monde. D'autant qu'à force d'insister, la petite Madeleine finit par raconter la scène du crime au juge : « Le monsieur, il a été amené de force dans la cuisine. Ils l'ont couché sur la table et ils lui ont coupé le cou. Et le sang, dans la bassine, on l'a donné à manger aux cochons. » Elle dit aussi qu'il y avait là un homme gigantesque et une femme masquée. Ça ressemble un peu à une fable d'enfant mais bon, ça rend service. Sauf qu'entre nous, ça ne colle pas du tout avec les déclarations de la gouvernante. Elle a dit que Fualdès avait rendez-vous à 8 heures pour négocier des lettres de change. Il n'allait sûrement pas négocier avec les Bancal, qui n'ont pas un sou ! Non, il allait forcément voir quelqu'un en qui il avait confiance.

Malgré l'arrestation des Bancal, les témoins continuent de défiler au commissariat. Et beaucoup d'entre eux parlent d'un homme de très grande taille. En cherchant un peu, on en trouve un dans l'entourage immédiat de Fualdès : son beau-frère, Bernard-Charles Bastide, dit Gramont. Il mesure 1,90 mètre et en 1817, ce n'est pas banal ! Quand on interroge les domestiques, ils disent que, le lendemain de la mort de Fualdès, Gramont est passé récupérer un papier. Il a fouillé un secrétaire et est reparti. Le lendemain même du meurtre, c'est tout de même étrange. Certains disent l'avoir vu près du marché, un sac de pièces à la main, qui devait peser dans les 5 kg, au moins. D'autres prétendent l'avoir vu avec Fualdès, l'après-midi même, en train de se disputer. Tout cela est bien intrigant. Ce Gramont serait-il le commanditaire du meurtre ? Entre nous, il n'est pas très aimé à Rodez. Trop grand, trop riche, trop prétentieux. Il est immédiatement arrêté et, avec lui, Joseph Jausion, l'agent de change qui faisait affaire avec Fualdès et qui, lui aussi, est venu récupérer un papier chez le procureur le lendemain du drame. On pense que ce sont eux qui ont commandité le meurtre, et que les Bancal ont fait le sale boulot. Le préfet va pouvoir rassurer Paris, l'enquête a été rondement menée. Peu importe qu'ils clament tous leur innocence, le procès va bel et bien avoir lieu. Ce qu'il ignore, c'est que rien ne va se passer comme prévu.

On décide de les juger devant la cour prévôtale de Rodez, une juridiction d'exception créée deux ans plus tôt, pour juger les auteurs de crimes et d'attentats. Pas de jurés, pas de possibilité d'appel, pas de recours en cassation. De la bonne justice, rapide et efficace, pour rassurer le peuple. Mais il y a un hic. Le procureur général de la cour d'appel de Montpellier ne veut pas d'un procès d'exception. Il veut que le procès se tienne devant une cour d'assises, hors du département de l'Aveyron. En clair, il soupçonne le juge de Rodez d'avoir bâclé son enquête. Il écrit au garde des

Sceaux : « Il convient de faire transférer les accusés en un lieu où ils seraient équitablement jugés, sans ennemis pour manipuler les témoignages. » Dans la foulée, il envoie aussi un détachement de soldats à la prison de Rodez, pour transférer les détenus à Montpellier. Mais à Rodez, ça se passe mal, les gens se rassemblent devant la prison, en colère. « On veut nous voler nos assassins ! » Les autorités locales refusent de livrer les prisonniers. Le général de Vautre, qui dirige les soldats, est hors de lui : « Qu'on me livre les détenus bon sang ! Ce n'est pas aujourd'hui que je vais me laisser faire par un ramassis de péquins ! Au large, ou je fais charger ! » La foule se met à hurler, des hommes brandissent des bâtons, d'autres lancent des pierres sur les soldats. Le général est obligé d'abdiquer. Les détenus restent à Rodez. Le président du tribunal accepte de renoncer à la cour prévôtale, ils seront jugés aux assises.

Le problème, c'est que l'enquête n'est pas terminée. Vous vous souvenez que la petite Madeleine Bancal avait parlé d'un homme gigantesque, mais aussi d'une femme masquée, qui n'a jamais été identifiée. On pense très vite à Clarisse Manson, un sacré numéro. Tout le monde la connaît à Rodez. Une femme sulfureuse de trente ans, jolie, passionnée de littérature romantique. Son père, figurez-vous, est le président de la cour prévôtale. Il a réussi à la marier à dix-huit ans à un officier, imaginant que ça allait calmer ses ardeurs. Mais dès que son mari a rejoint son régiment, la belle Clarisse a pris des amants. Quand il est rentré, elle a refusé de le voir, et ils ont fini par divorcer. Et pourquoi est-elle soudain impliquée dans cette histoire ? Parce qu'elle aurait fait des confidences à un de ses amants. Elle lui aurait dit : « La femme masquée, c'est moi. J'étais à la maison Bancal pour un rendez-vous. Je ne peux rien dire, c'est une affaire d'honneur, mais j'ai tout vu. » Son amant, un lieutenant, est allé tout répéter au préfet, histoire de se faire bien voir. Le préfet en a parlé au juge, qui a immédiatement convoqué Clarisse. Mais son interrogatoire est un grand spectacle ! Un jour, elle affirme avoir vu Fualdès à la maison Bancal, le lendemain elle dit le contraire. Une fois elle dit qu'elle était présente, et la fois d'après qu'elle ne peut rien dire car on la menace. Finalement, le juge décide de la faire comparaître en qualité de témoin. Tous ces atermoiements font le bonheur de la presse. Rodez est devenu le centre du monde, l'affaire passionne partout en France et ailleurs. Le procès s'annonce, et il sera haut en couleur !

Le procès est prévu pour le 19 août mais, dès le 15, les magistrats sont en ville. On les voit parader dans les rues de Rodez pour les processions du 15 août, dans leur habit rouge. Toute la ville est en ébullition en vue du procès. Dans la salle d'audience, on a même fait construire une estrade, pour les dames de la bonne société, 10 francs la place. Des journalistes parisiens du *Moniteur*, de la *Quotidienne* et du *Journal de Paris* ont fait le déplacement avec leurs sténographes pour prendre des notes et leurs polygraphes pour réaliser des illustrations du procès. Il y a aussi des imprimeurs-éditeurs, pour faire des comptes rendus exhaustifs et journaliers du procès, avec des récits complets de l'affaire, avec des gravures et des plans. Tous les jours, des centaines d'exemplaires sont envoyées aux abonnés partout en France, mais aussi en Belgique, en Allemagne, aux États-Unis et même à la cour du Tsar, à Saint-Pétersbourg, où l'on suit avidement, avec un léger décalage, les derniers rebondissements de l'affaire Fualdès. C'est la première fois, dans l'histoire judiciaire, que l'opinion mondiale se passionne pour une affaire française. En 1817, Rodez est le centre du monde. Cent soixante-dix ans avant l'apparition d'Internet, les prémices de la mondialisation se font sentir. Il faudra des décennies à la préfecture de l'Aveyron pour se défaire de l'image détestable qu'elle avait acquise à l'époque, celle d'une cité sinistre, effrayante et mal famée, livrée aux complots de sociétés secrètes et à toutes les turpitudes. Avant même l'ouverture du procès, la presse n'y est pas allée avec le dos de la cuillère. Les accusés y sont décrits comme des monstres. « La tenancière Bancal n'est pas dotée d'une figure heureuse. La ruse et la dissimulation y sont empreintes. » « La physionomie de Bastide est dure, son regard est faux. » Et j'en passe.

Cinq mois après le crime, le 19 août, le procès débute. D'entrée, la star, c'est Clarisse Manson. Elle fait la joie des journalistes, qui font des gorges chaudes de son parfum de scandale. Clarisse, fidèle à elle-même, ne fait que se contredire. Elle s'évanouit plusieurs fois et est régulièrement prise de tremblements et de convulsions. Elle prétend avoir peur, être menacée. « Tous les coupables ne sont pas derrière des barreaux ! » Du très grand spectacle, qui nourrit l'intérêt du monde entier pour cette histoire. À un moment, le président, excédé par ces simagrées, finit par l'envoyer en prison.

En tout, ils sont neuf accusés. Les Bancal, Bastide-Gramont, Jausion et des comparses. Ils clament tous leur innocence. En trois semaines de procès, cent soixante-deux témoins doivent être entendus, principalement des commères. C'est le défilé du grand n'importe quoi. Ne nous attardons pas sur les détails du procès, vous allez comprendre pourquoi. Sachez juste qu'à la fin, Bastide-Gramont et Jausion sont condamnés à la peine de mort, et deux autres à l'emprisonnement à perpétuité. Mais en raison d'une faute de procédure, le verdict est cassé. Un second procès s'ouvre donc à Albi, devant la cour d'assises du Tarn. Et là, nouveau rebondissement : Mme Bancal avoue qu'elle a égorgé le procureur… avant de se rétracter le lendemain. Finalement, Bastide-Gramont, Jausion et un de leurs comparses sont condamnés à mort et exécutés. Le mari Bancal s'est suicidé en prison et sa femme est condamnée à perpétuité. L'histoire est finie. Mais on ne connaît toujours pas la vérité. Dès l'annonce du verdict, les chroniqueurs s'insurgent. Pour eux, l'enquête et le procès ont été bâclés. Il fallait des coupables, il fallait rassurer les braves gens et ne pas faire de vagues avec une histoire trop politique. Voilà ce qu'écrivent la plupart des journalistes qui ont suivi le procès. Dans les années qui suivent, ce « drame provincial français » a connu un retentissement incroyable dans toute l'Europe. Balzac, Flaubert, Victor Hugo, tous y font allusion dans leurs œuvres. Aujourd'hui encore, l'affaire Fualdès reste en mémoire. On retiendra surtout que c'est avec cette affaire qu'est née l'alliance toujours solide entre la presse et les récits judiciaires.

L'évadé de l'île du Diable

Une histoire de bagnard, ça commence toujours par un crime. Pour être envoyé au bagne en Guyane, il faut avoir fait quelque chose de grave, de très grave. En ce qui concerne notre bonhomme, René Belbenoit, c'est plutôt moyennement grave puisqu'il s'agit d'un vol, rien de plus. René Belbenoit est un Parisien né dans les années 1900. Il a grandi dans la boîte de nuit de son oncle, à Pigalle. C'est vous dire s'il a appris la vie très jeune ! Maison de redressement à dix-sept ans, service militaire en pleine guerre de 1914... En août 1921, il se fait embaucher comme garçon de salle dans un restaurant de Dijon, Le Pré aux Clercs. Dès le lendemain, il s'enfuit avec la caisse, 2 800 francs ! Il prend le train pour Paris, persuadé que la police dijonnaise ne le retrouvera jamais. Le problème, c'est que René Belbenoit est un provocateur qui ne sait pas tenir sa langue. À peine arrivé à Paris, il envoie une lettre au patron du Pré aux Clercs, qu'il vient de dépouiller. Une lettre de « sincères remerciements ». Ça n'est pas très malin... Le patron s'empresse de transmettre la lettre à la police. Sur l'enveloppe, il y a le tampon du bureau de poste d'où elle a été envoyée. C'est ainsi que les policiers vont identifier le voleur de Dijon. René Belbenoit, vingt-deux ans, est déjà bien connu des services de police. On le recherche à Tours, à Saint-Nazaire, à Chartres, à Nantes et à Besançon, toujours pour des affaires de vol. En mai 1922, il se retrouve devant la cour d'assises de Dijon. « Vous reconnaissez les faits ? lui demande le président.

— Ouais, c'est bien moi qui ai pris l'argent dans la caisse. »

Les jurés délibèrent pendant trente-neuf minutes. Et en trente-neuf minutes, la vie de René Belbenoit va basculer. C'est un récidiviste. Il écope de huit ans de travaux forcés en Guyane. Belbenoit n'est pas bête, il sait que « huit ans », ça veut dire en réalité qu'il y passera le restant de ses jours. Quand on file au bagne, on ne revient jamais. Au mieux, on meurt de paludisme, au pire, on y est coincé définitivement. On appelle ça la peine de doublage. Après avoir purgé sa peine, Belbenoit ne sera pas totalement libre. Il devra rester en résidence surveillée, en Guyane. Il ne rentrera plus jamais en Métropole. Il ne reverra plus jamais les rues grouillantes de Pigalle. Et il ne sait pas encore que cette condamnation est en réalité la chance de sa vie.

René Belbenoit est transféré au centre pénitentiaire de Saint-Martin, sur l'île de Ré. Une grande bâtisse en bord de mer, accolée à un petit port, qui existe encore de nos jours. Quand il y débarque en janvier 1923, Belbenoit n'est pas au mieux de sa forme. Pendant la guerre, il a combattu en Orient, où il a contracté le typhus et le paludisme. Il est rentré maigre comme un coucou et, comme il n'est pas bien grand, il ressemble à une crevette.

Un matin de juin, on vient les chercher, lui et les autres condamnés. On les aligne dans la cour de la prison pour leur expliquer la suite des événements. « Vous allez embarquer sur *La Martinière*, et je vous conseille de vous tenir à carreau. À bord, si vous désobéissez, si vous faites le moindre faux pas, vous le paierez très cher. »

La Martinière... C'est ce célèbre bateau-prison, un ancien cargo allemand, qui fait plusieurs fois par an l'aller-retour entre l'île de Ré et la Guyane, pour y déverser des centaines de bagnards. Le matin du 7 juin 1923, ils sont donc quatre-cent-huit prisonniers à embarquer à quitter le pénitencier de Saint-Martin, alignés en rang d'oignons, enchaînés les uns aux autres. Dehors, il y a toute une foule de curieux venus assister au spectacle, à l'embarcation des bagnards sur ce rafiot puant qui va les conduire tout droit vers leur destin. À bord du navire, figurez-vous qu'il y a des cabines de 1re, 2nde et 3e classe, réservées à ceux qui ont acheté un billet pour les colonies. Les bagnards quant à eux sont entassés dans la cale, dans de grandes cages en fer qui peuvent contenir près de cent détenus. Quand une cage est pleine, on passe à la suivante. « Il n'y a même pas 1 m^2 par paire de pattes[1] », écrira Belbenoit.

Le commandant envoie un coup de sirène et le bateau quitte le port de Saint-Martin. Dans la cage de René, un prisonnier lance, presque joyeux : « Au revoir la France ! » Avant de prendre la direction de la Guyane, *La Martinière* va faire une escale à Alger, où l'on embarque deux cent cinquante bagnards de plus. Et puis c'est l'Atlantique, la houle, les vagues... Dans la cale puante, les hommes se marchent dessus et sont tous malades. Ils n'ont droit qu'à une demi-heure de promenade par jour, et encore, promenade est un bien grand mot : on leur ordonne de fixer le large, personne n'a le droit de parler ni de se regarder. Ensuite, on les renvoie dans l'enfer de la cale. Souvent, les esprits s'échauffent et des bagarres éclatent. Surgissent alors de nulle part des couteaux de fortune, des bouts de métal aiguisés que certains ont réussi à cacher. Parfois, un homme tombe, mais qu'importe s'ils se tuent entre eux ?

1. Toutes les citations suivantes sont extraites du livre de René Belbenoit, *Les Compagnons de la belle (Dry Guillotine)*, trad. P.-F. Caillé, Les Éditions de France, 1938.

Le 23 juin 1923, après seize jours de mer, *La Martinière* arrive en vue de la Guyane. Le bateau entre dans l'estuaire du fleuve Maroni et aborde à Saint-Laurent-du-Maroni. Terminus, tout le monde descend.

À peine débarqués, les détenus sont répartis en trois catégories : bons pour les travaux de force, bons pour les travaux légers et impotents. René, du haut de ses vingt-quatre ans et certainement à cause de son allure souffreteuse, est affecté aux travaux légers. Pour lui, c'est une chance, il n'ira pas couper du bois dans la forêt. Il fabriquera des chapeaux de paille et dormira, comme tous les autres, dans une case qui abrite entre trente-cinq et quarante hommes. Dans son livre, René Belbenoit écrira plus tard :

> « La première année de bagne est meurtrière pour le forçat. Près de la moitié du convoi disparaît. La fièvre et la diarrhée déciment surtout les jeunes et les vieillards. Beaucoup meurent parce qu'ils se laissent aller. Parce qu'ils n'essaient pas de réagir, ni de tenir tête à la maladie. »

Mais lui n'a pas l'intention de se laisser aller. Il s'acoquine avec un autre jeune homme, Léonce et, très vite, les deux garçons projettent de s'enfuir. C'est ce rêve d'évasion qui va maintenir René en vie. Léonce, lui, a une autre raison de vouloir se faire la malle. Il est plutôt beau garçon et, depuis son arrivée, il doit subir les assauts sexuels répétés de ses codétenus. Il n'en peut plus. Leur idée est toute simple : ils vont fabriquer un radeau avec de gros bambous, grimper dessus et se laisser glisser jusqu'à l'autre rive du fleuve Maroni, à Albina, en Guyane néerlandaise. Ensuite, ils s'enfonceront dans la forêt et s'enfuiront à pied. Le plan paraît simple, trop simple. Les anciens du bagne les ont prévenus : « En face ? Il n'y a rien en face, dans deux jours ils vous ramènent. » Mais les deux bleus refusent d'écouter les rabat-joie. Ils piquent quelques boîtes de sardines, du lait, des couvertures et se font la malle ! Le 14 août 1923, un mois et demi à peine après leur arrivée en Guyane, René et Léonce jettent leur radeau de fortune dans les eaux boueuses du Maroni. Et, d'entrée, c'est moins simple que prévu. Le radeau est entraîné par des courants, des contre-courants et des tourbillons. Ils n'arrivent pas à le diriger et subissent les caprices du fleuve. Après quelques heures de navigation chaotique, ils échouent sur la rive française, à seulement quelques kilomètres en aval du bagne. C'est là qu'ils passent leur première nuit de cavale, dévorés par les moustiques et terrifiés par les singes hurleurs. Plus tard, Belbenoit racontera cette expérience dans son livre :

> « Aux abords des fleuves, il est impossible de marcher. L'eau recouvre le sol jusqu'à plus d'un mètre.
>
> Le sol vaseux est recouvert d'une grande quantité de racines [...] si nombreuses que le pied se prend dedans [...]
>
> Les troncs épineux sont si rapprochés qu'il est difficile d'avancer sans s'écorcher le visage.
>
> Ajoutez à cela [...] la puanteur qui se dégage de la vase, les moustiques, les serpents qui habitent cette fange [...] et vous avez une faible idée des difficultés que les hommes éprouvent pour marcher lorsqu'ils s'approchent d'un fleuve.
>
> Non, l'évasion par la brousse n'existe pas. »

Certes, les conditions sont extrêmement difficiles. Mais pour eux, il est hors de question d'abandonner. Le lendemain, ils retentent une traversée et cette fois-ci, miracle, parviennent à fendre les eaux du fleuve capricieux. Ils accostent avec succès à Albina, en Guyane hollandaise. Les deux garçons ont peine à y croire. Ça y est ? Ils sont libres ? Malheureusement pour eux, les vieux bagnards avaient raison : de l'autre côté du fleuve, ils ne trouveront rien qu'un billet retour. Dès qu'ils mettent un pied dans la jungle, ils se retrouvent encerclés par des Indiens, qui les remettent aussitôt aux autorités hollandaises, en échange d'une prime. Ils sont ensuite renvoyés au bagne sans autre forme de cérémonie. Fin du périple... Bien sûr, on ne les accueille pas avec des fleurs, on les envoie tout droit dans le quartier disciplinaire, qu'on appelle le « blockhaus ». Là-bas, ils ne sont pas seuls :

> « On ne nous donna pas de couverture et nous dûmes nous étendre à même les planches nues, la cheville prise dans un anneau de fer. Il régnait dans le blockhaus une chaleur étouffante. La dysenterie, les vers, la malaria s'en mêlent. De semaine en semaine, des hommes autrefois robustes [...] s'affaiblissent. »

Et ce n'est pas tout. Au blockhaus, ils se retrouvent entourés d'autres bagnards qui, tout comme eux, ont raté leur évasion. Là, les nerfs sont à vif et chaque conflit, aussi insignifiant soit-il, se règle à coups de couteau. L'administration ferme les yeux, ça l'arrange bien. René Belbenoit va survivre à son passage au blockhaus. En revanche, on ignore ce qu'il est advenu du beau Léonce, dont on n'entendra plus jamais parler.

René finit par retrouver le camp. Il est nommé infirmier, une bonne planque qui lui laisse tout le temps d'échafauder sa prochaine évasion. Eh oui, cette première expérience infructueuse ne lui a pas ôté l'envie de partir ! Et cette fois, il a bien retenu la leçon : il ne partira pas avec un bleu comme Léonce, il est bien décidé à s'acoquiner avec des durs à cuire. Il a repéré une bande de Marseillais qui, d'après ce qu'on dit, prépare une évasion. Drôle de bande, d'ailleurs. Le chef s'appelle Lulu. Il y a aussi un Basque et un boiteux, un dénommé Gypsy qui porte une jambe de bois. Ce Gypsy est accompagné d'un petit jeune, Jojo, qui est en fait son petit ami. Il y a une certaine tolérance à ce sujet au bagne, dans ces années-là. Bref, René va vite rejoindre cette bande. En tout, ils sont huit. Ils ont volé une pirogue et monté un mât de fortune, fabriqué une quille et un gouvernail avec des bouts de tôle et cousu une voile avec de vieux vêtements.

Le départ a lieu au soir du 18 novembre 1924, après le dernier appel. L'idée, cette fois-ci, n'est pas d'aller simplement de l'autre côté du fleuve pour se faire prendre par les Hollandais, mais de profiter de la marée descendante pour se laisser glisser vers l'embouchure et donc vers l'océan. Et ça marche ! Vers minuit, la pirogue franchit sans encombre l'embouchure du Maroni et les gars se retrouvent en mer. Forts de cette première victoire, ils chantent à tue-tête. Mais leur bonheur est de courte durée. Au petit matin, le vent se lève et voilà la pirogue poussée vers les côtes hollandaises. C'est à ce moment-là que le Basque propose de prendre la barre. Il dit qu'il a l'habitude de le faire, qu'il s'y connaît. Alors les autres le laissent faire. Mais ils se rendent bien vite compte que le Basque a menti. Avant d'être envoyé au bagne, il était certainement cordonnier ou berger, mais sûrement pas marin ! D'un coup, trois grosses vagues s'abattent sur l'embarcation. À la troisième vague, le mât, la voile et le gouvernail volent en éclats. Tout a été emporté ! La pirogue n'est plus qu'une coquille de noix, qui finit par s'échouer sur une plage de la Guyane hollandaise. Les Marseillais sont furieux contre ce fichu Basque qui leur a menti. Lulu, le chef, fait un mouvement de tête en sa direction. Aussitôt, un de ses hommes s'approche du Basque, qui ne fuit pas, et lui enfonce un couteau dans le ventre. Maintenant, ils ne sont plus que sept. Tout est à recommencer. Il faut trouver un nouveau bateau et reconstituer des réserves de nourriture. La petite bande marche pendant deux jours dans la forêt, en longeant la mer, dans la vase et la mangrove épineuse avec, comme bruit de fond, le bourdonnement incessant des moustiques. Un soir, ils finissent par atteindre une clairière. Mais Gypsy, qui porte une jambe de bois, et son compagnon Jojo manquent à l'appel. Au bout d'un moment, Gypsy finit par arriver, seul, et il est dans un sale état. « Il est où ton Jojo ?

— T'inquiète, il va arriver, il est juste un peu fatigué. »

Mais, une demi-heure plus tard, toujours pas de Jojo. Alors les autres se mettent à sa recherche et finissent par le retrouver, mort, défiguré par des coups de sabre. Quand ils reviennent à la clairière, pas de quartier : « Oh Gypsy ! Ton Jojo là, il est pas fatigué ! Tu l'as tué pour pouvoir le dépouiller ! » En face, Gypsy se met à trembler. Lulu, le chef de la bande, s'approche lentement de lui, avant de lui planter un couteau dans le cœur. Gyspsy s'effondre sur le sol. Et maintenant, ils ne sont plus que cinq. La suite est extrêmement pénible. Les hommes marchent depuis plusieurs jours, ils sont tenaillés par la faim. Alors ils se penchent sur le corps sans vie de Gypsy, lui ouvrent le ventre et lui arrachent les entrailles. Ils allument un feu de fortune et font cuire son foie, avant de le manger, ainsi qu'une de ses jambes. L'un des Marseillais remarque qu'« On dirait du cochon ». Et René, bien sûr, participe aux ripailles. Il en parlera plus tard :

> « Le désespoir engendre une espèce de folie. On n'est plus un homme mais de la chair qui a besoin d'une autre chair pour continuer à vivre. Je n'étais plus René Belbenoit, j'étais un cannibale. »

Le lendemain matin, les cinq survivants reprennent leur marche dans la jungle, en silence, tête baissée. Et, manque de chance, ils tombent sur un groupe d'Indiens. Au premier abord, leur chef a l'air accueillant, il leur fait préparer un peu de poisson. Mais évidemment, il fait prévenir la police hollandaise qui débarque quelques heures plus tard, capture les fuyards et les rend aux Français. Retour au bagne, retour au blockhaus, retour à zéro. Les Marseillais écopent d'un an de placard, René de six mois seulement. Tout est à recommencer. Mais, rassurez-vous, René n'a toujours pas renoncé à s'enfuir !

Après six mois au blockhaus, René est de retour dans sa case. Et là, en attendant de s'évader à nouveau, pour donner le change, il s'improvise « écrivain public ». La plupart des bagnards ne savent ni lire, ni écrire. Lui a obtenu son brevet élémentaire. Alors il écrit des lettres à la place des prisonniers, à leurs familles, à leurs amis et, surtout, à l'administration du bagne, pour se plaindre de leurs conditions de détention, des gardiens et de la nourriture. Ce qui ne manque pas d'agacer l'administration, évidemment. En 1925 et 1926, René multiplie les séjours au quartier disciplinaire pour insubordination, insultes ou encore pour réclamations infondées. C'est une femme qui va définitivement changer son destin au bagne. Une journaliste américaine, Blair Niles, qui déboule à Saint-Laurent-du-Maroni en 1927, pour écrire des articles sur le bagne. Bien évidemment, elle recherche des témoignages venant de l'intérieur et, rapidement, elle entend parler de René, qui sait parler et surtout qui sait écrire. Elle prend contact avec lui et il accepte de lui raconter sa vie de bagnard, de décrire le bagne et même de faire des croquis. En échange, il réclame de l'argent. Qu'importe, elle lui en donne. En juillet et en août 1927, Blair Niles publie quatre articles d'affilée dans le *New York Times Magazine*. Pour René, c'est le début de la célébrité et ça ne fait que commencer. Dans la foulée, elle écrit un roman dont le héros s'appelle Michel, mais qui pourrait tout aussi bien s'appeler René, car c'est véritablement son histoire qu'elle raconte ! L'ouvrage rencontre un vif succès et est même adapté au cinéma. René Belbenoit est aux anges. Se sentant pousser des ailes, il tente une troisième évasion, en se cachant dans le bateau de la journaliste américaine, mais il se fait prendre. Qu'importe, il réessaie quelques mois plus tard, toujours sans succès. Cela fait cinq ans qu'il est arrivé en Guyane, et il en est à sa quatrième tentative d'évasion. Le moins que l'on puisse dire, c'est qu'il est persévérant ! Le temps passe et René Belbenoit finit par arriver au bout de sa peine. Il est « libéré » le 21 septembre 1930 mais a interdiction formelle de rentrer en France. Il est condamné à rester en Guyane, à lui de se débrouiller pour survivre. Là, il va avoir de la chance, une chance qui tient probablement à son charme ou à son intelligence. Le gouverneur lui accorde l'autorisation exceptionnelle d'aller passer un an au Panama, étant entendu qu'ensuite, il devra rentrer en Guyane. Et, comme vous vous en doutez, il n'en a pas la moindre intention !

René Belbenoit s'installe au Panama au début de l'année 1931. Là, il retrouve son amie Blair Niles, qui lui dégote un travail à l'hôpital américain. Il nettoie les ustensiles chirurgicaux pour soixante-cinq dollars par mois. Son caractère flambeur reprend rapidement le dessus. Certes, il est bien installé au Panama, où il mène une existence plutôt confortable mais, très vite, lui prend l'envie de rentrer en France. Il finit par embarquer sur un bateau, le *Wyoming*, direction Le Havre. C'est à croire qu'il se jette volontairement dans la gueule du loup... À peine débarqué au Havre, il se fait cueillir par la police française et se retrouve devant un juge. « Monsieur Belbenoit, vous auriez dû réintégrer la Guyane. Eh bien vous allez y retourner ! » Le 14 octobre 1933, René Belbenoit est de retour à Saint-Laurent-du-Maroni, où il écope de trois ans de travaux forcés supplémentaires pour cette tentative d'évasion ratée. On pourrait le croire guéri de ses rêves d'évasion, mais non, il ne pense qu'à ça, encore et toujours ! Il s'acoquine avec une nouvelle équipe, Bebert, Dadar, Casquette, Panama et Chifflot et c'est parti ! Ils embarquent tous les six sur un canot à voile, le 2 mai 1935, en direction de l'embouchure du Maroni. Après dix jours en mer, ils accostent au sud de l'île britannique de Trinidad où, soit dit entre nous, ils ne sont pas les bienvenus. Au début, les Anglais les tolèrent mais très vite, ils décident de mettre dehors ces Français encombrants. « Vous avez deux semaines pour partir ! » Alors ils repartent.

Le 26 mai 1935, René Belbenoit et ses compagnons reprennent la mer et mettent le cap sur Miami ! Du moins c'est ce qu'ils croient, il n'y avait pas de GPS à l'époque ! Ils finissent par échouer en Colombie, ce qui est extrêmement problématique pour eux car la Colombie, tout comme la Guyane néerlandaise, a conclu un accord avec la France, à qui elle rend tous les bagnards fugitifs. Au début, Belbenoit et ses amis se font discrets, craignant de se faire prendre. Ils se cachent et survivent en mangeant des œufs de tortue, sur la plage. Puis un jour, ils décident de se rendre en ville, juste pour voir. Ça ne loupe pas, ils sont immédiatement interpellés et jetés à la prison de Barranquilla. Prochaine étape : le bagne ! Enfin, normalement…

René sait très bien ce qui l'attend. On va le renvoyer à Cayenne, pour ce qui lui semble être la millième fois et, pour la millième fois, il faudra tout reprendre à zéro. À moins qu'il n'arrive à s'échapper de cette fichue prison d'abord… Un matin d'avril 1936, il se retrouve seul dans le quartier d'isolement, sans gardiens et, par un coup du sort, la porte est ouverte. C'est un véritable miracle ! Une minute plus tard, il est dehors. Libre, mais sans un sou en poche pour poursuivre l'aventure. Il lui vient alors une idée géniale. Il sait qu'en Colombie, comme dans toute l'Amérique centrale, chasser et vendre des papillons est un excellent moyen de subsistance ! Pendant toutes ses années de bagne, il a appris la technique, et il sait qu'un Morphos bleu se vend comme un petit pain. Ni une ni deux, il dégote un filet à papillons et se met à l'œuvre. C'est comme cela qu'il finance son voyage vers Panama City. Il y a vécu pendant un an, il y a encore des relations. En chemin, il échoue dans une tribu d'Indiens, les Kunas. C'est risqué ! Jusqu'ici, toutes les tribus l'ont dénoncé et rendu aux autorités. Mais pas ceux-là... Les Kunas lui offrent l'asile. Pendant de longs mois, il va se refaire une santé auprès d'eux, après toutes ces années de cavale. Il va même y épouser une autochtone ! Et surtout, il va recommencer à monnayer son histoire auprès des journalistes. Vous l'aurez compris, René est un flambeur qui a toujours besoin de se faire mousser. C'est comme ça qu'on le retrouve en photo dans un magazine américain, *The Family Circle Magazine*, en train de poser aux côtés de son épouse indienne, avec son filet à papillons. En juillet 1937, il accorde une interview au journal *The Oregonian*, dans laquelle il raconte sa vie chez les Kunas :

> « J'aurais pu rester là jusqu'à la fin de mes jours, à apprécier l'agréable silence de mon épouse, sous ma hutte couverte de feuillage, rêvassant ou chassant – des jaguars et des cochons sauvages... Bref, vivant comme un pacha. »

Mais Belbenoit est-il un homme à vivre comme un pacha ? Bien sûr que non. Il a un rêve inassouvi : se rendre aux États-Unis ! Déjà lors d'une de ses précédentes escapades, avant d'échouer en Colombie, il voulait se rendre à Miami. Qu'à cela ne tienne, il tente le coup. En mars 1937, il débarque avec succès aux États-Unis. Comment a-t-il réussi ? Il raconte qu'il a pris un bateau chargé de bananes, puis un camion chargé de journaux, jusqu'à la frontière avec le Costa Rica. Ensuite, il a soudoyé un trafiquant de soie japonaise pour pouvoir traverser la frontière. Arrivé au Costa Rica, il a loué un cheval et chevauché pendant cinq jours avant de rejoindre la frontière avec le Nicaragua. Puis il a traversé le Honduras, le Salvador, pour finalement se glisser à bord d'un cargo en partance pour la côte ouest des États-Unis, avant de débarquer à Los Angeles. Sacré périple ! Bien évidemment, tout cela est impossible à vérifier, mais le récit est porteur d'imagination.

Enfin, après deux ans de périple, René Belbenoit est enfin en Amérique, et pas n'importe où : à Hollywood ! Il va pouvoir vendre son histoire ! Un matin, il débarque aux studios de la Columbia et, en échange de quelques centaines de dollars, il va déballer toute son histoire à des producteurs américains éberlués. Ils prennent des notes, poussent des oh ! et des ah !, des *incredible* et des *I can't believe it !* Lui est comme un poisson dans l'eau, il biche, il est au centre de l'attention et se délecte de cette notoriété, qui ne fait que commencer. Quelques mois plus tard, il se rend à New York et se lance dans l'écriture d'un livre sur sa vie, *Dry Guillotine (La Guillotine sèche)* qui retrace le récit de son quotidien au bagne et de ses cinq tentatives d'évasion. Le livre rencontre un succès monstre, tout le monde se l'arrache et Belbenoit donne des conférences, répond à des interviews… Enfin, il est parvenu au succès ! Puisque ça marche si bien, il écrit un second livre, *Hell on trial (Condamné à l'enfer)* un véritable réquisitoire contre l'administration pénitentiaire française, qu'il décrit comme pourrie par le vice et la corruption.

Autant vous dire qu'en France, on est furieux. Le livre a bien sûr été traduit, et les autorités, hors d'elles, réclament aux Américains l'extradition immédiate de Belbenoit. Bien sûr, il n'est plus question de l'envoyer en Guyane : le bagne vient d'être aboli. Mais Belbenoit est confortablement installé aux États-Unis et n'a pas l'intention de repartir. Ça tombe bien, la Seconde Guerre mondiale vient d'éclater, et les Américains renoncent à l'extrader dans un tel climat. Il s'installe à Hollywood et épouse une Américaine, Lee Grumpert. En 1945, à la fin de la guerre, il tente de revenir en France une dernière fois. Mais les Français refusent d'effacer l'ardoise, Belbenoit a trop provoqué, trop abusé, trop tiré sur la corde.

Alors il entame les démarches de naturalisation et, en janvier 1956, il décroche la nationalité américaine. Il n'en profitera pas très longtemps : René Belbenoit meurt le 25 février 1959, à Lucerne Valley, en Californie, de causes naturelles, après neuf ans de bagne, deux ans de cavale et vingt et un ans de semi-clandestinité.

Composition
NORD COMPO

Achevé d'imprimer à Barcelone
par CPI Black Print
le 16 juillet 2024.

Dépôt légal : mai 2024
EAN 9782290408353
L21EDDN001310-647141-1

ÉDITIONS J'AI LU
82, rue Saint-Lazare, 75009 Paris

Diffusion France et étranger : Flammarion